見る・知る・学ぶ

名所旧跡で ぐぐっとわかる 日本文学

Literature

監修・解説
ロバー
ル

JTBパブリッシング

日本文学は時代を問わず多様なもの
名所旧跡の記憶が文学と社会を結ぶ

国内の旅行であれば二泊三日が良い。夜が続いて郷土料理もご当地のワインや日本酒などを二倍楽しめるのももちろんのこと、着いた翌日――つまり旅の中日《なかび》――には朝から心おきなく「名所」を歩き回ることができるからです。いわゆる新名所ではなく、昔からある名所をひたすら歩きます。名所がどこで、誰の力によって名所として世に認められてきたのかも興味深い問題ですが、わたくしはとりあえずその場所に脚を運び、動き回りたいのです。

秋田の象潟《きさかた》に一度行きました。現在は陸地となり田んぼの中に点々と広がる木立の景色が美しい。行くと、平安時代から愛されていたことを思い出します。能因が出羽国に下向した時に詠んだ一首の和歌があります。「世の中はかくても経《へ》けり象潟の海人の苫屋をわが宿にして」。象潟はこの一首から有名になったわけですが、数百年後に小舟に乗って小さな島々を眺めた松尾芭蕉も、まさに「名所」として憧れ、わざわざ『おくのほそ道』

の長い旅の途中で立ち寄り、土地の美しさを発句に歌い上げています。

名所旧跡には長い記憶が刻まれます。その場所でかつて生きた人々が経験したことや心に抱いた思いが言葉で語られ、読み継がれ、そして西行や芭蕉や夏目漱石のように、時代を超えて大地や木肌や湖の水面への追慕を行動に移し対話を促し、さらなる言葉を生みだしていきました。日本文学は、時代を問わず多様なものです。多様ではあるが、志や情と呼ばれる人間の精神を物に託しながら表現するという特徴が韻文と散文、そして演劇にも共通して現れています。秋田の象潟も奈良の竜田川も福岡の染川も、固有の地名であると同時に、何世紀にもわたって多くの人々の喜怒哀楽にくっきりとした輪廓を与え、表現のきっかけとして旅人の脚を誘う役割を果たしてきました。文学と社会との強い結びつきは、名所旧跡の基礎の上にでき、現在も脈々と受け継がれていることに注目して良いと思います。

わたくしは、二泊三日の旅行が好きなのは、その土地の記憶と繋がり、何かを感じ取って明日への土産にできるからです。

監修・解説　ロバート キャンベル

目次 Contents

※作品・作家の解説ページのあとに名所旧跡ガイドページを掲載しています。

※名所旧跡ガイドページについての詳細はP6を参照してください。

※掲載している作品成立や出来事の年代は、推定の場合や諸説ある場合があります。

※掲載している神や人物の名などの表記は作品や場所によって異なる場合があります。

✳ 本書の名所旧跡について ✳

本書では、奈良時代の古事記から昭和初期の近代文学まで、日本文学の作品や作家を取り上げ、簡単にわかりやすく紹介しています。作品・作家の解説ページと、ゆかりある名所旧跡を紹介するガイドページを組み合わせた構成で、日本文学をよりぐぐっと実感しながら学ぶことができます。本書で紹介している名所旧跡については下記を参照してください。

キャンベル's Eye

伊勢神宮の神嘗祭はじめ、秋に五穀豊穣を祈り神々に稲穂を捧げるのは日本の習い。『古事記』には乱暴な姿が目立つスサノオの手柄で私たちの地上界に穀物が出来る、という ありがたいストーリーがあります。

ロバート キャンベルさんによる、文学作品や作家、またそれらゆかりの名所旧跡の情報です。

名所旧跡の種類

掲載の施設・場所を4種に分類しています。(右記参照)

福岡県

宗《むな》像《かた》大《たい》社《しゃ》

文化財⬇国宝(福岡県宗像大社沖津宮祭祀遺跡出土品ほか) 世界遺産

文化財

掲載施設が所蔵する主な文化財。掲載施設自体が対象となる場合もあります。本書では国指定の国宝、特別史跡、特別名勝、特別天然記念物、重要文化財、重要無形文化財、重要有形民俗文化財、重要無形民俗文化財、史跡、名勝、天然記念物、国選定の重要伝統的建造物群保存地区、世界遺産を表記しています。

名所旧跡の名称

一般的な名称です。寺院の正式名称である山号などは省略している場合があります。

名所旧跡アイコン

山や川などの自然物、自然公園などを表します

神社仏閣を表します

神社仏閣以外の建造物などを表します(町並みなどを含む)

古墳や遺跡、碑《いしぶみ》 などを表します

文化財とは

長い歴史の中で今日まで守り伝えられてきた国民的財産のこと。国が文化財保護法に基づいて指定、選定、登録し、保存を図っています。文化財は下記のように「有形文化財」「無形文化財」「民俗文化財」「文化的景観」「記念物」「伝統的建造物群」に分けられます。また、顕著な普遍的価値を有する文化遺産は、世界文化遺産へ登録するためユネスコに推薦されることもあります。

世界遺産とは

「世界の文化遺産及び自然遺産の保護に関する条約」(世界遺産条約)に基づき、人類が未来に残していくべき普遍的価値を持つものとして「世界遺産リスト」に登録されたもの。

文化財

- **有形文化財** 有形の文化的所産で、歴史上、芸術上、学術上価値の高いもの。大きく建造物と美術工芸品(絵画や彫刻など)に分けられます。
  - 重要なもの **重要文化財** ── 特に価値の高いもの **国宝**
- **無形文化財** 演劇や音楽など、無形の文化的所産で、歴史上、芸術上価値の高いもの。
  - 重要なもの **重要無形文化財**
- **民俗文化財** 風俗慣習、民俗芸能、民俗技術。また、これらに用いられる衣服や器具など、国民の生活の推移を理解する上で欠かせないもの。
  - 特に重要なもの **重要有形民俗文化財**
  - 特に重要なもの **重要無形民俗文化財**
- **文化的景観** 日々の生活に根ざした身近な景観であり、国民の生活や生業の理解のために欠かすことのできないもの。
  - 特に重要なもの **重要文化的景観**
- **記念物** 貝塚や古墳などの遺跡で歴史上、学術上価値の高いもの(史跡)。庭園や山岳などの名勝地で芸術上、鑑賞上価値の高いもの(名勝)。動植物と地質鉱物で学術上価値の高いもの(天然記念物)。
  - 重要なもの **史跡** ── 特に重要なもの **特別史跡**
  - 重要なもの **名勝** ── 特に重要なもの **特別名勝**
  - 重要なもの **天然記念物** ── 特に重要なもの **特別天然記念物**
- **伝統的建造物群** 城下町、宿場町など、全国各地に残る集落や町並みのうち価値の高いもの。
  - 特に価値の高いもの **重要伝統的建造物群保存地区**

※上図は文化庁ホームページの「文化財」の内容を抜粋し作成しています。

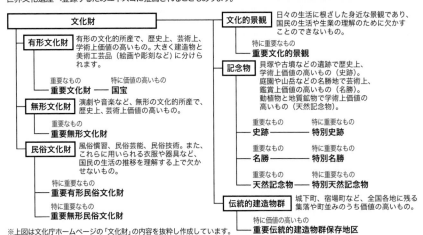

第1章

上代文学

奈良時代まで

太古の口承文学に見られた神話や伝説などは、奈良時代に入ると、『古事記』や『日本書紀』、『風土記』といった記載文学に転換され、一世を風靡する。歌謡からは和歌が生まれ、大陸文化の流入により、漢詩文も発達。日本文学の幕開けとなった。

上代文学の概要

口承から記載文学へ 日本文学の黎明期

上代文学とは、口伝された神話や歌謡に始まり平安京遷都までの文学を指す。政治的には、氏族が構成する小規模共同体から、天皇中心の中央集権的大和朝廷の時代を経て、律令制の時代。その間、中国大陸や朝鮮半島から漢字や仏教、諸学問が輸入され、日本文学に影響を与えた。

●口承《こうしょう》文学と記載文学

文字のない時代、自然物に神が宿ると信じ、神への祈りの言葉を格調高く整えたのが口承文学。漢字の導入で言葉を文字化した記載文学に、日本語的な万葉仮名が加わった。

●神話と歌謡

さまざまな事象を神と関連付け、祭りの場で語り継いだものが神話。神への祈りや感謝

時代	西暦	和暦	おもな作品・出来事
			口承《こうしょう》文学の時代
弥生時代	前660		神武《じんむ》天皇即位
	250頃		大和政権の成立
古墳時代	後300頃		前方後円墳が近畿、瀬戸内、北九州に出現
			漢字の伝来（400年代〜500年代頃）
	538		仏教伝来
飛鳥時代	592		推古《すいこ》天皇即位
	593		聖徳太子《しょうとくたいし》（厩戸皇子《うまやとのみこ》）、摂政となる
			記載文学の時代へ
			飛鳥文化の発達
	607		小野妹子《おののいもこ》ら遣隋使派遣。法隆寺建立
	629		舒明《じょめい》天皇即位
	630		遣唐使派遣
	645	大化元	乙巳の変／大化の改新はじまる
	667		近江大津宮《おうみおおつのみや》に遷都
	668		天智《てんじ》天皇即位
	672		壬申《じんしん》の乱
			皇族で歌人の額田王《ぬかたのおおきみ》らが活躍
	673		天武《てんむ》天皇即位。白鳳《はくほう》文化の発達
	690		持統《じとう》天皇即位
	694		藤原京に遷都
	701	大宝元	大宝律令の制定

『古事記』『日本書紀』の神話に記された高千穂の天岩戸《あまのいわと》神社にほど近い天安河原《あまのやすかわら》

仁徳《にんとく》天皇陵とされる日本最大の前方後円墳である大仙古墳

『古事記』が記した天皇の時代の最後を飾る推古《すいこ》天皇

法隆寺建立にも尽力した聖徳太子《しょうとくたいし》こと厩戸皇子《うまやとのみこ》

注：作品成立や出来事の年代には諸説あります

の歌は歌謡として発展した。

●**史書**

国内秩序の安定のため、天武《てんむ》天皇は皇族や諸豪族間に伝わる多様な系譜や神話を統一すべく、『古事記《こじき》』の編纂を発案。一方、外国向けに日本の立場を主張する『日本書紀《にほんしょき》』は国家事業として編纂《へんさん》され、後の史書の原点となった。

●**和歌**

国が安定すると、共同体が集団で歌う歌謡から個人の心情を詠む和歌が生まれ、日本最古の和歌集『万葉集《まんようしゅう》』が成立。

●**漢詩文**

漢詩文は、大陸文化を手本にする律令国家の官人の必須教養に。8世紀中頃には、漢詩文集『懐風藻《かいふうそう》』が編纂される。

●**地誌**

律令国家の完成で、政権は地方の実情を把握する必要に迫られ、8世紀初めに各地で『風土記《ふどき》』が編纂された。

奈良時代

		柿本人麻呂《かきのもとのひとまろ》ら活躍
710	和銅3	平城京に遷都
712	和銅5	**史書『古事記《こじき》』（太安万侶《おおのやすまろ》ら編）**
713	和銅6	地誌『風土記《ふどき》』撰進の命
715	霊亀元	地誌『播磨国《はりまのくに》風土記』
720	養老4	**史書『日本書紀《にほんしょき》』（舎人親王《とねりしんのう》ら編）**
721	養老5	地誌『常陸国《ひたちのくに》風土記』
		万葉歌人の山部赤人《やまべのあかひと》・山上憶良《やまのうえのおくら》・大伴旅人《おおとものたびと》らが活躍
723	養老7	**『古事記』の編者、太安万侶死去**
724	神亀元	多賀城《たがじょう》創建
733	天平5	地誌『出雲国《いずものくに》風土記』『肥前国《ひぜんのくに》風土記』『豊後国《ぶんごのくに》風土記』
735	天平7	**『日本書紀』の編者、舎人《とねり》親王死去**
743	天平15	墾田永年私財法／大仏造立の詔
744	天平16	難波京に遷都
745	天平17	平城京に都を戻す／この頃、天平文化が発展
751	天平勝宝3	漢詩文『懐風藻《かいふうそう》』
752	天平勝宝4	東大寺大仏開眼
753	天平勝宝5	歌謡『仏足跡歌碑《ぶっそくせきかひ》』の歌
754	天平勝宝6	唐僧鑑真《がんじん》来朝
759	天平宝字3	**『万葉集』これ以後成立**
		唐招提寺建立
770	宝亀元	**阿倍仲麻呂《あべのなかまろ》、唐で客死**
772	宝亀3	歌学　歌経標式（藤原浜成《はまなり》）
784	延暦3	長岡京に遷都
785	延暦4	**大伴旅人の子で万葉歌人の大伴家持《おおとものやかもち》死去**
794	延暦13	平安京に遷都

天武・持統《じとう》・文武《もんむ》天皇の代に活躍した柿本人麻呂《かきのもとのひとまろ》。『万葉集』の代表的歌人

奈良時代の都、平城京跡に再現された平城宮最大の宮殿、第一次大極殿

『出雲国風土記《いずものくにふどき》』は、ほぼ完全な形で残る唯一の風土記。写真は出雲大社

『万葉集』で25首も詠まれた筑波山。富士山や大和三山より登場数が多い

古事記《こじき》・日本書紀《にほんしょき》 ①

記紀《きき》と呼ばれる2つの史書の相違点と類似点

日本最古の書物『古事記』と8年後に成立した『日本書紀』の第一の違いは目的だ。『古事記』は、*壬《じん》申《しん》の乱に勝利し即位した天武《てんむ》天皇が、国内向けに天皇中心の国家統一を周知させようとしたもの。途中で崩御したため、元明《げんめい》天皇の勅命で完成に至った。一方の『日本書紀』は、交流のあった唐や新羅《しらぎ》など東アジア諸国に対して、律令国家・日本の存在を知らしめる目的で編纂された。第二の相違点は、『古事記』が**稗田阿礼《ひえだのあれ》の口述を太《おおの》安万侶《やすまろ》が筆録し、歌の比重が大き

二神会舞《にしんかいぶ》

『古事記』の天孫降臨神話の一場面。邇邇芸命《ににぎのみこと》が高天原《たかまがはら》から降りる時、天の八衢《やちまた》という場所で猿田彦《さるたひこ》神が道を塞ぎ、先頭に立って道案内をする様子。中央の猿田彦神の右に天宇受賣《あめのうずめの》命《みこと》が描かれている。富岡鉄斎《とみおかてっさい》筆

原本が存在しない記紀

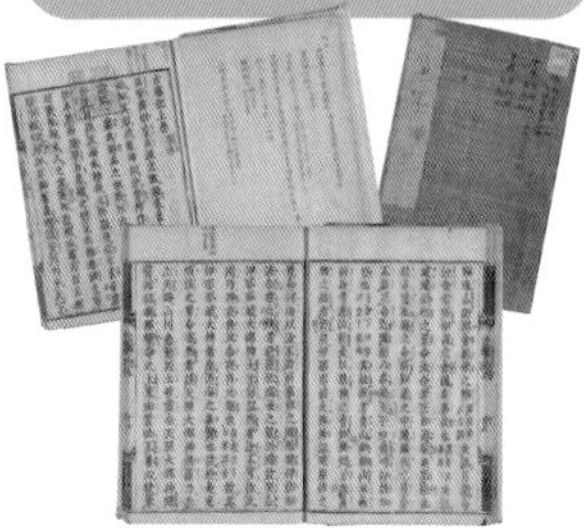

原本は存在しないが、多くの写本が残る。現存最古の『日本書紀』の写本は9世紀、『古事記』は南北朝時代で、ともに国宝。上は1644(寛永21)年の『古事記』の写本

国生《くにう》みの順番

国生みとは、日本ができる前、高天原に住む神々が相談し、伊邪那岐命《いざなぎのみこと》と伊邪那美命《いざなみのみこと》に国づくりを命じたという神話のひとつ。『古事記』と『日本書紀』では、国が生まれた順番が異なる

①淡路島(淡道之穂之狭別島《あわじのほのさわけのしま》)
②四国(伊予之二名島《いよのふたなのじま》)
③隠岐島(隠伎之三子島《おきのみつごのしま》)
④九州(筑紫島《つくしのしま》)
⑤壱岐島《いきのしま》(伊岐島《いきのしま》)
⑥対馬《つしま》(津島《つしま》)
⑦佐渡島(佐度島《さどのしま》)
⑧本州(大倭豊秋津島《おおやまととよあきつしま》)

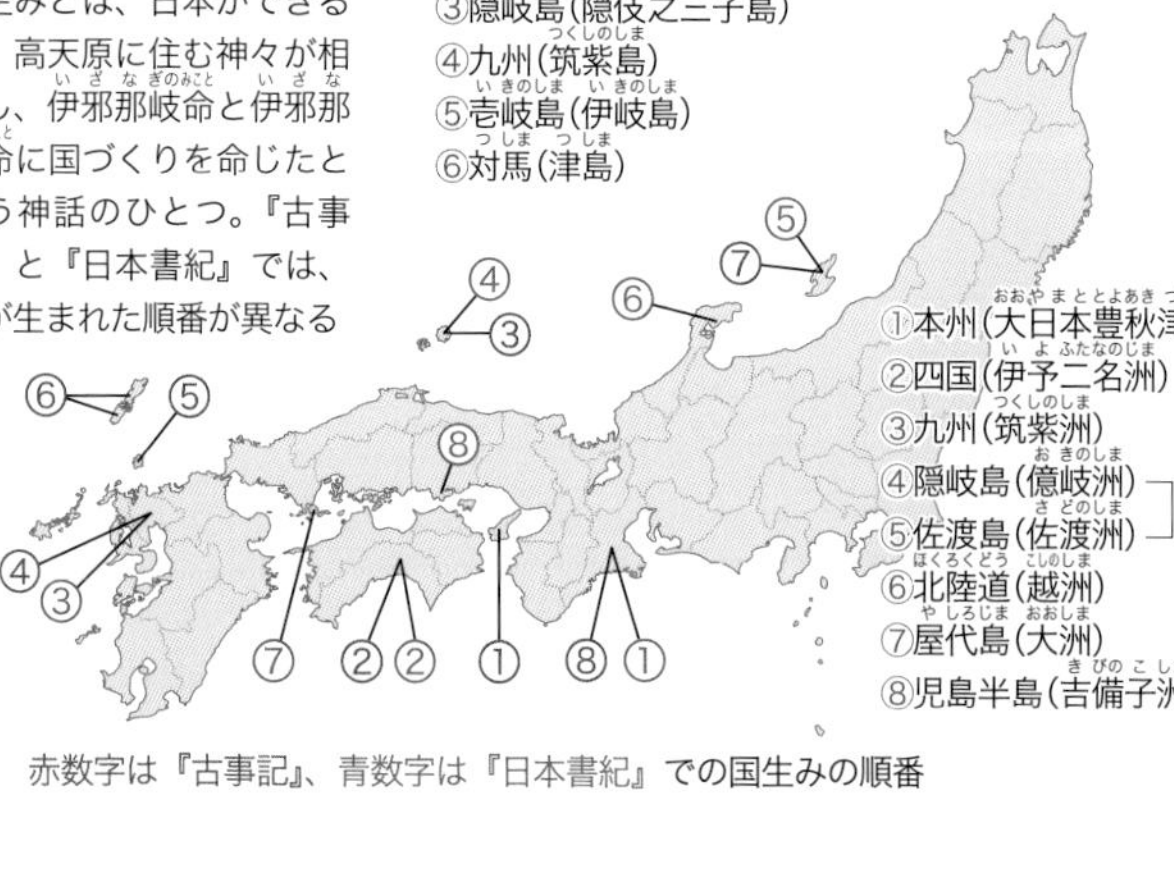

①本州(大日本豊秋津洲《おおやまととよあきづしま》)
②四国(伊予二名洲《いよふたなのじま》)
③九州(筑紫洲《つくしのしま》)
④隠岐島(億岐洲《おきのしま》)
⑤佐渡島(佐渡洲《さどのしま》)
（④⑤ 同時）
⑥北陸道《ほくろくどう》(越洲《こしのしま》)
⑦屋代島《やしろじま》(大洲《おおしま》)
⑧児島半島(吉備子洲《きびのこしま》)

赤数字は『古事記』、青数字は『日本書紀』での国生みの順番

【古事記】

ジャンル
史書
全3巻

編者
太安万侶
稗田阿礼

時代
奈良時代初期
712(和銅5)年成立

【日本書紀】

ジャンル
史書
全30巻

編者
舎人親王ほか

時代
奈良時代前期
720(養老4)年成立

Notes
*672年の壬申の乱は、天智天皇の後継を巡り、弟の大海人皇子《おおあまのおうじ》と息子の大友皇子《おおとものおうじ》が対立し、現在の奈良県から岐阜県・滋賀県・三重県にわたる広域で繰り広げられた古代史上最大の戦乱

い叙情的な文体であるのに対し、『日本書紀』は、中国の『史記』など多くの史料をもとに複数の説を紹介しながら、あくまで記録を目指した歴史書である点だ。登場する神々や名前の記述、物語にも違いが見られる。

類似点は、ともに神代から天皇の時代までの歴史を追っていること。『古事記』が推古《すいこ》天皇、『日本書紀』が持統《じとう》天皇と、女帝で終わっている点も同じ。ただ、網羅する天皇の範囲や、話の内容にはあちこちに違いが見られる。

Close Up

出雲《いずも》神話とは？

『古事記』に書かれた出雲地方を舞台にした神話。高天原を追放された須佐之男命《すさのおのみこと》が出雲に降り、八岐大蛇《やまたのおろち》を退治してその地を治める話や、因幡《いなば》の白兎を救った大国主命《おおくにぬしのみこと》が改めて出雲の王となる話など、須佐之男命と大国主命が中心として登場する。

ここが違う！『古事記』と『日本書紀』

古事記	比較ポイント	日本書紀
日本最古の書物。文学的な記述が特徴。人物や国の逸話が中心の「紀伝体」	特徴	歴史的な記述が特徴。朝廷の公式歴史書で出来事を年代順に示した「編年体」
国内向けに天皇家の正当性をアピール	目的	国外向けに律令国家・日本をアピール
天皇家の歴史を示す	位置づけ	国家の公式な歴史を示す
神代から推古天皇まで	紹介される時代	神代から持統天皇まで
4カ月	編纂期間	39年
112首	歌	128首
日本語の音を漢字で表記する和化漢文	文体	漢文体
倭《やまと》	日本の表記	日本
神話の時代が3巻中1巻。日本国内のできごとがほとんど	時代と地域	神話の時代は30巻中2巻のみ。日本と朝鮮半島のできごとも記載

天地創生と神様エピソードの違い

古事記	比較ポイント	日本書紀
初めから高天原があり、そこに神（天之御中《あめのみなか》主《ぬし》）が現れ、その働きで地上ができる	天地創生と神	何もない混沌から天地が分離し、その中に神（国常立《くにのとこたち》）が現れる
高天原にいる天の神の命令によって起こる	創生の原動力	陰陽の作用によって自発的に起こる
高天原の主宰者/天照大御神	アマテラス	単なる日神/天照大神
死んで黄泉国《よみのくに》へ行く	イザナミ	死なない
父の景行天皇にとっては恐ろしい息子。残虐性を持っていたため、遠ざけて、熊襲《くまそ》征伐や東征を命じる	ヤマトタケル	父の景行天皇にとっては自慢の息子。熊襲征伐や東征を成し遂げた息子を褒め称える
出雲神話が重視され、傷ついた兎を助ける大国主神の「因幡の白兎」が有名	オオクニヌシノミコト	神話エピソードが少ない。「因幡の白兎」はなく、出雲神話も大部分が省かれている

Notes ＊＊稗田阿礼は、天才的な記憶力と理解力を持つ舎人（天皇・皇族・貴族に仕え、雑事を処理する役目の人）。彼が記憶して詠んだ旧辞（古くから語り継がれたこと）を、文人の太安万侶が筆録した

宮崎県

天岩戸神社《あまのいわとじんじゃ》

弟の須佐之男命《すさのおのみこと》*の荒くれぶりに怒った天照大神《あまてらすおおみかみ》が、天岩戸という洞窟に隠れると、世の中は真っ暗に。太陽がなければ食べものも育たず、病人も出て大変なことになった。そこで八百万の神々が天安《あまのやす》河原《かわら》に集まって相談し、あの手この手で天照大神をなだめようと画策する。最後に天《あめの》宇受賣命《うずめのみこと》が舞い始めると神々が大声で笑い始めた。騒ぎが気になった天照大神が様子を見ようと岩戸を開けると、世界に光が戻ったという。この「天岩戸神話」の舞台が天岩戸神社であり、神々が神議を行った場所が天安河原である。

↑「天岩戸神話」に登場する天安河原

→天岩戸と天照大神の住まいを祀る天岩戸神社

宮崎県

高千穂神社《たかちほじんじゃ》

文化財➡重要文化財(本殿)

乱れた地上界を治めるため、大国《おおくに》主命《ぬしのみこと》から国譲りの承諾を得た天照大神は、孫の邇邇芸命《ににぎのみこと》を地上に降ろした。記紀に書かれた天孫降臨の地が高千穂町と高千穂の峰で、高千穂神社は高千穂郷88社の総本社。

高千穂神社本殿。創建は垂仁《すいにん》天皇のころとされる

三重県

伊勢神宮《いせじんぐう》

天孫降臨以来、天皇の住居で祀られていた天照大御神だが、御殿を共にするのは恐れ多いと思った第10代崇神《すじん》天皇は、場所の移動を決意。第11代垂仁《すいにん》天皇の皇女倭姫命《やまとひめのみこと》が永遠に神事を続けられる場所を探す旅に。『日本書紀』には、そのとき天照大御神が選んだ地が五十鈴《いすず》川のほとりで、伊勢神宮内宮が建てられたとある。

五十鈴川のほとりに立つ伊勢神宮内宮

キャンベル's Eye

伊勢神宮の神嘗祭はじめ、秋に五穀豊穣を祈り神々に稲穂を捧げるのは日本の習い。『古事記』には乱暴な姿が目立つスサノオの手柄で私たちの地上界に穀物が出来る、というありがたいストーリーがあります。

Notes
* 『古事記』では、伊邪那岐命《いざなぎのみこと》の子とされるが、『日本書紀』では、伊弉諾《いざなぎ》と伊弉冉《いざなみ》の二神の間に生まれたとされ、素戔嗚尊と表記されている

島根県

出雲《いずも》大《おお》社《やしろ》

文化財⬇国宝(本殿)、重要文化財(楼門、東西神饌所、摂社大神太后神社本殿、八足門ほか)

記紀の国譲り神話に、出雲大社と稲佐《いなさ》の浜が登場する。日本(*葦原中《あしはらのなかつ》国《くに》)をつくった大国主命に国を譲ってもらおうと、天照大神が遣わした神々のひとり、建御雷《たけみかづち》神が降り立った浜である。大国主命の二人の息子は国譲りを受け入れるが、大国主命は「千木が高天原に届くほど高い建物を建てること」を条件とした。そこで創建されたのが、大国主大神様を御祭神とする壮大な出雲大社だった。

↑出雲大社の最古の本殿は高さ約96mあったという。現在は約24m

←出雲大社の西約1kmにある稲佐の浜

福岡県

宗像《むなかた》大社《たいしゃ》

文化財⬇国宝(福岡県宗像大社沖津宮祭祀遺跡出土品ほか)　世界遺産

三女神を御祭神とする三宮を総称して宗像大社という。写真は上から辺津宮、沖津宮遙拝所、中津宮

記紀には宗像三女神誕生の話が書かれ、『日本書紀』には、天照大神が宗像三女神に「歴代天皇をお助けすれば、歴代天皇が祀るでしょう」と伝えたとある。その宗像三女神とは、天照大神が素戔嗚尊《すさのおのみこと》の剣をかみ砕き、息を吹きかけると現れた女神で、沖《おき》津宮《つみや》には田心姫神《たごりひめのかみ》、中津宮《なかつみや》には湍津姫神《たぎつひめのかみ》、辺津宮《へつみや》には市杵島姫神《いちきしまひめのかみ》が祀られている。

長野県

諏訪《すわ》大社《たいしゃ》

文化財⬇重要文化財(上社本宮、下社)

『日本書紀』にはなく、『古事記』の国譲りの神話のみに登場するのが建御名方神《たけみなかたのかみ》だ。天照大神が国譲りを願った際、大国主命の子の事代主神《ことしろぬしのかみ》はあっさり承諾するが、反対したもう一人の子の建御名方神は建御雷神に力比べを挑むも、投げ飛ばされ諏訪湖まで追い詰められ、国譲りを承諾。後に信濃国の国造りを果たす。諏訪大社は建御名方神を祀る社である。

↑諏訪大社上社本宮幣拝殿

←諏訪大社下社秋宮の幣拝殿

Notes
**葦原中国とは、天界である高天原と地下の黄泉国の中間にあり、地上世界を指すと考えられている。表現こそ異なるが、『古事記』『日本書紀』には葦原中国についての記載がある

記紀に書かれた天皇の時代と日本
古事記《こじき》・日本書紀《にほんしょき》 ②

日本正史の原点となった記紀

『古事記』では、全3巻の上巻に、天地創生や天孫降臨など神代の話が書かれているが、それは天皇の起源をひもとくため。一方、『日本書紀』で神代に触れているのは、全30巻のうち最初の2巻のみ。『古事記』の中・下巻と、『日本書紀』の3巻以降は、すべて神武《じんむ》天皇から始まる天皇の時代の話である。ともに天皇の歴史を伝える意味合いが大きく、奈良時代から平安時代にかけて、勅命で書かれた正史*『六国史《りっこくし》』のうち5点は、『日本書紀』が原点となっている。

記紀に書かれた天皇の時代

『古事記』と『日本書紀』では、書かれている天皇や業績などは一部異なるものの、日本の天皇制の始まりと8世紀前半までの天皇史が主な内容となっている

神武《じんむ》天皇

『古事記』『日本書紀』の始まり

日本の初代天皇と伝わる（在位紀元前660～紀元前585年）。母は玉依姫《たまよりひめ》。記紀では、日向国《ひゅうがのくに》（宮崎県）から東征し、瀬戸内海から難波に上陸。熊野から吉野を経て大和を平定したとある。紀元前660年に橿原宮《かしはらのみや》で即位。『神武天皇の御東征』（野田九浦筆）

©神宮徴古館蔵

持統《じとう》天皇

『日本書紀』の終わり

第41代天皇（在位 690 ～ 697年）。天武天皇の皇后で天皇の死後、即位。夫が手がけた律令政治の基礎を固め、藤原京へ遷都。『日本書紀』によれば、天武・持統朝の原点ともいえる吉野へ30回以上行幸した

推古《すいこ》天皇

『古事記』の終わり

第33代天皇（在位 592 ～ 628年）。欽明《きんめい》天皇の第3皇女。崇《す》峻《しゅん》天皇が蘇我馬子《そがのうまこ》の命を受けた刺客に殺された後に即位。甥の厩戸皇子を皇太子・摂政とし、冠位十二階、十七条憲法の制定や法隆寺建立にも貢献

Notes

＊『日本書紀』のあと、勅命で書かれた『続日本紀《しょくにほんぎ》』『日本後紀《にほんこうき》』『続日本後紀《しょくにほんこうき》』『日本文徳《もんとく》天皇実録』『日本三代実録』の5編の正史と『日本書紀』を合わせて『六国史』という

国家統一前後の日本を知る手がかり

記紀が神話か事実かの議論は長く続いている。暦が普及する前に年代順に並べたことで、神武天皇が127歳まで生きたことになるなど、初期の天皇の寿命が不自然に長いなどの理由からだ。しかし、撰者が天武《てんむ》天皇の皇子の舎人《とねり》親王で、714(和銅7)年以来、官吏の紀清人《きのきよひと》や三宅藤麻呂《みやけのふじまろ》が編纂《へんさん》に加わった日本初の勅撰国史であることや、記紀以前の歴史書とされる『帝紀《ていき》』や『旧辞《きゅうじ》』、朝廷の記録や個人の手記、寺社の縁起、中国や朝鮮の史書が参考資料に採用されていることから、特に28巻以降は信ぴょう性が高いとされる。

　蘇我《そが》氏や藤原氏など氏族の興亡や、日本に初めて伝わった文化にも触れられており、この時代の日本を俯瞰する史的価値が高い。

律令国家成立に貢献した人々

『古事記』最後の推古天皇の時代から『日本書紀』最後の持統天皇の時代は、日本最初の統一国家である大和朝廷から飛鳥時代にかけての歴史。そこに登場する、律令国家日本の成立に貢献した人物を紹介する

厩戸皇子《うまやどのみこ》(**聖徳太子《しょうとくたいし》)

推古天皇の摂政として国政を担い、十七条憲法や冠位十二階を制定し、集権的な官僚国家の基礎をつくった。遣隋使を派遣して大陸文化を導入し、法隆寺を建立するなど、仏教の興隆にも貢献した

藤原《ふじわらの》(中臣《なかとみの》)鎌足《かまたり》

中大兄皇子《なかのおおえのおうじ》(後の天智《てんじ》天皇)とともに大化の改新を推進し、律令体制の基礎を築いた。藤原氏の始祖で、子の藤原不比等《ふひと》は、持統天皇から4代の天皇に仕え、大宝《たいほう》律令や『日本書紀』の編纂にも関わった

『日本書紀』に書かれた3つの事始め

『日本書紀』では、神や天皇に関する内容のほかに、大和時代から飛鳥時代にかけて広まった文化的側面にも触れられている。代表的な事始めは以下の3つ

暦《こよみ》

『日本書紀』では、553年に、初めて「暦」という言葉が登場する。百済《くだら》から伝わったとされ、暦の重要性と日本独自の暦をつくることを説いたのが厩戸皇子。明日香《あすか》村の石神《いしがみ》遺跡から、689年につくられた日本最古の暦の木簡が発見されている

日本最古の暦、具注暦《ぐちゅうれき》木簡《もっかん》表面3月

©奈良文化財研究所

演劇

『日本書紀』には、612年に来日した百済人が、演劇のルーツとされる伎楽《ぎがく》(無言の仮面舞踏劇)を舞ったとある。朝廷は国立の演劇研究所のようなものを創設し、少年たちに学ばせたと考えられている。752年の東大寺の大仏開眼供養でも演じられた

少年たちが伎楽を学んだとされる、奈良県桜井市にある土舞台

時計

日本で最初につくられた時計は、漏刻《ろうこく》と呼ばれる水時計。『日本書紀』には、660年に、中大兄皇子が「初めて漏刻をつくり、民に時を知らしむ」とあり、671年には、漏刻を台に備え付けて、鐘や鼓を鳴らして時を知らせたとある

複数の壺を経ることで、水が一定の速度で最後の壺に溜まる原理を採用した

Notes ＊＊聖徳太子の業績が登場するのは『日本書紀』。没後1世紀以上後で、「聖徳」は没後に送られた名前。厩戸王という実在の人物がモデルと考えられ、近年では厩戸皇子とすることが多い

大阪府

大《だい》仙《せん》古《こ》墳《ふん》

文化財⬇世界遺産

記紀で、応神《おうじん》天皇の第4皇子、第16代天皇として登場する仁徳天皇。『古事記』では大雀《おおさざき》、『日本書紀』では大鷦鷯《おおさざき》という人物が、仁徳天皇だとの見解に落ち着いている。難波宮を造営し、日本最古のため池である狭山池や、淀川の水害を防ぐための茨田堤《まんだのつつみ》の開拓を進めたほか、大和朝廷の最盛期を築いた天皇だ。陵の全長は約486mの日本最大の前方後円墳で、3段の墳丘に三重の濠が巡るなか、10基以上の陪塚《ばいちょう》*が築成されている。大仙古墳とも呼ばれる仁徳天皇陵は、クフ王のピラミッド、始《し》皇《こう》帝《てい》陵と並ぶ世界三大墳墓のひとつ。

↑仁徳天皇陵古墳は世界遺産「百舌鳥《もず》・古市《ふるいち》古墳群」の一部にあたる

→大仙古墳(仁徳天皇陵)の入り口

奈良県

法《ほう》隆《りゅう》寺《じ》

文化財⬇国宝(金堂、五重塔、東院夢殿ほか)、重要文化財(東院舎利殿ほか) 世界遺産

601(推古天皇9)年に聖徳太子の宮殿、斑鳩宮《いかるがのみや》が着工されるとまもなく、太子は亡き父用明《ようめい》天皇のために寺の造立を発願し、数年後に完成したのが法隆寺だ。『日本書紀』には、670(天智天皇9)年にすべて焼失したと記されている。後に再建され、奈良時代初期に世界最古の木造建築群である西院伽藍が完成。荒廃していた斑鳩宮の跡地には、739(天平11)年頃、太子の菩提を弔う夢殿《ゆめどの》が完成。東院伽藍が整えられていった。

(上)国宝だけで38件150点、重要文化財を含めると約3000点の文化財をもつ法隆寺の西院伽藍©飛鳥園
(下)高僧行信の発願で建てられた夢殿©飛鳥園

キャンベル's Eye 法隆寺が世界最古の木造建築と聞いて驚く欧州人が多い。檜という耐久性の高い木材、横揺れに強い心柱、五重塔では各階がゆるく繋がっているだけで地震の際に建物自体が動くという巧みな構造で、自然の摂理に沿わせています。

Notes ＊陪塚とは、大型の古墳を主墳として、それに近接して存在する小さい規模の古墳のこと。大型古墳に従属するものとされる

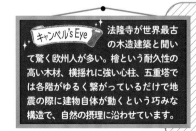

奈良県

石《いし》舞《ぶ》台《たい》古《こ》墳《ふん》

文化財⬇特別史跡

　三十数個の巨石を積み上げてつくられた石室古墳。石室の長さは19・2m、死者を埋葬する玄室の高さは約4.7m、幅約3.5m、奥行き約7.6mで、日本最大級の横穴式石室を持つ古墳である。『日本書紀』は、近くに邸宅があった蘇我馬子《そがのうまこ》の死に触れた際、626（推古天皇34）年に「桃原墓《もものはらのはか》に葬られた」とあるため、馬子の墓と推測される。また、桃原の墓が石舞台**古墳であることは確実視されている。

↑使われた石の総量は推定2300t

←石棺が納められていた玄室への入り口

奈良県

飛鳥《あすか》寺《でら》

文化財⬇重要文化財（銅造釈迦如来坐像）

　飛鳥寺の創建は、596（推古天皇4）年。『日本書紀』によれば、仏教を広めようとする蘇我馬子が、反対する物部守屋《もののべのもりや》との戦いでの勝利を祈願して建立したとある。また、百済《くだら》の技術を取り入れ、飛鳥の真神原《まかみのがはら》に造営したとも記されている。日本初の本格的寺院で、606（推古天皇14）年に完成した丈六の釈迦如来坐像は、現存する日本最古の仏像。通称「飛鳥大仏」として今も親しまれている。

↑日本最古の仏像である飛鳥大仏

→『日本書紀』では法興寺と記され、後に飛鳥寺に

奈良県

大《だい》安《あん》寺《じ》

　『日本書紀』には、大安寺伽藍の造営に尽力した道慈律師《どうじりっし》について触れられている。617（推古天皇25）年に、聖徳太子が釈迦《しゃか》の祇園精舎《ぎおんしょうじゃ》にならって創建した仏教修行の道場「熊凝《くまごり》精舎」が始まりで、移転を繰り返し、百済大寺、高市大寺、大官大寺と名と場所を変え、716（霊亀2）年に平城京に移り大安寺に。日本初の官立寺院で、奈良時代には東大寺に次ぐ大寺であった。当時の旧境内は国指定の史跡となっている。

↑日本最初の官立寺院とされる大安寺

←史跡となっている大安寺旧境内 東塔跡復原基壇

©奈良市教育委員会

Notes　**天井石の上面が平らで、その様子が舞台に見えることから石舞台と呼ばれる。月夜の晩にこの舞台上で女に化けた狐が舞ったという伝説も残る

古代の人々の想いがつまった最古の和歌集
万《まん》葉《よう》集《しゅう》

ジャンル
和歌集
全20巻

編者
未詳

時代
奈良時代末〜平安時代初頭
759(天平宝字3)年以後成立

身分も形式も問わず優れた歌が選ばれた

万葉集は現存する最古の和歌集。天皇や皇族をはじめ、役人から農民、漁民、遊女まで、さまざまな階層の人々による和歌約４５００首が全20巻に収められている。

それらを歌体(歌の形式)で分類すると、短歌(五七五七七)が約9割を占めているが、長歌《ちょうか》(五七、五七がずっと続く)や旋頭歌《せどうか》(五七七、五七七)など、特徴ある形式の歌も収録されている。これは万葉集が、*記紀歌謡など句の音数が一定しない時代と、古今和歌集など短歌中心の時代の間に位置するためである。

万葉集に収められた歌の時代は、7世紀から8世紀にかけてのおよそ１３０年間とされ、歌風によって四期に区分される。

最も古い第一期の歌は、個人的な感情が力強く表現され、素朴で明るいものが多い。第二期では宮廷歌人が現れ、重厚な歌風で皇室や皇族を賛美した。第三期では、より洗練された叙情性豊かで個性的な歌が詠まれるようになった。第四期になるとかつてのような力強さは薄れ、知的・観念的に優れた歌が多くなり、これらは平安和歌への過渡期の様相を示している。

春過《はるす》ぎて 夏来《なつきた》るらし 白妙《しろたへ》の 衣《ころも》乾《ほ》したり 天《あま》の香《か》来山《ぐやま》

〈訳〉春が過ぎて、どうやら夏になったようだ。夏になると真っ白な衣を干すといわれる、あの天の香具山に(真っ白な衣が干されているのだから)

万葉仮名《まんようがな》とは?

ひらがな、カタカナがなかった時代、漢字の音や訓を用いて表記していた。この文字は、万葉集で最も発達したことから「万葉仮名」と呼ばれている。右の和歌では「而」で「て」を、「良」で「ら」を表記している。

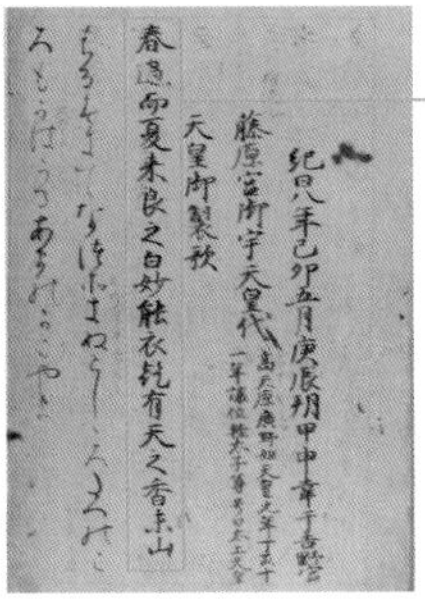
藤原宮御宇天皇代
天皇御製歌
春過而夏来良之白妙能衣乾有天之香来山

春過而 夏来良之 白妙能 衣乾有 天之香来山

主な万葉仮名

和《わ》	良《ら》	夜《や》	麻《ま》	波《は》	奈《な》	多《た》	佐《さ》	加《か》	安《あ》
為《ゐ》	里《り》		見《み》	比《ひ》	仁《に》	知《ち》	之《し》	吉《き》	伊《い》
	流《る》	由《ゆ》	将《む》	布《ふ》	奴《ぬ》	都《つ》	須《す》	久《く》	宇《う》
恵《ゑ》	礼《れ》		女《め》	辺《へ》	祢《ね》	而《て》	勢《せ》	家《け》	得《え》
乎《を》	呂《ろ》	与《よ》	毛《も》	保《ほ》	野《の》	刀《と》	曽《そ》	子《こ》	於《お》

Notes
＊記紀歌謡とは『古事記』『日本書紀』に記載された歌謡の総称で、重複を除いて約200首。和歌の定型となる五音七音に固定される以前の、句の音数が一定しない歌が多い

★主な歌人と和歌

額田王《ぬかたのおおきみ》(第一期)

「鏡王《かがみのおおきみ》の娘」と『日本書紀』に記される飛鳥時代の皇族。大海人皇子《おおあまのおうじ》の子を産み、天智《てんじ》天皇に仕えた。

熟《にき》田《た》津《つ》に
船乗《ふなの》りせむと
月待てば
潮《しほ》もかなひぬ
今は漕ぎ出《い》でな

〈訳〉熟田津で船を出そうと月が出るのを待っていると、潮の流れもちょうどよくなった。さあ、今こそ漕ぎ出そう

柿本人麻呂《かきのもとのひとまろ》(第二期)

生没年、経歴ともにほとんど不明。重厚で格調高い作風で、長歌の様式を完成させ、「歌聖」と称された。

東《ひむがし》の
野にかぎろひの
立つ見えて
かへり見すれば
月傾《かたぶ》きぬ

〈訳〉東の野に朝陽の光がさし始めているのが見えるが、振り返ると西の空に月が沈もうとしている

山上憶良《やまのうえのおくら》(第三期)

遣唐使として唐に渡り、帰国後は地方長官などを務めた。人生や社会を主題とした和歌を多く詠んだ。

憶良らは
今は罷《まか》らむ
子泣くらむ
それその母も
吾《わ》を待つらむぞ

〈訳〉私、憶良めはもうおいとましましょう。家では子どもが泣いているでしょうし、それにほら、その母も私を待っているでしょう

大伴旅人《おおとものたびと》(第三期)

大伴家持の父。大伴氏は武門の家柄だが、漢詩や和歌にも優れ、万葉集第三期を代表する歌人でもある。

わが園《その》に
梅の花散る
ひさかたの
天《あめ》より雪の
流れ来るかも

〈訳〉私の庭の梅の花が散っている。これは天から雪が流れてきたのだろうか

★大伴家持《おおとものやかもち》が編者?

万葉集の編者は明らかになっていないが、第四期の歌人である大伴家持(下)の歌が473首も収められたことから、編集の最終過程において大きな役割を果たしたと考えられている。

新しき
年の始めの
初春の
今日降る雪の
いや重《し》け吉事《よごと》

〈訳〉新しい年の始め、初春の今日に降る雪のように、よいことも積もり重なれ

★東歌《あずまうた》、防人歌《さきもりうた》とは

万葉集を特徴づける歌群。東歌とは東国地方(現在の関東地方中心)の歌謡のことで、＊＊方言を用いて素朴でおおらかな内容の歌が多い。防人歌は九州辺境の防備のためにおもに東国地方から徴集された兵士たちの歌のこと。

防人歌

父母《ちちはは》が
頭《かしら》かきなで
幸《さ》くあれて
言ひし言葉《けとば》ぜ
忘れかねつる

〈訳〉父と母が頭をなでて、無事でいなさいといった言葉が忘れられない

東歌

多摩川《たまがは》に
さらす手作り
さらさらに
何そこの子の
ここだかなしき

〈訳〉多摩川にさらしている手織りの布のように、さらにさらにこの娘のことがこんなにも愛おしいのだろうか

Notes　＊＊都のある大和地域とは異なる言葉遣いが記されており、言葉に地域差があったのが明らか。しかし、東歌はすべて短歌の形式に整っているため、編者の手が加わっていたとする説もある

奈良県

平《へい》城《じょう》宮《きゅう》跡《せき》歴《れき》史《し》公《こう》園《えん》

文化財⬇特別史跡 世界遺産

　平城宮跡の保存・活用を図る目的で整備された国営公園。平城宮は、710(和銅3)年に藤原京から遷都された平城京の中心であった。万葉集の編者の一人とされる大伴家持は、平城宮で天皇の警護などを担当する内舎人《うどねり》として初めて朝廷に出仕。その後地方への赴任と帰京を繰り返した。現在、平城宮の史跡は「古都奈良の文化財」の構成資産の一つとして世界遺産に登録されている。また、長年にわたって調査、整備が行われており、南北約1㎞、東西約1.3㎞の広大な敷地内に朱雀門や第一次大極殿《だいごくでん》*などが復原されているほか、観光拠点となる複合施設も造られている。

↑1998(平成10)年に復原された、平城宮の正門「朱雀門」

→正面約44m、側面約20mある平城宮最大の宮殿「第一次大極殿」

宮城県

多《た》賀《が》城《じょう》跡《あと》

文化財⬇特別史跡

　多賀城は、724(神亀元)年に創建された、陸奥国の国府で行政、軍事の中心地。大伴家持は、晩年に蝦夷《えみし》征討の責任者として多賀城に赴任して、この地で没したともいわれる(平城京で没したとする説もある)。

多賀城のほぼ中央に位置した政庁跡

富山県

雲《うん》龍《りゅう》山《ざん》 勝《しょう》興《こう》寺《じ》

文化財⬇国宝(本堂、大広間及び式台)、重要文化財(総門、唐門ほか)

　2022年に本堂や大広間及び式台が国宝に指定された、高岡市にある浄土真宗の寺院。約3万㎡ある勝興寺の境内地は、大伴家持が越中守《えっちゅうのかみ》として赴任してきた越中国府跡といわれている。家持はこの地で数多くの和歌を詠んだ。

18世紀末期に建立された約40m四方の本堂

キャンペル's Eye 大伴旅人が長官として赴任した大宰府は大陸からやってきた使節との交流拠点だったため、山上憶良ら教養の高い役人が集まりました。元号「令和」考案のきっかけとなったのも旅人主催の「梅花の宴」。人々のハーモニー(和)の結晶です。

Notes ＊第一次大極殿は平城宮の北方に位置し、南北約320m、東西約180mの区画を有する第一次大極殿院の中心施設だった。後に、第一次大極殿院の南東に第二次大極殿が築かれた

香《か》具《ぐ》山《やま》

文化財⬇名勝

橿《かし》原《はら》市にある標高約152mの山だが、丘のようになだらか。畝《うね》傍《び》山《やま》、耳《みみ》成《なし》山《やま》とともに大和三山を形成している。万葉集では香具山を詠んだ複数の歌が収められ、唯一「天の」と表現されている。また『風土記』**によると、天から降ってきたと伝わっており、大和三山のなかで最も神聖視されている。

香久山、天香久山などとも表記される

琵《び》琶《わ》湖《こ》

滋賀県

面積は約670km^2、水の量は約275億t。日本最大の面積と貯水量を誇る淡水湖で、固有の生物も多い。万葉集では「近江の海」「淡海《おうみ》の海」として記され、柿本人麻呂は「近江の海 夕《ゆう》波《なみ》千《ち》鳥《どり》 汝《な》が鳴けば 情《こころ》もしのに 古《いにしえ》思ほゆ」(訳：琵琶湖の夕方にたつ波の上を飛ぶ千鳥よ。お前が鳴くと、心がくじけるように昔を思い出してしまう)と詠んでいる。

飛鳥時代には琵琶湖近くに大津宮という都があった

大《だ》宰《ざい》府《ふ》政《せい》庁《ちょう》跡《あと》

文化財⬇特別史跡

大宰府は、7世紀後半から12世紀後半にかけて西の都として外交と防衛の最前線だった。大伴旅人《おおとものたびと》は大宰府の長官として赴任し、この地で山《やま》上《のうえの》憶良《おくら》らと交流して筑紫歌壇と呼ばれる歌人集団を結成。豊かな文化を育んだ。大宰府の中心であった政庁跡は、発掘調査に基づいた整備がなされ、史跡公園として開放されている。

かつて政庁の柱を据えていた礎石が残っている

筑《つく》波《ば》山《さん》

茨城県

茨城県つくば市にある標高877mの山で、男体山と女体山の二つの峰をもつ。古来、信仰の山として崇められており、万葉集では、筑波山を詠んだ歌が25首ある。これは大和三山や富士山よりも多く、山を詠んだ歌の数としては最多。現在、筑波山には万葉集に収められたすべての筑波山の歌の歌碑が建てられており、歌碑をめぐる散策を楽しめる。

古くは「紫の山」「紫峰」といわれた

Notes　**『風土記』は、奈良時代に元明天皇の命によって作成された諸国の行政報告書。各国の動植物や土地の肥沃さ、地名とその由来、伝承などがまとめられた

古代史最大のヒーロー ヤマトタケルの物語

古代の英雄ヤマトタケル。『古事記』と『日本書紀』のどちらにも登場するが、人間性の描写を中心に差異がある。物語性の強い『古事記』から代表的な逸話を紹介する。

ヤマトタケルとは

第12代景行《けいこう》天皇の皇子の一人で、幼名はオウスノミコト。幼少の頃から勇猛だったが、父からの命を勘違いして兄の手足を引きちぎって殺してしまう。それに恐れを抱いた天皇は、朝廷に従わないクマソタケル兄弟の討伐を命じて、自分から遠ざけた。これが後に英雄と呼ばれる皇子の旅の始まりだった。

ヤマトタケルの表記について

	オウスノミコト	ヤマトタケル
古事記	小《お》碓《うす》命《のみこと》	倭《やまと》建《たける》命《のみこと》
日本書紀	小《お》碓《うす》尊《のみこと》	日本《やまと》武《たける》尊《のみこと》

【女装して襲撃】

九州まで遠征したオウスノミコト。叔母のヤマトヒメに借りた衣装を着て女装し、クマソタケル兄弟の宴席に紛れ込むと、隙を見て兄を斬り殺し、続いて弟も討ち取る。その際に皇子を称えたクマソタケル(弟)からヤマトタケルの名を授かった。

女装して忍び込むオウスノミコト

【草《くさ》薙《なぎの》剣《つるぎ》で窮地を脱出】

九州から戻ったヤマトタケルだが、すぐに東国征伐を命じられる。途中で伊勢に立ち寄り、ヤマトヒメから神剣を授かった。東征の途中、相模国では国造《くにのみやつこ》に欺かれて、野に誘い出されると、四方から火を放たれてしまう。逃げ場のないヤマトタケルは、神剣で草をなぎ払い、向かい火を放って難を逃れた。以降、この神剣は草薙剣と呼ばれるようになった。

草薙剣を振るうヤマトタケルの像

【荒れる海を鎮める妻】

相模の走水《はしりみず》から船で上総を目指したが、海上で暴風に遭い、進むことも戻ることもできなくなってしまう。同行していた后《きさき》のオトタチバナヒメは、海の神を鎮めるために船から身を投げる。すると、たちまち海は穏やかになった。

嵐の海に飛び込むオトタチバナヒメ

【英雄の最期】

東国平定の帰路の途中、伊吹山の神を成敗しようと向かう。しかし巨大な白いイノシシの姿で現れた神に油断して返り討ちにあい、病に倒れる。衰弱した体で大和を目指すが、故郷を偲《しの》ぶ歌を詠んで力尽きてしまう。后や子どもが都から駆けつけると、ヤマトタケルの魂は白鳥となって西へ飛び立ったという。

ヤマトタケルの墓とされる大阪府の軽里大塚《かるさとおおつか》古墳

第2章

中古文学

平安時代

平安時代になって仮名文字が普及し始めると、貴族の間で盛んだった漢詩文が衰退し、和歌が復興した。細やかな描写を可能にした仮名文字は物語や随筆など新たな文学を生み出し、清少納言や紫式部をはじめとした、女性による文学が隆盛を迎えた。

中古文学の概要

平安京の貴族により新たな文芸が生まれる

794(延暦13)年の平安京遷都から鎌倉幕府ができるまでの約400年間の文学を中古文学という。平安時代初期には政治においても漢詩文の知識が欠かせないものだったが、藤原氏による摂関政治体制が整うと、漢詩文は不要に。また、平安時代になって仮名文字が普及したことで、女性による文学が生まれた。

●漢詩文

平安時代初期においては、漢詩文の意義が、国政の道徳的規範になると考えられていた。そのため貴族は、競い合うように漢詩文を学んでいた。

●和歌

男性が漢詩文を学んでいた時代、和歌の地位は低く、女性が担い手だった。しかし、女

時代	西暦	和暦	おもな作品・出来事
平安時代	794	延暦13	平安京に遷都
	797	延暦16	史書『続日本紀《しょくにほんぎ》』(六国史《りっこくし》の一つ)
			坂上田村麻呂《さかのうえのたむらまろ》が征夷大将軍に任命される
	810	大同5	薬子《くすこ》の変
	814	弘仁5	漢詩集『凌雲集《りょううんしゅう》』(小野岑守《おののみねもり》ら撰)
	835	承和2	漢詩集『性霊集《しょうりょうしゅう》』(空海《くうかい》)
	840	承和7	史書『日本後紀』(六国史の一つ)
	866	貞観8	応天門《おうてんもん》の変
	869	貞観11	史書『続《しょく》日本後紀』(六国史の一つ)
	894	寛平6	遣唐使《けんとうし》の廃止
	900	昌泰3	漢詩集『菅家文草《かんけぶんそう》』(菅原道真《すがわらのみちざね》)
	この頃		**作り物語『竹取物語《たけとりものがたり》』**
	901	延喜元	史書『日本三代実録《にほんさんだいじつろく》』(六国史の一つ)
			菅原道真が大宰府に左遷される
			歌物語『伊勢物語《いせものがたり》』
	905	延喜5	勅撰和歌集『古今和歌集《こきんわかしゅう》』(紀貫之《きのつらゆき》ら撰)
	913	延喜13	亭子院歌合《ていじのいんうたあわせ》が行われる
	935	承平5	**日記『土佐日記《とさにっき》』(紀貫之)**
	939	天慶2	承平《しょうへい》・天慶《てんぎょう》の乱
	940	天慶3	軍記物語『将門記《しょうもんき》』
	951	天暦5	和歌集『後撰和歌集《ごせんわかしゅう》』(源順《みなもとのしたごう》ら撰)
	960	天徳4	天徳内裏歌合《てんとくだいりうたあわせ》が行われる

かぐや姫が登場する『竹取物語』は物語の祖といわれる

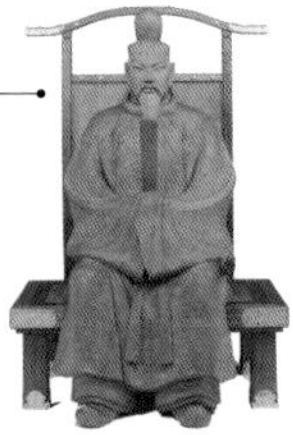

学問の神様としても知られる菅原道真

『伊勢物語』の主人公と考えられている在原業平《ありわらのなりひら》

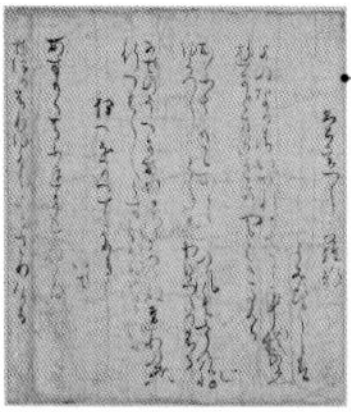

『古今和歌集』の歌を書写した平安時代の断簡

注：作品成立や出来事の年代には諸説あります

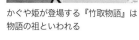

性と恋の歌を贈り合うために男性にも和歌の才が必要ではあった。やがて仮名文字の普及とともに和歌は宮廷文学の主流となった。

●物語

仮名文字によって細やかな描写が可能になり「物語」が生まれた。まず「作り物語」と「歌物語」が、平安時代後期になって「歴史物語」が誕生した。

●説話

口伝えによる昔話や噂話をまとめた説話集が誕生。仏教に関する説話集にはじまり、庶民や武士階級の説話集が成立した。

●日記・随筆

男性が漢文で記すものだった日記は、仮名文字を用いて心情をつづる自照文学として発展。女性の手により隆盛を迎える。日記の形式にとらわれずに日々の出来事や考えをつづる随筆も生まれた。

974	天延2	**日記『蜻蛉日記《かげろうにっき》』（藤原道綱母《ふじわらのみちつなのはは》）**
985	寛和元	和歌集『曾丹集《そたんしゅう》』（曾禰好忠《そねのよしただ》）
995	長徳元	藤原道長《ふじわらのみちなが》が権力を握る
この頃		**随筆『枕草子《まくらのそうし》』（清少納言《せいしょうなごん》）**
1007	寛弘4	**日記『和泉式部日記《いずみしきぶにっき》』（和泉式部）**
1008	寛弘5	**物語『源氏物語《げんじものがたり》』（紫式部《むらさきしきぶ》）**
		和歌集『拾遺和歌集《しゅういわかしゅう》』（花山院撰）
1010	寛弘7	**日記『紫式部日記《むらさきしきぶにっき》』（紫式部）**
1016	長和5	藤原道長が摂政になる
1027	万寿4	和歌集『和泉式部集《いずみしきぶしゅう》』
1030	長元3	**歴史物語『栄花物語《えいがものがたり》』**
1051	永承6	前九年《ぜんくねん》の役
1055	天喜3	歴史物語『堤中納言物語《つつみちゅうなごんものがたり》』
		歴史物語『浜松中納言物語《はままつちゅうなごんものがたり》』
1060	康平3	**日記『更級日記《さらしなにっき》』（菅原孝標女《すがわらのたかすえのむすめ》）**
1086	応徳3	物語『とりかへばや物語《ものがたり》』
		白河上皇《しらかわじょうこう》の院政が始まる
1108	天仁元	日記『讃岐典侍日記《さぬきのすけにっき》』（藤原長子《ふじわらのちょうし》）
1120	保安元	**説話『今昔物語集《こんじゃくものがたりしゅう》』**
この頃		**歴史物語『大鏡《おおかがみ》』**
1156	保元元	保元《ほうげん》の乱
1159	平治元	平治《へいじ》の乱
1167	仁安2	平清盛《たいらのきよもり》が太政大臣になる
1170	嘉応2	歴史物語『今鏡《いまかがみ》』
1179	治承3	歌謡集『梁塵秘抄《りょうじんひしょう》』（後白河法皇《ごしらかわほうおう》撰）
1180	治承4	治承《じしょう》・寿永《じゅえい》の乱が始まる
1181	治承5	平清盛死去

女性によって仮名文字で書かれた『蜻蛉日記』

『源氏物語』第28帖「野分《のわき》」を描いた作品

鎌倉時代に藤原定家《ふじわらのていか》が書き写した『更級日記』（国宝）

平清盛は日本初の武家政権を誕生させた

現存する最古の物語文学
竹《たけ》取《とり》物《もの》語《がたり》

ジャンル
作り物語

作者
未詳

時代
平安時代前期
850(嘉祥3)年〜901(昌泰4年、延喜元)年頃成立

空想性の強い物語に隠された社会風刺

現在も『かぐや姫』などのタイトルで広く知られる物語。古くから各地に伝わってきた伝承に手を加えて平安時代初期には成立していたと考えられている。『源氏物語』の「絵合《えあわせ》」の巻では「物語の出《い》で来《き》始めの祖《おや》」と評され、平安時代からすでに日本最古の物語として認識されていた。

物語は、「かぐや姫の誕生と成長」「*5人の貴族たちの求婚」「姫の昇天」の三部に大きく分けられる。とくに「5人の貴族たちの求婚」では、特権階級として当時の政治や経済を支配していた貴族たちの傲慢《ごうまん》さや腐敗した実態を、ユーモアを交えて批判しているように読み取ることができ、風刺小説の先駆けともいわれる。同時に、姫と翁《おきな》、嫗《おうな》(老女)の離別の悲しみといった、人間的な情愛の美しさを描き出しているのも『竹取物語』の大きな魅力である。

★竹取の翁とは

かぐや姫を家に連れて帰った翁(上)は「さぬきの造《みやつこ》」という名で記されている。「さぬき」とは讃岐国《さぬきのくに》(現在の香川県)出身を指し、「造」は村長などの意味があったとされる。

★「謎」こそが竹取物語の魅力

作者の謎

社会への批判的精神をもち、漢籍や仏教などへの造詣が深い男性だと考えられている。桓武《かんむ》天皇の孫でありながら天台宗の僧正となった遍昭《へんじょう》(下)や、才人として知られた源 順《みなもとのしたごう》などが候補に挙げられている。

かぐや姫の謎

かぐや姫は、月で罪を犯したため一種の流刑《るけい》として地球にいたと記されているが、罪の内容は明かされていない。物語の主役でありながら謎が多く、さまざまな考察がされてきた。下は、かぐや姫が月の使者とともに帰る様子。

Notes ＊求婚難題譚《たん》といわれる物語の類型の一つ。かぐや姫は、求婚した貴公子たちにそれぞれ「仏の御石《みいし》の鉢《はち》」「蓬莱《ほうらい》の玉の枝」「火鼠《ひねずみ》の皮衣《かわぎぬ》」「龍の首の珠《たま》」「燕の産んだ子安貝《こやすがい》」を要求した

富《ふ》士《じ》山《さん》

文化財➡特別名勝、史跡　**世界遺産**

標高3776mの日本最高峰。日本を象徴する美しい山容で、古来、日本人の自然観や美意識に多大な影響を与えてきた。また、噴火を繰り返す活火山として恐れられるとともに、信仰の対象でもあったことから、2013（平成25）年に「富士山―信仰の対象と芸術の源泉―」として世界文化遺産に登録された。『竹取物語』では、物語の最後に登場する。かぐや姫は、別れの際に形見として不死の薬を残したが、翁も帝も、かぐや姫がいなければ必要ないと悲しみにくれる。そして帝は、駿《する》河国《がのくに》にある天に最も近い山の頂で不死の薬を焼かせて、その山を「富士の山」と名付けたと記されている。

↑静岡県富士市の大淵笹場《おおぶちささば》から見た富士山

→かぐや姫が富士山の仙女だったという独自のストーリーが伝わる富士市にある竹採公園

讃《さぬ》岐《き》神《じん》社《じゃ》

平安時代中期に成立した『延《えん》喜《ぎ》式《しき》神名帳《じんみょうちょう》』に記された古社。かつては散吉《さぬき》大建神《おおたけるのみこと》・散吉《さぬき》伊《い》能《の》城《き》神《のみこと》を祀っていたとされ、現在は大物《おおもの》忌命《いみのみこと》や倉稲《うかの》魂命《みたまのみこと》など、計4柱を祭神としている。この地には讃岐国から移り住んだ人々が暮らしたといわれ、そのなかには竹取の翁もいたと考えられることから神社周辺（広陵町《こうりょうちょう》三吉）を竹取物語の舞台とする説がある。

緑に囲まれた、平入切妻造の拝殿

Column

向日《むこう》かぐや太鼓

京都府向日市は、かつて長岡京＊＊の中心地があった土地で、竹取物語ゆかりの地とされる場所の一つ。1994（平成6）年には、市の特産である孟宗竹で作った和太鼓を演奏する「向日かぐや太鼓」を新たな伝統芸能として創設。郷土芸能として定着しつつある。

キャンベル's Eye

紫式部が『竹取物語』を読んでいたことは『源氏物語』から分かります。タイトルは「かぐや姫の物語」（「蓬生」）といい、「物語の出で来はじめの祖なる竹取の翁」が物語文学の出発点である意識を示しています（「絵合」）。

Notes
＊＊長岡京は、784（延暦3）年に桓武《かんむ》天皇の命によって平城京から遷都された都。平安京に匹敵する広さだったが、わずか10年ほどで平安京へ遷ることになり姿を消した

プレイボーイが主役の大恋愛物語

伊《い》勢《せ》物《もの》語《がたり》

ジャンル
歌物語
125段

作者
未詳

時代
平安時代前期
950(天暦4)年頃
成立

平安貴族を魅了した「みやび」な「男」の一代記

「昔、男ありけり。」の書き出しで知られる『伊勢物語』は、在原《ありわらの》業平《なりひら》の歌を中心に編纂《へんさん》された、現存する日本最古の歌物語である。

歌物語とは、和歌を中心にその作者や詠まれた背景などを語る「歌語り」から発展したもので、物語文学の一つとされる。作中では在原業平と思われる主人公の「男」が元服してから、辞世の和歌を詠んで亡くなるまでを描いている。しかし、「男」が在原業平だとは明言されておらず、虚実の交ざった内容に仕立てられている。

『伊勢物語』では、肉親の愛情や友人とのよしみ、主君との絆など、さまざまな「愛」のかたちが描かれているが、大部分を占めているのは、男女の愛情。特に、天皇の后候補である女性(二条后《にじょうのきさき》)との恋や、伊勢神宮に仕える斎王《さいおう》との恋など、許されざる恋の話も描かれているのが特徴である。

もう一つの主題が「みやび」。高貴で気品があり、洗練されたふるまいを表す「みやび」は、平安貴族が理想とした美的理念であった。「男」はみやびの体現者として描かれ、その精神は、後世の芸*術作品に多大な影響を及ぼした。

★主人公の「男」とされる在原業平とは

在原業平は、平城《へいぜい》天皇の第一皇子と桓武《かんむ》天皇の皇女の間に生まれた天皇家の血筋であるが、2歳の時に姓を賜って臣籍となった。『日本三代実録《にほんさんだいじつろく》』によると、容貌は美しく、自由奔放で情熱的に生き、和歌が得意であったと記されている。**六歌仙の一人であり、百人一首や落語でも有名な「ちはやふる神代《かみよ》も聞かず竜田川からくれなゐに水くくるとは」も業平の歌。

世の中に
たえて桜の
なかりせば
春の心は
のどけからまし

〈訳〉もしもこの世の中に、まったく桜がなかったのならば、春を過ごす人の心はどんなにのどかだったことだろう(『伊勢物語』渚の院(第82段)で惟喬《これたか》親王と離宮に出かけたときに詠んだ歌)

Notes ＊みやびの精神は、『源氏物語』にも見られる。また、「男」は井原西鶴《いはらさいかく》『好色一代男《こうしょくいちだいおとこ》』の世之介など、男性登場人物の典型となった。世阿弥《ぜあみ》は「筒井筒」をもとに能の「井筒」を作った

★伊勢物語で描かれる「男」のさまざまな愛の形

初冠《ういこうぶり》(第1段)

昔、ある男が初冠(元服)をして、奈良の春日の里に鷹狩りに出かけた。その里には美しい姉妹が住んでいて、男はのぞき見して二人の姿を見てしまう。あまりの美女だったもので動揺してしまったが、男は着ていた服の裾を切って歌を贈った。昔の人は、こんなにも情熱を込めた風雅な振る舞いをしていたと伝える。

筒井筒《つついづつ》(第23段)

昔、田舎で暮らしていた幼なじみの男女がいた。大人になってからは互いに恥ずかしく思うようになったが、どちらも結ばれたいと思っていた。やがて歌を贈り合って結婚したが、何年かすると男は浮気をする。しかし、女の詠む歌を通して純粋な愛情を知って、浮気相手のところに通うことはなくなったという。

梓弓《あずさゆみ》(第24段)

昔、田舎から宮中に勤めに出るため女と別れた男がいた。女は男を3年待ったが、待ちくたびれて、心を込めて求婚してきた別の男と結婚の約束をする。その夜、都から男が帰ってきたが、女は男を家へ入れずに歌を詠んだ。事情を知った男が歌を返して立ち去ると、女は後を追ったが、そのまま倒れて死んでしまった。

狩《かり》の使《つかい》(第69段)

昔、男が伊勢国《いせのくに》に狩の使(宮中の宴会用に野鳥を獲る勅使)に行ったときのこと。親の言いつけ通り、伊勢の斎王は心を込めて男をもてなした。夜、男は斎王に会いたいと告げると、斎王は人が寝静まった頃に男のところにやってきたが、打ち解けないうちに帰ってしまう。男も斎王も心残りの歌を贈り合った。

★隅田川まで来た東下《あずまくだ》り

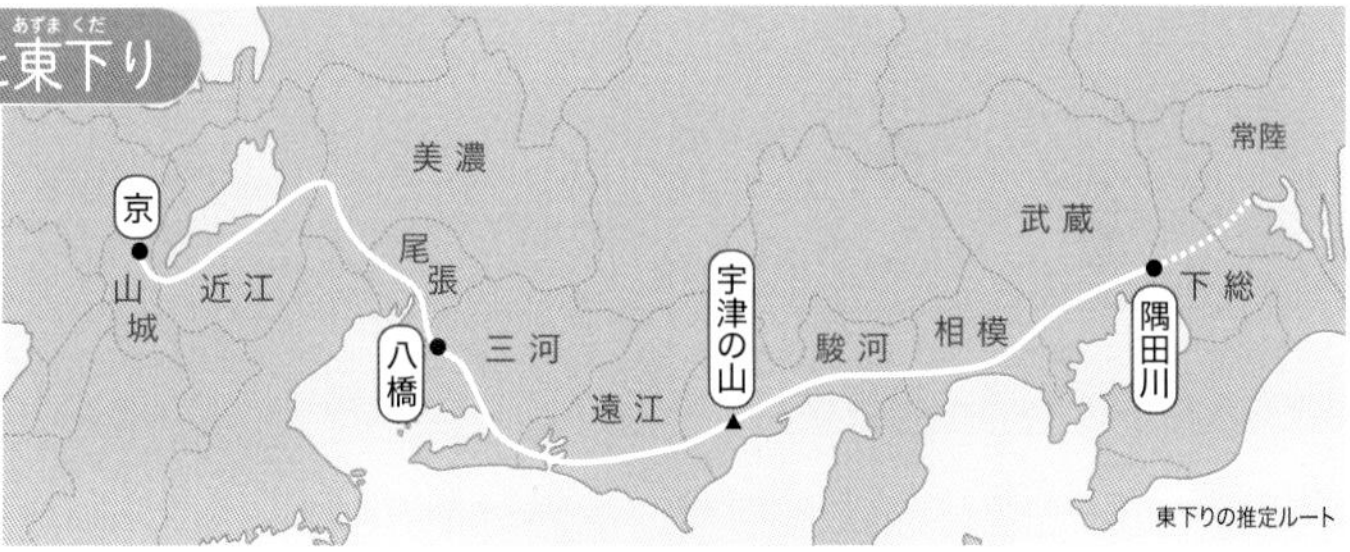

伊勢物語の「東下り」(第9段)では、都にいた男が、もはや我が身は不要と思って、友人とともに東国へと向かう話が記されている。途中、三河国《みかわのくに》の八橋《やつはし》、駿河国《するがのくに》の宇津《うつ》の山などで歌を詠みつつ、ついに隅田川まで辿り着く。渡し船に乗船中、望郷の念に駆られて歌を詠むと、皆が涙を流したという。

名にし負はば
いざ言《こと》問《と》はむ
都鳥
わが思ふ人は
ありやなしやと

隅田川の渡し船。船頭から水鳥の名が「都鳥《みやこどり》(ユリカモメ)」だと教わり、郷愁を覚える

Notes ＊＊六歌仙とは、在原業平、小野小町《おののこまち》、僧正遍昭《そうじょうへんじょう》、文屋康秀《ふんやのやすひで》、喜撰法師《きせんほうし》、大友黒主《おおとものくろぬし》の6人。『古今和歌集』に「近き世にその名聞こえたる人」と称された代表的な歌人

奈良県

不《ふ》退《たい》寺《じ》

文化財⬇重要文化財（聖観音菩薩立像ほか）

847（承和14）年、平城《へいぜい》天皇の旧居を孫の在原業平が引き継ぎ、自ら聖観音像を刻んで安置。金龍山不退転法輪寺と号して仁明《にんみょう》天皇の勅願所となった。別名は「業平寺《なりひらでら》」。本堂には、業平作と伝わる聖観音菩薩立像と五大明王像（ともに重要文化財）が祀られている。聖観音菩薩立像は、かつては秘仏で「住持一世につき一度の開帳」とされていたが、明治以後は常に公開されている。本堂、多宝塔、南大門はいずれも鎌倉時代に建造されたもので、重要文化財に指定されている。四季折々の草花が植えられた池泉回遊式の庭園でも知られ、花の名所としても人気である。

↑単層本瓦葺寄棟造の本堂

→初夏に見ごろを迎えるキショウブ

京都府

十《じゅう》輪《りん》寺《じ》

850（嘉祥3）年に文徳《もんとく》天皇の皇后の安産祈願のために創建され、本尊の延命地蔵菩薩は子授け、安産にご利益があるとされる。在原業平が晩年に移り住んだ地と伝わり、境内には業平の墓や、業平が塩を焼いて楽しんだという竈の跡が残る。

珍しい形の屋根をした本堂

三重県

斎《さい》宮《くう》跡《あと》

文化財⬇史跡

＊斎宮とは、天皇に代わって伊勢神宮の天照大御神《あまてらすおおみかみ》に仕える斎王の住んだ宮殿と斎宮寮という役所があった場所。南北約700m、東西約2kmの都市だった。『伊勢物語』では、「狩の使」として斎宮に来た男と「斎宮なりける女（斎王）」との不思議な一夜の物語が描かれている。

平安時代の斎宮寮が復元されている

キャンベル's Eye

世渡りは上手くないが出会う女性一人ひとりに誠意をつくす多情のヒーロー「ある男」の行状は、後世の日本文学者たちにより何度も新しいストーリーに仕立て上げられます。江戸初期の『好色伊勢物語』等、当時の現代を舞台にした小説が面白い。

Notes

＊斎宮跡は伊勢神宮から約15㎞も離れた場所にある。そこは伊勢神宮領の入口であり、かつては斎王をはじめ500人近くの官人が働いていた

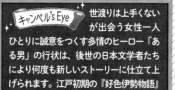

在《あり》原《わら》神《じん》社《じゃ》

かつては在原寺《ありわらでら》という寺があったが、明治時代の廃仏毀釈によって寺は廃され、境内の鎮守社が在原神社となった。祭神は在原業平と、その父の阿保《あぼ》親王。境内には、『伊勢物語』を愛した後世の人によって再現されたという「筒井筒」の舞台となった井戸がある。また、業平が河内の高安に通ったと伝わる「業平道**」の一部も残されている。

在原寺の本堂は移され、現在は小さな社殿が残る

埼玉県

三《み》芳《よし》野《の》神《じん》社《じゃ》

『伊勢物語』にて「入間の郡みよし野の里」と記されているのが、現在の埼玉県川越市周辺。かつての地名を今に伝えるのが、平安時代初期に創建されたといわれるこの神社である。室町時代に川越城が築城された際、城内に位置することになり、歴代城主や庶民からあつく信仰された。童謡『とおりゃんせ』は、この神社の参道が舞台といわれている。

菅原道真などを祀り「お城の天神さま」といわれる

石《いし》浜《はま》神《じん》社《じゃ》

724(神亀元)年、聖武天皇の勅願によって創建。中世には大社として発展し、源頼朝をはじめ、関東武将の信仰があつかったという。江戸時代には庶民の参拝も多く、『江戸名所《えどめいしょ》図会《ずえ》』や浮世絵などに数多く描かれた。隅田川河畔の名所であったことから、境内には『伊勢物語』「東下り」の「名にし負はば～」の歌碑が、1805(文化2)年に建立されている。

境内には多くの摂社末社、富士遥拝所などがある

Column

東京に残る伊勢物語の足跡

『伊勢物語』の「東下り」で隅田川までやってきた在原業平。隅田川周辺には、その足跡を今も見ることができる。墨田区の地名「業平」は明治時代より使われており、かつては東武鉄道に「業平橋駅」(現在のとうきょうスカイツリー駅)があった。また、隅田川に架かる言問橋《ことといばし》は、業平の歌(→P29)にちなんでいるといわれている。

↓言問橋と東京スカイツリー®

Notes

**業平道とは、在原業平が大和国から河内国の高安に住む恋人のもとへと通った際の道とされる。確かな道筋が判明しているわけではなく、記述や解釈からいくつかの説がある

土《と》佐《さ》日《にっ》記《き》

女性を装うことで誕生した日記文学の祖

ジャンル
旅日記

作者
紀貫之

時代
平安時代前期
935(承平5)年後半
成立

平安貴族が欠かさなかった日記が新たな文芸へ

平安時代の貴族といえば、音楽や詩歌に興じる雅なイメージを思い浮かべることが多いが、実際の貴族は律令制度に組み込まれた官僚であり、さまざまな政務をこなしていた。当時の政務は、手順や作法が細かく決められていた儀式や行事が多く、貴族は先例に倣《なら》った知識を身につけておかねばならなかった。そのために欠かせなかったのが、日記を書くことである。職務の子細や日々起きたことなどを記録、蓄積して子や孫に伝えることで家を守っていた。それゆえ当時の貴族の日記は実用的性格が強く、また漢文で記したために文章は定型化し、個人の感情を書き残す余地がほとんどなかった。

『土佐日記』は、紀貫之《きのつらゆき》が土佐《とさの》守《かみ》の任期を終えて、京に帰るまでの55日間の日記である。貫之は、女性が使うものとされていた平仮*名で日記を書くことに挑戦した。さらに書き手(自分)を架空の女性に装うことで、自由な立場から創作的要素を加えて記すことを可能にし、第三者の視点から自己を深く観察して描くことにも成功。「日記文学」という新たなジャンルの文芸を誕生させたのだった。

★『土佐日記』の冒頭

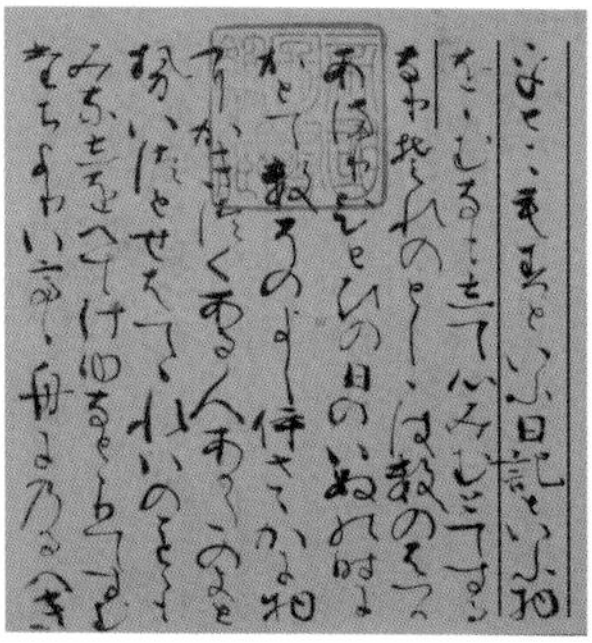

男もすなる日記といふものを
女もしてみむとてするなり

〈訳〉男の人が書くという日記というものを、女である自分も書いてみようと思って、書くのである

★作者の紀貫之

醍醐天皇の命により、いとこの紀友則らと『古今和歌集』を編纂し、日本初の歌論ともいわれる仮名序を古今和歌集の巻頭に執筆。当時の歌壇の第一人者に上りつめ、多くの歌を残した。官人としては恵まれず、土佐守に任ぜられたのは60歳を過ぎてからだった。

Notes
＊漢字を使った万葉仮名は、平安時代に簡略化した草書体(草《そう》仮名)で書かれるようになり、さらに書き崩されて簡略化が進み、平仮名が誕生した。平仮名は、「女《おんな》手《で》」「女文字」ともいわれた

★土佐日記の内容と旅程

934(承平4)年12月21日に土佐国の国府を出発し、大津から船に乗って移動。京に到着したのは、935(承平5)年2月16日であった。その間、日記は一日も欠かさず、旅の中で見聞きした自然の景観や人々の言動、望郷の念、57首の和歌、和歌への批評など、多岐にわたる内容が記された。

平安時代の船旅の様子。帆を備えるものもあったが、動力は基本的に人力だった

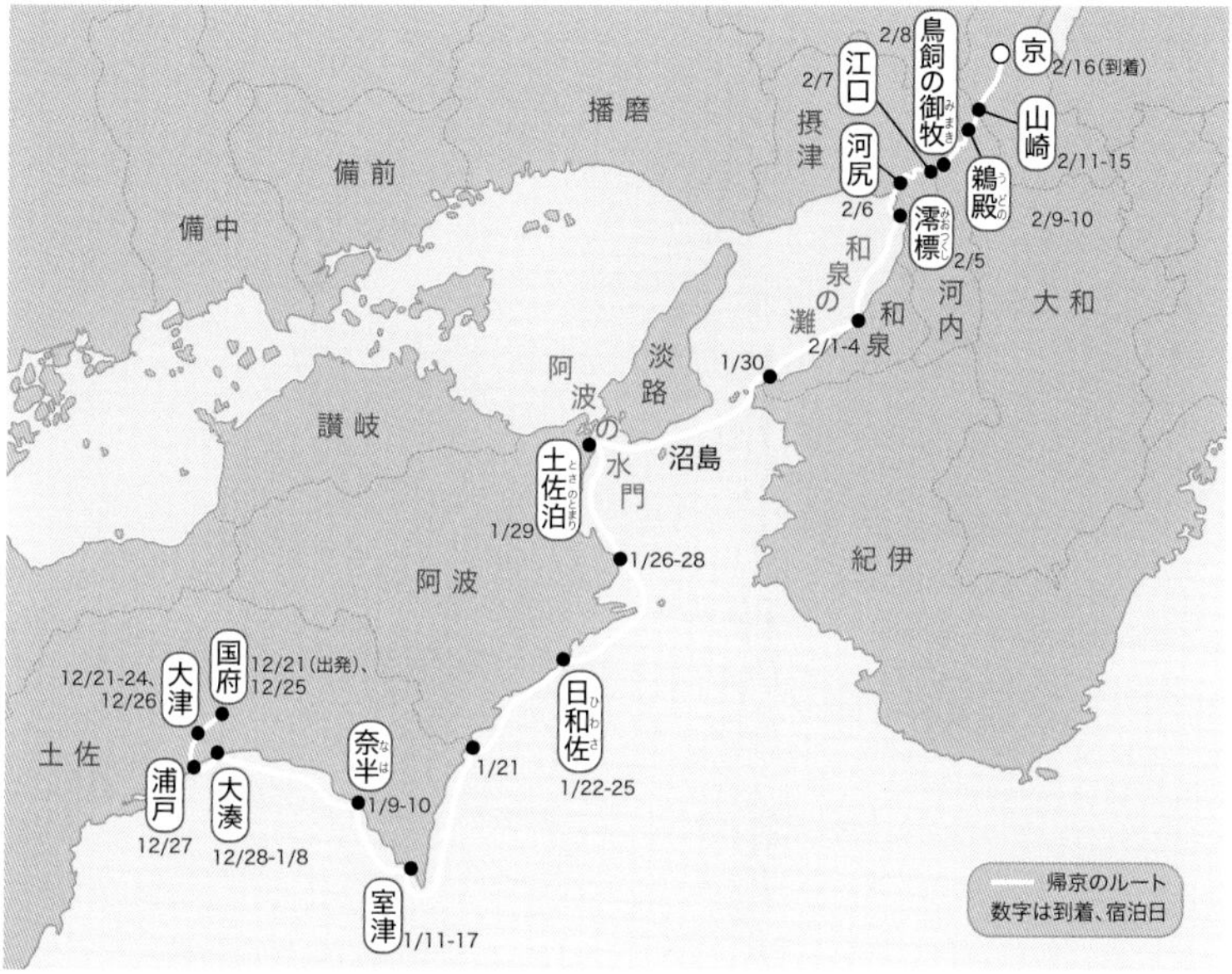

京
2/16(到着)
山崎
2/11-15
鵜殿《うどの》
2/9-10
鳥飼の御牧《みまき》
2/8
江口
2/7
河尻
2/6
澪標《みおつくし》
2/5
2/1-4
1/30
1/29
土佐泊《とさのとまり》
1/26-28
日和佐《ひわさ》
1/22-25
1/21
室津
1/11-17
奈半《なは》
1/9-10
大湊
12/28-1/8
浦戸
12/27
大津
12/21-24、12/26
国府
12/21(出発)、12/25
播磨
備前
備中
讃岐
阿波
土佐
摂津
和泉の灘
和泉
河内
大和
淡路
沼島
阿波の水門
紀伊
帰京のルート
数字は到着、宿泊日

★亡くした娘への想いを込めた歌

『土佐日記』の根底にあるのは、土佐の任期中にこの地で亡くなった娘＊＊を想う、親の深い悲しみである。貫之が平仮名を用いたのも、自身の哀惜の念を表現するのにふさわしかったからだとも考えられる。

都へと
思ふをものの
悲しきは
帰らぬ人の
あればなりけり
(大津〜浦戸)

〈訳〉都へと帰れると思うにつけてもなんとなく悲しいのは、(死んでしまって一緒に)帰らない人(娘)がいるからなのだなあ

寄する波
うちも寄せなむ
わが恋《こ》ふる
人忘れ貝
降りて拾はむ
(和泉の灘)

〈訳〉打ち寄せる波よ、どうか打ち寄せてほしい、恋しく思う人を忘れさせてくれるという忘れ貝を。そうしたら船を下りて拾おう

生まれしも
帰らぬものを
わが宿に
小松のあるを
見るが悲しさ
(京)

〈訳〉(この家で)生まれた娘も(死んでしまって一緒に)帰らないのに、私の家に生えた小さな松が(育って)あるのを見るのは悲しいことよ

Notes　＊＊紀貫之には紀内侍《きのないし》という娘がいた。紀内侍は「鶯宿梅《おうしゅくばい》」という故事にもなった村上天皇とのエピソードで知られるが、土佐国で亡くなったのがこの紀内侍かどうかは不明である

高知県

紀《き》貫《つら》之《ゆき》邸《てい》跡《あと》

紀貫之は、930(延長8)年に国司として土佐国《とさのくに》に赴任した。現在の南国市には、国衙《こくが》(政治を行った役所)跡とされる場所があり、貫之が暮らしていたという屋敷の跡は発見されていないものの、内裏《だいり》という地名が伝わっていることから、その地が紀貫之邸跡と推測されている。紀貫之邸跡には、高浜虚子《たかはまきょし》の句碑が建立されているほか、貫之が『古今和歌集』の撰者であったことにちなみ、和歌に詠まれた草木が植えられ、曲水《きょくすい》の流れなどを配した「古今集の庭」が隣接する。また、紀貫之邸跡周辺は今ではコスモスの名所で、開花時期の11月には土佐日記門出のまつりも行われる。

↑遊歩道もあり公園のように整備されている

→平安時代をイメージした古今集の庭。周辺には国府ゆかりの史跡が点在する

徳島県

文化財⬇名勝

鳴門《なると》のうず潮

鳴門海峡の潮流は「世界三大潮流」の一つに挙げられるほど激しく、巨大なうず潮*で知られている。『土佐日記』には「阿波《あわ》の水門《みと》」の名前で登場。貫之一行は、海賊に怯えながら夜中に船を出し、神仏に無事を祈りながら鳴門海峡を横断した。

うず潮と大鳴門橋は徳島県を代表する絶景

Column

紀貫之が愛した比叡山《ひえいざん》

紀貫之は比叡山から見た琵琶湖の景色が気に入っていたといわれ、紀貫之を祭神とする福王子《ふくおうじ》神社(滋賀県大津市)には、貫之は比叡山中腹の裳立山《もたてやま》で没し、歌神として同地に祀ったと伝わっている。裳立山山頂に貫之の髪と爪が埋葬されたといわれ、明治時代には貫之の墓が建立された。

キャンベル's Eye

国司を5年間勤めた貫之は、海賊も出没する内海を船で通らなければ帰れません。悪天候に見舞われながら寄港地の人々が織りなす大小のドラマを見落としていません。日記は歌と名所と人の心が出会う場所であり、日本文学の原風景です。

Notes ＊鳴門のうず潮は、潮の満ち引きや海水の流れ、地形などが要因で生じる。大潮の日は特に大きなうず潮が発生し、観光船や大鳴門橋遊歩道から見学することができる

室戸岬

文化財⬇名勝、天然記念物

高知県東部、太平洋に突き出す室戸半島の突端の岬。約1600万年前に深海の海底で堆積したものが南海トラフの度重なる地震で隆起して誕生した。嵐に遭った際に避難できる場所がないため、古来、海の難所として知られているが、『土佐日記』では御崎（室戸岬）に船をとめたと記されている。

「土佐日記御崎の泊」と書かれた碑

沼島《ぬしま》

兵庫県

淡路島の南、約5kmに浮かぶ島で、勾玉《まがたま》にたとえられる形をしている。国生み神話にて、イザナギとイザナミが天沼矛《あめのぬぼこ》で下界をかき混ぜて引き上げたところ、矛先から潮が落ちて誕生したオノゴロ島だとする説があり、天沼矛に見立てた奇岩やおのころ神社がある。『土佐日記』では、海賊に怯えながら鳴門海峡を渡り、沼島沖を通過する様子が描かれている。

淡路島から連絡船に乗船して10分で沼島に着く

住吉大社《すみよしたいしゃ》

文化財⬇国宝（本殿）、重要文化財（大海神社本殿ほか）

イザナギが海でみそぎをした際に海中より現れた三柱**の神（住吉大神《すみよしのおおかみ》）と、息長足姫命《おきながたらしひめのみこと》（神功《じんぐう》皇后）を祭神とする。航海の守護神として信仰され、『土佐日記』では、急な強風で船が進めなくなったときに、たった一つもっていた鏡を住吉大神に捧げて海を鎮めたと記されている。

各祭神を祀る四つの本宮があり、いずれも国宝

淀川《よどがわ》

大阪府など

琵琶湖から滋賀、京都、大阪を流れて大阪湾に注ぐ一級河川。流域面積は約8240km²で2府4県にまたがり、関西地方の生活に欠かせない存在である。『土佐日記』では、2月5日に住吉沖を通過してから、淀川に入り、川をさかのぼって京を目指した。そして2月11日、山崎に到着。船荷を荷車などに積みかえて京へ帰ってきたと考えられている。

淀川は、古代から京と大阪を結ぶ物流の基盤だった

Notes ＊＊底筒男命《そこつつのおのみこと》、中筒男命《なかつつのおのみこと》、表筒男命《うわつつのおのみこと》の三柱で、汚れを清め、厄災を取りのぞく「祓《はらえ》」を司る。また海中より出現したことから海の神でもある

平安京に咲き誇った女性による「日記文学」

蜻蛉《かげろう》日記《にっき》・和泉《いずみ》式部《しきぶ》日記《にっき》・紫《むらさき》式部《しきぶ》日記《にっき》・更級《さらしな》日記《にっき》

ジャンル
日記文学
作者・時代
左記参照

今でも共感できる平安時代の女性の胸中

漢字よりも簡単な平仮名が生み出されて女性が用いるようになると、日記や物語を書く女性が現れ始めた。また、摂関政治によって権勢を誇っていた藤原氏が、自らの娘に天皇の后《きさき》としてふさわしい教養を身につけさせるため、知識があって才能豊かな女性を教育係として宮中に集めた。彼女たちが女房として仕えながら執筆した作品は、作者自身の人生経験や物の考え方などが反映され、その「人間性」は普遍的であるため、現在でも多くの人を魅了している。

★蜻蛉《かげろう》日記《にっき》

貴族の妻として生きた女性の心の遍歴が記される

平安時代中期、974(天延2)年が日記の最後の記事であることから、その後にまとめられたと推測される。20歳から40歳までの自伝的回想記で、上・中・下の三巻構成。夫への不満や悩み、あきらめなど、結婚生活の悩みや苦しみなどが赤裸々に描かれている。

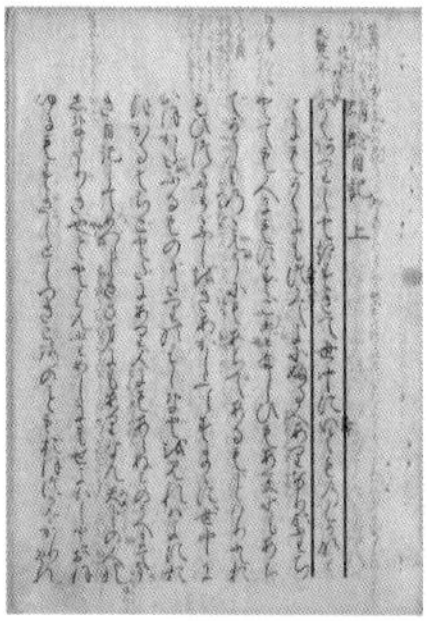

「かくありし時過ぎて、世の中にいとものはかなく、とにもかくにもつかで、世に経る人ありけり」

〈訳〉このようにあった時(半生)がこんなにもむなしく過ぎて、まことに頼りなく、どっちつかずのはっきりしないありさまで暮らしてきた女がいた。

作者は？

藤原道綱母《ふじわらのみちつなのはは》。19歳の頃に藤原兼家《かねいえ》に熱心に求婚されて結婚するも、兼家には別に愛人がおり苦悩した。物語作品を読むと心が慰められた経験から、自らの人生も日記として書けば特異な作品になるはずだと考えて筆を執ったとされる。

平安貴族の結婚生活

結婚してもすぐに一緒に暮らさず、夫が妻の家に通う「*通い婚」だった。夫には妻が複数いることが多く、数ヶ月から数年間、通い婚を続けてから正妻を選んで夫の家に迎えたのだった。右は、手紙を読む夫・夕霧に嫉妬する妻・雲居雁《くもいのかり》(『源氏物語絵巻』)

Notes ＊妻たちは、夫が自分のもとへ来てくれるか、しばらく来ないのは捨てられたからなのかと、不安の日々を過ごし、ほかの妻に嫉妬することも多かった

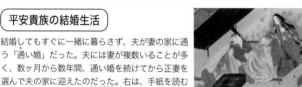

★更級日記《さらしなにっき》

夢見がちな少女が信仰に目覚めるまでが描かれる

夫に先立たれた作者が、13歳から約40年間の人生を回想してつづった日記。夫の死後、数年を経た1060(康平3)年頃に成立したとされる。地方で暮らし、物語世界に憧れていた少女が、信仰の世界に安らぎを求めるようになるまでが描かれている。

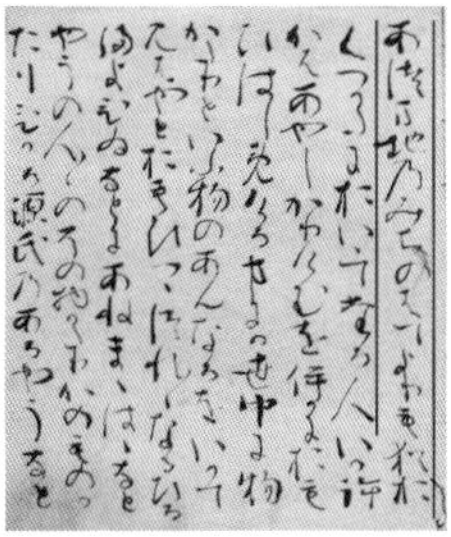

「東路の道の果てよりも、なお奥つ方に生ひ出でたる人」

〈訳〉東海道の道の果てといわれる常陸国《ひたちのくに》よりも、もっと奥のほうにあたる上総国《かずさのくに》で育った人である私

作者は？

菅原孝標女《すがわらのたかすえのむすめ》。菅原道真《すがわらみちざね》の一族で、藤原道綱母の姪にあたる。13歳で上京後は『源氏物語』を読みふけっていた。32歳で祐子《ゆうし》内親王に仕え、その後橘俊通《たちばなのとしみち》と結婚して一男二女をもうけた。

平安時代の旅日記でもある

『更級日記』の全体の約五分の一が、上総国から上京するまでの旅日記。上総国を出発した菅原孝標女ら一行は、東京湾沿いに北上してから下総《しもうさ》・武蔵国《むさしのくに》を経由して、相模湾岸へ抜けて東海道を西へ。9月3日に出発し、京に到着したのは12月2日だった。

★和泉式部日記《いずみしきぶにっき》

恋多き女性の恋愛小説？

1003(長保5)年4月から翌年1月まで続いた、和泉式部と冷泉《れいぜい》天皇の皇子《おうじ》である敦道《あつみち》親王との恋愛の物語を＊＊贈答歌を中心に描いた作品。自身のことを「女」と記す三人称的な視点による叙述など、物語的性格が強い。1007(寛弘4)年に敦道親王が亡くなった後に書いたとされる。

作者は？

和泉式部。優れた歌詠みであり、数多くの歌が残っている。19歳で橘道貞《たちばなのみちさだ》と結婚。その後、為尊《ためたか》親王、敦道親王の愛人となる。両親王の死後に、中宮彰子《ちゅうぐうしょうし》に仕えた。

「恋の歌人」和泉式部の和歌

見えもせむ
見もせん人を
朝ごとに
起きては向ふ
鏡ともがな

〈訳〉(あの人に)見られていたい、(あの人を)見てもいたい。愛しいあなたが毎朝見る鏡であったならなあ

春はただ
わが宿にのみ
梅咲かば
かれにし人も
見にと来《き》なまし

〈訳〉春に梅の花が咲くのがただ私の家だけであったならば、私のもとに訪れることの絶えたあの人も(梅の花を)見にきてくれるかもしれないのに

★紫式部日記《むらさきしきぶにっき》

平安貴族の実像を語る

紫式部が中宮彰子に仕えていた1008(寛弘5)年秋から1010(寛弘7)年正月までを記している。とくに敦成《あつひら》親王誕生に関する記録の詳細さは、女性の日記としては極めて優れている。また同僚の女房や自身に対する鋭い観察眼に基づく随筆的な部分があるのも特徴である。

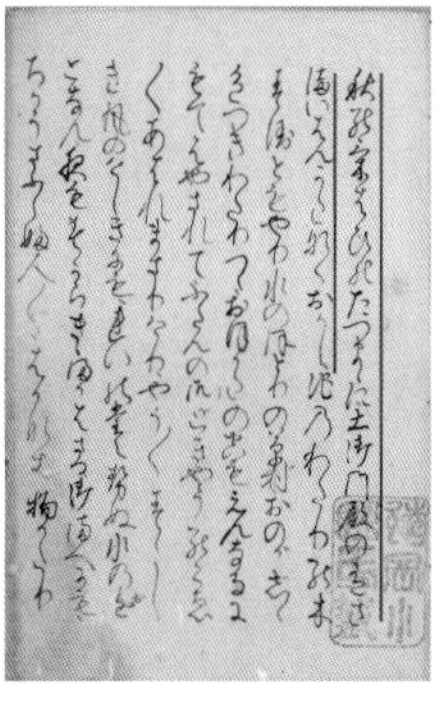

作者は？

紫式部(→P44参照)

「秋のけはひ入り立つままに、土御門殿のありさま、いはむかたなくをかし」

〈訳〉秋の雰囲気が入り込んでくるにつれて、(藤原道長の邸宅である)土御門殿の様子は、言い様もないほどに風情がある

紫式部の観察眼

清少納言《せいしょうなごん》のことを「清少納言は得意そうな顔をしていて我慢がならない。偉そうに漢字を書いているが、よく見れば不十分なところがたくさんある」と評し、ライバル視していた。

Notes　＊＊贈答歌とは、主に男女の間でやりとりされる恋の歌のこと

京都府

貴《き》船《ふね》神《じん》社《じゃ》

貴船川畔に位置する神社。創建年代は不明だが、約１３００年前には御社殿の建て替えが行われたと伝わっている。本宮、結社、奥宮の３つの社殿が建ち、本宮では荒ぶる火を鎮める水の神「高龗神《たかおかみのかみ》」を祀る。御所の御用水である鴨川の最上流にあたり、古くから雨乞い、雨止めの神として崇敬があつい。磐長姫命《いわながひめのみこと》を祀る中宮(結社)は、平安時代より縁結びの社として知られていた。和泉式部は、不和となった夫との復縁を願って参拝。沢の蛍を見て、その心情を歌に詠んだところ、貴船の神からの返歌があったという逸話が残っている。

↑本宮へ続く約80段の石段には灯籠が並び立つ

→現在の本宮は平成に基礎からすべて建て替えられた

滋賀県

石《いし》山《やま》寺《でら》

文化財⬇国宝(本堂ほか)、重要文化財(石山寺縁起絵巻ほか)、天然記念物

藤原道綱母は夫の兼家の不実に悩んで、和泉式部は男女の関係にあきれ果てて、菅原孝標女は子どもの成長と自身の後世での極楽往生を願って参詣したことが各日記に書かれている。

境内に約600本が植えられた、桜の名所

京都府

大《たい》将《しょう》軍《ぐん》神《じん》社《じゃ》東《ひがし》三《さん》條《じょう》社《しゃ》

平安京の四方に祀られた大将軍神社の一つ。京の七口*のひとつである三条口に位置するため重要視された。また、藤原道綱母の夫である藤原兼家の邸宅「東三条殿」があった場所とされ、『蜻蛉日記』には、藤原道綱母が病気で臥せっているときに、建築中の東三条邸を見に来た兼家が見舞いに立ち寄ったと書かれている。

厄除け、災難除けのご利益があるという

キャンベル's Eye 旅行の自由を与えられていない平安貴族の女性は寺社参詣と男性親族の地方赴任(帰任)を口実とした空間移動が多い。『更級日記』は後年から若い旅をふり返りながら出会った人々の姿や景色を描きます。広い世の中と自分の心が重なり、今読んでも面白い。

Notes ＊京都に繋がる街道の代表的な出入り口のこと。鞍馬口、大原口、荒神口、粟田口(三条口)、伏見口、竹田口、鳥羽口、丹波口、長坂口などがあり、時代によって7つの組み合わせが異なる

京都府

祇《ぎ》園《おん》祭《まつり》

文化財⬇重要無形民俗文化財

葵祭、時代祭とともに京都三大祭に挙げられる、京都の夏の風物詩。869（貞観11）年に疫病が流行したとき、祇園の社に祀る素戔嗚《すさのお》尊《みこと》の祟りとされた。そこで当時の国の数と同じ66本の矛《ほこ》を立て、疫病退散の祈願をしたことが始まり。祇園祭にくりだされる山鉾のなかには、和泉式部に紅梅を捧げて求婚する姿の藤原保昌《やすまさ》の人形をご神体とする山鉾「保《ほう》昌山《しょうやま》」がある。

藤原保昌は武芸に秀でて「道長四天王」の一人と称された

千葉県

上総《かずさ》国《こく》分《ぶん》寺《じ》跡《あと》

文化財⬇史跡、名勝、天然記念物

741（天平13）年に聖武天皇によって全国に建立された国分寺**のうち、上総国に建てられたもの。1966（昭和41）年以降、数回にわたる発掘調査の結果、金堂や講堂の基壇、南大門跡、瓦を焼いた窯跡などが発見されている。菅原孝標女の父は上総国の国府に娘とともに赴任しており、国分寺跡近くで暮らしていたものと考えられている。

国分寺のなかで最大級の七重塔があったとされ、塔跡には巨大な礎石が残る

神奈川県／静岡県

足《あし》柄《がら》山《やま》

神奈川県（相模）と静岡県（駿河）との境に位置する山で、平安時代の東海道はその北側の足柄峠を通っていた。『更級日記』によると菅原孝標女一行は、木々が生い茂げり、恐ろしく思われる足柄山の麓の宿に宿泊。そこで3人の遊女と出会った。遊女の容姿がよく、声はたとえようもないほど美しいと感心し、山中に立ち去っていく様子を見ていると、別れるのが心残りだと記している。

899（昌泰2）年に設けられた足柄の関の跡が静岡県小山町に残る

Notes　＊＊国分寺は国分僧寺《そうじ》と国分尼寺《にじ》に分かれ、正式には国分僧寺は「金光明四天王護国之寺《こんこうみょうしてんのうごこくのてら》」、国分尼寺は「法華滅罪之寺《ほっけめつざいのてら》」という

才女の感性と知性あふれる傑作随筆

枕《まくらの》草《そう》子《し》

ジャンル

随筆（日本三大随筆）
約300の段落で構成

作者

清少納言

時代

平安時代中期
1004〜1012
（寛弘1〜9）年頃成立

清少納言《せいしょうなごん》の美的センス「をかし」で見つめた世界

『枕草子』は、清少納言が女房《にょうぼう》として宮中で見聞きしたものや考えたことをテーマに書き記した、日本初の随筆である。約３００の段落からなり、内容によって大きく三つに分類することができる。

一つめは、「ものづくし」ともよばれる類従的段落。「山は」「にくきもの」のように「……は」や「……もの」で始まり、テーマに関するものごとを列挙してから主観的な解説を加えたもので、作者の鋭い感受性がいかんなく発揮されている。

二つめは、中宮定子《ちゅうぐうていし》に仕えていた時代を回想した日記的段落。華やかな宮廷サロンの様子や、定子との信頼関係をうかがわせるエピソードが生き生きと描かれている。

三つめは、自然や日常生活についての感想文的な随想的段落で、清少納言の感性や観察眼がもっとも鮮明にうかがえる。有名な「春はあけぼの」は、類従と随想が複合した段落である。

『枕草子』で一貫しているのは、清少納言が、何気ないできごとや身の回りの自然を明るくポジティブな感情で捉えて「をかし」*という言葉で表現した点である。

「女房」とはどんな職業

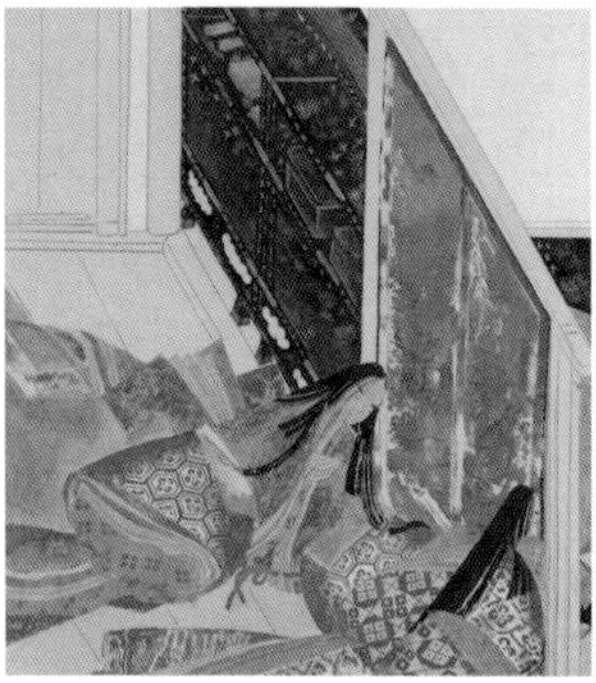

宮中で暮らして上流貴族に仕える女性の役職のこと。定子の女房は40人近くいたといわれる。当時の貴族の女性の正装は「女房装束《しょうぞく》」という優雅なもので、現在では十二単《じゅうにひとえ》と呼ばれている。

作者・清少納言

祖父、父ともに高名な歌人の家柄である清原氏《きよはらうじ》の生まれで、幼い頃から和歌や漢学の教育を受けて育った。28歳頃から一条《いちじょう》天皇の中宮定子に約10年間仕え、高い教養と勝ち気な性格で定子から愛された。

Notes ＊「をかし」は、心がひかれる様子、好奇心や興味を感じる情趣を意味する。しみじみとした情緒や無常観を表す「もののあはれ」とともに、平安時代の文学に欠かせない美的理念

★清少納言が感じた四季の「をかし」とは？

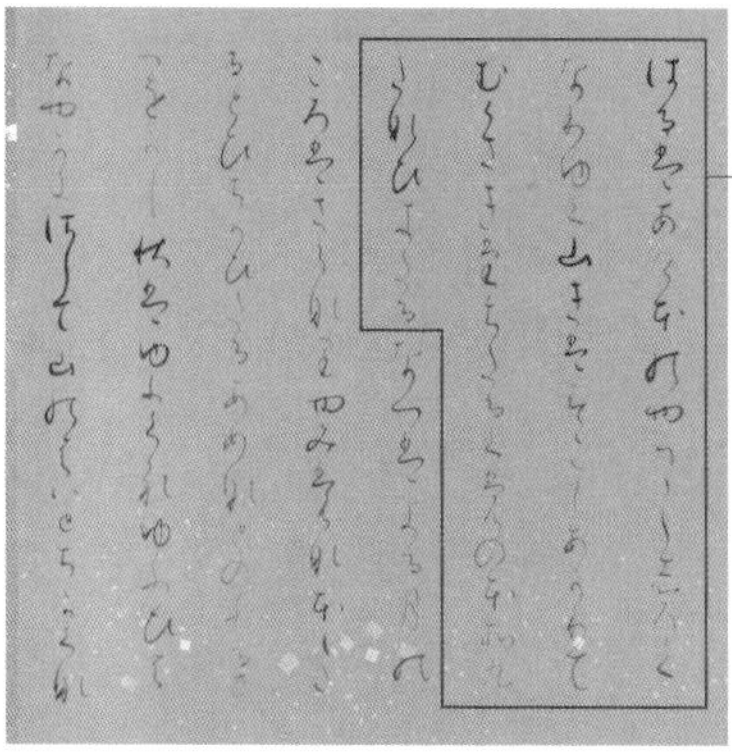

春はあけぼの。やうやう白くなりゆく、山ぎはすこしあかりて、むらさきだちたる雲のほそくたなびきたる。

春はあけぼの

春は夜が明け始めるころ(がすばらしい)。だんだん白んでくる山ぎわの空が少しが明るくなって、紫がかった雲が細くたなびいているの。

夏はよる

夏は夜(がいい)。満月の頃は言うまでもない。闇の夜もまたいい。蛍がたくさん乱れ飛んでいるの。ほんの一匹、二匹がかすかに光って飛んでいくのも趣がある。雨が降っているときも楽しい。

秋は夕暮れ

秋は夕暮れ(がいい)。夕日が差して山のきわにかかるころ、カラスが寝床へ帰ろうとして三羽四羽、二羽三羽と飛び急ぐ様子はとても趣深い。ましてガンなどが隊列をなして飛んでいるのが小さく見えるのは、とても面白い。日がすっかり沈んで、風の音や虫の音が聞こえるのは、言うまでもない。

冬はつとめて

冬は早朝(がすばらしい)。雪が降っている早朝は言うまでもなくいいし、霜がとても白くおりた日も、そうでもなくともとても寒いときに火を起こして、あちらこちらの部屋に炭火を持って行くのも(冬の早朝に)大変似つかわしい。

★香炉峰《こうろほう》の雪

機知に富んだ清少納言を物語る、『枕草子』を代表するエピソードの一つ。ある雪の日、定子が「香炉峰の雪はどうかしら」と女房たちに尋ねると、清少納言は御簾《みす》を巻き上げて雪景色を見せた。これは「香炉峰の雪はすだれをかかげてみる」という**白居易《はくきょい》が詠んだ漢詩にならったものである。

★寝殿造《しんでんづくり》の邸宅

平安時代の貴族の邸宅は、ほとんどの部屋に壁がなく、建物南側に造られた庭の様子が身近に感じられた。こうした邸宅で育ったことで、清少納言は自然に対する感受性が豊かになり、独自の美的センスをもつようになったのかもしれない。

Notes | **白居易(772〜846)は、唐(中国)の代表的な詩人の一人。左遷された地で、することもないまま寝室ですだれをあげて香炉峰の雪景色を眺めたことを詩に詠んだ

京都府

伏見《ふしみ》稲荷《いなり》大社《たいしゃ》

文化財⬇重要文化財（本殿、御茶屋ほか）

711（和銅4）年、秦伊呂具《はたのいろぐ》が三柱の神を祀ったのが始まり。平安京に遷都した後は、朝廷からも民衆からも信仰を集め、現在は全国に約3万社ある稲荷神社*の総本宮である。祭神の稲荷大神を祀る本殿は稲荷山の西の麓にあるが、伏見稲荷大社の参拝の神髄は奥社から稲荷山頂上を目指す「お山めぐり」とされる。『枕草子』では、清少納言が一念発起して参詣するものの、稲荷山を登るのが苦しくてたまらないことや、自分より年上で、40歳を過ぎたくらいの女性が大変な様子を見せずにどんどん進んでいるのを見て「うらやましい」という感想をつづっている。

↑豊臣秀吉の造営とされる楼門（鳥居の奥）

→朱塗りの鳥居がトンネルのように続く千本鳥居

京都府

清水寺《きよみずでら》

文化財⬇国宝（本堂）、重要文化財（仁王門、木造十一面観音立像など） 世界遺産

778（宝亀9）年に千手観音像を祀ったのが開創とされる。京都を代表する寺社の一つで清少納言もたびたび参詣していたようである。『枕草子』の「さわがしきもの」の段落では、観音菩薩とのご縁が深くなる毎月18日の縁日に庶民が集まっているのが騒々しいと記している。また、別の段落では清水寺に祈願のため籠もっていたところ、中宮定子から手紙が届いたことを書き残している。

提供：清水寺

（上）本尊をお祀りする本堂は「清水の舞台」としても有名
（下）華やかな桃山様式の西門（重要文化財）

提供：清水寺

キャンペル's Eye 「うれしきもの」のように「～もの」を集めたり、「春はあけぼの」のように「～は○○」というイチ押し事象を面白く並べるのが『枕草子』の魅力。中宮定子に仕えた清少納言ら女房たちの「あるある」トークが耳に聞こえるよう。

Notes ＊稲荷神社とは、稲荷神を祀る神社のこと。祭神の稲荷神は、食物を司る宇迦之御魂大神《うかのみたまのおおかみ》と同一視され、キツネを神使とする

松尾大社《まつのおたいしゃ》

文化財⬇重要文化財(本殿ほか)

701(大宝元)年に創建され、古くから松尾山を守護する**大山咋神《おおやまぐいのかみ》を祀る。平安京に遷都した際には、賀茂神社とともに皇城鎮護の神とされ、「松尾の猛霊《もうりょう》」と称された。『枕草子』では「神は松の尾、(石清水)八幡……」と記され、平安時代においてもとりわけ重要な神社と考えられていたことがわかる。

松尾造といわれる形式の御社殿(重要文化財)

京都府

鞍馬寺《くらまでら》

文化財⬇国宝(鞍馬寺経塚遺物ほか)、重要文化財(木造毘沙門天立像ほか)

鞍馬山の南東斜面に堂宇が点在している。平安時代には、藤原氏の崇敬も篤く、貴族の参拝が相次いだ。山門をくぐり、『枕草子』で「近くて遠くにあるもの、鞍馬のつづら折りの道」と記された九十九折参道を上ると、本殿金堂に到着。なお、山門からケーブルカーを利用できる。

ハイキング気分になれる鞍馬寺の参道

平安神宮《へいあんじんぐう》

文化財⬇重要文化財(大極殿、応天門)、名勝

平安遷都1100年にあたる1895(明治28)年に建立された。神社の象徴ともいえる応天門《おうてんもん》と大極《だいごく》殿《でん》は、平安京大内裏の正庁の応天門と平安宮の大極殿を八分の五に縮小して復元したもの。どちらも清少納言が中宮定子に仕え、暮らしていた平安京大内裏の様子を今に伝える貴重な建造物である。

朱が鮮やかな二層楼門「応天門」

Column

清少納言が暮らした殿舎跡を発見

平安時代に、清少納言が仕えた中宮定子が暮らした登華殿《とうかでん》と、弘徽殿《こきでん》に関わるとみられる内裏殿舎遺構が2015(平成27)年の市の発掘調査で初めて発見された。2021年の報告書によると、二条城の北西約500mの地から建物用の柱穴5基や、雨水を排水するための溝と見られる石組などが見つかった。

Notes
**大山咋神は、『古事記』によると須佐之男命《すさのおのみこと》の子である大年神《おおとしのかみ》の子とされる。山を守護する神で、全国の日枝神社や松尾神社で祀られている

日本文学史上最高傑作と名高い
源《げん》氏《じ》物《もの》語《がたり》 ①

フィクションを通じて人の心の世界を描いた

全54帖《じょう》(巻)、400字詰め原稿用紙およそ2500枚、登場人物は400人以上、795首の和歌が含まれた一大長編小説である。天皇の皇子として生まれ、類いまれなる美貌と才能をもった光源氏《ひかるげんじ》が、多くの女性たちと恋の遍歴を重ねつつも、皮肉な運命に翻弄されるというのが話の大筋である。

作中の時代は、作者の紫式部《むらさきしきぶ》が生きた時代よりも数十年さかのぼった頃と考えられており、一種の時代小説の体裁をとるが、登場人物は架空のキャラクター。紫式部は、光源氏という虚構のシンボルを主人公にすることによって、登場人物の心情を深く掘り下げ、人の普遍性を捉えようとした。

作中で描かれる「人を愛する気持ち」、「愛するがゆえの苦悩」といった揺れ動く人の心を、江戸時代の国文学者・本居宣長《もとおりのりなが》は「もののあはれ」であると考え、これこそが源氏物語の本質であると言及している。

文学史的には、『竹取物語』などの作り物語の虚構性、『伊勢物語』などの歌物語の叙情性、『蜻蛉《かげろう》日記』などの日記文学の心理描写などの集大成とされる。

ジャンル
物語
全54帖
作者
紫式部
時代
平安時代中期
1008年(寛弘5)頃には一部成立

紫式部の生涯

西暦	和暦	年齢	出来事
970	天禄元	1	●この頃に生まれる(誕生年については諸説ある)幼い頃に母を亡くす
996	長徳2	27	●父が越前守《えちぜんのかみ》として赴任するのに同行
998	長徳4	29	●帰京後に藤原宣孝《のぶたか》と結婚
999	長保元	30	●長女の賢子《けんし》を出産
1001	長保3	32	●宣孝が死去。この頃に源氏物語の執筆に着手
1005	寛弘2	36	●中宮彰子に仕える
1008	寛弘5	39	●この頃には『源氏物語』がある程度できあがっていた
1010	寛弘7	41	●この頃に『紫式部日記』成立か
1013	長和2	44	●宮仕えを終える
1014	長和3	45	●死去(没年については諸説ある)

作者・紫式部

中流貴族の藤原為時《ふじわらのためとき》の娘として生まれる。本名は定かではなく、紫式部の名は『源氏物語』の紫上に由来するとされる。幼少の頃から文才を発揮し、為時は紫式部が男子でなかったことを嘆《なげ》いたという。中宮*彰子《しょうし》に仕え、家庭教師の役割も果たした。

Notes ＊中宮彰子は、藤原道長の長女である藤原彰子(あきこ／しょうし)のこと。一条《いちじょう》天皇の后となり、紫式部や、歌人として知られる和泉式部《いずみしきぶ》、赤染衛門《あかぞめえもん》などを従えた

★源氏物語は三部作

源氏物語は何年もかけて書かれたと考えられているが、全巻成立年は不明である。また、どの巻から書かれたのかもわかっていないが、桐壺《きりつぼ》(1巻)や帚木《ははきぎ》(2巻)、若紫《わかむらさき》(5巻)とする説がある。そして、内容の展開から三部に分けるのが一般的である。

第一部　桐壺～藤裏葉《ふじのうらば》(1～33巻)

桐壺帝の皇子として生まれた光源氏が栄華へといたる物語。多くの女性と恋をしながら成長し、須磨と明石への隠退を経て帰京。准太上《じゅんだいじょう》天皇となってこの世の栄華をきわめる。

第二部　若菜上《わかなのじょう》～幻(34～41巻)

光源氏が絶望的な苦悩を抱える後半生の物語。自身の若い頃の罪の報いを受けたり、最愛の女性を亡くしたりといった悲劇の結果、出家を決意する。

第三部　匂宮《におうのみや》～夢浮橋《ゆめのうきはし》(42～54巻)

光源氏の死後の物語。薫と匂宮という二人の貴公子の恋と悩みを描く。最後の十巻は、宇治を主要な舞台としていることから「宇治十帖」ともいわれる。

★源氏絵《げんじえ》

源氏物語は、絵画の題材としても人気で、絵巻や冊子、扇面(下)、色紙、屏風など、さまざまなものに描かれ「源氏絵」と呼ばれる。特に有名なのが国宝に指定されている『源氏物語絵巻』(左)で、12世紀前半に製作されたとされ、19場面の絵画が現存する。

★光源氏のモデルは?

嵯峨《さが》天皇の第八皇子である **源 融《みなもとのとおる》(下)が、境遇が似ており美男子だったといわれることからモデルの有力候補とされる。そのほか、藤原道長や藤原伊周《これちか》、村上天皇の皇子である具平《ともひら》親王なども、候補として挙げられることが多い。

★後世への影響

江戸時代には、浮世絵の題材として人気を博したほか、双六や歌留多《かるた》などの玩具の題材にもなり、庶民にも親しまれた。明治以降は、歌劇や歌舞伎などの演劇の世界でも取り上げられるようになり、現代ではマンガやアニメなどでも描かれている。特に大和和紀《やまとわき》がマンガ化した『あさきゆめみし』(講談社)は大ヒットした。また、谷崎潤一郎や瀬戸内寂聴、角田光代らの現代語訳版が多数刊行されている。

Notes　**源融は、嵯峨天皇の皇子であったが、源の姓を賜って臣籍に下った。彼の邸宅である河原院《かわらのいん》は、光源氏の邸宅「六条院」のモデルの一つといわれている

京都府

渉成園《しょうせいえん》

文化財⬇名勝

東本願寺から200mほど東に位置する飛び地境内地で、池泉回遊式の庭園。かつては生け垣にカラタチが植えてあったことから、枳殻邸《きこく》とも呼ばれている。平安時代初期、『源氏物語』の主人公である光源氏のモデルとされる源融《みなもとのとおる》が、奥州塩竈の風景を模して作庭した河原院（光源氏の邸宅のモデルの一つ）が近くにあったともいわれる。1641（寛永18）年に、徳川家光がこの地を東本願寺に寄進。東本願寺13代宣如上人が、*石川丈山に庭園を造らせた。四季折々の花が咲き、変化に富んだ庭園の景観は、「十三景」と称されている。

↑渉成園のみどころの一つ「傍花閣」。2階建ての茶室で、急な階段を上って2階の畳敷きの部屋で茶の湯が行われた

→十三景のひとつ「回棹廊《かいとうろう》」は明治時代に再建された木造橋

京都府

平等院《びょうどういん》

文化財⬇国宝（鳳凰堂ほか）、重要文化財（観音堂ほか） 世界遺産

1052（永承7）年に藤原頼通《よりみち》が、源融が建てたとされる別荘を父・道長から譲り受け、寺に改めた。鳳凰堂には、仏師・定朝《じょうちょう》による阿弥陀如来坐像が安置されている。

池面に映る姿も美しい、鳳凰堂

京都府

清凉寺《せいりょうじ》

文化財⬇国宝（木造釈迦如来立像ほか）、重要文化財（木造毘沙門天立像ほか）

「嵯峨の釈迦堂」とも呼ばれる古刹。清凉寺のある一帯は、源融が嵯峨天皇から賜った山荘「栖霞観《せいかかん》」の一部とされ、源融の死後には供養のため、阿弥陀堂（後の棲霞寺《せいかじ》）が建てられた。この棲霞寺内に設けられた釈迦堂が清凉寺の始まりである。

1701（元禄14）年に再建された本堂

キャンベル's Eye

フィクションの主人公・光源氏が造営した大邸宅「六条院」には四季の遊びに興じる庭があります。白河上皇は城南離宮を築く際に、その庭をモデルにして大池を掘り、山を作り、源氏物語に対するリアルなオマージュに仕立てたと言われています。

Notes ＊石川丈山は、安土桃山時代から江戸時代初期にかけて活躍した武将。徳川家に仕え、関ヶ原の戦いや大坂夏の陣などに参戦。朱子学や茶、作庭などにも通じた文人でもあった

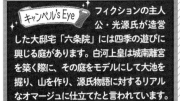

石《いし》山《やま》寺《でら》

文化財⬇国宝（多宝塔ほか）、重要文化財（鐘楼ほか）、天然記念物

奈良時代後期、聖武天皇の勅願により開かれた。平安時代には貴族や女房などによる参詣が盛んになり、紫式部も新たな物語を書くために石山寺にこもった**という。そのときに見た十五夜の月から着想を得たのが『源氏物語』であるといわれ、本堂の一角に「源氏の間」が残る。

石山寺は紅葉の名所。御影堂などの諸堂を紅葉が彩る

雲《うん》林《りん》院《いん》

京都府

臨済宗の寺院で、大徳寺の塔頭。もとは平安時代初期に淳和《じゅんな》天皇が設けた離宮とされ、その後寺院に改められた。『源氏物語』の第10帖〈賢木〉では、光源氏が藤壺女御との仲を思い悩み、数日間こもった場所として描かれた。また、桜や紅葉の名所として有名であったが、応仁の乱で焼失。現在の雲林院は、江戸時代に再建されたものである。

↑十一面千手観世音菩薩を本尊とする観音堂

廬《ろ》山《ざん》寺《じ》

文化財⬇重要文化財（木造阿弥陀如来及両脇侍坐像ほか）

平安時代に創建された寺で、本尊は阿弥陀如来及両脇侍坐像。例年2月3日に行われる、「節分会追儺式《ついなしき》鬼法楽《おにほうらく》（通称：鬼おどり）」が有名。廬山寺のある地は、紫式部が暮らしたとされる藤原兼輔《かねすけ》（紫式部の曽祖父）が建てた邸宅があったとされ、本堂南に「源氏庭」が整備されている。

紫式部にちなみ紫のキキョウが植えられている源氏庭

紫式部《むらさきしきぶ》墓《ぼ》所《しょ》

京都府

京都市北区紫野西御所田町の一角にある、紫式部の墓所。室町時代初期に書かれた『河海抄《かかいしょう》』という源氏物語の注釈書には、紫式部の墓は「雲林院の白毫院の南にある」と記載され、この墓所が位置的に該当すると考えられている。現在の墓が当時のものと同じかは定かではないが、河海抄の記述と同じく、隣には小野篁《おののたかむら》の墓もある。

向かって左が紫式部の墓、右が小野篁の墓

Notes | **『石山寺縁起絵巻』に紫式部が寺にこもっていた様子が描かれている。この絵巻は約500年かけて完成した貴重な史料で、その図版は教科書などでたびたび用いられている。

第一部、栄光への階段を駆け上がる光源氏

源《げん》氏《じ》物《もの》語《がたり》 ②

いづれの御時にか、女御、更衣あまたさぶらひたまひけるなかに、いとやむごとなき際にはあらぬが、すぐれて時めきたまふありけり。

源氏物語は、光源氏の母である桐壺更衣《きりつぼのこうい》が、格別に帝の寵愛《ちょうあい》を受けていたという話から始まる。やがて桐壺更衣は美しい玉のような皇子を出産。しかし、他の后たちから嫉妬や憎悪を向けられて徐々に衰弱し、亡くなってしまう。帝は、皇子が政争の種にならないように源氏の姓を与えて臣籍に降下。12歳で元服した光源氏は、葵上《あおいのうえ》と結婚するも、年上の妻に馴染めず、母にそっくりな藤壺女御《ふじつぼのにょうご》(後の藤壺中宮)を思い慕うようになる。

これが1巻〈桐壺〉のあらすじで、33巻〈藤裏葉〉で39歳のときに*准太上天皇となって栄華の絶頂に至るまでが源氏物語の第一部である。その間、光源氏は10人以上の女性と関係をもち、妻をめとることになる。その恋愛模様が話の本筋になっているため恋愛物語とイメージされることが多い。しかし紫式部は、政治の駆け引きや親子の対立、友情の行方などの多彩なストーリーを絡ませるとともに和歌や漢詩などを加えて、重層的な作品に仕上げている。

★第一部の主な人物の関係図

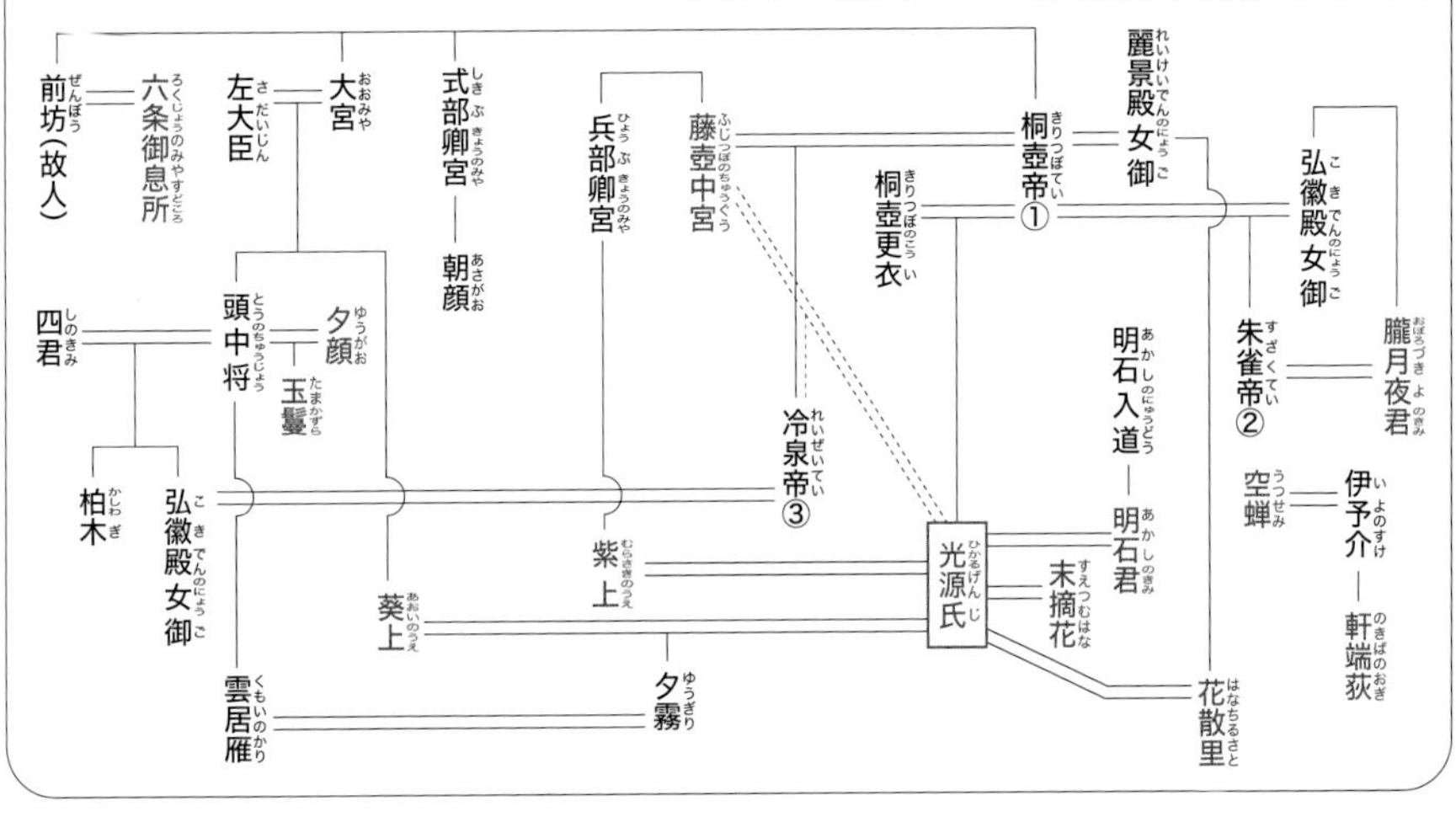
密通関係
密通による親子関係
①②③ 帝の即位順
■字は光源氏と関係を結んだ女性
前坊《ぜんぼう》(故人)
六条御息所《ろくじょうのみやすどころ》
左大臣《さだいじん》
大宮《おおみや》
式部卿宮《しきぶきょうのみや》
朝顔《あさがお》
兵部卿宮《ひょうぶきょうのみや》
藤壺中宮《ふじつぼのちゅうぐう》
桐壺帝《きりつぼてい》①
桐壺更衣《きりつぼのこうい》
麗景殿女御《れいけいでんのにょうご》
弘徽殿女御《こきでんのにょうご》
朧月夜君《おぼろづきよのきみ》
朱雀帝《すざくてい》②
明石入道《あかしのにゅうどう》
明石君《あかしのきみ》
冷泉帝《れいぜいてい》③
四君《しのきみ》
頭中将《とうのちゅうじょう》
夕顔《ゆうがお》
玉鬘《たまかずら》
柏木《かしわぎ》
弘徽殿女御《こきでんのにょうご》
葵上《あおいのうえ》
紫上《むらさきのうえ》
光源氏《ひかるげんじ》
末摘花《すえつむはな》
空蝉《うつせみ》
伊予介《いよのすけ》
軒端荻《のきばのおぎ》
花散里《はなちるさと》
雲居雁《くもいのかり》
夕霧《ゆうぎり》

Notes ＊准太上天皇とは、譲位によって皇位を譲った太上天皇に準ずる待遇のこと。2019年には第125代天皇明仁に太上天皇の略称である「上皇」が与えられた。

★女性の身分について

皇后《こうごう》・中宮《ちゅうぐう》

皇后が天皇の后《きさき》で、中宮はその別称であったが、平安時代中期に一人の天皇が二人の后をもつことになり、皇后と中宮は並立の称号となった。

女御《にょうご》

皇后・中宮に次ぐ身分で、天皇の寝所に仕えた。

更衣《こうい》

天皇に仕える女官のうち、女御に次ぐ身分。

御息所《みやすどころ》

女御や更衣、その他の天皇に仕える女官の総称。親王、内親王を出産した女性を指す場合もある。

女房《にょうぼう》

貴族に仕えていた女官の役職。平安時代では、中流・下流の貴族の女性がより高い階級の貴族に仕えた。

★第一部に登場する主な男性

桐壺帝

光源氏、朱雀帝らの父。桐壺更衣を寵愛し、その死後は藤壺を入内させた。源氏が23歳のときに崩御《ほうぎょ》。

冷泉帝

光源氏が実父と知り、譲位しようとしたが固辞されたため、光源氏を准太上天皇とした。

頭中将

官職名であるが、源氏物語では個人名に近い形で使われる。光源氏の親友だが、後に政敵となる。

★第一部に登場する主な女性

桐壺更衣(1巻：桐壺)

桐壺帝の更衣で、光源氏の母。故大納言の娘。帝の寵愛《ちょうあい》を受けたが、弘徽殿《こきでん》女御《のにょうご》らに嫉妬され亡くなる。

藤壺女御(1巻：桐壺、9巻：葵など)

桐壺更衣に瓜二つ。光源氏との不義の子(のちの冷泉帝)を産む。桐壺帝の死後は子を守るために出家。後の藤壺中宮。

葵上(1巻：桐壺、3巻：空蝉など)

左大臣の娘で、元服した光源氏と結婚。六条御息所の生き霊に取り憑かれ、夕霧を出産後に亡くなる。

空蝉《うつせみ》(2巻：帚木《ははきぎ》、3巻：空蝉など)

光源氏と一夜を過ごすが、その後は光源氏を拒否したため逆に執着される。作者自身がモデルともいわれる。

囲碁を打つ空蝉(右)と軒端荻(左)を見る光源氏

夕顔《ゆうがお》(4巻：夕顔)

かつて頭中将の側室だった。その後、光源氏と知り合い恋に落ちるが、某院《なにがしのいん》での逢い引きのさなか、物の怪に取りつかれて亡くなる。

紫上《むらさきのうえ》(5巻：若紫、9巻：葵など)

藤壺中宮の姪。光源氏が北山で一目惚れし、理想**の女性に育てた。光源氏の最愛の妻となる。

六条御息所《ろくじょうみやすどころ》(9巻：葵、10巻：賢木など)

前坊(前東宮)の死後、光源氏の愛人となる。生き霊となって葵上を死なせた後は、伊勢へと下る。

花散里《はなちるさと》(11巻：花散里、18巻：松風など)

光源氏の妻の一人。美貌ではなかったが、夕霧や玉鬘の母代わりになるなど、厚く信頼される。

明石君《あかしのきみ》(13巻：明石、14巻：澪標《みおつくし》)

明石入道の娘で、屋敷でもてなした光源氏と結婚。光源氏との間に明石の姫君をもうける。

光源氏36歳の正月。光源氏の前で母からの手紙を読む明石君

Notes　**紫上は祖母に育てられていたが、祖母が亡くなると、光源氏はただちに紫上の元に駆けつけて、自らの邸宅へと連れて帰った。このときの紫上は10歳頃とされる。

↑京都御所の正殿である紫宸殿。明治・大正・昭和天皇の即位礼が行われた

京都府

京都御所《きょうとごしょ》

現在、京都御所がある場所には、平安時代には土御門東洞院殿《つちみかどひがしのとういんどの》という小規模な里内裏《さとだいり》(天皇の在所)があった。この土御門東洞院殿が京都御所の原形とされている。何度も焼失しているが、その都度に再建されており、江戸時代には老中の松平定信《まつだいらさだのぶ》が承明《しょうめい》門《もん》や紫宸殿《ししんでん》、清涼殿《せいりょうでん》など、一部の建物を平安時代の形式で復元。現在の御所の建物の多くは、その形式を引き継いで、1855(安政2)年に造営されたものである。なお、『源氏物語』で光源氏が生まれて生活の場とし、作中の主要な舞台となった、平安時代の内裏は、現在の千本丸太町交差点の北西あたりに位置する。

→京都御所の門の一つである承明門

京都府

野宮神社《ののみやじんじゃ》

伊勢神宮に仕える斎王《*さいおう》が伊勢へ行く前に身を清めた場所に創建された神社。縁結びや子宝、安産のご利益があるとされて全国から崇敬を集める。『源氏物語』「賢木《さかき》」の巻で、斎王に選ばれた娘と伊勢へ下る六条御息所《ろくじょうのみやすどころ》と光源氏との別れの舞台となった。

クヌギの皮を剥かずに使った、珍しい黒木鳥居

京都府

梨木神社《なしのきじんじゃ》

1885(明治18)年に創建された神社。京都三名水の一つ「染井の水」で知られるほか、約500株の萩が植えられ「萩の宮」とも呼ばれる。神社のある一帯は、平安時代には中川と呼ばれており、『源氏物語』の「花散里《はなちるさと》」の巻で、光源氏が訪ねた麗《れい》景殿女御《けいでんのにょうご》とその妹の花散里が中川で暮らしていたとされる。

9月中旬から下旬に萩まつりが開催される

キャンベル's Eye 男女ともに血縁関係が物を言う平安貴族の世界。『源氏物語』では親子の情愛が、我が子の出世を思いやる場面で濃密に描かれます。引用回数が最多26回の歌は「人の親の心は闇にあらねども子を思ふ道にまどひぬるかな」。

Notes ＊斎王とは天皇の代わりに伊勢神宮で天照大御神に仕える未婚の皇族女性のこと。飛鳥時代から南北朝時代まで続いた

京都府

遍《へん》照《じょう》寺《じ》

文化財⬇重要文化財(木造十一面観音立像ほか)

989(永延3、永祚元)年、宇多《うだ》天皇の孫である寛朝《かんじょう》僧正が広沢池畔の山荘を改めて創建。ある日、村上天皇の子である具平《ともひら》親王が遍照寺で月見をしていると、仕えていた大顔という女性がもののけにとりつかれて急死するという事件が発生したという。この事件が『源氏物語』の夕顔の死のモデルとされている。

↑重要文化財である不動明王坐像を安置し、「広沢の赤不動さん」として親しまれている

京都府

鞍《くら》馬《ま》寺《でら》

文化財⬇国宝(毘沙門天立像・吉祥天立像・善膩師童子立像ほか)、重要文化財(聖観音立像ほか)

↑1911(明治44)年に再建された仁王門。仁王尊像は湛《たん》慶《けい》作と伝わる

→本殿金堂

770(宝亀元)年、鑑真《がんじん》和上の弟子の鑑禎《がんちょう》上人が毘沙門天を祀る草庵を建てたのが起こり。平安時代には北方守護の寺として信仰を集め、清《せい》少納言《しょうなごん》や菅原孝標女《すがわらのたかすえのむすめ》など、女性の参詣も盛んだった。『源氏物語』では、若紫《わかむらさき》の巻で光源氏が美しい少女(紫上)に出会う「北山のなにがし寺」が鞍馬寺であるとされている。

Column

光源氏の人生の転機となった「須磨《すま》」と「明石《あかし》」

光源氏は政治の実権を握った右大臣の娘(朧月夜)との密会が見つかり、自ら須磨へ退去する。須磨で憂愁の日々を過ごした後(須磨の巻)、夢のお告げに従って現れた明石入道に導かれて明石へと移る(明石の巻)。このストーリーは、**在原行平《ありわらのゆきひら》が須磨に流された史実をベースにしているといわれ、紫式部は須磨、明石の両巻から書き始めたとする説もある。主な舞台となる京都以外では数少ない源氏物語ゆかりの地である。

↓光源氏の須磨での住居跡と語り継がれてきた、神戸市須磨区の現光寺《げんこうじ》

→明石入道の館があった跡とされる、明石市の善楽寺《ぜんらくじ》

Notes

**平安初期の歌人で、小倉百人一首では中納言行平。『伊勢物語』の主人公とされる在原業平の兄。須磨に流された理由は不明

源氏物語《げんじものがたり》 3

光源氏の後半生(第二部)と死後(第三部)を描く

理想的な人生を過ごした光源氏に苦境が訪れる

　第二部は、光源氏40歳から晩年までの物語。第一部では光源氏の恋愛遍歴を主軸に、さまざまな登場人物のストーリーが絡んできたが、第二部の話の展開はいたってシンプル。人生の栄華を手に入れた光源氏だったが、次第にその代償を払うことになり、人生の無常を悟って出家を志すというもの。恋愛模様については、息子の夕霧が主役になっている。

　光源氏は、出家を決意した朱雀院の頼みで、朱雀院の娘の女三宮*と結婚。しかし、光源氏が最も愛する紫上は、女三宮の降嫁《こうか》に心を痛め、病に伏してしまう。紫上はしきりに出家を願うものの、光源氏に許されないまま亡くなる。

　栄華を極めたものの悲しい出来事が尽きなかった人生を振り返る光源氏。そして出家するための準備をする光源氏の姿を描いて、第二部は終焉を迎える。

　第二部は41巻〈幻〉で終わるが、42巻〈匂宮〉との間に「雲隠」という名前だけが伝わる巻がある。本文は伝わっておらず、もともと本文がないとする説と失われてしまったとする説があるが、巻名は源氏の死を暗示するものである。

光源氏を襲う悲運

『源氏物語絵巻』柏木(一)より、柏木との間に不義の子である薫を生んだ女三宮と、父の朱雀院、秘密を知る光源氏が描かれている。光源氏は若き日に自らが犯した藤壺中宮との出来事を思い出し、因果応報ともいえる運命に苦悩する。

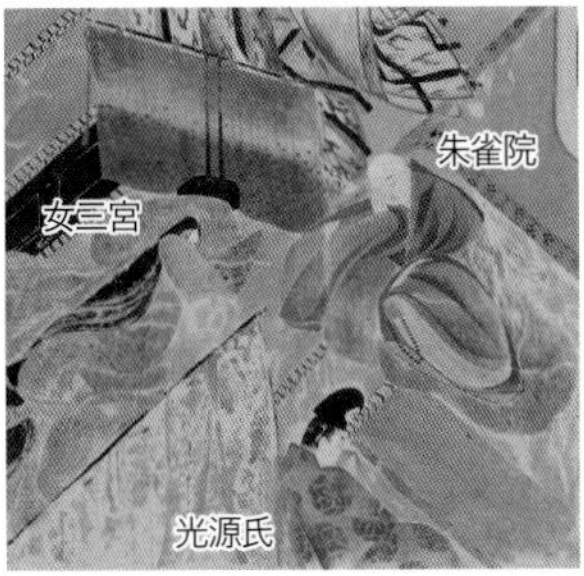

朱雀院
女三宮
光源氏

第二部の主な人物の関係図

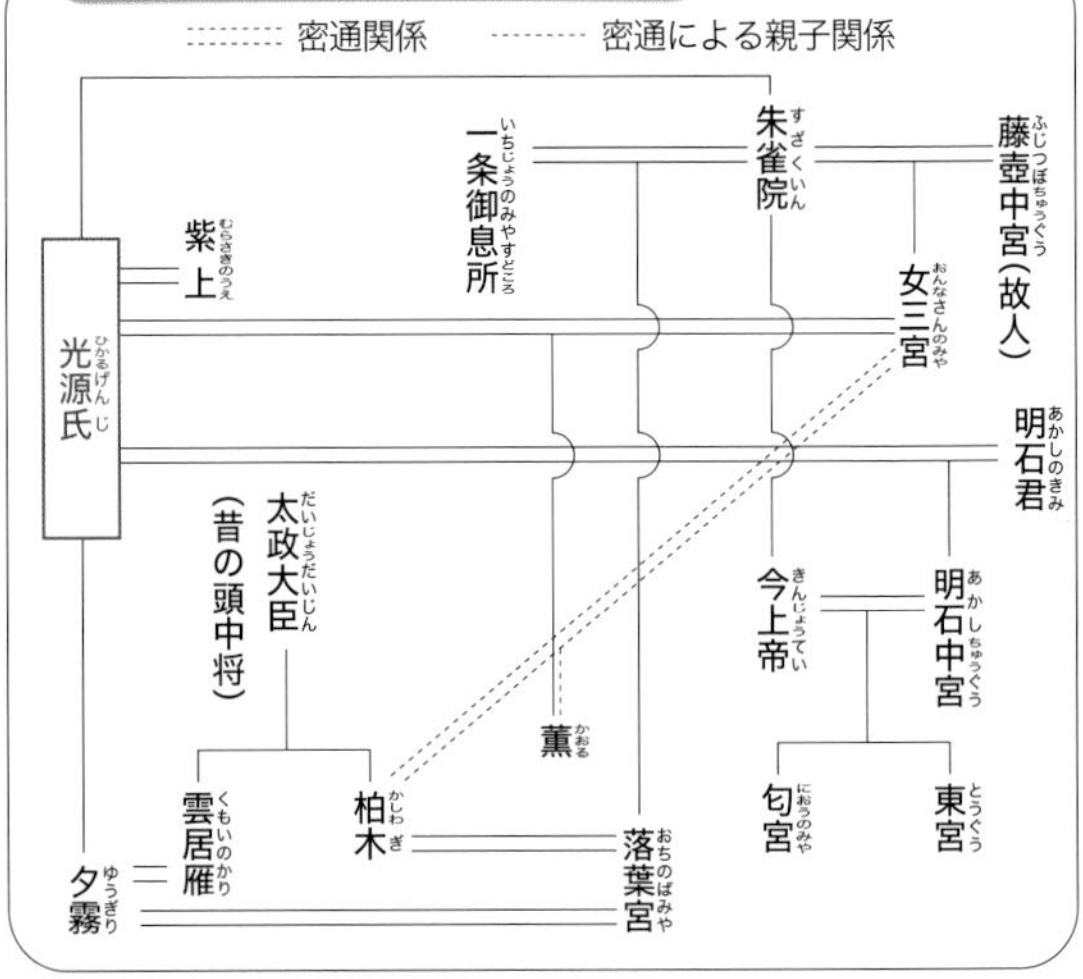

密通関係
密通による親子関係
朱雀院《すざくいん》
藤壺中宮《ふじつぼちゅうぐう》(故人)
一条御息所《いちじょうのみやすどころ》
紫上《むらさきのうえ》
女三宮《おんなさんのみや》
光源氏《ひかるげんじ》
明石君《あかしのきみ》
太政大臣《だいじょうだいじん》
(昔の頭中将)
今上帝《きんじょうてい》
明石中宮《あかしちゅうぐう》
薫《かおる》
雲居雁《くもいのかり》
柏木《かしわぎ》
落葉宮《おちのばみや》
匂宮《におうのみや》
東宮《とうぐう》
夕霧《ゆうぎり》

Notes ＊女三宮は14歳で光源氏と結婚。40歳になった光源氏にとっては幼すぎて失望し、かえって紫上への愛が深まった

次世代を舞台にした愛の悲劇で締めくくる

光源氏亡き後の世界が描かれる第三部。第42巻〈匂宮〉から最後の第54巻〈夢浮橋〉のうち、第45巻からの10巻は宇治を舞台に展開されていくため「宇治十帖」と呼ばれている。

物語の主役となるのは、容姿才能ともに恵まれ、光源氏の子として育てられるも厭世《えんせい》的で出家したいと願う薫《かおる》と、今上帝の第三皇子で光源氏の色好みの面を継いだ匂《におう》宮《のみや》。この二人の貴公子と3人の姫君たちの恋愛模様が宇治十帖の話の主軸であるが、第三部では愛のむなしさや、悲しみ、絶望を描いており、姫君たちは貴公子との恋愛の末に不幸になっていく。主役である薫の恋愛**は最後まで成就すること無く、源氏物語全54帖は幕を下ろすのだ。

★恋の始まりは……

平安貴族の恋愛は、盗み見から始まる。貴族の女性はめったに人に姿を見せないため、男は噂を聞きつけるとこっそり盗み見して相手を見定めた。宇治十帖では、琴と琵琶を演奏する大君と中君の姉妹を薫が垣間見るところ(下)から恋が始まる。

★第三部の主な人物の関係図

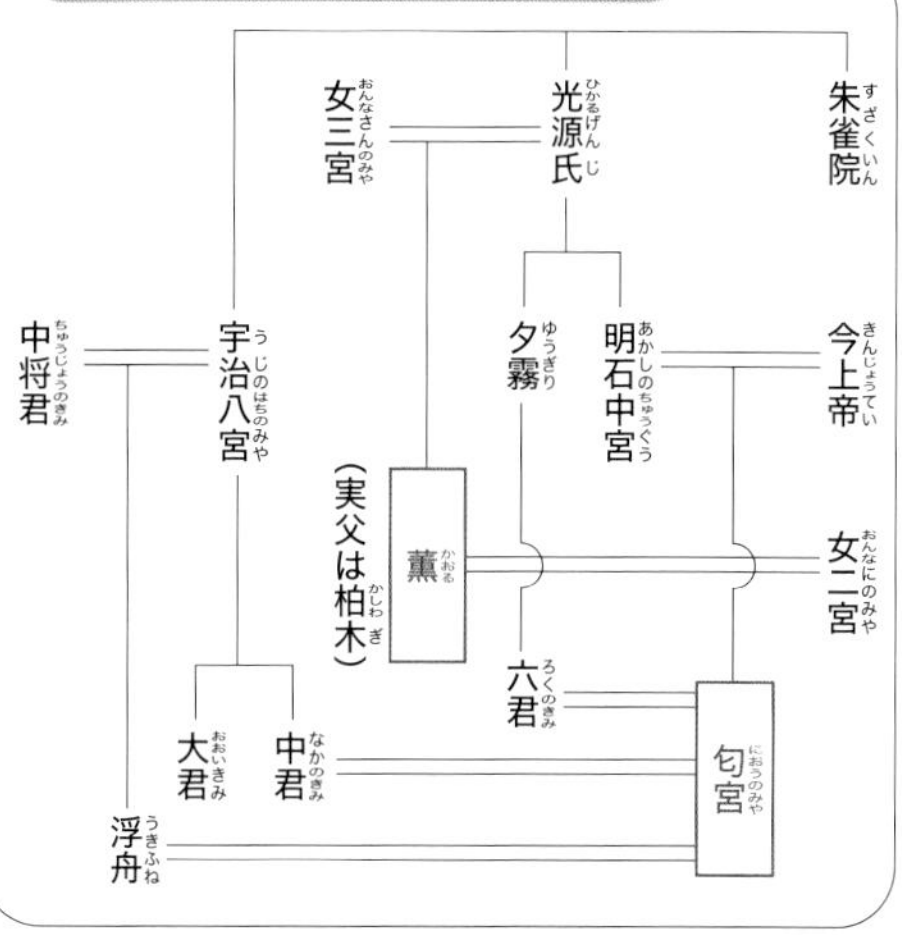

Close Up

全54帖以外の源氏物語

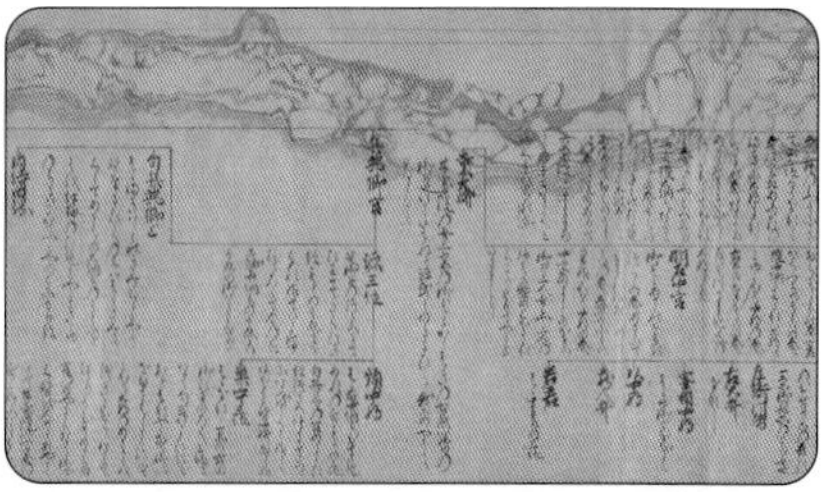

印刷技術が発達する江戸時代以前、書物は書き写して伝えるのが一般的だった。その際には、ストーリーの一部が書き換えられたり、新たな話が追加されたりすることがたびたび生じたようで、源氏物語も例外ではなかった。源氏物語の古い注釈書には、54帖のほかに紫式部以外の別人が書いたとされる「桜人《さくらびと》」「狭蓆《さむしろ》」「法《のり》の師」などの巻があったと記されている。2009(平成21)年にはその一つとされる「巣守《すもり》」の写本の一部が発見された。また、鎌倉時代末期頃の『光源氏系図』(上)には、54帖には登場しない、「巣守三位」という女性の解説が書かれており、54帖以外の巻も含めた源氏物語が広まっていたことを示している。

Notes ＊＊大君は薫からの想いを拒否。妹の中君と匂宮の結婚生活がうまくいかないことに心を痛めて亡くなる。その後、薫は浮舟に惹かれるが、恋に悩んだ浮舟は川に身を投げてしまう

京都府

旧《きゅう》嵯峨《さが》御所《ごしょ》 大本山《だいほんざん》大覚寺《だいかくじ》

文化財⬇国宝（後宇多天皇宸翰御手印遺告ほか）、重要文化財（宸殿ほか）

876（貞観18）年、光源氏のモデルとされる源融《みなもとのとおる》の父である嵯峨天皇の離宮を寺に改めて以来、代々天皇や皇族が住持を務めた門跡寺院。鎌倉時代には後嵯峨《ごさが》上皇や後宇多《ごうだ》法皇が入寺して院政を行ったため、嵯峨御所と呼ばれた。宸殿《しんでん》や心《しん》経前殿《ぎょうぜんでん》（御影堂）などの建物が、「村雨《むらさめ》の廊下」と呼ばれる回廊で結ばれている。また寺の東には、周囲約1kmの*大沢池《おおさわのいけ》が広がる。『源氏物語』では、光源氏が大覚寺の南に御堂を建立。紫上を亡くし、深い悲しみのなかにあった光源氏は、紫上をしのびつつ出家して仏に仕える生活に憧れていた。

↑唐（中国）の洞庭湖《どうていこ》を模して造られた大沢池は国の名勝に指定されている

→式台玄関は江戸時代の建物で、御所から移された

京都府

仁和寺《にんなじ》

文化財⬇国宝（御室相承記ほか）、重要文化財（御影堂ほか） 世界遺産

888（仁和4）年に創建され、金堂や五重塔、御影堂などの建造物が並ぶ。『源氏物語』では、光源氏の異母兄にあたる朱雀帝が冷泉帝に譲位した後に出家する「西山の御寺」が仁和寺だとされる。

阿弥陀三尊を安置する国宝の金堂

京都府

鳥辺野《とりべの》

京都市東山区の清水より南側に広がる地域名。かつては現在よりも広い地区を指しており、平安時代から葬送の地として、北の蓮台野《れんだいの》、西の化野《あだしの》とともに知られていた。藤原道長が荼毘に付された場所であり、『源氏物語』では亡くなった葵上や夕顔などが鳥辺野で葬送されている。

大谷本廟など、現在も墓地が広がる

キャンベル's Eye

光源氏の栄華と挫折、そして愛する女性との悲しい別れを描いた上で、主人公の終焉を描かないで次の世代へと進む『源氏物語』。最後に姿を見せるのは「幻」の巻で、亡き紫上の手紙を焼き、自らの「終活」に勤しんでいます。

Notes ＊日本に現存する最古の人工の庭池で、当時の姿のまま残る。昔から観月するならここしかないといわれ、現在も「観月の夕べ」という行事が行われている

京都府

橋《はし》姫《ひめ》神《じん》社《じゃ》

宇治川に架かる宇治橋西詰近くにあり、瀬《せ》織《おり》津《つ》比咩《ひめ》(橋姫)**を祀る神社。『源氏物語』では宇治十帖のゆかりの地となっている。「橋姫」の巻では、薫が大君を思い「橋姫の心をくみて高瀬さす棹のしずくに袖ぞ濡れぬる(橋姫のような寂しいあなたの心を察して、浅瀬を渡る舟の棹のしずくに舟人が袖を濡らすように、私の袖も涙で濡れています)」という和歌を贈っており、この和歌にちなんで巻名が付けられている。

水運の神である住吉明神と並んで祀られている

京都府

宇《う》治《じ》川《がわ》

琵琶湖を水源として、大阪湾に注ぐ約75kmの一級河川。琵琶湖からは瀬田川、滋賀県から京都府に入るあたりで宇治川、京都府から大阪府に入るあたりで淀川と名称が変わる。宇治川は、『源氏物語』の宇治十帖の舞台装置として欠かせない存在であった。「川風のいと荒ましきに」などと記され、宇治の地での物語は荒々しい自然を背景にして語られる。

↑宇治川の両岸に10カ所の宇治十帖ゆかりの古跡がある

→宇治橋西詰にある紫式部の像

Column

注目を集める『源氏物語』をより深く学ぶ

2024年のNHK大河ドラマ『光る君へ』は、源氏物語の作者である紫式部の人生を描く作品。あくまで紫式部が主役ではあるが、源氏物語が再び脚光を浴びることになった。宇治十帖の舞台である京都府宇治市にある、「宇治市源氏物語ミュージアム」は模型や映像などにより源氏物語の魅力を紹介するほか、平安時代の文化や面影を伝える、源氏物語専門の博物館である。

→平安貴族の乗り物「牛車」を実物大で復元

↓主に宇治十帖の世界を紹介する施設

Notes　**嵯峨天皇の時代に嫉妬深い公卿の娘が37日間宇治川に浸かって鬼となり、憎んだ男女をとり殺したという「宇治の橋姫伝説」が『平家物語』に収録されている

女の職場であり、政争の場でもあった後宮《こうきゅう》

中古文学の主役の一角を担った女性の多くが、宮仕えした後宮という世界でその才能を発揮し、華やかな後宮文化を開花させた。

【後宮とはどんなところ？】

後宮とは、主に天皇やその后《きさき》が住まう殿舎の総称。男性の役人が立ち入ることができなかったため、地方豪族の娘や下級～中級貴族の娘が女官(下級職員)や女房(上級職員)として働いていた。後宮は内裏《だいり》の一部のエリアのことを指し、内裏は平安京の北中央に位置した大《だい》内裏《だいり》にあった。

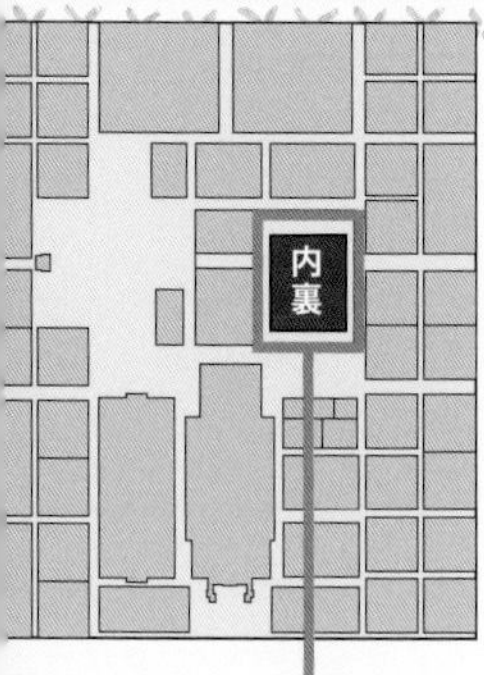

内裏

大内裏 平安京の宮城で、平安宮とも呼ぶ。南北約1400m、東西約1200mの広さがあり、内裏を囲むように諸官庁が配置されていた。

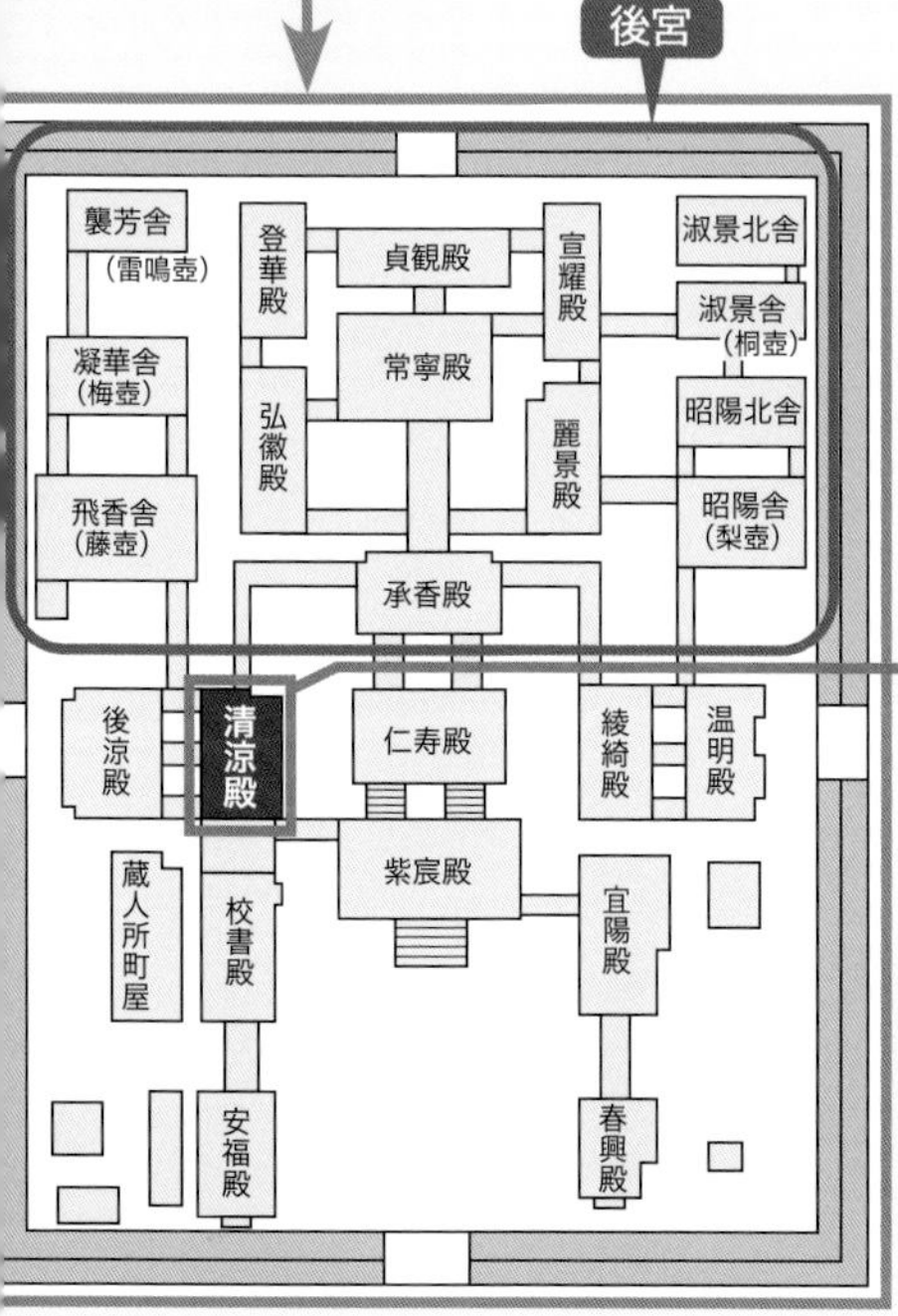

後宮
襲芳舎
(雷鳴壺)
登華殿
貞観殿
宣耀殿
淑景北舎
淑景舎
(桐壺)
凝華舎
(梅壺)
常寧殿
弘徽殿
麗景殿
昭陽北舎
飛香舎
(藤壺)
昭陽舎
(梨壺)
承香殿
後涼殿
清涼殿
仁寿殿
綾綺殿
温明殿
蔵人所町屋
紫宸殿
校書殿
宜陽殿
安福殿
春興殿

内裏 大内裏のほぼ中央に位置し、広さは南北約300m、東西約220m。内裏の北側に位置し、天皇の后が住む「七殿五舎」が後宮と呼ばれるエリア。

清涼殿《せいりょうでん》 天皇が日常生活を過ごす、内裏で最も重要な殿舎の一つ。執務を行う南側が公的な空間で、私的な場の北側には寝室の夜御殿《よんのおとど》や、后が待機する部屋、女房たちの詰所などがあった。

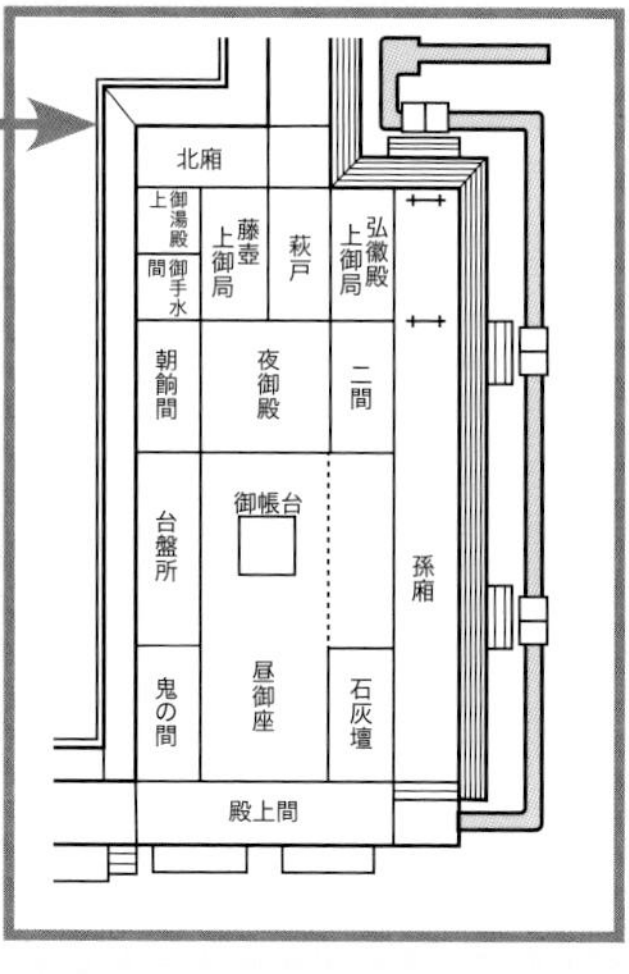

北廂
上御湯殿
御手水間
藤壺上御局
萩戸
弘徽殿上御局
朝餉間
夜御殿
二間
御帳台
台盤所
孫廂
鬼の間
昼御座
石灰壇
殿上間

女性だけの役所

後宮には「後宮十二司《こうきゅうじゅうにし》」という女性だけが働く役所があった。天皇の側近として奉仕する内侍司《ないしのつかさ》をはじめ、重要な宝物を管理する蔵司《くらのつかさ》や天皇の医薬を管理する薬司《くすりのつかさ》などで、特に内侍司は宮中で働く女性の憧れの職場だった。しかし、9世紀以降に十二司は一部を除き衰退してしまう。また、天皇の后が内裏に居住するようになると、后を支える女房たちも内裏で生活するようになった。

平安時代の職場いじめ

紫式部(左下)は中流貴族の娘であったが、その才能とすでに書き始めていた源氏物語の評判を聞きつけた藤原道長によって召し出されて、中宮彰子《しょうし》に仕えた。しかし、出仕初日から同僚の女房たちに無視され、ショックで5カ月も家にこもってしまう。また源氏物語を読んだ一条天皇が紫式部を褒めると、それを聞いた女房から「才能をひけらかしている」とけなされ、「日本紀の御局」というあだ名をつけられてしまう。

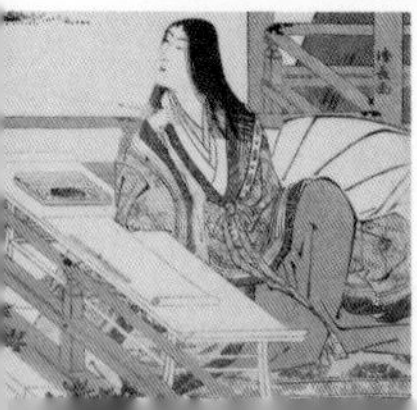

【親がライバル！一条天皇に嫁いだ二人の后】

天皇の后が暮らす後宮は、政治闘争の舞台でもあった。特に平安時代は、藤原氏が自身の娘を天皇の后にし、その子を天皇に擁立して、天皇の外戚《がいせき》(母方の親戚)となって政治の実権を握っていた。第66代一条天皇の場合、関白として権力を握った藤原道隆《みちたか》の娘の定子《ていし》を皇后に迎えた。しかし道隆が病で死去すると、後継者となった道長の娘の彰子《しょうし》を皇后と同格の中宮として迎えることになり、本来一人のはずの正室が二人になる事態になった。

←一条天皇は藤原道長の全盛時代、宮廷サロン文学の最盛期の天皇

定子と彰子の関係

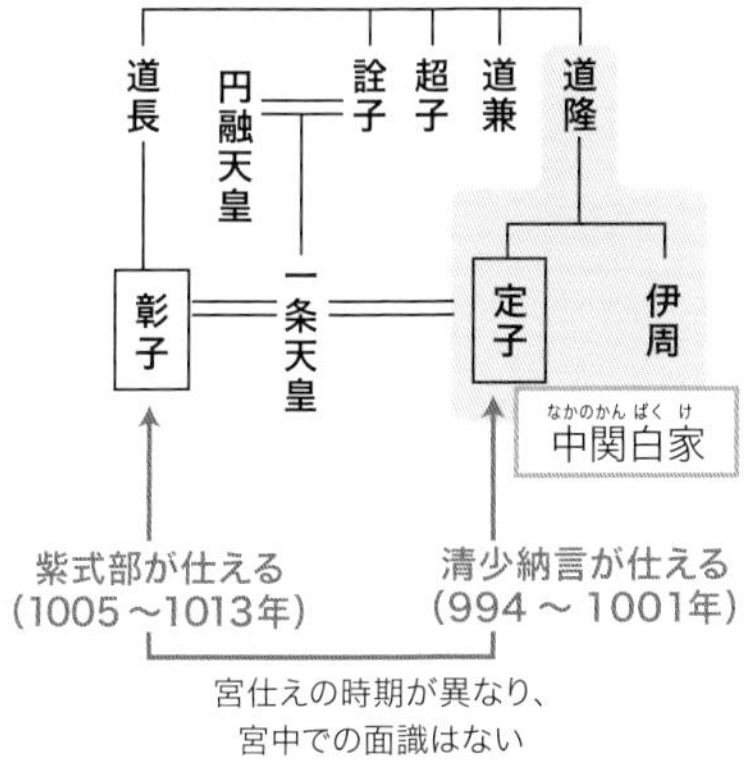
道長
円融天皇
詮子
超子
道兼
道隆
彰子
一条天皇
定子
伊周
中関白家《なかのかんぱくけ》
紫式部が仕える
(1005～1013年)
清少納言が仕える
(994～1001年)
宮仕えの時期が異なり、
宮中での面識はない

藤原定子

990(正暦元)年に14歳で入内。3歳下の一条天皇との間に皇子1人、皇女2人をもうけるが、3人目の出産が難産となり崩御。道隆の死や、兄弟の失脚も重なり、定子の皇子は天皇になれなかった。

藤原彰子

999(長保元)年に12歳で入内。19歳のときに懐妊し、難産の末に皇子を出産。父、道長の手により彰子の皇子は後一条天皇として即位し、彰子は国母(天皇の母)となる。

道長の成り上がり

藤原道長は五男坊で、道隆と道兼《みちかね》という有力な兄がいた。しかし道隆と道兼が相次いで病死したためチャンスが到来。権力の座を巡って、道隆の子の伊周《これちか》と激しく争った。最終的には、道長の姉で一条天皇の母である詮子《せんし》の後押しもあり、政治の実権を握ることができた。

中関白家の没落

中関白家とは藤原道隆を祖とする一族のこと。道隆の死後、息子の伊周と隆家が共謀して花山《かざん》法皇に矢を射かけるという事件を起こし、両名とも左遷させられる。定子も死去し、中関白家は権勢を失ってしまう。

定子の子を育てた彰子

定子が亡くなり、中関白家の後ろ盾がなくなった皇子(敦康《あつやす》親王)を引き取って養育したのは、まだ13歳の彰子だった。その後、彰子も皇子(敦成《あつひら》親王)を出産。一条天皇は敦康親王を跡継ぎに考えたが、道長が圧力をかけて敦成親王を皇太子にさせた。彰子はこれに怒り、激しく抵抗したという。

漢文から仮名文へ！ 物語風に歴史を語る
栄花物語《えいがものがたり》・大鏡《おおかがみ》

時代に合わせて誕生 新ジャンルの歴史物語

8世紀から10世紀にかけて、朝廷は、歴史書の編纂《へんさん》にも力を入れた。『古事記』『日本書紀』を皮切りに『続日本紀《しょくにほんぎ》』や『日本後紀《にほんこうき》』などが奈良・平安時代に完成。古事記以外の歴史書は「六国史《りっこくし》」と総称されている。

六国史の後、国史の編纂は未完に終わり、その代わりに、これまで漢文体で書かれた堅苦しい歴史書とは一線を画する、仮名書きによる物語風の歴史書が誕生した。『栄花物語』はその最初で、第59代宇多《うだ》天皇から第73代堀河《ほりかわ》天皇ま

★栄花物語は女性目線？

栄花物語のうち30巻ある正編の作者は女性だとされ、中宮彰子に仕えた赤《あか》染衛門《そめえもん》が有力候補である。男性が書いたとされる大鏡と比較すると、栄花物語は人物の性格や容姿、服飾の描写が豊かで、年中行事や生活の様子などの記述が詳細である。右は、巻八「初花」に記された中宮彰子の出産の様子を描いた図屏風の一部

★「鏡物」の元祖・大鏡の特徴

雲林院《うりんいん》の*菩提講《ぼだいこう》(上)にて、大宅世継《おおやけのよつぎ》(190歳)と夏山繁樹《なつやまのしげき》(約180歳)が若侍相手に昔話をして、作者がそれを書きとどめるという設定で歴史がつづられている。二人の語り手と聞き役にそれぞれ意見を述べさせることで、異なる視点や立場からものごとを捉えるという、歴史の面白さを描き出している。

【栄花物語】

ジャンル
歴史物語
正編30巻、続編10巻

作者
未詳

時代
平安時代中期～後期
正編は1028(長元元)年～1037(長元10)年頃、続編は1092(寛治6)年以後成立

【大鏡】

ジャンル
歴史物語

作者
未詳

時代
平安時代後期
1025(万寿2)年以後の成立

Notes ＊菩提講とは、仏教の経典のうち法華経についての講義・解説をする会のこと。菩提とは極楽浄土の意味を表す仏教語

での約２００年を編年体《へんねんたい》という年代順に記述する形式で記してあり、特に藤原道長の栄華や当時の貴族社会を情感豊かに描写している。

『大鏡』は、『栄花物語』から影響を受けて仮名書きで記されたと考えられている歴史物語である。第55代文徳《もんとく》天皇から後一条《ごいちじょう》天皇在位中の１０２５（万寿２）年までの１７６年を重要人物の伝記を中心に書く紀伝体《きでんたい》という形式で記している。五部構成のうち三部にわたって藤原氏の歴史が語られるが、そこに裏話や人物批判などを交えている点が栄花物語と大きく異なっている。

さらに大鏡の影響を受けて、平安時代後期から室町時代前期までに『今鏡《いまかがみ》』『水鏡《みずかがみ》』『増鏡《ますかがみ》』という歴史物語が書かれた。これらは「鏡《かがみ》物《もの》」といわれ、大鏡も含めて「四《し》**鏡《きょう》」と呼ばれている。

★政略結婚で権力を握った道長

道長が時代の頂点に君臨できたのは、自分の娘たちを天皇に嫁がせ、外戚として発言力を強めたからだった。

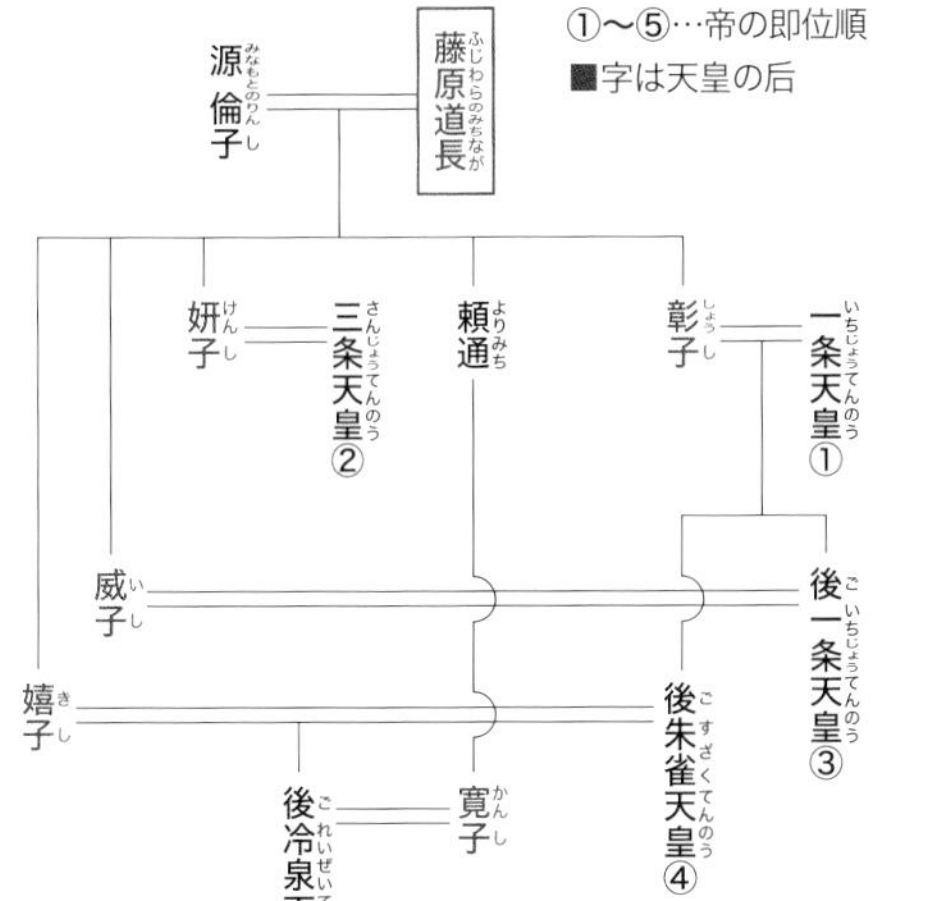

★主役は藤原道長

栄花物語も大鏡も藤原道長（上）の栄華を記すことを最大の目的としている。しかし、紀伝体の大鏡は、さまざまな逸話を記すことで道長の魅力や性格を多角的に描き出すことに重点を置いているのに対し、編年体の栄花物語は、道長だけでなく藤原氏発展の歴史に焦点を当てているという違いがある。

★道長を賛美する逸話がすごい！

競べ弓（大鏡より）

藤原伊周《これちか》と道長が弓の競射をした際、道長が「我が家から将来の帝や后が現れるならば、矢よ当たれ」と射ると的の真ん中に命中した。さらに「私が摂政、関白になるはずなら、矢よ当たれ」と射ると、またも真ん中に命中。伊周の番になったが、周囲が制止して、場がしらけてしまった。

肝試し（大鏡より）

ある雨の夜、帝の命で道長と道隆《みちたか》、道兼《みちかね》の兄弟が肝試しをすることになった。それぞれ別の場所へ向かうことになったが、道隆と道兼は途中で引き返してしまう。しかし道長だけは、目的地の大極殿まで一人で赴き、証拠として天皇の玉座の柱を削ってきた。帝は驚きあきれたものの、道長を褒め称えた。

Notes　**四鏡のうち、今鏡は大鏡に続く146年間の歴史を、水鏡は初代神武天皇から54代の歴史を、増鏡は第82代後鳥羽天皇から後醍醐《ごだいご》天皇が隠岐から帰京するまでの歴史を描いている

京都府

京都御苑《きょうとぎょえん》

平安時代から明治時代にかけて天皇が暮らした場所であり、明治天皇の命によって公園に整備、国民に開放された。平安時代、天皇の在所であった大内裏は現在の京都御苑の西南東にあたる。また、京都御苑の一角には『大鏡』や『栄花物語』の主役といえる藤原道長の主要な邸宅であった「*土御門第《つちみかどてい》」があった。藤原道長は、倫子と結婚したときからこの邸宅で暮らしたほか、娘がこの邸宅で後に天皇になる皇子を出産するなど、道長の栄華の象徴であった。1016(長和5)年に焼失(後に再建)するが、『栄花物語』にはその様子も描かれている。

↑広大な敷地に砂利の広い道が通り、芝生や木々の緑が美しい

→土御門第跡を示す説明板

福岡県

大宰府政庁跡《だざいふせいちょうあと》

文化財⬇特別史跡

奈良・平安時代に九州全体を治める役所だった大宰府があった場所で、現在は礎石が残っている。『大鏡』には、平安時代の有力貴族だった菅原道真《すがわらのみちざね》が、藤原時平《ときひら》との確執から大宰府に左遷されたエピソードが描かれている。

100〜150年前に建立された石碑が残る

京都府

大堰川《おおいがわ》

丹波山地東部を水源として淀川に合流する川。源流付近では上桂川、渡月橋付近では大堰川、嵐山から下流では桂川と、めまぐるしく名称を変える。『大鏡』には、道長が大堰川で催した舟遊びを舞台に、教養豊かな文化人として知られた藤原公任《ふじわらのきんとう》の優秀さを物語る「三船《さんせん》の才」という逸話が載っている。

現在も嵐山で屋形船の遊覧を楽しめる

キャンベル's Eye 京都国立博物館には、『栄花物語』の冊子を重ねた姿を模した京焼の硯箱が収められています。18世紀末頃制作、お洒落な床飾りに使われたもので、京の女性たちが200年の哀楽に憧れ、文字の世界に親しんでいた様子がうかがえます。

Notes ＊土御門第は、道長が結婚した倫子《りんし》の父・源雅信《まさのぶ》が建てたといわれ、その死後に道長の邸宅となった。道長の娘で一条天皇の后になった彰子《しょうし》は、ここで二人の皇子を出産した

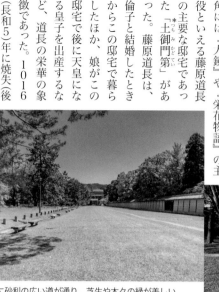

春日大社《かすがたいしゃ》

文化財⬇国宝(春日大社本社本殿ほか)、重要文化財(秋草蒔絵手箱ほか)

世界遺産

奈良時代の768(神護景雲2)年に称徳《しょうとく》天皇の勅命により造営されたと伝わる。『栄花物語』の最終40巻「紫野」は、当時15歳で中納言になった藤原忠実《ただざね》が春日大社で春日祭《かすがさい》の責任者を無事に務め、京へ帰る場面で締めくくられる。春日祭は、現在も例年3月13日に開催されている。

御本殿の前にある中門《ちゅうもん》・御廊《おろう》は国の重要文化財

東北院《とうぼくいん》

京都府

藤原道長が、当時最大級の寺院「法成寺《ほうじょうじ》」＊＊を創建したことは『栄花物語』にも『大鏡』にも栄華の象徴として記されている。道長の死後、娘の彰子《しょうし》の発願で法成寺の一郭に建てられたのが東北院である。しかし、東北院は法成寺の火災によって焼失。その後も焼失と移転、再建を繰り返し、江戸時代の1693(元禄6)年に現在の地に移った。

大弁財天を本尊として祀る時宗の寺

元慶寺《がんけいじ》

868(貞観10)年、藤原高子《こうし》の発願で僧正遍昭《へんじょう》が定額寺として建立。877(元慶元)年に清和《せいわ》天皇の勅願寺となり、現在の名に変わった。『大鏡』には、道長の父である藤原兼家《かねいえ》と兄・道兼《みちかね》の策略により出家することになった花山《かざん》天皇が、元慶寺で仏門に入った顚末《てんまつ》が記されている。応仁の乱によって伽藍《がらん》が焼失。現在の山門は、京都三竜宮門のひとつ。

大鏡では花山寺の名前で描かれている

法住寺《ほうじゅうじ》

京都府

989(永祚元)年、藤原為光《ためみつ》が、相次いで亡くなった妻と娘の菩提《ぼだい》を弔うために創建。『栄花物語』では、道長の子の長家《ながいえ》が、亡くなった妻の亡骸《なきがら》を法住寺へ移す様子が描かれている。その後、法住寺は焼失するが、後白河《ごしらかわ》法皇が再建して御所「法住寺殿」とした。本尊の不動明王像はあらゆる災厄から護ってくれる身代わり不動尊として崇められている。

かつて、三十三間堂は法住寺殿の一角にあった

Notes　＊＊法成寺は、道長が自邸の土御門第のすぐ東に造営したとされる。上級貴族の邸宅が1町(120m四方)だったところ、4〜6町を有したというが、痕跡はいまだ発見されていない

超大スケール！ 仏教説話と世俗説話の集大成

今《こん》昔《じゃく》物《もの》語《がたり》集《しゅう》

1000話以上にのぼる 題材豊富な説話集

『今昔物語集』は、題名が示すように、すべての物語が「今は昔」、つまり「今から見れば昔のことではあるが」という書き出しで、ほとんどが「となむ語り伝へたるとや」で結ばれる形式をもつ説話集。全1000話以上から成る。

編者は鳥羽僧正《とばそうじょう》説のほか、興福寺や延暦寺の僧侶説があるが、現在のところどれも確証はない。わかっているのは、成立時期とされる12世紀前半より前に書かれた*『日本霊異記《にほんりょういき》』や**『三宝絵《さんぼうえ》』などの説話集や『俊頼髄脳《としよりずいのう》』などの歌論書、寺社の縁起などに収録された説話を題材にしているものが多いこと。さらに全31巻が3部に分かれているという点も特徴だ。

ジャンル
説話集
全31巻

編者
未詳

時代
平安時代末期
1120(保元元)年以降成立

江戸時代に出版された『今昔物語』

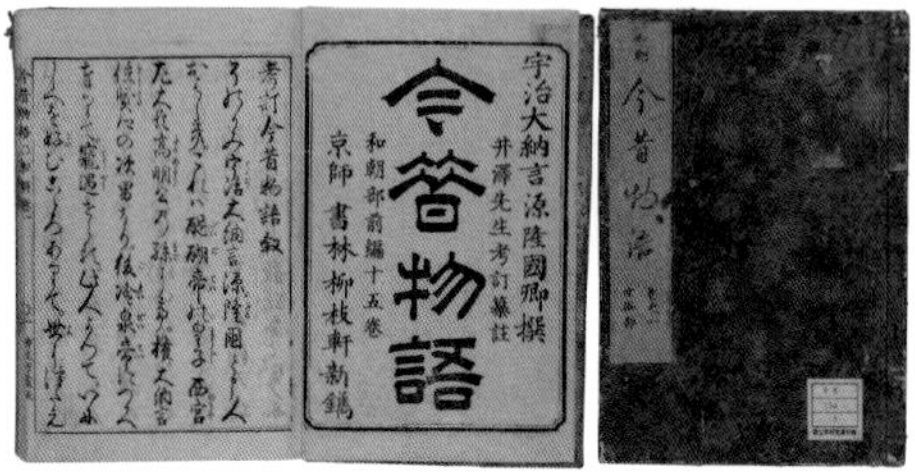

江戸時代に日本の世俗説話部分が刊行され、大正時代には、芥川龍之介が『羅生門』などの小説を書いたことから、文学的な価値が注目されることになった『今昔物語集』。写真は 源《みなもとの》 隆國《たかくに》撰『今昔物語』

世俗説話の題材

歴史に名を残す高僧が呪殺《じゅさつ》合戦を繰り広げたり、浮気男が妻を別人と間違えて口説いてしまったり、完全なフィクションではなく、実際の事件を核に誇張した人間味あふれる内容

巻24の48話を絵画化した「鏡売図《かがみうりず》」。19世紀に冷泉為恭《れいぜいためちか》によって描かれた

仏教説話の題材

釈迦《しゃか》の生涯や十大弟子、アショーカ王の業績のほか、日本への仏教伝来、法華経霊験や観音菩薩霊験などを紹介し、仏とはなにか、どう生きるかを説く

13世紀に刷られた『版本大般若経　巻第三百六十五』。『今昔物語集』に登場する玄奘三蔵などが描かれている

Notes ＊『日本霊異記』とは、薬師寺の僧、景戒《きょうかい》が撰者となった3巻からなる仏教説話集。成立は弘仁年間(810～824年)。ほぼ年代順に漢文体で記録された日本最古の仏教説話集

親しみある仏教説話とウィットに富む世俗説話

全31巻は、巻1～5が天竺《てんじく》(インド)、巻6～10が震旦《しんたん》(中国)、巻11～31が本朝(日本)という構成。そのうち巻8、18、21は欠けていて現存しない。

仏教説話は、仏教の成立や伝来、因果応報などの教理が主だが、人間の行動から教理を説く法話的なアプローチで、親しみやすい。

面白いのは世俗説話だ。皇族から一般庶民までさまざまな階層の人々や動物、妖怪まで登場。ウィットに富み、人間の生き方や世界の多様性を示す内容だ。

作品は後世にも影響を与えた。芥川龍之介の『羅生門』『鼻』『芋粥』『好色』『藪の中』などは『今昔物語集』の日本の世俗説話から、『青年と死』『道祖問答』などは日本の仏教説話からヒントを得た作品だ。

★巻別の特徴をチェック

全31巻はインド、中国、日本の3部からなり、さらに仏教説話と世俗説話に分類されている

巻1～5 インドの仏教説話

釈迦の生涯や伝説、修行や各種の霊験、弟子たちの教化、釈迦の入滅についてのほか、因果応報などの教理を紹介

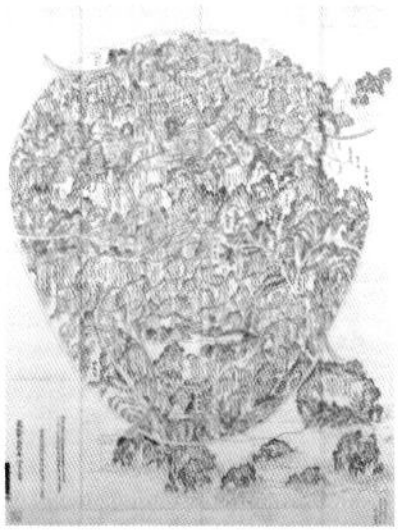

天竺之図
神戸市立博物館蔵
Photo:Kobe City Museum/DNPartcom

巻6～9 中国の仏教説話

中国への仏教渡来の過程や、流布の歴史、大般若経や法華経の功徳や霊験談を紹介。天竺へ仏法を求めた玄奘三蔵《げんじょうさんぞう》や僧を投獄した始皇帝《しこうてい》などを人間味豊かに描く

玄奘三蔵

巻10 中国の世俗説話

1巻のみで日本編と同様、世俗説話として中国の歴史や中国の小説に見られるふしぎな話である奇異譚《きいたん》が書かれている

巻11～20 日本の仏教説話

日本への仏教渡来と流布史、法会の縁起と功徳、法華経読誦の功徳や霊験談を紹介。聖徳太子の生涯や太子信仰、弘法大師の超人伝説のほか行基《ぎょうき》と鑑真《がんじん》和尚などの説話もある

弘法大師こと空海

巻22～31 日本の世俗説話

皇族、武士、僧侶、庶民、遊女、盗賊や動物、天狗などが登場し、芸能や武勇、恋物語などをモチーフにしながら人間とは何かを滑稽にひも解く

源隆國撰『今昔物語』に描かれた世俗説話の一部

Close Up

『今昔物語集』の3つの欠巻とは?

8巻は、震旦《しんたん》の諸菩薩や高僧霊験説話だったが、完成に至らず欠巻になったと推測される。日本の仏教説話の18巻は、本朝僧宝霊験説話が予定されていたが、他巻で多くの高僧説話が取り上げられているため重複を避けた可能性が推測され、21巻は皇室関係の説話が置かれるはずだったが、成立には至らなかったと考えられている。

Notes　**「三宝絵」は、仏法僧の三宝の功徳について描かれた絵巻のこと。絵巻は現存しないが、984(永観2)年に源為憲《みなもとのためのり》が冷泉院第2皇女のために絵に添えて三宝を説いた「三宝絵詞《さんぼうえことば》」がある

和歌山県

道《どう》成《じょう》寺《じ》

文化財⬇国宝(千手観音菩薩、日光菩薩・月光菩薩)、重要文化財(本堂、仁王門ほか)

熊野に向かう高僧と若い僧がいた。若い僧に一目ぼれした女は執拗に迫るが僧は誘いを断り、参詣の帰りに会いに来るという約束も破った。女は死んで大蛇になり、若い僧を追う。僧が駆け込んだのが道成寺。寺の僧は顛末を聞いて哀れみ、僧を鐘の中にかくまったが、蛇は鐘を焼き尽くし、僧は灰と化した。ある晩、高僧の夢に巨大な蛇が現れ、焼かれた僧だという。そして蛇になった自分と女のために祈ってほしいと懇願。高僧が法華経を書写し祈ると、若い僧と女が夢に現れ、天に昇れたと感謝する。霊験あらたかな法華経を伝える説話は巻14にあり、能楽『道成寺』の典拠となっている。

↑701(大宝元)年創建の和歌山県最古の寺。1357(正平12)年建造の本堂。鐘は再鋳され京都の妙満寺に©道成寺

→1691(元禄4)年建立の仁王門©道成寺

京都府

六《ろく》波《は》羅《ら》蜜《みつ》寺《じ》

文化財⬇国宝(十一面観音立像)、重要文化財(本堂、空也上人立像、薬師如来坐像ほか)

17巻21話には、六波羅蜜寺にある地蔵菩薩の由来が書かれている。亡くなり、閻魔庁に召された但馬(兵庫県)の国司《こくし》が、地蔵菩薩だという小僧に、生き返らせてほしいと頼んだ。一度は拒否されたが、三宝(仏法僧)に奉仕して地蔵菩薩に帰依すると約束。本当に果たすのかを試すため、地蔵菩薩が男を生き返らせると、男は出家して法華経を書写し、六波羅蜜寺で法会を行い、大仏師の定朝《じょうちょう》に依頼して等身大の地蔵菩薩像を造立。その菩薩像が今も寺に安置されているという。17巻28話にも女人と地蔵菩薩に関する説話がつづられている。

←『今昔物語集』に書かれた定朝作の地蔵菩薩像©六波羅蜜寺

←念仏を唱える口から6体の阿弥陀が現れた伝承を具現した空《くう》也《や》上人《しょうにん》立像で有名な寺。寺の起源は963(応和3)年と伝わる©六波羅蜜寺

キャンベル's Eye

18世紀の京都で刊行されるまでごく一部の読者しかアクセスできなかった『今昔物語集』は、江戸後期には曲亭馬琴の読本などに使われ、近代小説家に見いだされ文学史上の地位を不動にしました。意外と「新しい」古典です。

Notes

＊羅刹《らせつ》とは、人をたぶらかし、血肉を食うとされる悪鬼(妖怪や怨霊)。男の場合は醜悪で、女はとても美麗。後に仏教の守護神の十二天のひとつ、羅刹天となった

鞍馬寺

文化財⬇国宝（毘沙門天三尊立像、石造宝塔ほか）、重要文化財（兜跋毘沙門天立象ほか）

　ある夜、鞍馬寺にこもる修行僧の前に女の姿の羅刹鬼《らせつ》*が現れる。女ではなく鬼と思った僧は、焼いた金の杖を鬼の胸に突き立てた。朽木の下に隠れると、鬼は怒り、僧を追ってくる。僧が毘沙門天《びしゃもんてん》に念じ、救いを求めると朽木が倒れ、鬼は圧死。毘沙門天の霊験のあらたかさを伝えている。

鞍馬寺には国宝の毘沙門天三尊像が安置されている

京都府

六角堂《ろっかくどう》

文化財⬇重要文化財（毘沙門天立像）

　六角堂で日頃から熱心に観音を信仰する若侍がいた。鬼につばをかけられ透明人間になってしまったが、夢のお告げに従い出向いた先で、重病の姫と祈祷僧に出会う。祈祷僧が不動明王の呪を唱えると男は元の姿に戻り、同時に姫の病もいえたという。不動明王の呪の霊験と観音のご利益を説いた説話である。

正式名は頂法寺《ちょうほうじ》。587（用明天皇2）年に聖徳太子が創建

広隆寺

文化財⬇国宝（桂宮院本堂、弥勒菩薩半跏思惟像ほか）、重要文化財（講堂、木造地蔵菩薩坐像ほか）

　11巻には秦河勝《はたのかわかつ》**による広隆寺創建の話がある。35話には弥勒菩薩《みろくぼさつ》も登場。奈良時代、奈良の尼寺の前で「痛いよう」と泣く声がする。行ってみると盗人が弥勒菩薩像を壊そうとしていた。盗人は捕まり、像も難を逃れた。盗人に重罪を犯させまいとする弥勒菩薩の御心を伝える物語である。

35話に登場する弥勒菩薩とは異なるが、寺には日本の国宝第1号となった弥勒菩薩半跏像が安置されている©飛鳥園

滋賀県・三重県

鈴鹿山《すずかやま》

　29巻36話の世俗説話の舞台は鈴鹿山。一度も盗賊に出会っていない水銀商がある日、山で大盗賊団に襲われた。逃げ出した商人が、大空に向かい「遅いぞ」と叫ぶと、赤い雲に見えるほどの蜂の群れが現れ、盗賊めがけて襲い掛かり刺殺。品物も商人も無事帰還した。男は家でつくる酒を蜂に飲ませていたという。蜂の恩返し。恩には報いるべしという話。

滋賀県と三重県の県境を南北に走る鈴鹿山脈

Notes　**秦河勝は、聖徳太子の舎人《とねり》（天皇や貴族に仕えて雑事を処理する役人）で、610（推古天皇18）年には、新羅《しらぎ》からの使者の接待役を務めた人物。広隆寺創建者とされる

貴族の間で一世を風靡した

和歌《わか》とその修辞《しゅうじ》

奈良時代に書かれた力強い歌風の『万葉集《まんようしゅう》』から一転、優美で繊細な歌風に変化した平安時代の和歌。遊び心あふれる和歌に込められた修辞の代表を紹介。

【和歌】

和歌のうち、上の句の五七五と下の句の七七の31文字で成るのが短歌。五七を3回以上繰り返し七で結ぶ長歌や、五七七を2回繰り返す船頭歌などがある。字数により「字余り」「字足らず」も有効。宮中などでは、2組に分かれて優劣を競う歌《うた》合《あわせ》が流行し、平安時代前期には六歌仙と呼ばれる代表的歌人が活躍。言葉を有効に使い表現に美しさを増す修辞という技法も使われた。

六歌仙のひとり小野小町《おののこまち》

【枕《まくら》詞《ことば》】

代表的な修辞のひとつが枕詞。特定の語句を導き出し、その語句を飾る言葉で、通常5音から成る。〝奈良〟の前に〝あをによし〟の5音を置くのは1例。歌の調子を整え、印象を強める効果がある。組み合わせは決まっており、現代語訳できない和歌特有の言葉。

枕詞例	掛かる語
あかねさす	日・昼・紫・照る・君
あらたまの	年・月・日・春
あをによし	奈良
うつせみの	身・命・世・人・空し
くさまくら	旅・仮・ゆふ・むすぶ
しろたへの	衣・袖・袂・雪・雲
たらちねの	母・親
ちはやぶる	神・社・氏・宇治
ひさかたの	天・空・日・月・光・雲
やくもたつ	出雲

【掛《かけ》詞《ことば》】

同音異義を利用して、ひとつの語句に同音の2つ以上の意味を持たせる技法。意味を二重にすることで、少ない語数で複雑なイメージを生むことができる。特に『古今和歌集』以降に積極的に使われた。掛詞は縁語とともに用いられることが多い。

掛詞例	掛けられる語
あかし	明かし・赤し・明石
あき	秋・飽き
あふ	逢ふ・逢坂・近江・葵
うし	憂し・宇治
かり	狩り・借り・刈り・仮・雁
かる	枯る・離る
なみ	波・無み（無いので）
ながめ	眺め・長雨
よ	世・夜・節（節と節の間）
よる	夜・寄る・縒る

【縁《えん》語《ご》】

内容と関わりなく、関連ある言葉を複数詠み込む技法。左の例では、〝藻塩〟は、海草に海水をかけ、焼いて作るため、「焼く」と「藻塩」は「こがれ」の縁語に。また、〝まつほ〟は「松」と「待つ」が掛詞になっている。

(例)来ぬ人をまつほの浦の夕凪に
焼くや**藻《も》塩《じお》**の身も**こがれ**つつ

【歌《うた》枕《まくら》】

伝統的に和歌の中で繰り返し読まれてきた地名で、特定の連想を促す。現地を知らずに用いられることも多く、『古今和歌集』の〝最上《もがみ》川《がわ》〟はその代表。古くから多くの歌に詠まれているが、ほとんどが見ずに詠んだとされている。

紅葉が美しい最上川

第3章

中世文学

鎌倉時代〜室町時代

貴族や女性が牽引した平安時代を過ぎ、鎌倉時代になると、文学の担い手は武士や僧侶、庶民にまで広がっていった。世相を反映して軍記物語や歴史物語が流行。個人的な思考をつづった随筆や説話、日記、紀行文なども脚光を浴び、その傾向は室町時代まで続いた。

中世文学の概要

貴族から武士・庶民へ文学の担い手が変化

中世文学とは、鎌倉時代から江戸開府までの文学をいう。この時代、政権は貴族から武家に移り、各地で戦乱が繰り返された。戦乱のみならず、疫病や天災に見舞われるなか、人々は浄土真宗などの新仏教にすがった。社会情勢は文学にも影響し、作者や読者も武士や僧侶、庶民に広まった。

●和歌

『新古今和歌集《しんこきんわかしゅう》』など勅撰集と源実朝《みなもとのさねとも》の『金槐和歌集』などの私家集、歌合や複数人がリレー式に詠む連歌《れんが》が流行。

●歴史物語と軍記物語

神武《じんむ》天皇から仁明《にんみょう》天皇までを扱う『水鏡《みずかがみ》』や鎌倉時代の宮廷生活を描く『増鏡《ますかがみ》』など歴史物語が流行。また、『太平記』など、戦乱の世を反映して生

時代	西暦	和暦	おもな作品・出来事
鎌倉時代	1190	建久元	和歌集『山家集』(西行《さいぎょう》)
	1192	建久3	源頼朝征夷大将軍になる
	1195	建久6	歴史物語『水鏡』
	1205	元久2	和歌『新古今和歌集』(藤原定家《ふじわらのていか》ら撰)
	1207	承元元	日記『源家長《みなもとのいえなが》日記』
	1209	承元3	歌論『近代秀歌』(藤原定家)
	1211	建暦元	歌論『無名抄《むみょうしょう》』(鴨長明《かものちょうめい》)
	1212	建暦2	**随筆『方丈記《ほうじょうき》』(鴨長明)**
	1213	建保元	和歌『金槐《きんかい》和歌集』(源実朝《みなもとのさねとも》)
	1215	建保3	説話『古事談』(源顕兼《あきかね》編)
	1216	建保4	**説話『発心集《ほっしんしゅう》』(鴨長明)** 和歌『拾遺愚草《しゅういぐそう》』(藤原定家)
	1219	承久元	**源実朝、暗殺される** 日記『建春門院中納言日記《けんしゅんもんいんちゅうなごんにっき》』
	1220	承久2	歌論『毎月抄《まいげつしょう》』(藤原定家) 史書『愚管抄《ぐかんしょう》』(慈円《じえん》)
	1221	承久3	承久《じょうきゅう》の乱。**説話『宇治拾遺物語《うじしゅういものがたり》』**
	1233	天福元	和歌・日記『建礼門院右京大夫集《けんれいもんいんうきょうだいぶしゅう》』
	1235	文暦2	和歌『新勅撰和歌集』(藤原定家撰) 日記『明月記《めいげつき》』(藤原定家) **和歌『小倉百人一首』(藤原定家撰)**
	1238	嘉禎4	説話『撰集抄』
	1240	仁治元	**軍記物語**『保元物語』『平治物語』**『平家物語』**がこの頃成立
	1251	建長3	和歌『続後撰和歌集』(藤原為家《ためいえ》撰)

鴨長明は出家後、日本三代随筆のひとつ『方丈記』を執筆

平安時代末期から鎌倉時代初期の公家で歌人の藤原定家。多くの勅撰集を手掛けた

鴨長明の方丈の庵。現在は下鴨神社の糺《ただす》の森に復元されている

『平家物語』に登場する広島県の厳島《いつくしま》神社

注：作品成立や出来事の年代には諸説あります

まれたのが軍記物語。『平家《へいけ》物語《ものがたり》』はその最高傑作だ。

日記・紀行文

平安時代の女流日記が継承され、後深草院《ごふかくさいんの》二条《にじょう》の『とはずがたり』など傑作が誕生。男性では藤原定家《ふじわらのていか》の『明月記《めいげつき》』も。阿仏尼《あぶつに》の『十六夜《いざよい》日記』は、京と鎌倉の往来が盛んだった鎌倉時代を象徴する紀行文。

随筆

社会不安から、出家した隠者《いんじゃ》(世捨て人)による随筆も注目された。代表作は、仏教的無常観を描いた鴨長明《かものちょうめい》の『方丈《ほうじょう》記《き》』や兼好《けんこう》法師の『徒然草《つれづれぐさ》』。

説話

仏教説話に加え、多様な階層の人々の多様な生き方への関心は世俗説話となって『宇治《うじ》拾遺《しゅうい》物語』などに表れた。

能・狂言

平安時代の芸能に演劇色を強めた能や狂言が出現。観阿《かんあ》弥《み》・世阿弥《ぜあみ》親子は新分野を構築。

室町時代(南北朝・戦国時代含む)

1252	建長4	**説話『十訓抄《じっきんしょう》』**
1254	建長6	**説話『古今著聞集』(橘成季編)**
1265	文永2	和歌『続古今和歌集』(藤原為家ら撰)
1274	文永11	文永の役
1278	弘安元	和歌『続拾遺和歌集』(二条為氏撰)
1280	弘安3	**日記『十六夜《いざよい》日記』(阿仏尼)**
		軍記物語『源平盛衰記《げんぺいじょうすいき》』
1281	弘安4	弘安の役
1283	弘安6	**説話『沙石集《しゃせきしゅう》』**
1288	正応元	法語『歎異抄《たんにしょう》』(唯円)
1303	嘉元元	和歌『新後撰和歌集』(二条為世《にじょうためよ》撰)
1313	正和2	**日記『とはずがたり』(後深草院二条)**
1320	元応2	和歌『続千載和歌集』(二条為世撰)
1326	嘉暦元	和歌『続後拾遺和歌集』(二条為定撰)
1331	元弘元	**随筆『徒然草《つれづれぐさ》』(兼好法師《けんこうほうし》)**
1333	元弘3	鎌倉幕府滅亡
1334	建武元	建武《けんむ》の新政
1338	暦応元	室町幕府成立
1339	暦応2	史書『神皇正統記《じんのうしょうとうき》』(北畠親房)
1364	貞治3	和歌『新拾遺和歌集』(二条為明ら撰)
1376	永和2	歴史物語『増鏡』
		軍記物語『太平記』『曽我物語』『義経記《ぎけいき》』
1384	至徳元	短編物語の御伽草子《おとぎぞうし》がこの頃以後成立
1408	応永15	能楽論『風姿花伝《ふうしかでん》』(世阿弥《ぜあみ》)
1439	永享11	和歌『新続古今和歌集』(飛鳥井雅世《あすかいまさよ》撰)
1467	応仁元	応仁の乱始まる
1495	明応4	連歌『新撰菟玖波集《しんせんつくばしゅう》』(宗祇《そうぎ》ら編)
1573	天正元	室町幕府滅亡

『徒然草』に登場する京都の石清水八幡宮《いわしみずはちまんぐう》©石清水八幡宮

阿仏尼は60歳を過ぎて、京から鎌倉へ向かう訴訟の旅を日記につづった
©(財)冷泉家時雨亭文庫

約11年に及んで繰り広げられた応仁の乱で京都の町は荒廃した

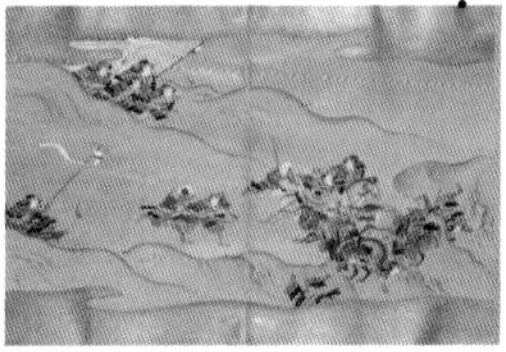

『源平盛衰記《げんぺいじょうすいき》』にも書かれた倶利伽羅峠《くりからとうげ》の戦い

©明星大学

方《ほう》丈《じょう》記《き》
約3m四方の住居でつづった無常観

ゆく川の流れは絶えずして、しかももとの水にあらず

有名な冒頭文が意味するように、「変わらないように見えても変化しないものなどなく、すべては常に変化し、やがて滅んでいく」という無常観を表した随筆だ。

鴨長明《かものちょうめい》が生きた平安末期から鎌倉初期の京都では、大火、辻風(竜巻)、地震に加え、遷都と再遷都、飢きんなど厄災が度重なった。前半は、長明自身が現場に足を運んで得た厄災情報を具体的に記している。後半は、出家遁世《とんせい》して日野《ひの》へ移り住んだ経緯と仏道修行や和歌、音楽にひたる生活をつづる。家が方丈(約3m四方)だったことから『方丈記』と名付け、和漢混交文*の最高峰に位置づけられた。

自己を凝視し続け、全8000字に込めた思い

下鴨《しもがも》神社に生まれるも神職に就く望みが叶わず、50歳の頃、下鴨神社摂社の禰宜《ねぎ》に欠員が出たため再挑戦したが、親族に妨害され断念。長明は出家遁世の道を選んだ。

厄災、叶わぬ夢と苦難の末、人生とは何か、どう生きるべきかを自問した答えを『方丈記』に託した。豪華な家を持ち、多くを望むことの無意味さが、わずか8000余字に見事に表現されている。

ジャンル
随筆(日本三大随筆)

作者
鴨長明

時代
鎌倉時代
1212(建暦2)年成立

安元《あんげん》の大火と治承《じしょう》の辻風

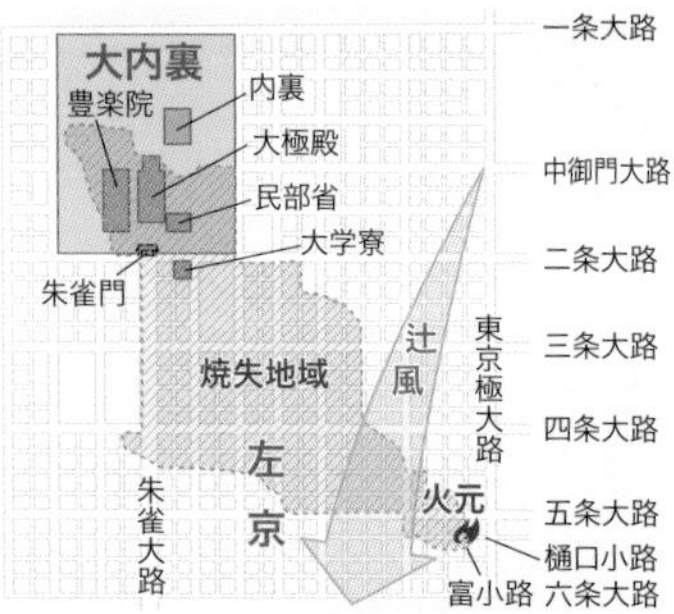

1177(安元3)年4月28日に起きた大火では、樋《ひの》口富小路《くちとみこうじ》(現・万寿寺通富小路)から出火し、西は朱雀《すざく》大路、南は六条大路、北は大内裏までを焼き尽くした。1180(治承4)年4月29日の辻風では、300〜400mの進路上にある家はことごとく破壊されたと『方丈記』に書かれている

作者・鴨長明

1155頃-1216年。京都の下鴨神社の禰宜の家に生まれる。和歌を源俊恵《**みなもとのしゅんえ》に、琵琶を中原有安《**なかはらのありやす》に学び、30代半ばで勅撰集に入集。勅撰和歌集撰集のための役所である和歌所の寄人に抜擢されるほどの実力があった

Notes ＊和漢混交文とは、和文体と漢文訓読体に、当時の口語を交えた文体のこと。漢文の簡潔な力強さと和文の情緒的な面が合わさった独特の味わいがある

鴨長明年譜

西暦	和暦	出来事
1155	久寿2	●賀茂御祖神社(下鴨神社)正禰宜惣官の鴨長継次男として誕生。諸国飢きん
1156	保元元	「保元の乱」勃発
1159	平治元	「平治の乱」勃発
1160	永暦元	●父長継、従四位に叙せられる
1161	応保元	●長明、従五位下に叙せられる
1166	仁安元	京都で大火
1172	承安2	●父鴨長継死去。長明の人生、この頃暗転
1175	承安5	●長明が鴨祐兼との後任争いに敗北
1177	安元3	京都大火。樋口富小路より出火
1180	治承4	治承の辻風、福原遷都、●福原視察
1181	養和元	●『鴨長明集』成立と伝わる。諸国飢きん
1182	寿永元	諸国大飢きん続く。京中に餓死者数万人
1183	寿永2	平家都落ち。●この頃、長明、俊恵に入門か?
1184	元暦元	京中に群盗横行。●長明、祖母の家を出る
1185	元暦2	平氏滅亡。京都に疫病大流行、大地震起こる
1186	文治2	西行は平泉へ。●長明は伊勢の旅へ
1187	文治3	藤原俊成『千載和歌集』撰進 ●長明の歌1首入集
1191	建久2	●『若宮歌合』に入集
1192	建久3	源頼朝、征夷大将軍になる
1200	正治2	●長明、『百首和歌』『三百六十番』歌合の歌人に選ばれ、歌壇で活躍
1201	建仁元	和歌所設置。●長明、和歌所寄人に抜擢。長明の歌壇活動最盛期
1204	元久元	●長明、河合神社の禰宜職就任を実現せず。大原へ隠遁、出家
1205	元久2	藤原定家ら、『新古今和歌集』撰進 ●長明の歌10首入集
1208	承元2	●長明、大原から日野に転居
1211	建暦元	●長明、鎌倉に行き、源実朝に対面して歌論を講ず。この頃『無名抄』執筆と伝わる
1212	建暦2	●『方丈記』成立
1216	建保4	●鴨長明死去

草庵跡の今

大原を出て日野に転居したのは50代になってから。最初に草庵を置いた場所は、国宝の阿弥陀堂を持つ法界寺(日野薬師)から東方向に入った山中。現在は方丈石と碑が立つ

方丈の庵復元図

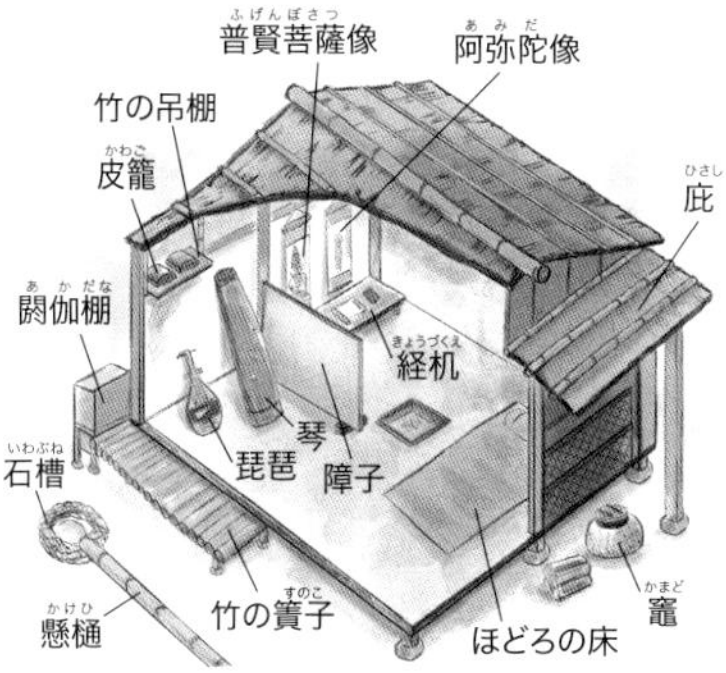
普賢菩薩像《ふげんぼさつ》
阿弥陀像《あみだ》
竹の吊棚
皮籠《かわご》
庇《ひさし》
閼伽棚《あかだな》
経机《きょうづくえ》
琴
石槽《いわぶね》
琵琶
障子
竹の簀子《すのこ》
竈《かまど》
懸樋《かけひ》
ほどろの床

1丈(約3m)四方で天井までは7尺(約2m)。定住地を求めなかった長明は、いつでも好きな場所に移動できるよう、分解可能で車2輌で運べる簡易型の家を庵とした。引っ越し費用は運搬料のみ。その庵を「露のようにはかない自分を置く梢の葉」と称している

方丈で閑居する長明

琵琶と琴が置かれた簡素な草庵で、遊び相手の16歳の少年とくつろぐ長明。1658(明暦4)年に書かれた『方丈記之抄』の一部

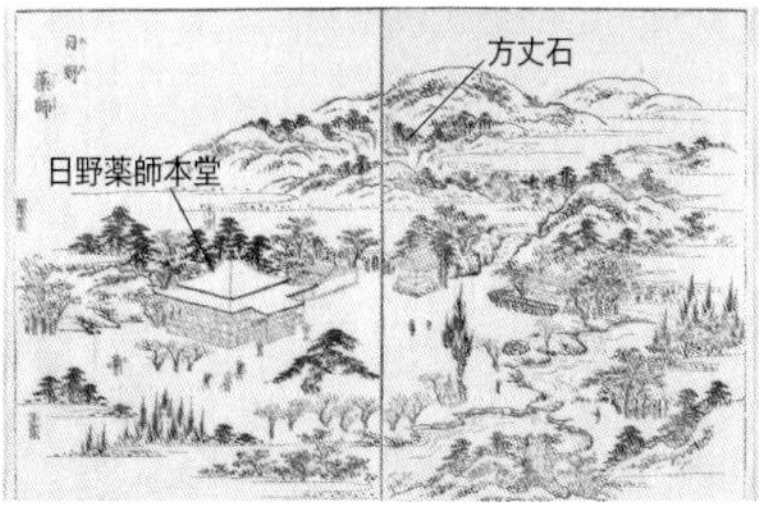
方丈石
日野薬師本堂

1780(安永9)年に刊行された『都名所図会』の「日野薬師」の絵。上部中央の日野山の中腹に方丈庵があった場所を示す方丈石が描かれている

Notes ＊＊俊恵は平安末期の歌人で源俊頼の子。歌人サロンの歌林苑と名付けた自宅には多くの有力歌人が参集。中原有安は琵琶や笙、笛、太鼓などに精通し、東大寺供養では太鼓を担当した音楽家

京都府

下《しも》鴨《がも》神《じん》社《じゃ》

文化財⬇国宝(西本殿、東本殿)、重要文化財(幣殿、舞殿、楼門ほか) 世界遺産

正式名称は賀《か》茂《も》御《み》祖《おや》神社。西殿の祭神は賀《か》茂《も》建《たけ》角《つぬ》身《みの》命《みこと》、東殿は玉依媛《たまよりひめの》命《みこと》。上賀茂神社と並び、京都最古の神社とされる。いずれの神社も古代豪族の賀茂一族の氏神を祀るとともに、京都三大祭りのひとつで京都最古の葵祭も両社の祭事だ。鴨長明は下鴨神社の摂社の正禰宜の次男として生まれ、この地で恵まれた幼少期を過ごした。しかし、17歳の時に父を失うと、人生は暗転していく。長明も遊んだであろう境内にある*糺《ただす》の森は、紀元前3世紀頃の原生林を残す貴重な森である。

↑中世の動乱や明治の土地開発で縮小したものの東京ドーム3個分もある糺の森。国の史跡に指定されている

重要文化財に指定されている朱塗りの楼門。高さ30mの楼門をくぐると広い境内に国宝や重文の社殿が続く

京都府

河合《かわい》神《じん》社《じゃ》

下鴨神社の境内にある摂社。糺の森の入り口左手にあり、神武天皇の母、玉依姫命を祀ることから女性守護の信仰を集める。また、玉依姫命の美しさから美麗の神としての信仰もあつい。鴨長明が50歳の頃、河合神社の禰宜に欠員が出たため、長明は朝廷に働きかけ、後鳥羽院の推挙まで得たものの、親族の妨害を受けて断念した経緯がある。かつては再現された方丈の庵があったが、現在は糺の森の馬場の横手に移設されている。

(上)長明が晩年を過ごした方丈の庵を再現した建物。糺の森の馬場を下鴨神社の方向に進むと左手に見える
(下)瀬見の小川と馬場の脇にある社殿。長明の父はこの神社の正禰宜だった

キャンベル's Eye

長明が「世の中にある人と栖《すみか》」をテーマとして災害に苦しめられる人間社会のはかなさを切々と描きます。出世と心の充実という矛盾に気づき、彼は山中の生活を愛しました。「ただ仮に庵(いおり)のみのどけくしておそれなし」と。

Notes ＊かつては約500万㎡もあった糺の森は、現在約12万㎡だが、そこには縄文時代から生き続けるケヤキやエノキ、ムクノキなどの広葉樹を中心に、古代の樹林を構成していた樹木が自生している

京都御所《きょうとごしょ》

京都御所は、1331(元弘元)年に光厳《こうごん》天皇が即位して以来、明治天皇が東京に移るまで、約500年にわたり、天皇の住まいとして使用された場所。幾度となく火災にあい、その都度再建されたが、現在の建物の多くは、1855(安政2)年に再建されたもの。平安京の内裏は鎌倉初期の1227(嘉禄3)年に焼失して以来、再建されていないが、現在の京都御所は古来の内裏形態を今に伝えている。

『方丈記』の「安元の大火」の章には、火の手は道幅28丈(約84m)もあった朱雀大路を越えて、大内裏の南側にある朱雀門や大極殿、大学寮や民部省まで移ったとある。

手前の中央が建礼門。その先の南庭の奥にある堂々とした建物が紫《し》宸殿《しんでん》。その左上は、数々の文学の舞台となった清涼殿

仁和寺《にんなじ》

文化財⬇国宝(金堂、阿弥陀如来坐像及び両脇侍像ほか)、重要文化財多数　世界遺産

888(仁和4)年に創建された我が国初の門跡寺院。『方丈記』には、養和の飢きんで京都に餓死者が続出した頃、46歳だった仁和寺の僧**隆暁《りゅうぎょう》法印は、厄災を悲しみ、町に出て、死者ひとり一人の頭に梵字の阿字を書き、死者と仏の縁を結んで往生できるよう供養したと記されている。

御室桜で有名な仁和寺。奥に見えるのは1644(寛永21)年に徳川幕府が寄進した五重塔(重要文化財)

岩間寺《いわまでら》

滋賀県

文化財⬇重要文化財(木造地蔵菩薩立像、木造不動明王二童子立像)

正式名・岩間山正法寺《いわまさんしょうほうじ》は722(養老6)年、元正天皇の勅願により創建。山岳信仰の道場として隆盛した。長明は日野の生活で「もっと遠くへ行こうと思う時、峰続きに炭山と笠取山を通り、岩間寺に詣で」と記している。道中、桜や紅葉を愛で、蕨は仏前に、木の実は自分の土産にした。

岩間寺は、滋賀県大津市と京都府宇治市の境にある標高443mの岩間山の中腹にある

Notes　**隆暁法印(1135-1206年)は、仁和寺の僧寛暁《かんぎょう》(堀河天皇の皇子)の元で出家。養和の飢きんの18年後、東寺(教王護国寺)の長を指す東寺長者の二長者となった。第一世長者は弘法大師空海

恋に季節に旅の歌……定家の美意識を映す百首

小《お》倉《ぐら》百《ひゃく》人《にん》一《いっ》首《しゅ》

約350年間につくられた定家好みの100人の秀歌

平安初期から鎌倉初期にかけ、天皇や上皇の命で編纂された歌集が勅撰和歌集。国家の権威をもって収録された和歌集であり、個人的な生活や芸術の表現の場でもあったため、入集すること自体、名誉なことだった。そのうち『古今和歌集』から『新古今和歌集』までの八代集に加え、『続後撰和歌集』*までの約350年間に、皇族や貴族、僧侶や女房などによって詠まれた1万数千首から藤原定家《ふじわらのていか》が選んだとされる100人各1首を集めたものが『小倉百人一首』だ。

ジャンル
和歌
全100首

撰者
藤原定家

時代
鎌倉時代前期
1235（文暦2）年頃
成立

著名な詠み人

100人の歌人のうち、代表的な人物を紹介する。
※最後の数字は、小倉百人一首の登場番号

天智《てんじ》天皇

626-671年。第38代天皇。即位前は中大兄皇子《なかのおおえのおうじ》。中《なか》臣鎌足《とみのかまたり》と組んで蘇我《そが》氏を滅ぼし、大化の改新の諸政策を実行した。初めて戸籍をつくった天皇でもある。1番

山部赤人《やまべのあかひと》

生没年未詳。奈良時代の万葉歌人。下級官人として聖武天皇に仕え、宮廷歌人として多くの作品を残す。対句の技巧に優れ、柿本人麻呂《かきのもとのひとまろ》と並び歌聖とされる。4番

小野小町《おののこまち》

生没年未詳。平安初期の女流歌人。仁明《にんみょう》、文徳《もんとく》両天皇の後宮に仕え、繊細で情熱的な恋の歌が多い。美貌の歌人として伝説化された。勅撰集に64首入集。9番

在原業平《ありわらのなりひら》

825-880年。平安初期の歌人で、六歌仙や三十六歌仙の一人。情熱的な歌が多く『古今和歌集』から『新古今和歌集』まで勅撰集の常連。『伊勢物語』の主人公とされる。17番

小式部内侍《こしきぶのないし》

？-1025年。平安中期の歌人。父は官人、母は和泉式部《いずみしきぶ》。歌合の歌人に選ばれた時、藤原定頼《ふじわらのさだより》に、母に知恵を借りたのでは、とからかわれ、返した歌が選ばれている。60番

源《みなもとの》 俊頼《としより》

1055-1129年。平安時代後期の歌人。父の経信《つねのぶ》、子の俊恵《しゅんえ》法師ともに歌人。『金葉和歌集』の撰者でもあり、堀河《ほりかわ》、鳥羽、崇徳《すとく》天皇に仕えた、堀河朝歌壇の中心人物。74番

西行法師《さいぎょうほうし》

1118-1190年。平安末期から鎌倉初期の歌人。23歳で出家し、陸奥《むつ》から中国、四国まで諸国を行脚。生涯にわたる旅の経験から、自然や心境を多くの歌にした。86番

源《みなもとの》 実朝《さねとも》

1192-1219年。鎌倉幕府三代将軍。頼朝の次男で、母は北条政子《ほうじょうまさこ》。12歳のとき、頼家が追放された後を継いで将軍となったが、頼家の子・公暁《くきょう》により暗殺された。93番

後鳥羽院《ごとばいん》

1180-1239年。鎌倉初期の第82代天皇。祖父の後白河法皇没後に政権を執り、譲位後は院政を行う。和歌や管弦に秀で、定家らに『新古今和歌集』を撰集させた。99番

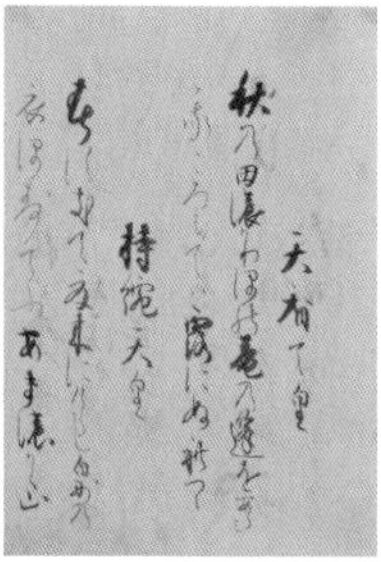

『小倉百人一首』と『三十六人撰』を光悦《こうえつ》流の筆致で揮毫《きごう》した写本『百人一首三十六歌仙和歌』。江戸時代初期

Notes

＊『続後撰和歌集』が和歌集として成立したのが『小倉百人一首』より後であるため、藤原定家撰説が異論とされる一因に。ただし、『続後撰和歌集』からの2首は、1199年と1202年の作

男性が僧侶13人を含む79人と女性21人の歌人からなる。

小倉山の別荘で編まれた美意識と謎に包まれた歌集

撰者には諸説あったが、現在は藤原定家説が最有力とされている。「小倉」とは、定家の別荘が置かれていた小倉山(現在の京都市右京区嵯峨)にちなんでいる。

選ばれた100首は、『後撰集』の天智《てんじ》天皇に始まり、後鳥羽院《ごとばいん》とその皇子順徳《じゅんとく》院まで、ほぼ年代順に配列されている。恋の歌が43首と最多で、四季では秋を詠んだ歌が16首と最も多い。掛詞や縁語を使った端麗で優美な歌が多く、余情を重んじた定家の美意識が反映されている。一方で、一流の歌人が漏れていたり、二流の歌人が散見されたりしていることも事実で、定家がどのような意図をもって選んだかは、未だ謎だ。

★小倉山とは？

保津川《ほづがわ》を隔てて嵐山と対峙する標高約296mの山。二《に》尊院《そんいん》や天龍寺《てんりゅうじ》があり、その山麓に定家の子・為家の舅である宇都宮頼綱《よりつな》の別荘があった。頼綱が定家に、この別荘の障子に貼る色紙形の和歌100首の選定を依頼したことから『小倉山荘色紙和歌』とも呼ばれ、後に『小倉百人一首』に

★奥村政信《おくむらまさのぶ》作『小倉山荘図』

定家が多くの歌を残した小倉山の別荘を描いたもの。茅葺き屋根の板廂の上に「小倉山」と書かれている。腹ばいになって煙管(キセル)をくゆらす若い男が秋雨けぶる外を眺めている。江戸時代、18世紀。絹本着色32.1×48.1cm

★小倉百人一首の歌かるた

安土桃山時代にポルトガルから輸入されたcartaは、江戸中期から遊戯道具のかるた**として人気に

★撰者・藤原定家

1162-1241年。鎌倉初期の歌人、歌学者、古典学者。『小倉百人一首』のほか『新古今和歌集』『新勅撰和歌集』の撰者。101人の101首から成る『百人秀歌』も編み、そのうち97首が『小倉百人一首』と重なる。史実としても価値ある日記『明月記』も著す

★和歌の種類と題材

歌集	古今集	後撰集	拾遺集	後拾遺集	金葉集	詞花集	千載集	新古今集	新勅撰集	続後撰集	合計
春	4			1		1					6
夏	1						1	1	1		4
秋	6	2	1	2	1			4			16
冬	2				1		1	2			6
離別	1										1
旅	3								1		4
恋	4	4	8	9	1	3	8	5	1		43
雑	3	1	2	2	2	1	4	2	1	2	20
計	24	7	11	14	5	5	14	14	4	2	100

上段は、『小倉百人一首』の和歌が載った勅撰集(名称略)。左から8つが八代集と呼ばれる和歌集。左列は和歌の題材を示している。恋の歌と秋の歌が多いことがわかる

Notes　**近年では、映画化もされた漫画『ちはやふる』のヒットで競技かるたも流行している。記憶力と瞬発力が求められることから、「畳の上の格闘技」ともよばれる

奈良県

大和《やまと》三《さん》山《ざん》

春過ぎて 夏来にけらし
白妙の 衣干すてふ 天の香具山

2番の持統《じとう》天皇が詠んだ歌にある香具山《かぐやま》とは、畝傍山《うねびやま》、耳成山《みみなしやま》と並ぶ大和三山のひとつ。『万葉集』から『新古今和歌集』に選ばれた後、『小倉百人一首』にも入った名作だ。持統天皇が造営した藤原京は、古来、神聖視された三山に囲まれた平地にあり、この歌は藤原京遷都後につくられたとされる。『万葉集』だけでなく、後続の勅撰和歌集などには大和三山を詠った和歌が多く、歌枕としての地位も確立した。

↓標高152.4mの香具山。原歌は『万葉集』にある

↑標高199.2mの畝傍山。大和三山で最も高く、周囲には橿原《かしはら》神宮や神武《じんむ》天皇陵などがある

←標高139.7mの耳成山。火山噴火で生まれた独立山

静岡県

田《た》子《ご》の浦《うら》

4番の山部赤人《やまべのあかひと》作「田子の浦にうち出でてみれば白妙の富士の高嶺に雪は降りつつ」にある〝田子の浦〟と〝富士〟は、平安時代に歌枕としてよく使われた。当時、噴煙を上げていた富士山[*]は燃える恋を表すことが多く、雪を取り上げた歌は貴重。

北に富士山、南に駿河《するが》湾を見渡す田子の浦。当時の田子の浦の場所には諸説ある

キャンベル's Eye

歌百首を「取り札」と「読み札」に書き分け、合計200枚を前にして遊ぶとは日本特有の文芸競技、歌カルタです。「決まり字」の出だしだけで勝負が決まる優雅な教養スポーツです。

奈良県

竜《たつ》田《た》川《がわ》

17番在原業平《ありわらのなりひら》作「ちはやぶる 神代も聞かず 竜田川 韓紅に 水くくるとは」は、屏風絵に添えられた屏風歌。ちはやぶるは神にかかる枕詞で、竜田川は奈良県の歌枕、韓紅は舶来の紅のこと。「不思議なことが多い神々の時代にも聞いたことがない。竜田川が紅葉で濃い紅色に染まるなんて」の意。竜田川は今も紅葉の名所だ。

斑鳩《いかるが》町にある竜田川(龍田川)は、11月下旬～12月上旬が紅葉の時期。百人一首には2首、この地の紅葉が詠まれている

Notes
＊781(天応元)年に新富士火山の噴火が始まって以降、17回の噴火が記録されている。平安時代に多く、800～1083年の間の噴火記録は12回。1083～1511年の間に噴火の記録はない

天《あまの》橋《はし》立《だて》

文化財⬇特別名勝

大江山 生野の道の 遠ければ まだ
ふみも見ず 天の橋立

60番に収められた小式部内侍《こしきぶのないし》の歌。都で行われる歌合に出す歌の代作を丹後の母(和泉式部《いずみしきぶ》)に頼んだのでは？　その使者が帰ってこないのは気がかりでは？　と**藤原定《さだ》頼《より》が冷やかした。それに対し、「行く」に「生野」を、「踏み」に「文」を掛け、「天橋立の地を踏んだこともないし、母からの手紙も見ていない」と巧みにかつぴしゃりと切り返した歌。大江山や生野、天橋立はみな京都の歌枕でもあり、地理感覚も鋭い一首とされる。

天橋立と言えば、松が有名だが、松には一切触れない自由な発想もこの歌の特徴といわれる

長谷寺《はせでら》

文化財⬇国宝(本堂、蒔絵経箱ほか)
重要文化財(十一面観音菩薩立像ほか)

74番で源俊頼朝臣《みなもとのとしよりあそん》が「憂かりける人を初瀬の 山おろしよ 激しかれとは祈らぬものを」と詠んだ。初瀬《はつせ》は奈良県の歌枕で長谷寺がある。霊験あらたかな長谷の観音に祈ったものの、霊験すら無力と思われるほど、吹きおろす山風のように恋する人は自分に冷たいと嘆く歌。長谷寺は今も昔も霊験を求める人の足が絶えない。

↑国宝の本堂に重要文化財の十一面観音が鎮座する長谷寺。桜、あじさい、深緑に紅葉と四季折々の自然が圧巻©長谷寺

↓深緑の本堂©

Column

鶴岡八幡宮《つるがおかはちまんぐう》と源実朝《みなもとのさねとも》

93番で「世の中は 常にもがもな 渚漕ぐ 海人の小舟の綱手かなしも」と詠んだ源実朝。「世の中はいつまでも変わらないでほしい」と歌に思いを託した。自身の行く末を予感したのだろうか。実朝は藤原定家に師事し、『小倉百人一首』では「鎌倉右大臣」の名で撰出されている。その右大臣になった拝賀式の場で、甥の公《く》暁《きょう》に暗殺された。27歳という若さだった。その場所こそが神奈川県鎌倉の鶴岡八幡宮。

源実朝が暗殺された鶴岡八幡宮。実朝の死で源氏の正統は絶え、源氏将軍も3代で断絶した

©鶴岡八幡宮

Notes　**藤原定頼は、平安中期の公卿であり歌人。管弦や読経にも優れ、能書家としても名高い。『後拾遺和歌集』以下の勅撰集に46首入集している。小式部内侍にやり込められた逸話は有名

平家一門の栄枯盛衰をつづった戦記文学の最高峰

平《へい》家《け》物《もの》語《がたり》 ①

諸行無常と盛者必衰を描く軍記物語の最高傑作

貴族の時代から武士の時代への過渡期に、平家の目線で時代や人々をとらえた『平家物語』。さまざまな見聞や日記・記録、伝承をまとめ、増補改訂がなされるなかで現在の形がつくられたと考えられている。

前半の1巻から6巻までは、源*平合戦（治承《じしょう》・寿永《じゅえい》の乱）の前後で、平家一門が刻んだ栄華と没落までの波乱万丈の足跡が主題。後半の7巻から12巻では、都落ちした平家が壇《だん》ノ浦《うら》の合戦に敗れ、平家が滅亡するまでが描かれる。最後に

平氏と源氏略系図

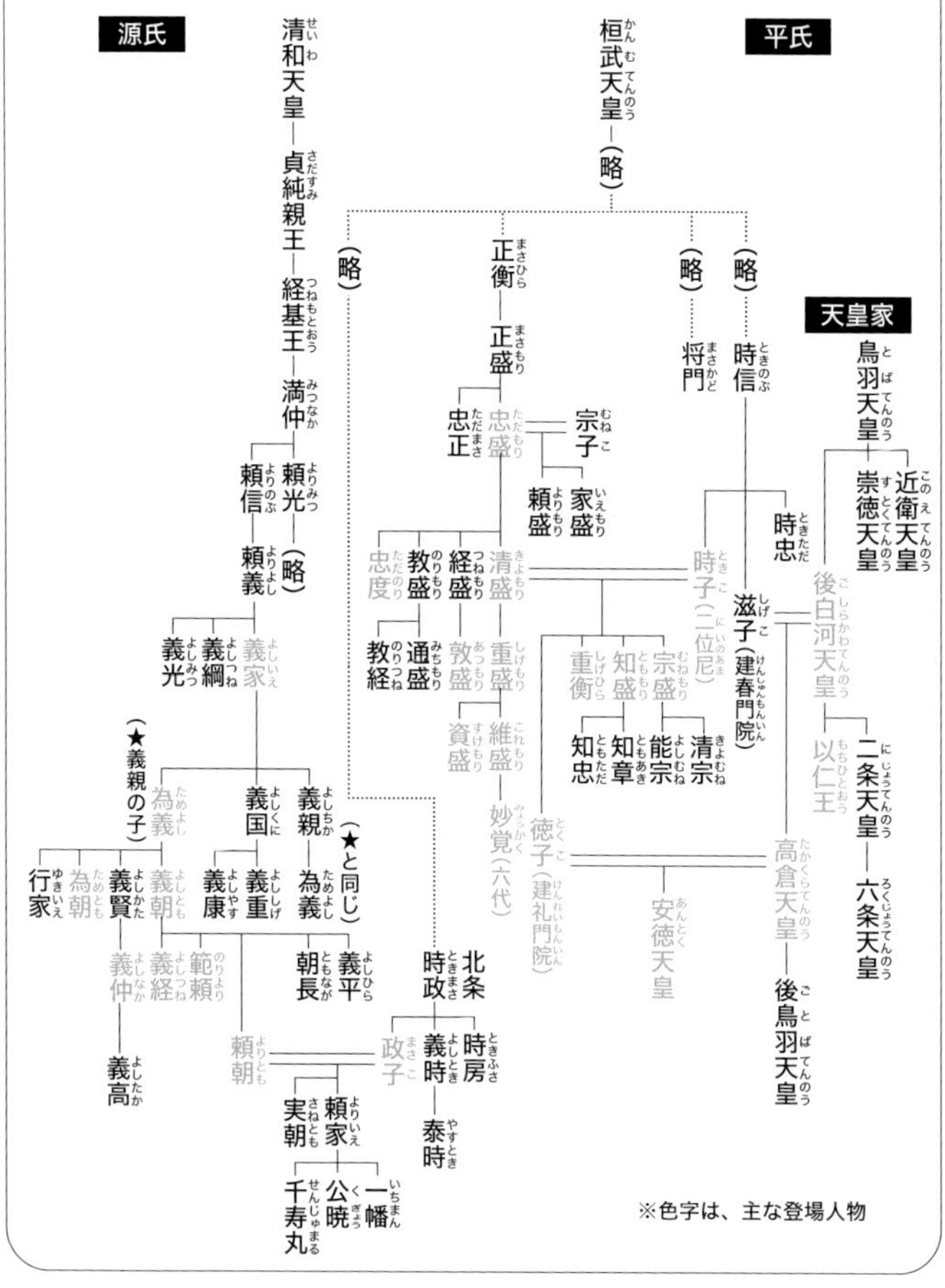

※色字は、主な登場人物

ジャンル
軍記物語
全12巻＋灌頂巻

作者
未詳

時代
鎌倉時代前期
1240（仁治元）年頃までに成立

平家とは平氏のうち朝廷に仕え続けた伊勢平氏の一門を指す。『平家物語』は、平氏全体ではなく、清盛を中心とした伊勢平氏の物語

Notes ＊1180（治承4）年に始まり、約10年続いた源氏と平家の対立。平家一門の独裁政治に対する旧貴族や寺院、地方武士などの反発を機に勃発し、頼朝の武力によって戦乱が終息した全国的内乱

付け加えられた灌頂巻《かんじょうのまき》は後日談。壇ノ浦で生き残った建礼門院《けんれいもんいん》が大原での隠棲生活のなか、一門の栄枯盛衰を述懐する巻である。

大筋では事実を基礎とする軍記物語だが、冒頭文が示すように仏教的無常観のほか、登場人物の多彩なエピソードとともに人の情けや哀感も取り混ぜた物語で、高い文学的価値をもつ。

『平家物語』略年表

西暦	和暦	出来事	巻	巻内目次
1118	元永元	●平清盛生まれる	6	祇園女御
1153	仁平3	●平忠盛死去(58歳)。清盛、熊野詣に出る	1	鱸
1156	保元元	●清盛、高野山の大塔を修理	3	大塔建立
1160	永暦元	源頼朝(14歳)が伊豆蛭ヶ島に流罪	5	文覚荒行
1165	永万元	興福寺と延暦寺の僧が争い、清水寺炎上	1	清水寺炎上
1167	仁安2	●清盛、太政大臣となる	1	鱸
1168	仁安3	高倉天皇即位 ●清盛が厳島神社を造営	1	東宮立
1172	承安2	●清盛が祇王を寵愛、後に仏御前に心移り	1	祇王
1177	安政3	京都の大火で、大極殿などが焼失	1	内裏炎上
		比叡山で堂衆と学生の間で紛争が勃発	1	御輿振
1178	治承2	●中宮徳子、皇子(後の安徳天皇)を出産	3	御産
1179	治承3	●清盛、京都を制圧、後白河法皇を幽閉	3	大臣流罪/法皇被流
1180	治承4	●高倉天皇が譲位し、安徳天皇即位。高倉上皇が厳島神社へ御幸	4	厳島御幸/還御
		●清盛、福原に遷都	5	都遷
		●都を京都に戻す。興福寺・東大寺を焼討ち	5	奈良炎上
1181	治承5	●清盛、熱病のため死去	6	入道死去
1183	寿永2	●平氏、都落ち	7	一門都落
1185	元暦2	●平氏軍、壇ノ浦の戦いで敗れ、滅亡	11	壇ノ浦合戦
1191	建久2	●建礼門院死去	灌頂巻	

★主な登場人物

平清盛《たいらのきよもり》

1118-81年。平安末期の武将。**保元・平治の乱で躍進し、従一位太政大臣に。1179年に独裁権を握るが、専横的な施政に反対勢力が蜂起。内乱の最中、熱病で没す

源頼朝《みなもとのよりとも》

1147-99年。鎌倉幕府初代将軍。平治の乱で敗走中に捕らわれ伊豆に配流。勢力を回復し、朝廷から守護・地頭配置の許可を得て武家支配を確立。1192年に征夷大将軍に

後白河《ごしらかわ》法皇

1127-92年。第77代天皇。在位わずか3年で譲位し、長く上皇として院政を行う。出家して法皇に。平家と密だったり敵対したり。巧みな政略で朝廷権威の存続を図った

高倉《たかくら》天皇

1161-81年。第80代天皇。後白河天皇の第7皇子。平清盛全盛期に在位し、清盛の息女徳子を皇后とした。院と清盛の間で苦労が絶えなかった。譲位の翌年、21歳で崩御

★第1巻冒頭

有名な第1巻の冒頭にある祇園精舎の鐘とは、インドの寺院・祇園精舎にあった、死期が間近の僧を収容する施設・無常堂の鐘のこと。死期を迎えた僧を極楽浄土へ導くため、寺僧は「諸行無常」など四句の詞とともに鐘を鳴らした。諸行無常とは、この世のものは絶え間なく変化し続け、人の生死も無常という仏教真理

祇園精舎《ぎおんしょうじゃ》の鐘の声、
諸行無常《しょぎょうむじょう》の響きあり。
沙羅双樹《さらそうじゅ》の花の色、
盛者必衰《じょうしゃひっすい》の理をあらはす。
おごれる人も久しからず、
ただ春の夜の夢のごとし。

Notes　**1156(保元元)年と1159(平治元)年に京都で起こった内乱。宮廷内の権力争いに端を発し、短期間で終結。武士の時代の到来と平家政権の成立のきっかけとなった

和歌山県

金剛峯寺《こんごうぶじ》

文化財⬇国宝（不動堂）、重要文化財（山王院本殿、大門ほか）、史跡（境内） 世界遺産

第3巻「大塔建立」とは、平安初期に弘法大師《こうぼうだいし》が築いた仏教の聖地、高野山金剛峯寺にある大塔のこと。安芸守《あきのかみ》だった平清盛《たいらのきよもり》が、鳥羽院《とばいん》の命で大塔を再建し、弘法大師廟の奥之院へ行くと大師と見まがう老僧が現れ、「厳島も修理すれば天下を取る身分になれる」と言う。再度、鳥羽院の命で厳島修理を終えると夢に天童が現れ、「これをもって国を治め、朝家を守れ」と小長刀《こなぎなた》を授けた。目覚めれば、大明神が「悪行あれば、繁栄は子孫まで及ばない」と警告。以来、厳島信仰を重んじると娘徳子が皇子を出産、朝廷との結びつきが強まった。幸運は大塔の庇護に始まったという物語だ。

↑檜皮葺の屋根と装飾が見事な大玄関を持つ壮麗な本坊

→落雷で焼失した大塔を清盛が再建。日本初の多宝塔

京都府

祇王寺《ぎおうじ》

3年間、清盛の寵愛を受けた白拍《しらびょう》子《し》*の祇王。そこへ突然、仏《ほとけ》御前《ごぜん》と名乗る白拍子が現れ、清盛謁見を願い出る。断る清盛をなだめる祇王。あろうことか、清盛は若く美しく歌も舞もうまい仏御前に一目ぼれしてしまう。捨てられた祇王は出家して嵯《さ》峨野《がの》の庵に移り住む。そこへ訪ねてきたのは剃髪《ていはつ》した仏御前。祇王は詫びる仏御前を許しともに念仏三昧の日々を送った。第1巻「祇王」の物語の舞台は、嵯峨野の祇王寺である。

（上）竹林と青紅葉に囲まれたつつましい草庵の祇王寺
（下）草庵の控えの間にある吉野窓©祇王寺

キャンベル's Eye 60余年の内乱と事後処理をたどる『平家物語』。舞台は京都を中心に関東・北陸から中国・四国・九州にわたり、歴史の分岐点を広大な空間の中に描き出します。戦争がきっかけで日本文学は地理的な視点を拡大します。

Notes ＊平安末期から室町初期にかけて、宴席の場で行われた歌舞やそれを演じる舞女のこと。『平家物語』の祇王や仏御前のほか、源義経の愛妾、静御前が有名

京都府

清水寺《きよみずでら》

文化財⬇国宝（本堂）、重要文化財（仁王門ほか多数）　世界遺産

二条天皇（後白河天皇第一皇子）の葬儀後、後白河天皇が比叡山の僧に平家追放を命じたという噂が広まった。平家方が御所周囲を警戒する間に、僧兵たちは清水寺を焼き払った。第1巻「清水寺炎上」である。天皇には身に覚えのない噂で、両者とも噂に翻弄された。清水寺は、音羽山《おとわやま》中腹に30以上の堂塔伽藍を持つ、778（宝亀9）年開創の寺である。

↑四季折々の美しさを見せる懸《かけ》造りの本堂 提供:清水寺

←たびたび焼失の憂き目にあった三重塔 提供:清水寺

京都府

神護寺《じんごじ》

文化財⬇国宝（木造薬師如来立像ほか）、重要文化財（大師堂、木造五大虚空蔵菩薩像ほか）

816（弘仁7）年創建の神護寺の楼門。空海が入山し、真言密教の拠点に

第5巻の「文覚荒行《もんがくあらぎょう》」「勧進帳《かんじんちょう》」「文覚被流」は、文覚**が神護寺復興のために行脚した物語。譲位後の後白河《ごしらかわ》法皇に強引に寄進を直訴したため、伊豆に配流されたが、そこで知己を得た源頼朝《みなもとのよりとも》から神護寺復興の約束を得、見事に復興を果たす。寺の記録によれば、その後、文覚は寺のあるべき姿を四十五箇条にして法皇に提出したという。再び登場するのは第12巻「六代」。文覚は平維盛の遺児六代《ろくだい》の助命を懇願し、神護寺で保護した。

広島県

嚴島神社《いつくしまじんじゃ》

文化財⬇国宝（本社、拝殿、廻廊ほか）、重要文化財（摂社大元神社本殿ほか）　世界遺産

第3巻「大塔建立」で、老僧に嚴島神社の修理を促された清盛は、鳥居を建て替え、社殿や回廊を造営し、荒廃していた社を見事に復興。第4巻「厳島御行」では、譲位した高倉上皇が退位後の諸社御行の慣例に背いて嚴島神社に参詣を試みた。比叡山に阻止されたが、清盛の説得で実現する。強引な御行は嚴島神社を平家の守護神とする清盛の企てだった。

↑嚴島神社の大鳥居と社殿群。清盛の大修築の際、寝殿造に

←清盛の大修築で、本社と摂社などが回廊で結ばれた

Notes　**文覚は平安末期から鎌倉初期の真言宗の僧。元は院御所の北面で警固にあたった武士。誤って北面武士の妻を殺し、後悔して出家。周囲が驚くほどの荒行を経て神護寺再興を志した

源平合戦の名場面に見る平家の興亡

平《へい》家《け》物《もの》語《がたり》 ②

独裁者を揺るがした数多くの合戦の記録

『平家物語』第1巻「鱸《すずき》」に登場するのは、朝廷の皇位継承問題などの内紛を機に、源氏と平家の武力がぶつかった、1156(保元元)年の保元《ほうげん》*の乱と1159(平治元)年の平治《へいじ》の乱。この政変を制した平清盛《たいらのきよもり》は、後白河《ごしらかわ》法皇の信任を得ると、武士として初めて太政大臣の座に上り詰めた。嚴島《いつくしま》神社の社殿を造営し、日宋貿易で国力を上げ、大輪田泊《おおわだのとまり》(現・神戸港)の礎を築くなど、残した功績も大きいが、一族を朝廷の要職につけ、国の約半分を平家一門の領地とし、

源平合戦の名場面

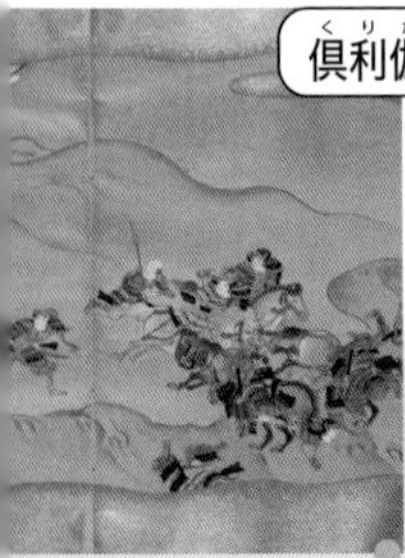

倶利伽羅《くりから》が谷《たに》の戦い ②

源義仲軍と平維盛率いる平家軍との戦。義仲軍の奇襲で、7万騎の平家軍は倶利伽羅峠の断崖から次々と谷底へ転落した©明星大学

平泉
倶利伽羅が谷
篠原
火打
横田河原
木曽
三草
一ノ谷
水島
屋島
粟津
京
福原
宇治
尾張
富士川
石橋山
鎌倉
壇ノ浦の戦いまでの源氏の進軍ルート
源義経の進路
源頼朝の進路
源義仲の進路
源範頼の進路

©明星大学

富士川《ふじがわ》の戦い ①

源頼朝《よりとも》と平維盛《これもり》・忠度《ただのり》軍との戦い。富士川で対峙する晩、平家軍は水鳥が飛び立つ羽音を敵の襲来と誤認し敗走した

源氏の名将

源《みなもとの》義仲《よしなか》

木曽山中で成人したため別名木曽義仲。全盛期の平家政権を3年弱で打倒した武略家。義経らの追討を受け、近江国粟津《おうみのくにあわづ》で戦死

源《みなもとの》義経《よしつね》

幼名は牛若丸《うしわかまる》。京都の鞍馬《くらま》寺《でら》、奥州の平泉《ひらいずみ》を経て兄頼朝と平家討伐を図る。戦果を挙げるが、頼朝の怒りを買って追放され、平泉で自刃

Notes ＊皇位継承に関して不満をもつ崇徳《すとく》上皇と後白河天皇、摂関家では藤原頼長《よりなが》と忠通《ただみち》が対立。崇徳・頼長は源為義《ためよし》と平忠正軍を、後白河・忠通は源義朝・平清盛軍を率いて交戦。崇徳側が敗北

東大寺大仏殿を焼き払うなど、独裁ぶりは多くの反感を招き、それがあまたの合戦へと発展した。

清盛亡き後、平家が源《みなもとの》義《よし》仲《なか》に都を追われてもなお戦が続く。一ノ谷の合戦を経て、平家滅亡を招いた壇ノ浦の戦いまで、優れた戦略、涙なくして読めない悲哀の結末が描かれた『平家物語』は、壮絶な源平合戦の歴史書でもある。

『平家物語』合戦史

西暦	和暦	出来事	巻	巻内目次
1156	保元元	●保元の乱	1	鱸
1159	平治元	●平治の乱	1	鱸
1180	治承4	●宇治川の戦い	4	橋合戦
		●石橋山の戦い	5	早馬
		●富士川の戦い ①	5	富士川
1181	治承5	●平清盛死去	6	入道死去
1183	寿永2	●倶利伽羅が谷の戦い ②	7	倶利伽羅落し
		●平家一門、都落ち	7	一門都落ほか
		●水島の戦いで源氏軍を破る	8	水島合戦
		義仲、後白河法皇を攻める	8	法住寺合戦
1184	寿永3	●宇治川の戦い	9	宇治川先陣ほか
		●粟津の戦いで、義仲戦死	9	木曽最期
		●義経、三草山で平家軍を夜襲	9	三草合戦
		●一ノ谷の合戦 ③	9	坂落～小宰相身投
		●維盛、那智沖で入水	10	維盛入水ほか
1185	元暦2	●屋島の戦い ④	11	逆櫓～弓流し
		●壇ノ浦の戦い ⑤	11	壇ノ浦合戦ほか
		義経が平家滅亡を後白河院に報告	11	剣/一門大路渡

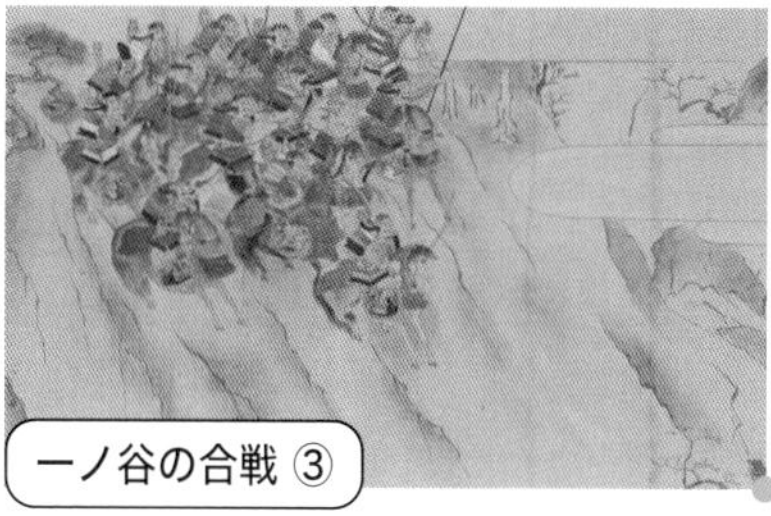

一ノ谷の合戦 ③

一ノ谷に布陣する平家軍に、源義経は無謀にも背後の鵯越《ひよどりごえ》を駆け下りる作戦で攻撃。想定外の奇襲に平家軍は大混乱。海へ逃げ出した

屋島《やしま》の戦い ④

義経は干潮で島が陸続きになった際、騎馬で攻撃。別の日には那須与一の弓流しが膠着を解き、源氏が勝利

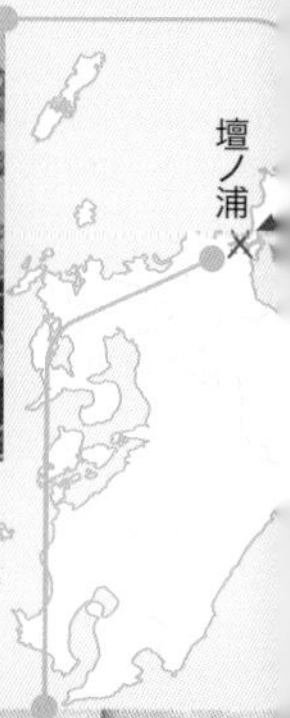

壇《だん》ノ浦《うら》の戦い ⑤

一部が源氏軍に寝返り、平家軍は大敗。幼い安徳《あんとく》天皇は二位《にいの》尼《あま》とともに入水。**三種の神器も平家一族とともに海に沈み、平家は滅亡した

©明星大学

Close Up

“三種の神器” とは

三種の神器とは天皇が皇位の印として代々引き継いできた、八尺瓊勾玉《やさかにのまがたま》、八《や》咫鏡《たのかがみ》、草薙剣《くさなぎのつるぎ》(熱田神宮では草薙神《み》剣《つるぎ》)のこと。記紀によれば、八尺瓊勾玉と八咫鏡は、天の岩戸に隠れた天照大神の出現の際につくられ、素戔嗚尊が八岐大蛇を退治した際に大蛇の尾から出てきたのが草薙剣。八尺瓊勾玉は皇居、八咫鏡は伊勢神宮、草薙神剣は熱田神宮に安置されている。

拝殿©熱田神宮

Notes　**三種の神器のうち、八尺瓊勾玉と八咫鏡は海から救い上げられた。不明とされた草薙剣については沈んだ剣は形代で、本体は熱田神宮に安置されたままだったという説がある

石川県

倶《く》利《り》伽《か》羅《ら》不《ふ》動《どう》寺《じ》

７１８（養老2）年創建の寺は、１１８３（寿永2）年に源平合戦のひとつ、倶利伽羅峠の戦で、多くの堂や寺宝が焼失した。その合戦の様子が7巻「倶利伽羅落し」に描かれている。砺波山《となみやま》を挟み、わずか3町（約３００ｍ）の距離でにらみ合う両軍の膠着を破ったのが倶利伽羅の堂の前で義仲軍が鳴り響かせたえびら（弓を入れる道具）をたたく轟音だった。その奇襲に「子は親の、弟は兄の、家来は主の後を追い、平家の大軍は倶利伽羅谷の露と消えた」。寺は頼朝《よりとも》によって再興されといわれ、江戸時代に隆盛を極めた。

↑衰退と再興をくり返し、1949（昭和24）年に高野山の金山穆韶大僧正《かなやまぼくしょうだいそうじょう》の尽力により、新たな堂宇が再建された

→倶利伽羅峠近くのハイキングコース、源平ライン沿いにある倶利伽羅源平供養塔

京都府

平《びょう》等《どう》院《いん》

文化財⬇国宝（鳳凰堂、阿弥陀如来坐像、雲中供養菩薩像ほか）、重要文化財（観音堂ほか） **世界遺産**

4巻「橋合戦」の舞台は平等院。平家から逃れるため、＊以仁王《もちひとおう》と源頼《より》政《まさ》は園城寺《おんじょうじ》を後にし、興福寺《こうふくじ》へ向かった。行軍に疲労した以仁王のため、宇治橋の橋板を外して平等院で休もうとしたが、平家軍は宇治川に到着。すさまじい矢戦の末、平等院に追い詰められた頼政、仲綱《なかつな》らは自害。以仁王は興福寺へ逃げる途中に平家の矢に倒れた。興福寺の援軍が間近まで来ていたところでの悲劇だった。

（上）1052（永承7）年創建。鳳凰堂と呼ばれる阿弥陀堂
（下）史跡名勝となっている浄土庭園様式の庭を彩る藤

©平等院

キャンベル's Eye　歴代の中で最も若くして崩御した安徳天皇は、戦乱の最中犠牲となった唯一の天子でもありました。いたいけな天皇は実は入水せず平氏の残党とともに落ちのびたのだ、という伝説が中世から大坂、山陰、九州など各地方に伝わります。

Notes　＊以仁王（1151～80年）は後白河天皇の第3皇子。皇位継承の有力候補とされたが、異母弟（後の高倉天皇）の母の妨害で道が断たれた。諸国源氏に平家討伐の令旨を下し挙兵したが戦死

京都府

鞍馬寺《くらまでら》

文化財⬇国宝（毘沙門天三尊立像ほか）、重要文化財（兜跋毘沙門天立像、聖観音立像）

770（宝亀元）年に鑑真《がんじん》の高弟鑑禎《がんちょう》が開創。標高569mの鞍馬山の中腹にあり、山域も境内。岩盤が固いため木の根が地上を這う山道で、義経は武術の修練に励んだとされる。11巻では、平治の乱に負けた義経が平家により鞍馬寺に預けられたこと、12巻では、義経の昔なじみの鞍馬寺の僧が、山に隠れた敵をとらえ、義経に送ったというくだりで登場する。

↑『枕草子』や『更級日記』にも登場する仁王門

←義経が兵法修行をしたと伝わる木の根道

山口県

みもすそ川《かわ》公園《こうえん》

11巻「壇ノ浦合戦」。激しく交わされる矢の応酬や、海上での壮絶な戦いの模様が描かれている。その海こそ、みもすそ川公園の前にある関門海峡でもっとも狭い「早鞆《はやとも》の瀬戸《せと》」といわれる海域だった。源氏の船3000余艘、平家の船は1000余艘と圧倒的に源氏が優勢だった。この戦いで安徳《あんとく》天皇はじめ多くの一族を失い、平家は滅亡した。

↑火の山公園から見下ろすみもすそ川公園と古戦場早鞆の瀬戸

→二位尼の**辞世歌から名づけられた公園

Column

もうひとつの平家落人伝説

四国・徳島県の祖谷《いや》地域には、壇ノ浦で入水した安徳天皇は影武者で、実は屋島の戦いで逃れた平教経《つねのり》（後の国盛《くにもり》）一族が、安徳天皇を守るため東祖谷に入山したという伝説が残る。国盛の子孫が暮らした家屋は県の指定有形文化財に。近くにある日本三奇橋のひとつ、かずら橋には平家の落人が追手から逃れるため、切り落とせるようにつくったという説もある。

↓重さ約6t、長さ45m、幅2m、水面上14mの橋

→3年ごとに架替《かけか》えが行われるかずら橋

Notes　**二位尼の辞世歌「今ぞ知る　身もすそ川の　御ながれ　波の下にもみやこありとは」（長門本平家物語より）にちなみ、みもすそ川という地名がつけられた

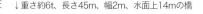

涙と感動、クライマックスシーン・ベスト7
平家物語《へいけものがたり》 ③

『平家物語』には、合戦の妙技と悲劇、恋と失恋、絶望と自死、悔いと出家など、一度読んだら忘れられないシーンが数多い。そのなかから7シーンを紹介する。

シーン…1

第9巻　4段 木曽《きそ》の最期

義仲《よしなか》と今井兼平《かねひら》 壮絶な木曽の最期

源義仲と源頼朝派遣の東国諸将が交えた粟津《あわづ》の戦いが、義仲の最期となった。父亡き後、親替わりとなった乳母《めのと》の実子・今井四郎兼平*と「死ぬときは一所」と決めて臨んだ戦だった。が、兼平の行方を気にかけ引き返したところ、討ち取られてしまう。兼平も義仲を案じて追っていたことを知る由もないままに。

↑歌川芳員《うたがわよしかず》作『粟津ヶ原の戦い』。近江国粟津（現・滋賀県大津市）の盛越《もりこし》川ほとり

↑勝川春章《かつかわしゅんしょう》筆「平敦盛と熊谷直実」、江戸時代18世紀。

シーン…2

第9巻　16段 敦盛《あつもり》最期

敦盛の首を取った熊谷直実《くまがいなおざね》の悲劇

一ノ谷の合戦で敦盛を捕らえたのは熊谷直実**だった。兜を外すと薄化粧した花のような美少年ではないか。名を聞けば「名乗らずとも見知った者もおろう、首を取ってお聞きになるがよい」という。躊躇しつつも泣く泣く首を取ると、腰には明け方聞こえた笛が。その美少年が敦盛とわかり、ことの顛末に源氏方も涙したという。

シーン…3

第10巻　8段 横笛　9段高野巻

滝口入道《たきぐちにゅうどう》と横笛《よこぶえ》の悲しき恋物語

建礼門院《けんれいもんいん》に仕える横笛に恋をしたのは平重盛《しげもり》の家臣斎藤時頼《さいとうときより》。しかし、父の反対にあい、出家の道を選択。それを知った横笛は時頼を尋ねるが、時頼は胸が張り裂ける思いで帰してしまう。再び来られたら拒むことなどできない。時頼は女人禁制の高野山へ。横笛も出家するが、哀しみの中、世を去る。時頼はさらに修行に励み高野聖となったという。

←高山樗牛《たかやまちょぎゅう》の『滝口入道』の口絵。水野年方《としかた》の木版画

Notes

＊今井四郎兼平は、乳母子（乳母の実子）ゆえに、幼少時から義仲とともに育った。義仲の生年は定かではないが、兼平より2歳年下と考えられている。義仲四天王の一人

シーン…4

第10巻　12段　維盛入水《これもりじゅすい》

美貌の貴公子、平維盛の入水

平維盛は物語の主要な場面で数多く登場するが、戦では敗北の連続。一方で光源氏の再来といわれる美男子で舞の名手でもあり、作法の優美さは周囲を驚嘆させた。戦乱の世に武士として生きるには繊細すぎたのか。平家が都落ちすると戦線を離脱。出家し入水を覚悟するが、行動に移せず、高野山の滝口入道(斎藤時頼)を尋ねた。滝口の説得で決心。「南無」と発し、那智の海に飛び込んだ。

→歌川芳虎《うたがわよしとら》作「大日本六十余将」に描かれた維盛

鳥取市・渡辺美術館所蔵

↑直後、義経の郎党の命で、喝采を送る平家武士の首を射落とした

シーン…5

第11巻　4段　那須与一《なすのよいち》ほか

平家方の扇と首をはねた那須与一の弓矢

屋島《やしま》の戦いで、平家が揺れる船上で射てみよとばかりに立てた扇を、源氏方の若武者与一が射落し、両軍の喝采を浴びた。

↓2歳で即位し6歳で逝った安徳天皇像(泉涌寺所蔵)

シーン…6

第11巻　9段　先帝御入水《せんていごじゅすい》

6歳で入水　安徳《あんとく》天皇の悲劇

壇ノ浦の戦いで劣勢の平家軍の船に次々と乗り移る源氏兵。祖母二位尼《にいのあま》に手を引かれた安徳天皇が「どこへ」と尋ねると、「極楽浄土というありがたいところへ」と。うなずき小さな手を合わせ、荒波に消えた。

→『文芸倶楽部』7巻13号口絵に描かれた建礼門院

シーン…7

灌頂巻《かんじょうのまき》　1段　女院御出家《にょいんごしゅっけ》

弔いの晩生、出家の道を選んだ建礼門院《けんれいもんいん》

徳子こと建礼門院は、安徳天皇の母。壇ノ浦で、わが子とともに入水したが、源氏兵に助けられてしまう。京に帰ったものの、思い出すのは西国の海上生活と今は亡き人のことばかり。涙する日々のなか出家を決意。29歳だった。

Close Up

『平家物語』から派生した作品の数々

『平家物語』には異本が多く、琵琶法師《びわほうし》が語る「平曲《へいきょく》」は「語り本」、『源平盛衰記《げんぺいじょうすいき》』など読み物として書かれたものは「読み本」という。能や人形浄瑠璃、歌舞伎など、芸能の題材としても多用された。

©公益社団法人能楽協会

Notes　＊＊熊谷直実には、敦盛と同じ年頃の息子がいた。敦盛を捕らえたとき、よぎったのは我が子の顔。すぐ近くまで来ている味方に殺されるよりは自分が、と、断腸の思いで首を取ったという

兵庫県

須磨寺《すまでら》

文化財⬇重要文化財(木造十一面観音立像、普賢十羅刹女像、福祥寺本堂内宮殿及び仏壇)

一ノ谷の合戦で源氏の陣が置かれた須磨寺。敦盛《あつもり》の首を取った熊谷《くまがい》直《なお》実《ざね》が、その首と敦盛の笛を持ち帰った寺である。討ちたくはなかった。しかしすぐ後ろに味方が迫る。ほかの者に斬らせるならと「後のご供養をお約束します」と言い、手にかけた。

『平家物語』で最も涙を誘う「敦盛最期」。直実は殺し合わねばならない戦の世に無常を感じ、出家した。笛は「青葉の笛」として須磨寺宝物館に展示されている。

寺は886(仁和2)年、光孝天皇の勅命により建立。正式名は上野山福祥寺《じょうやさんふくしょうじ》。敦盛首塚や義経《よしつね》腰掛けの松がある源平ゆかりの古刹として名高い。

↑1602(慶長7)年に豊臣秀頼《とよとみひでより》が再建した現在の本堂

→敦盛の菩提を弔う敦盛塚の首塚(五輪塔)

京都府

滝口寺《たきぐちでら》

非恋物語の主人公・滝口入道《にゅうどう》(斎《さい》藤《とう》時頼《ときより》)が出家して移り住み、横笛《よこぶえ》が尋ね、追い返された寺だ。本堂には二人の木像が安置され、参道には横笛が指を切った血で「山深み　思ひ入りぬる柴の戸の　まことの道に　我れを導け」*と書いたという歌石が立つ。

法然《ほうねん》が開創した往生院《おうじょういん》の子院三宝寺の旧跡にある寺

和歌山県

熊野那智大社《くまのなちたいしゃ》

文化財⬇重要文化財(第一～六殿、御県彦社、鈴門及び瑞垣、熊野那智大社文書ほか)　世界遺産

第10巻「熊野参詣」「維盛《これもり》入水」で、平維盛は熊野本宮大社参詣後、新宮《しんぐう》(熊野速玉《はやたま》大社)、那智(熊野那智大社)を訪れた。那智の僧たちは、若き日の維盛の舞が天も輝く美しさだったことを思い、今はやつれた維盛に涙した。維盛はその後、那智の海に入水した。

6つの社殿が並ぶ御本殿©熊野那智大社

キャンベル's Eye

『平家物語』の伝本系統は複雑で読み本系と語り本系に大別されます。後者は盲人の職能集団を形成する琵琶法師たちの語りの元になったテキストですが、流派に分かれ、語って聴かせる名場面が少しずつ異なります。耳で聴く古典は現代まで続きます。

Notes　＊「あなたを思って山深くまで来たけれど。柴の戸の向こうで、あなたがはげんでいるというまことの道に、どうか私を導いてほしい」という意味の歌

香川県

屋島《やしま》

高松市にある屋島は、屋根の形をした溶岩台地で、山上からは瀬戸の海と多島美が一望できる。現在は市街地と陸続きだが、屋島の戦いがあった頃、ここは島だった。第11巻の「那須与一《なすのよいち》」に登場する島で、名声もなかった若武者の与一が、失敗すれば生きて故郷には帰れぬという状況下でも、義経の命には逆らえず、弓を射る。北風が激しく吹き、揺れる舟。しかし、見事に扇を射抜き、喝采を浴びたのだった。

↑源平合戦の古戦場として知られる屋島

←屋島から小豆島(左)方面を望む遠景

山口県

赤間神宮《あかまじんぐう》

文化財⬇重要文化財（赤間神宮文書、平家物語（長門文））

↑赤間神宮の入口となっている、竜宮造りの華やかな水天門

壇ノ浦の合戦に敗れ、わずか6歳で入水した安徳天皇の御霊を慰めるため、1191(建久2)年に御影堂が創建された。安徳天皇を抱えて入水する際、二位尼《にいのあま》は「海の中にも都はございます」とうたったという。竜宮城をイメージした朱色の水天門が印象的。小泉八雲《こいずみやくも》の『怪談』の一編で、壇ノ浦の合戦の語り部の琵琶法師『耳なし芳一』の舞台でもある。

→境内にある耳なし芳一を祀る芳一堂

京都府

寂光院《じゃっこういん》

594(推古2)年に聖徳太子が父・用明《ようめい》天皇の菩提を弔うために建立したと伝わる。京都の大原にある天台宗の尼寺で、初代住持は聖徳太子の御乳人《おちのひと》・玉照《たまてるひめ》。壇ノ浦の合戦で源氏方に海中から救われた徳子(建礼門院)は、侍女たちとともにこの寺に閑居した。わが子の思い出に浸り、平家一門と安徳天皇の菩提を弔いながら、終生を過ごした。2000(平成12)年に本堂が焼失したが、古式通りに復元されている。

↑豊臣秀頼や淀君《よどぎみ》、徳川家康らも復興に尽力した

←心字池の脇にある、潅頂巻「大原御幸」に書かれた松**

Notes　**「大原御幸」の中で「池のうきくさ　浪にただよい　錦をさらすかとあやまたる　中嶋の松にかかれる藤なみの　うら紫にさける色」と表現された松と伝わる

物語とはひと味違う説《せつ》話《わ》集《しゅう》

中世の文学は、説話の時代ともいわれる。鴨長明《かものちょうめい》の『発心《ほっしん》集』をはじめ、数多くの説話集が誕生した。物語とはひと味違う説話集とは何かをひも解いてみよう。

説話とは、神話や伝説、昔話などの伝承や自ら見聞きした出来事を短くまとめた話のこと。6世紀の仏教伝来後、布教活動に不可欠な説教話として生まれたのが仏教説話だ。平安時代後期に貴族社会が衰退し始めると、武士階級を描いた世俗説話が誕生。戦乱期の中世には、仏教説話のニーズが高まるとともに、皇族から僧侶、庶民、盗賊まであらゆる階層の人々の日常の言動や事件が世俗説話として書かれるようになった。

広義の説話モチーフ

仏教説話のモチーフには仏法や仏道、世俗説話ではあらゆる日常の出来事がモチーフになるが、大別すると、次の3種があげられる

- **神話**：自然界や人間界の事象を神格化したもの
- **伝説**：一族や集団の出自、特定地域の自然物や事件の由来
- **昔話**：民話など口承された話や空想的世界の話

説話

人に聞かせる目的で書かれた、神話や伝説、昔話のほか、作者が自ら見聞きした人々の日常に起きた事件や言動を物語にしたもの

『今昔《こんじゃく》物語集』(→P62)　『発心《ほっしん》集』(→P91)
『宇治拾遺《うじしゅうい》物語』(→91)　『十訓抄《じっきんしょう》』(→P91)

物語

実在・虚構を問わず、ひとりまたは複数の人物の生涯やその一部、事件などを主題として語る長編・中編の作品

『源氏《げんじ》物語』(→P44)　『栄花《えいが》物語』(→P58)
『竹取《たけとり》物語』(→P26)　『平家《へいけ》物語』(→P78)

世俗説話

世俗的な事柄についてまとめたもの。生活に根差した題材が使われるため、身近に感じる内容が多い

皇族・貴族説話
貴族社会の有職故実や宮廷秘話を伝えるものや、公的な立場、私的な生活を問わず、皇族や貴族の言動や事件に関する話

漢詩文・和歌に関わる話話
漢詩文や和歌に書かれた内容や、中国の故事についての話を伝えるもの

一般民衆に関わる話
武士や僧侶、学者、医師、農民、漁師、商人、遊女、盗賊、天狗や鬼など、登場人物は多彩。僧侶の失敗談なども含まれる

仏教説話

仏や菩薩の奇跡や、高僧の逸話、世俗における因果応報など、仏教を布教する際に欠かせない話をまとめたもの

三宝霊験談《さんぼうれいげんだん》
諸仏の霊験を語る仏宝霊験談、経典の霊験や念仏の利益を語る法宝《ほうぼう》霊験談、諸菩薩や高僧の霊験を語る僧宝《そうほう》霊験談からなる

因果応報談
善因善果や悪因悪果について語るもの

寺塔縁起談
さまざまな寺や、寺塔建立の由来を語るもの

※P91の『十訓抄』『古今著聞集』は世俗説話、『発心集』『沙石集』は仏教説話、『宇治拾遺物語』は仏教説話と世俗説話

芥川《あくたがわ》龍《りゅう》之《の》介《すけ》と説話

芥川龍之介は、『源平盛衰記《げんぺいじょうすいき》』などの物語も題材にしているが、圧倒的に多いのが説話集だ。『今昔物語集』の3作を題材にしたのは『藪の中』、『宇治拾遺物語』の「鼻長き僧の事」は『鼻』に、『芋粥』『道祖問答』『鼻』は同書と『今昔物語集』が出典。『十訓抄』から『好色』、「宇治拾遺物語』『古今著聞集』『十訓抄』からは『地獄変』が生まれている

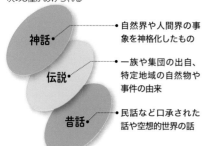

宇《う》治《じ》拾《しゅう》遺《い》物語

編者：未詳　説話数：197
成立：鎌倉時代前半（1220年頃）

『今昔物語集』と並ぶ説話集の代表作。80話の仏教説話には、信仰に関する話だけでなく、僧や法師の失敗談や滑稽談も含まれ、庶民的な視点が特徴。半数以上を占める世俗説話ではあらゆる階層の人々が登場し、失敗談や笑い話、不思議な話のほか、「こぶとり爺さん」などの昔話も登場する。素朴な語り口で笑いやおかしみにあふれ、ほかの説話集のような教訓性や啓蒙性はあまり見られない。

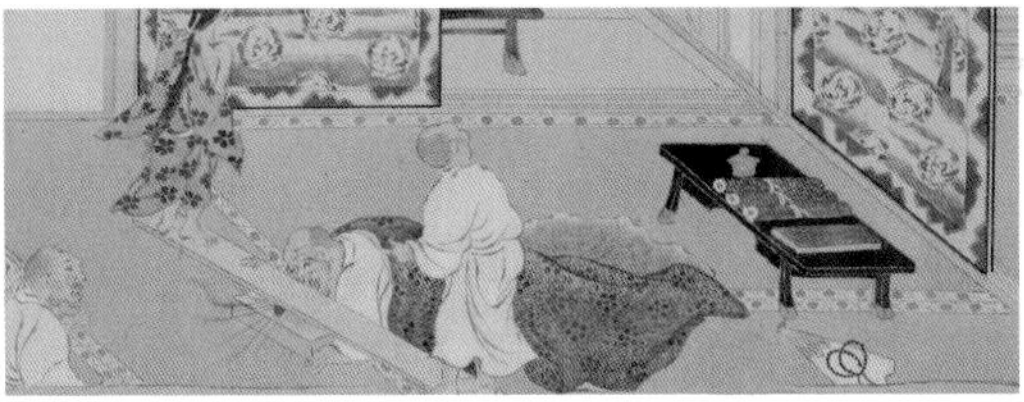

『宇治拾遺物語』の第2巻7話にある「鼻長き僧の事」の一場面

発《ほっ》心《しん》集《しゅう》

編作者：鴨長明
説話数：102
成立：1215（建保3）年頃

仏教説話集。強い執着心により親指が蛇になってしまった母親などを通して人間の欲の恐ろしさを描きながら、執着心とどう戦い、いかに鎮めるかを突き詰める。生きる道を仏の世界に求める人々に対して、出家して遁世した鴨長明自身の長めの感想が添えられている。

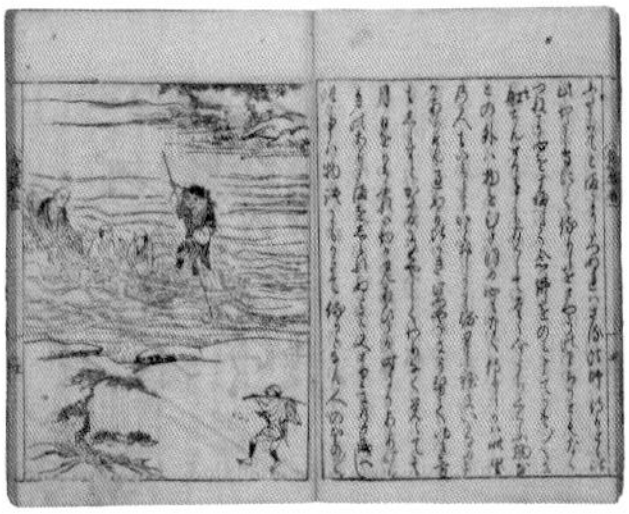

『発心集』第1巻の挿絵

十《じっ》訓《きん》抄《しょう》

編者：未詳　説話数：約280
成立：1252（建長4）年

序文に「少年に善を勧め、悪を戒めるために古今の物語を集めた」とあり、多くの書籍から説話を引用。歌合に出る小式部内侍《こしきぶのないし》に、藤原定頼《さだより》が母に代作を頼む使いを出したかとからかって、やりこめられる逸話で「人を侮るなかれ」と説くなど、教訓書の先駆けとなった世俗説話。

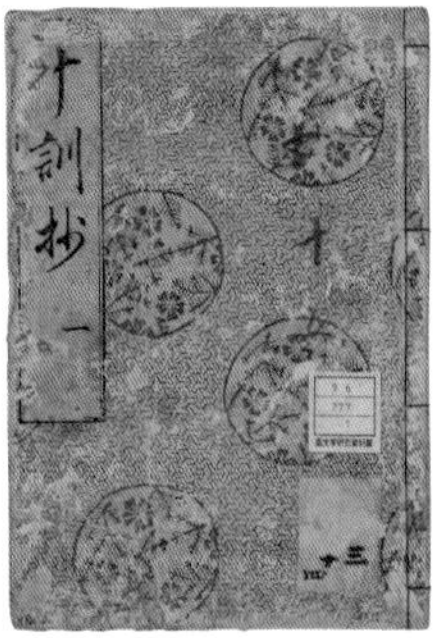

勧善懲悪の精神を伝える『十訓抄』

古《こ》今《こん》著《ちょ》聞《もん》集《じゅう》

編者：橘成季　説話数：約700
成立：1254（建長6）年

伊賀守の橘成季《たちばなのなりすえ》が、平安時代から鎌倉時代初期までの世俗説話を集めた大作。前後に関連のある話を年代順に配した点は、勅撰和歌集に見られる形式。神祇《じんぎ》や好色など30編目に分類され、王朝懐古的な説話や鎌倉期の猥雑な説話も含まれる。

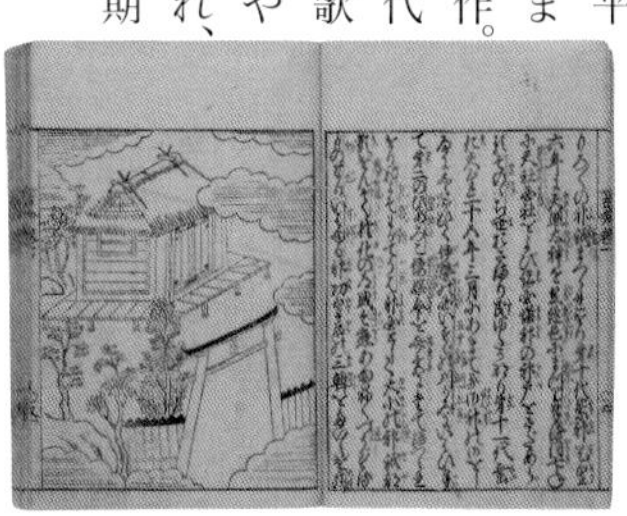

近世まで広く読まれた『古今著聞集』

沙《しゃ》石《せき》集《しゅう》

作者：無住道暁《むじゅうどうぎょう》　説話数：約120
成立：1283（弘安6）年

作者は京と奈良で修行した後、尾張（現・愛知県西部）で後半生を送った僧侶。『沙石集』とは、沙（砂）から金を取り、石から玉を磨くの意。多くの説話を例にあげ、庶民にわかりやすく仏教の教理を説く仏教説話。

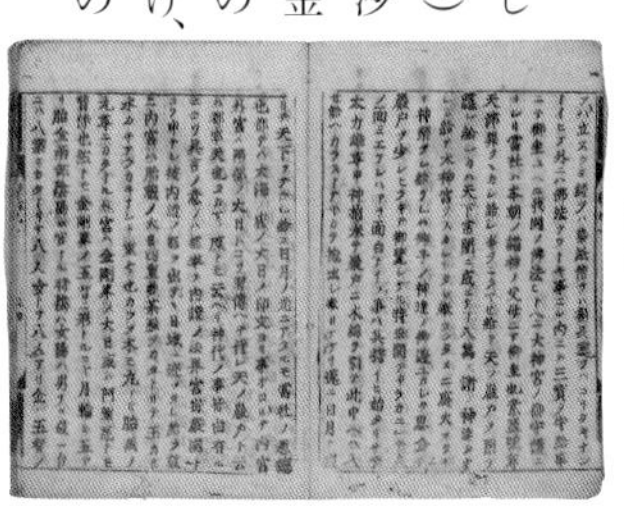

全10巻からなる『沙石集』

十六夜日記《いざよいにっき》

幕府へ直談判！意思を貫いた母の旅日記

ジャンル
日記文学
紀行文

作者
阿仏尼

時代
鎌倉時代後期
1280(弘安3)年頃
成立

相続権訴訟のために京都から鎌倉へ

『十六夜日記』は、阿仏尼《あぶつに》が亡き夫の藤原為家《ふじわらのためいえ》との間にもうけた愛息・為相《ためすけ》のために、先妻の子・為氏《ためうじ》との相続争いを解決させるべく、鎌倉幕府に直談判に行く旅日記である。品格ある流麗な仮名文に、100首以上の和歌も含まれた女房文学の代表作といわれる。

上段は、京都から鎌倉まで12日間の下向の紀行文。下段は、鎌倉での1年間の生活をつづった日記文だ。書名は後世につけられたものだが、旅立った日が10月16日だったことによる。

女性が訴訟を起こせた鎌倉時代の法規

齢60近い阿仏尼が、高齢を押して危険な長旅に出たのは、約半世紀前に施行された新しい法律「*御《ご》成敗式目《せいばいしきもく》」で、「**悔《く》い還《がえ》し」という相続変更が容認されたからだった。夫は当初、先妻の子に播磨《はりま》の荘園を相続させたが、後に相続を覆し、阿仏尼(後妻)の子に相続変更の遺言を残した。しかし、実子側が拒絶したため、幕府に直訴しようと鎌倉を目指した。新法律のもと、子を思う強い母の愛が長旅を可能にし、母は直訴の旅を日記紀行文として残したのだった。

阿仏尼を巡る人々

藤原定家《ふじわらのていか》

正室 ＝ 藤原為家《ふじわらのためいえ》 ＝ 阿仏尼《あぶつに》 側室

1198〜1275年。定家の長男。蹴鞠《けまり》が得意な歌人。『続後撰和歌集』『続古今和歌集』の撰者の一人

1222？〜83年。女流歌人。平 度繁《たいらののりしげ》の養女で出家。30歳頃、為家と知り合う

©冷泉家時雨文庫

藤原為氏《ふじわらのためうじ》(二条家《にじょうけ》)

1222〜86年。二条家の祖。為家の嫡子、訴訟で敗訴。歌人で『続拾遺和歌集』の撰者

藤原為相《ふじわらのためすけ》(冷泉家《れいぜいけ》)

1263〜1328年。歌人で冷泉家の祖。母・阿仏尼の没後、訴訟は勝訴

Notes
＊初の武家政権による成文法。武家社会の慣例や道徳を基に1232(貞永元)年に施行された法律。幕府と朝廷との関係や寺社に関する法律のほか、家族法や訴訟法など多岐にわたる

京都から鎌倉への旅路

京都から鎌倉への下向(都から地方に下る旅のこと)の旅のルートを紹介

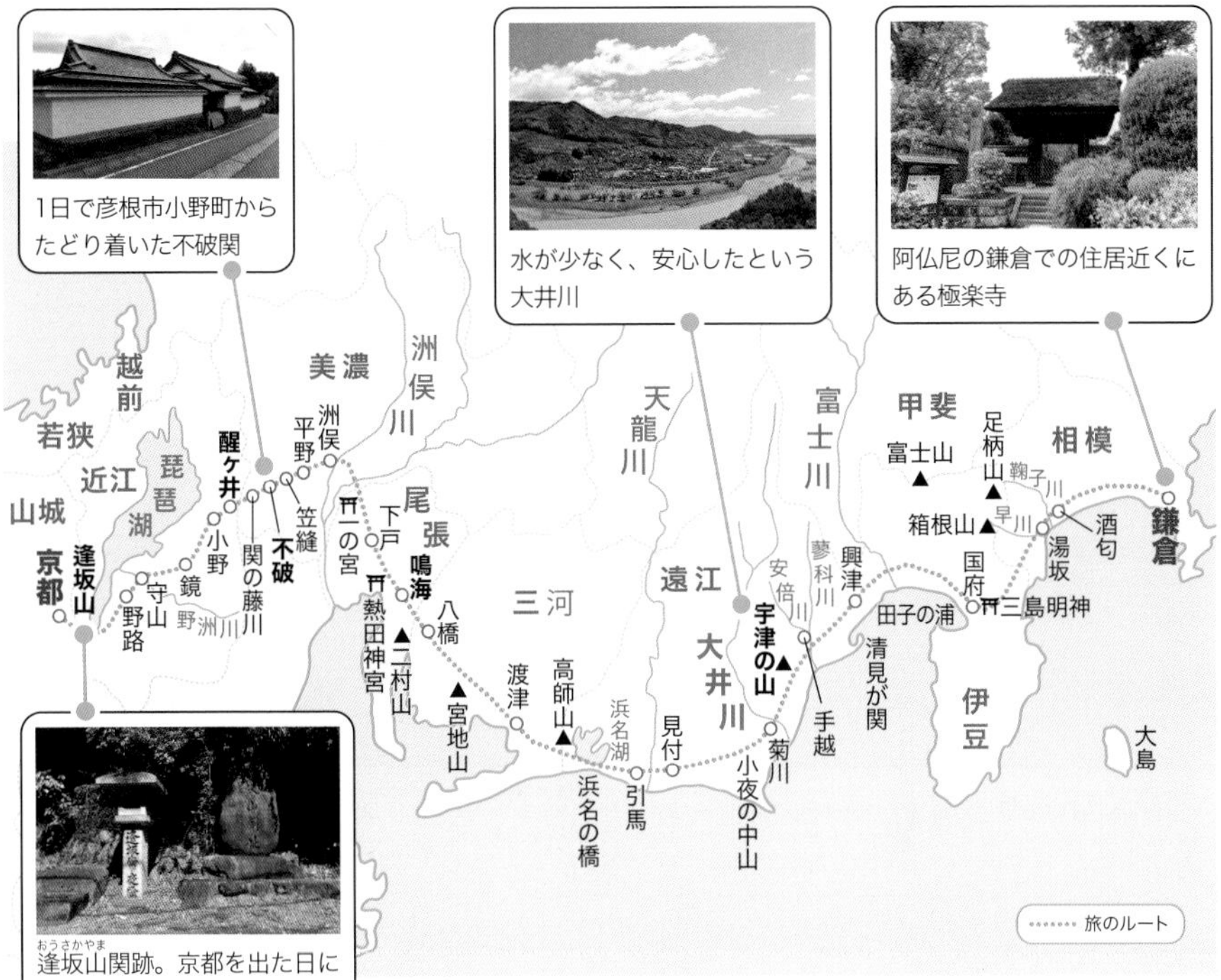

1日で彦根市小野町からたどり着いた不破関

水が少なく、安心したという大井川

阿仏尼の鎌倉での住居近くにある極楽寺

逢坂山《おうさかやま》関跡。京都を出た日に逢坂の関を越えた

絵で読む十六夜日記

江戸初期に描かれた『十六夜日記』の挿絵から、出来事をたどる

出発前

阿仏尼は描かれていないが、阿仏尼が鎌倉を目指す旅へ出発する前の都の邸宅の様子。左が息子の為相と思われる

醒ヶ井《さめがい》

3日目の10月18日、清流の地蔵川を通る旅人が描かれている。現在も昔ながらの風景が残る中山道61番目の宿場町・醒井宿

鳴海潟《なるみがた》

10月20日。鳴海潟の干潟を行く阿仏尼の一行。阿仏尼は輿の中におり、輿の横にいるのは侍女と思われる

宇津《うつ》の山越え

10月25日、駿河路の菊川を出て、聞いていたより水量が少ない大井川を渡り、宇津の山に差し掛かったところ

鎌倉《かまくら》

下段で描かれた鎌倉での生活の一場面。都からの手紙を読んでいる場面と思われる。都の邸宅と比べると侘しげな庵だ

Notes ＊＊御成敗式目の家族法26条に、「相続した土地に幕府の証明書があっても、父母の気持ちにより他の子どもに相続人を替えることが可能」とある。「悔い還し」とは親の権限で取り返すこと

滋賀県

醒井宿《さめがいじゅく》

*むすぶ手に　にごるこころを
すすぎなば　うき世のゆめや
さめが井の水

阿仏尼《あぶつに》が、中山道《なかせんどう》六十九次の61番目の宿場町、醒井宿に立ち寄ったときに詠んだ和歌である。そこに込められているように、この地を流れる地蔵川の清らかさは当時から有名で、紀貫之《きのつらゆき》も『古今和歌集』に歌を残している。古来、交通の要衝で、現在でも宿場を切り盛りした問屋場が残る全国でも珍しい地。川の流れに沿って這うように育つ梅花藻《ばいかも》が白い花を咲かせる7月下旬〜8月下旬にかけ、多くの人で賑わう。

↑ヤマトタケルが体の毒を流したと伝わる「居醒《いさめ》の清水《しみず》」は、今も霊水・名水として湧く

→キンポウゲ科の多年草の梅花藻。長さが50cmほどになる

愛知県

真清田神社《ますみだじんじゃ》

文化財⬇重要文化財(木造舞楽面ほか)

旅立ちの3日目、真清田神社に到着した阿仏尼は、界隈で15首の和歌を詠んだ。鎌倉時代に、順徳《じゅんとく》天皇が奉納した多数の神事用の木造舞楽面は国の重要文化財。神社は、江戸時代には幕府の神領として発展した。

伊勢の神宮から下賜された古材を使用した御本殿
©真清田神社

愛知県

熱田神宮《あつたじんぐう》

文化財⬇重要文化財(日本書紀〈紙背和歌懐紙〉、剣多数、木造舞楽面、菊蒔絵手筥ほか多数)

4日目に訪れたのが熱田神宮。日記によれば当時は海に面し、旅人は鳴海潟《なるみがた》が干潮になるのを祈るか、長時間待って渡ったという。阿仏尼は熱田神宮で硯を出して和歌5首をつくった。草薙神剣《くさなぎのみつるぎ》をご神体とする由緒ある神社で、あつい崇敬を集める。

熱田神宮本宮の第三鳥居©熱田神宮

キャンベル's Eye　母が心血を注いでなし遂げようとした相続権変更を受けて、為相は所領の播磨国細川庄などを手に入れました。度々東に下った彼は鎌倉の歌壇を指導し、鎌倉連歌の発展に大きく貢献しました。

Notes　＊歌の意味は、「清水をすくい、濁る心を洗い流せば、つらいこの世の夢も醒めるだろうか」。なんとしても我が子に相続をさせたかったのだろう

静岡県

三《み》嶋《しま》大《たい》社《しゃ》

文化財⬇国宝（梅蒔絵手箱）、重要文化財（本殿、幣殿及び拝殿、矢田部家文書ほか）

阿仏尼が尾張国を過ぎ、天竜川、大井川、富士川を渡り、田子《たご》の浦を経て三島明神（現・三嶋大社）を詣でたのは、旅立ちから11日目。「いづのこう（伊豆の国府）といふところにとどまる。いまだ夕日のころほど、みしまの明神へまいるとてよみたてまつる」と日記に書いている。三嶋大社は伊豆国の一の宮として栄え、源《みなもとの》頼朝《よりとも》と妻・北条政子《ほうじょうまさこ》に崇敬された。

1866（慶応2）年に竣工された本殿。本殿・幣殿が連なる複合社殿

神奈川県

箱《はこ》根《ね》路《じ》

↑箱根旧街道が、石畳の道に整備されたのは江戸初期。鎌倉時代は泥道だった

→阿仏尼も見たであろう長尾峠から見る富士山

三島を出ると東海道最後の難所、箱根峠越え。当時、距離は長いが平坦な足柄路《あしがらじ》と距離は短いが急峻な箱根路の2経路があったが、阿仏尼は後者を選んだ。三島から酒匂《さかわ》まで40km弱を13時間近くかけたとみられる。箱根峠を越え、芦ノ湖畔から鷹巣山《たかのすやま》を登り、湯坂路《ゆさかみち》を下って小田原へ。薄暗くなった浜辺で「宿が欲しい」と願いつつも、鞠子川《まりこ》（酒匂川）を渡った。当時、橋はなく、60歳近い女性にとって過酷過ぎる旅路であった。

神奈川県

浄《じょう》光《こう》明《みょう》寺《じ》

文化財⬇重要文化財（五輪塔、浄光明寺敷地絵図、木造阿弥陀如来及両脇侍坐像）、史跡

阿仏尼が相続権変更を直訴したのは、第8代執権北条時宗《ときむね》。1年間弱の鎌倉**滞在期間中に判決は出なかったが、阿仏尼の没後、勝訴。浄光明寺は、1251（建長3）年、第6代執権北条長時《ながとき》を開基として創建された寺で、母を追って鎌倉に住んだ藤原為相《ふじわらのためすけ》の墓（宝篋印塔《ほうきょういんとう》）がある。為相は鎌倉では源実朝《みなもとのさねとも》の和歌の師で、1328（嘉暦3）年、鎌倉で没した。

↑北条氏の菩提所でもある浄光明寺の山門

←浄光明寺にある為相の宝篋印塔

Notes　＊＊阿仏尼は、1279（弘安2）年10月16日に鎌倉へ向かって旅立ち、2週間後の10月29日に鎌倉へ到着。訴訟のため翌年8月まで鎌倉に滞在した。

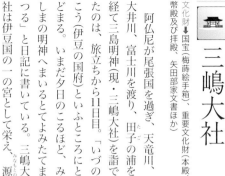

とはずがたり

〝女西行〟と呼ばれた恋多き女の宮廷生活と旅

ジャンル
日記文学
紀行文
全5巻

編者
後深草院二条

時代
鎌倉時代後期
1306(嘉元4)年頃
成立

2大テーマは、〝恋物語〟と〝旅〟

『とはずがたり』とは、「人に聞かれもしないのに自分から語る」の意。2歳で母を失い、4歳で後宮に上がり、1271(文永8)年の正月、14歳で後深草院《ごふかくさいん》(以下、院)に出仕した後深草院二条《にじょう》(以下、二条)が書き記した物語である。

1〜3巻は、14歳から28歳までの宮廷での生活と『源氏物語』並みの愛の遍歴を赤裸々に綴った内容。4・5巻は、32歳から49歳までの回想録。出家し、4巻は東国へ、5巻は西国へ旅する〝女西行《さいぎょう》〟とも評される旅の記録である。

後深草院二条にまつわる恋愛関係

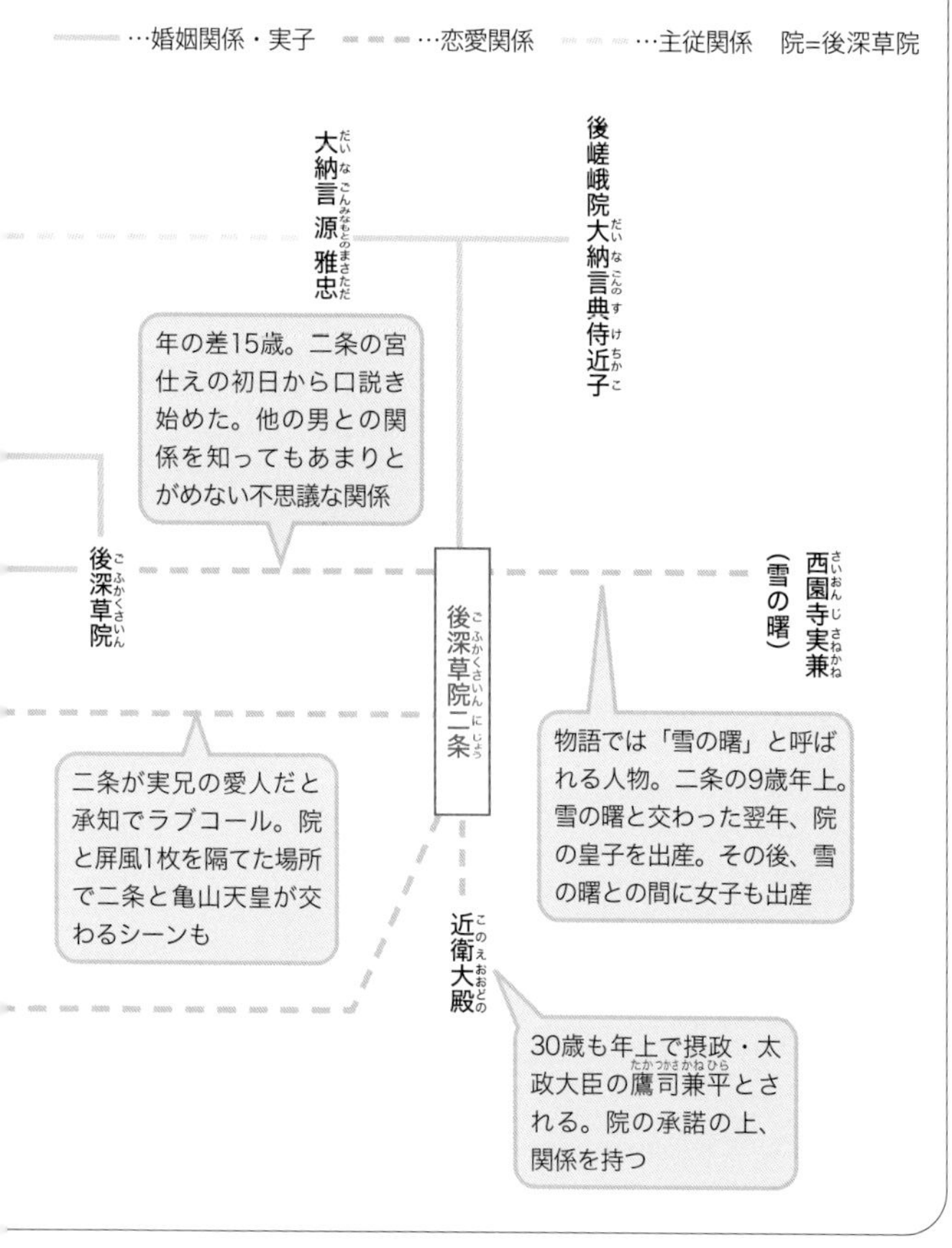

…婚姻関係・実子
…恋愛関係
…主従関係
院=後深草院
後嵯峨院大納言典侍近子《だいなごんのすけちかこ》
大納言《だいなごん》 源　雅忠《みなもとのまさただ》
年の差15歳。二条の宮仕えの初日から口説き始めた。他の男との関係を知ってもあまりとがめない不思議な関係
後深草院《ごふかくさいん》
後深草院二条《ごふかくさいんにじょう》
西園寺実兼《さいおんじさねかね》
(雪の曙)
物語では「雪の曙」と呼ばれる人物。二条の9歳年上。雪の曙と交わった翌年、院の皇子を出産。その後、雪の曙との間に女子も出産
二条が実兄の愛人だと承知でラブコール。院と屏風1枚を隔てた場所で二条と亀山天皇が交わるシーンも
近衛大殿《このえおおとの》
30歳も年上で摂政・太政大臣の鷹司兼平《たかつかさかねひら》とされる。院の承諾の上、関係を持つ

Notes ＊阿闍梨とは、弟子の模範となる僧のことで、厳しい修行の末、得られる位。弟子を教授できる立場の高僧

赤裸々過ぎる告白と二条の執念

宮仕えの身になってすぐ、院の皇子を授かった。2歳のころからの二条を知る院は、12年も待った、と言って抱き、ただただ泣いたという二条だが、まもなく、「雪の曙」とも関係をもち、女児を出産。その後も院の弟・亀山《かめやま》天皇や仁和寺《にんなじ》の*阿闍梨《あじゃり》「有明の月」から迫られ、契りを結ぶ。さらに近衛《このえ》の大殿、再び有明の月と関係。後白河院の**御修法《みしほ》の場でさえ阿闍梨が恋文を渡すこともあれば、院が聞き耳を立てる隣室で別の男と交わる夜もあった。生々しい告白に美しい和歌が織り交ぜられ、物語は進む。

そんな日々と決別し旅に出た二条が、5部の大乗経を写経する決意を成就させたところも、女西行といわれる所以。その量は191巻、料紙4220枚に及んだ。

★京から東国・西国への旅路

善光寺
鎌倉
三嶋大社
宇津の山
熱田神宮
京都
鞆
厳島
須磨
當麻寺
石清水八幡宮
伊勢神宮
二見ケ浦
足摺岬

1289(正応2)年2月には尼となって東国の旅へ。東海道を通って鎌倉、さらに善光寺、浅草寺をまわり、鎌倉から京へ。休む間もなく石清水八幡宮や伊勢神宮にも出かけている。西国への旅は1302(正安4、乾元元)年から。こちらは海路で安芸の厳島や四国を行脚した

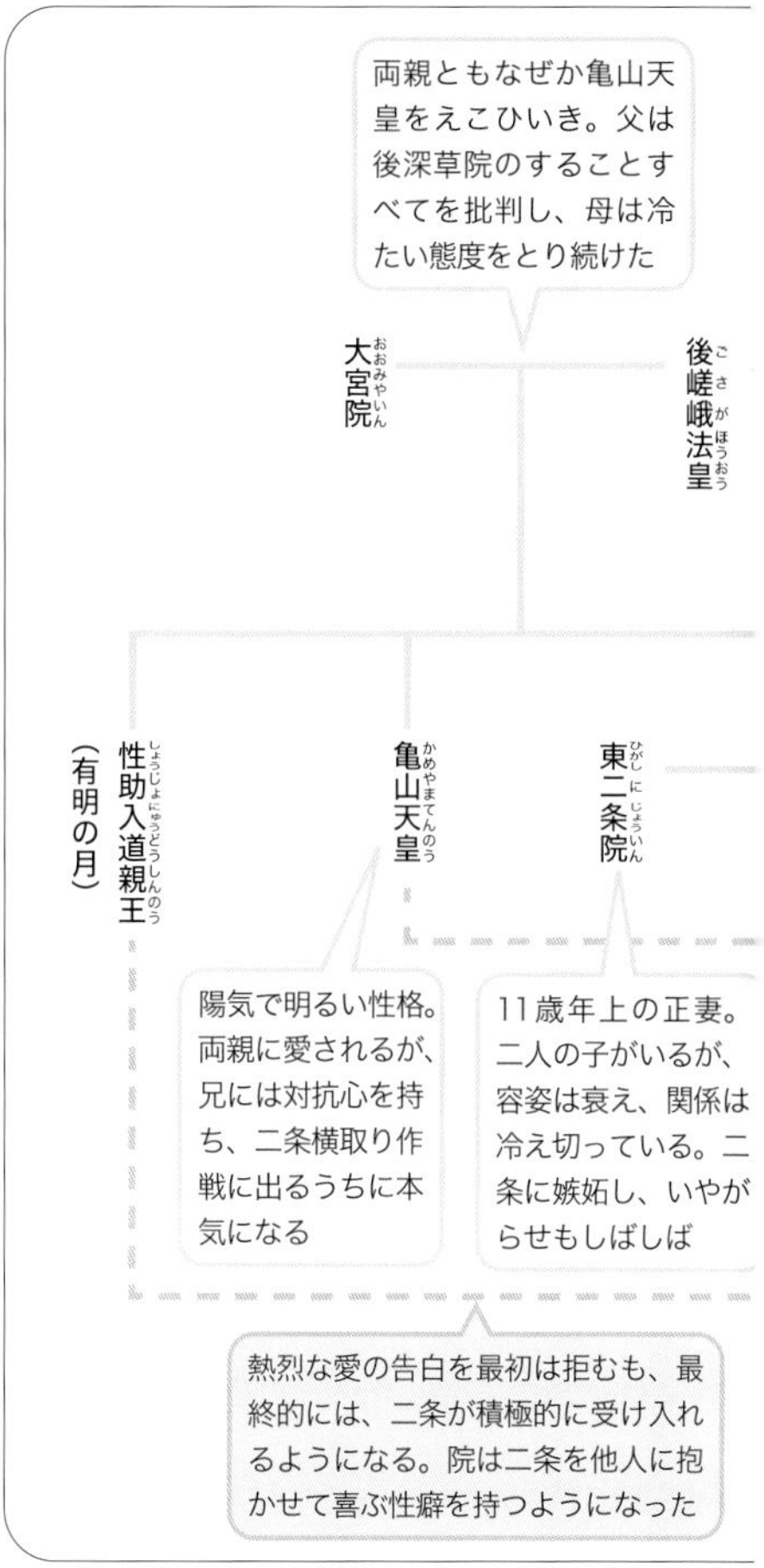
両親ともなぜか亀山天皇をえこひいき。父は後深草院のすることすべてを批判し、母は冷たい態度をとり続けた
後嵯峨法皇《ごさがほうおう》
大宮院《おおみやいん》
東二条院《ひがしにじょういん》
亀山天皇《かめやまてんのう》
性助入道親王《しょうじょにゅうどうしんのう》
(有明の月)
陽気で明るい性格。両親に愛されるが、兄には対抗心を持ち、二条横取り作戦に出るうちに本気になる
11歳年上の正妻。二人の子がいるが、容姿は衰え、関係は冷え切っている。二条に嫉妬し、いやがらせもしばしば
熱烈な愛の告白を最初は拒むも、最終的には、二条が積極的に受け入れるようになる。院は二条を他人に抱かせて喜ぶ性癖を持つようになった

Close Up

二条が憧れた西行《さいぎょう》はどんな人?

平安末期から鎌倉初期の歌人であり僧。鳥羽《とば》院の北面《ほくめん》の武士だったが、23歳で出家。高野山や鞍馬寺、伊勢でも暮らしたほか、大仏再建の砂金勧進のため陸奥《むつ》に行ったり、弘法大師《こうぼうだいし》の遺跡巡礼を目的に中国や四国を行脚したり、旅を通して自然や心境を詠み、独自の作風を築いた。家集に『山家集《さんかしゅう》』があり、『新古今和歌集』には94首が載っている。

Notes　**国家または貴人が僧を呼んで、密教の修法を行うことやその法会をさす。正月8日から7日間、天皇の安穏や国家の繁栄、五穀豊穣などを祈る後七日御修法なども行われた

京都府

醍醐寺《だいごじ》

文化財⬇国宝（金堂、五重塔、薬師堂ほか）、重要文化財（如意輪堂、開山堂ほか） 世界遺産

二条が醍醐寺の勝倶胝院《しょうぐていいん》にこもっているとき、後深草院《ごふかくさいん》がお忍びで訪れ、一夜を明かした。数日後、今度は「雪の曙」が訪れ二夜を過ごす。雪の降る日のこと。以来、物語で「あのひと」と称していた人を「雪の曙」と呼ぶことにする、と書かれている。醍醐寺の建造物は、応仁の乱で多くが焼失したが、戦禍を免れた五重塔の美しさは今も多くの人をひきつけてやまない。874（貞観16）年創建の醍醐寺は、醍醐《だいご》天皇の庇護により発展。国宝6棟、重文10棟を含む80余りの堂宇を有する。

↑醍醐天皇の冥福を祈り、朱雀《すざく》天皇が起工、951（天暦5）年に完成した五重塔

→庭園が美しい1115（永久3）年創建の醍醐寺内三宝院《さんぼういん》

奈良県

當麻寺《たいまでら》

文化財⬇国宝（本堂、西塔、東塔）、重要文化財（金堂、講堂、薬師堂ほか）

出家し、東国・西国への旅を始めた二条。當麻寺を訪れ、奈良時代にこの寺に入った中将姫《ちゅうじょうひめ》*が、一夜にして織ったという曼荼羅《まんだら》の由来を書き留めた。二条同様、中将姫は写経に励み、女人禁制だったこの寺の門前で一心に読経を続けた結果、入山を許されたという。創建は古く、612（推古天皇20）年に麻呂古親王《まろこしんのう》が兄・聖徳太子の教えによって万法蔵院《まんぼうぞういん》を建立したのが始まりといわれる。

（上）内陣は天平時代の様式を残す本堂、別名曼荼羅堂。本尊の當麻曼荼羅が厨子《ずし》に納められている
（下）奈良時代に建立した東塔。西塔とともに三重塔

キャンベル's Eye

恋の模様を「誰からも求められず、自分から語る」姿勢は一見SNSに動画投稿する現在のインフルエンサーにも共通。しかし二条は、京を離れ諸国行脚に出ると、辛い日々に静かな安寧を得る生き方をも目の当たりにします。共感力が増していきます。

Notes ＊中将姫（747〜775年）は、藤原鎌足《かまたり》のひ孫で右大臣藤原豊成《とよなり》の子。長い間、子に恵まれず、観音祈願の末に授かった。母の死後、継母に命を狙われ、出家。信心深く、数々の伝説を生んだ

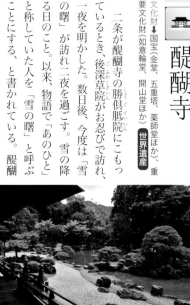

神奈川県

極《ご》楽《らく》寺《じ》

文化財⬇重要文化財(五輪塔、忍性塔、木造釈迦如来坐像、木造釈迦如来立像ほか)

二条が鎌倉に入って最初に訪れたのが極楽寺。巻4に「僧のふるまひ都にたがはず」と書き、都を懐かしんだ。が、通常の切通しを通らず「化粧坂といふ山を越えて」市街へ。山から鎌倉を眺めると、東山《ひがしやま》から京を見るのとは違い、階段状に家々が重なり、窮屈でわびしく見えたという。極楽寺の開基は北条義時《よしとき》の三男、重《しげ》時《とき》で建立は1259(正元元)年。

↑隆盛期を偲ばせるものの、現在残るのはこの山門と本堂のみ

←最寄りは江ノ島電鉄の極楽寺駅

広島県

鞆《とも》の浦《うら》

文化財⬇重要伝統的建造物群保存地区(福山市鞆町)

↑神功《じんぐう》皇后が沼名前《ぬなくま》神社に武具の高鞆《たかとも》を奉納したことが地名の由来といわれる

→重要伝統的建造物群保存地区に指定された町並み

嚴島《いつくしま》神社を目指し、45歳で西国の旅に出た二条は、淀川を下り、瀬戸内海へ向かった。最初に停泊したのが鞆の浦。たいが島**という小島の庵で、仏に仕える遊女たちに出会った。聞けば、男たちに一夜の愛を売る生業にさめ、二度と元の生活には戻るまいと決めて、毎朝、花を摘み、仏に手向ける暮らしを始めたという。二条は感動し、一両日停泊。一帯は鞆公園として国の名勝に指定されている。

高知県

金《こん》剛《ごう》福《ふく》寺《じ》

嚴島神社の帰りに足摺《あしずり》岬の観音堂を訪れた。四国八十八ヶ所の第三十八番霊場金剛福寺だ。寺は「行きかかる人のみ集まりて、上もなく、下もなし」。二条が聞くと、昔、寺の僧が人を差別しない慈悲深い小法師《こぼうし》を諌めたところ、小法師は補陀落《ふだらく》(観世音菩薩の浄土)世界へ導かれ、寺を去った。悲しんだ僧は人を分け隔てした自分を嘆き、足摺りをした。以来、身分の上下も垣根もない寺となり、そこは足摺岬と名付けられたという。

↑823(弘仁14)年、嵯峨《さが》天皇の勅願によって、建立された金剛福寺の本堂

←四国最南端にある足摺岬。金剛福寺までは約1km

Notes　**たいが島とは、大可島のこと。潮の干満により渡れたり、小島になったりする。瀬戸内海のほぼ中央にあり、天平時代から海外や四国、九州への重要な拠点だった

今読んでも納得！ 後世に影響を与えた人生の哲学書

徒《つれ》然《づれ》草《ぐさ》

ジャンル
随筆（日本三大随筆）
序段と243段

編者
兼好法師

時代
鎌倉時代末期
1331（元弘元）年頃
成立

色あせることのない ７００年前のひとり言

成立時期には諸説あるが、少なくとも７００年近く前に書かれたことは確か。にもかかわらず、現代人へのメッセージと思われるほど、内容は現代にも通じ、滑稽話もありで、親しみやすい点が特徴の『徒然草』。「つれづれなるままに」すなわち「することもなく、手持ち無沙汰なのにまかせ」を意味する有名な序段の一文にあるように、兼《けん》好《こう》法《ほう》師《し》が思いのままにつづった随筆だ。序段で執筆動機を述べ、長短織り交ぜた２４３段の本文が展開する。

仏教観から恋愛観まで 多岐にわたる教訓

30歳前後で出家し、半ば世捨て人となってからも、歌人、能書家、知識人として貴族や武家との交遊を続けた兼好法師。特定の宗派に属さず、都のはずれに建てた庵で暮らしながら、旅に出たり、違う土地で暮らしたり。自由気ままな生活の中、教養人らしい鋭い観察力で世相を見つめた。そして、仏教的な無常観や仏道修行、自然の情趣に関する思い、生活や趣味、恋愛に関する考え、有職故実に関する私見などを『徒然草』につづった。そこには、人間関係の在り

『徒然草』の序段

つれづれなるままに、
日暮らし、硯《すずり》に向かひて、
心にうつりゆくよしなしごとを、
そこはかとなく書きつくれば、
あやしうこそものぐるほしけれ

「孤独に任せて、一日中、硯と向かい合い、心に浮かんでは消える他愛のない事柄を取りとめもなく書いてみると、妙におかしな気分になってくる」

作者・兼好法師

1283（弘安6）年？～1352（観応3）年？　俗名は卜部兼好《うらべのかねよし》。吉田神社の神官の家系に生まれた。兼好が生きた鎌倉時代末期は、朝廷も皇位を巡って争うなど明日が読めない時代。無常観を持ちつつも、どうせ未来のことはわからないのだから、今を大切にすべき、という思いをショートストーリーに込めた

神奈川県立金沢文庫所蔵

Notes ＊奈良絵本とは、奈良の大寺院に属する絵仏師が、緑青や群青、金銀泥などを使った極彩色の「奈良絵」を挿絵とした豪華な物語絵本。室町末期から江戸中期にかけて多く製作された

方や付き合い方、教養の大切さ、住居論などもあり、人生哲学の指南書といえる。

約250年間は埋もれていたが、江戸時代に大流行。読みやすく親しみやすいためか、人気を呼び、注釈書も盛んに刊行された。多くの絵巻や絵入りの本も登場。徒然草ブームが起こり、現在もその流れは続いている。

兼好法師年譜

西暦	和暦	出来事
1283	弘安6	●卜部兼好誕生(この頃)
1293	正応6 永仁元	鎌倉で大地震、建長寺がほぼ炎上、死者2万人
1307	徳治2	関東大地震
1308	延慶元	●**金沢から京都へ帰る
1311	延慶4 応長元	この年の春ごろ、疫病が大流行
1313	正和2	●これ以前に、卜部兼好が出家。『徒然草』第1部完了か
1318	文保2	後醍醐天皇即位
1324	正中元	「正中の変」勃発
1325	正中2	夢窓疎石、南禅寺住持となる
1332	元弘2 正慶元	元弘の変に失敗し、後醍醐天皇、隠岐に流刑となる
1333	正慶2	鎌倉幕府滅亡
1336	建武3 延元元	南北朝分立 ●この年までに兼好法師が『徒然草』を著す
1338	暦応元 延元3	大飢饉
1352	観応3	●兼好法師没(この頃)

★描かれ続けた徒然草

右は住吉《すみよし》具慶《ぐけい》(1631-1705年)の『徒然草図』(東京国立博物館蔵)。125段、四十九日の仏事での出来事を絵画化したもの。法事の場でさえ、雰囲気を壊す人がいるという話を面白おかしくつづっている。土佐派や狩野派など多くの絵師が特定の段を絵巻や屏風に描いた

★今すぐ役立つ!エピソードベスト5

『*奈良絵本徒然草』第53段の挿絵

神奈川県立金沢文庫所蔵

第3段　恋せよ、男たち!

どんなに完璧な人でも、恋愛未経験者はウザい(原文はうざうざしい)。まるで底が抜けた盃のようだ。理想の女性を求めてさまよい歩き、親の小言や世間の非難に怯え、考え過ぎて夜も眠れないくらいの経験はあった方がよい。とはいえ、恋に溺れるでもなく、女から軽く見られない男が理想的。

第53段　ふざけすぎは禁物

宴の席で仁和寺の僧がウケを狙って、鼎《かなえ》を頭にかぶって踊ると、抜けなくなってしまった。打ち割ろうにも金属音が響くだけで割れない。医者へ行くも専門外と断られ、力任せに引っ張ると、鼎は取れたが、耳と鼻がもげてしまった。酔った勢いの悪ふざけはやめた方がよいという話。

第54段　狙いすぎもアウト!

仁和寺に稚児を誘い出して遊ぼうとした法師たち。計画を練った末、丹精込めて作った弁当を丘に埋め、もみじを散らして隠しておいた。遊び疲れた稚児たちに、いざまじないをかけて弁当を取り出そうとしたが、ない! 弁当箱を埋めるのを目撃した者たちによって盗まれていたのだ。法師たちの罵り合いはひどいもの。趣向を凝らし過ぎると、かえってつまらない結果になるという教訓。

第92段　この瞬間を大事に

弓を習う人に師が言った。「初心の人、二つの矢を持つことなかれ(原文)」。自分では集中しているつもりでも、二本目の矢をあてにして、一本目がおろそかになるからだ。一瞬の気のゆるみに気づける人がどれほどいるか。この一瞬にやるべきことを実行するのは実に難しい。

第109段　油断は失敗の元

木登りの名人は、樹上で枝を切る弟子が軒の高さまで下りてきたとき初めて「用心せよ」と忠告した。「危険な場所では恐怖心のため用心するが、失敗とは安心したときに起こるもの」というのが理由だった。

第109段の説話のシーンを描いた住吉具慶筆『徒然草図』

Notes　**神奈川県立金沢文庫所蔵『兼好法師行状絵巻』や古文書によれば、兼好は最低2回は現在の金沢八景周辺に住んでいたようだ。最初は25歳の頃で、後にこの地を"ふるさと"と呼んでいる

京都府

仁《にん》和《な》寺《じ》

文化財⬇国宝(金堂、阿弥陀三尊像、薬師如来坐像ほか)、重要文化財多数 **世界遺産**

光孝《こうこう》天皇の発願を宇多《うだ》天皇が引き継いで創建された、最高位の門跡寺院。応仁の乱で焼失したが、江戸時代に徳川家光により御所の紫宸殿《ししんでん》や清涼殿《せいりょうでん》などが下賜《かし》され、1646(正保3)年に再建された。それほど由緒ある寺だが、『徒然草』では仁和寺の法師がたびたび登場するものの、法師が無知だったり、調子に乗りすぎたり、狐に足を食われるなど、笑える失敗談が多い。晩年、仁和寺近くの草庵に暮らした兼好法師《けんこうほうし》が寺の話をよく耳にし、親しみを持っていたためではと推測されている。

↑寝殿前にある池泉回遊式の北庭。池に突き出すように敷きつめられた白川砂が美しい

→二重入母屋造、本瓦葺の堂々とした二王門が出迎えてくれる。左右には金剛力士像を安置する

京都府

石《いわ》清《し》水《みず》八《はち》幡《まん》宮《ぐう》・高《こう》良《ら》神社

石清水八幡宮 文化財⬇国宝(本社10棟ほか)、重要文化財(木造童形神坐像ほか)

「仁和寺にある法師」から始まる第52段は、念願の石清水八幡宮参詣に出かけた年老いた法師の話。本宮がある男山の麓で高良神社と極楽寺(現存しない)を拝み、聞きしに勝る立派なところだったと納得。みなが山に登るのを不思議に思いながら帰宅した。山頂にある社こそ本宮。案内人は必要。なんでも聞いてみるべきという教訓に二つの神社が登場する。

(上)清和《せいわ》天皇の859(貞観元)年を起源とする歴史ある石清水八幡宮。2016年に国宝に指定された御本社楼門
(下)平安時代に石清水八幡宮を灌頂した行教《ぎょうきょう》によって創建されたと伝わる高良神社
©石清水八幡宮

キャンベル's Eye 今読んでも胸に響く随筆は近世前期に入って林羅山の『徒然草野槌』はじめ注釈書が多量に出版されます。それらを通じて仮名草子、浮世草子、浄瑠璃等など新興の文芸ジャンルに取り込まれ、江戸のいわば「現代文学」として生き続けたのでした。

Notes | *亀山殿とは、後嵯峨《ごさが》上皇が亀山の麓に造営した離宮で、のちに亀山上皇(後嵯峨上皇の皇子)の仙洞となった場所。ほぼ現在の天龍寺がある場所のあたりにあったとされる

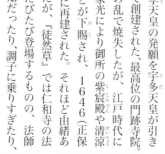

天《てん》龍《りゅう》寺《じ》

文化財⬇史跡・特別名勝（庭園）、重要文化財（木造釈迦如来坐像ほか） 世界遺産

第51段。亀山殿《かめやまどの》*の池に大井川（現・桂川の上流）の水を引くため、近隣住民に水車を建設させたが回転しない。そこで宇治川沿いの民に頼むとあっさり完成。プロの技術は尊敬に値するという話。亀山殿の跡地で、近くに住む兼好法師が存命中の１３３９（暦応2）年に天龍寺は創建された。

後醍醐《ごだいご》天皇の菩提を弔うために創建された天龍寺。室町時代の夢窓疎石《むそうそせき》作庭の「曹源池《そうげんち》庭園」が見事

清《せい》閑《かん》寺《じ》

京都府

高倉上皇の法華堂で念仏三昧していた僧の話。第１３４段で、その僧は鏡に映る自分の顔を醜いと思い、鏡まで邪悪なものに思えて、二度と鏡を手にせず、人にも会わず、修行で堂に出る以外引きこもった。自分を知らずに不相応な行動をする人が多い中、兼好法師はこの僧をあっぱれと評した。清閑寺背後の高倉天皇の陵域にはかつて法華堂があった。

↑802（延暦21）年創建の清閑寺。かつてあった法華三昧堂や宝塔は今はない

↑清閑寺背後にある高倉天皇後《のちの》清《せい》閑《かん》寺《じの》陵《みささぎ》

高《こう》山《さん》寺《じ》

文化財⬇国宝（明恵上人樹上座禅像、鳥獣人物戯画ほか）、重要文化財多数 世界遺産

第１４４段。高山寺の明恵上人《みょうえしょうにん》は、小川で「あしあし」と言いつつ馬の脚を洗う男の言葉を梵語《ぼんご》の「阿字《あじ》阿字」**と解釈し、なんと神聖な、と驚く。馬の主を聞けば「府生殿《ふしょうどの》」という。宇宙は永遠に不滅を意味する「阿字本《ほん》不生《ぶしょう》」と解釈し、感動で涙した。彼がいかに素直な心の持ち主かという話。

明恵上人が1206（建永元）年に開山した ©kyoto-design.jp

出雲《いずも》大《だい》神《じん》宮《ぐう》

京都府

文化財⬇重要文化財（本殿、木造男神坐像、木造男神坐像（伝大国主命））

出雲大社の分霊を祀る出雲大神宮が第２３６段の舞台。聖海《しょうかい》上人は背中合わせに置かれた獅子に驚き感涙した。理由を尋ねると、ただの子どものいたずらだという。出雲大社が伊勢神宮と異なる神を祀り、本来の獅子の向きを知るからこその質問と驚き。上人の感受性の豊かさを示す話。

現在の社殿は鎌倉末期の建立で国の重要文化財

Notes　＊＊阿字とは梵語（サンスクリット語）の母音12の最初におかれる音（a）に充てられる文字であることから、事物の始まりや根本、本質を意味する

古典文学を題材にした能《のう》と庶民文化を表現した狂言《きょうげん》

能と狂言を総称する能楽は、ユネスコ世界無形文化遺産にも登録されている日本独自の演劇だ。室町時代以降、上演され続ける伝統芸能とは？

【能】

室町時代に将軍足利《あしかが》義満《よしみつ》の庇護を受けて成立した能は、平安・鎌倉時代の猿楽《さるがく》（曲芸や寸劇などの雑芸）と田楽《でんがく》（舞踊の一種）を幽玄な歌舞劇に進化させたもの。台詞は独特な節回しで歌われる。台本の謡曲《ようきょく》は文学作品としての価値も高い。

世阿弥《ぜあみ》とは？

12歳のとき、父・観阿弥《かんあみ》とともに勧進能《かんじんのう》を演じた世阿弥。その美しさに感動した将軍義満は、以来、一座を後援。世阿弥は連歌《れんが》などの教養を身につけ、次々と新しい作品を演じて能を大成させた。

©公益社団法人能楽協会

能役者たちが身に着ける能面や豪奢な能装束も、伝統工芸のひとつ

能面

能には不可欠な能面。上から翁《おきな》、小《こ》面《おもて》、般若《はんにゃ》の面

能の種類と内容

種類	内容	主な曲名
初番目物（脇能《わきのう》・神事物・祝儀物）	シテ（主役）は神。天下泰平などを祈るめでたい能	高砂《たかさご》、老松《おいまつ》、鶴亀
二番目物 修羅物《しゅらもの》	シテは討死にした武将で、供養を求める勇壮な能	敦盛《あつもり》、清経《きよつね》、実盛《さねもり》
三番目物（鬘《かずら》物）	シテは女性の亡霊や草木の精で、供養を求める優美な能	羽衣《はごろも》、井筒《いづつ》、野宮《ののみや》
四番目物（狂物《くるいもの》・現在物・雑物）	他に分類できない様々な内容を扱う。現代能が多く、ドラマ性がある	西行桜《さいぎょうざくら》、隅田川、道成寺《どうじょうじ》
五番目物（切能《きりのう》・鬼畜物《きちくもの》）	シテは鬼や天狗。テンポが速く、活発で華やかな能	土蜘蛛《つちぐも》、紅葉狩、舟弁慶《ふなべんけい》

【狂言】

狂言も猿楽から発展し、能と同じ舞台で能と交互に演じられる。能が優美な歌舞劇であるのに対し、狂言は台詞と仕草で笑わせる喜劇。また、出典や典拠を重視し『源氏物語』や『平家物語』などの古典を題材に貴族社会を描く能とは対照的に、狂言は中世の庶民の日常や説話などが題材。人間の習性や本質を切り取り、社会に対する皮肉や風刺を込めるが、おおらかで少し愚かなキャラクターの「太郎冠者《たろうかじゃ》」がそれを笑いに変える。求心的で象徴的な能と、開放的で具象的な狂言が2つでひとつの世界観を築いている。

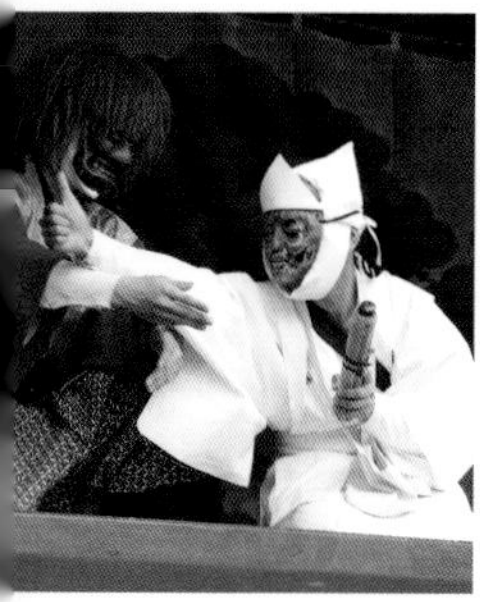

千本ゑんま堂で演じられた演目「閻《えん》魔《ま》丁《ちょう》」

狂言の種類と内容

種類	内容	主な曲名
脇《わき》狂言	めでたい内容	末広がり、福の神
大名《だいみょう》狂言・小名《しょうみょう》狂言	愚かでお人よしの大名（地主）と小名の滑稽な失敗談	二人大名、鞍馬参り
聟《むこ》・女狂言	夫婦関係や男女関係を描く狂言	二人袴《ふたりばかま》、花子
鬼《おに》・山伏《やまぶし》狂言	鬼や山伏が登場し、山伏の無力を滑稽に描く	柿山伏《かきやまぶし》、朝比奈《あさひな》
出家・座頭《ざとう》狂言	僧侶や目の見えない人が失敗を滑稽に演じる	宗論《しゅうろん》、月見座頭
集《あつめ》狂言	その他の狂言。間の抜けた盗人や博打《ばくち》の敗者、詐欺師などが登場	瓜盗人《うりぬすびと》、釣狐《つりぎつね》

第4章

近世文学

江戸時代

徳川幕府の統治によって太平の世が訪れた江戸時代は、寺子屋や印刷技術の普及なども手伝って、町民を中心とする庶民文化が開花。浮世草子や読本、洒落本、黄表紙、合巻、人情本など、当時の風俗を生き生きと描く多彩な形態の小説が誕生したのもこの時代だ。

近世文学の概要

町人が担い手となって庶民文学が開花

近世文学は江戸時代の文学を指し、前期の上方(京都・大坂)中心の(元禄)文学、後期の江戸中心の(化政)文学に大別される。交通網の発達で都市と地方の交流が活発化し、寺子屋の普及で教育水準も向上。印刷技術の普及が大量出版を可能とし、町人を中心とする大衆に文学が広がった。

●俳諧

室町時代の連歌から独立し、江戸時代には庶民の文学として流行。松永貞徳《まつながていとく》の貞門《ていもん》派、西山宗因《にしやまそういん》の談林《だんりん》派に受け継がれ、松尾芭蕉《まつおばしょう》により芸術として高められた。

●狂歌・川柳

太平の世の享楽的・開放的な世情を背景に、社会風刺や皮肉、滑稽を盛り込んだ文学と

西暦	和暦	おもな作品・出来事
1603	慶長8	江戸幕府成立 上方が町人文化の中心を担う 出雲《いずも》の阿国《おくに》によるかぶき踊りが京都で始まる
1623	元和9	仮名草子『醒睡笑《せいすいしょう》』(安楽庵策伝《あんらくあんさくでん》)
1633	寛永10	**この頃から庶民の間で俳諧が流行**
1639	寛永16	ポルトガル船の来航が禁止され鎖国が完成
1651	慶安4	俳諧『御傘《ごさん》』(松永貞徳《まつながていとく》)
1657	明暦3	明暦の大火
1665	寛文5	仮名草子『浮世物語《うきよものがたり》』(浅井了意《あさいりょうい》)
1682	天和2	**浮世草子『好色一代男《こうしょくいちだいおとこ》』(井原西鶴《いはらさいかく》)**
1685	貞享2	俳諧『野《の》ざらし紀行《きこう》』(松尾芭蕉《まつおばしょう》)
1686	貞享3	浄瑠璃『出世景清《しゅっせかげきよ》』(近松門左衛門《ちかまつもんざえもん》) 浮世草子『好色五人女《こうしょくごにんおんな》』『好色一代女《こうしょくいちだいおんな》』(井原西鶴)
1688	元禄元	元禄年間(~1704)から前期文化の最盛期を迎える(元禄文化)
1689	元禄2	浮世草子『日本永代蔵《にっぽんえいたいぐら》』(井原西鶴) 俳諧『笈《おい》の小文《こぶみ》』『更科紀行《さらしなきこう》』(松尾芭蕉) **松尾芭蕉が河合曽良《かわいそら》を伴い東北・北陸へ出発**
1692	元禄5	浮世草子『世間胸算用《せけんむねさんよう》』(井原西鶴)
1694	元禄7	**俳諧『おくのほそ道《みち》』(松尾芭蕉)**
1701	元禄14	浅野内匠頭《あさのたくみのかみ》が江戸城で吉良上野介《きらこうずけのすけ》に斬りかかる
1702	元禄15	赤穂浪士による吉良邸討ち入り
1703	元禄16	浄瑠璃『曽根崎心中《そねざきしんじゅう》』(近松門左衛門)
1715	正徳5	浄瑠璃『国性爺合戦《こくせんやかっせん》』(近松門左衛門)

時代：江戸時代

『おくのほそ道《みち》』の道程では、芭蕉の像や句碑が随所で見られる

井原西鶴に始まる浮世草子は、多様な作品と作家の出現をもたらした

江戸時代、人々は俳諧の座を通じて教養を深め、機知を磨き、社交を深めた

して俳諧から川柳、和歌から狂歌が生まれた。

●小説

中世の御伽草子《おとぎぞうし》の流れをくむ仮名草子《かなぞうし》に始まり、多彩なジャンルが誕生した。

- **仮名草子**…啓蒙教訓的色彩が強い仮名書きの小説類。
- **浮世草子**《うきよぞうし》…『好色一代男《こうしょくいちだいおとこ》』に代表される娯楽作品。
- **読本**《よみほん》…中国小説を翻案した読み物で『雨月物語《うげつものがたり》』や『南《なん》総里見八犬伝《そうさとみはっけんでん》』が代表作。
- **黄表紙**《きびょうし》…草双紙《くさぞうし》の一つで大人向けの絵物語。
- **洒落本**《しゃれぼん》…遊里社会を描いた。
- **滑稽本**《こっけいぼん》…『東海道中膝栗毛《とうかいどうちゅうひざくりげ》』のように会話を通じて人物の言動の滑稽さを描写。
- **人情本**《にんじょうぼん》…主に男女の恋愛を描いた。

●浄瑠璃・歌舞伎

近松門左衛門《ちかまつもんざえもん》らの作品と演芸が一体化し、大衆演劇として発展した。

1716	享保元	享保年間(～1736)を境に文化の中心が江戸に移行 享保の改革
1720	享保5	浄瑠璃『心中天網島《しんじゅうてんのあみしま》』(近松門左衛門)
1732	享保17	享保の大飢饉
1747	延享4	浄瑠璃『義経千本桜《よしつねせんぼんざくら》』(竹田出雲《たけだいずも》ら)
1748	寛延元	浄瑠璃『仮名手本忠臣蔵《かなでほんちゅうしんぐら》』(竹田出雲ら)
1767	明和4	老中の田沼意次《たぬまおきつぐ》が実権を握る
1772	安永元	この頃から後期文化の第一次流行(～1789頃)
1775	安永4	黄表紙『金々先生栄花夢《きんきんせんせいえいがのゆめ》』(恋川春町《こいかわはるまち》)
1776	安永5	**読本『雨月物語《うげつものがたり》』(上田秋成《うえだあきなり》)**
1777	安永6	俳諧『夜半楽《やはんらく》』(与謝蕪村《よさぶそん》)
1783	天明3	浅間山の大噴火
1787	天明7	寛政の改革
1802	享和2	**滑稽本『東海道中膝栗毛《とうかいどうちゅうひざくりげ》』(～1814)(十返舎一九《じっぺんしゃいっく》)**
1804	文化元	この頃から後期文化の第二次流行(～1830頃)(化政文化)
1807	文化4	読本『椿説弓張月《ちんせつゆみはりづき》』(曲亭馬琴《きょくていばきん》)
1808	文化5	読本『春雨物語《はるさめものがたり》』(上田秋成)
1809	文化6	滑稽本『浮世風呂《うきよぶろ》』(式亭三馬《しきていさんば》)
1810	文化7	滑稽本『続膝栗毛《ぞくひざくりげ》』(～1822)(十返舎一九)
1813	文化10	滑稽本『浮世床《うきよどこ》』(式亭三馬)
1814	文化11	**読本『南総里見八犬伝《なんそうさとみはっけんでん》』(～1842)(曲亭馬琴)**
1819	文政2	俳諧『おらが春《はる》』(刊行は1852)(小林一茶《こばやしいっさ》)
1825	文政8	歌舞伎『東海道四谷怪談《とうかいどうよつやかいだん》』(鶴屋南北《つるやなんぼく》)
1834	天保5	この頃歌川広重《うたがわひろしげ》の『東海道五拾三次《とうかいどうごじゅうさんつぎ》』が刊行
1841	天保12	天保の改革
1853	嘉永6	ペリー来航
1867	慶応3	大政奉還により江戸幕府滅亡

妖艶、怪奇な『雨月物語』で、上田秋成《うえだあきなり》は読本というジャンルを確立した

『東海道中膝栗毛』は文章も絵も楽しい超一級のエンターテインメント

日本の古典文学で最長の大作『南総里見八犬伝』のヒロイン伏姫《ふせひめ》

光源氏《ひかるげんじ》も顔負け！ 日本一のモテ男の一代記

好《こう》色《しょく》一《いち》代《だい》男《おとこ》

ジャンル
浮世草子

作者
井原西鶴

時代
江戸時代
1682（天和2）年刊行

あるがままに生きた当代随一のプレイボーイ

俳人*の井原西鶴《いはらさいかく》が手掛けた小説の処女作。『源氏物語《げんじものがたり》』54帖にならい、主人公である世之介《よのすけ》の7歳から60歳までの54年間を、1章1年の構成で描く。全8巻の前半4巻は幼年期の遊蕩生活に始まり、諸国での好色修業を経て莫大な遺産を相続するまでの話。後半は世之介が諸国の遊里で実在の遊女と戯れる、一種の名妓列伝のような趣だ。そして、60歳で女性のみが暮らす伝説の女護島《にょごのしま》へ船出するところで話が終わる。世之介が関係を持った相手は女性が3762人、男性が725人。まさに作品名に恥じない好色ぶりである。

風俗や人情を描き小説の新ジャンルを確立

近世小説は、江戸時代初期に生まれた仮名草子《かなぞうし》で幕を開けるが、啓蒙的な仮名草子とは異なり、享楽的な流行風俗や人情を生き生きと描写した『好色一代男』は、太平の世を謳歌し始めた時代の気分にぴったりだった。浮世草子《うきよぞうし》と呼ばれる新ジャンルの先駆として人気を博し、西鶴に続く作家も登場。そしてこの作品の成功により、西鶴は俳諧から小説へと活躍の場を徐々に変えていった。

挿絵で見る世之介の放蕩

→9歳の世之介が行水中の女中を覗く図。挿絵も西鶴の自筆

←60歳で、伝説の女護島へ「好色丸《よしいろまる》」で向かう場面

作者・井原西鶴

1642～1693。大坂難波の裕福な商家に生まれたが、父の没後に家業を使用人に任せ、15歳で俳諧の道に入った。『好色一代男』以後は、10年あまりの間に20作ほどの作品を書いた

Notes ＊西鶴は、一昼夜にどれだけ多くの句を詠めるかを競う矢数《やかず》俳諧の名手だった。43歳の時には、2万3500句を詠む記録を作った

★世之介も遊んだ丸山遊郭

西鶴が生きた江戸時代に、江戸の吉原、京の島原とともに日本三大花街といわれた、長崎の丸山遊郭を描いた図

世之介の生涯

年齢	主な行動	年齢	主な行動
7	侍女と戯れる	34	父の遺産を継ぐ
8	年上の従姉に恋	35	吉野太夫と結婚
9	女の行水を覗き見	36	大津で芝居を見学
10	美少年を口説く	37	室津の遊女を身請け
11	伏見の遊里で遊ぶ	38	男色を取り持つ
12	湯女と契る	39	堺の遊里で遊ぶ
13	茶屋女と契る	40	宮島の遊里で遊ぶ
14	飛子と戯れる	41	女郎に放屁される
15	京都で後家と契る	42	島原の三笠と遊ぶ
16	人妻に恋慕	43	新町で夕霧と忍ぶ
17	木辻の遊里で遊ぶ	44	藤波太夫の夢を見る
18	若狭で遊女と遊ぶ	45	遊女の裏面を知る
19	色好で勘当される	46	初音太夫に感心する
20	大坂で結婚	47	吉田太夫の屁を嗅ぐ
21	謡うたいとなる	48	野秋太夫に感心する
22	九州に下る	49	高橋太夫と茶会
23	大坂の蓮葉女と遊ぶ	50	島原で豪遊
24	大原の女と遊ぶ	51	遊女を振る
25	寺泊の遊女と遊ぶ	52	高尾太夫と遊ぶ
26	酒田へ行く	53	和州太夫と遊ぶ
27	塩釜で巫女を口説く	54	吾妻太夫と遊ぶ
28	牢屋で隣の女に恋	55	新町や島原で遊ぶ
29	女とともに釈放	56	石清水八幡宮参り
30	女達の怨念に病む	57	小柴太夫に振られる
31	奥女中と遊ぶ	58	吉崎太夫の水揚
32	京都で色遊び	59	丸山遊郭で豪遊
33	女郎に振られる	60	女護島へ船出

★名妓吉《よし》野《の》太《だ》夫《ゆう》との恋

作中には京都・島原の吉野太夫、大坂・新町の夕霧《ゆうぎり》太夫、江戸・吉原の高尾《たかお》太夫の、いわゆる「寛永三名《かんえいさんめい》妓《ぎ》」をはじめ多くの名妓が登場する。このうち吉野には世之介の妻となる場面がある。左は明治時代の書『名妓吉野太夫』の表紙に描かれた吉野

Close Up

西鶴の多様な浮世草子

西鶴は好色物のほかに、武家物、町人物、雑話物《ざつわもの》の浮世草子を書いた。なかでも『日本永《にっぽんえい》代蔵《たいぐら》』**と**『世間胸《せけんむね》算用《さんよう》』**は町人物の双璧で、経済小説の原点といわれる**

↓『日本永代蔵』

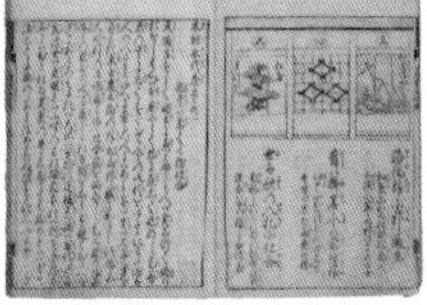

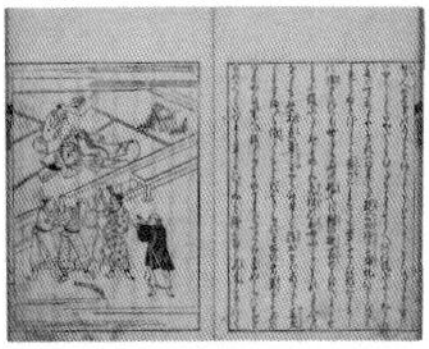

↑『世間胸算用』

Notes ＊＊『日本永代蔵』では倹約によって財をなした商人が放蕩で没落する様子を描き、『世間胸算用』では決算日の大晦日に清算に振り回される町人たちの姿を描いた

京都府

六角堂《ろっかくどう》

文化財⬇重要文化財（木造毘沙門天立像、池坊専好立花図）

587（用明《ようめい》天皇2）年、聖徳太子《しょうとくたいし》が四天王寺《してんのうじ》建立のための用材を求めてこの地を訪れた際、如意輪観音《にょいりんかんのん》像を安置し、六角形の小堂を建てたのが起源で、洛中最古の寺院といわれる。また、華道発祥の地でもあり、太子の命で最初の住職となった小野妹子《おののいもこ》が池のほとりの僧坊「池《いけの》坊《ぼう》」に住み、仏前に朝夕花を供えたことがいけばなおよび華道池坊のルーツとされ、現在も池坊の家元が住職を務める。世之介は15歳のとき、さる後家と仲睦まじくなるが、この後家が懐妊。始末に困り、この由緒ある寺の門前に、後家との間にできた子どもを捨てる。

↑正式名は頂法寺《ちょうほうじ》だが、本堂の形から六角堂と呼ばれ、「六角さん」の名で親しまれている

→西国三十三所第18番札所でもある

宮城県

鹽竈神社《しおがまじんじゃ》

文化財⬇重要文化財（本殿、拝殿、廻廊、石鳥居ほか）

起源が奈良時代以前に遡り、古来陸奥国一宮《いちのみや》として知られた古社。平泉の藤原氏や仙台藩の伊達氏の崇敬があつく、歴代仙台藩主が大神主を務めた。世之介は27歳の時に訪れた。

江戸時代、門前には20軒以上の遊女屋があったといわれる

長野県

追分宿《おいわけしゅく》

中山道の宿場で北国街道との分岐点。最盛期には旅籠《はたご》だけで71軒を数え、おおいに繁盛した。鹽竈神社の次にこの地に現れた28歳の世之介は風体を怪しまれて捕まり、入牢。隣の牢の女を口説いて相思相愛になった。翌29歳の時に女とともに釈放されるが、女が男どもに囲まれたため助けようとし、逆に殴られて気を失う。

街並みには、現在も宿場町の面影が色濃く漂う

キャンベル's Eye 世之介は終章で好色丸に強精剤や催淫剤などを積んで女護島に出港します。何故この世を捨てるか。昔から諸説あって、一説には、南方洋上に観音補弥楽《ふだらく》世界を求めての船出、つまり中世から伝わる仏教の補弥楽船のパロディだと言われます。

Notes ＊瀬戸内海を経て、難波に向かう船の航行の便を図って開かれた5港。大輪田泊《おおわだのとまり》（神戸市）、河尻《かわじり》泊（尼崎市）、魚住《うおずみ》泊（明石市）、韓《から》泊（姫路市）、檉《むろ》（室）津《つ》泊（たつの市）を指す

兵庫県

室津《むろつ》

奈良時代に行基《ぎょうき》が開いた摂播五泊《せつばんごはく》*の一つで、瀬戸内海の重要な港として栄えた。江戸時代には、西国大名の参勤交代の船が出入りし、大いに賑わった。作中では、遊女発祥の地として紹介されている。37歳の世之介は室津で一人の遊女に惹かれる。所作などからただの女ではないと思った世之介が素性を聞くと、由緒ある武家の娘と判明する。世之介は身請けしてやり、彼女の実家の京都に帰してあげた。

↑静かな港町の様子は西鶴以外にも多くの文豪に描かれた

←港のそばには風情ある街並みが現在も残る

京都府

島原《しまばら》

文化財⬇重要文化財(角屋)

日本最古の花街で正式名は西新屋《にししんや》敷《しき》。江戸時代に六条から移転したが、その様子が島原の乱のような騒ぎだったため、島原と呼ばれるようになった。江戸中期には文芸も栄え、幕末には志士も集った。吉野《よしの》や夕霧《ゆうぎり》など、名妓を輩出した花街としても知られる。49歳の世之介が揚屋《あげや》**の茶会で、高橋《たかはし》太夫の美しさと教養に感心する場面を含め、作中には何度も登場する。

↑情緒の残る町では、現在でも1軒の置《おき》屋《や》が営業する

→花街の入口に立つ島原大門は江戸時代の建物

長崎県

丸山《まるやま》

かつて日本三大花街に数えられた遊郭。元は平戸にあったが、現在の長崎市に出島が造られると同時に移された。江戸時代に日本で唯一の外国船寄港地だった長崎には多くの外国人や志士たちが集まり、彼らが遊んだ丸山は外国人を対象とした当時唯一の遊郭として、ほかの遊郭とは異なる雰囲気を醸した。59歳になった世之介は、最後の最後にこの丸山で遊び、翌年、女護島《にょごのしま》目指して船出をして行方知れずになった。

↑現在の丸山ではおよそ20人の芸妓が活躍する

←芸妓の事務所である長崎検番も現役

Notes

**揚屋は太夫や芸妓を抱えず、太夫や芸妓を事務所である置屋から派遣してもらい、客に遊宴を提供する場所。現在の料亭や料理屋に相当する

俳句と日記でつづられた紀行作品の傑作

おくのほそ道《みち》

ジャンル
紀行文
俳諧

編者
松尾芭蕉

時代
江戸時代
1702(元禄15)年
刊行

月日は百代《はくたい》の過客《かかく》にして、
行き交ふ年もまた旅人なり

過ぎてゆく月日も人生も旅であると位置づけた、右の有名な書き出しで始まる『おくのほそ道』。これは、46歳の松尾芭蕉《まつおばしょう》が門人の河合曽良《かわいそら》を伴って、東北・北陸地方へ旅をした際の記録。旅先で芭蕉が感じたことや、現地の人々との交流の様子などが、50にも及ぶ俳句と日記を交えてしたためられている。旅といっても単なる物見遊山ではなく、平安時代の歌人である*能因《のういん》や西行《さいぎょう》の足跡をたどり、先人たちに詠まれた歌枕や名所旧跡を訪れるのが目的だ。

句と日記に込められた臨場感あふれる旅情

1689(元禄2)年3月27日、**深川を発った芭蕉は太平洋側を平泉まで北上し、奥羽山脈を横断して日本海側へ出て、秋田県から日本海沿いに南下。岐阜県の大垣を結びの地とした。『おくのほそ道』には、歌枕の遊行柳《ゆぎょうやなぎ》や壺碑《つぼのいしぶみ》を見て感動し、松島の絶景には言葉を失い、平泉では奥州藤原氏の栄華の跡に涙するなど、各所での芭蕉の思いが臨場感たっぷりに記されている。「夏草や」や「閑《しづ》かさや」で始まるものなど、有名な句のいくつかはこの旅で詠まれた。

★旅の始まり

当時、深川に住んでいた芭蕉は、船で隅田川をのぼり、千住大橋のたもとから奥州へと旅立った

★松尾芭蕉と河合曽良

松尾芭蕉

(左)1644〜1694。俳諧を芸術の域まで高め「俳聖」と呼ばれた。46歳で『おくのほそ道』の旅に出た

河合曽良

(右)1649〜1710。芭蕉門人の一人で、日頃から身の回りの世話をしていた。地理学に明るかったという

Notes ＊平安中期の歌人で、和歌を歌道ととらえた先駆とされる。歌枕に強い関心を持ち、出家後は全国の歌枕を旅して歩いたといわれる

★『おくのほそ道』行程図

芭蕉が通った場所は、現在の東京を含む14都県にまたがる。訪れた場所のうち26ヵ所が「おくのほそ道風景地」として、一括して国の名勝に指定されている

赤字は国名勝「おくのほそ道の風景地」
⑭金鶏山
⑮高館
⑯さくら山
秋田県
岩手県
象潟
⑱象潟及び汐越
⑲三崎
酒田
⑰本合海
平泉
一関
新庄
尾花沢
出羽三山
立石寺
松島
仙台
山形県
宮城県
新潟
⑦武隈の松
⑧木の下及び薬師堂
⑨つゝじが岡及び天神の御社
⑩壺碑
⑪興井
⑫末の松山
⑬籬が島
⑥黒塚の岩屋
石川県
新潟県
福島県
須賀川
㉒那谷寺境内
金沢
小松
㉑有磯海
市振
⑳親しらず
㉓道明が淵
富山県
山中温泉
⑤殺生石
④遊行柳
種の浜
福井県
岐阜県
②ガンマンガ淵
③八幡宮
㉔湯尾峠
日光
群馬県
栃木県
㉕けいの明神
敦賀
長野県
㉖大垣船町川湊
埼玉県
茨城県
滋賀県
GOAL
①草加松原
千住
東京都
愛知県
深川
START
千葉県
史跡 白河関跡

約15kmにわたって断崖絶壁が連なる親しらずは日本海側きっての難所だった

尿前の関で芭蕉たちは怪しまれ、厳しい取り調べを受けた

歌枕として古くから歌人に愛された遊行柳。西行や芭蕉らの句碑が立つ

白河の関跡。江戸時代はここから先が「みちのく」だった

★与謝蕪村の描いた『奥之細道』

芭蕉と並び称される俳人の与謝蕪村《よさぶそん》は、『おくのほそ道』の全文を書写し、俳画を描き加えたものをいくつか発表している。左は、芭蕉と曽良が門人たちに別れを告げて出立する場面

Notes ＊＊深川での芭蕉の住まいは芭蕉庵だったが、旅に出る前に芭蕉庵を手放し、近くにあった門人の別宅の彩茶庵《さいちゃあん》に居を移していた

車や鉄道のない時代に約2400km以上を踏破

芭蕉は『おくのほそ道』以前にも、いくつかの紀行文*を著している。その中で、『おくのほそ道』の旅は、人生で最後にして最大の旅だった。春に江戸を発った芭蕉が結びの地である大垣に着いたのは8月20日過ぎ。およそ150日、距離にして約2400kmという行程である。多い時で1日に50km歩くこともあった。もとより芭蕉は忍者だという説があるほど健脚で知られ、修験の聖地で名高い出羽《でわ》三山《さんざん》のうち2つの山を、それぞれ一日で踏破している。

もちろん、ただ歩き続けるだけでなく、長逗留をして句会を開くなど、土地の人たちと交流を深めた場所もある。古い友人のいる山形県の尾花沢《おばなざわ》では10泊、石川県の山中温泉では9泊を過ごした。

旅を通じて得た「不易流行《ふえきりゅうこう》」の概念

芭蕉はこの長旅を通じて、永遠に変化しない物ごとの本質である「不易」と、ひと時も停滞せず変化し続ける「流行」があることを体験し、この両面から俳諧の本質をとらえようとする「不易流行」説を形成した。この理念は、**蕉風《しょうふう》俳諧という独自の俳諧の成立につながり、ひいては俳諧を芸術の域に高めていくことになる。

実際、『おくのほそ道』は、同行者の曽良が記した『曽良《そら》旅《たび》日《にっ》記《き》』と比べると、日付や出来事に食い違いが見られ、必ずしも事実に忠実な旅行記とはなっていない。そのうえ、旅が終わってから5年もの歳月をかけて推敲を重ねている。その意味でも単なる紀行文ではなく、旅の体験をベースに趣向を凝らした芸術作品といえる。

芭蕉と曽良の像

最上川での乗船の場所だった本合海《もとあいかい》には芭蕉と曽良の像のほか、最上川を詠んだ句碑が立つ

最上川での川下り

奥羽山脈を横断中の芭蕉は、急流で名高い最上川を下った。この際、過去に詠んだ「五月雨を集めて涼し最上川」の句の「涼し」を「早し」に変えて詠み直した

Notes
＊『野《の》ざらし紀行《きこう》』(41歳、東海・関西方面)、『鹿島紀行《かしまきこう》』(44歳、鹿島方面)、『笈《おい》の小文《こぶみ》』(44〜45歳、東海・関西方面)、『更科紀行《さらしなきこう》』(45歳、信州方面)がある

★江戸時代の象潟

現在は陸地となっている秋田県の象潟《きさかた》は、芭蕉の時代には入江(潟湖)に島々が浮かぶ景勝地だった。左は潟だった時代の様子が描かれている『象潟図屏風』

©にかほ市象潟郷土資料館

松尾芭蕉年譜

西暦	和暦	出来事
1644	文久2 正保元	●伊賀国で生まれる
1657	明暦3	明暦《めいれき》の大火
1662	寛文2	●俳人・歌人・国学者の北村季吟《きたむらきぎん》に俳諧を学び、「宗房《そうぼう》」の俳号を使う
1672	寛文12	●『貝《かい》おほひ』を上野天満宮に奉納
1675	延宝3	●「桃青《とうせい》」の俳号を使い始める
1678	延宝6	●俳諧の宗匠となる
1680	延宝8	●宗匠をやめて、深川の庵に移る
1682	天和2	●江戸の大火で庵が焼ける。この頃から「芭蕉」の俳号を使う
1683	天和3	●新しい芭蕉庵へ入る
1684	貞享元	●『野ざらし紀行』の旅へ。母の墓参りのために伊賀に帰る
1685	貞享2	「生類憐みの令」発令 ●伊賀から奈良・京都、大津・名古屋・木曽路を通って江戸へ帰る
1687	貞享4	●鹿島神宮へ詣で(『鹿島紀行』)、その後『笈の小文』の旅へ
1688	元禄元	●『更科紀行』の旅へ
1689	元禄2	●曽良と『おくのほそ道』の旅へ
1690	元禄3	●大津の幻住庵《げんじゅうあん》に入る
1691	元禄4	●京都の落柿舎《らくししゃ》に滞在。『猿蓑《さるみの》』が刊行される
1692	元禄5	●深川の芭蕉庵へ入る
1694	元禄7	●『おくのほそ道』清書本完成。伊賀に帰郷した後、奈良を経て大坂で病に倒れ没する(51歳)
1702	元禄15	赤穂事件が起こる ●『おくのほそ道』刊行

★絵で見る『おくのほそ道』

句会の様子

旅行中、芭蕉と曽良はたびたび句会に参加している。右は山形県の酒田もしくは鶴岡での句会と思われる

曽良との別れ

曽良(左)は山中温泉で体調を崩し離脱した。芭蕉(右)は「今日よりや書付消さん笠の露」と別れを惜しんだ

★旅の終わり

芭蕉が結びの地を大垣としたのは、知己の俳人が多かったためといわれ、実際に多くの人が出迎えたという

Notes ＊＊閑寂で気品高い芸術としての俳諧を目指し、枯淡な趣の「寂び」、細やかな感情がにじむ「しおり」、幽玄な境地の「細み」、身近な美の平坦な表現の「軽み」を重んじた

栃木県

日光東照宮《にっこうとうしょうぐう》

世界遺産

文化財⬇国宝（陽明門、唐門ほか）

あらたふと青葉若葉の日の光

徳川家康を祀る霊廟として創建され、日本全国の東照宮の総本社的存在。境内に立ち並ぶ55棟の建造物は5000体もの絢爛な彫刻で埋め尽くされている。そのうち8棟が国宝で34棟が重要文化財。世界遺産にも登録されている。現在は日本が誇る観光地の一つだが、芭蕉の時代は非公開。芭蕉は紹介状を持参していたものの、折しも狩野探幽《かのうたんゆう》の長男である幕府御用絵師の探信《たんしん》が修復作業の最中で、拝観まで待たされたという。

なお、日光での芭蕉は、名瀑の華厳《けごん》の滝には一切触れていないが、歌枕の「裏見《うらみ》の滝」には訪れている。

↑日光東照宮のシンボルである陽明門《ようめいもん》だけで、500体以上の彫刻が施されている

→裏見の滝は、芭蕉の時代は滝の裏側から見られたという

栃木県

殺生石《せっしょうせき》

文化財⬇名勝

岩石の転がる一帯に火山性ガスが噴出し、鳥獣が命を落とすといわれてきた場所。九本の尾を持つ妖狐《ようこ》が退治され、巨大な石になって毒気をふりまいたという「*九尾狐《きゅうびのきつね》伝説」も残り、江戸時代から観光地として有名だった。当時は現在よりも多量のガスが吹き出していたようで、芭蕉は日記に「蜂・蝶のたぐひ、真砂《まさご》の色の見えぬほどにかさなり死す」と記している。

（上）荒涼とした風景のなか、硫黄の匂いが強く漂う
（下）殺生石のそばにある千体地蔵が衆生の平安を願う

キャンベル's Eye

平安時代から「世に歌枕といひて所の名かきたる物なり」（源俊頼『俊頼髄脳』）、とあるように、歌に名所を詠むことは尊ばれ、表現構造の大きな柱でした。土地の名を慕い尋ねることで芭蕉は理想とした「不易流行」を形にしていきました。

Notes

＊美女に化けて悪行を重ねた金毛九尾の狐が那須で退治され、姿を石に変えて毒を放ち続けていたところ、僧源翁《げんのう》によって石を3つに砕かれて散り、そのうち1つが那須に残ったとする伝説

宮城県

壺《つぼの》碑《いしぶみ》（多《た》賀《が》城《じょう》碑《ひ》）

文化財⬇重要文化財、名勝

奈良時代に多賀城があった現在の多賀城市は、古代東北の中心地だった。中央から赴任した貴族たちが美しい風景などについて歌を多く詠んだことから、歌枕も数多く残る。特に有名なのが、多賀城と同年の762（天《てん》平宝字《びょうほうじ》6）年に建立され、日本三古碑《さんこひ》**の一つに数えられる壺碑（多賀城碑）だ。西行《さいぎょう》の和歌でも知られ、芭蕉は碑と対面した感動を「涙も落つるばかりなり」とつづっている。

↑多賀城碑は高さ247cmの石碑に141の文字が刻まれたもの

←石碑の内容は平城京からの距離や多賀城の創建についてなど

宮城県

松《まつ》島《しま》

文化財⬇特別名勝

↑リアス海岸と、大小約260もの島々が美しい風景を織りなす

平安時代から歌枕の地として知られ、中世には円福寺《えんぷくじ》や雄島《おしま》を中心に霊場として栄えた。江戸時代になると、安芸の宮島、丹後の天橋立とともに日本三景の一つに数えられ、国内有数の景勝地となった。松島での芭蕉はあまりの絶景に句も詠めず、夜も眠れなかったという。一方で、絶景の前では黙して語らずという中国の文人の姿勢を真似て、あえて詠まなかったとする説もある。

→芭蕉は、松島海岸の目の前に浮かぶ雄島も訪れた

岩手県

高《たか》館《だち》義《ぎ》経《けい》堂《どう》

文化財⬇名勝

夏草や兵《つわもの》どもが夢の跡

奥州藤原氏時代に栄華をきわめた平泉だが、芭蕉が小高い高館の丘から眺めた当時は、夏草が茂る茫洋たる風景が広がるばかりだったといわれる。高館の丘には、兄の源頼朝《みなもとのよりとも》に追われて平泉に落ち延びた義経《よしつね》の居館があったとされ、現在はその場所に義経堂が立つ。芭蕉はここで「夏草や」の句を詠んだといわれる。

高館義経堂は、現在は世界遺産にも登録されている毛越寺《もうつうじ》の飛び地境内となっている

Notes ＊＊多賀城碑のほか、700（文武《もんむ》天皇4）年建立の那須国造碑《なすのくにのみやつこのひ》（栃木県）、711（和銅《わどう》4）年建立の多胡《たご》碑《ひ》（群馬県）

山形県

立《りっ》石《しゃく》寺《じ》

文化財⬇重要文化財(中堂ほか)、名勝、史跡

閑《しづ》かさや岩にしみ入る蝉の声

860(貞観《じょうがん》2)年に清和《せいわ》天皇の勅願によって円仁《えんにん》*が創建したといわれる古刹で、「山寺」の通称で名高い。ふもとの登山口から奥の院に至るまで1000以上もの石段が続き、断崖にへばりつくように堂宇が並ぶ。写真(左)の納経堂や、さらにその上にある五大堂からは眼下の絶景を一望できる。芭蕉は、この場所で有名な「閑かさや」の句を詠んだとされるが、その句は「山寺や石にしみつく蝉の声」だったと、曽良の日記には記されている。おそらく推敲を重ねるうえで「閑かさや」の句になったのだろう。

↑頂にそそり立つ凝灰岩に堂宇が張りつく姿は、一幅の水墨画のような趣

→苔むした石段がふもとから奥の院まで続く。その標高差は約160m

秋田県

象《きさ》潟《かた》

文化財⬇名勝、天然記念物

象潟や雨に西施《せいし》がねぶの花

江戸時代には「東の松島、西の象潟」と称せられた景勝地で、芭蕉は小舟に乗り、潟湖《せきこ》に浮かぶ島々の見物を楽しんだという。また、松島が笑顔の明るい美女なら、象潟は憂いに沈んだ美女だという感想を日記にしたためている。だが、1804(文《ぶん》化《か》元)年の巨大地震で地盤が隆起し、潟湖は完全に消滅した。

(上)田園風景の中に大小の島々が点々と残り、当時の面影をしのばせる
(下)一帯の田んぼには散策路が整備されている

キャンベル's Eye 世界でも珍しい、歩いて回れる島々の盛り上がった景色が特徴の象潟は出羽の歌枕。能因の一首「世の中はかくても経《へ》けり象潟の海人の苫屋をわが宿にして」で有名になりましたが(『後拾遺集』)、小舟に乗って眺めた芭蕉はまさに名所として愛でていました。

Notes | *平安時代初期の僧で、比叡山で最澄《さいちょう》に師事し、天台宗山門派の祖として天台密教の振興に尽くした。遣唐使として唐に渡った際の旅行記である『入唐《にゅうとう》求《ぐ》法《ほう》巡礼《じゅんれい》行《こう》記《き》』は世界史上でも名高い

山形県

羽黒山《はぐろさん》

文化財⬇天然記念物（杉並木）、国宝（五重塔）、重要文化財（黄金堂ほか）

羽黒山、湯殿山《ゆどのさん》、月山《がっさん》からなる出《で》羽三山《わさんざん》のうち、羽黒山には三山の神を合祭した出羽神社があり、参道に立つ東北最古の五重塔でも名高い。芭蕉は羽黒山南谷《みなみだに》の別院に宿泊し、句会などを行った後、出羽三山詣でを行った。なお、三山の最高峰は標高1894mの月山で、芭蕉が生涯で登った最も高い山だったというが、芭蕉は一日で踏破したとされる。

↑杉並木の中を伸びる石段は2446段にもおよぶ

←芭蕉たちが宿泊した南谷の別院跡

石川県

那谷寺《なたでら》

文化財⬇名勝、重要文化財（本堂ほか）

石山の石より白し秋の風

奈良時代に、岩窟に千手観音を安置したのが始まりと伝えられる真言宗の名刹。江戸時代に加賀藩主の前田家により再興された。紅葉の名所で、特に境内の奇岩遊仙境《ゆうせんきょう》は山水画のような趣で名高い。『おくのほそ道』では山中温泉への道中で立ち寄ったことになっているが、実際に芭蕉が訪れたのは温泉滞在後。

↑奇岩遊仙境の景観は太古の海底噴火の跡といわれる

←本殿の「大悲閣《だいひかく》」は、清水の舞台と同じ懸造

石川県

山中温泉《やまなかおんせん》

文化財⬇名勝（鶴仙渓の道明が淵）

山中や菊はたをらぬ湯の匂ひ

奈良時代の僧・行基《ぎょうき》**が発見したと伝わる古湯で、山中漆器や九谷焼発祥の土地でもある。江戸時代は有馬温泉に次ぐ名湯といわれ、温泉街を流れる大聖寺川《だいしょうじがわ》の支流で、奇岩怪石の立ち並ぶ鶴仙渓《かくせんけい》の渓谷美は名高い。芭蕉は温泉嫌いだったと伝わるが、ここで9泊もしたのは、それほど気に入ったということだろう。

↑芭蕉が「行脚の楽しみ、ここにあり」と絶賛した鶴仙渓

←山中温泉開湯以来の共同湯である「総湯 菊の湯」

Notes　**百済《くだら》系の渡来人の血を引く奈良時代の高僧で、東大寺大仏建立の際に弟子や民衆を動員して協力し、日本初の大僧正に任じられた。道路や橋などを造成する社会事業にも尽くした

近世庶民の粋な遊びだった俳《はい》諧《かい》

室町時代に始まり、江戸時代に文学として普及した俳諧は、「俳諧連歌《れんが》」を省略したもの。江戸の庶民文化を代表する言葉遊びの一つとして人気を博し、やがて明治時代に現代でも楽しまれる俳句へとつながっていった

【連歌から発展】

古くから人々は心情や自然美を和歌で表現してきた。やがて、複数人がリレー形式で和歌を詠み連ねる「連歌《れんが》」が誕生。平安貴族の高尚な遊興だったこの連歌に、江戸時代の人々は駄洒落や俗語などを盛り込んで滑稽味を加えた。これが「俳諧」だ。俳諧の世界では、松永貞徳《まつながていとく》を中心とする貞門《ていもん》派、西山宗因《にしやまそういん》が率いる談林《だんりん》派の隆盛を経て、松尾芭蕉《まつおばしょう》による蕉《しょう》風《ふう》俳諧が台頭。芭蕉は、言葉遊びの感が強かった俳諧を、感情を表す優美な文芸へと押し上げた。そして、俳諧の最初に詠まれる五七五の「発《ほっ》句《く》」が独立して明治期に「俳句」が生まれ、下の七七をお題として上の五七五を作る「付句《つけく》」が独立して川《せん》柳《りゅう》となった。

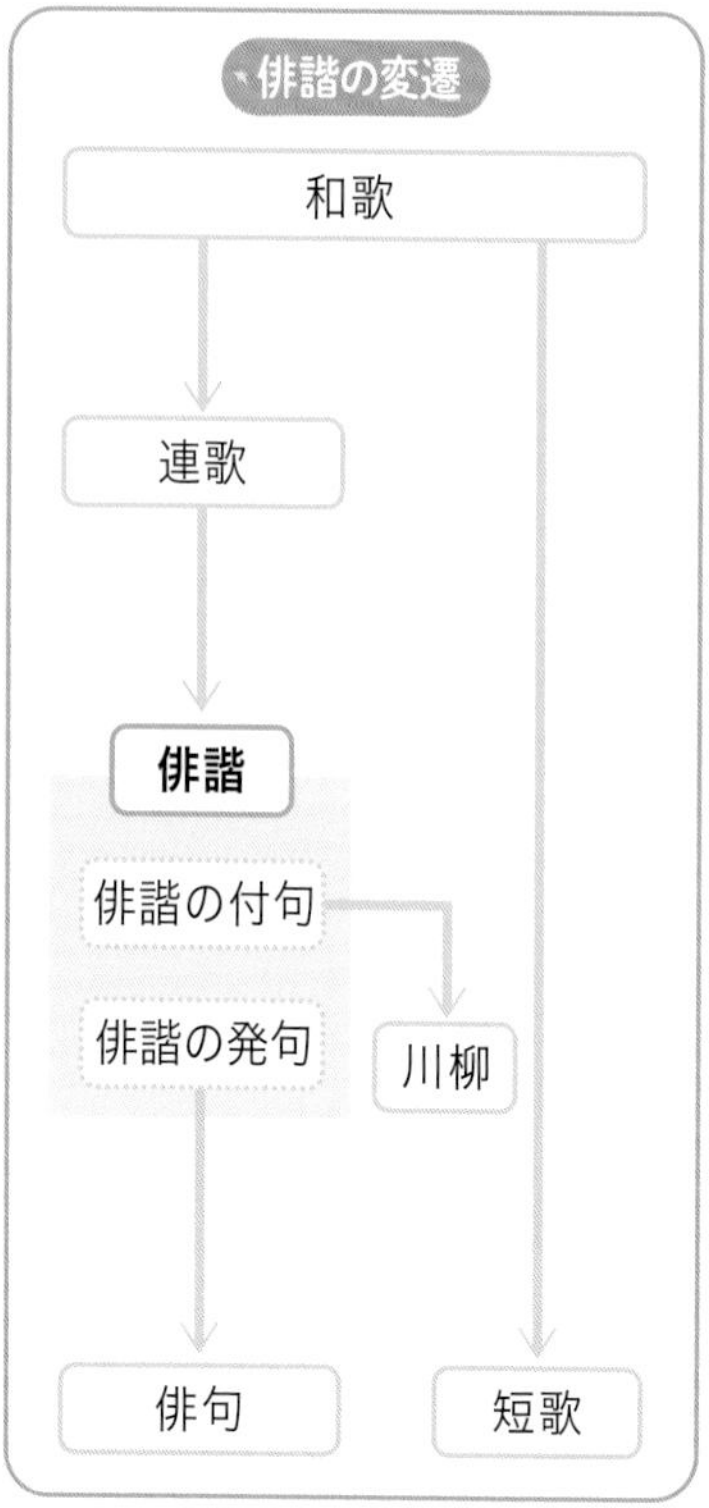
俳諧の変遷
和歌
連歌
俳諧
俳諧の付句
俳諧の発句
川柳
俳句
短歌

【コミュニケーションの場だった俳諧の座】

俳諧は一人ではなく数人で行う「座」の文学。こういった、人々が集う場は「連」と呼ばれた。いわばサロンであり、江戸時代には俳諧に限らず、いろいろな分野の連ができた。歌川国芳《うたがわくによし》『月雪花之内《げつせつかのうち》』には、雪の日に俳諧を楽しむ人々の「連」が描かれている

【俳諧の遊び方】

俳諧のルールは連歌と同じ。まず和歌を五七五の上の句と、七七の下の句に分割する。そして最初の人が一句目である発句の五七五を詠み、それを受けて別の人が七七の二句目を続ける。さらに次の人が三句目の五七五、次の人が七七・・・と続け、通常は10人ほどで、全体で百句になるまで作り続ける。遊び方は同じでも、俳諧の方には冗談なども盛り込めたため、武士や庶民の間に広まったのである。

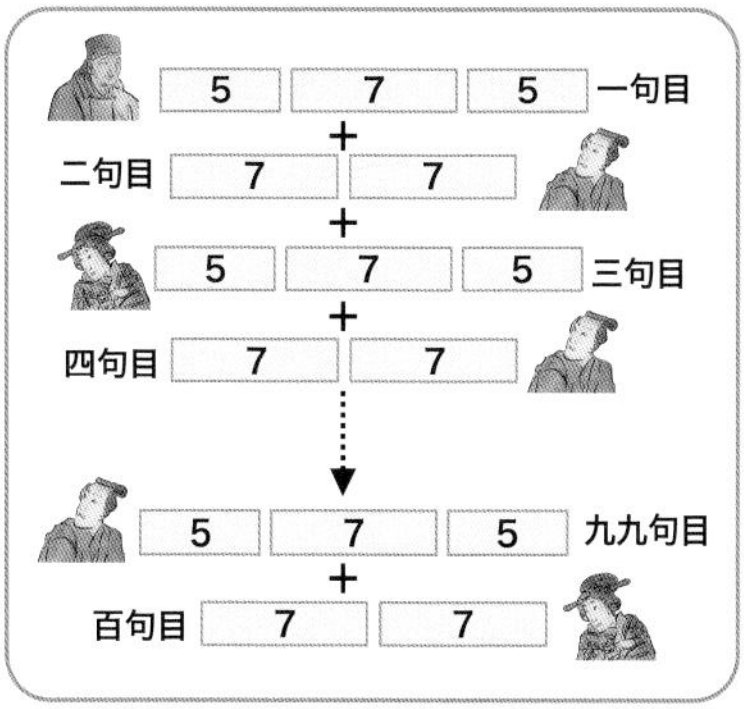

【「俳聖」芭蕉に続く2大俳人】

与謝蕪村《よさぶそん》

1716～1783年。江戸で俳諧を学んだ後に諸国を放浪し、京都に定住して没した。絵は独学で学んだとされる

芭蕉の孫弟子だった俳人に師事したため芭蕉の影響を強く受け、高い美意識や教養に基づく浪漫的な俳風を示して蕉風の発展を目指した。一方で、俳諧は余技といわれるほど文人画にも力を入れ、大家である池大《いけのたい》雅《が》や円山応挙《まるやまおうきょ》らと並び称された。

菜の花や月は東に日は西に

夏河を越すうれしさよ手に草履

蕪村の生地である大阪市都島《みやこじま》区の淀川堤には、「蕪村生誕地」の碑と句碑が立つ

©一茶記念館

小林一茶《こばやしいっさ》

1763～1827年。妻子と死別、後妻との離婚、親族との財産争いなどに見舞われ、家庭には恵まれなかった

擬声語や擬態語を巧みに用い、日常の生活感情を庶民らしい親しみのある表現で描く、「一茶調」と呼ばれる独自の俳風を確立した。子どもや小動物を句に詠むことが多いことでも知られる。『おらが春《はる》』『父《ちち》の終《しゅう》焉日記《えんにっき》』などの著書も有名。

雀の子そこのけそこのけお馬が通る

やせ蛙負けるな一茶これにあり

一茶は長野県の柏原宿《かしわばらしゅく》出身。晩年に住んだ土蔵が旧宅として国の史跡に指定されている

雨月物語《うげつものがたり》

幻想世界を描いた怪奇ファンタジー

ジャンル
読本

作者
上田秋成

時代
江戸時代
1776(安永5)年刊行

幻想世界へいざなう 珠玉の怪奇短編集

江戸時代中期以降に流行した読《よみ》本《ほん》は、絵を主とした草双紙《くさぞうし》に対して、読ませることを主体とした小説の一形態。空想的、伝奇的な要素が強く、因果応報や勧善懲悪などを描くものが多い。読本の代表作のひとつといわれるのが、夢幻と現実を混ぜ合わせた9作品からなる怪異小説集の『雨月物語』。中国と日本の故事を巧みに取り入れ、恐ろしさや不気味さだけではなく、人間の心理や人生の悲哀などを描き出している。作者の上田《うえだ》秋成《あきなり》は幼少期に悪性の痘瘡《とうそう》にかかり、右の中指と左の人差し指が短くなるという不幸に見舞われた。この際、稲荷の加護により九死に一生を得たことから、神秘的なものへの興味を深めたという。

作者・上田秋成

1734〜1809。国学者・医者でもあり、歌や俳句、茶も嗜んだ。『雨月物語』は、己の指の短さに由来する剪枝畸人《せんしきじん》の名で刊行され、死後に秋成作だと判明した。作家としては寡作で、高い評価を受けるのは近代になってからだった

5巻9話のストーリー

①**白峯《しらみね》**…崇徳《すとく》天皇の怨霊と西行《さいぎょう》が議論を闘わせる
②**菊花《きっか》の約《ちぎり》**…再会の約束を守るために自害した武士が霊となって会いにくる
③**浅茅《あさじ》が宿《やど》**…妻と別れた男が幽霊となった妻と再会する
④**夢応《むおう》の鯉魚《りぎょ》**…死んだ僧が鯉となって琵琶湖を泳ぎ回る
⑤**仏法僧《ぶっぽうそう》**…父子が高野山で豊臣秀次《とよとみひでつぐ》の霊に出会って気絶する
⑥**吉備津《きびつ》の釜《かま》**…妻が物の怪となって浮気夫に復讐を果たす
⑦**蛇性《じゃせい》の婬《いん》**…若者をだました蛇の化身を道《どう》成寺《じょうじ》の僧が退治する
⑧**青頭巾《あおずきん》**…鬼となった僧侶を快庵禅師《かいあんぜんじ》が一喝して消し去る
⑨**貧福論《ひんぷくろん》**…黄金の精霊がある男に金銭について語る

恐ろしい挿絵

(上)「白峯」。目の前に姿を現した崇徳天皇の怨霊に対し一歩もひかない西行
(下)「蛇性の婬」。蛇の化身であることを隠して若者をもてなす女性

Notes ＊崇徳天皇および、菅原道真と平将門。いずれも不本意な形で生涯を終え、没後、関係者が不幸に見舞われたり天変地異が起こるなどして、祟りだと恐れられた

崇徳天皇《すとくてんのう》 白峯陵《しらみねのみささぎ》

第75代崇徳天皇の御陵で、四国にある唯一の天皇陵。都から離れた地にあるのは、保元《ほうげん》の乱の首謀者としてこの地に流され、没したため。「白峯」では成仏できずに怨霊となった天皇を西行がいさめ、それがきっかけで論争になった後、崇徳天皇が復讐を予言して消える。実際の崇徳天皇にも怨霊伝説があり、日本三代怨霊*の一人として名高い。

陵墓は、四国八十八ヶ所霊場第81番札所の白《しろ》峯寺《みねじ》に隣接している

高野山奥之院《こうやさんおくのいん》

和歌山県

文化財⬇史跡 世界遺産

金剛峯寺《こんごうぶじ》の墓域にあたり、真言宗の開祖・空海《くうかい》が入定した聖地。空海の御廟に至る約2㎞は杉木立に囲まれ、皇室や公家、大名など20万基を超える墓石や祈念碑、慰霊碑などがある。「仏法僧」では、奥之院で夜を明かそうとした旅の親子が、豊臣秀次**一行の霊に出会い、身も凍るような思いをして山を下りる。

空海の御廟がある奥之院は高野山で最も重要な聖地の一つ

吉備津神社《きびつじんじゃ》

文化財⬇国宝(本殿及び拝殿)、重要文化財(神門、御釜殿ほか)

岡山県で最古最大といわれる古社。釜が鳴る音で吉凶を占う「鳴釜神事《なるかましんじ》」で知られる。「吉備津の釜」では、豪農の放蕩息子の正太郎《しょうたろう》が神主の娘の磯良《いそら》と結婚するが、婚儀の吉凶を占う際に釜が鳴らなかった。その後、正太郎は愛人を作り、それを恨んで亡霊となった磯良にとり殺される。

桃太郎のモデルともいわれる吉《き》備津彦大神《びつひこのみこと》を主祭神とする

琵琶湖《びわこ》

滋賀県

約460本の河川が流れ込む日本最大の湖で、南部の近江八景の景勝でも名高い。「夢応の鯉魚」では、病で死んだ三井寺《みいでら》の僧・興義《こうぎ》が息を吹き返し、死んでいた間に一匹の鯉となって琵琶湖を自由に泳ぎ回ったことを人々に話してきかせる。

日本のほぼ中央に位置し、滋賀県の約6分の1を占める

キャンベル's Eye

怨念の怖さを描くこと古今東西随一の秋成だが、おどろおどろしい怪異の瞬間を掬い取るのではなく僅かな言葉で気配を感じさせます。「菊花の約」で亡霊となった赤穴が帰宅する際、戸口に「おぼろなる黒影《かげろひ》の中に人ありて」すくっと現れるように…

Notes ＊＊豊臣秀吉の姉の子。秀吉の養子となり関白職を継いだが、後に秀頼が産まれたことから秀吉に疎まれ、高野山に追放されて自害させられた

弥次喜多の珍道中をつづったガイドブックのハシリ

東海道中膝栗毛《とうかいどうちゅうひざくりげ》

2人のお調子者が展開するドタバタ旅行記

江戸後期、会話中心の文章で庶民生活や風俗の滑稽さを描くスタイルの滑稽本が生まれた。その代表作が、弥次郎兵衛《やじろべえ》と喜多八《きたはち》が江戸から東海道を通り、伊勢参宮の後に京都、大坂へ行く旅を描いた『東海道中膝栗毛』だ。奇行や愚行、失敗などを繰り返す2人の旅はまさに滑稽な珍道中。風刺や毒のない無邪気な笑いや*地口《じぐち》、地方の文化や言葉を取り入れたこの作品は、庶民の憧れをかきたてて旅ブームを引き起こし、十返舎一九《じっぺんしゃいっく》は当代一の流行作家となった。

大好評につき旅を続けた弥次喜多ご一行

『東海道中膝栗毛』は8編18冊からなるが、実は最初の道中は日本橋から箱根まで。これが評判だったために大坂まで延び、さらに2人の素性を述べる「**発端《はじまり》」が追加され、一つの作品となった。これが正編だ。その後、大坂から金《こん》毘羅《ぴら》詣でをし、宮島、善光寺、草津を巡って江戸へ帰るまでを記した、12編25冊の続編である『続膝栗毛』も出た。これが完結したのは1822(文政《ぶんせい》5)年。正編の始まりから21年間にわたって出版され続けたのである。

ジャンル
滑稽本

作者
十返舎一九

時代
江戸時代
1802(享和2)年～1814(文化11)年刊行

登場人物プロフィール

主人公は「弥次さん喜多さん」で知られる2人のお調子者。ともに駿府国(静岡県)の出身

弥次郎兵衛

下俗で軽薄だが、きわめて教養の高い知識人。旅の出発時は50歳

喜多八

弥次さんの居候で20歳下の元男娼。奉公先を解雇され、旅の供になる

作者・十返舎一九

1765～1831。本名は重田貞《しげたさだ》一《かつ》。元々は武士だったが、武家奉公をやめた後、浄瑠璃作者を経て戯作者となった。ペンネームの十返舎は香道の十《と》返《がえ》し、一九は幼名の市九にちなむ。原稿料だけで生活を維持できた最初の職業作家といわれる

Notes ＊ことわざや俗語などに同音または発音の似た語を当てて、意味の違った文句を作る一種のしゃれ

★『東海道中膝栗毛』の道中

2人は江戸の日本橋から伊勢神宮まで、454㎞の距離を14日かけて歩いたとされる

大坂に向かったはずがなぜか京都へ…
追分で東海道から分かれ伊勢街道へ
浜松〜赤坂で道中最長の1日約45kmを歩く
旅の最初の宿は戸塚
三島では有り金を盗まれ一文無しに
赤字は二人の宿泊地
大坂
京都
摂津
河内
京都
奈良
大和
近江
伊賀
伊勢
琵琶湖
松坂
斎宮
伊勢神宮
山田
上野
白子
神戸
四日市
桑名
伊勢湾
尾張
宮
鳴海
池鯉鮒
岡崎
藤川
赤坂
御油
吉田
二川
三河
白須賀
新居
舞坂
遠州灘
浜松
見附
袋井
掛川
日坂
遠江
金谷
島田
藤枝
岡部
鞠子
府中
江尻
興津
由比
蒲原
駿河
駿河湾
吉原
原
沼津
三島
伊豆
箱根
小田原
相模
相模湾
大磯
平塚
藤沢
程ケ谷
戸塚
神奈川
川崎
品川
武蔵
日本橋

★江戸時代のお伊勢参り

お伊勢参りが人々に浸透したのは江戸時代。仕事を抜けて旅立つことから「抜け参り」、神々のお陰をいただくことから「おかげ参り」とも呼ばれ、多い年で全人口の6人に1人が参拝したといわれる

Close Up

後世に与えたインパクト大！

『東海道中膝栗毛』の影響力は絶大で、当時から他の作家による派生作品や絵画作品が生まれた

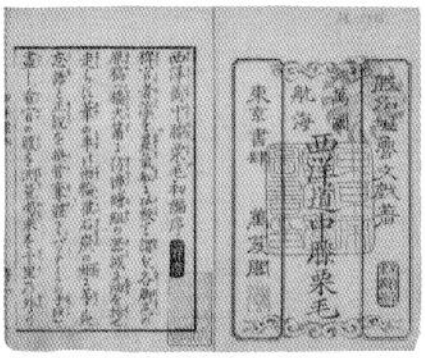

『西洋道中膝栗毛《せいようどうちゅうひざくりげ》』

仮名垣魯文《かながきろぶん》作。弥次郎兵衛と喜多八の孫たちの、ロンドン旅行の珍道中を描く

『東海道五十三次《とうかいどうごじゅうさんつぎ》』

歌川広重《うたがわひろしげ》作。『東海道中膝栗毛』のヒットにより企画されたといわれる

★自筆の挿絵も滑稽

絵心のある一九は挿絵も自分で描いた

←小田原宿では、五右衛門風呂の入り方を知らなかった喜多さんが風呂底を下駄で踏み抜いてしまう

→四日市の宿では、弥次さんが地蔵に夜這いをかけ、あまりの冷たさに死体と勘違いして大騒ぎする

Notes ＊＊弥次さんと喜多さんの生い立ちや、二人がかつて男色関係にあったこと、なぜ江戸を離れて旅に出たのかなど、旅立つまでの前日譚が記されている

神奈川県

箱根関所《はこねせきしょ》

江戸の防衛のため各所に設けられた関所のなかで、東海道きっての難所である箱根山中に設けられた箱根関所は、監視が厳しかったことで有名。江戸に近いだけに、「入り鉄砲と出《で》女《おんな》」*は特に厳重に詮議された。関所の通行には手形が必要だったが、箱根関では出女やけが人、不審者や死人以外の者は、手形がなくても通行できたようだ。しかし、弥次喜多はきちんと往来手形と関所手形を所持していたようで、あっさりと箱根の関所を通過。その後、さっそく箱根宿で祝杯をあげたが、当初の『東海道中膝栗毛』は、この箱根関越えで終了だった。

↑箱根関所は芦ノ湖畔に設置されていた

→2007（平成19）年に当時の技術を踏襲して復元された

静岡県

薩埵峠《さったとうげ》

由比町と静岡市の境、駿河湾に突き出た山裾にある峠で東海道有数の難所。富士山を望める東海道一の絶景ともいわれ、後に歌川《うたがわ》広重《ひろしげ》が描いた『東海道《とうかいどう》五《ご》十三次《じゅうさんつぎ》』でも有名。だが、弥次喜多は雨に降られ、富士の雄姿を拝めずに終わった。

現在の峠には展望台が設置されている

静岡県

丁子屋《ちょうじや》

丸子《まりこ》（鞠子）宿はとろろ汁が名物で、現在まで営業を続ける県内最古のとろろ汁屋が、1596（慶長《けいちょう》元）年創業の丁子屋だ。弥次喜多もこの店のとろろ汁を楽しみにしていたが、注文後、亭主が客をそっちのけで夫婦喧嘩を始めて店じゅうがとろろ汁だらけになり、結局、名物を味わえずに店を後にする。

建物は築350余年。大きな茅葺き屋根が目印

キャンベル's Eye 日本の主要街道を地図のようにたどり、留まって、次へと進みながら土地の風習と名物を味わいます。珍道中を繰り広げる弥次郎兵衛と喜多八は土地の出来事を方言で聴き、日本文学の根底に流れる口承性（オラリティ）をベストセラーに繋げました。

Notes ＊江戸幕府が関所で特に警戒したもので、「入り鉄砲」は江戸に鉄砲などの武器を持ち込むこと、「出女」は江戸屋敷にいる大名の妻子が抜け出すことを指す

静岡県

宇《う》津《つ》ノ《の》谷《や》峠《とうげ》

文化財⬇史跡

静岡市と藤枝市の境にある峠。平安時代に利用された「蔦《つた》の細道」をはじめ、現代までに築かれた各時代の道が残り、道の変遷を教える場所として貴重。峠の途中には「間《あい》の宿」＊＊があり、十団子《とおだんご》が名物だった。峠の細道を行く弥次さんは雨で足を滑らせて、茶店間近で転倒。「降りしきる雨やあられの十団子　転げて腰をうつの山道」と、「宇津」と「打つ」をかけた粋な一首を詠む。

↑弥次喜多が杖にすがって恐る恐る通った蔦の細道

←当時の面影をしのばせる間の宿の集落

京都府

伏《ふし》見《み》稲《いな》荷《り》大《たい》社《しゃ》

文化財⬇重要文化財（本殿以下8棟、御茶屋）

土産店や飲食店が立ち並ぶ門前は常に活気にあふれる

全国に約3万社あるといわれる稲荷神社の総本社で、境内の「千本鳥居」が外国人の間でも名高い古社。伊勢参宮を終えた弥次喜多は大坂見物をするつもりが、船を間違えて京都の伏見に到着。稲荷詣での後、門前の茶屋で甘酒を注文する。茶屋の婆さんは弥次さんに亡くなった息子の面影を見出して涙し、弥次さんは涙と鼻汁入りの甘酒を飲まされる。

大阪府

大《おお》阪《さか》天《てん》満《まん》宮《ぐう》

菅原道真《すがわらのみちざね》を祀り、地元では「天満《てんま》の天神さん」と親しまれ、日本三大祭の一つである天神祭でも有名。参道の天神橋筋《てんじんばしすじ》商店街は、日本一長いアーケード商店街で知られる。天満宮参りの後、参道で弥次さんの雪駄の鼻緒が抜けてしまう。そこへ通りかかったのが紙屑買い。弥次さんは紙屑買いを雪駄直し、かたや紙屑買いは弥次さんを客と勘違いし、とんちんかんな言い争いに発展する。

↑境内に入ると正面に拝殿が、その奥に本殿がある

←約2.6 kmの天神橋筋商店街には約600軒の店舗が並ぶ

Notes　＊＊宿場間の距離が長い場所や難所などで、宿場と宿場の間に自然発生的に形成された休憩用の宿。公的には宿場と認められず、旅行者の宿泊は禁止されていた

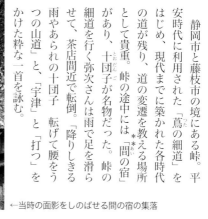

八犬士が活躍する古典文学史上最長の大作

南《なん》総《そう》里《さと》見《み》八《はっ》犬《けん》伝《でん》

ジャンル
読本
作者
曲亭馬琴
時代
江戸時代
1814(文化11)年〜
1842(天保13)年刊行

勇者たちの活躍を描いた胸躍る冒険活劇

江戸時代後期の小説家・曲亭《きょくてい》馬《ば》琴《きん》の手による本作は98巻106冊に及び、刊行開始から完結まで28年かかった大長編伝奇小説。仁・義・礼・智・忠・信・孝・悌《てい》の各文字が浮かび上がる玉を持つ八犬士が不思議な因縁で集結し、巨悪に立ち向かい、安房国《あわのくに》の戦国大名・里見《さとみ》家再興に活躍する物語だ。中国の『水滸伝《すいこでん》』*に構想を借りたもので、因果応報の妙や勧善懲悪の痛快さを兼ね備え、人情描写も綿密。さらに壮大なストーリーが少しの破綻もなく統合されるなど、馬琴の力量がいかんなく発揮されている。後期読本の代表作として当時の大ベストセラーとなったばかりでなく、明治時代以降も多くの人に親しまれ、近年でも映画やテレビ、舞台で取り上げられるほどだ。晩年の馬琴は妻や子の死、自身の失明などの不幸に見舞われたが、息子の嫁の協力を得て、口述筆記の形で完成させた。

作者・曲亭馬琴

1767〜1848。滝沢《たきざわ》馬琴とも。歴史や伝説を取り入れた壮大な長編を多く発表した

伏姫《ふせひめ》と八犬士

里見家の伏姫は父との誓いのため、飼犬・八房《やつふさ》の妻となる。伏姫の死の際、8つの数珠の玉が飛び散り、名前に犬の字がついた8人の剣士が誕生する。玉に書かれた文字は8つの徳の理念を示す

犬坂《いぬさか》毛《け》野《の》。知性と理性の人

犬村大角《いぬむらだいかく》。感謝の心を忘れない

犬川荘助《いぬかわそうすけ》。敬意と正義感をもつ

犬《いぬ》江《え》親《しん》兵《べ》衛《え》。人情に厚い最年少

犬《いぬ》田《た》小《こ》文吾《ぶんご》。年長者を敬う

犬塚《いぬづか》信《し》乃《の》。父母を敬う心が強い

犬飼現八《いぬかいげんぱち》。信頼と誠実の人

犬山道節《いぬやまどうせつ》。忠義と真心の人

ヒロインである伏姫と、物語の発端となる霊犬の八房

Notes

＊中国の長編小説で、北宋末の義賊の豪傑108人の武勇物語。南宋時代から講談や読本として行われていたのが14世紀中頃にまとめられ、日本には江戸中期に輸入された

富山

房総半島に上陸したといわれる天《あめの》富命《とみのみこと》ゆかりの山とされ、北峰《ほっぽう》(金毘羅《こんぴら》峰《ほう》)および南峰《なんぼう》(観音峰《かんのんほう》)の2つの峰からなる。物語の冒頭では、中腹の洞窟にこもった伏姫が八房の気を受けて身籠り、終盤では戦いを終えた八犬士たちが山頂で仙人になるなど、重要な場面で登場する。伏姫籠窟《ろうけつ》と名付けられた洞穴や犬塚、八犬士終焉の地の碑などがある。

伏姫と八房がこもったとされる伏姫籠窟

館山城《たてやまじょう》

千葉県

1580(天正《てんしょう》8)年に築城された里見氏の居城。その10年後の館山藩初代藩主の里見義康《よしやす》の時代から、里見氏が改易になる1614(慶長《けいちょう》19)年まで本城として利用された。改易後には破却されたが、現在は城山《しろやま》公園として整備され、模擬天守が立つ。天守内は館山市立博物館分館の「八犬伝博物館」として『南総里見八犬伝』に関する資料を展示する。

館山城は標高65.7mほどの独立丘陵に築かれた

大《たい》岳院《いん》

1605(慶長10)年の創建と伝わる曹洞宗寺院。『南総里見八犬伝』のモデルとなった里見氏は、10代忠義《ただよし》の時代に、身内の失脚に連座する形で伯耆国《ほうきのくに》(鳥取県)に転封された。忠義は跡継ぎがいないまま病没し、里見家は断絶する。大岳院には、この忠義と殉死した8人の家臣の墓がある。この8人を八犬士のモデルとする説があるが確証はない。

現在の本堂は1995(平成7)年に改築されたもの

養老寺《ようろうじ》

千葉県

修験道の祖である**役行《えんのぎょう》者《じゃ》が、717(養老元)年に開いたといわれる真言宗の古刹。源頼朝にまつわる伝説もある。物語では、幼少の伏姫が役行者から8つの文字が書かれた数珠を授けられるが、その場所が境内にある岩窟だとされる。

岩窟内には役行者像が祀られている

キャンベル's Eye
音読する江戸時代の読者は曲亭馬琴の小説を目で楽しみ、耳で驚きます。「傾舷《かたぶへり》と、立浪にざんぶと音す水烟《みずけぶり》」。現代小説では使わない七五調のリズムに乗り、オノマトペの効果音で想像を膨らませます。

Notes
**7世紀末に大和の葛城山《かつらぎさん》にいたという呪術者で役小角《えんのおづぬ》とも呼ばれる。長年の山岳修行によって神通力を得たとされ、平安時代以降に修験道が発展するにつれ、その祖とされた

文学と演劇が融合した
浄瑠璃《じょうるり》と歌舞伎《かぶき》

浄瑠璃と歌舞伎は、どちらも江戸時代に成立した舞台芸能。人形浄瑠璃で演じられた作品がそのまま歌舞伎でも演じられるなど、両者は深い関係にある

【浄瑠璃】

牛若丸《うしわかまる》と浄瑠璃《じょうるり》姫《ひめ》の物語に由来するとされる

浄瑠璃は、三味線を伴奏とする語り物の一つで「文楽《ぶんらく》」とも呼ばれる。江戸時代初期に人形操りと提携して普及し、作者・近松門左衛門《ちかまつもんざえもん》と太夫《たゆう》（語り手）の竹本義太夫《たけもとぎだゆう》が組み、「義太夫節」として人気を博した。

近松門左衛門《ちかまつもんざえもん》とは？

『曽根崎心中《そねざきしんじゅう》』『国性爺合戦《こくせんやかっせん》』『心中天網島《しんじゅうてんのあみしま》』など人形浄瑠璃作品を多く作り、歌舞伎でも演じられた。町人の悲哀や生き生きとした姿を描き出し、多くの人の心をとらえた。

↑近松門左衛門は江戸時代前期から中期にかけて活躍した。現在でも多くの作品が歌舞伎、演劇、映画などで上演されている

→人形浄瑠璃では物語を演じるのは舞台上の人形が行い、語りは舞台脇にいる太夫が担当する

【歌舞伎】

江戸時代初期、京都で出雲《いずも》の阿国《おくに》が演じた「かぶき踊り」がルーツ。奇抜な振る舞いや姿を好む「傾き者《かぶきもの》」たちの所作や扮装などを取り入れて人気を博し、その後の変遷を経て「野郎《やろう》歌舞伎」が現在の歌舞伎の原型となった。元禄《げんろく》年間（１６８８～１７０４）が隆盛で、近松門左衛門や鶴屋南北《つるやなんぼく》、竹田出雲《たけだいずも》らが作者として活躍し、市川団十郎《いちかわだんじゅうろう》や坂田藤十郎《さかたとうじゅうろう》らの名優が出た。『仮名手本忠臣蔵《かなでほんちゅうしんぐら》』『菅原伝授手習鑑《すがわらでんじゅてならいかがみ》』『義経千本桜《よしつねせんぼんざくら》』は3大名作といわれる。

↑歌舞伎作品は浮世絵の格好の題材となった。上は鶴屋南北作の『東海道四谷怪談《とうかいどうよつやかいだん》』

→歌舞伎は美しいポーズの「見得《みえ》」、化粧の「隈取《くまどり》」、衣装の「早替り」、場面転換の「廻り舞台」など多彩な演出が特徴

©松竹株式会社

第5章

近代文学

明治時代以降

明治維新によって近代国家へと歩み始めた日本では、
西洋の影響を受けた写実主義をはじめ、多彩な文芸思潮が誕生した。
近代的な自我に目覚めた人々がつづった数々の作品は、
新聞や出版業の発展によって、国民の間で広く親しまれるようになった。

近代文学の概要

近代化とともに生まれ「個人」を追求した

近代文学とは明治時代以降の文学のこと。明治維新後の西欧文明の流入、近代化の促進、大衆娯楽の拡大に伴い、自由主義・個人主義を基盤に人間の内面を見つめる作品が増えていった。近代文学は一般に戦前までの文学をさすとされるが、現在の文学までを含めるとらえ方もある。

●小説

坪内逍遙《つぼうちしょうよう》が『小説神髄《しょうせつしんずい》』でありのままに書く写実主義を主張、それを実践した二葉亭四迷《ふたばていしめい》の『浮雲《うきぐも》』が近代小説の幕開け。その後、開放的な自由を求めた森鷗外《もりおうがい》らの「浪漫《ろうまん》主義」、古典文学を再評価する幸《こう》田《だ》露伴《ろはん》らの「擬古典《ぎこてん》主義」、脚色や虚構を排除した島崎藤村《しまざきとうそん》らの「自然主義」、反自然主

時代	西暦	和暦	おもな作品・出来事
明治時代	1868	明治元	明治天皇即位
	1870	明治3	小説『西洋道中膝栗毛《せいようどうちゅうひざくりげ》』(仮名垣魯文《かながきろぶん》)
	1885	明治18	評論『小説神髄《しょうせつしんずい》』(坪内逍遙《つぼうちしょうよう》)
	1887	明治20	小説『浮雲《うきぐも》』(二葉亭四迷《ふたばていしめい》)
	1889	明治22	大日本帝国憲法発布
	1890	明治23	**小説『舞姫《まいひめ》』(森鷗外《もりおうがい》)**
	1891	明治24	小説『五重塔《ごじゅうのとう》』(幸田露伴《こうだろはん》)
	1894	明治27	日清戦争(〜1895)
	1895	明治28	小説『たけくらべ』『にごりえ』(樋口一葉《ひぐちいちよう》)
	1897	明治30	小説『金色夜叉《こんじきやしゃ》』(尾崎紅葉《おざきこうよう》)
	1898	明治31	評論『歌《うた》よみに与《あた》ふる書《しょ》』(正岡子規《まさおかしき》)
	1901	明治34	短歌『みだれ髪《がみ》』(与謝野晶子《よさのあきこ》)
	1904	明治37	日露戦争(〜1905)
	1905	明治38	**小説『吾輩《わがはい》は猫《ねこ》である』(夏目漱石《なつめそうせき》)**
	1906	明治39	小説『破戒《はかい》』(島崎藤村《しまざきとうそん》)
			小説『坊《ぼ》っちゃん』『草枕《くさまくら》』(夏目漱石)
	1907	明治40	小説『蒲団《ふとん》』(田山花袋《たやまかたい》)
	1908	明治41	**小説『三四郎《さんしろう》』(夏目漱石)**
	1909	明治42	**小説『それから』(夏目漱石)**
	1910	明治43	大逆事件
			短歌『一握《いちあく》の砂《すな》』(石川啄木《いしかわたくぼく》)
	1911	明治44	**小説『雁《がん》』(森鷗外)**
	1914	大正3	第一次世界大戦始まる(〜1918)

坪内逍遙は『小説神髄』によって日本の近代文学の方向を決定づけた

『吾輩は猫である』の挿絵は作品の人気に大きく貢献した

『雁』では不忍池での雁の死がヒロインの人生を象徴する

義の夏目漱石《なつめそうせき》ら「余裕派」など、多くの作家の登場に伴い、「〜主義」、「〜派」といった多様な流派が形成されていった。

●**詩**

漢詩や和歌に代わって新しい社会や風俗を反映した新体詩が生まれ、明治後期以降は文語詩から、自然主義の影響を受けた口語自由詩が広まった。

●**短歌**

近代短歌は与謝野鉄幹《よさのてっかん》・晶子《あきこ》らの官能的な歌風で幕を開け、若山牧水《わかやまぼくすい》、石川啄木《いしかわたくぼく》ら自然主義を経て斎藤茂吉《さいとうもきち》らのアララギ派が台頭した。

●**俳句**

正岡子規《まさおかしき》が俳諧から発展させた俳句を確立し、その流れは子弟の高浜虚子《たかはまきょし》らによって引き継がれていった。

●**戯曲**

初期は歌舞伎作者の河竹黙阿《かわたけもくあ》弥《み》が活躍。その後、新劇が起こり多くの劇団が誕生した。

大正時代

西暦	和暦	出来事
1914	大正3	**小説『こころ』(夏目漱石)**
1915	大正4	**小説『山椒大夫《さんしょうだゆう》』(森鷗外)** **小説『羅生門《らしょうもん》』(芥川龍之介《あくたがわりゅうのすけ》)**
1916	大正5	**小説『高瀬舟《たかせぶね》』(森鷗外)** **小説『鼻《はな》』(芥川龍之介)**
1917	大正6	小説『城の崎《きのさき》にて』(志賀直哉《しがなおや》)
1920	大正9	小説『真珠夫人《しんじゅふじん》』(菊池寛《きくちかん》)
1921	大正10	小説『暗夜行路《あんやこうろ》』(志賀直哉)
1923	大正12	小説『山椒魚《さんしょううお》』(井伏鱒二《いぶせますじ》) 関東大震災
1924	大正13	小説『痴人《ちじん》の愛《あい》』(谷崎潤一郎《たにざきじゅんいちろう》) **詩『春《はる》と修羅《しゅら》』　小説『注文《ちゅうもん》の多《おお》い料理店《りょうりてん》』(宮澤賢治《みやざわけんじ》)**
1925	大正14	小説『檸檬《れもん》』(梶井基次郎《かじいもとじろう》)
1926	大正15	**小説『伊豆《いず》の踊子《おどりこ》』(川端康成《かわばたやすなり》)**

昭和時代

西暦	和暦	出来事
1927	昭和2	**小説『河童《かっぱ》』(芥川龍之介)**
1929	昭和4	小説『蟹工船《かにこうせん》』(小林多喜二《こばやしたきじ》)
1931	昭和6	満州事変勃発
1935	昭和10	**菊池寛《きくちかん》が芥川賞、直木賞を創設**
1936	昭和11	小説『風立《かぜた》ちぬ』(堀辰雄《ほりたつお》)
1937	昭和12	**小説『雪国《ゆきぐに》』(川端康成)** 日中戦争勃発
1939	昭和14	**小説『富嶽百景《ふがくひゃっけい》』(太宰治《だざいおさむ》)**
1940	昭和15	**小説『走《はし》れメロス』(太宰治)**
1941	昭和16	太平洋戦争始まる
1943	昭和18	小説『細雪《ささめゆき》』(谷崎潤一郎)
1944	昭和19	**小説『津軽《つがる》』(太宰治)**
1945	昭和20	終戦

『高瀬舟』の舞台となった京都の高瀬川。高瀬舟が復元されている

河童に魅せられた芥川龍之介は、小説のほか自筆の絵も残した

宮澤賢治は膨大な作品を残したが、生前に刊行されたのは2冊のみ

『富嶽百景』の舞台で執筆場所だった山梨県の御坂峠《みさかとうげ》から見た表富士

森《もり》鷗《おう》外《がい》

文学と医学で頂点をきわめたエリート文豪

生没年
1862（文久2）年1月19日～1922（大正11）年7月9日

出身地
島根県津和野町

代表作
『舞姫』
『雁』
『高瀬舟』

軍医として、作家として二つの人生を歩んだ

医師の子として厳しい教育を受けた鷗外は、現在の東京大学医学部に12歳で入学＊したエリート。卒業後に陸軍軍医として22歳でドイツに留学し、文学や芸術でも大きな影響を受けた。帰国後は軍医と作家の二足のわらじ生活に入り、『舞《まい》姫《ひめ》』をはじめとするドイツ3部作を発表。格調高い文章と浪漫的な作風で近代文学の基礎を築くほか、翻訳や評論も多く手掛けた。

軍医では最高位の陸軍軍医総監就任後は創作活動にも磨きをかけ、『青《せい》年《ねん》』や『雁《がん》』などを発表。乃《の》木《ぎ》希《まれ》典《すけ》の殉死を機に『阿《あ》部《べ》一《いち》族《ぞく》』や『山《さん》椒《しょう》大《だ》夫《ゆう》』『高《たか》瀬《せ》舟《ぶね》』といった歴史小説を手掛けるなど、晩年にかけて作風が変わっていった。

厳密で妥協を許さぬ几帳面な性格だったといわれるが、饅《まん》頭《じゅう》茶漬けを好むなど大の甘党だった。留学の経験から、子どもたちに、現代でいう〝キラキラネーム〟＊＊をつけたことでも有名だ。

森鷗外とは？

本名は森林《りん》太《た》郎《ろう》。優秀ゆえに人生や社会に矛盾や葛藤を感じることも多く、それが作品に反映された

©文京区立森鷗外記念館

鷗外とドイツ

軍服姿の鷗外

ドレスデンにて。ドイツ人軍医のキルケ（中）、フィンランド人陸軍軍医長で詩人のワールベリィ（右）と。キルケとは、後々まで親交が続いた

©文京区立森鷗外記念館

留学の経路とドイツ3部作の舞台

鷗外はライプツィヒを皮切りに、ドレスデン、ミュンヘン、ベルリンで過ごした。自身や友人などをモデルに書かれたドイツ3部作は、当時は未知だった西洋文化の息吹を伝えた

『舞姫』（1作目）
ベルリンで会ったエリスとの恋愛と出世の間で葛藤するエリート官僚の苦悩を描く

『文《ふみ》づかひ』（3作目）
ドレスデンを舞台に、日本人将校の目を通じて、政略結婚に抗うイイダ姫の姿を描く

『うたかたの記《き》』（2作目）
ミュンヘンに留学中の画学生と、美術学校のモデルであるマリイとの悲恋

Notes
＊当時、後の東大医学部である第一大学区医学校予科に入学できる年齢は14歳だった。そこで鷗外は年齢を2歳偽って入学した

★代表作のあらすじ

高瀬舟《たかせぶね》

弟殺しの罪で遠島の刑を受けた喜助を高瀬舟で護送していた同心の羽田庄兵衛は、喜助の明るい様子を不審に思う。理由を問うと、喜助は京で苦しい生活を送るよりは遠島で暮らすほうが嬉しいと語り、さらに、弟を殺したのは、病に苦しむ弟のたっての願いだったことを明かした。晴れ晴れしているような喜助の姿に、庄兵衛の心中には、この弟殺しが重罪に値するのかという疑問が生じた

雁《がん》

結婚しようとした男に裏切られた後、騙されて高利貸しの妾となったお玉は、散歩で家の前を通る医学生の岡田に慕情を抱く。ある日、語り手の「僕」と岡田が不忍池に赴いた時、岡田の投げた石が雁に当たって死んでしまった。その帰路、お玉は家の前を通りかかる岡田に思いを伝えようと思ったが、「僕」が一緒だったために叶わず、結局、岡田はお玉の思いを知らぬまま洋行する

舞姫《まいひめ》

ドイツへ留学したエリート官僚の豊太郎は、ヨーロッパの自由な空気に触れて官僚としての人生に疑問を抱くなか、踊り子のエリスと知り合い恋に落ちる。同僚の告げ口により免官された豊太郎は、エリスに助けられながら一緒に生活を始めるが、友人から、エリスと別れて出世コースに戻るよう説得される。豊太郎は葛藤した末、自分の子を妊娠したエリスを残して帰国するのだった

森鷗外年譜

西暦	和暦	出来事
1862	文久2	●現在の島根県津和野《つわの》町で誕生
1881	明治14	●第一大学医学校(後の東大医学部)卒業後、陸軍軍医となる
1884	明治17	●ドイツに留学
1889	明治22	大日本帝国憲法発布 ●赤松登志子《あかまつとしこ》と結婚(翌年離婚)。 雑誌『しがらみ草子《そうし》』創刊
1890	明治23	●『舞姫』『うたかたの記』
1891	明治24	●坪内逍遙と没理想論争。『文づかひ』
1892	明治25	●本郷に転居し自宅を「観潮楼《かんちょうろう》」と命名。 翻訳小説『即興詩人《そっきょうしじん》』
1894	明治27	日清戦争始まる　●日清戦争に従軍
1899	明治32	●小倉へ転任
1902	明治35	●荒木《あらき》志げと再婚し帰京
1904	明治37	日露戦争始まる　●日露戦争に従軍
1905	明治38	夏目漱石が『吾輩《わがはい》は猫《ねこ》である』でデビュー
1907	明治40	●陸軍軍医総監に就任
1909	明治42	●雑誌『スバル』創刊
1910	明治43	●『青年』
1911	明治44	●『妄想《もうそう》』『雁』
1913	大正2	●『阿部一族』
1915	大正4	●『山椒大夫』『最後《さいご》の一句《いっく》』
1916	大正5	●陸軍を退官。 『高瀬舟』『寒山拾得《かんざんじっとく》』『渋江抽斎《しぶえちゅうさい》』
1917	大正6	●帝室博物館総長兼図書頭に就任
1919	大正8	●帝国美術院初代院長に就任
1922	大正11	●肺結核・萎縮腎のため60歳で死去

★森鷗外の交友

社交的で穏やかだった鷗外は多くの人から慕われた半面、自我が強く、論争することも多かった

夏目漱石《なつめそうせき》

親交は深くなかったが互いに認め合っていた

（尊敬）

森志《もりし》げ

2番目の妻で小説家。悪妻との評判もあった

（夫婦）

エリーゼ

ドイツで知り合った『舞姫』のエリスのモデル

（恋仲）

©文京区立森鷗外記念館

永井荷風《ながいかふう》

生涯において、鷗外を文学上の師匠と仰いだ

（尊敬）

森鷗外

幸田露伴《こうだろはん》

鷗外の家を訪ねることが特に多かったという

（親友）

北里柴三郎《きたざとしばさぶろう》

（医学で論争）

「脚気」を巡って学術論争を繰り返した

坪内逍遙《つぼうちしょうよう》

（文学で論争）

「没理想」を巡り1年にわたる論争を続けた

乃木希典

（軍人仲間）

ともにドイツ留学組で個人的な親交も深かった

Notes　＊＊本名の林太郎が外国人には発音しにくかったことから、外国人でも発音しやすいよう、5人の子に於菟《おと》、茉莉《まり》、不律《ふりつ》、杏奴《あんぬ》、類《るい》と名付けた

小《こ》倉《くら》（森《もり》鷗《おう》外《がい》旧《きゅう》居《きょ》など）

ドイツからの帰国後に文学活動を始めた鷗外は、攻撃的な評論などが軍部の反感を買うなどして、37歳の時に九州の小倉に左遷された。鍛冶《かじ》町《まち》にある「森鷗外旧居」は、その折に居住した家。鷗外は軍務のかたわら、この家で『小《こ》倉《くら》日《にっ》記《き》』を記し、小説の『鶏《とり》』『独身《どくしん》』『二人《ふたり》の友《とも》』などを著したほか、『即興詩人《そっきょうしじん》』『戦論《せんろん》』などの翻訳を手掛けた。6間からなる明治時代の町家建築で、『鶏』には間取りなどの記述もある。鷗外は主に八畳の座敷と南側の四畳半の小座敷を使っていたといわれている。

小倉への赴任直後は不平をもらしていた鷗外も、やがては生活を楽しむようになったようだ。小倉にいたのは3年間だが、この時代を通じて鷗外は人間的に成熟し、攻撃的な面も薄れていったといわれる。そして東京に戻った後、意欲的に名作を発表していくことになる。

↓鷗外はこの家には約1年半住み、その後は京町《きょうまち》に引っ越した

借家は町の南側になっている。生垣で囲んだ、相応な屋敷である。庭には石灰屑を敷かないので、綺麗な砂が降るだけの雨を皆吸い込んで、濡れたとも見えずにいる。（『鶏』）

↑現在、旧居内では鷗外の年譜や貴重な関連資料が展示されている。座敷から望む表庭には、鷗外の時代に植えられたキョウチクトウとサルスベリが見られる

←小倉城の敷地内に残る第十二師団司令部正門跡。鷗外の住まいからはそれほど離れていないために徒歩で通い、毎朝この門をくぐって登庁したという

↓鷗外が小倉にいた時代、常盤橋《ときわばし》の袂《たもと》に立つ柱には、商店や芝居などの広告が貼り付けられていたようで、『独身』にはその記述がある。現在は復元された広告塔が立つ

常磐橋の袂に円い柱が立っている。これに広告を貼り附けるのである。赤や青や黄な紙に、大きい文字だの、あらい筆使いの画だのを書いて、新らしく開けた店の広告、それから芝居見せものなどの興行の広告をするのである。（『独身』）

キャンベル's Eye

東大病院裏手の門を下るとお玉が小鳥と共にひっそりと暮らしていたという家の辺りを通り、一直線、不忍池に到達します。無縁坂に当時の建物はありませんが、岡田とその仲間が朝夕通っていた道の幅や傾斜などは当時と変わらず情景が浮かびます。

Notes ＊『青年』で「Sの字をぞんざいに書いたように屈曲している」と書かれたことから、小説を読んだ旧制第一高等学校（現在の東京大学）の学生たちがS坂と呼び出したという

東京都

谷《や》根《ね》千《せん》

東京都文京区と台東区一帯の谷中・根津・千駄木からなるエリア。多くの文学者たちにゆかりのある土地で、鷗外は小倉から帰京して没するまで千駄木で過ごした。『青年』の主人公、小泉純一が田舎から上京後に下宿したのが、まさに千駄木。主人公の生活圏内でもあるため、根津神社や団子坂、この作品の影響で＊「S坂」と呼ばれれるようになった新坂などが頻繁に登場する。

谷根千は、東京中心部の近くにありながら下町風情が残る

花崗岩《みかげいし》を敷いてある道を根津神社の方へ行く。下駄の磬《けい》のように鳴るのが、好《い》い心持である。

東京都

不忍《しのばずの》池《いけ》

上野公園の南西部に広がる周囲約2㎞の天然池で、蓮の名所。もともとは現在の東京湾の入江だったが、平安時代頃に入江が後退した際に取り残されて池となったとされる。『雁』では、不忍池で岡田が投げた石が、図らずも池にいた雁に当たり、雁を殺してしまう。岡田に思いを寄せるお玉のはかない心理を、不運にも命を落としてしまった雁になぞらえたのだろうといわれる。

不忍池の蓮は例年7月中旬から8月中旬に見頃を迎える

寂しい無縁坂を降りて、藍染川《あいそめがわ》のお歯黒のような水の流れ込む不忍の池の北側を廻って、上野の山をぶらつく。

京都府

高《たか》瀬《せ》川《がわ》

文化財⬇史跡(高瀬川一之船入)

江戸時代初期に豪商の＊＊角倉了以《すみのくらりょうい》が開いた運河。京都と伏見を結び、最盛期には底が平らで舷側《げんそく》の高い高瀬舟が一日に百数十艘も上下し、大坂などの物資を運び入れた。『高瀬舟』では罪人・喜助の護送に利用され、その任に当たった同心の庄兵衛は船上で喜助の話を聞き、安楽死について考えさせられることになる。

鴨川のすぐ西側を並行して流れる高瀬川。現在は復元された高瀬舟を見ることができる

次第にふけてゆくおぼろ夜に、沈黙の人二人を載せた高瀬舟は、黒い水の面《おもて》をすべって行った。

Notes

＊＊豊臣秀吉や徳川家康からも信任を得た、京都出身の豪商。土木事業にも関わり、高瀬川のほかにも大堰川や富士川、天竜川などの開削に尽力した

38歳で文壇デビュー。夏目漱石《なつめそうせき》 遅咲きだった国民的作家

約12年の作家活動で生み出した名作の数々

大家族の家の末子だった漱石は、生後すぐに里子や養子に出されて転々とする幼少期を過ごした。第一高等中学校時代に正岡子規《まさおかしき》と出会い文学に目覚めたが、その後は教員生活を送り、文部省の官費留学生としてイギリスへ留学。帰国後、38歳の時に『吾輩は猫である』で文壇デビューすると、旺盛な創作活動を開始して『坊っちゃん』『草枕《くさまくら》』『三四郎《さんしろう》』などを発表した。

不遇な幼少期の影響か、漱石には身心ともに不安定な時期が多かった。特に43歳の時に大病を患った後は入退院を繰り返し、そのなかで『こころ』『道草《みちくさ》』といった重厚な作品を発表した。

漱石の作家活動期間は約12年と短いが、物語性に富む*言文一致体の作品群は、小説が庶民の娯楽として定着するきっかけとなった。また、現在の作家の生活を支える**印税制度を定着させたのも、漱石だったといわれている。

夏目漱石とは?

本名は金之助《きんのすけ》。それほど長くない作家生活のなかで、前期は軽妙洒脱、後期は深刻なものへと作風を変えていった

生没年
1867(慶応3)年2月9日～1916(大正5)年12月9日

出身地
東京都新宿区

代表作
『吾輩は猫である』
『坊っちゃん』
『こころ』

漱石と弟子たち

漱石には友人や門弟が多かった。毎週木曜には自宅に教え子や若手文学者が集う「木曜会」が開かれ、門下の画家・津田青楓《つだせいふう》の『漱石山《さん》房《ぼう》と其弟子達《そのでしたち》』には、よく集まる顔触れが描かれている。日本近代文学館所蔵

①夏目漱石　②寺田寅彦《てらだとらひこ》(物理学者)　③安倍能成《あべよししげ》(哲学者)　④松根東洋城《まつねとうようじょう》(俳人)　⑤野上豊一郎《のがみとよいちろう》(文学者)
⑥鈴木三重吉《すずきみえきち》(作家)　⑦岩波茂雄《いわなみしげお》(出版人)　⑧赤木桁平《あかぎこうへい》(評論家)　⑨内田百閒《うちだひゃっけん》(作家)　⑩小宮豊隆《こみやとよたか》(文学者)
⑪阿部次郎《あべじろう》(作家)　⑫森田草平《もりたそうへい》(作家)　⑬猫 ©Reiko Takahashi 2024/JAA2400028

Notes ＊日常的に使われる言葉に近い口語体を用いた、読みやすい文章のこと。坪内逍遙《つぼうちしょうよう》を先駆とし、二葉亭四迷《ふたばていしめい》を経て漱石が大成したといわれる

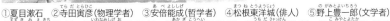

★代表作のあらすじ

こころ

ある日鎌倉の海で「先生」と知り合った「私」は、謎めいた暗い雰囲気を持つ先生に惹かれていく。先生は容易に打ち解けなかったが、父の看病のため帰郷した私宛てに、先生からの手紙が届く。そこには先生が昔、親友「K」を裏切ってKが恋する女性と結婚し、Kを自殺に追い込んだという告白が書かれ、自責の念にとらわれた自分も死を決めたということがつづられていた

坊《ぼ》っちゃん

主人公(坊っちゃん)は正義感が強く、血気盛んな江戸っ子の青年。彼は四国の中学校に教師として赴任し、教頭の「赤シャツ」はじめ、保守的でずる賢い教師や生徒たちとそりが合わないなか、自分の信念のままに行動する。ある教師をめぐる赤シャツの悪だくみに対し、主人公は同僚とともに赤シャツをさんざんに殴りつけてそのまま教師を辞め、晴れ晴れとした気分で東京に帰る

吾《わが》輩《はい》は猫《ねこ》である

生後すぐ捨て猫になった「吾輩」は生きるために中学教師の苦沙弥《くしゃみ》家に住み着く。主人の家に遊びに来る知識人たちのやり取りを聞いて、当初は人間を愚かだと軽蔑し、馬鹿にしていたが、徐々に彼らを尊敬すべき存在だと認めるようになった。そんな折、苦沙弥の元教え子2人の結婚を祝う席で、吾輩は人間たちが飲み残したビールを舐めて酔い、水瓶に落ちて死んでしまう

夏目漱石年譜

西暦	和暦	出来事
1867	慶応3	●誕生後、里子に出される
1868	明治元	●塩原《しおばら》家の養子となる
1884	明治17	●大学予備門予科入学
1888	明治21	●夏目家に復籍する
1889	明治22	大日本帝国憲法発布 ●正岡子規と出会い、俳句を始める。
1890	明治23	●東京帝国大学文科大学英文科入学
1894	明治27	日清戦争始まる
1895	明治28	●中学教諭として松山へ赴任
1896	明治29	●第五高等学校講師として熊本へ。 中根鏡子《なかねきょうこ》と結婚
1898	明治31	●この頃神経衰弱に悩む
1900	明治33	●イギリスへ官費留学
1903	明治36	●イギリスから帰国後、第一高等学校と東京帝国大学英文科の講師になる
1904	明治37	日露戦争始まる　●明治大学講師に
1905	明治38	●『吾輩は猫である』『倫敦塔《ろんどんとう》』
1906	明治39	●『坊っちゃん』『草枕』
1907	明治40	●朝日新聞社に入社。 第1回「木曜会」。『虞美人草《ぐびじんそう》』
1908	明治41	●『坑夫《こうふ》』『文鳥《ぶんちょう》』『夢十夜《ゆめじゅうや》』『三四郎』
1909	明治42	●『それから』
1910	明治43	●胃潰瘍で入院。修善寺の大患。『門《もん》』
1913	大正2	●胃潰瘍と神経衰弱が再発
1914	大正3	●『こころ』
1915	大正4	●『道草《みちくさ》』
1916	大正5	●胃潰瘍を悪化させ、49歳で死去。 『明暗《めいあん》』(未完)

★生命の危機！ 修善寺の大患《たいかん》

1910(明治43)年8月24日、胃潰瘍を患い修善寺の菊屋旅館で療養中の漱石は大量吐血した。30分にわたって危篤状態に陥ったが、奇跡的に蘇生し、10月には体調も落ち着いた。この「修善寺の大患」は漱石の人生観や死生観、後の作風に影響を及ぼした。修善寺の「虹の郷《さと》」には、当時の部屋が移築され、公開されている

★『吾輩は猫である』の挿絵

『吾輩は猫である』では、装幀家の橋口五葉《はしぐちごよう》、洋画家の中村不折《なかむらふせつ》らによる猫の挿絵が描かれた。これらの愛らしい挿絵は本の売り上げにも大きく貢献した

Notes　＊＊漱石以前の作家が得るのは原稿料のみで、増刷による追加収入はなかった。漱石は弱い立場の作家を守るために初めて出版社と印税契約を交わし、印税の普及に貢献した

愛媛県

松《まつ》山《やま》(道《どう》後《ご》温《おん》泉《せん》本《ほん》館《かん》など)

文化財⬇重要文化財(道後温泉本館)

漱石は28歳の時に、松山市の愛媛県尋常《じんじょう》中学校(後の松山中学校)へ英語の教師として赴任した。俸給は校長よりも高い好待遇*だった。そして、この松山での体験をもとに『坊っちゃん』が生まれた。

江戸っ子の坊っちゃんは松山を「東京の足元にも及ばない」と蔑むが、そんな坊っちゃんが毎日好んで通ったのが、作品の中で「住田《すみだ》の温泉」として登場する道後温泉だ。赤手拭いを持って温泉通いをする坊っちゃん同様、実際の漱石も赤手拭いを持ち歩いていたという。

漱石が松山にいたのはわずか1年間だが、一時は松山出身の友人・正《まさ》岡《おか》子規《しき》と同居し、同じく松山出身の高浜《たかはま》虚子《きょし》とも親交を深めた。そして虚子の勧めで、俳誌「ホトトギス」に『坊っちゃん』を掲載する。まさに文豪漱石のスタート地点なのだ。

←道後温泉本館では、漱石が湯上がりの際にくつろいだ部屋が「坊っちゃんの間」として保存、公開されている

↑松山市の観光列車「坊っちゃん列車」。作中で「マッチ箱のような汽車」として登場した明治時代の伊予鉄道を再現したもの

←木造三層楼の本館は1894(明治27)年に建造された。写真は保存修理工事前

おれはここへ来てから、毎日住田の温泉へ行く事に極《き》めている。ほかの所は何を見ても東京の足元にも及ばないが温泉だけは立派なものだ。

↑愛媛県尋常中学校の卒業写真は、漱石が生徒とともに写った唯一の写真といわれている。前から3列目の左から2番目が漱石

キャンベル's Eye

熊本から上京した三四郎は東京帝国大学に入り、毎日のように「苔の生えた煉瓦《れんが》造り」の図書館に通います。外国語の本を読んでも内容はただぼんやりと流れてゆくばかり。学問への憧れをきっかけに、彼は大人社会へと徐々にアプローチしていきます。

Notes ＊校長や教頭の月俸が60円、同僚の英語教師が40円、数学教師が35円だったなかで、漱石の月俸は80円だった。これは漱石が帝大出身だったためといわれている

東京都

三《さん》四《し》郎《ろう》池《いけ》

『三四郎』の中で、熊本から上京した主人公の小川三四郎は本郷の東京大学の友人を訪ねた際、校内の池のほとりで思索にふける。この池が「三四郎池」。江戸時代、この場所には加賀藩の上屋敷があり、三四郎池はかつての大名庭園である育徳園《いくとくえん》＊＊の一部。形が「心」の字に似ることから池の正式名は育徳園心字池《しんじいけ》だが、『三四郎』に登場したことで三四郎池と呼ばれるようになった。

作中で三四郎がヒロインである里見《さとみ》美禰子《みねこ》と初めて出会ったのも、この池の畔だった

三四郎がじっとして池の面《おもて》を見つめていると、大きな木が、幾本となく水の底に映って、そのまた底に青い空が見える。

神奈川県

材《ざい》木《もく》座《ざ》海《かい》岸《がん》

40歳を過ぎた漱石は、夏は鎌倉で過ごすのが恒例で、鎌倉は複数の作品に登場する。『こころ』でも、主人公が「先生」と出会うのは鎌倉の海岸だ。現在、鎌倉の海岸は滑川を境に西の由比ヶ浜《ゆいがはま》と東の材木座海岸に分かれ、出会いの場は名指しはされていないものの、材木座海岸だといわれている。湘南を代表する海岸の一つだが、由比ヶ浜より落ち着いた雰囲気が人気を集める。

材木座の名は、鎌倉時代に木材の集積地だったことにちなむ

私がその掛茶屋で先生を見た時は、先生がちょうど着物を脱いでこれから海へ入ろうとするところであった。

熊本県

小《お》天《あま》温《おん》泉《せん》

明治時代以来の温泉地。漱石は松山から熊本の第五高等学校に転任した際に保養で訪れ、イギリス留学時には友人への手紙に、小天温泉を思い出すと書いたほど気に入っていたようだ。『草枕』では、語り手である画家が逗留し、若女将の那美《なみ》と出会う那古井温泉として登場する。画家が芸術について思いを巡らせながら温泉に向かった山道が、「草枕の道」として整備されている。

『草枕』の冒頭に登場するとされる山道は、現在も往時の面影を色濃く残す

山路《やまみち》を登りながら、こう考えた。智《ち》に働けば角が立つ。情に棹《さお》させば流される。意地を通せば窮屈だ。

＊＊加賀藩第3代藩主の前田利常が、1638（寛永15）年に築造した上屋敷の回遊式庭園。広大な上屋敷のほぼ中央に位置した

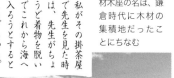

偉大な文学賞に名を残す文壇のテクニシャン
芥《あく》川《がわ》龍《りゅう》之《の》介《すけ》

生没年
1892（明治25）年3月1日～1927（昭和2）年7月24日

出身地
東京都中央区

代表作
『羅生門』
『河童』
『藪の中』

夏目漱石の激賞で始まった若き才能の文壇人生

母が精神障害をきたし、生後7カ月の頃に伯母の芥川家に引き取られた龍之介は、教育熱心だった伯母の影響で少年時代から成績優秀だった。第一高等学校には無試験で入学できたほどで、東京帝国大学在学中に処女作『老年《ろうねん》』に続き、『羅生門《らしょうもん》』を発表。夏目漱石主宰の木曜会に参加して漱石門弟となり、漱石に激賞された『鼻《はな》』で文壇デビューを飾った。

作品の多くは短編で、『今昔物語集《こんじゃくものがたりしゅう》』に基づく『芋粥《いもがゆ》』や『藪《やぶ》の中《なか》』、中国の伝奇小説を童話化した『杜子春《とししゅん》』など、古今東西の文献資料から題材を得て自身の作品に昇華させていった。計算し尽くされた構成、作品ごとに変わる文体など、知的で巧みな作風から新*技巧派の代表作家とみなされた。

だが、30歳を過ぎた頃から健康を害し神経も衰弱。将来に「ぼんやりした不安」を感じ、『河童《かっぱ》』の発表と同年に服**毒自殺を遂げた。

★芥川龍之介とは？

子ども好きで児童文学も手掛けたほか、「餓鬼《がき》」の俳号を用いて多くの俳句も残した

★芥川龍之介の交流

龍之介は繊細ながら快活で人当たりもよかったようで、木曜会の文学者を中心に交友関係は広かった

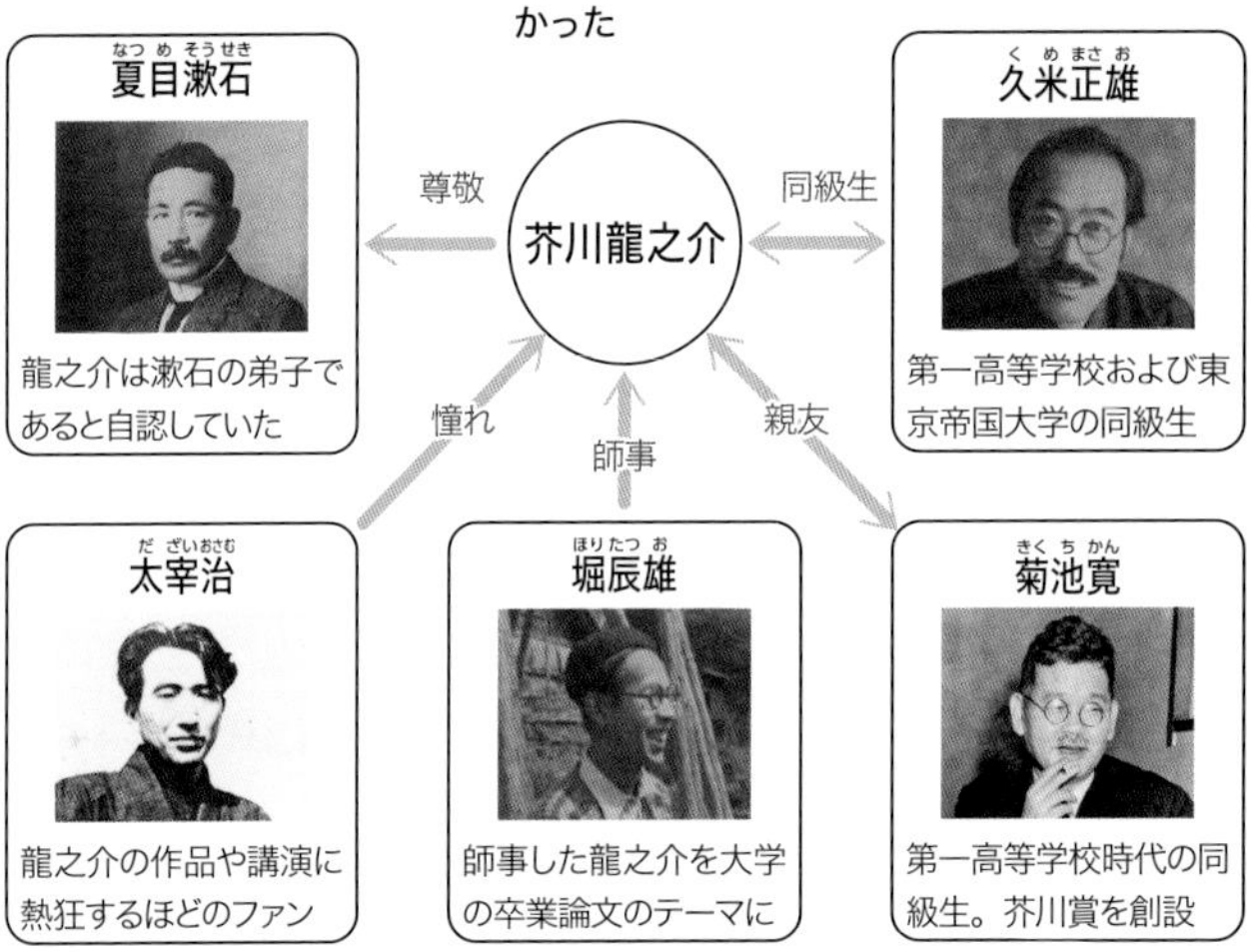

夏目漱石《なつめそうせき》
龍之介は漱石の弟子であると自認していた
尊敬
芥川龍之介
同級生
久米正雄《くめまさお》
第一高等学校および東京帝国大学の同級生
憧れ
師事
親友
太宰治《だざいおさむ》
龍之介の作品や講演に熱狂するほどのファン
堀辰雄《ほりたつお》
師事した龍之介を大学の卒業論文のテーマに
菊池寛《きくちかん》
第一高等学校時代の同級生。芥川賞を創設

Notes
＊現実をありのままに書く自然主義に対し、文体や形式などの表現技巧を重んじる。感情より理性重視の作風が特徴で、新思潮派、新理智派とも呼ばれる。菊池寛、久米正雄らが代表的作家

★代表作のあらすじ

藪《やぶ》の中《なか》

平安時代、ある藪の中で男性が殺され、死体が発見される。検非違使の尋問に対し、死体の第一発見者である樵、殺された男の妻、その妻の母親、男が殺される直前に会った旅法師、殺人を自白する盗人など、多少なりとも事件に関わりのある7人が証言を行う。しかし、それぞれの証言は微妙に食い違っており、矛盾も生じ、事件の真相はますます分からなくなっていく

河童《かっぱ》

主人公は登山中に出会った河童を追いかけるうち、河童の国に迷い込む。そこは、雌の河童が雄を追いかけ、出産には胎児の意思が尊重されるなど、すべてが人間社会と逆だった。異文化に触れた主人公はやがて人間の世界に戻るが、河童の国に帰りたくなり、失踪したところを捕えられて精神病院に収容されてしまう。そこで河童たちの訪問を受け、現実と空想の区別がつかなくなっていく

羅生門《らしょうもん》

荒廃する平安時代の京都で、羅生門の楼上は死体置き場になっていた。ある雨の夕暮れ、職を失って門の下で雨宿りをしていた下人は、楼上で女の死体の髪を抜く老女を見る。義憤に燃えた下人は老女を押さえつけるが、老女の行動は生きていくためのことだったと知る。それを聞いた下人は、自分も生きていかなければならないのだと言い、老女の衣服を剥ぎ取って夜の中に走り去る

芥川龍之介年譜

西暦	和暦	出来事
1892	明治25	●牛乳店を営む新原《にいはら》家に誕生。生後7カ月で母の実家の芥川家に預けられる
1894	明治27	日清戦争始まる
1903	明治36	●母が死去
1904	明治37	日露戦争始まる ●正式に芥川家の養子になる
1910	明治43	●第一高等学校に入学
1913	大正2	●東京帝国大学英文科に入学
1914	大正3	●菊池寛、久米正雄らと同人誌第三次『新思潮《しんしちょう》』を刊行。『老年』
1915	大正4	●夏目漱石の門下に入る。『羅生門』
1916	大正5	●『鼻』が漱石に絶賛される。『芋粥』
1917	大正6	●『或日《あるひ》の大石《おおいし》内蔵助《くらのすけ》』『戯作三昧《げさくざんまい》』
1918	大正7	●塚本文《つかもとふみ》と結婚。『地獄変《じごくへん》』『蜘蛛《くも》の糸《いと》』『奉教人《ほうきょうにん》の死《し》』『枯野抄《かれのしょう》』。俳句に興味をもち高浜虚子《たかはまきょし》に師事
1919	大正8	●大阪毎日新聞社に入社。『きりしとほろ上人伝《しょうにんでん》』『蜜柑《みかん》』
1920	大正9	●『舞踏会《ぶとうかい》』『杜子春』
1921	大正10	●新聞社の海外視察員として中国訪問
1922	大正11	●この頃より神経衰弱を訴え、心身が衰え始める。『藪の中』『トロッコ』
1923	大正12	関東大震災
1926	大正15	●体調悪化により湯河原で療養
1927	昭和2	●『玄鶴山房《げんかくさんぼう》』『河童』。田端の自宅で服毒自殺(35歳)。遺稿として『歯車《はぐるま》』『或阿呆《あるあほう》の一生《いっしょう》』
1935	昭和10	芥川賞が創設される

★河童好きだった龍之介

幼少期の龍之介は画家志望だったといわれ、絵画でも非凡な才能を発揮した。特に28歳の頃からは、河童の短歌を詠み始めるとともに、河童の絵を盛んに描くようになった。彼にとっては、一種の自画像だったとの説もある。晩年には『河童』を著したこともあって、彼の命日の7月24日は「河童忌」と呼ばれる ©山梨県立文学館

Close Up

芥川賞と直木賞の違いは？

日本を代表する2大文学賞の芥川賞と直木賞は、ともに、文藝春秋創業者の菊池寛が、友人の芥川龍之介と直木三十五《なおきさんじゅうご》の名を冠し、1935(昭和10)年に制定した。両者は対象ジャンルが異なり、芥川賞は文芸雑誌などに載った新進作家の純文学作品、直木賞は新進・中堅作家のミステリーや時代小説などのエンターテインメント作品から選ばれる

Notes　**一般的には睡眠薬による自殺とされているが、青酸カリとの説もある。枕元には妻や友人らに宛てた4通の遺書と、『或《ある》旧友へ送る手記』と題する原稿が遺されていた

千葉県

一《いちの》宮《みや》海《かい》岸《がん》（芥《あく》川《たがわ》荘《そう》など）

一宮海岸は明治時代の鉄道開通以降、海水浴場が整備されて避暑地として栄え、「東の大磯」と称された。龍之介は東大在学中の23歳の時、初恋に破れてこの地を訪れ、親戚の家に滞在して悲しみを紛らわしたという。文壇デビューを果たした後、25歳の夏には友人の久米正雄を伴って再び訪れ、旅館「一宮館」の離れに滞在した。よほど印象に残ったのか、龍之介は一宮での思い出を、『海《うみ》のほとり』『微《び》笑《しょう》』『蜃《しん》気《き》楼《ろう》』『玄《げん》鶴《かく》山《さん》房《ぼう》』などに登場させている。

また、この地は龍之介が二度目の滞在時、新しい恋人で後に妻となる塚本文《つかもとふみ》に対して、１３００字以上からなる長文の恋文を書いたことでも知られる。同時に彼は、師である夏目漱石にも手紙を書き送っている。この時に龍之介が過ごした一宮館の離れは、現在は「芥川荘」と名づけられ、修復保存されている。

←龍之介は久米正雄とともに、この離れに8月17日から9月2日まで滞在した

↑芥川荘は茅葺寄棟造《かやぶきよせむねづくり》で、主屋と次の間の3方に縁側を巡らした木造平屋建て

僕等《ら》のいるのは何もない庭へ葭《よし》簾《ず》の日《ひ》除《よ》けを差しかけた六畳二間の離れだった。庭には何もないと言っても、この海辺に多い弘《こう》法《ぼう》麦《むぎ》だけは疎《まば》らに砂の上に穂を垂れていた。

（『海のほとり』）

←一宮海岸には龍之介の愛の告白にちなみ、「芥川龍之介文学碑」が立つ

→一宮海岸で見られるコウボウムギ。龍之介は作品や書簡の中でたびたび登場させている

↑文学碑のそばには、龍之介の書いた恋文の全文が刻まれている

キャンベル's Eye

古今東西の文献資料を読破した秀才は物語の構造を仕立てることにも秀でています。『藪の中』には地の文がなく、殺人事件を巡る七人の証言を並べるだけ。視点の食い違いを重ねることで語り手への信頼を揺らし、真実とは何か、を読者に突きつけます。

Notes ＊黒澤明監督作品の映画『羅生門』は、龍之介の『羅生門』ではなく『藪の中』がテーマ。真相が分からないことを指す「藪の中」という言葉も、この作品から生まれた

京都府

羅《ら》城《じょう》門《もん》跡《あと》

羅城とは古代都市を取り囲む城壁のことを指し、羅城門は平安京を貫く朱雀大路《すざくおおじ》の正門として、794(延《えん》暦《りゃく》13)年の平安京遷都の際に建造された。高さ約21m、幅約35mの丹塗りの楼門だったとされるが、980(天《てん》元《げん》3)年の暴風雨で倒壊し、その後は再建されることなく、平安京の衰退とともに荒廃した。この門を舞台とする『羅生門』では荒廃の様子が生々しく描かれている。

かつて門があった場所は現在は公園になり、公園内に石碑が立つ

羅生門の修理などは、元より誰も捨てて顧る者がなかった。するとその荒れ果てたのをよい事にして、狐狸《こり》が棲む。盗《ぬす》人《びと》が棲む。

滋賀県・京都府

逢《おう》坂《さか》山《やま》

滋賀県と京都府の境にそびえる標高325mの逢坂山は「関山《せきやま》」の別名でも知られ、歌枕として多くの歌にも詠まれてきた。東海道と中山道が通るため、古くから交通の要となる重要な山であり、滋賀県側の大津には逢坂の関が設けられていた。『藪*の中』では、関山の方へ向かう被害者を見かけたと旅法師が証言することから、殺害現場は逢坂山の藪の中と考えられている。

平安時代に伊勢の鈴鹿関《すずかのせき》、美濃の不《ふ》破関《わのせき》とともに三関と称された逢坂山関の碑

場所は関山から山科《やましな》へ、参ろうと云《い》う途中でございます。あの男は馬に乗った女と一しょに、関山の方へ歩いて参りました。

長野県

上《かみ》高《こう》地《ち》

文化財⬇特別名勝、特別天然記念物

飛騨山脈南部の長野県側、標高1500m付近に広がる景勝地。梓《あずさ》川《がわ》に架かる木製の吊**り橋は、河童が住んでいそうな淵があった、川を渡る昔の人の姿が河童に見えたなどの理由から「河童橋」と呼ばれるようになった。『河童』では、上高地を訪れた主人公が河童を追いかける途中で穴に落ち、その瞬間、ふとこの橋を思い浮かべる。

河童橋の上からは雄大な穂高岳や梓川の景色を望むことができる

僕は「あっ」と思う拍子にあの上高地の温泉宿のそばに「河童橋」という橋があるのを思い出しました。

Notes ＊＊河童橋の起源は定かではないが、1910(明治43)年に吊り橋となり、その後、老朽化のたびに架け替えられた。現在の橋は1997(平成9)年に完成した5代目の橋

「愛」を見つめた日本初のノーベル賞作家

川《かわ》端《ばた》康《やす》成《なり》

生没年
1899(明治32)年6月14日～1972(昭和47)年4月16日

出身地
大阪府大阪市

代表作
『伊豆の踊子』
『雪国』
『古都』

日本の美と愛を格調高く繊細に表現

医師の家庭に生まれた川端康成は15歳で天涯孤独となった。東京帝国大学時代に創刊した第六次『新思潮《しんしちょう》』に載った『招魂祭一景《しょうこんさいいっけい》』が菊池寛《きくちかん》らに認められ、文壇デビュー。その後、『伊豆《いず》の踊子《おどりこ》』『浅草紅団《あさくさくれないだん》』などを発表し、鋭い感性に基づく象徴的文体を特徴とする*新感覚派の中心作家とみなされるようになった。

少年時代の孤独な体験からか、日本的叙情の中に人間愛をちりばめた作品が多く、その代表作が『雪国《ゆきぐに》』。これによって日本を代表する作家としての地位を不動のものとし、戦後は『古都《こと》』の連載を開始した。そして1968(昭和43)年、日本人で初めてノーベル文学賞を受賞。授賞式でも「美しい日本の私――その序説」と題する講演を行った。だが、そのわずか4年後に**ガス自殺。遺書は残されておらず、死の真相は現在も謎に包まれている。

★川端康成とは?

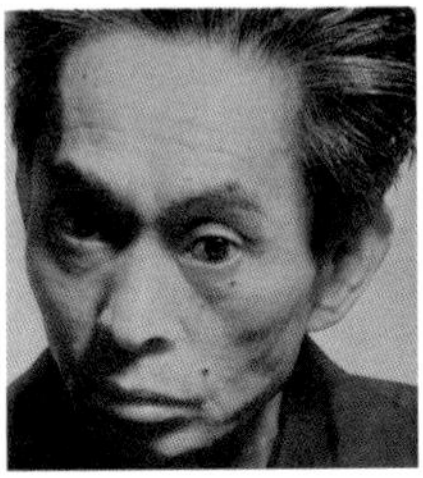
↑観察眼に優れるゆえか、川端には人をじっと見るくせがあり、人をよくたじろがせた

★川端康成の交流

日本を代表する作家だけに交友関係は広く、新人を発掘する名人としても知られていた

川端康成

太宰治《だざいおさむ》（恨み→川端康成）

芥川賞選考から落とされたとして川端を憎んだ

横光利一《よこみつりいち》（大親友）

才能を認め合う良き友で特別な存在だった

菊池寛（師匠）

川端の才能をいち早く見抜いていた恩人

岡本《おかもと》かの子《こ》（発掘）

岡本の作品を同人誌に紹介しデビューさせた

三島由紀夫《みしまゆきお》（発掘）
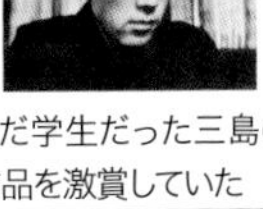
まだ学生だった三島の作品を激賞していた

芥川龍之介《あくたがわりゅうのすけ》（先輩）
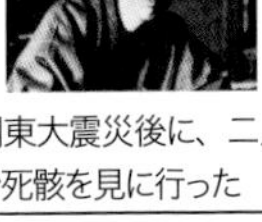
関東大震災後に、二人で死骸を見に行った

Notes
＊擬人法や比喩など、既存の枠にとらわれない新たな言語感覚による表現方法を行う文学形式。プロレタリア文学とともに、昭和初期の二大文学潮流を形成した

★代表作のあらすじ

古都《こと》

京都の呉服屋の娘である佐田千重子は捨て子であり、自分でもそうなのではないかと疑っていた。ある日、千重子は、杉林で働く自分に瓜二つの苗子と出会う。実は二人は生き別れの双子だった。二人は交流を深め、それぞれに結婚話も持ち上がる。だが、現在の境遇の違いから、自分の存在が千恵子に迷惑をかけるのではないかと気にした苗子は、千恵子と別れ自分の村へ帰っていく

雪国《ゆきぐに》

妻子ある島村は芸者の駒子に会いに行った雪国で、駒子の婚約者の行男、駒子の友人の葉子と懇意になり、葉子にも惹かれていく。翌々年に島村が再び駒子に会いに雪国を訪れると、すでに行男は病没。駒子は島村に情熱を募らせるが、島村は駒子を一途には愛せない。そんなある日、葉子が火事で死亡。葉子を抱きしめる駒子の姿が、自分の犠牲か刑罰かを抱いているように島村には見えた

伊豆《いず》の踊子《おどりこ》

孤児として育ち、孤独や憂鬱な気分を抱えて伊豆へ旅に出た青年が、天城峠を越えて湯ヶ野温泉へ向かう途中で旅芸人一座と一緒になり、下田まで旅を共にする。青年は踊子に恋心を抱き、下田に着くと映画に誘うが、踊子の母親に反対され断られる。旅立ちの朝、見送りにきた踊子は終始無言だったが、船が出ると、踊子が白いものを振っているのが見え、その姿に青年は涙を流す

川端康成年譜

西暦	和暦	出来事
1899	明治32	●現在の大阪市北区で開業医の家に誕生
1901	明治34	●父が死去。翌年、母が死去
1904	明治37	日露戦争始まる
1914	大正3	●祖父の死で天涯孤独となる
1917	大正6	●第一高等学校に入学
1918	大正7	●伊豆を旅する
1920	大正9	●東京帝国大学英文科に入学
1921	大正10	●『招魂祭一景』
1923	大正12	関東大震災
1924	大正13	●横光利一らと『文藝時代《ぶんげいじだい》』創刊
1925	大正14	●『十六歳《じゅうろくさい》の日記《にっき》』
1926	大正15	●『伊豆の踊子』
1929	昭和4	●『浅草紅団』
1934	昭和9	●越後湯沢を旅する
1937	昭和12	●『雪国』
1941	昭和16	太平洋戦争始まる
1945	昭和20	昭和天皇が「終戦の詔書」を放送
1948	昭和23	●日本ペンクラブ会長に就任。『少年《しょうねん》』
1949	昭和24	●『千羽鶴《せんばづる》』『山《やま》の音《おと》』
1956	昭和31	●米国で『雪国』出版。『女《おんな》であること』
1960	昭和35	●『眠《ねむ》れる美女《びじょ》』
1961	昭和36	●文化勲章受章。『古都』
1962	昭和37	●睡眠薬の禁断症状により入院
1965	昭和40	●NHKの連続テレビ小説で書き下ろしの『たまゆら』放映
1968	昭和43	●ノーベル文学賞受賞
1972	昭和47	●逗子の仕事部屋でガス自殺(72歳)

★ノーベル賞授賞式

ノーベル文学賞受賞理由は、「日本人の心の精髄を優れた感受性で表現する、その物語の巧みさ」が評価されたためだった。右の写真は、授賞式でデンマークのマルガレーテ王女と談笑する場面。正装が求められる授賞式に羽織袴で出席し、大きな話題となった。その2日後には、スーツ姿で記念講演を行った©毎日新聞社／アフロ

Close Up

川端康成所有の古美術

川端は美術品コレクターとしての顔を持ち、「古いものを見るたびに、現在は失われた多くのものを知る」と語っていた。書斎の机の上には常に小型の美術品が置かれていたという。審美眼も備え、収集品の中には、与謝蕪村《よさぶそん》と池大雅《いけのたいが》の合作である『十便十宜《じゅうべんじゅうぎ》』、浦上玉堂《うらかみぎょくどう》の代表作の『東雲篩雪図《とううんしせつず》』など、後に国宝に指定されたものもある

文鎮代わりに使用していた金銅三鈷杵《さんこしょ》。現在は奈良国立博物館所蔵

Notes ＊＊自殺の理由は、三島由紀夫の割腹自殺に衝撃を受けた、老いへの恐怖、ノーベル賞受賞後の慌ただしさで自身を見失った、体調不良など諸説ある。一方で事故死だったとする説もある

伊豆《いず》(旧《きゅう》天城《あまぎ》トンネル、湯本館《ゆもとかん》、福田屋《ふくだや》など)

文化財⬇重要文化財(天城山隧道《ずいどう》)

川端は19歳の秋に初めて伊豆旅行をし、旅芸人の一行と道づれになった。22歳の夏、失恋の痛手を癒やすために再び伊豆を訪れ、旅芸人や踊子との旅を『湯ヶ島《ゆがしま》の思《おも》い出《で》』にしたためた。この中から、踊子の思い出の部分を、26歳の時に書き改めたのが『伊豆の踊子』である。

伊豆半島を南北に貫く天城峠越えの道筋には、主人公の「私」が旅の一行と出会った湯川橋、「私」や旅芸人の一行がくぐった旧天城トンネル、裸の踊子が「私」に手を振った共同浴場、別れの場となった下田港など、『伊豆の踊子』に登場する場所が目白押し。なかでも湯ヶ島温泉の湯本館、湯ヶ野《ゆがの》温泉の福田屋は、伊豆旅行の際に川端が宿泊し、作品の舞台や執筆の場となった宿。『伊豆の踊子』は何度も映画化されているが、福田屋はロケ地としても有名だ。

暗いトンネルに入ると、冷たい雫がぽたぽた落ちていた。南伊豆への出口が前方には小さく明るんでいた。

←天城山隧道(旧天城トンネル)は、道路トンネルとしては初めて重要文化財に指定された

↑伊豆には河津七滝《かわづななだる》の初景滝《しょけいだる》前をはじめ『伊豆の踊子』のモニュメントが多く見られる

← 湯本館は『湯ヶ島の思い出』が書かれた宿でもある

↑湯本館での執筆部屋は「川端さん」の名で保存されている

→木造の橋の先に立つ福田屋のたたずまいは、川端が泊まった時代から変わらない

キャンペル's Eye 1926年に発表された『伊豆の踊子』は、純文学として珍しく6回も映画化されています。うち4回は1950年代から60年代の制作で、高度経済成長期の国内交通網の整備と観光ブームと呼応し、地域の観光地化にも貢献しました。

Notes ＊ゆるい勾配で標高差を稼ぐため、ループ状に敷設された線路。清水トンネルは掘削長を短縮して高所に造られたため、トンネル前後の区間で、ふもととの標高差を多く稼ぐ必要があった

新潟県

湯沢《ゆざわ》

作品の書き出しが有名な『雪国』。作中では場所が明記されていないが、後に川端は文庫本のあとがきで、越後の湯沢温泉だと書いている。冒頭に登場するトンネルは、群馬県と新潟県境の谷川岳を貫く、JR上越線の清水《しみず》トンネルだ。全長約9.7mで、1931(昭和6)年の完成当時は東洋一の長さといわれ、トンネルの前後にループ線*が採用されていることでも名高い。

国境の長いトンネルを抜けると雪国であった。夜の底が白くなった。信号所に汽車が止まった。

現在は上越線用の上り専用トンネルとして利用されている

京都府

北山杉《きたやますぎ》の里《さと》

北山杉のまっすぐに、きれいに立ってるのをながめると、うちは心が、すうっとする。

京都府の府木でもある北山杉は、独特の美林景観をつくることで有名

天に向かって真っすぐ伸びる北山杉は、大きいもので高さは20m。表皮の光沢が美しく、室町時代から茶室や数寄屋建築に利用されてきた。北山杉の産地である京都市北部の中川地区は、「北山杉の里」と呼ばれている。『古都』において、千重子はこの地で、幼い頃に別れた双子の苗子と出会う。その後、二人が心の中で自分たちが姉妹だと確信する重要な場面も、北山杉の里が舞台だ。

岐阜県

長良川《ながらがわ》

岐阜市を流れる長良川**は、毎年初夏から秋にかけて、約1300年の歴史を持つ長良川鵜飼《うかい》が行われることで名高い。川端は22歳の時、初恋の女性と鵜飼を見物する。この恋は相手の婚約破棄によって終わり、川端がその追憶を込めて書いた自伝的小説の一つが『篝火《かがりび》』だ。クライマックスで、主人公の「私」と婚約相手のみち子は、河畔の宿から鵜飼の篝火を眺める。

そして、私は篝火をあかあかと抱いている。焔の映ったみち子の顔をちらちら見ている。

鵜飼は、鵜匠と鵜が一体となって繰り広げる幻想的な古典漁法

Notes　＊＊岐阜県北部の大日ヶ岳《だいにちがたけ》を源流とし、岐阜県内を縦断して三重県を流れ、伊勢湾へ注ぐ。全長は166㎞。高知県の四万十川《しまんとがわ》、静岡県の柿田川《かきたがわ》と並んで日本三大清流ともいわれる

無名作家として膨大な未発表作品を残した
宮《みや》澤《ざわ》賢《けん》治《じ》

生没年
1896(明治29)年8月27日～1933(昭和8)年9月21日

出身地
岩手県花巻市

代表作
『注文の多い料理店』
『銀河鉄道の夜』
『風の又三郎』

生前に刊行されたのはたったの2冊

宮澤賢治は高等農林学校を卒業後、農学校の教師となった。その傍ら、東北地方の自然や生活を題材に多くの詩や童話を執筆し、詩集の『春《はる》と修羅《しゅら》』と童話集『注文の多い料《りょう》理《り》店《てん》』を自費出版。生前に刊行されたのはこの2冊のみだが、評判になることはなかった。農学校を退職した後は、農民の生活向上のために農業指導者としても活動したが、体が丈夫でなかったうえに無理がたたり、肺炎をこじらせ37歳で死去。その直後、豊かな空想力に基づく童話や詩の素晴らしさが知れ渡り、国民的作家と呼ばれるようになった。

★宮澤賢治とは?

幼少期から鉱物採集などに熱中した。また、熱烈な法華経信者でもあった

★「雨《あめ》ニモマケズ」

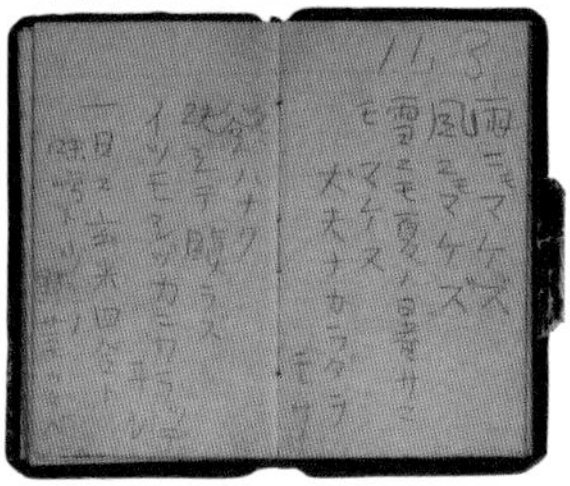

「雨ニモマケズ」の詩は、死の2年前、闘病中だった賢治が愛用の手帳に書いたもの。没後に発見された©林風舎

★「イーハトーブの風景地」

賢治の作品には岩手県内の多くの場所が登場するが、そのうち7ヵ所が「*イーハトーブの風景地」の名で、一括して国の名勝に指定されている

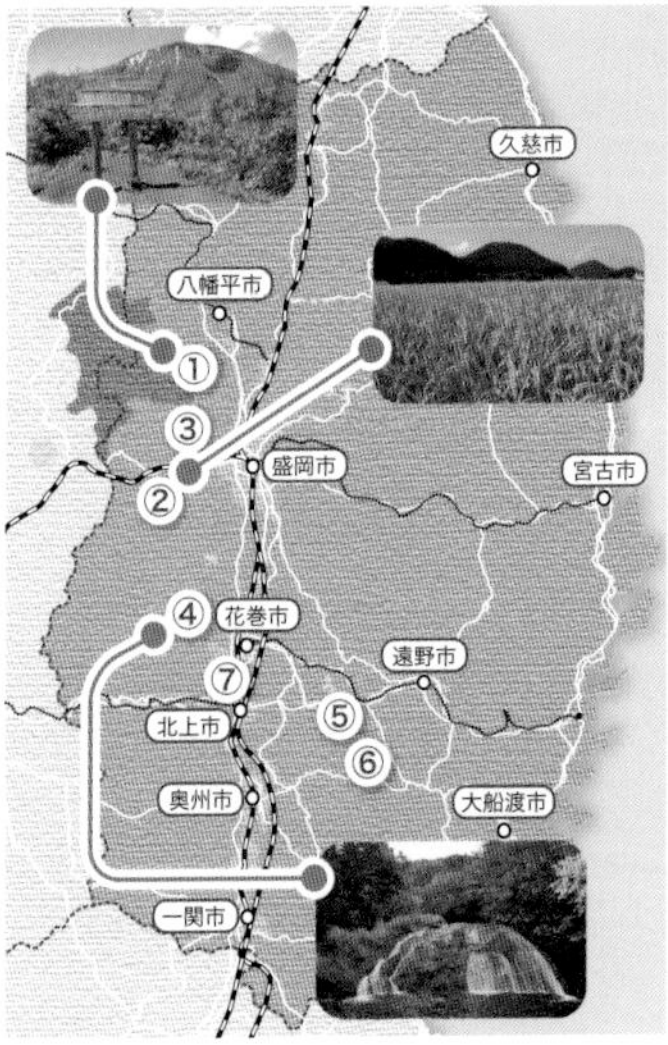

地名	代表的な登場作品
①鞍掛山《くらかけやま》	「白《しろ》い鳥《とり》」などの散文詩
②七《なな》つ森《もり》	「屈折率《くっせつりつ》」など多くの詩
③狼森《おいのもり》	散文詩「小岩井農場《こいわいのうじょう》」
④釜淵《かまぶち》の滝《たき》	童話『台川《だいがわ》』
⑤五輪峠《ごりんとうげ》	散文詩「五輪峠」
⑥種山《たねやま》ヶ原《がはら》	童話『風の又三郎』
⑦イギリス海岸《かいがん》	散文「イギリス海岸」

Notes ＊イーハトーブとは賢治の造語。郷土の岩手県をこよなく愛した彼は、岩手を心の中の理想郷と位置づけ、その名で呼んだ

岩手県

めがね橋《ばし》

遠野市内を流れる宮守川《みやもりがわ》に架かるJR釜石線の鉄道用アーチ橋。正式名称は「宮守川橋梁」だが、めがね橋の愛称で親しまれている。竣工は1915(大正4)年で、1943(昭和18)年の改修で現在の橋になった。改修前の旧橋は、釜石線の前身の岩手軽便鉄道で利用された。賢治は旧橋が作中に登場するわけではないが、賢治は旧橋をモチーフにして『銀《ぎん》河《が》鉄《てつ》道《どう》の夜《よる》』を書いたといわれる。

観光シーズンには、夕暮れになると橋脚がライトアップされる

汽車はもうだんだん早くなって、すすきと川と、かわるがわる窓の外から光りました。

文化財➡名勝

岩手県

種《たね》山《やま》ヶ《が》原《はら》

奥州市、気仙郡住《すみ》田《た》町《ちょう》、遠野市にまたがる物《もの》見《み》山《やま》(種山)を頂点とする高原地帯で、別名種山高原。賢治が愛し、童話の『風《かぜ》の又《また》三《さぶ》郎《ろう》』『種山ヶ原』、戯曲の『種山ヶ原の夜』などの創作の源泉となった。『風の又三郎』では、子どもたちが遊びにいく場所として登場し、遊んでいた子どもの一人が霧の立ち込める草の中で迷って昏倒し、ガラスのマントを着た又三郎の幻覚を見る。

種山ヶ原の「種山高原星座の森」には又三郎の像が立つ

又三郎の影は、また青く草に落ちています。そして風がどんどんどんどん吹いているのです。(『風の又三郎』)

文化財➡名勝

岩手県

イギリス海《かい》岸《がん》

花巻駅の約2㎞北を流れる北上川の西岸。イギリスのドーバー海峡**のような泥岩層が露出し、賢治がイギリス海岸と名付けた。教員時代の賢治は生徒たちとよく訪れ、散文の「イギリス海岸」などに記した。

河川管理が進んだ現在は、川の水位が特に下がった時期のみ泥岩層が露出する

全くもうイギリスあたりの白亜の海岸を歩いているような気がするのでした。

キャンベル's Eye

『春と修羅』には24歳で亡くなった妹トシを悼んだ一連の作品があります。2歳年下のトシに向けて賢治は「永訣の朝」はじめ「無声慟哭」「オホーツク挽歌」など美しさに満ちた一連の詩編で心の悲しみを響かせています。

Notes ＊＊イギリスとフランスとの間に位置し、北海とイギリス海峡とを結ぶ。海岸には石灰岩からなる堆積岩のチョークが露出し、イギリス側では特に白い断崖が見られる

屈折した思いを抱えた破滅型の無軌道作家
太《だ》宰《ざい》治《おさむ》

生没年
1909（明治42）年6月19日～1948（昭和23）年6月13日

出身地
青森県五所川原市

代表作
『斜陽』
『人間失格』
『富嶽百景』

波乱に満ちた38年間の濃い人生

太宰は東京帝大入学後に井伏鱒《いぶせます》二《じ》と会い師事。大学中退後に著した処女短編集『晩年《ばんねん》』が好評を博して文壇に登場した。大地主の家の出であることに屈折した罪悪感を抱き、当時は非合法だった左翼活動への参加、*薬物中毒、4度の自殺未遂を繰り返すなど波乱に富む生活を送った。1947（昭和22）年に発表した、没落貴族を描いた『斜陽《しゃよう》』は「斜陽族」の流行語を生み、**無頼派《ぶらいは》の作家として時代の寵児となった。しかし、結核の悪化とともに心身が疲れ果て、自虐的な自伝小説の『人間失格《にんげんしっかく》』の執筆後、愛人と入水自殺を遂げた。

太宰治とは？

本名は津島修治《つしましゅうじ》。自分も含めた人間の偽善を自虐的に告発する作品を多く発表した

太宰治は喧嘩好き？

太宰は他者をよく批判したが、感情的な理由によるものが多く、相手にやり込められることも多かった

VS 川端康成《かわばたやすなり》 芥川賞選考における自作への川端評に激怒。落選を川端のせいとし、「刺す」と書いた抗議文を送った

VS 井伏鱒二 『富嶽百景』に井伏が放屁をしたと書いたことに対し、井伏が反論。「放屁論争」を繰り広げた

VS 志賀直哉《しがなおや》 『津軽』で志賀批判したことをきっかけに、互いの作品をけなし合う争いに発展した

熱狂的芥川龍之介《あくたがわりゅうのすけ》ファン

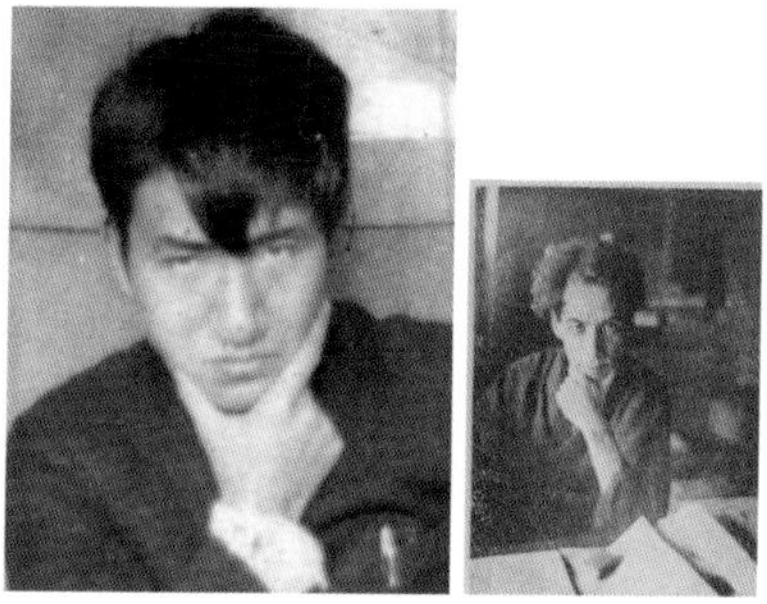

太宰には、芥川のポーズ（右）を真似た写真が何枚かある。芥川の自殺は高校生だった太宰に大きな影響を与えた（左写真©弘前市立郷土文学館）

太宰治終焉の地

太宰は自宅近くの三鷹の玉川上水で入水自殺をした。遺体発見は6日後、奇しくも太宰の誕生日だった

Notes
＊太宰は1935（昭和10）年に盲腸炎の治療で、麻薬性鎮痛剤のパビナール注射を施された。これをきっかけに依存症に陥ったといわれる

神奈川県

小《こ》動《ゆるぎ》岬《みさき》

鎌倉の七里ヶ浜西端に位置する小高い丘状の岬で、展望台からは相模湾を一望できる。1930(昭和5)年11月28日、太宰治は銀座のカフェの女給とこの場所で薬物による自殺を図り、女性は死亡したが、太宰は生き残った。『人間失格』には、場所こそ示されていないが、主人公の葉《よう》蔵《ぞう》がカフェの女給のツネ子と鎌倉の海で入水自殺を図り、葉蔵だけが助かるというくだりがある。

その夜、自分たちは、鎌倉の海に飛び込みました。(略)女のひとは、死にました。そうして、自分だけ助かりました。

幕末には台場が設置された小動岬。左に江の島が見える

山梨県

御《み》坂《さか》峠《とうげ》

ヤマトタケルが東国遠征の際に越えたことから名付けられた御坂峠は、富士山を望める絶景の一つ。江戸時代には、葛飾北斎《かつしかほくさい》や歌川広重《うたがわひろしげ》らも浮世絵に描いた。1938(昭和13)年、太宰は御坂峠の天下茶屋に逗留していた井伏鱒二を訪ねて3カ月間滞在し、その間の出来事を『富嶽百景《ふがくひゃっけい》』に書いた。天下茶屋は現在も営業し、太宰が滞在した部屋が当時の状態に復元され公開されている。

山頂が、まっしろに、光りかがやいていた。御坂の富士も、ばかにできないぞと思った。

御坂峠から眺めた表富士と河口湖

青森県

斜《しゃ》陽《よう》館《かん》

文化財⬇重要文化財(旧津島家住宅)

1907(明治40)年建造の、太宰が中学進学まで暮らした生家。『津軽《つがる》』や『思《おも》ひ出《で》』には、太宰のこの家に対するイメージが記されている。現在は五所川原市が所有する記念館になっている。

日本の近代和風住宅を代表する重厚で貴重な建築

幾里四方もの青田の海が展開して、その青田の果てるあたりに私のうちの赤い大屋根が聳えていた。(『思ひ出』)

キャンベル's Eye 『人間失格』で葉蔵が女給ツネ子と出会ったカフェは銀座にありました。関東大震災後「雨後の筍のやうに出来た」という大阪から進出した新スタイルの大カフェ(安藤更生『銀座細見』/1931年)で、東京の流行スポットになっていました。

Notes ＊＊戦後に登場した、反道徳性、反リアリズム、曲折した文体や批評精神などが特徴の作家の一軍を指す。ほかに織田作之助《おださくのすけ》、坂口安吾《さかぐちあんご》、石川淳《いしかわじゅん》、檀一雄《だんかずお》らがいる

主な近代作家の活動期間と代表作

明治の文豪をはじめ、数々の名作を生み出した近代作家たち。主な作家がどの時代を生きたのかを並べてみることで、意外な共通点や違いが見えてくる

❶幸田露伴《こうだろはん》

『露団々《つゆだんだん》』『風流仏《ふうりゅうぶつ》』『五重塔《ごじゅうのとう》』などで名声を得、尾崎紅葉《おざきこうよう》とともに「紅露時代」と呼ばれる時代を築く。新人の育成にも努めた

❷正岡子規《まさおかしき》

『歌《うた》よみに与《あた》ふる書《しょ》』を著し、短歌の革新運動を進め写生論を提唱するほか、俳誌『ホトトギス』を指導して当時の俳壇をリードした

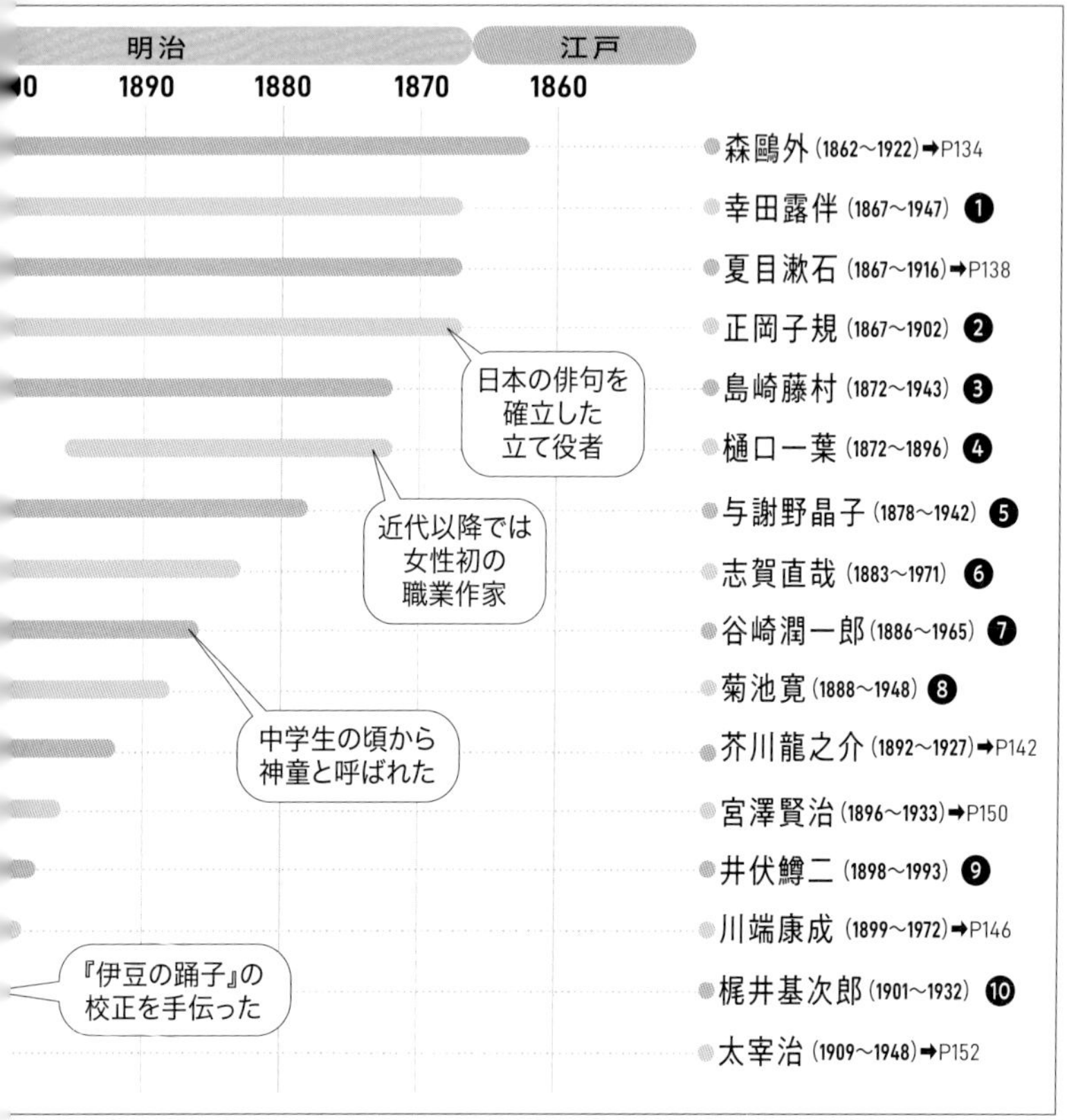

江戸
明治
1860
1870
1880
1890
森鷗外 (1862〜1922) ➡P134
幸田露伴 (1867〜1947) ❶
夏目漱石 (1867〜1916) ➡P138
正岡子規 (1867〜1902) ❷
島崎藤村 (1872〜1943) ❸
樋口一葉 (1872〜1896) ❹
与謝野晶子 (1878〜1942) ❺
志賀直哉 (1883〜1971) ❻
谷崎潤一郎 (1886〜1965) ❼
菊池寛 (1888〜1948) ❽
芥川龍之介 (1892〜1927) ➡P142
宮澤賢治 (1896〜1933) ➡P150
井伏鱒二 (1898〜1993) ❾
川端康成 (1899〜1972) ➡P146
梶井基次郎 (1901〜1932) ❿
太宰治 (1909〜1948) ➡P152
日本の俳句を確立した立て役者
近代以降では女性初の職業作家
中学生の頃から神童と呼ばれた
『伊豆の踊子』の校正を手伝った

❻志賀直哉《しがなおや》

『城《き》の崎《さき》にて』『暗夜行路《あんやこうろ》』など、強い自我意識と簡潔な文体によるリアリズムの傑作を多く発表し「小説の神様」と呼ばれた

❼谷崎潤一郎《たにざきじゅんいちろう》

当初は耽美的な作品が多かったが、後に古典的な日本美に傾倒。『痴人《ちじん》の愛《あい》』『蓼喰《たでく》ふ虫《むし》』『細雪《ささめゆき》』などで独自の世界を築いた

3 島《しま》崎《ざき》藤《とう》村《そん》

詩人として活動後『破戒《はかい》』で自然主義文学の先駆となり、晩年には自伝的な大作『夜《よ》明《あ》け前《まえ》』を刊行した

4 樋《ひ》口《ぐち》一《いち》葉《よう》

生活苦のために筆を執り、『たけくらべ』『にごりえ』が絶賛されたが、結核により若くして没した

5 与《よ》謝《さ》野《の》晶《あき》子《こ》

『みだれ髪《がみ》』や『小扇《こおうぎ》』で大胆で奔放な官能の解放を情熱的に歌い、短歌の世界で一時代を築いた

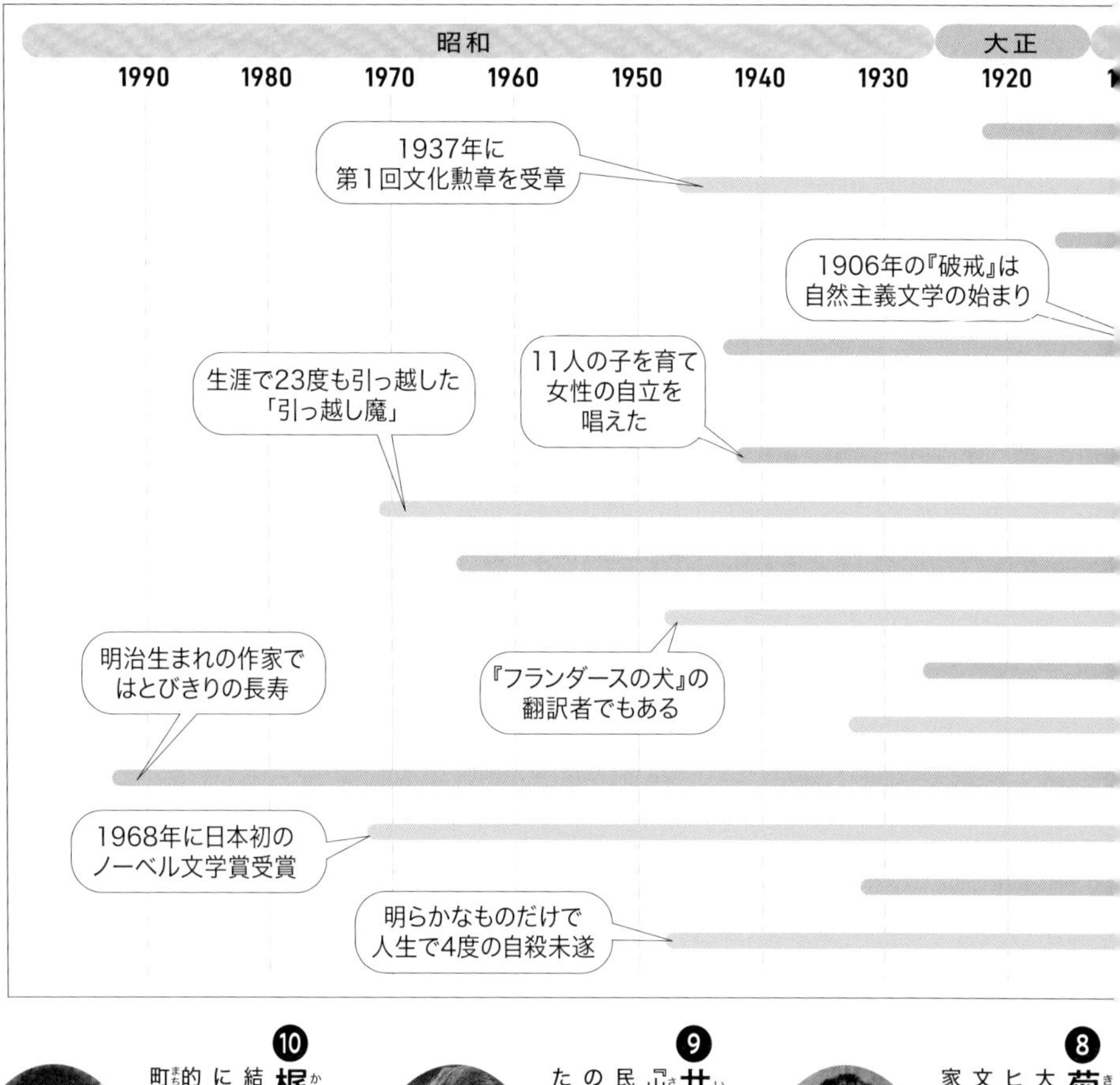

昭和
大正
1990
1980
1970
1960
1950
1940
1930
1920
1937年に第1回文化勲章を受章
1906年の『破戒』は自然主義文学の始まり
11人の子を育て女性の自立を唱えた
生涯で23度も引っ越した「引っ越し魔」
明治生まれの作家ではとびきりの長寿
『フランダースの犬』の翻訳者でもある
1968年に日本初のノーベル文学賞受賞
明らかなものだけで人生で4度の自殺未遂

8 菊《きく》池《ち》寛《かん》

大衆小説『真珠夫人《しんじゅふじん》』の大ヒットで文壇の大御所に。文藝春秋社を興すなど実業家としても活躍した

9 井《い》伏《ぶせ》鱒《ます》二《じ》

『山椒魚《さんしょううお》』『黒《くろ》い雨《あめ》』など、庶民的なペーソスとユーモアの中に鋭い風刺精神を込めた独特な作品を発表した

10 梶《かじ》井《い》基《もと》次《じ》郎《ろう》

結核に苦しみながらも冷静に自己を凝視し、鋭い感覚的表現で『檸檬《れもん》』『城《しろ》のある町《まち》にて』などを残した

高《たか》岡《おか》市《し》万《まん》葉《よう》歴《れき》史《し》館《かん》

富山県高岡市伏木一宮1-11-11

万葉集

『万葉集』と関連する分野の資料を集めた図書閲覧室や、『万葉集』を楽しく学べる展示エリアがある。

紫《むらさき》ゆかりの館《やかた》

福井県越前市東千福町21-12

紫式部

紫式部が源氏物語を著すまでを、絵巻物風の映像で紹介。紫式部と同時代の宮中の衣装を再現し、展示。

山《やま》梨《なし》県《けん》立《りつ》文《ぶん》学《がく》館《かん》

山梨県甲府市貢川1-5-35

樋口一葉、芥川龍之介など

山梨県出身やゆかりのある文学者の資料を展示。文学講座や、文芸作品が原作の映画の上映なども行う。

三《み》島《しま》由《ゆ》紀《き》夫《お》文《ぶん》学《がく》館《かん》

山梨県山中湖村平野506-296

三島由紀夫

『金閣寺』や『潮騒』などの直筆原稿をはじめ、創作・取材ノートなど、2万点以上の資料を収蔵、公開する。

大《おお》垣《がき》市《し》奥《おく》の細《ほそ》道《みち》むすびの地《ち》記《き》念《ねん》館《かん》

岐阜県大垣市船町2-26-1

松尾芭蕉

芭蕉館では、『奥の細道』の世界を大スクリーンでの3D映像やジオラマなどで楽しむことができる。

古《こ》今《きん》伝《でん》授《じゅ》の里《さと》フィールドミュージアム

岐阜県郡上市大和町牧912-1

柿本人麻呂、斎藤茂吉など

東西約2kmの敷地内に、和歌文学史の展示館「和歌文学館」や、「短歌図書館 大和文庫」などが点在する。

藤《とう》村《そん》記《き》念《ねん》館《かん》

岐阜県中津川市馬籠4256-1

島崎藤村

出身地の馬籠宿にある文学館。藤村の長男から譲り受けた品をはじめ、約6000点の資料などを収蔵。

伊《い》豆《ず》近《きん》代《だい》文《ぶん》学《がく》博《はく》物《ぶつ》館《かん》

静岡県伊豆市湯ヶ島892-6

井上靖、川端康成など

道の駅「天城越え」内にある施設。井上靖の直筆原稿や伊豆を愛した文豪ゆかりの品などを展示する。

宇《う》治《じ》市《し》源《げん》氏《じ》物《もの》語《がたり》ミュージアム

京都府宇治市宇治東内45-26

源氏物語

『源氏物語』の最後の10帖(巻)「宇治十帖」の世界や、当時の文化を映像や模型を使って紹介する。

川《かわ》端《ばた》康《やす》成《なり》文《ぶん》学《がく》館《かん》

大阪府茨木市上中条二丁目11-25

川端康成

川端康成の遺品や書簡など、約400点の資料を常設展示。毎年6月には併設のギャラリーで企画展を開催。

与《よ》謝《さ》野《の》晶《あき》子《こ》記《き》念《ねん》館《かん》

大阪府堺市堺区宿院町西2丁1-1

与謝野晶子

文化観光施設「さかい利晶の杜」にあり、詩歌の世界を体験できる映像や美しい装幀の著書などを見学できる。

芦《あし》屋《や》市《し》谷《たに》崎《ざき》潤《じゅん》一《いち》郎《ろう》記《き》念《ねん》館《かん》

兵庫県芦屋市伊勢町12-15

谷崎潤一郎

芦屋は、谷崎潤一郎が約3年間過ごし、『細雪』の舞台にした地。自筆原稿や愛用品などを展示している。

城《きの》崎《さき》文《ぶん》芸《げい》館《かん》

兵庫県豊岡市城崎町湯島357-1

志賀直哉、ほか白樺派

著書や書簡などを通じて、志賀直哉や白樺派の作家と城崎との関わりを紹介。城崎ゆかりの文人作品も展示。

奈《な》良《ら》県《けん》立《りつ》万《まん》葉《よう》文《ぶん》化《か》館《かん》

奈良県明日香村飛鳥10

万葉集

万葉歌人を映像などで紹介する「万葉劇場」や、万葉集をモチーフにした日本画展示室などがある。

ふくやま文《ぶん》学《がく》館《かん》

広島県福山市丸之内1-9-9

井伏鱒二など

福山市名誉市民の井伏鱒二を中心に、福山ゆかりの文学者を紹介し、その関係資料を展示している。

松《まつ》山《やま》市《し》立《りつ》子《し》規《き》記《き》念《ねん》博《はく》物《ぶつ》館《かん》

愛媛県松山市道後公園1-30

正岡子規

松山出身の正岡子規に関して3つのコーナーを設けて、その生涯を紹介。視聴覚室では子規の映画を上映。

森《もり》鷗《おう》外《がい》記《き》念《ねん》館《かん》

島根県津和野町町田イ238

森鷗外

森鷗外生誕の地にある資料館。森鷗外旧宅に隣接し、ゆかりの品々や直筆原稿を展示する。

北《きた》九《きゅう》州《しゅう》市《し》立《りつ》文《ぶん》学《がく》館《かん》

福岡県北九州市小倉北区城内4-1

森鷗外、杉田久女など

北九州の文学の歴史をジャンル別に展示解説。現在活躍する、小説家や詩人、映画監督なども紹介している。

全国の文学館・記念館リスト

本書で紹介している作家や文学関連施設をピックアップしています。

館山《たてやま》市《し》立《りつ》博物館《はくぶつかん》 本館《ほんかん》・館山城《たてやまじょう》（八犬伝博物館《はっけんでんはくぶつかん》）

千葉県館山市館山362番地先

南総里見八犬伝

館山城跡にある歴史と民俗の博物館。『南総里見八犬伝』の版本や、名場面を描いた錦絵などを展示する。

江東《こうとう》区《く》芭蕉《ばしょう》記念館《きねんかん》

東京都江東区常盤1-6-3

松尾芭蕉

「芭蕉遺愛の石の蛙」などをはじめ、松尾芭蕉に関する資料のほか、俳句文学関連の展示も行う。

青森《あおもり》県《けん》近代《きんだい》文学館《ぶんがくかん》

青森県青森市荒川藤戸119-7

太宰治、寺山修司ほか

青森県を代表する13人の作家の図書や原稿、遺品などを展示する。年に2〜3回、特別展・企画展を開催。

日本《にほん》近代《きんだい》文学館《ぶんがくかん》

東京都目黒区駒場4-3-55

明治以降の近・現代文学者

図書、雑誌、新聞などのほか、原稿や書簡、日記、遺品など、120万点以上の資料を収集、公開している。

新宿《しんじゅく》区立《くりつ》漱石《そうせき》山房《さんぼう》記念館《きねんかん》

東京都新宿区早稲田南町7

夏目漱石

晩年を過ごした「漱石山房」の書斎や客間などを再現しているほか、漱石と作品世界に関する資料を展示。

太宰治《だざいおさむ》記念館《きねんかん》「斜陽館《しゃようかん》」

青森県五所川原市金木町朝日山412-1

太宰治

太宰治の父、津島源右衛門が1907(明治40)年に建てた豪邸。太宰治の遺品や直筆原稿などを展示する。

(仮称《かしょう》)芥川龍之介《あくたがわりゅうのすけ》記念館《きねんかん》

東京都北区田端1-20-9

芥川龍之介

芥川龍之介が1914(大正3)年から亡くなるまで住んだ旧居跡地の一部を区が購入し、2026年度に開館予定。

国文学《こくぶんがく》研究《けんきゅう》資料館《しりょうかん》

東京都立川市緑町10-3

古典籍

日本文学に関する総合研究機関。展示室があり、研究成果を反映した通常展や、テーマ展を開催。

宮沢賢治《みやざわけんじ》記念館《きねんかん》

岩手県花巻市矢沢1-1-36

宮沢賢治

宮沢賢治の愛用品や原稿などを展示し、多彩なジャンルに及ぶイーハトーブの世界を感じられる施設。

田端《たばた》文士村《ぶんしむら》記念館《きねんかん》

東京都北区田端6-1-2

芥川龍之介、室生犀星など

明治期に「芸術家村」、大正・昭和期に「文士村」と呼ばれた田端ゆかりの文士・芸術家の作品などを展示。

神奈川《かながわ》近代《きんだい》文学館《ぶんがくかん》

神奈川県横浜市中区山手町110

夏目漱石、芥川龍之介など

神奈川県ゆかりの近代文学者を中心に、自筆資料や図書などを収集、公開。所蔵資料は130万点以上。

桜地人館《さくらちじんかん》

岩手県花巻市桜町4-14

宮沢賢治、高村光太郎など

宮沢賢治の主治医だった医師が建てた資料館で、約170点の資料を展示。「雨ニモマケズ」詩碑の入口にある。

文京《ぶんきょう》区立《くりつ》森鷗外《もりおうがい》記念館《きねんかん》

東京都文京区千駄木1-23-4

森鷗外

森鷗外の旧居「観潮楼」跡地に開館。年2回の特別展や通常展示を行う展示室や図書室、カフェなどがある。

鎌倉《かまくら》文学館《ぶんがくかん》

神奈川県鎌倉市長谷1-5-3

川端康成、夏目漱石など

鎌倉ゆかりの文学者の直筆原稿などを展示する。2026年度まで大規模修繕のため休館中。

芭蕉《ばしょう》、清風《せいふう》歴史《れきし》資料館《しりょうかん》

山形県尾花沢市中町5-36

松尾芭蕉

芭蕉は『おくのほそ道』の旅で豪商の鈴木清風を訪ねて10日滞在した。2人に関する資料などを展示する。

一葉《いちよう》記念館《きねんかん》

東京都台東区竜泉3-18-4

樋口一葉

記念館のある地を舞台にした『たけくらべ』の草稿や『闇桜』の原稿、書簡などの資料を展示している。

湯沢町《ゆざわまち》歴史《れきし》民俗《みんぞく》資料館《しりょうかん》 雪国館《ゆきぐにかん》

新潟県湯沢町湯沢354-1

川端康成

川端康成の小説『雪国』をテーマにした日本画などを展示するほか、ヒロイン駒子の部屋を再現している。

【主な参考文献】

『芥川龍之介全集1』(筑摩書房)/『芥川龍之介全集4』(筑摩書房)/『芥川龍之介全集6』(筑摩書房)/『芥川龍之介ハンドブック』(鼎書房)/『阿部一族・舞姫』(新潮社)/『十六夜日記　白描淡彩絵入写本　阿仏の文』(勉誠社)/『伊豆の踊子』(新潮社)/『伊勢物語―業平の心の遍歴を描いた歌物語 (ビジュアル版 日本の古典に親しむ12)』(世界文化社)/『絵巻で見る・読む 徒然草』(朝日新聞出版)/『絵巻で読む方丈記』(東京美術)/『大鏡・栄花物語 (日本の古典をよむ11)』(小学館)/『改定 雨月物語 現代語訳』(KADOKAWA)/『河童・或る阿呆の一生』(旺文社)/『川端康成初恋小説集』(新潮社)/『雁』(新潮社)/『京都大知典』(JTBパブリッシング)/『銀河鉄道の夜』(角川書店)/『源氏物語絵巻 華麗なる光源氏の生涯と姫君たちの織り成すドラマ』(新人物往来社)/『現代語訳 好色一代男』(岩波書店)/『現代語訳 東海道中膝栗毛　上・下』(岩波書店)/『光琳カルタで読む　百人一首ハンドブック』(小学館)/『国宝「源氏物語絵巻」を読む』(和泉書院)/『こころ』(集英社)/『古事記と日本書紀』(ナツメ社)/『古事記・日本の原風景を求めて』(新潮社)/『古都』(新潮社)/『今昔物語集』(小学館)/『今昔物語集』(光文社)/『今昔物語集1～4』(新潮社)/『山椒大夫・高瀬舟他四篇』(岩波書店)/『三四郎』(角川書店)/『時代を拓く芥川龍之介 生誕一三〇年・没後九五年』(新日本出版社)/『新修宮沢賢治全集 題十四巻』(筑摩書房)/『新潮日本古典集成 萬葉集 一～五』(新潮社)/『新潮日本古典集成 竹取物語』(新潮社)/『新潮日本古典集成 伊勢物語』(新潮社)/『新潮日本古典集成 源氏物語 一～八』(新潮社)/『新潮日本古典集成 大鏡』(新潮社)/『新潮日本古典集成 土佐日記 貫之集』(新潮社)/『新潮日本古典集成 更級日記』(新潮社)/『新潮日本古典集成　紫式部日記　紫式部集』(新潮社)/『新版 おくのほそ道 現代語訳/曾良随行日記付き』(KADOKAWA)/『神話ゆかりの地を巡る古事記・日本書紀探訪ガイド』(メイツ出版)/『図説　神さま仏さまの教えの物語』(青春出版社)/『図解　古事記と日本書紀』(Gakken)/『図説　百人一首』(河出書房新社)/『青年』(新潮社)/『太宰治全集2』(筑摩書房)/『筑摩現代文学大系59 太宰治集』(筑摩書房)/『ちくま日本文学全集 夏目漱石』(筑摩書房)/『地図でスッと頭に入る古事記と日本書紀』(昭文社)/『超口語訳　徒然草』(親典社)/『徒然草　方丈記』(世界文化社)/『夏目漱石解体全書』(河出書房新社)/『夏目漱石全集1』(筑摩書房)/『夏目漱石全集3』(筑摩書房)/『夏目漱石博物館 絵で読む漱石の明治』(彰国社) /『入門　万葉集』(筑摩書房)/『人間失格』(新潮社)/『ビジュアル資料原色シグマ新国語便覧』(文英堂)/『平家物語』(新潮社)/『平家物語を歩く』(JTBパブリッシング)/『平家物語を歩く』(講談社)/『100冊の事項啓発書より「徒然草」を読め』(祥伝社)/『167人のイラストレーターが描く　新版今昔物語』(小学館)/『プレミアムカラー国語便覧』(数研出版)/『文豪の素顔』(エクスナレッジ)/『文豪の風景』(エクスナレッジ)/『別冊太陽　日本書紀』(平凡社)/『別冊太陽 日本のこころ 森鷗外 近代文学会の傑人 生誕一五〇年記念』(平凡社)/『方丈記』(光文社)/『方丈記　不安な時代の心のありかた』(日本能率協会マネジメントセンター)/『ポラーノの広場』(新潮社)/『毎日グラフ別冊　古典を歩く3　とはずがたり』(毎日新聞社)/『舞姫』(集英社)/『枕草子ー日々の“をかし”を描く清少納言の世界(ビジュアル版日本の古典に親しむ5)』(世界文化社)/『松尾芭蕉 物語と史蹟をたずねて』(成美堂出版)/『万葉集ーはじめに和歌があった(NHK「100分de名著」ブックス)』(NHK出版)/『森鷗外事典』(新曜社)/『森鷗外全集2』(筑摩書房)/『雪国』(新潮社)/『歴史から読む『土佐日記』』(東京堂出版)/『歴史読み枕草子 清少納言の挑戦状』(三省堂)/『私の方丈記』(河出書房新社)

※その他、公的機関や各専門機関のホームページなどを参照しています。

名所旧跡さくいん

本書で紹介している名所や旧跡を
五十音順に掲載しています。

見る・知る・学ぶ 名所旧跡でぐぐっとわかる 日本文学

2024年3月15日初版印刷
2024年4月 1日初版発行

編集人 日比野玲子
発行人 盛崎宏行
発行所 JTBパブリッシング
〒135-8165 東京都江東区豊洲5-6-36
豊洲プライムスクエア11階

編集、乱丁、落丁のお問合せはこちら
https://jtbpublishing.co.jp/contact/service/

JTBパブリッシング お問合せ

234557 808790
978-4-533-15868-1 C2091

おでかけ情報満載 https://rurubu.jp/andmore

監修者

ロバート キャンベル

ニューヨーク市出身。専門は江戸・明治時代の文学、特に江戸中期から明治の漢文学、芸術、思想などに関する研究を行う。 主な編著に『戦争語彙集』(岩波書店)、『よむうつわ』(淡交社)、『日本古典と感染症』(角川ソフィア文庫)、『井上陽水英訳詞集』(講談社)、『東京百年物語』(岩波文庫)等がある。

写真協力(五十音順)

明石観光協会/アサヌマ写真スタジオ/飛鳥園/熱田神宮/アフロ/一宮町役場/一茶記念館/石清水八幡宮/Wikipedia/NPO法人かなぎ元気倶楽部/奥州市ロケ推進室/神奈川県立金沢文庫/祇王寺/京都市埋蔵文化財研究所/KYOTO design/清水寺/倶利伽羅不動寺/県立神奈川近代文学館/熊野那智大社/公益社団法人能楽協会/國學院大學/国際日本文化研究センター/国文学研究資料館/国立国会図書館「近代日本人の肖像」/国立国会図書館デジタルコレクション/国立文化財機構所蔵品統合検索システム/国立歴史民俗博物館/島根県観光連盟(しまね観光ナビ)/松竹株式会社/神宮徴古館/諏訪フォトライブラリー/館山市立博物館/丁子屋/鶴岡八幡宮/DNPアートコミュニケーションズ/東京大学/東京都立中央図書館/道成寺/奈良市教育委員会/奈良文化財研究所/にかほ市象潟郷土資料館/日本近代文学館/長谷寺/PIXTA/平等院/弘前市立郷土文学館/広島県観光連盟/びわこビジターズビューロー/photolibary/フネカワフネオ photo53.com/文京区立森鷗外記念館/真清田神社/明星大学/山寺観光協会/山梨県立文学館/林風舎/冷泉家時雨亭文庫/六波羅蜜寺/早稲田大学図書館

【ご利用にあたって】

●本書に掲載している情報は、原則として2024年1月末日現在のものです。発行後に変更となる場合があります。なお、本書に掲載された内容による損害等は弊社では補償しかねますので、あらかじめご了承くださいますようお願いいたします。

●制作にあたりましてご協力いただきました皆様に、厚くお礼申し上げます。

編集・制作
ライフスタイルメディア編集部
今城美貴子

編集・執筆
エイジャ
(小野正恵/笹沢隆徳/新間健介)

アートディレクション・デザイン
中嶋デザイン事務所

デザイン・DTP
Office鐵(鉄井政範)

イラスト・地図
サイトウシノ

校閲
鷗来堂/金丸晃子

印刷所
大日本印刷

わけがわかる 小学理科

Gakken

CONTENTS

[目次《もくじ》]

生命

物質

エネルギー

地球・宇宙

この本の特長《とくちょう》と使《つか》い方《かた》

丸暗記《まるあんき》が苦手《にがて》……。そんな人でも理科をあきらめる必要《ひつよう》はありません。

この本は，できごとや現象《げんしょう》の「理由《りゆう》」をつかむことで，関連《かんれん》する重要事項《じゅうようじこう》まで自然《しぜん》に楽しくおさえることができます。

読み進《すす》めるうちに，あいまいだった知識《ちしき》が深《ふか》まっていき，「あ，そういうことか」と納得《なっとく》できます。それをいくつか積《つ》み重《かさ》ねるうちに，難《むずか》しい問題《もんだい》に立ち向《む》かう力や，忘《わす》れにくい本当の知識が身《み》についていくのです。

本書を通じて，考えることが好《す》きな小学生が増《ふ》えたなら幸《さいわ》いです。

編集部《へんしゅうぶ》

案内役《あんないやく》

ホシ先生

クイズを出すのが大好きな理科の先生。しゅみは天体観測《てんたいかんそく》とカラオケ。

リカイくん

ふしぎなこと，発見《はっけん》することが好き。ホシ先生の弟子《でし》。

オモテ面《めん》

より深い知識を得《え》られる問題や，中学入試《にゅうし》で問《と》われる問題をのせてあります。

【植物の発芽，成長，結実】
Q. 08
難易度 ★
生命
5年
カボチャのめ花《ばな》とお花《ばな》を見分けるとき，どこを見ればすぐにわかる？
ヒント
実はめ花にしかできないから，花全体の形をよく見て考えよう。
カボチャのめ花
カボチャのお花

ウラ面

A. がくの下のふくらみ
花びら
めしべの先
めしべ
がく
実になる部分
おしべ
おしべの先
がくの下のふくらんだ実になる部分があるかどうかで，め花とお花はすぐに見分けられる。ヘチマやツルレイシなども同じように見分けられる。
・カボチャの花にはめ花とお花がある。
・実はめ花にできる。がくの下に実になる部分がある。
あわせて深ぼり
ニンジンは根を食べるよね。カボチャやトマトは何を食べているの？
花がさいたあとに，花の一部が成長したものだよ。実ということもあるけど，正確には果実というんだ。
果実の中に「たね」ができるのか。
ふだん「たね」といっているものは，正確には種子という。カボチャやトマトは，果実を切ると種子がたくさん入っているのがわかるね。
トマトは種子ごと食べるけど，ふつう種子は食べないのかな？
そんなことはない。たとえば枝豆（ダイズ）のように，種子だけを食べるものもあるよ。
め花
果実
種子
枝豆は，果実の中の種子を食べる。
1つの花にめしべ・おしべ・花びら・がくがそろっている花を完全花という。

解答例《かいとうれい》

この通りでなくても，意味《いみ》が同じなら正《せい》解《かい》です。

あわせて深《ふか》ぼり

問題に関連して深めておきたい重要事項を，会話型式《けいしき》で説《せつ》明《めい》してあります。

[確認《かくにん》テスト]

各分野にあります。実力《じつりょく》がついたかどうか確《たし》かめてみましょう。

[もっとわけがわかる5問《もん》]

1つの分野《ぶんや》が終《お》わったら，この問題にも挑戦《ちょうせん》してみましょう。

生命

最初《さいしょ》は何を学ぶの？
身近《みぢか》なこん虫《ちゅう》や植物《しょくぶつ》，動物《とうぶつ》について学んでいこう。

Q.01

難易度 ★

テントウムシと同じこん虫《ちゅう》のなかまは，次《つぎ》のうちどれ？

ヒント　あしの本数やからだの分かれ方がどうなっているかを考《かんが》えよう。

ア　ダンゴムシ

イ　コガネグモ

ウ　ショウリョウバッタ

［こん虫のなかまであるもの］

A. ウ　ショウリョウバッタ

こん虫《ちゅう》のなかまには，次《つぎ》の共通点《きょうつうてん》がある。

・からだが，頭《あたま》・胸《むね》・腹《はら》の３つの部分《ぶぶん》に分かれている。

・あしが６本（３対《つい》）あり，胸についている。

・はねがあるものは胸についている。

ショウリョウバッタはこん虫のなかまで，右のようなからだのつくりをしているが，ダンゴムシやコガネグモはこん虫のなかまではなく，からだのつくりもちがう。

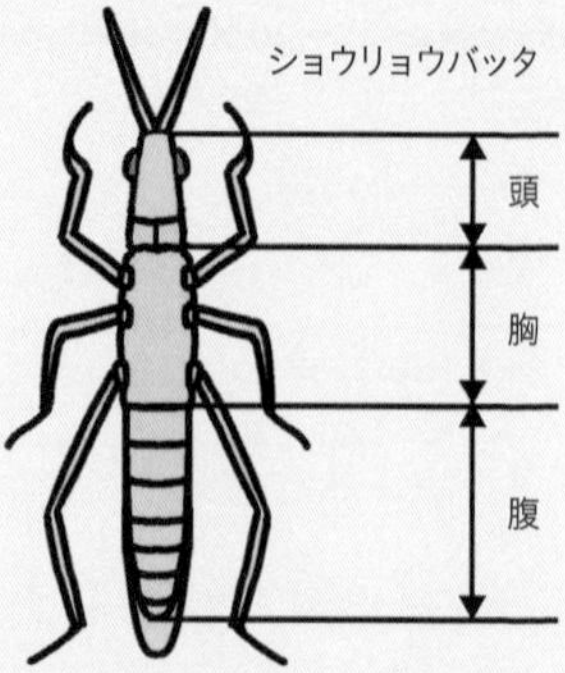

・テントウムシもバッタも，こん虫のなかま。
・こん虫はからだが3つの部分に分かれ，あし6本は胸につく。

あわせて深ぼり　［ダンゴムシとクモのからだのつくり］

テントウムシとショウリョウバッタは全然似《ぜんぜんに》てないけど，同じこん虫なの？

テントウムシもショウリョウバッタもあしがつくのは胸。また，はねが胸の部分についているんだよ。

なるほど！　じゃあ，ダンゴムシやクモは，からだのつくりがちがうの？

ダンゴムシのからだは３つの部分に分かれているけど，胸のあしは14本ある。クモのからだは２つの部分に分かれていて，あしは８本だ。どちらもこん虫のなかまではないよ。

ダンゴムシなどを「虫」とよぶことがあるけど，「こん虫」ではないんだね。

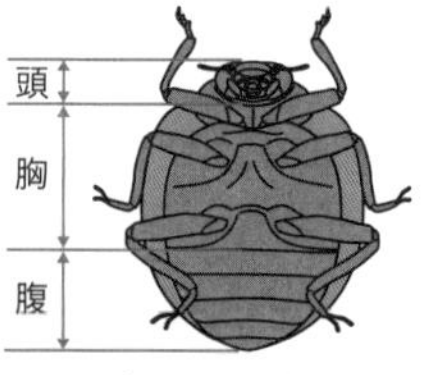

▲ テントウムシ

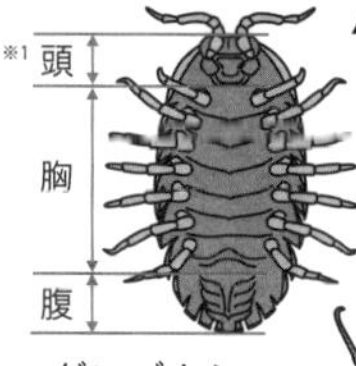

※１ 頭と胸の一部はくっつく。

▲ ダンゴムシ

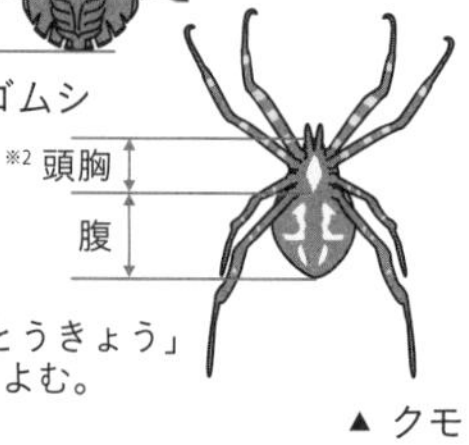

※２「とうきょう」とよむ。

▲ クモ

中学では　こん虫やダンゴムシ，クモは，同じ「節足動物《せっそくどうぶつ》」のなかまに入る。

Q. 02

難易度 ★★

アゲハのよう虫《ちゅう》は、1れいと5れいでは見た目が全然《ぜんぜん》ちがう。この間《あいだ》に何を行った？

ヒント　1れい→2れい→3れい→4れい→5れいと、変《か》わるたび行っていることだよ。

[アゲハのよう虫が5れいになるまでに行うこと]

A. だっ皮《び》を行った。

アゲハは，ミカンなどの木の葉《は》にたまごを産《う》みつける。たまごからよう虫《ちゅう》が出てくることをふ化《か》といい，出てきたよう虫が 1 れいよう虫で，見た目は鳥《とり》のふんのようである。よう虫は成長《せいちょう》しながら，4 回のだっ皮を行って 5 れいよう虫になる。5 れいよう虫になるときに，からだの色が大きく変《か》わる。そのあと，さなぎ→成虫《せいちゅう》と変化《へんか》する。

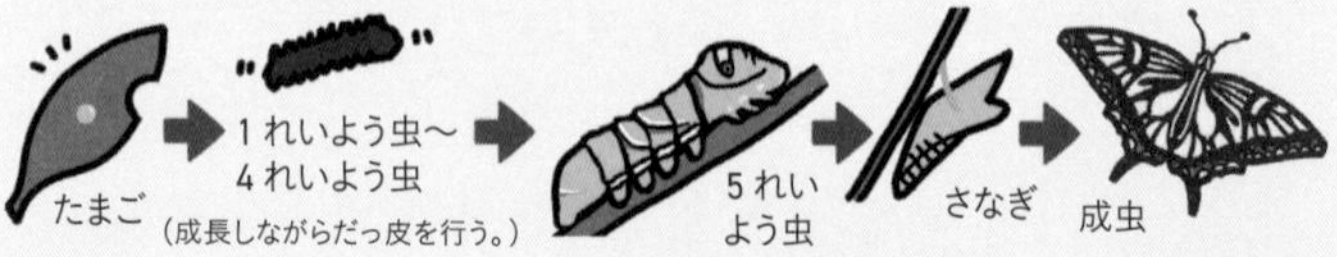
たまご
1 れいよう虫～
4 れいよう虫
（成長しながらだっ皮を行う。）
5 れい
よう虫
さなぎ
成虫

- アゲハのよう虫は，だっ皮をしながら成長する。
- よう虫から成虫に変化する間に，さなぎの時期《じき》がある。

あわせて深ぼり ［完全変態と不完全変態］

こん虫《ちゅう》のなかまは，どれもアゲハと同じような成長のしかたをするの？

こん虫の成長のしかたには，さなぎの時期がある**完全変態《かんぜんへんたい》**と，さなぎの時期がない**不完全変態《ふかんぜんへんたい》**があるんだ。ただし，どちらもよう虫がだっ皮をしながら成長するのは同じだね。

それぞれの成長のしかたにあてはまるこん虫を教《おし》えて！

おもな例《れい》としては，チョウやカブトムシ，ハチ，ハエ，カなどは完全変態。トンボ，セミ，バッタ，カマキリなどは不完全変態だよ。不完全変態のこん虫は，よう虫と成虫の形が似《に》ていて，食べるものが同じであることが多いよ。

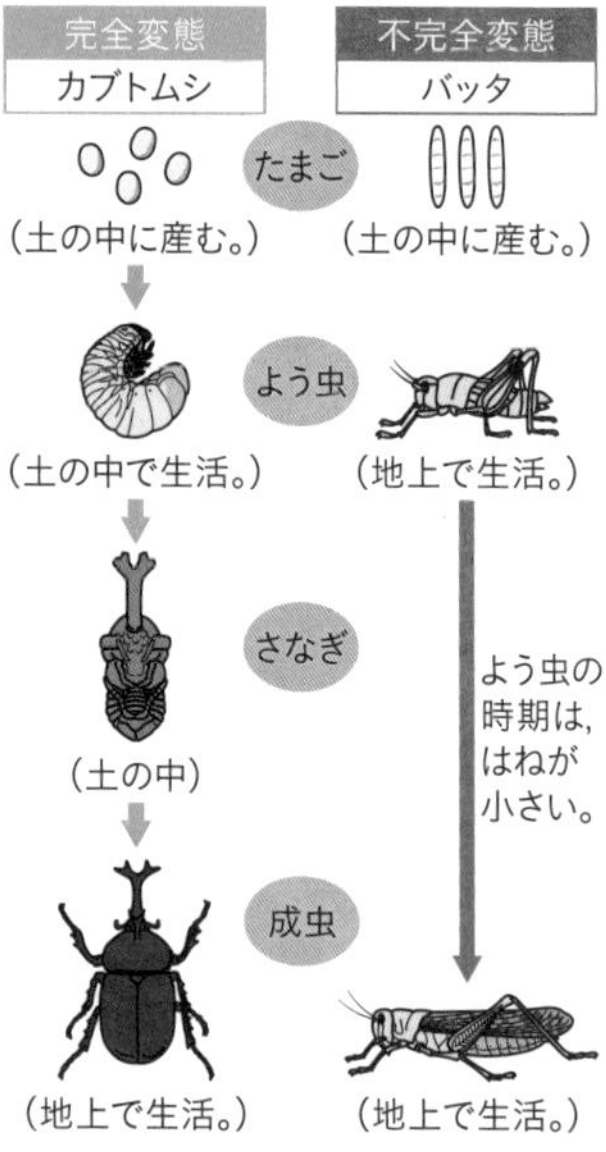
完全変態
カブトムシ
不完全変態
バッタ
たまご
（土の中に産む。）
（土の中に産む。）
よう虫
（土の中で生活。）
（地上で生活。）
さなぎ
（土の中）
よう虫の
時期は，
はねが
小さい。
成虫
（地上で生活。）
（地上で生活。）

くわしく 完全変態のこん虫は，さなぎの間はじっとしていて何も食べない。

Q.03

難易度 ★★★

ヒマワリの
花とたねについて，
次《つぎ》のどちらが正しい？

ヒント

ヒマワリの花は，日がたつにつれて外側《そとがわ》から内側《うちがわ》へ順《じゅん》に色が変《か》わって見えるよ。

ア　1つの花で，たくさんのたねができる。

イ　たくさんの花で，たくさんのたねができる。

［ヒマワリの花とたねのできかた］

A. イ たくさんの花で，たくさんのたねができる。

1つ1つが小さな花

ヒマワリの花は1つの大きな花のように見えるが，たくさんの小さな花の集《あつ》まり。

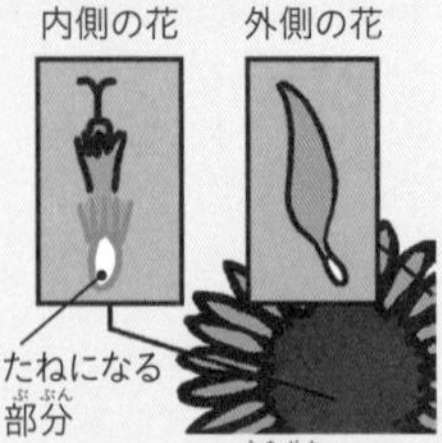
内側の花
外側の花
たねになる部分《ぶぶん》

小さな花には内側《うちがわ》の花と外側《そとがわ》の花の2種類《しゅるい》ある。

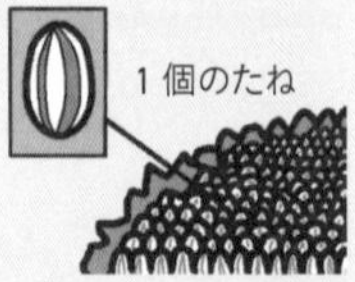
1個のたね

花がかれると，内側の花1つに1個《こ》のたねができる。全体《ぜんたい》ではたくさんのたねができることになる。

※ここで「たね」とよんでいるものは，正しくはヒマワリの「実《み》（果実《かじつ》）」のことで，実の皮《かわ》をとると，中に種子《しゅし》がある。

- ヒマワリの大きな花は，小さな花の集まり。
- 小さな花1つにたねが1個でき，たくさんのたねができる。

あわせて深ぼり ［タンポポの花のつくり］

ヒマワリは，くきの先に大きな花が1つさくものだと思っていたなあ。

小さな花が集まったつくりなんだね。

小さな花が集まって1つの花に見えるものは，ほかにもあるの？

タンポポの花も小さな花の集まりだ。1つの花にある花びらは，5枚《まい》の花びらがくっついたものなんだよ。おしべはめしべをとりまいていて，下のほうにかん毛《もう》と実や種子になる部分がある。花がかれるとかん毛は綿毛《わたげ》になり，風で飛《と》ばされやすくなるよ。

風が強い日にタンポポの綿毛が飛ぶのを見たことがある。綿毛には種子を遠くまで運《はこ》ぶ役割《やくわり》があるんだよね！

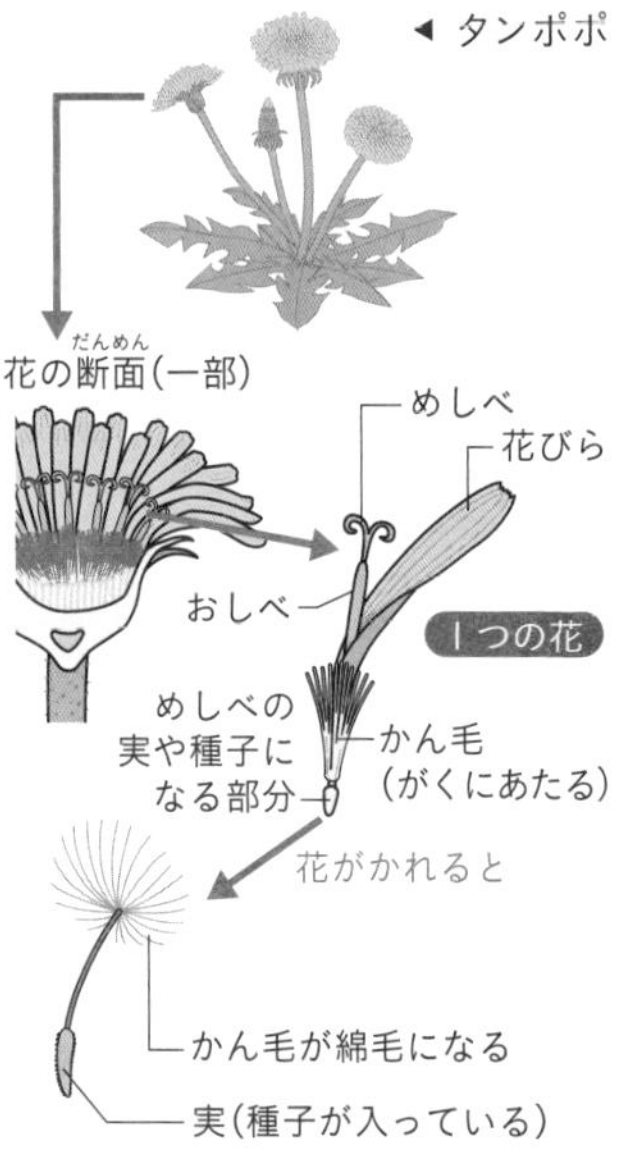
◀ タンポポ
花の断面《だんめん》（一部）
めしべ
花びら
おしべ
1つの花
めしべの実や種子になる部分
かん毛（がくにあたる）
花がかれると
かん毛が綿毛になる
実（種子が入っている）

くわしく ヒマワリの小さな花には2種類あったが，タンポポは1種類である。

Q.04

難易度 ★★

次《つぎ》の野菜《やさい》のうち，おもに葉《は》の部分《ぶぶん》を食べているのはどれ？

ヒント 土の中で育《そだ》つ部分を食べているけど，根《ね》ではなく葉が集《あつ》まっているイメージだよ。

ア ニンジン

イ タマネギ

ウ サツマイモ

A. イ　タマネギ

タマネギのふくらんだ白い部分《ぶぶん》は「葉《は》」で，葉が何層《なんそう》にも重《かさ》なって球状《きゅうじょう》になった部分を，わたしたちは野菜《やさい》として食べている。白い球状の部分の最《もっと》も下の小さなかたい部分が「くき」で，そこから根《ね》が出る。

タマネギは，土に種子《しゅし》をまくと成長《せいちょう》する。地《じ》面《めん》から上にのびる緑色《みどりいろ》の部分も葉である。

ニンジンとサツマイモは，根を食べている。

ここも葉
葉
くきの部分
根

▲タマネギの断面《だんめん》（緑色の葉と根がのびたタマネギを切ったところ）

・タマネギのふくらんだ白いところは葉の部分。
・植物《しょくぶつ》の種類《しゅるい》によって，野菜として食べる部分が異《こと》なる。

あわせて深ぼり　[サツマイモとジャガイモ]

ジャガイモもよく食べるけど，サツマイモと同じように根の部分なの？

サツマイモは，ニンジンやダイコン，ゴボウなどと同じで根の部分を食べているけど，ジャガイモはくきの部分なんだよ。

へーっ！　とてもくきには見えないよ。

「**地下《ちか》けい**」とよばれる，地中にあるくきの部分が育《そだ》ったものだよ。サツマイモとジャガイモでは，食べている部分はちがうけど，どちらも葉でつくった養分《ようぶん》を地下のいもにためている点はいっしょだね。

野菜を食べるときは，どの部分を食べているのか考えて食べるね。

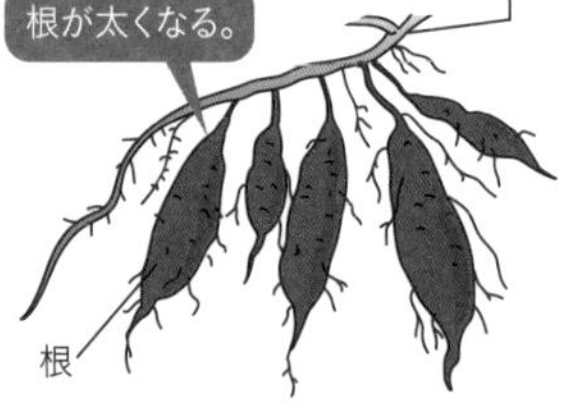
地下のくき
根が太くなる。
根

▲サツマイモ

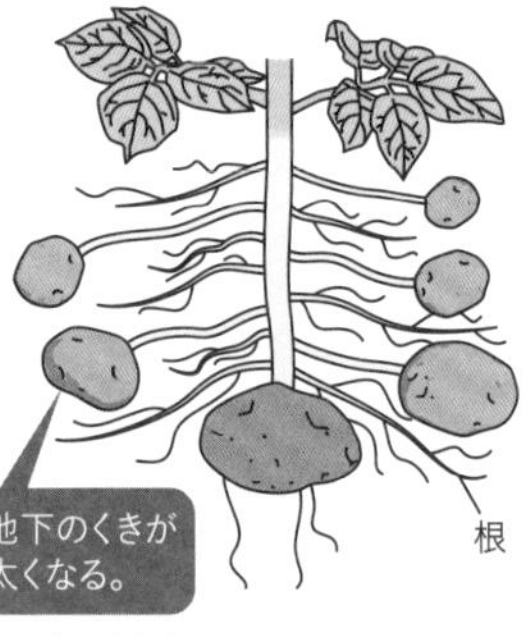
地下のくきが太くなる。
根

▲ジャガイモ

くわしく　ジャガイモは種《たね》いもを，サツマイモは「なえ」を畑に植《う》えて育てる。

Q.05

難易度 ★★

ヒトのからだの骨《ほね》で，いちばん長い骨は次《つぎ》のどれ？

ヒント

1本（あるいは1個《こ》）の骨の長さについて考えてね。

ア　うでの骨
（肩《かた》からひじまでの骨）

イ　背中《せなか》の骨

ウ　太ももの骨

A. ウ 太ももの骨《ほね》

ヒトのからだの骨の数は，200個《こ》以《い》上《じょう》ある。その中でいちばん長い骨が太ももの骨で，「大《だい》たい骨《こつ》」という。太ももの骨の上《じょう》部《ぶ》は，こしの骨につながり，あしのつけ根《ね》からひざまでで，身長《しんちょう》の約《やく》$\frac{1}{4}$の長さがある。

背《せ》中《なか》の骨（背骨《せぼね》）は長い骨のように思えるが，たくさんの短《みじか》い骨がつながったつくりをしている。

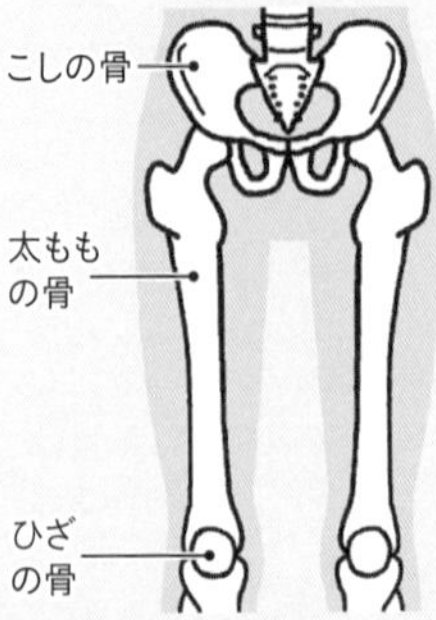

・ヒトのからだの中でいちばん長い骨は太ももの骨。背骨は短い骨がつながったつくりをしている。

あわせて深ぼり ［骨のはたらき］

骨はとてもかたいけど，どのようなはたらきがあるの？

まず，からだを支《ささ》えるはたらきがあるね。背骨や大たい骨，こしの骨（骨《こつ》ばん）などがあてはまるよ。
それから，からだの内《ない》部《ぶ》を守《まも》るはたらきがある。脳《のう》を守る頭の骨（頭《ず》がい骨《こつ》）や，肺《はい》や心臓《しんぞう》を守る胸《むね》の骨（ろっ骨《こつ》）などがあてはまる。

だから骨は，かたくてじょうぶなわけだ。

ところで，骨の中にある骨《こつ》ずいとよばれる部分では，血液《けつえき》にふくまれる成《せい》分《ぶん》をつくっているんだよ。

そんなはたらきもあるのか～！

からだを支える背骨のつくり

短いブロックのような骨が，軟骨《なんこつ》をはさんで積《つ》み重《かさ》なったつくりをしている。

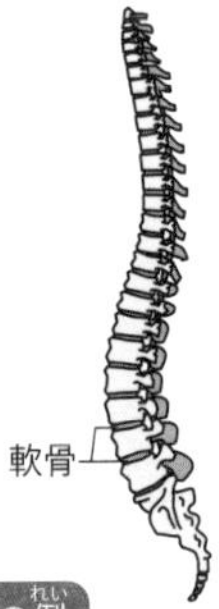

からだの内部を守る骨の例《れい》

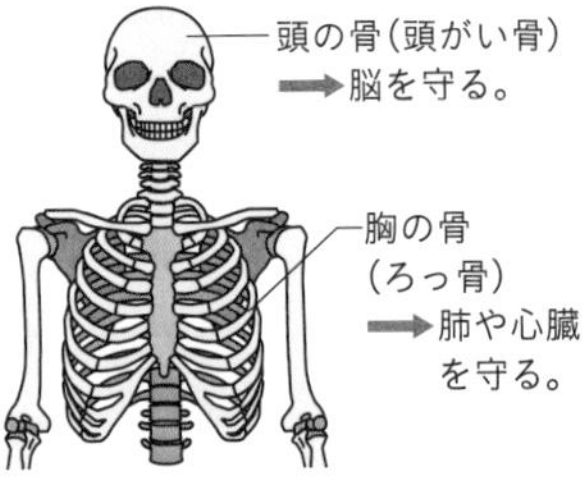

 くわしく 背骨のつくりのおかげで，からだを前後左右に自由《じゆう》に曲《ま》げられる。

Q.06

難易度 ★

ヒトの表情《ひょうじょう》がいろいろ変《か》わるとき，顔《かお》の何が動《うご》いている？

ヒント

うでやあしなどを動かすときと同じように考えよう。

[顔の表情がいろいろ変わるときに動いているもの]

A. 筋肉《きんにく》

顔《かお》にはたくさんの筋肉があり，笑《わら》うとき，おこるとき，おどろくときなどの表情《ひょうじょう》は，筋肉の動《うご》きが組み合わさってつくられる。

筋肉には神経《しんけい》がつながっていて，神経を通って脳《のう》からの命令《めいれい》が伝《つた》わると筋肉が動く。

表情をつくる顔の筋肉は，頭の骨《ほね》と顔の皮《ひ》ふの内側《うちがわ》についているので，筋肉が動くと皮ふも動いて表情がつくられる。

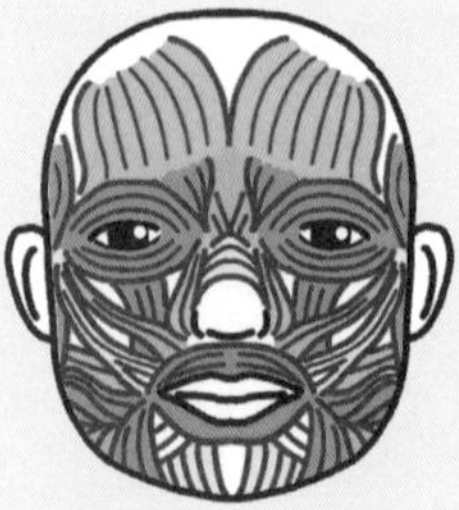

▲ 顔の筋肉の模式図《もしきず》

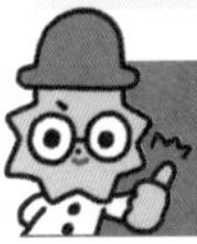

・顔にはたくさんの筋肉があり，その筋肉が動くことで表情がつくられる。

あわせて深ぼり [筋肉の動きとからだの動き]

ヒトのからだは，どんなしくみで動くの？

からだの動く部分《ぶぶん》には筋肉があり，筋肉がゆるんだりちぢんだりすることで，からだを動かせるんだ。うでやあしなどについている筋肉は，自分の意志《いし》で動かすことができるよ。

骨は動かないの？

骨自体は動かない。筋肉のはしの部分は**けん**といい，けんで筋肉と骨がつながっている。骨のつなぎめである**関節《かんせつ》**をまたぐように筋肉が骨につくことで，筋肉のゆるみ・ちぢみによって骨も動く。つまりからだが動くんだ。

筋肉と骨の共同作業《きょうどうさぎょう》だね！

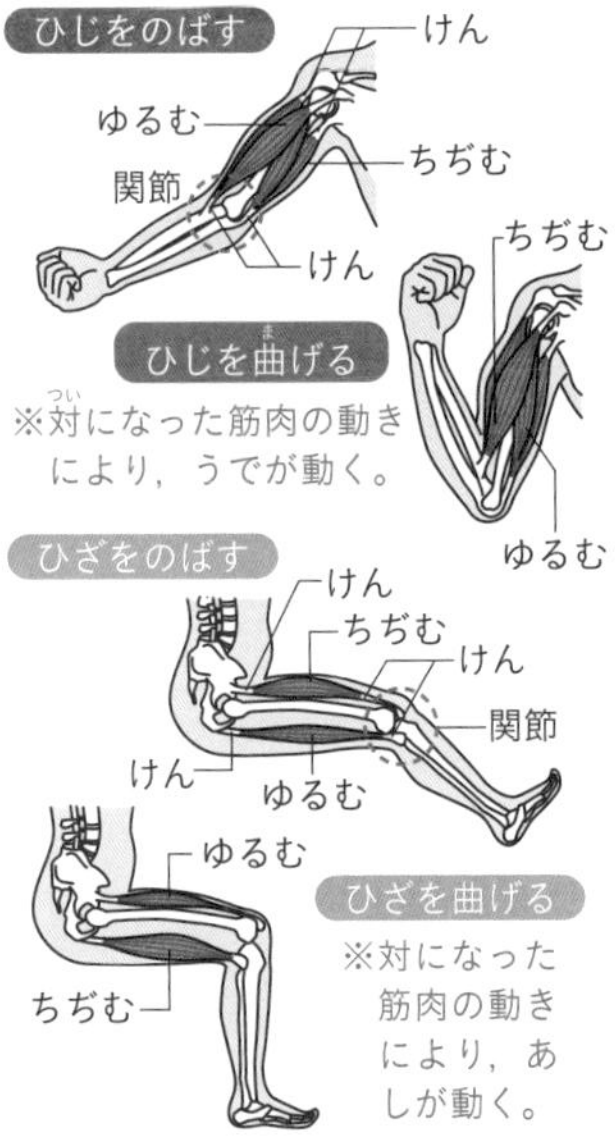
ひじをのばす
けん
ゆるむ
ちぢむ
関節
けん
ちぢむ
ひじを曲《ま》げる
※対《つい》になった筋肉の動きにより，うでが動く。
ゆるむ
ひざをのばす
けん
ちぢむ
けん
関節
けん
ゆるむ
ゆるむ
ひざを曲げる
ちぢむ
※対になった筋肉の動きにより，あしが動く。

 くわしく 内臓《ないぞう》についている筋肉は，自分の意志では動かすことができない。

Q.07

難易度 ★

日本列島《れっとう》の南から北に移《うつ》っていくのが見られるのはどっち？

ヒント

南から北に移っていくということと，気温《きおん》の変化《へんか》の関係《かんけい》を考えよう。

ア　春のサクラの開花《かいか》

イ　秋のカエデの紅葉《こうよう》

［日本列島で南から北に移っていくのが見られるもの］

A. ア　春のサクラの開花《かいか》

あたたかくなってサクラが開花する地域は南から北へと移《うつ》っていく。

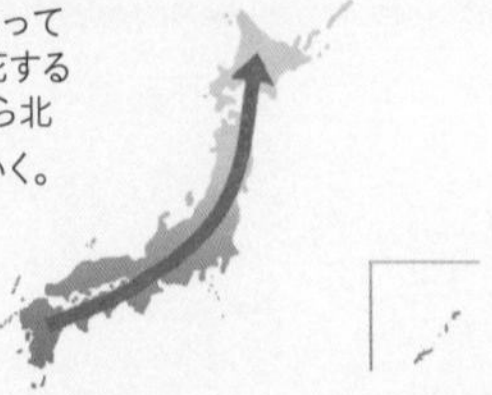

寒くなってカエデなどが紅葉《こうよう》する地域は北から南へと移っていく。

1 春になると南から気温《きおん》が上がるので，あたたかくなる地域《ちいき》は，南から北へ広がっていく。

2 秋になると北から気温が下がるので，寒《さむ》くなる地域は，北から南へ広がっていく。

・日本列島《れっとう》は地域により寒暖《かんだん》の時期《じき》が異《こと》なり，同じ生《い》き物《もの》の活動《かつどう》のようすにもちがいが生じることがある。

あわせて深ぼり［動物の活動と季節］

夏は特《とく》に，いろいろな生き物の活動が活発《かっぱつ》になり，にぎやかだなあ。

セミが鳴《な》き始《はじ》めると夏だなと感《かん》じるね。サクラがさくときのように，鳴き始めの時期が南から北に移っていく種《しゅ》類《るい》もいる。

種類によってもちがいがあるんだね！

セミの種類によって鳴き始める時期がちがい，ふつう，クマゼミは早めで，アブラゼミやミンミンゼミは次に，ツクツクボウシは少しおくれて鳴き始める。

セミの成虫《せいちゅう》は，冬には見ないよね？

セミの成虫のじゅ命《みょう》は短《みじか》いので，夏の終《お》わりにはいなくなるよ。ツバメを冬に見ないのとは理由《りゆう》がちがうんだ。

▲ 夏，地中で育《そだ》ったセミのよう虫《ちゅう》が木に登《のぼ》る。

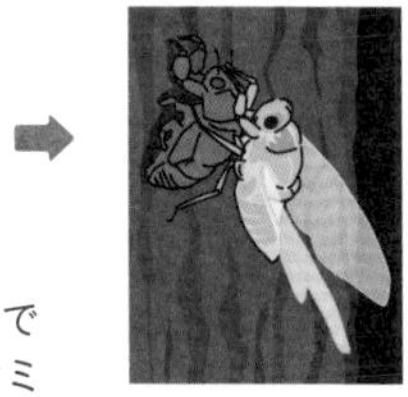

▲ よう虫から成虫が出てくる。

◀ 春に日本にやってくるツバメは，夏にかけて日本で子育てをし，秋になると南の国へもどる。

くわしく サクラは冬の間にある程度《ていど》寒い時期がないと，春になってもさかない。

Q.08

難易度 ★

カボチャのめ花《ばな》とお花《ばな》を見分けるとき,どこを見ればすぐにわかる?

ヒント

実《み》はめ花にしかできないから,花全体《ぜんたい》の形をよく見て考えよう。

カボチャのめ花　　カボチャのお花

［カボチャのめ花とお花をすぐに見分けられる部分］

A. がくの下のふくらみ

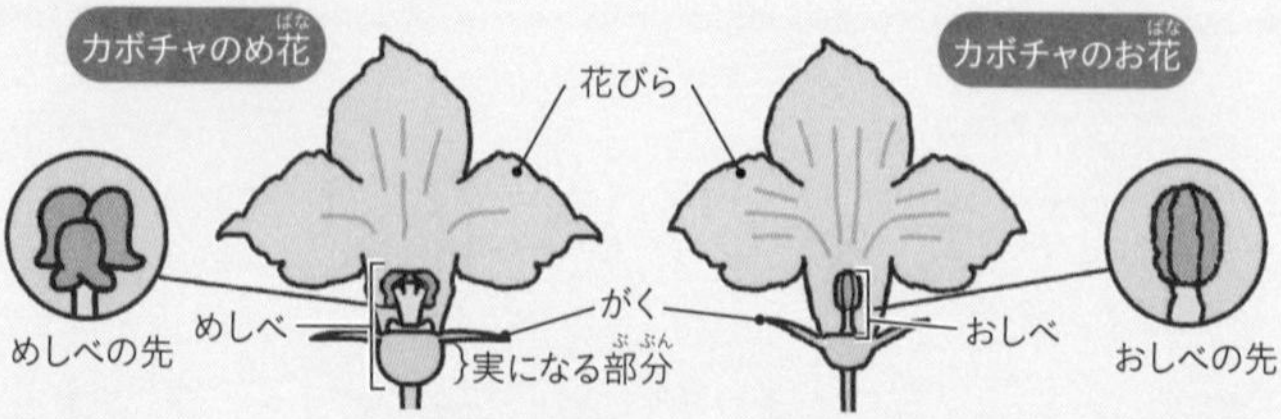

カボチャのめ花《ばな》
花びら
カボチャのお花《ばな》
めしべの先
めしべ
がく
実になる部分《ぶぶん》
おしべ
おしべの先

がくの下のふくらんだ実《み》になる部分があるかどうかで，め花とお花はすぐに見分けられる。ヘチマやツルレイシなども同じように見分けられる。

- カボチャの花にはめ花とお花がある。
- 実はめ花にできる。がくの下に実になる部分がある。

あわせて深ぼり ［果実と種子］

ニンジンは根《ね》を食べるよね。カボチャやトマトは何を食べているの？

花がさいたあとに，花の一部《いちぶ》が成長《せいちょう》したものだよ。実《み》ということもあるけど，正確《せいかく》には**果実**《かじつ》というんだ。

果実の中に「たね」ができるのか。

ふだん「たね」といっているものは，正確には**種子**《しゅし》という。カボチャやトマトは，果実を切ると種子がたくさん入っているのがわかるね。

トマトは種子ごと食べるけど，ふつう種子は食べないのかな？

そんなことはない。たとえば枝豆《えだまめ》（ダイズ）のように，種子だけを食べるものもあるよ。

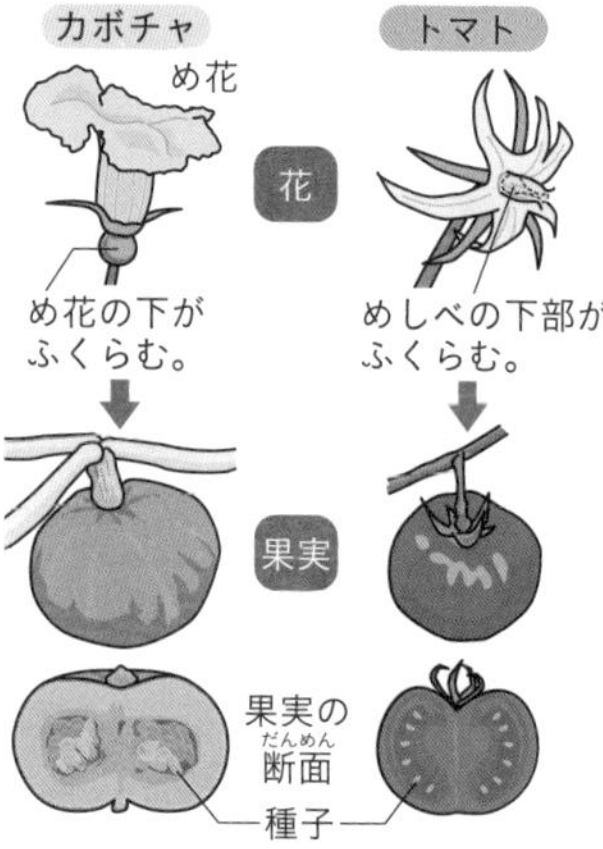

カボチャ
トマト
め花
花
め花の下がふくらむ。
めしべの下部がふくらむ。
果実
果実の断面《だんめん》
種子

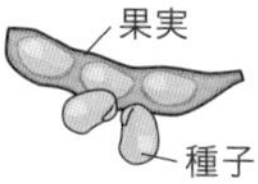

果実
種子

◀枝豆は，果実の中の種子を食べる。

くわしく 1つの花にめしべ・おしべ・花びら・がくがそろっている花を完全花《かんぜんか》という。

Q.09

難易度 ★★

日光は，植物《しょくぶつ》の成長《せいちょう》には必要《ひつよう》なのに，発芽《はつが》には必要ないのはなぜ？

ヒント

育《そだ》っている植物は，何のために日光を受《う》けているのか考えよう。

[日光が発芽に必要ではない理由]

A. 種子《しゅし》の中の養分《ようぶん》を使《つか》って発芽《はつが》するから。

はい乳《じゅう》がない種子

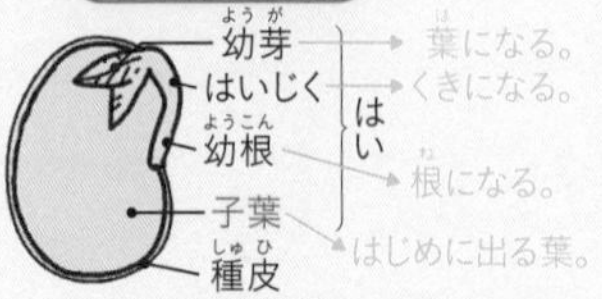

幼芽《ようが》
葉《は》になる。
はいじく
くきになる。
はい
幼根《ようこん》
根《ね》になる。
子葉
はじめに出る葉。
種皮《しゅひ》

▲ インゲンマメの断面《だんめん》

はい乳がある種子

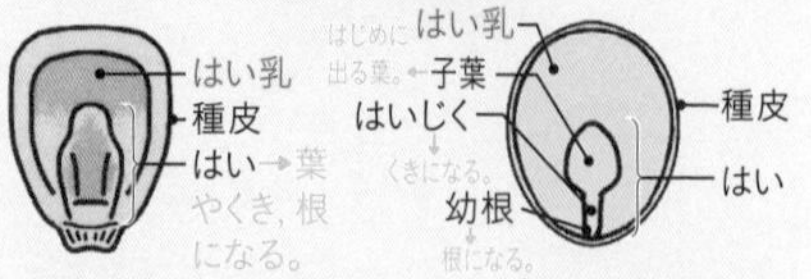

はい乳
種皮
はい→葉やくき, 根になる。
はじめに出る葉。
はい乳
子葉
はいじく
くきになる。
幼根
根になる。
種皮
はい

▲ トウモロコシの断面　▲ カキの断面

1 発芽は, 子葉《しよう》にたくわえられた養分を使って行われる。

2 発芽は, はい乳にたくわえられた養分を使って行われる。トウモロコシは, はいの部分《ぶぶん》の子葉の区別《くべつ》がはっきりしない。

※植物《しょくぶつ》の種類《しゅるい》によって, 発芽するために日光が必要《ひつよう》なものもある。

- 種子には発芽に必要な養分がたくわえられている。
- 発芽後の子葉やはい乳には, 養分はほとんどない。

あわせて深ぼり [植物の成長の条件]

発芽に必要な条件《じょうけん》といえば, 水・空気・適《てき》した温度《おんど》の3つだよね。

では, 発芽したあとに植物がよく成《せい》長《ちょう》するためには, さらに何が必要?

ふつう日かげでは植物はあまり育《そだ》たないから, 日光は必要だと思う。

発芽後の植物は, 葉に日光を受《う》けて自分で養分をつくって成長しなければいけないので, 日光は必要だね。あと1つあるんだけど。

育てる人の愛情《あいじょう》かな?

あはは。やせた土地では野菜《やさい》などの育ちが悪《わる》いというね。植物が土からとり入れる養分が少ないためなので, 肥料《ひりょう》をあたえることも必要なんだ。

発芽に必要な条件を調べる実験《じっけん》

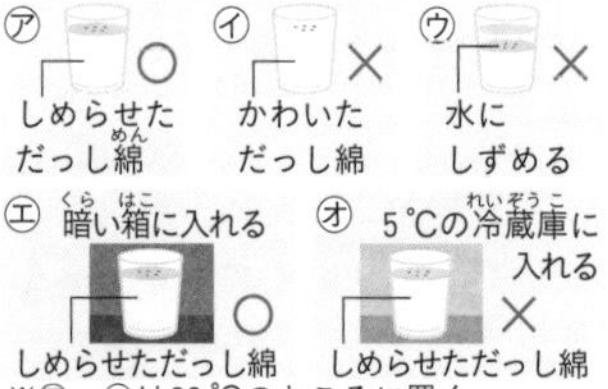

㋐ ○
しめらせただっし綿《めん》
㋑ ×
かわいただっし綿
㋒ ×
水にしずめる
㋓ 暗《くら》い箱《はこ》に入れる
○
しめらせただっし綿
㋔ 5℃の冷蔵庫《れいぞうこ》に入れる
×
しめらせただっし綿

※㋐〜㋓は20℃のところに置く。
※○…発芽した。　×…発芽しなかった。
▶㋐と㋑から…水が必要。
▶㋐と㋒から…空気が必要。
▶㋓と㋔から…適した温度が必要。
▶㋐と㋓から…発芽に光は必要ない。

成長に必要な条件を調べる実験

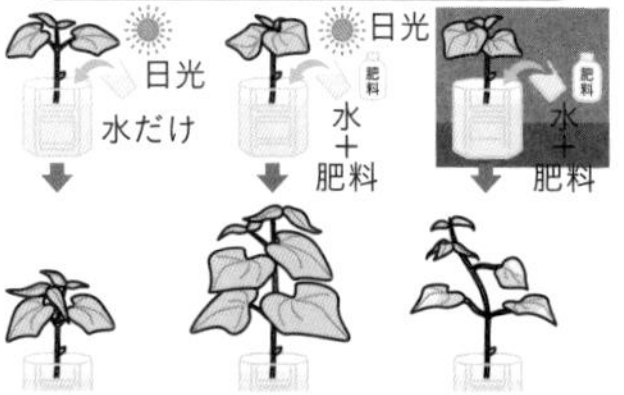

日光
水だけ
日光
肥料
水＋肥料
肥料
水＋肥料

▶よく成長するには, 日光と肥料が必要。

 くわしく あたえる肥料の量《りょう》が適切《てきせつ》でないと, 植物の成長が悪《わる》くなることもある。

Q. 10

難易度 ★★

アサガオの花のつぼみにふくろをかけたままにした。この花にはやがて種《しゅ》子《し》ができる？

ヒント

アサガオのつぼみの中には，めしべとおしべがそろっているよ。

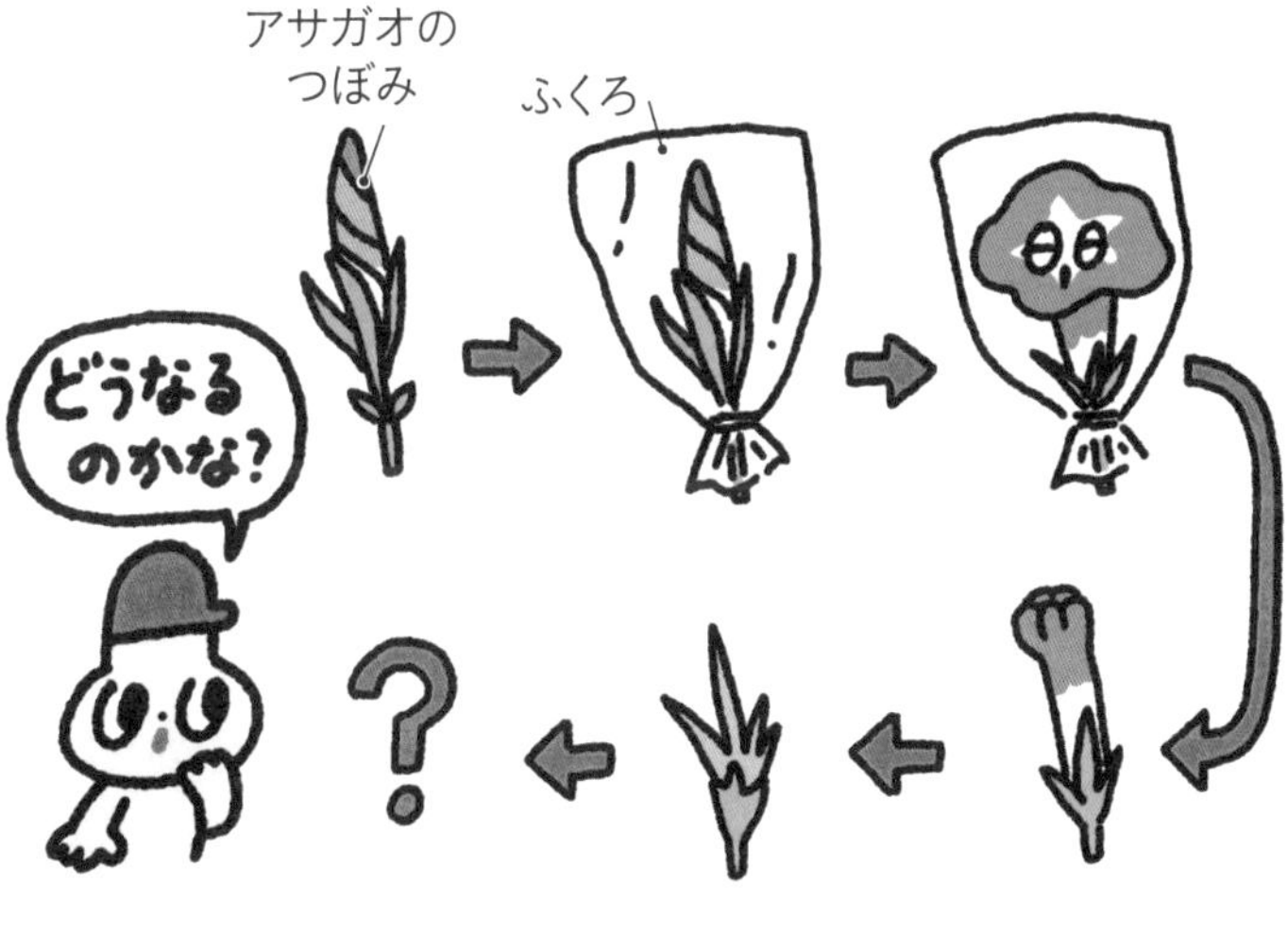

［ふくろをかぶせたままのアサガオの花に種子ができるか］

A. 種子《しゅし》はできる。

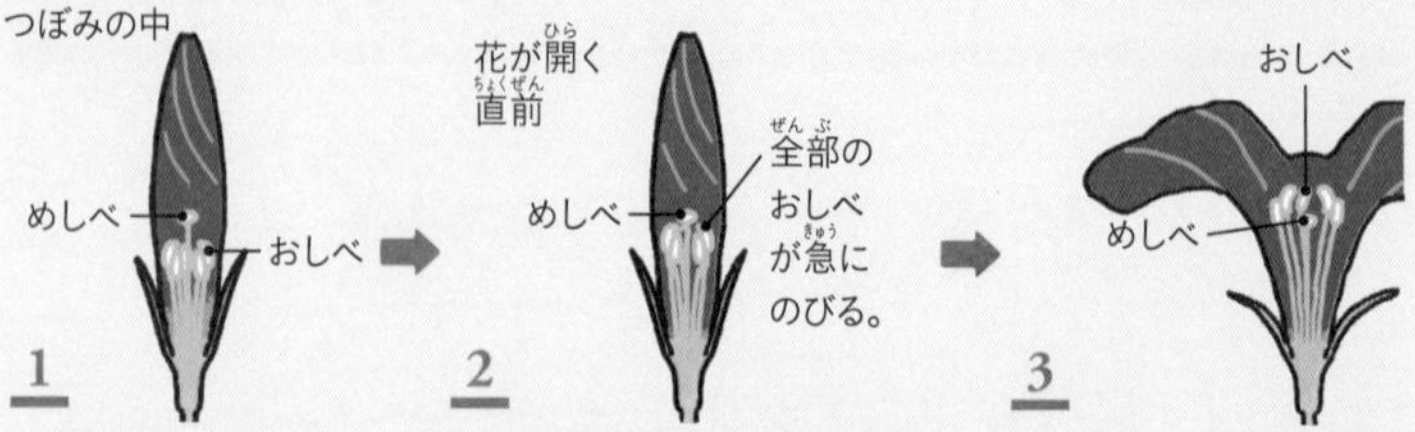

つぼみの中
めしべ
おしべ
花が開《ひら》く
直前《ちょくぜん》
めしべ
全部《ぜんぶ》の
おしべ
が急《きゅう》に
のびる。
おしべ
めしべ

1 めしべがおしべより長く，おしべから花《か》粉《ふん》は出ていない。

2 おしべがめしべより長くのびるときに，おしべから出た花粉がめしべにつく（受粉《じゅふん》する）。

3 花が開いたときには，受粉がすんでいる。➡やがて種子ができる。

・アサガオは，花が開く直前におしべがのびて花粉を出す。そのときにめしべに花粉がついて受粉する。

あわせて深ぼり ［植物の受粉，結実］

カボチャでは，め花《ばな》のつぼみにふくろをかけたままでは，お花《ばな》の花粉で受粉できず，実《み》も種子もできないよ。

１つの花におしべとめしべがあるアサガオとは結果《けっか》がちがうんだね。

アサガオを使《つか》って，植物《しょくぶつ》に実と種子ができるためには受粉が必要《ひつよう》であることを調《しら》べるにはどうすればいいかな。

う〜ん。おしべがめしべを追《お》いぬく前に何とかしなくちゃいけないよね。

そうだね。おしべが花粉を出す前にとりのぞけばよい，ということになるね。つぼみをそっと切り開《ひら》き，おしべをとって実験《じっけん》してごらん。

なるほど。許《ゆる》してね，アサガオさん。

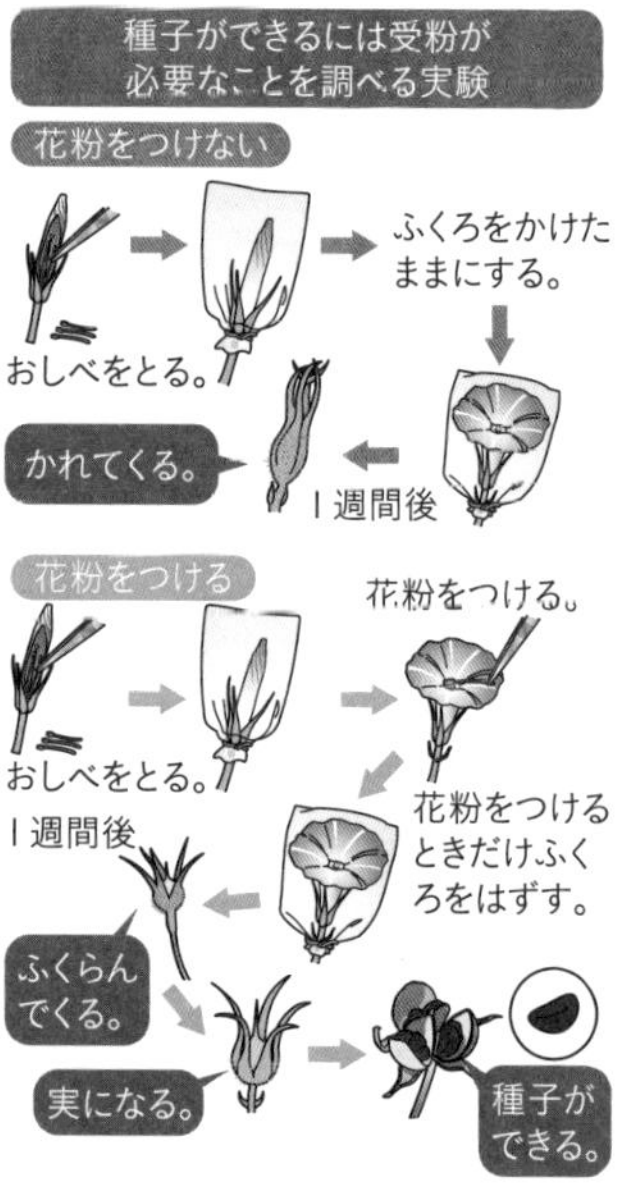

種子ができるには受粉が
必要なことを調べる実験
花粉をつけない
おしべをとる。
ふくろをかけた
ままにする。
かれてくる。
１週間後
花粉をつける
おしべをとる。
花粉をつける。
花粉をつける
ときだけふく
ろをはずす。
１週間後
ふくらんでくる。
実になる。
種子が
できる。

 中学では 花粉がめしべの先についたあと，どのようにして種子ができるかを学ぶ。

Q.11

難易度 ★★★

虫は来ないけど，どうやってトウモロコシの花は受粉《じゅふん》する？

ヒント

トウモロコシの花の受粉には，目に見えない何かが関係《かんけい》しているよ。

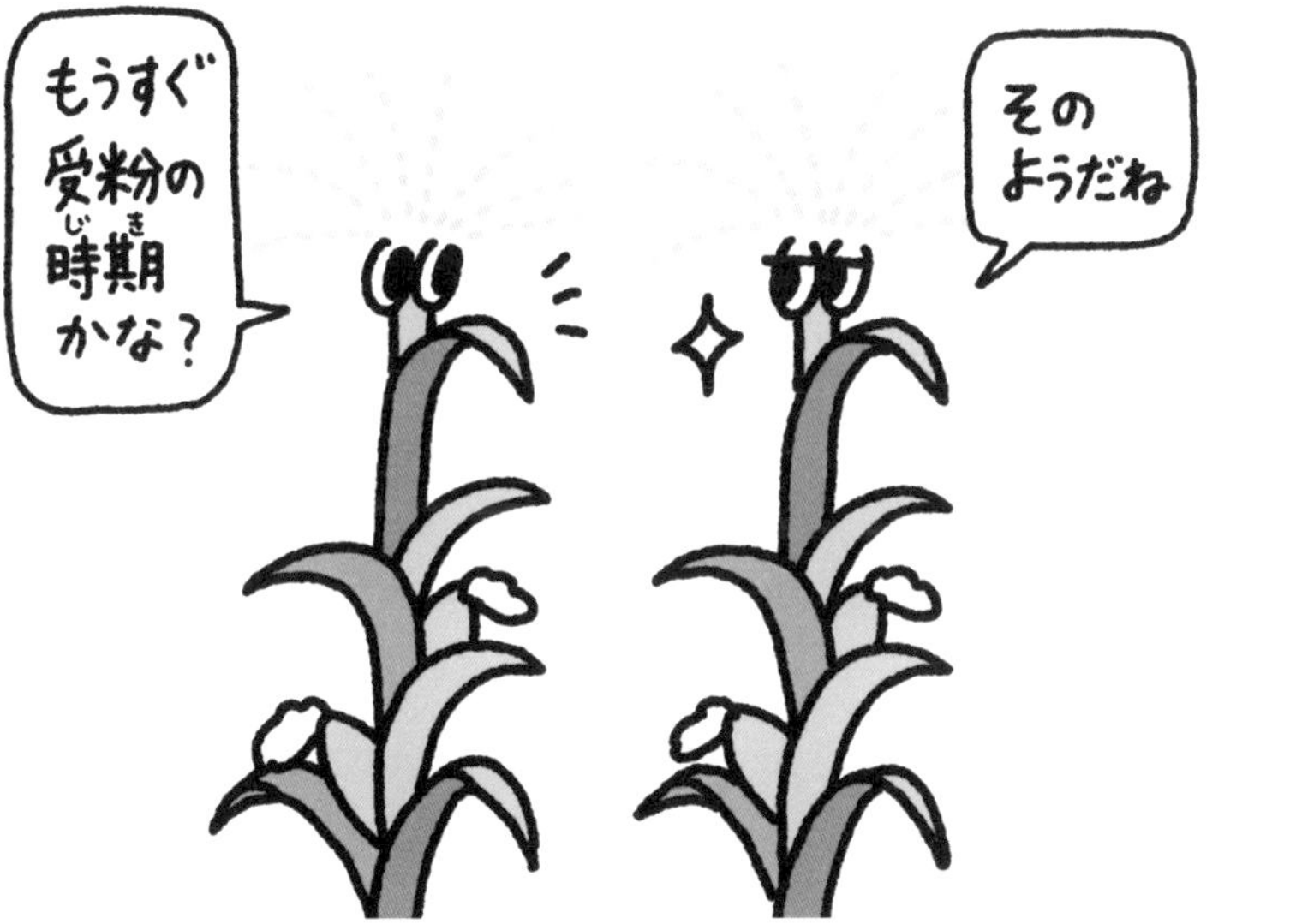

［トウモロコシの花の受粉のしかた］

A. 風が花粉《かふん》を運《はこ》んで受粉《じゅふん》する。

トウモロコシは，くきの先に穂《ほ》のようなお花《ばな》がさく。め花《ばな》は下部《かぶ》の葉《は》のつけ根《ね》につき，めしべの先はひげのようになっている。お花にもめ花にも花びらとがくはないので，花は目立たない。

お花のおしべから風で飛《と》んだ花粉がめしべの先につく（受粉する）と，ひげの1本ずつの根もとに種子《しゅし》（実）ができる。

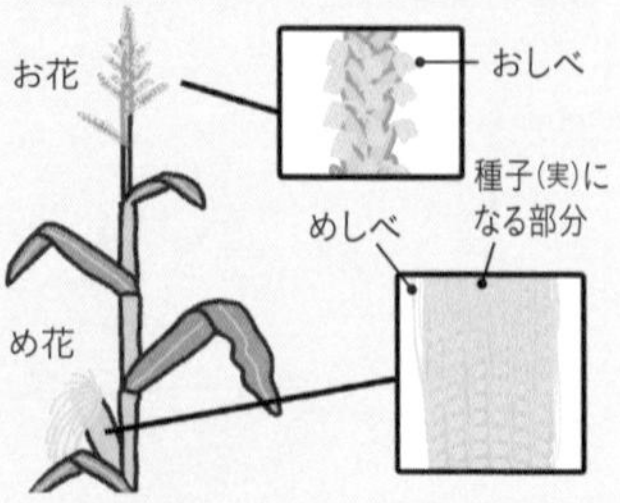

お花
おしべ
種子（実）になる部分
めしべ
め花

▲ トウモロコシの花

・トウモロコシやイネは，花びらもがくもない目立たない花がさく。花粉は風で運ばれて受粉する。

あわせて深ぼり ［いろいろな受粉のしかた］

トウモロコシは，風がなくても花粉が落《お》ちれば受粉しそうだけど。

同じ株《かぶ》のお花とめ花はさく時期《じき》が少しずれているので，ほかの株のお花の花粉が風で運ばれてきて，め花につく必要《ひつよう》がある。風で花粉が運ばれる花を**風《ふう》ばい花《か》**というよ。

カボチャもめ花とお花があるから風ばい花なのかな？

カボチャは，花に寄《よ》ってきたミツバチなどのこん虫《ちゅう》によって花粉が運ばれる。このような花は**虫《ちゅう》ばい花《か》**という。

じゃあ，野菜《やさい》やくだものを育《そだ》てる人には，ミツバチなどが減《へ》ってしまうことは大きな問題《もんだい》だね。

花粉の運ばれ方

虫ばい花 （例《れい》）ヘチマ，カボチャ，アブラナ，ヒマワリ，ツツジ	花粉がこん虫によって運ばれる。こん虫のからだにつきやすいように，花粉にとげなどがある。花は目立つ色のものが多く，みつやにおいを出す。
風ばい花 （例）トウモロコシ，マツ，スギ，イチョウ	花粉が風によって運ばれる。軽《かる》くて飛ばされやすい花粉を多く出す。
水《すい》ばい花《か》 （例）クロモ，キンギョモ	花粉が水によって運ばれる。
鳥《ちょう》ばい花《か》 （例）ツバキ，サザンカ	花粉が鳥によって運ばれる。

自家《じか》受粉と他家《たか》受粉

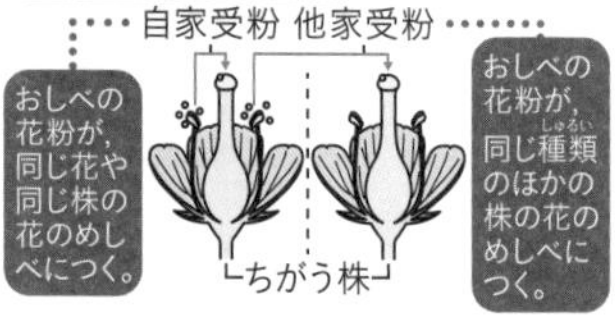

自家受粉 他家受粉
おしべの花粉が，同じ花や同じ株の花のめしべにつく。
ちがう株
おしべの花粉が，同じ種類《しゅるい》のほかの株の花のめしべにつく。

中学では マツやスギなどのグループ（裸子植物《らししょくぶつ》）の受粉について，くわしく学ぶ。

Q.12

難易度 ★★★

ヒトの卵《らん》(卵子《らんし》)は目で見えない大きさなのに，メダカの卵は目で見える大きさなのはなぜ？

ヒント

メダカは卵（たまご）のまくの中でからだが育《そだ》つから，外からは何ももらえないよ。

[メダカの卵が目で見える大きさである理由]

A. 卵《らん》からかえるまでに必要《ひつよう》な養分《ようぶん》が卵の中にあるから。

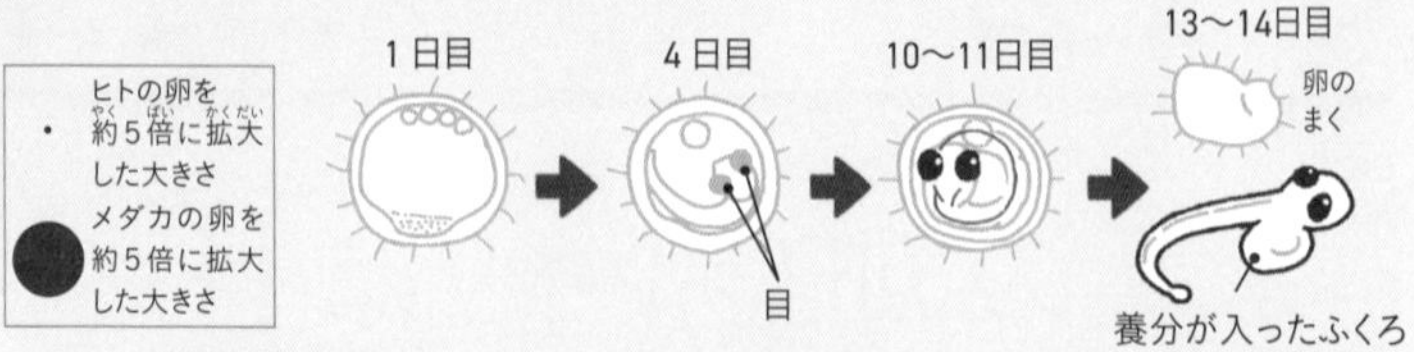

ヒトの卵を約《やく》5倍《ばい》に拡大《かくだい》した大きさ
メダカの卵を約5倍に拡大した大きさ
1日目
4日目
目
10〜11日目
13〜14日目
卵のまく
養分が入ったふくろ

ヒトの受精卵《じゅせいらん》は，母親のおなかの中で養分をもらいながら大きく育《そだ》っていくが，メダカの受精卵は，卵の中に最初《さいしょ》からある養分だけで育つ必要《ひつよう》がある。よって，育つ間の受精卵の大きさはほとんど変《か》わらない。うまれた子の腹《はら》には，養分の一部《いちぶ》が入ったふくろがある。

- メダカの卵は受精後，卵の中の養分を使《つか》って育つ。
- うまれた子メダカは，腹の養分でしばらく育つ。

あわせて深ぼり [ヒトのおなかの中での育ち]

ヒトの卵は，養分をもっておく必要がないから，とても小さいんだね。

ヒトの卵の直径《ちょっけい》は0.1mmぐらいなんだ。受精に必要な男性《だんせい》の**精子**《せいし》はもっと小さいよ。

ヒトのおなかにあるおへそは，お母さんとつながっていた証拠《しょうこ》だよね？

そうだよ。赤ちゃんはお母さんの**子宮**《しきゅう》の中で育っていくとき，子宮のかべの**たいばん**と**へそのお**でつながっている。へそのおを通してお母さんから養分などをもらい，いらないものをお母さんにわたしているんだ。

目に見えないような受精卵が赤ちゃんまで育つなんて，すごいことだなあ。

◀ヒトの卵（まわりの白い点は精子）
©Artefactory

受精後《じゅせい》4週目
（約0.4cm）
心臓《しんぞう》が動《うご》き始《はじ》める。

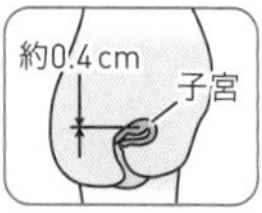

約0.4cm
子宮

8週目
（約3cm）
手やあしの形が，はっきりわかるようになる。
目や耳ができてくる。

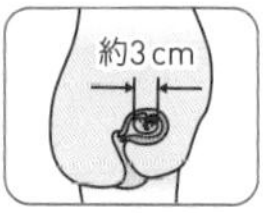

約3cm

24週目
（身長《しんちょう》30〜35cm）
骨《ほね》や筋肉《きんにく》が発達《はったつ》して活発《かっぱつ》に動くようになる。

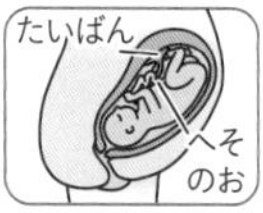

たいばん
へそのお

32週目
（身長40〜45cm）
かみの毛やつめもはえている。
からだには丸みが出てくる。

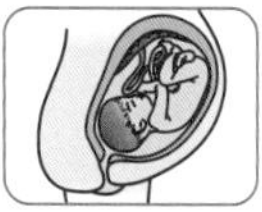

●約38週間でうまれる。

中学では なかまのふやし方について，卵生《らんせい》と胎生《たいせい》ということを学ぶ。

Q.13

難易度 ★★

同じご飯《はん》を食べた感想《かんそう》を話している2人。ご飯のかみ方には，どのようなちがいがあった？

ヒント

ご飯をかんでいるときに，口の中から出てくるものが関係《かんけい》するよ。

あまく感じたよ
あまりあまさを感じなかったよ
Aさん
Bさん

[ご飯のあまさの感じ方がちがう理由]

A. Aさんはよくかんでいたが,Bさんはあまりかんでいなかった。

ご飯《はん》として食べるお米は,成分《せいぶん》の80%ぐらいがでんぷん。たいたご飯をよくかむとあまく感《かん》じるのは,口の中に出されるだ液《えき》にふくまれている消化《しょうか》こう素《そ》のはたらきで,ご飯のでんぷんが「マルトース(麦芽《ばくが》糖《とう》)」とよばれるあまい糖に分解《ぶんかい》されるため。かむ回数が多いほど分解されるでんぷんが多くなるので,よりあまく感じる。

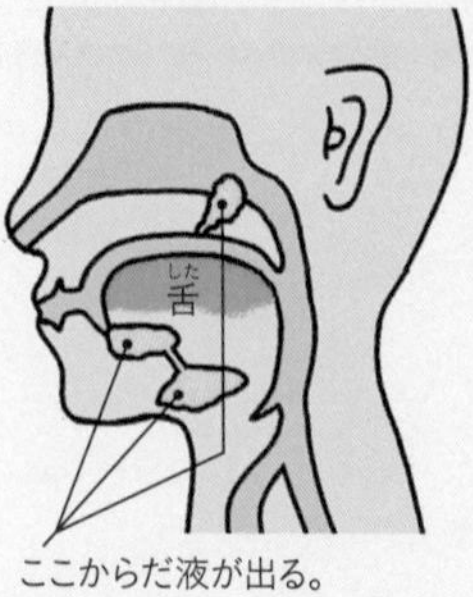

舌《した》

ここからだ液が出る。

・ご飯をかむとだ液と混《ま》ざり,でんぷんが分解されて別《べつ》のものになる。よくかむほどだ液と混ざりあまく感じる。

あわせて深ぼり [消化と吸収]

ヒトのからだでは,だ液だけで食《た》べ物《もの》を消化しているの?

いいや。だ液は口から出される**消化《しょうか》液《えき》**だけど,ほかにも胃《い》からは胃液《いえき》が出る。また,すい臓《ぞう》ではすい液,かん臓ではたんじゅうがつくられていて,食べ物を消化するはたらきがある。

食べ物が消化されてできた養分《ようぶん》はどうなるの?

小腸《しょうちょう》の内面《ないめん》の**じゅう毛《もう》**という細かいつくりから血液《けつえき》などに吸収《きゅうしゅう》されて,全《ぜん》身《しん》に運《はこ》ばれる。また,水分の多くも小腸から吸収されるよ。

そして,吸収されずに残《のこ》ったものが,便《べん》となってこう門から出るんだね。

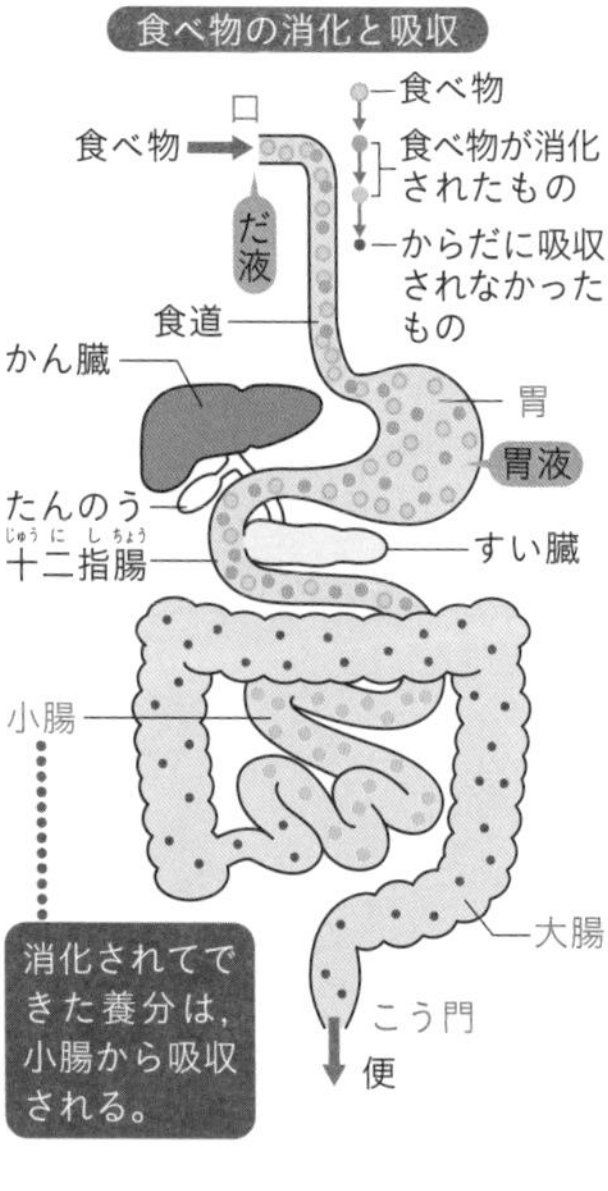

食べ物の消化と吸収
食べ物
口
だ液
食べ物
食べ物が消化されたもの
からだに吸収されなかったもの
食道
かん臓
胃
胃液
たんのう
すい臓
十二指腸《じゅうにしちょう》
小腸
大腸
消化されてできた養分は,小腸から吸収される。
こう門
便

中学では 消化液には消化にはたらく消化こう素がふくまれている。

生命
6年

Q. 14

難易度 ★★

激《はげ》しい運動《うんどう》のあとに，心臓《しんぞう》がドクドクと速《はや》く動《うご》くのはなぜ？

ヒント

激しい運動のあと，筋肉《きんにく》などのからだの各《かく》部分《ぶぶん》が求《もと》めているものは何だろう。

［激しい運動のあとに心臓が速く動く理由］

A. 血液《けつえき》をたくさん送《おく》り出して，酸素《さんそ》や養分《ようぶん》を全身《ぜんしん》にとどけるため。

ヒトが運動《うんどう》をしたときは，安静《あんせい》にしているときよりもたくさんの酸素や養分をふくんだ血液を，全身にすばやく送る必要《ひつよう》がある。したがって，心臓《しんぞう》の動《うご》き（はく動《どう》）の回数をふやし，心臓から送り出す血液を多くしている。

心臓は4つの部屋《へや》に分かれたつくりをしていて，下側《したがわ》の2つの部屋がちぢんだときに，心臓から血液が送り出される。

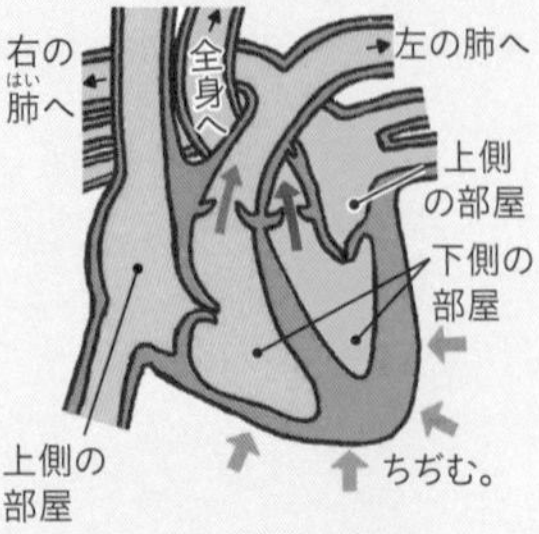

右の肺《はい》へ
全身へ
左の肺へ
上側の部屋
下側の部屋
上側の部屋
ちぢむ。

▲ 心臓の断面《だんめん》の模式図《もしきず》

・心臓は全身に血液を送り出すポンプのはたらきをしている。運動をすると，はく動の回数が多くなる。

あわせて深ぼり ［血液のじゅんかん］

心臓から送り出された血液は，そのあとどうなるの？

血液は全身にはりめぐらされた血管《けっかん》の中を流《なが》れて，からだの各部分《かくぶぶん》に酸素や養分をわたす。また，からだの各部分で出た二酸化炭素《にさんかたんそ》などの不要物《ふようぶつ》を受《う》けとって心臓にもどる。このことを**血液のじゅんかん**というよ。

血液中に不要物がたまるってこと？

いいや。心臓から**肺**に血液が送られ，血液中の二酸化炭素ははく息《いき》として外に出される。このとき，酸素が血液にとり入れられるよ。ほかの不要物は**じん臓**で血液中からこし出され，にょうとしてからだの外に出されるよ。

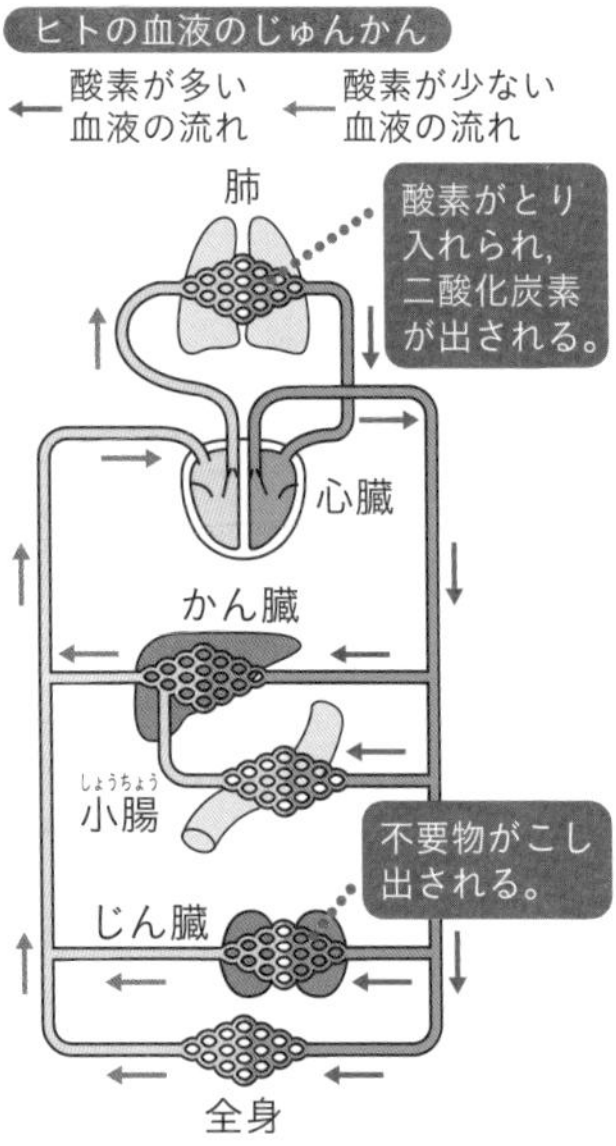

ヒトの血液のじゅんかん
酸素が多い血液の流れ
酸素が少ない血液の流れ
肺
酸素がとり入れられ，二酸化炭素が出される。
心臓
かん臓
小腸《しょうちょう》
不要物がこし出される。
じん臓
全身

中学では 血管の種類《しゅるい》や流れる血液のちがい，血液の成分《せいぶん》などについても学ぶ。

Q.15

難易度 ★★

植物《しょくぶつ》が何も食べなくても生きていけるのはなぜ？

ヒント

何も食べてはいないけど，日光（光）と水と二《に》酸化炭素《さんかたんそ》を使《つか》って何かしているよ。

ア 生きるために養分《ようぶん》が必要《ひつよう》ないから。

イ 生きるために必要な養分のすべてを根《ね》からとり入れることができるから。

ウ 生きるために必要な養分をからだの中でつくり出すことができるから。

[植物が何も食べなくても生きていける理由]

A. ウ　生きるために必要《ひつよう》な養分《ようぶん》をからだの中でつくり出すことができるから。

植物《しょくぶつ》は，水と二酸化炭素《にさんかたんそ》をからだの外からとり入れ，日光(光)を受《う》けることができれば，からだの中ででんぷんなどの養分をつくり出すことができ，その養分を使《つか》って生きることができる。しかし，動物《どうぶつ》は，自分のからだの中で養分をつくり出すことはできないので，ほかの動物や植物を食べて養分を得《え》なければ生きていけない。

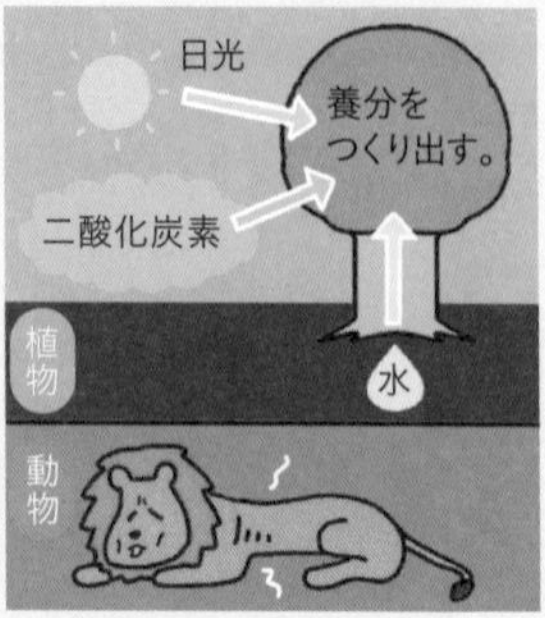
日光
養分を
つくり出す。
二酸化炭素
水
植物
動物

・植物は，水と二酸化炭素から養分をつくり出すことができる。ただし，日光(光)を受ける必要がある。

あわせて深ぼり　[光合成のしくみ，つくられた養分のゆくえ]

たとえばジャガイモでも養分がつくられているの？

そう。植物が日光を受けて養分をつくることを**光合成《こうごうせい》**といい，葉《は》にある**葉《よう》緑体《りょくたい》**という小さなつぶの中で行われる。

葉が緑色なのは葉緑体があるから？

そうだよ。葉にある無数《むすう》の葉緑体で，二酸化炭素と水，日光のエネルギーを使って，でんぷんなどの養分をつくり出す。同時に酸素《さんそ》もつくられるよ。

酸素もつくれるんだ！

酸素は葉にある穴《あな》から空気中へ出されるよ。養分はからだの各部分《かくぶぶん》に運《はこ》ばれ，成長《せいちょう》のために使われたり，種子《しゅし》やいもなどにたくわえられたりするんだ。

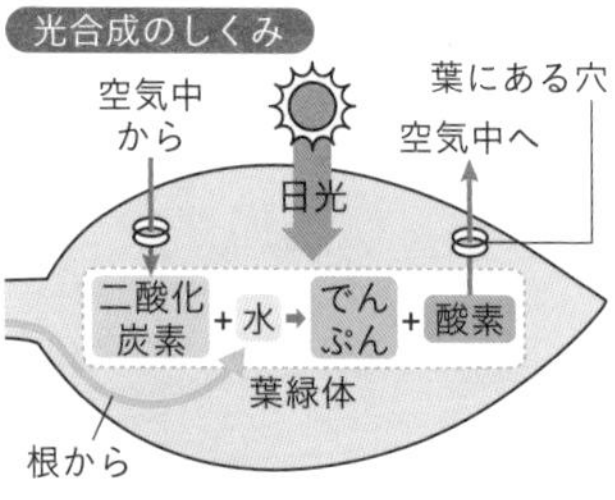
光合成のしくみ
空気中
から
日光
葉にある穴
空気中へ
二酸化
炭素
+ 水
でん
ぷん
+ 酸素
葉緑体
根から

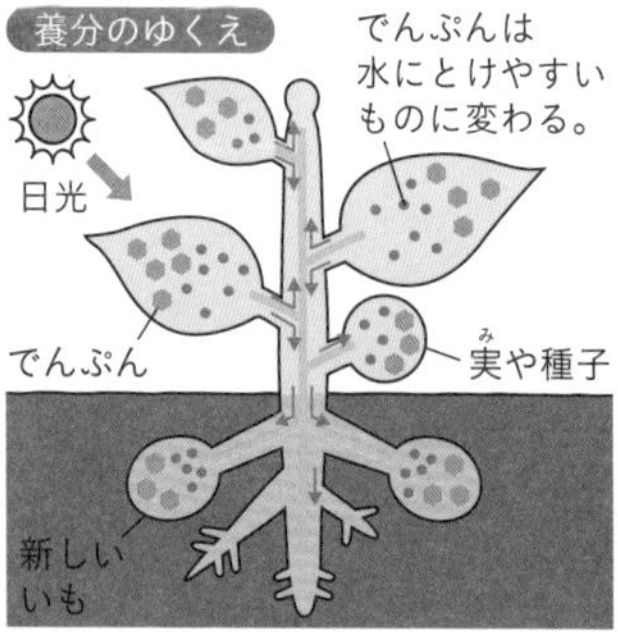
養分のゆくえ
でんぷんは
水にとけやすい
ものに変わる。
日光
でんぷん
実や種子
新しい
いも

くわしく　でんぷんは，水にとけやすいものに変《か》えられてからだの各部分に運ばれる。

Q.16

難易度 ★★

根《ね》を切ったくきを水にさしておいても,しばらく葉《は》や花がかれないのはなぜ?

ヒント

葉や花がしおれて,やがてかれるのは,どういうときかを考えよう。

［根を切って水にさした植物がかれない理由］

A. くきの切り口からすい上げられた水が，葉《は》や花に送《おく》られるから。

植物《しょくぶつ》のくきを切って観察《かんさつ》すると，水や養分《ようぶん》が通る管《くだ》のようなつくりが見られる。管は，根《ね》からくきや葉の先までつながっている。

水は根から吸収《きゅうしゅう》されるが，くきに葉がついていれば，根を切っても，くきの切り口から中に水がすい上げられ，管を通ってからだの各《かく》部分《ぶぶん》に運《はこ》ばれる。そのため，しばらくはかれない。

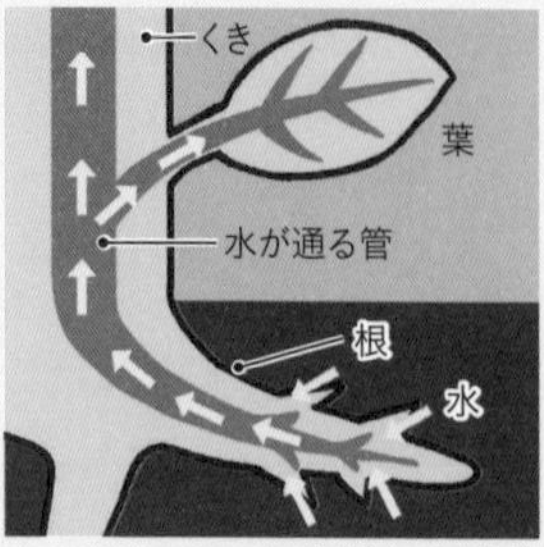

くき
葉
水が通る管
根
水

▲ 植物内の水の移動《いどう》の模式図《もしきず》

・植物のからだには，根－くき－葉とつながった管のようなつくりがあり，管を通って水が運ばれる。

あわせて深ぼり ［くきのつくり，蒸散］

植物のくきの中はどうなっているの？

根から吸収した水や養分が通る**道管《どうかん》**という管や，葉でつくられた養分が通る**師管《しかん》**という管がある。それらの管が，くきの中で束《たば》のようにまとまっている部分を維管束《いかんそく》というよ。

ヒトの血管《けっかん》みたいだね！　吸収した水は道管を通ってまた根にもどるの？

いいや。水は葉にある**気孔《きこう》**という小さな穴《あな》から水蒸気《すいじょうき》となって出ていくよ。これを**蒸散《じょうさん》**といい，蒸散を行うことで，植物はまた新たに根から水をすい上げることができるんだよ。

切り花がしばらくもつのも，このしくみで水をすい上げているからなんだね。

くきの断面《だんめん》のようす（模式図）

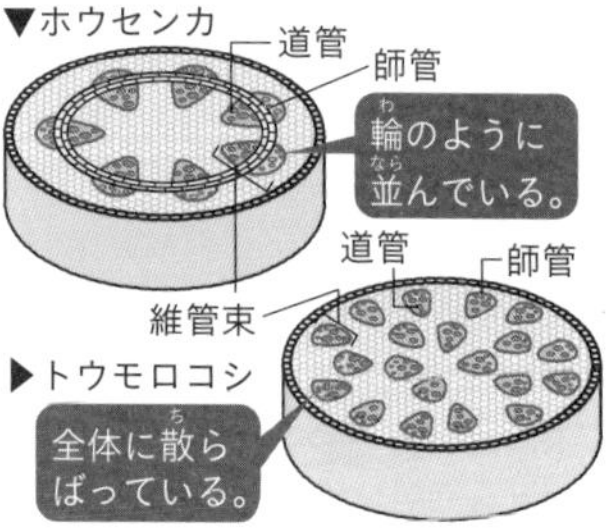

▼ホウセンカ
道管
師管
輪《わ》のように並《なら》んでいる。
道管
師管
維管束
▶トウモロコシ
全体に散《ち》らばっている。

植物の蒸散

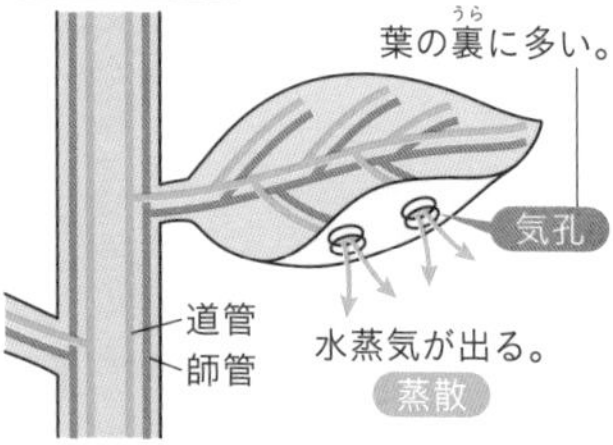

葉の裏《うら》に多い。
気孔
道管
師管
水蒸気が出る。
蒸散

くわしく 葉の気孔を通って，二酸化炭素《にさんかたんそ》や酸素《さんそ》も植物のからだに出入りする。

実力《じつりょく》がついたかどうか，試《ため》してみよう。

［生命］ 確認《かくにん》テスト

◉100点満点
◉答えは165ページ

1 図は，タンポポの花にとまっているモンシロチョウのようすを表《あらわ》したものです。次《つぎ》の各問《かくと》いに答えなさい。

（5点×5）

(1) モンシロチョウは，頭《あたま》・胸《むね》・腹《はら》のどの部分《ぶぶん》にあしがついていますか。〔　　　　〕

ミス注意 (2) モンシロチョウと同じように，成虫《せいちゅう》になるまでにさなぎの時期《じき》があるものを次から2つ選《えら》び，記号《きごう》で答えなさい。〔　　〕〔　　〕

ア カブトムシ　**イ** トンボ　**ウ** セミ　**エ** カマキリ　**オ** ハチ

(3) 次の文は，タンポポやヒマワリの花の特《とく》ちょうについて述《の》べたものです。〔　〕にあてはまる語句《ごく》を書きなさい。

〔　　　　　　〕がたくさん集《あつ》まって，1つの大きな花に見える。

(4) タンポポは，花がかれると綿毛《わたげ》ができます。綿毛ができることはタンポポにとってどのような点で都合《つごう》がよいか，簡単《かんたん》に説明《せつめい》しなさい。

〔　　　　　　　　　　　　　　　　　　　　〕

2 図は，ヒトのからだのつくりの一部《いちぶ》を表したものです。次の各問いに答えなさい。

（5点×5）

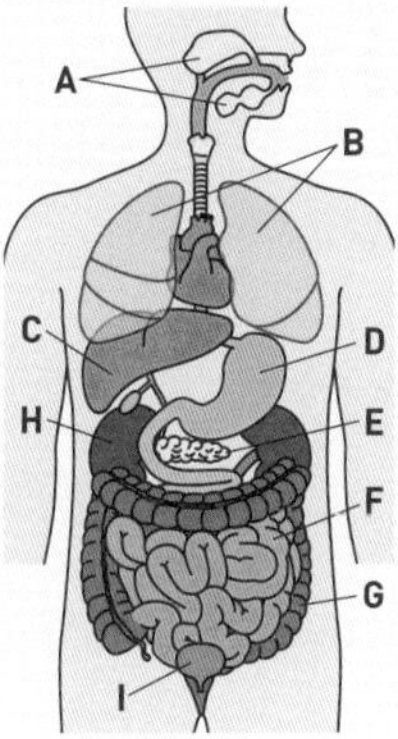

(1) ヒトが食《た》べ物《もの》を口でかむとき，あごの関節付近《かんせつふきん》の何がちぢんだりゆるんだりして，あごを動《うご》かすことができますか。〔　　　　〕

(2) 図の**A**から出される消化液《しょうかえき》を何といいますか。〔　　　　〕

(3) 図の**B**のつくりを守《まも》るはたらきをしている骨《ほね》を何といいますか。〔　　　　〕

ミス注意 (4) 消化された食べ物の養分《ようぶん》が吸収《きゅうしゅう》されるつくりを図の**C**～**G**から1つ選び，記号と名前を答えなさい。(完答《かんとう》)　〔記号　　名前　　〕

ミス注意 (5) からだに生じる不要物《ふようぶつ》を，血液《けつえき》中からこし出しているつくりを図の**H**，**I**から1つ選び，記号と名前を答えなさい。(完答)

〔記号　　名前　　〕

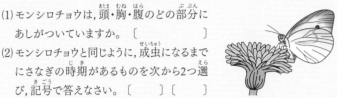

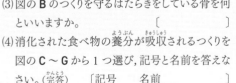

3 図1は花粉《かふん》のはたらきを調《しら》べる実験《じっけん》，図2はメダカの受精卵《じゅせいらん》の変化《へんか》を表《あらわ》したものです。次《つぎ》の各《かく》問《と》いに答えなさい。

（5点×5）

図 1

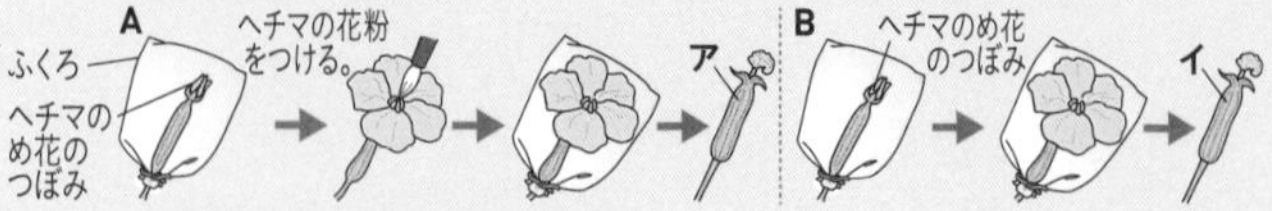
A
ふくろ
ヘチマのめ花のつぼみ
ヘチマの花粉をつける。
ア
B
ヘチマのめ花のつぼみ
イ

(1) 図 1 の実験で，A の花に花粉をつけるとき以外《いがい》は，A，B とも花がさき終《お》わるまでふくろをかけておく理由《りゆう》を簡単《かんたん》に書きなさい。

〔　　　　〕

(2) 図 1 で，実《み》や種子《しゅし》ができるのはア，イのどちらですか。〔　　〕

ミス注意 (3) 自然《しぜん》では，おもに何がヘチマのめ花に花粉を運《はこ》びますか。〔　　〕

(4) 図 2 で，めすが産《う》んだたまごが受精卵になるためには，おすの何が必要《ひつよう》ですか。〔　　〕

図 2

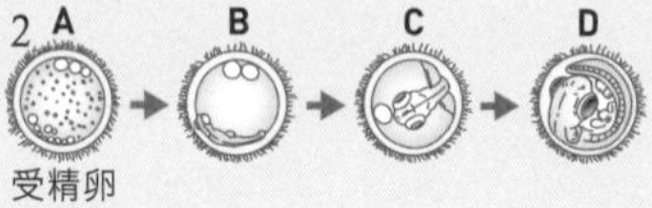
A
B
C
D
受精卵

ミス注意 (5) 図 2 で，受精卵と B，C，D の大きさを比《くら》べた場合，どのようなことがいえますか。次から正しいほうを選《えら》び，記号《きごう》で答えなさい。〔　　〕

ア　受精卵から B → C → D と育《そだ》つ順《じゅん》に大きくなる。

イ　受精卵と B，C，D の大きさはほぼ同じ。

4 図は，植物《しょくぶつ》の葉《は》で，でんぷんがつくられるしくみを表したものです。次の各問いに答えなさい。

（5点×5）

ミス注意 (1) 図の気体 A と気体 B はそれぞれ何ですか。

気体 A〔　　〕

気体 B〔　　〕

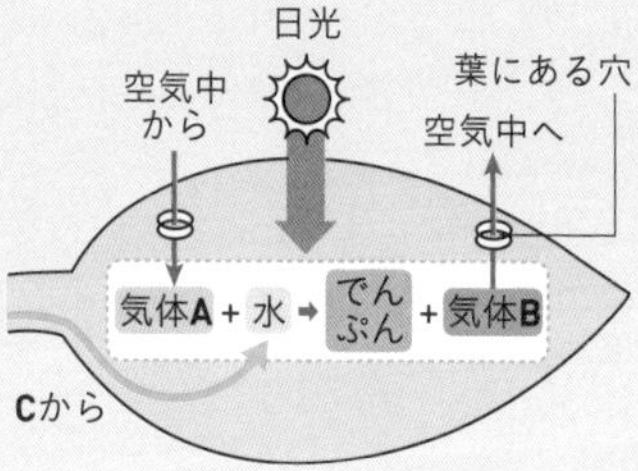
日光
空気中から
葉にある穴
空気中へ
気体A + 水 → でんぷん + 気体B
Cから

(2) 図では，でんぷんをつくるときに必要《ひつよう》な水は「C から」とり入れられることを示《しめ》しています。C にあてはまる植物のからだの部分《ぶぶん》を，漢字《かんじ》 1 字で答えなさい。〔　　〕

(3) 図の「葉にある穴《あな》」からは，水が水蒸気《すいじょうき》となって出ていきます。このことを何といいますか。〔　　〕

(4) 日光に当たった葉を次の日の朝早くにつみとって調べると，葉にでんぷんはあまりないことがわかります。その理由を簡単に書きなさい。

〔　　　　〕

もっと
［生命］わけがわかる5問《もん》

さらに生命《せいめい》をほりさげよう!

がんばる!

Q. 01

アゲハの4令《れい》までのよう虫《ちゅう》は黒かっ色に白い帯《おび》が混《ま》じったような色で，5令よう虫は緑《みどり》色《いろ》をしているのはなぜ？

鳥がチョウのよう虫を食べることがヒント。

Q. 02

ヒトの小腸《しょうちょう》はからだの中で最《もっと》も長い臓器《ぞうき》といわれている。小腸が長いことはどんなことに役《やく》立《だ》つ？

小腸はどんなはたらきをするところだったかな？

A. 01　4令《れい》までは鳥のふんに,5令は葉《は》の色に似《に》せて,鳥などの敵《てき》から見つかりにくいようにするため。

解説

生《い》き物《もの》が敵から身《み》を守《まも》るために,色や形などを別《べつ》のものや周囲《しゅうい》のようすなどに似せることを**擬態**《ぎたい》という。答えは一般的《いっぱんてき》な説《せつ》で,また,アゲハのよう虫《ちゅう》が5令で緑色《みどりいろ》になるのは,からだが一気に大きくなるので,ふんとしては不自然《ふしぜん》に見えるからという考え方がある。

▲4令よう虫までは,見た目が鳥のふんに似ている。

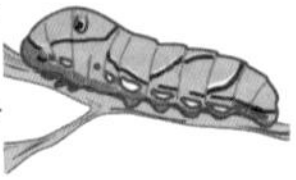

5令よう虫▶

モンシロチョウのよう虫は,たまごから出てすぐは黄色っぽいけど,やがて食べたキャベツの色で緑色になるよね。

アゲハの5令よう虫には,前のほうに目玉のような模様《もよう》がある。これは敵をおどろかすためのものだよ。

A. 02　消化《しょうか》されるものが通過《つうか》する時間が長くなり,多くの養分《ようぶん》を吸収《きゅうしゅう》するのに役《やく》立《だ》つ。

解説

食《た》べ物《もの》を最終的《さいしゅうてき》に消化して吸収する小腸《しょうちょう》が長いことは,ヒトやほかの動物《どうぶつ》の種類《しゅるい》によっては利点《りてん》となる。小腸をふくめた消化管《しょうかかん》の長さは,消化されにくい植物《しょくぶつ》を食べる草食動物《そうしょくどうぶつ》が肉食動物《にくしょくどうぶつ》よりもかなり長い。

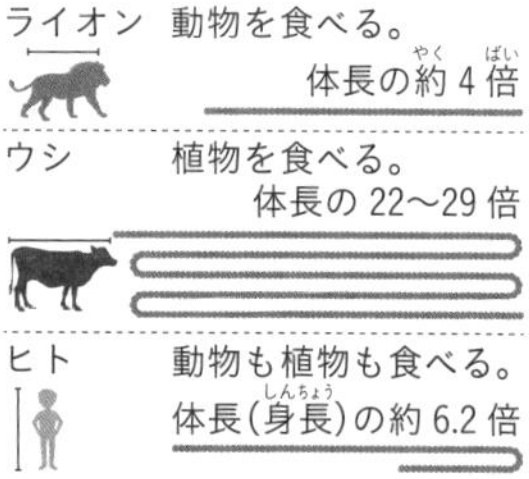
ライオン
動物を食べる。
体長の約《やく》4倍《ばい》
ウシ
植物を食べる。
体長の22〜29倍
ヒト
動物も植物も食べる。
体長(身長《しんちょう》)の約6.2倍

Q. 03

イネの種子《しゅし》は，少し深《ふか》い水の中でも発芽《はつが》できる。それはなぜ？

種子の発芽の条件《じょうけん》の１つに空気があったけど…。

Q. 04

シカのひ害《がい》が深刻《しんこく》な日本。オオカミの導入《どうにゅう》を求《もと》める声があるのはなぜ？

オオカミの食《た》べ物《もの》を考えてみよう。

Q. 05

地球《ちきゅう》の北半球《きたはんきゅう》では，大気《たいき》中の二酸化炭素《にさんかたんそ》のこさは，夏のほうが冬よりも低《ひく》いのはなぜ？

北半球では夏のほうが植物《しょくぶつ》がしげっているよね。

A. 03 イネの種子《しゅし》は,水の中の空気を使《つか》うことができるから。

解説 イネの種子はふつうの種子とちがい,適当《てきとう》な温度《おんど》のもとでは,空気(酸素《さんそ》)の少ない水の中でも発芽《はつが》できる性質《せいしつ》がある。しかし,そのまま水中におくと,空気不足《ぶそく》のため,根《ね》の発育《はついく》はおくれる。

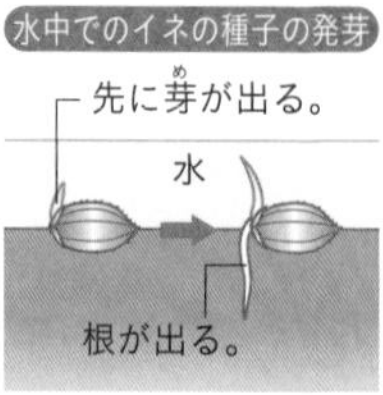
水中でのイネの種子の発芽
先に芽《め》が出る。
水
根が出る。

A. 04 シカを食べるオオカミの導入《どうにゅう》により,シカの数を減《へ》らしたいから。

解説 明治時代《めいじじだい》までは日本にもオオカミが生息《せいそく》していたが,現在《げんざい》は一部《いちぶ》のクマをのぞき,シカをおそうような大形《おおがた》の肉食動物《にくしょくどうぶつ》は日本にはいない。近年,シカがふえすぎ,農作物《のうさくもつ》や木の皮《かわ》などが食いあらされるひ害《がい》が増大《ぞうだい》している。

ヒトがオオカミをく除《じょ》したことで,生態系《せいたいけい》がくずれたんだね。

※オオカミが,シカだけをおそうとは限《かぎ》らないので,さまざまな検討《けんとう》が必要《ひつよう》である。

A. 05 植物《しょくぶつ》の光合成《こうごうせい》は夏のほうがさかんなため,吸収《きゅうしゅう》する二酸化炭素《にさんかたんそ》の量《りょう》が夏のほうが多いから。

解説 植物は光合成を行うときに,二酸化炭素を大気《たいき》(地球《ちきゅう》をとりまく気体《きたい》)中からとり入れる。また,光合成は光が強いほうがさかんになる。そのため,北半球《きたはんきゅう》では,毎年夏のほうが大気中の二酸化炭素のこさが少し低《ひく》くなる。

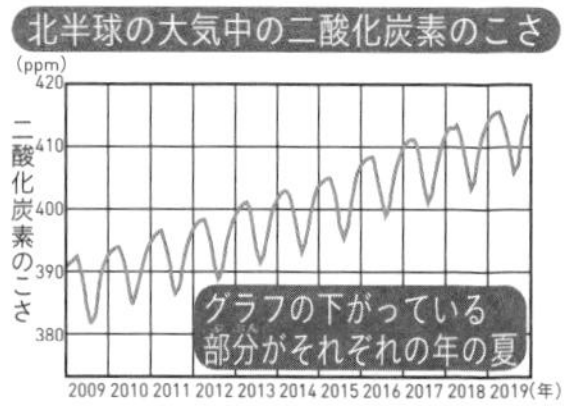
北半球の大気中の二酸化炭素のこさ
(ppm)
420
410
400
390
380
二酸化炭素のこさ
グラフの下がっている
部分がそれぞれの年の夏
2009 2010 2011 2012 2013 2014 2015 2016 2017 2018 2019(年)

物質

今度《こんど》は何を
やるのかな？

身《み》のまわりにある
ものの性質《せいしつ》を
考えていくよ。

Q.01

難易度 ★

体重計《たいじゅうけい》に両足《りょうあし》でのるときと片足《かたあし》でのるときでは，体重計の値《あたい》はどうなる？

ヒント

同じものの形を変《か》えて重《おも》さを比《くら》べた場合はどうだろうか。

A. 同じ値《あたい》になる。

両足《りょうあし》で立った場合も，片足《かたあし》で立った場合も，逆立《さかだ》ちした場合も，全身《ぜんしん》の重《おも》さは同じ。

1 どんな体勢《たいせい》でのっても，体重計《たいじゅうけい》の値は同じ。

小さいものから順番《じゅんばん》に入れると大きいもの１つになる。

2 ばらばらでも１つにまとめても，はかりの値は同じ。

・ものの形を変《か》えても，ものの重さは変わらない。
・ものを分けても全部集《ぜんぶあつ》めると，もとと同じ重さである。

あわせて深ぼり [ものは小さなつぶの集まり]

１つのねん土のかたまりの重さと，それを何個《なんこ》かに分けてはかったものの合計の重さは同じになるんだね。

そう。ただし，ちぎったり丸めたりするときに，ねん土が手に残《のこ》っていたり，少しでもなくなったりしたらだめだよ。

ちぎった１個１個がものすごく小さくても同じことなの？

ものをどんどん小さく分けていくと，目に見えないとても小さなつぶになる。このつぶを**原子《げんし》**といって，原子には重さがある。だから，原子を１つもなくさずに再《ふたた》び集めれば，もとと同じ重さになるわけだ。

ねん土の形を変えても，その原子の数は変わらないから，重さも同じなのか。

１円玉の山をアルミニウムのかたまりとして見た場合

ものの量《りょう》(枚数《まいすう》)が同じなら，全体の形が変わっても重さは同じ。
小さく分けていく。
どんどん小さく分けていく。
アルミニウム原子

くわしく 身《み》のまわりのものはすべて，原子からできている。

Q.02

難易度 ★★

キャップを閉《し》めた
空《から》のペットボトル
全体《ぜんたい》の重《おも》さとは,
何の重さ?

ヒント

わたしたちの身《み》のまわりにあって,見えないけど重さがあるものがあるよ。

A. ペットボトルとキャップと空気の重《おも》さ

ふつうの生活では意識《いしき》することはないが，空気にも重さがある。温度《おんど》が20℃のとき，体積《たいせき》が1Lの空気は約《やく》1.2gの重さがある。

空気1Lの重さをはかるには，空気をおしこんだスプレーかんの重さをはかってから，水中で空気を1L分出したかんの重さを引けばよい。

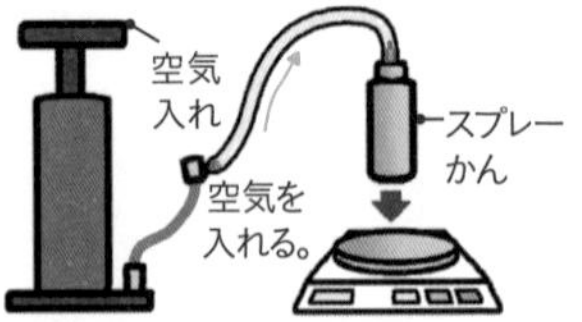

①スプレーかんに空気をおしこみ，かんの重さをはかる。
②水中で，メスシリンダーを用いて1L分の空気を出す。
③また，かんの重さをはかる。

・空気には重さがある。（空気1Lで約1.2g）

あわせて深ぼり [同じ体積のものの重さ]

空気はちっ素《そ》や酸素《さんそ》，二酸化炭素《にさんかたんそ》などのいろいろな種類《しゅるい》の気体《きたい》が混《ま》じり合ったもので，気体の種類ごとに同じ体積の重さはちがうんだよ。

二酸化炭素はほかの気体よりも重いんだね。

いい気づきだね。同じ体積のものの重さで，ものの種類を見分けることができるよ。1 cm^3あたりのものの重さを**密度《みつど》**という。1 cm^3あたりの重さは，水は1g，アルミニウムは2.7g，銅《どう》は8.96g，金はなんと19.3gもあるんだ。

金属《きんぞく》は重いんだね！

そうだね。1000cm^3，つまり1Lでは，金の重さは約19.3kgにもなるよ。

空気をつくる気体
（体積順《じゅん》の上位《じょうい》4種類）

	気体名	体積の割合《わりあい》	1Lの重さ
1位	ちっ素	78％	1.17g
2位	酸素	21％	1.33g
3位	アルゴン	0.93％	1.67g
4位	二酸化炭素	0.04％	1.84g

※重さは20℃のとき

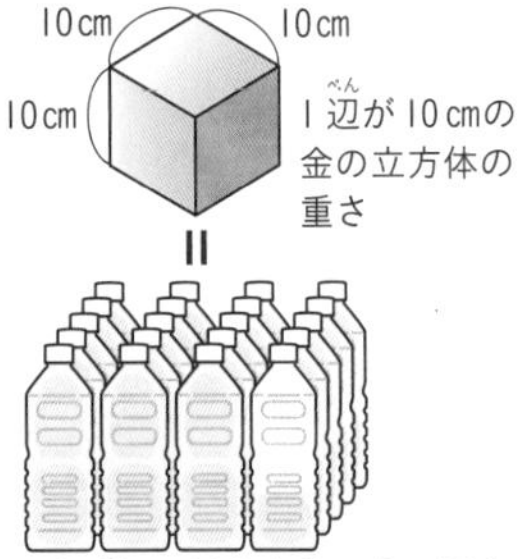

1Lペットボトル19.3本分の水の重さ

くわしく 密度の単位《たんい》には，g/cm^3（グラム毎立方《まいりっぽう》センチメートルと読む）を使《つか》う。

Q.03

難易度 ★★★

水がこおったものが
氷《こおり》なのに，
氷が水にうくのはなぜ？

ヒント

製氷皿《せいひょうざら》に水を入れて冷《れい》とう庫《こ》でこおらせると盛《も》り上《あ》がるよ。何が変《か》わったかな？

A. 同じ体積《たいせき》では，氷《こおり》が水よりも軽《かる》いから。

氷は水がこおっただけで，水と同じものである。しかし，体積が$100cm^3$で重《おも》さが100gの水が氷になると，重さは100gのままで，体積は$100cm^3$よりも大きくなる。したがって，同じ$1cm^3$で重さを比《くら》べると，水はちょうど1gだが，氷は1gよりも小さい。

よって，同じ体積では水よりも氷が軽いので，氷を水に入れるとうく。

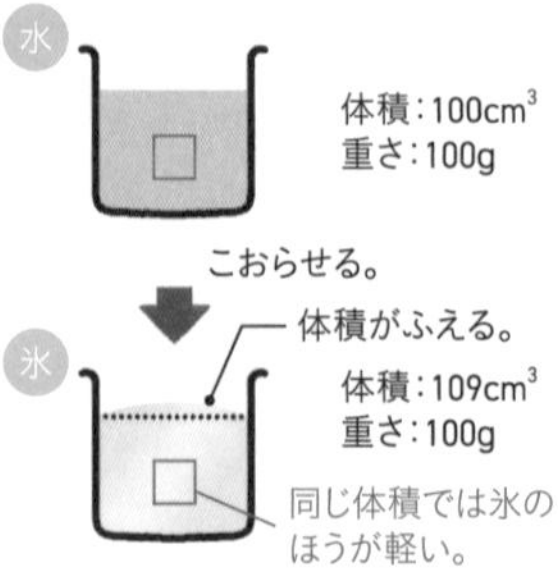
水
体積：$100cm^3$
重さ：100g
こおらせる。
体積がふえる。
氷
体積：$109cm^3$
重さ：100g
同じ体積では氷のほうが軽い。

・液体《えきたい》の水がこおると，$1cm^3$あたりの重さが小さくなる。
・もののうきしずみは，$1cm^3$あたりの重さで決《き》まる。

あわせて深ぼり [ものが液体のときと固体のときの密度]

水と氷は，密度《みつど》(➡p.52)がちがうということだよね。

そう。密度が氷より小さい液体に氷を入れれば，氷でもしずむんだよ。

へー！　ところで，どんなものも，水と氷のようなことになるの？

こおらせた食用油《あぶら》やエタノール(アルコールの一種《いっしゅ》)を，それぞれの液体に入れるとどうなると思う？

えー，うくと思うけどなあ？

残念《ざんねん》，しずむが正解《せいかい》。水以外《いがい》のものは，氷のような固体《こたい》になると体積が小さくなり，液体よりも密度が大きくなるんだ。固体にすると体積が大きくなるのは水に特有《とくゆう》な性質《せいしつ》なんだよ。

◀エタノールにしずんでいる氷
↓
エタノールの密度は，氷の密度より小さい。

こおらせた固体を入れたときの比《ひ》かく

食用油
エタノール
水
固体はしずんでいる。

ろうをこおらせたときの変化《へんか》

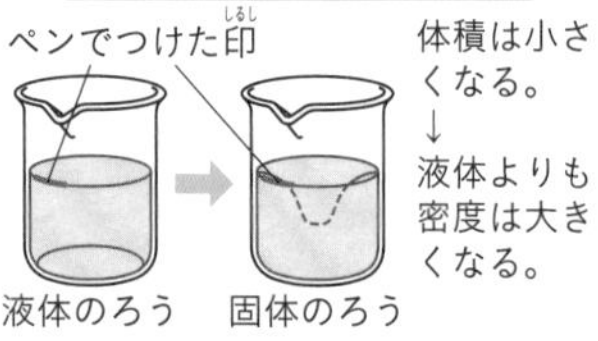
ペンでつけた印《しるし》
液体のろう
固体のろう
体積は小さくなる。
↓
液体よりも密度は大きくなる。

くわしく 鉄《てつ》などの金属《きんぞく》も，熱《ねつ》してとかした液体よりも固体のほうが体積は小さい。

Q.04

難易度 ★

水を入れたなべを，ガスコンロで加熱《かねつ》し続《つづ》けると，なべの水がなくなるのはなぜ？

ヒント

水は消《き》えたわけじゃない。水をあたためるとどうなるかを思い出そう。

A. 水が水蒸気《すいじょうき》となってどんどん空気中に出ていくから。

液体《えきたい》の水がすがたを変《か》えて気体《きたい》になると，目に見えない水蒸気になる。水の表面《ひょうめん》から水蒸気になって空気中に出ていくことを蒸発《じょうはつ》といい，なべの水は加熱《かねつ》しなくても蒸発により，少しずつ減っていく。

水を加熱し続《つづ》けると，水の中からも水蒸気のあわがさかんに空気中に出ていって(ふっとう)，水はどんどん減る。

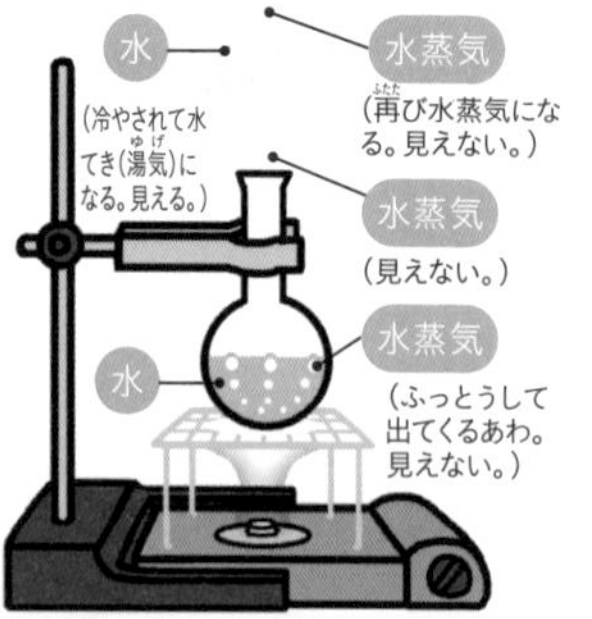

水
(冷やされて水てき(湯気《ゆげ》)になる。見える。)
水蒸気
(再《ふた》び水蒸気になる。見えない。)
水蒸気
(見えない。)
水蒸気
水
(ふっとうして出てくるあわ。見えない。)

- 水がその表面から水蒸気になることを蒸発という。
- 加熱中の水の中からさかんに水蒸気のあわが出る状態《じょうたい》がふっとう。

あわせて深ぼり [水の3つのすがた]

お湯《ゆ》をわかしたとき，見える湯気を水蒸気というのはまちがいなんだね。

そう。水蒸気は水が気体になったもので見えないよ。湯気は空気が冷《ひ》えたときに，空気中にふくまれている水蒸気が集《あつ》まって，小さな水てき(液体の水)になったものなんだ。

液体の水は冷やすと氷《こおり》になるよね。

水は，熱したり冷やしたりすることで「水蒸気⇄水⇄氷」とすがたを変えるよ。すがたを変えるときは，体積《たいせき》が変わるんだ。特《とく》に，液体の水が水蒸気に変わるときは体積がとても大きくなって，密度《みつど》(➡p.52)が小さくなるんだよ(水$1.0g/cm^3$→水蒸気$0.0006g/cm^3$)。

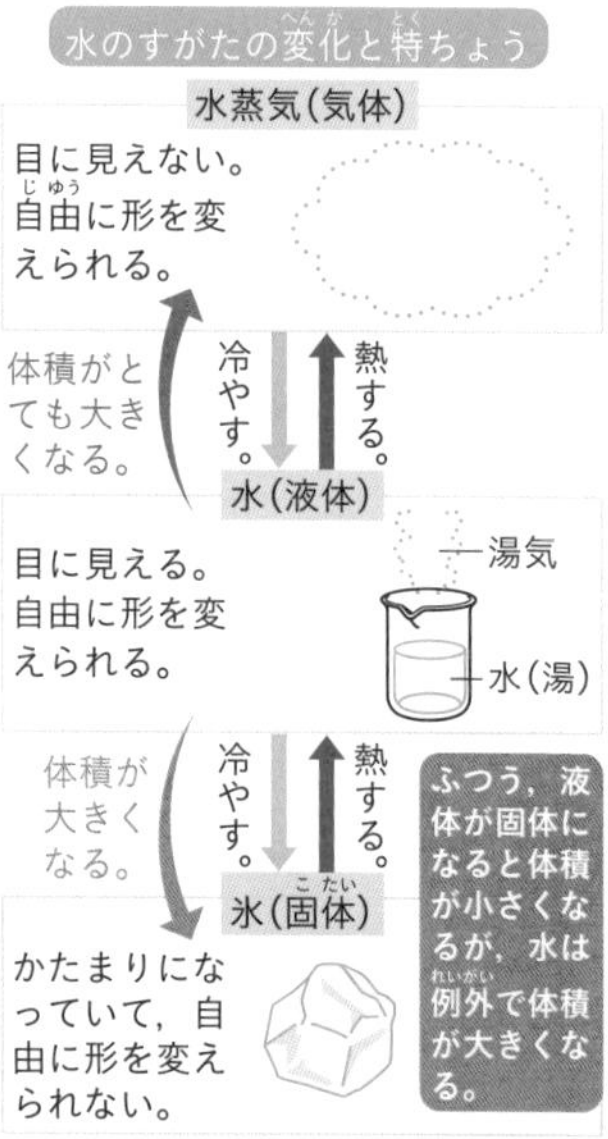

水のすがたの変化《へんか》と特《とく》ちょう
水蒸気(気体)
目に見えない。
自由《じゆう》に形を変えられる。
体積がとても大きくなる。
冷やす。
熱する。
水(液体)
目に見える。
自由に形を変えられる。
湯気
水(湯)
体積が大きくなる。
冷やす。
熱する。
氷(固体《こたい》)
かたまりになっていて，自由に形を変えられない。
ふつう，液体が固体になると体積が小さくなるが，水は例外《れいがい》で体積が大きくなる。

くわしく 真冬《まふゆ》に見られる霜《しも》は，気体の水蒸気が直接《ちょくせつ》固体の氷に変化したもの。

Q.05

難易度 ★★

100℃の水蒸気《すいじょうき》をさらにあたためると、温度《おんど》はどうなる？

ヒント　加熱《かねつ》した水蒸気でマッチに火をつけることができるらしいよ。

ア　100℃のまま変《か》わらない。

イ　100℃より温度が高くなる。

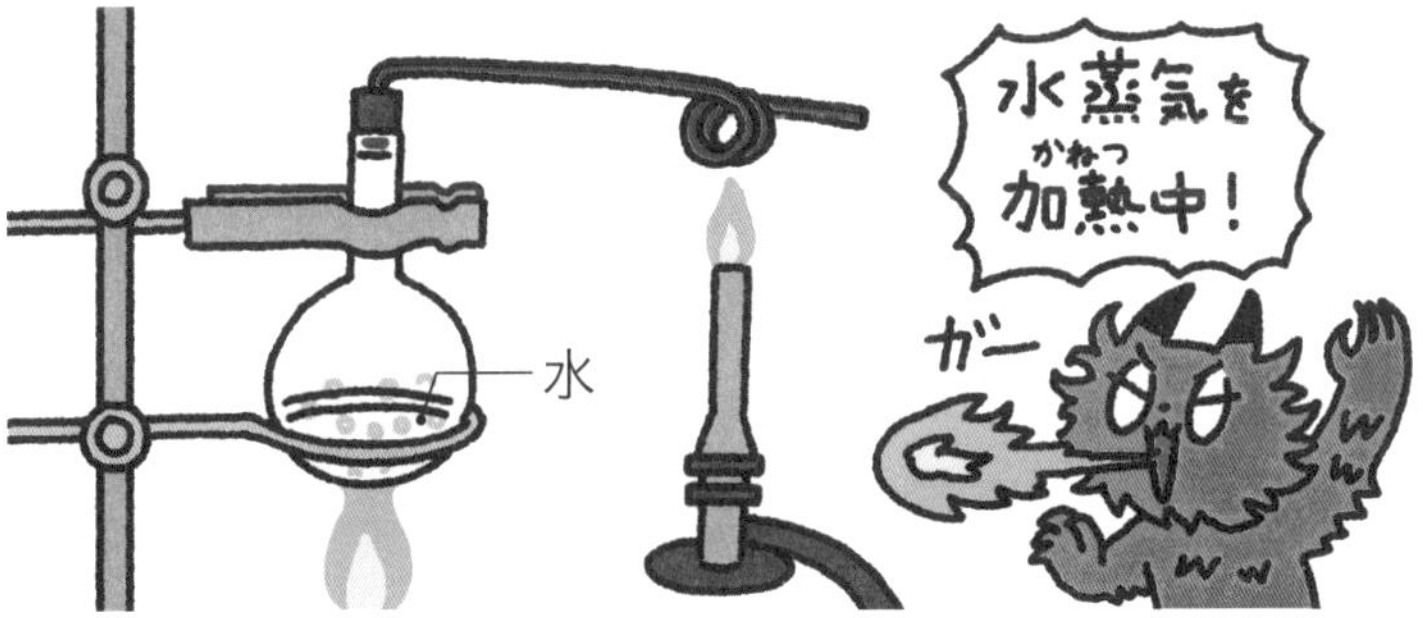

A. イ　100℃より温度《おんど》が高くなる。

水を加熱《かねつ》してふっとうさせると，水蒸気《すいじょうき》がたくさん出る。このときの水蒸気の温度は100℃で，水蒸気が細い管《くだ》を通るようにして紙に当てても紙に変化《へんか》はない。

しかし，水蒸気が細い管を通っている間にガスバーナーのほのおで加熱すると，水蒸気の温度は高くなり，やがて高温の水蒸気によって紙がこげるほどになる。

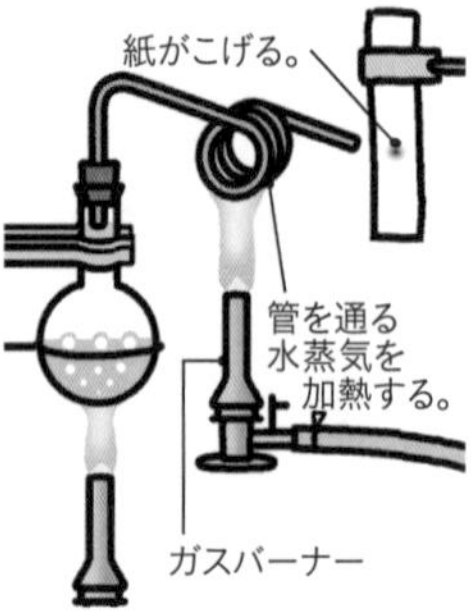
紙がこげる。
管を通る
水蒸気を
加熱する。
ガスバーナー

・ふっとうしている水と出てくる水蒸気の温度は100℃だが，水蒸気は加熱するとさらに温度が上がる。

あわせて深ぼり [水の温度変化]

水蒸気の温度が100℃以上《いじょう》になるのは意外《いがい》だなあ。

水がふっとうしている間は，水と水蒸気がいっしょにある状態《じょうたい》で，温度は一《いっ》定《てい》なんだ。このとき加《くわ》えている熱は，水→水蒸気の変化に使《つか》われている。そして，水がすべて水蒸気になったあとは，加えた熱で水蒸気の温度が上がっていくんだよ。

じゃあ，氷《こおり》をさらに冷《ひ》やしていくと，温度はどうなると思う？

えーっと，0℃より温度は下がる？

当たり！　水を冷やしていったときの温度変化は，右のグラフのようになるんだよ。

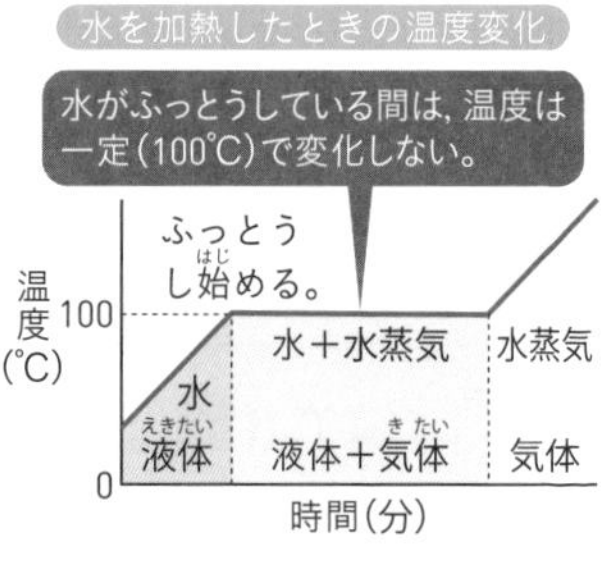
水を加熱したときの温度変化
水がふっとうしている間は，温度は一定(100℃)で変化しない。
ふっとうし始《はじ》める。
温度(℃)
100
0
水＋水蒸気
水蒸気
水
液体《えきたい》
液体＋気体《きたい》
気体
時間(分)

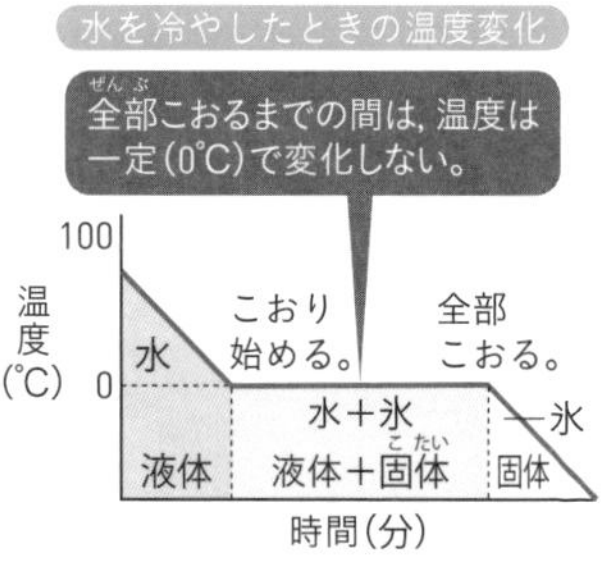
水を冷やしたときの温度変化
全部《ぜんぶ》こおるまでの間は，温度は一定(0℃)で変化しない。
100
温度(℃)
0
こおり始める。
全部こおる。
水
水＋氷
氷
液体
液体＋固体《こたい》
固体
時間(分)

　中学では　ものが，固体・液体・気体の間ですがたを変《か》えることを「状態変化《じょうたいへんか》」という。

Q.06

難易度 ★

同じ体積《たいせき》の空気と水が入った注射器《ちゅうしゃき》のピストンをおすと，水面《すいめん》の高さはどうなる？

ヒント

空気だけを入れたとき，水だけを入れたとき，それぞれピストンはどうなるかな？

ア 水面の高さは変《か》わらない。

イ 水面の高さは $\frac{1}{2}$ になる。

ウ 水面の高さは $\frac{1}{4}$ になる。

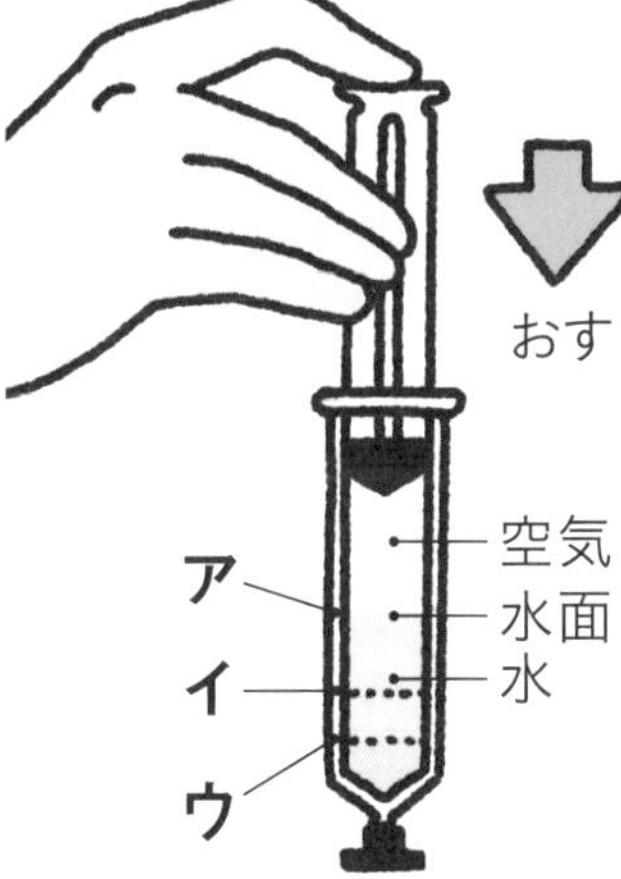

A. ア 水面《すいめん》の高さは変《か》わらない。

ビニルぶくろに空気や水を入れて口をしめたものは，自由《じゆう》に形を変えることができる。しかし，注射器《ちゅうしゃき》に空気だけを入れてピストンをおす場合はかなりおしちぢめることができる一方で，水だけを入れてピストンをおす場合は水はおしちぢめられない。問題《もんだい》のように，両方《りょうほう》を入れた場合は，空気だけがおしちぢめられて水はおしちぢめられず，水面《すいめん》の高さは変《か》わらない。

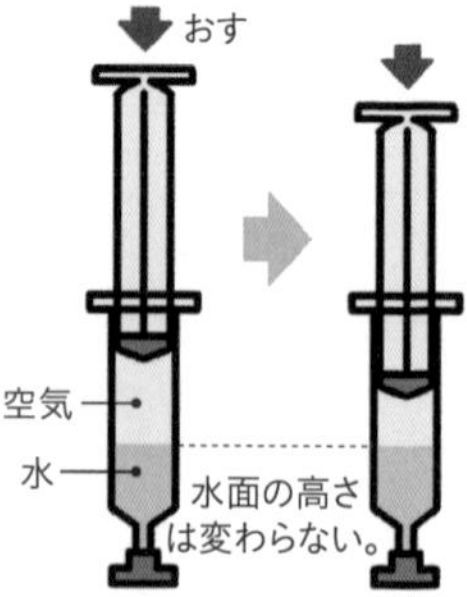
おす
空気
水
水面の高さは変わらない。

・空気や水を容器《ようき》に入れておしたとき，空気は体積《たいせき》が小さくなるが，水は体積が変わらない。

あわせて深ぼり ［気体と液体］

水はおしちぢめられなかったよ。

お店で売っているとうふは，形がくずれないように容器を水で満《み》たしてある。水の性質《せいしつ》をうまく利用《りよう》しているね。

どうして水と空気では，おしちぢめようとすると，こんなにちがうの？

水は，とても小さな水のつぶが集《あつ》まったものだ。液体《えきたい》の水では水のつぶの間はつまっていて，おしちぢめようとしても水の体積は小さくならない。

じゃあ，空気は？

空気の中では，水蒸気《すいじょうき》などのつぶが激《はげ》しく飛《と》び回《まわ》っているけど，つぶの間は広くあいているから，ぎゅっとおしちぢめると，体積が小さくなるんだ。

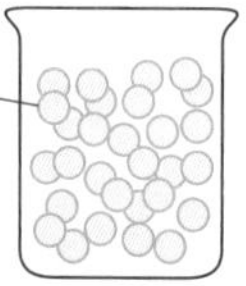
水（液体）
水のつぶ
（動《うご》くことはできる。）

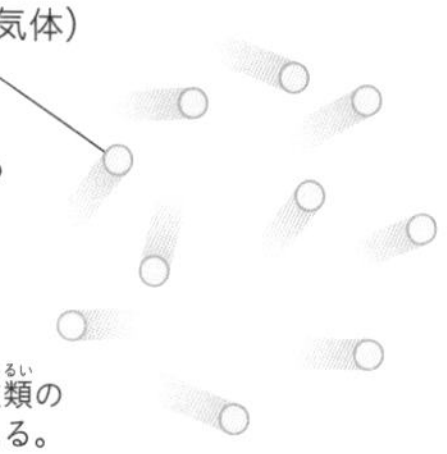
空気（気体）
水蒸気のつぶ
（飛び回っている。）
※ほかの種類《しゅるい》のつぶもある。

参考《さんこう》 氷（固体《こたい》）の水のつぶは規則《きそく》正しく並《なら》んでいて，ほとんど動かない。

くわしく 空気中には，空気をつくるちっ素《そ》や酸素《さんそ》などのつぶも飛び回っている。

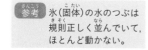

Q.07

難易度 ★★

少しへこんでしまったピンポン玉を，手の力を使《つか》わずにもとにもどすにはどうすればいい？

ヒント

ピンポン玉には割《わ》れ目《め》が入っていなくて，中の空気は減《へ》っていないものとするよ。

A. あたためる。

ピンポン玉が少しへこんだとき, 中の空気がもれるような割《わ》れ目《め》がなければ, 熱《あつ》めのお湯《ゆ》につけることでもとのようにふくらませることができる。

これは, へこむことでおしちぢめられたピンポン玉の中の空気が, あたためられるとふくらんで, へこんだ部分《ぶぶん》をおし返《かえ》すからである。

・熱めのお湯にピンポン玉をうかべておけばよい。
・火にかざしてあたためるようなことをしてはいけない。

・空気は, あたためると体積《たいせき》が大きくなり, 冷《ひ》やすと体積が小さくなる。

あわせて深ぼり［空気・水・金属の温度と体積の変化］

ジャムのびんの, 金属《きんぞく》のふたがかたくて開《あ》けられないんだけど。

ふたを短時間《たんじかん》, お湯であたため, やけどをしないように注意《ちゅうい》してふたをひねってごらん。

開いた！　パワーアップしちゃった。

ちがう, ちがう。金属があたためられたことで, 体積がわずかだけどふえて, ふたがゆるんだせいだよ。

がっかり。ということは, 金属は温度《おんど》によって体積が変《か》わるってこと？

そうだよ。空気に比《くら》べれば体積の変《へん》化《か》はわずかだけどね。空気も水も金属も, あたためれば体積が大きくなり, 冷やすと体積は小さくなるよ。

空気・水・金属の温度と体積

	実験《じっけん》のようす	温度と体積
空気	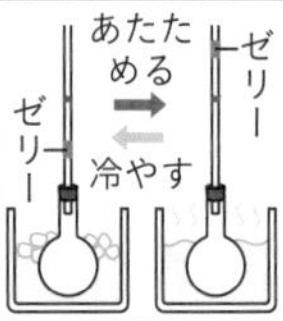 あたためる／冷やす　ゼリー	・温度を上げる→体積は大きくなる。 ・温度を下げる→体積は小さくなる。 ・体積の変化は最《もっと》も大きい。
水	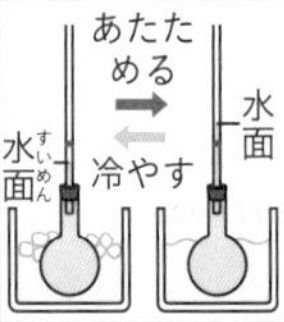 あたためる／冷やす　水面《すいめん》	・温度を上げる→体積は大きくなる。 ・温度を下げる→体積は小さくなる。 ・体積の変化は空気より小さい。
金属	 熱する／冷やす　輪《わ》を通る。　輪を通らない。	・温度を上げる→体積は大きくなる。 ・温度を下げる→体積は小さくなる。 ・体積の変化は非常《ひじょう》に小さい。

くわしく　地球《ちきゅう》の気温《きおん》が上がり続《つづ》けると, 海の水全体《ぜんたい》の体積が大きくなってしまう。

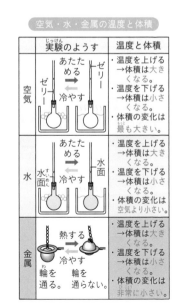

Q.08

難易度 ★

水が入った2本の試験管《しけんかん》の底《そこ》と水面《すいめん》近くをそれぞれ加熱《かねつ》する。あたたかくなるのはどの部分《ぶぶん》？

ヒント
わかしたおふろに最初《さいしょ》に入るとき，「熱《あつ》いと思ったら冷《つめ》たい！」という経験《けいけん》はあるかな。

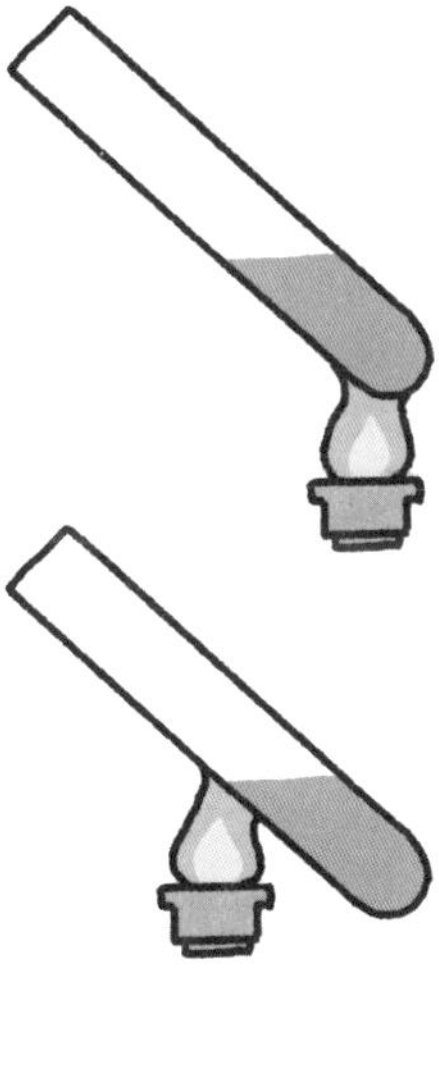

ア　熱《ねっ》したところの近くがあたたかくなる。

イ　どちらも上のほうがあたたかくなる。

ウ　どちらも下のほうがあたたかくなる。

A. イ　どちらも上のほうがあたたかくなる。

底《そこ》のほうを加熱《かねつ》したとき

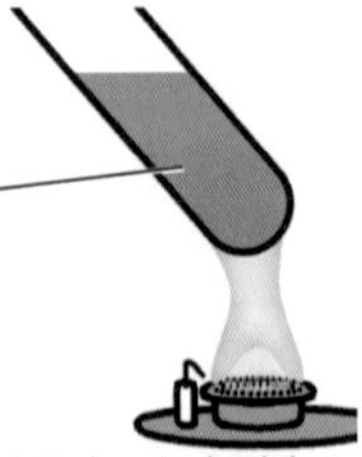

温度《おんど》によって色が変化《へんか》する液体《えきたい》。温度が高いとピンク色になる。

上のほうを加熱したとき

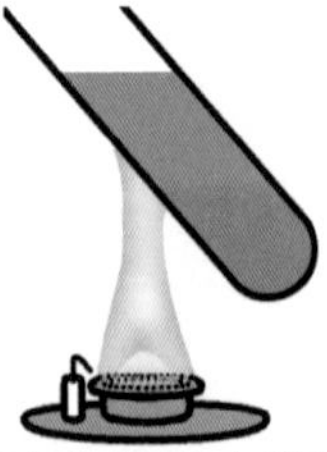

1 熱せられてあたたまった水が上のほうに集《あつ》まる。そのあと，底のほうまであたたまる。

2 上のほうにあたたまった水が集まり，なかなか底のほうまではあたたまらない。

・水を加熱すると，あたためられた水が上のほうへ動《うご》く。この動きが続《つづ》いて全体《ぜんたい》があたたまる。

あわせて深ぼり［空気・水・金属のあたたまり方のちがい］

夏と冬では，エアコンから出る空気の向《む》きを変《か》えるよね？

そう。水と同じように，あたたかい空気は上へ，冷《つめ》たい空気は下へ動くからね。空気や水のようなあたたまり方を熱《ねつ》の**対流**《たいりゅう》というんだ。

どんなものも空気や水と同じようなあたたまり方をするの？

たとえば，うすい鉄板《てっぱん》を指《ゆび》でつまんでぶら下げて持《も》ち，下のはしを加熱しても，すぐに熱《あつ》くて持てなくなるわけではない。鉄などの金属《きんぞく》は，加熱したところから順《じゅん》にあたたまるからだ。金属のようなあたたまり方は熱《ねつ》の**伝導**《でんどう》というんだよ。

空気・水・金属のあたたまり方

	あたたまり方
空気	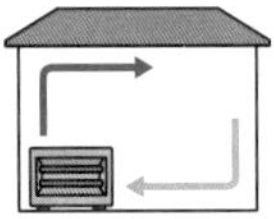 ・あたためられた部分《ぶぶん》が上へ動き，冷たい部分が下へ動く。
水	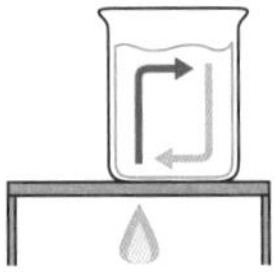 ・あたためられた部分が上へ動き，冷たい部分が下へ動く。
金属	棒《ぼう》　板 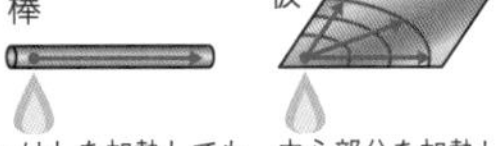 ・はしを加熱しても，中心部分を加熱しても，加熱した部分から順にあたたまる。ななめや縦《たて》にしても同じ。 ・コの字形など，金属の形が変わってもあたたまり方は変わらない。

くわしく 日光が当たったものがあたたまるのは，放射《ほうしゃ》というあたたまり方による。

Q.09

難易度 ★

水にコーヒーシュガーを入れ，1週間《しゅうかん》放置《ほうち》した。コーヒーシュガーがこいところはどこ？

ヒント

かき混《ま》ぜなくても，1週間後には液全体《えきぜんたい》はとう明な茶色になっているよ。

ア　Aのあたり

イ　Bのあたり

ウ　Cのあたり

エ　どこも同じ

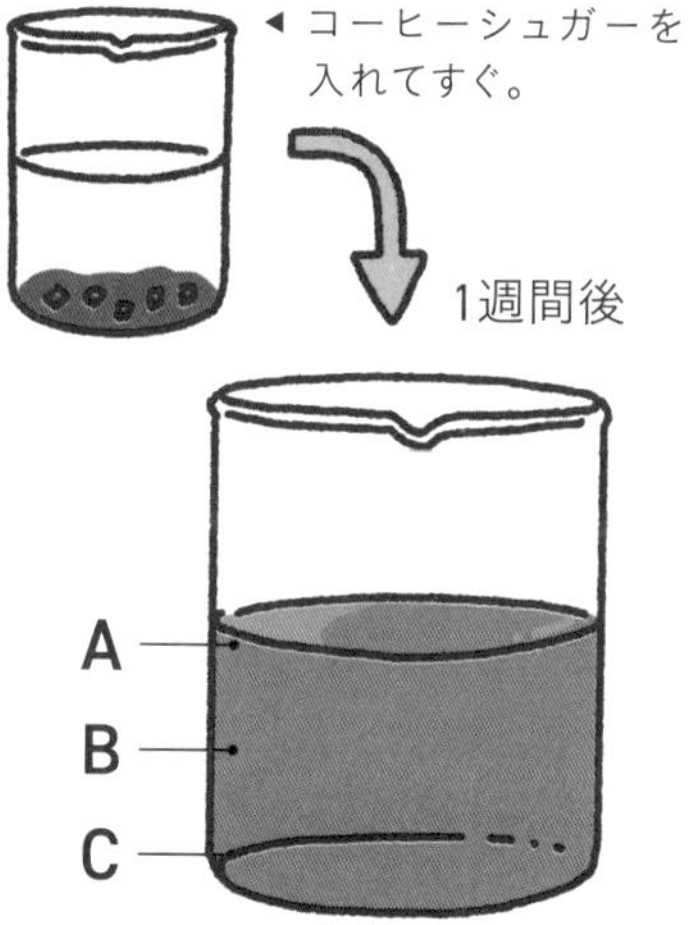

［コーヒーシュガーがとけた液でいちばんこいところ］

A. エ　どこも同じ

入れてすぐ
4日後
1週間後
ラップ
輪《わ》ゴム
コーヒーシュガー

1 まだほとんどとけていない。

2 かなりとけた。底《そこ》のほうがこい。

3 全部《ぜんぶ》とけ，全体が茶色でとう明。こさはどこも同じ。

・砂糖《さとう》などが水にとけた液《えき》を，水《すい》よう液《えき》という。
・水よう液はとう明で，こさはどこも同じ。

あわせて深ぼり［もののとけ方］

水に入れたコーヒーシュガーがだんだん見えなくなっていくのはなぜ？

コーヒーシュガーはとても小さなつぶの集《あつ》まりで，水に入れると表面《ひょうめん》からつぶが細《こま》かくなって，水の中に散《ち》らばっていくからなんだ。

じゃあ，時間がたつとつぶがしずんで，底のほうに集まるんじゃないの？

水よう液では，時間がたってもつぶは均一《きんいつ》に散らばったままだよ。だから，全体のこさは変《か》わらない。でも，でんぷんの場合は，水にとけないので水よう液とはいわない。いくらかき混《ま》ぜても水は白くにごったままで，やがてつぶが底にしずんでたまるんだ。

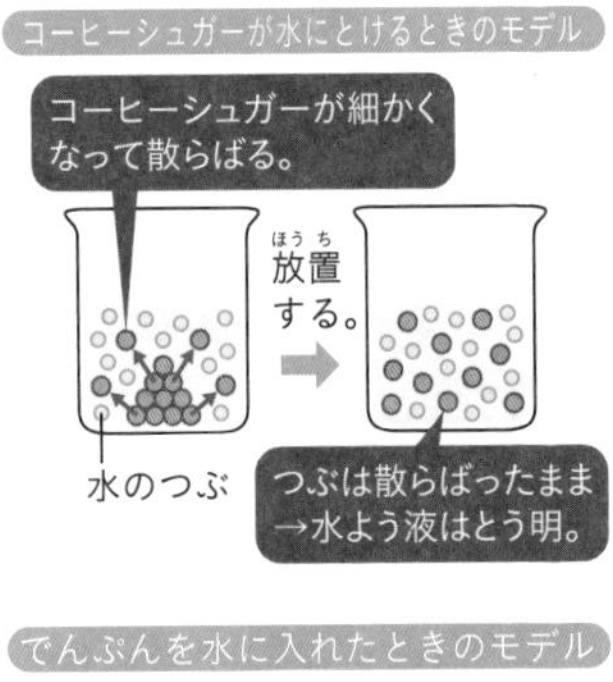

コーヒーシュガーが水にとけるときのモデル
コーヒーシュガーが細かくなって散らばる。
放置《ほうち》する。
水のつぶ
つぶは散らばったまま→水よう液はとう明。

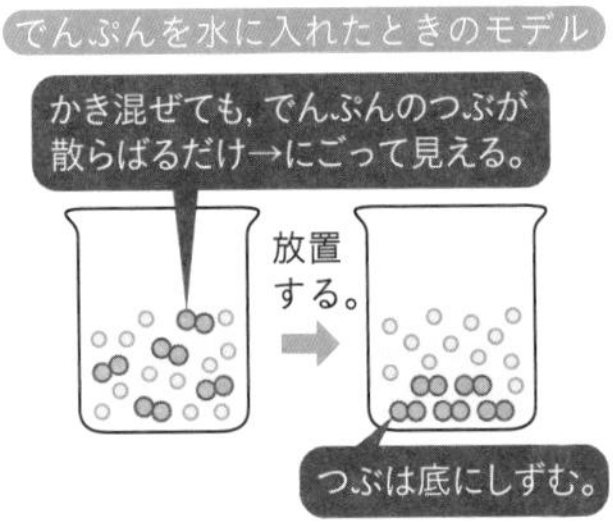

でんぷんを水に入れたときのモデル
かき混ぜても，でんぷんのつぶが散らばるだけ→にごって見える。
放置する。
つぶは底にしずむ。

くわしく 牛乳《ぎゅうにゅう》や石けん水はつぶはしずまないが，とう明ではなく，水よう液とはいわない。

Q.10

難易度 ★★

100gの水と100gのこい食塩水《しょくえんすい》を見分けるには，どちらの道具《どうぐ》を使《つか》えばよい？

ヒント

100gの食塩水というのは，100gの水に食塩をとかしたものではないよ。

ア　メスシリンダーを使う。

イ　電子《でんし》てんびんを使う。

ウ　どちらを使ってもわからない。

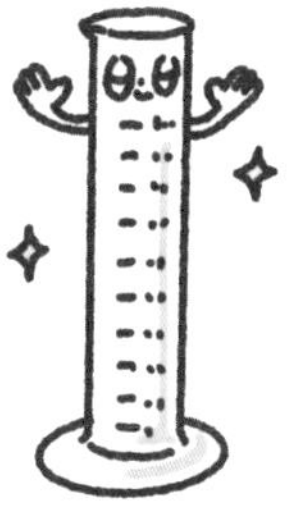

A. ア メスシリンダーを使《つか》う。

水も食塩水《しょくえんすい》も無色《むしょく》とう明で，100gという重《おも》さだけではどちらか判断《はんだん》できない。

しかし，100gの食塩水は100gより少ない水に食塩を加《くわ》えて100gになっている。たとえば，80g（80cm³）の水に食塩20gをとかすと100gの食塩水になるが，体積《たいせき》は100cm³よりは小さい。100gの水は体積が100cm³なので，体積で判断できる。

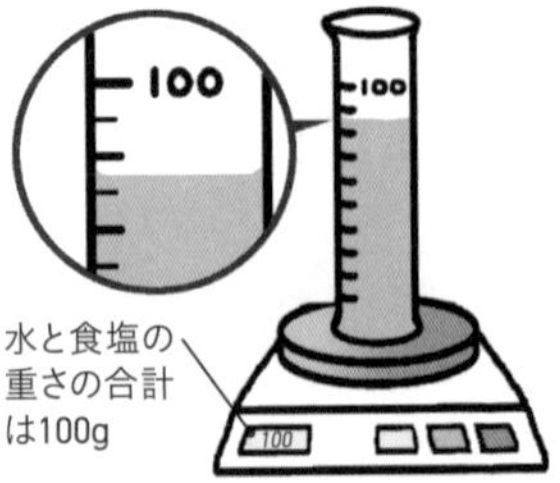

こい食塩水100gは，体積が100cm³より小さい。
100
100
水と食塩の重さの合計は100g
100

・水《すい》よう液《えき》の重さ＝水の重さ＋とかしたものの重さ

あわせて深ぼり［ものがとけたときの重さの保存，水よう液の濃度］

食塩や砂糖《さとう》は，水にとけて見えなくなっても水よう液中にあるんだね。

そうだよ。もとの水の重さ，とかしたものの重さ，水よう液の重さの関係《かんけい》を見るとわかるね。

100gの水に食塩を20gとかした水よう液と，食塩を20gとかして100gになった水よう液ではどっちがこいの？

前者《ぜんしゃ》は120gの水よう液に20gの食塩，後者は100gの水よう液に20gの食塩がとけているから，後者のほうがこい。

なるほど！

水よう液のこさのことを**濃度《のうど》**といい，水よう液の重さに対《たい》するとかしたものの重さの割合《わりあい》で表《あらわ》すんだよ。

ものをとかす前と，とかしたあとの重さの比《ひ》かく

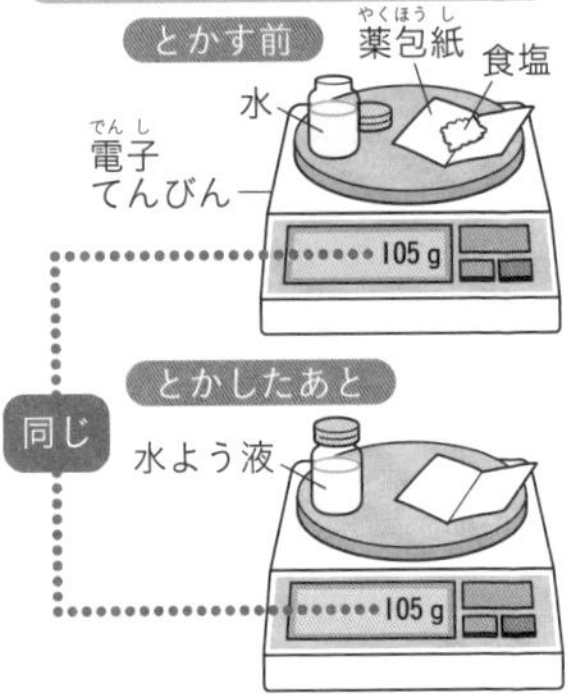

とかす前
薬包紙《やくほうし》
食塩
水
電子《でんし》てんびん
105 g
同じ
とかしたあと
水よう液
105 g

水よう液のこさ（濃度）

$$\text{濃度}(\%) = \frac{\text{とかしたものの重さ}(g)}{\text{水よう液の重さ}(g)} \times 100$$

（水よう液の重さ〔g〕＝水の重さ〔g〕＋とかしたものの重さ〔g〕）

中学では 食塩水の場合，とけている食塩を溶質《ようしつ》，とかしている水を溶媒《ようばい》という。

Q.11

難易度 ★★

10℃の水50mLに、食塩《しょくえん》は18gまでとけた。36gまでとけるようにするにはどうすればよい？

ヒント

追加《ついか》される食塩のつぶが，散《ち》らばっていくことができるかどうかを考えよう。

ア　水の温度《おんど》を30℃にする。

イ　水の量《りょう》を100mLにする。

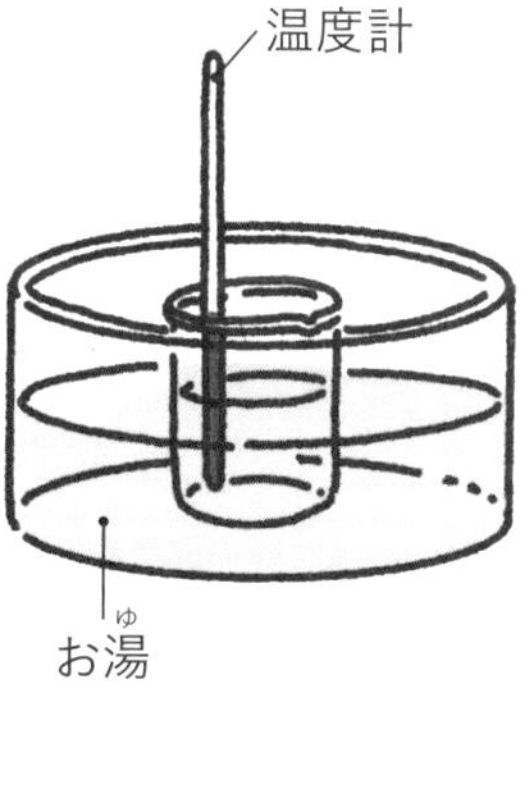

［水に食塩を2倍とかす方法］

A. イ 水の量《りょう》を100mLにする。

水の温度《おんど》ととける量との関係《かんけい》

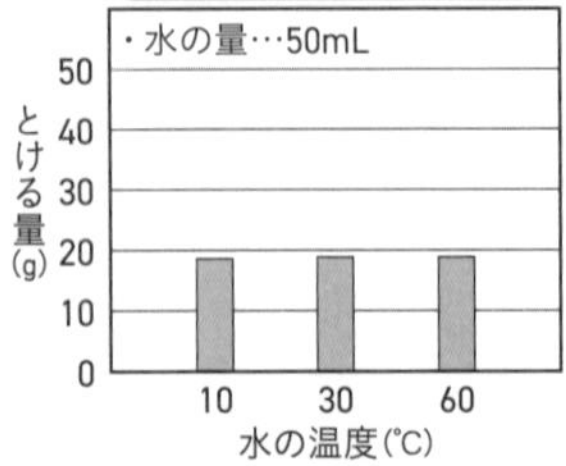
・水の量…50mL
とける量(g)
50
40
30
20
10
0
10
30
60
水の温度(℃)

水の温度を上げても，食塩《しょくえん》がとける量はあまり変《か》わらない。

水の量ととける量との関係

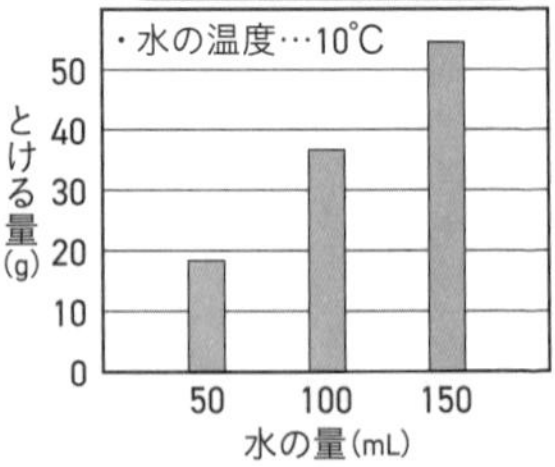
・水の温度…10℃
とける量(g)
50
40
30
20
10
0
50
100
150
水の量(mL)

とける食塩の量は，水の量に比例《ひれい》してふえる。

・食塩がとける量は，水の温度を上げてもほとんど変わらないが，水の量をふやすと多くなる。

あわせて深ぼり ［ものがとける限度の量］

ものがとける量は，どれも食塩と同じような変化《へんか》をするの？

水の量に比例してふえるのは同じだけど，ミョウバンのように温度によってとける量が大きく変わるものが多いよ。

そうなんだ。ミョウバンの，温度によってとける量の変化はすごいな。

100gの水にとけるものの限度《げんど》の量(重《おも》さ)を**溶解度《ようかいど》**といい，ものの種類《しゅるい》と温度によって決《き》まっているんだよ。

限度をこえると，とけきれないんだ。

一度とけても，温度が下がると，とけきれなくなった分が，水の中につぶとなって出てくる。蒸発《じょうはつ》して水の量が減《へ》っても，つぶとなって出てくるよ。

水の温度と溶解度の変化

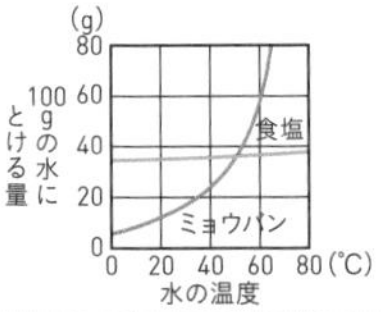
(g)
80
60
40
20
0
100gの水にとける量
食塩
ミョウバン
0
20
40
60
80(℃)
水の温度

50mLの水にとけるミョウバンの量

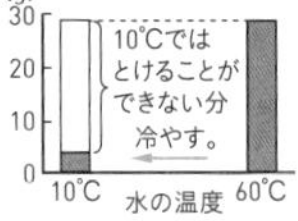
(g)
30
20
10
0
10℃では
とけることが
できない分
冷やす。
10℃
水の温度
60℃

50mLの水にとける食塩の量

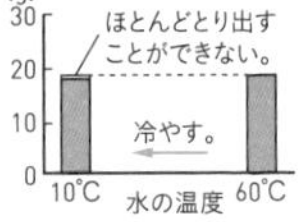
(g)
30
20
10
0
ほとんどとり出す
ことができない。
冷やす。
10℃
水の温度
60℃

とかしたものをとり出すには

水よう液を氷《こおり》で冷《ひ》やす。

水よう液の温度を下げると，つぶが出てくる。→ろ過《か》してとり出すことができる。
(ミョウバン)

水よう液から水を蒸発させると，つぶをとり出すことができる。
(ミョウバン，食塩)

中学では ものが溶解度までとけた水よう液のことを，ほう和《わ》水よう液という。

Q.12

難易度 ★★

どちらの木材《もくざい》の置《お》き方《かた》のほうが燃《も》えやすい？

ヒント 炭《すみ》を燃やすときにはうちわであおいだりする。ものがよく燃えるには何が必要《ひつよう》かな？

ア すべて同じ向《む》きにして，きっちり並《なら》べる。

イ 交互《こうご》に組んで，やぐらのようにする。

A. イ 交互《こうご》に組んでやぐらのようにする。

外部《がいぶ》は空気とふれるので燃《も》えても，木《もく》材《ざい》どうしが接《せっ》している内部《ないぶ》は空気とふれにくいので，あまり燃えない。

木材のすきまから流《なが》れこんだ空気が上へ通りぬけることで，空気が入れかわり，よく燃える。

・木などがよく燃えるためには，ふれる空気が多くて，空気がよく入れかわる必要《ひつよう》がある。

あわせて深ぼり ［ものを燃やすはたらきのある気体］

火のついたろうそくに底《そこ》のないびんをかぶせても，すきまがあれば燃え続《つづ》けるんだね。

そうだね。空気の出入りがいつもあることが大切なんだよ。

空気はいろいろな気体が混《ま》ざったものだったよね。どれが燃えるの？

おもな空気の成分《せいぶん》で，それ自身《じしん》が燃えるものはないよ。燃えたら大変《たいへん》だ！ **酸素《さんそ》**は，燃えるものと結《むす》びついてものを燃やすはたらきがある。しかし，ちっ素《そ》や二酸化炭素《にさんかたんそ》にはものを燃やすはたらきはない。

とにかく，ものが燃えるには，酸素が必要なんだね。

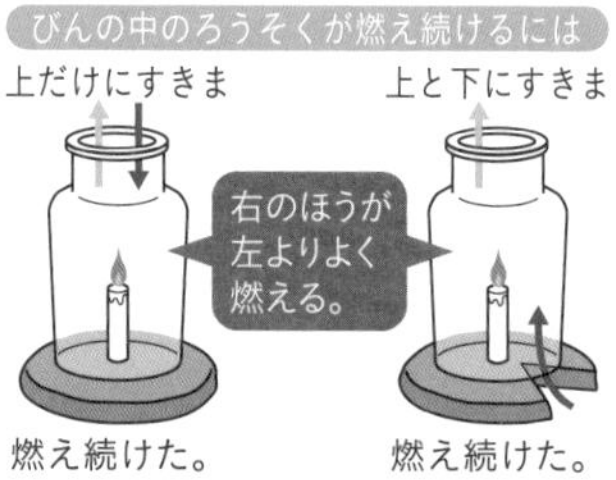
びんの中のろうそくが燃え続けるには
上だけにすきま
上と下にすきま
右のほうが左よりよく燃える。
燃え続けた。
燃え続けた。

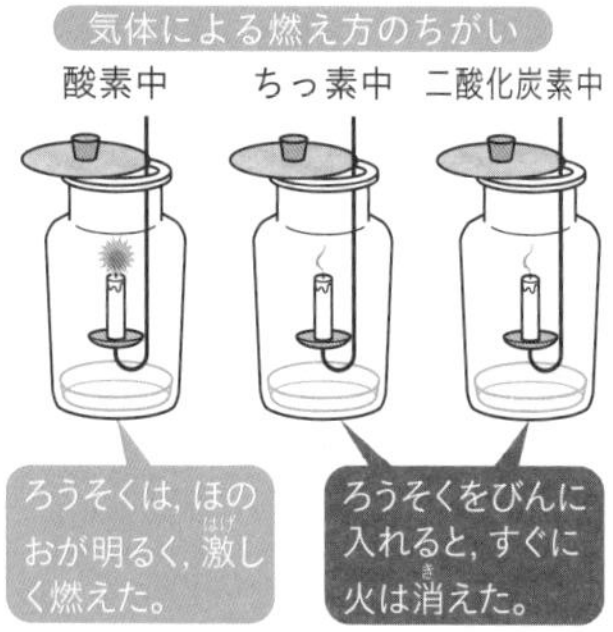
気体による燃え方のちがい
酸素中
ちっ素中
二酸化炭素中
ろうそくは，ほのおが明るく，激《はげ》しく燃えた。
ろうそくをびんに入れると，すぐに火は消《き》えた。

中学では もの（物質《ぶっしつ》）が酸素と結びつく変化《へんか》を酸化《さんか》という。

Q.13

難易度 ★★★

酸《さん》素《そ》50%, 二《に》酸《さん》化《か》炭《たん》素《そ》50%のびんの中に, 火のついたろうそくを入れるとどうなる?

ヒント

ふつうの空気中にふくまれる酸素の割《わり》合《あい》は21%ぐらいあるよね。

A. よく燃《も》える。

空気は，体積《たいせき》の割合《わりあい》で約《やく》78％がちっ素《そ》，約21％が酸素《さんそ》，それ以外《いがい》は二酸化炭素《にさんかたんそ》などの気体《きたい》が混《ま》ざったものである。ちっ素や二酸化炭素のようなものを燃《も》やすはたらきがない気体（➡p.72）が，全体《ぜんたい》の80％近くある空気中でも，ものを燃やすはたらきがある酸素が21％あればろうそくは燃える。よって，酸素が50％もあれば，ろうそくはよく燃える。

・びんの中でろうそくを燃やしたとき，びんの中の酸素の割合が一定《いってい》の割合より大きいと，燃え続《つづ》ける。

あわせて深ぼり ［ものが燃えたときに発生する二酸化炭素］

ものが燃えると，空気中には二酸化炭素が多くなるよね？

あるつぶをふくんだものが燃えると，新しく二酸化炭素ができるからね。

あるつぶって何のこと？

「炭素《たんそ》」というつぶをふくんだものが燃えるとき，炭素と空気中の**酸素**がくっつく変化《へんか》が起《お》こるんだ。「炭素」1つに「酸素」が2つくっついたものが「二酸化炭素」なんだよ。

だから，ものが燃えると，酸素が減《へ》って，二酸化炭素がふえるんだね。

でも，細かくした鉄《てつ》は酸素中で激《はげ》しく燃えるけど，二酸化炭素はできない。炭素をふくんでいないからね。

炭素をふくむ木が空気中で燃えるとき。

二酸化炭素ができて空気中へ出ていく。

くわしく 空気中の酸素の割合が約17～18％になると，火は消えてしまう。

Q.14

難易度 ★★

ヒトのからだで、塩酸《えんさん》と同じような酸性《さんせい》を示《しめ》す液体《えきたい》はどれ？

ヒント

塩酸ほどの強い酸性の液体が，からだの中で行われるあるはたらきでは重要《じゅうよう》だよ。

ア　なみだ

イ　だ液《えき》

ウ　胃液《いえき》

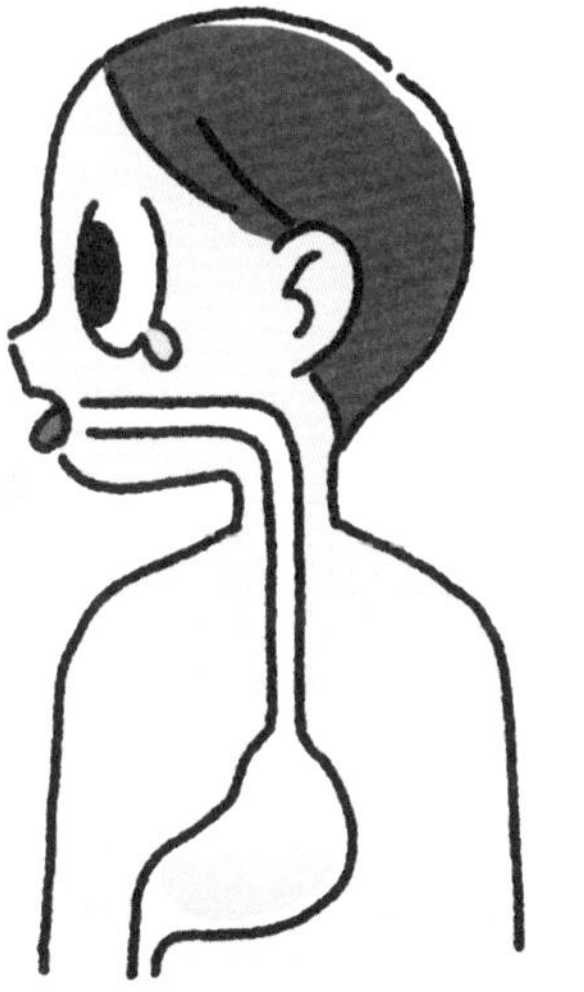

A. ウ　胃液《いえき》

水《すい》よう液《えき》は，リトマス紙などで調《しら》べられる性質《せいしつ》により，酸性《さんせい》・中性《ちゅうせい》・アルカリ性の3種類《しゅるい》に分けられる。水は中性である。

食《た》べ物《もの》が胃《い》に入ってきたときに消化《しょうか》のために出される胃液は，強い酸性を示《しめ》す。

なみだやだ液は，ほぼ中性。だ液は飲食《いんしょく》により少し酸性になっても，時間がたてば中性にもどる。

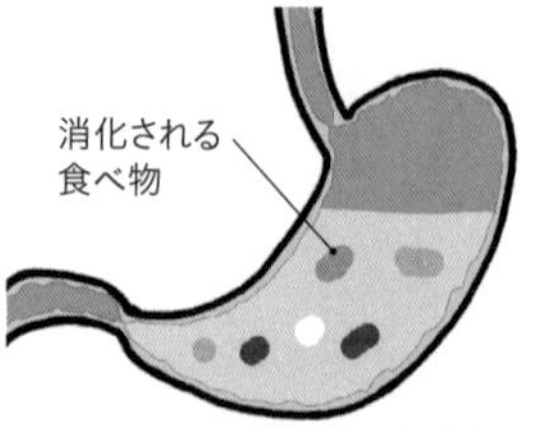
消化される
食べ物

胃液のおもな成分《せいぶん》が塩酸《えんさん》（胃《い》酸《さん》という）なので，胃液は強い酸性を示す。

・水よう液は酸性・中性・アルカリ性に分けられる。
・水よう液の性質は，水にとけているものによって決《き》まる。

あわせて深ぼり［酸性・中性・アルカリ性］

胃自身《じしん》は胃液で消化されないの？

胃からは，胃の内側《うちがわ》を守《まも》るものも出されていて，それが胃液の酸性を弱めて胃を守っているんだ。

酸性にも弱い・強いがあるんだね。

塩酸も水を加《くわ》えていくにつれて弱い酸性になり，中性に近くなる。アルカリ性の水よう液を加えても性質が変《か》わるよ。

リトマス紙以外《いがい》にも水よう液の性質を調べるものはあるの？

いろいろあるけど，**BTB《ビーティービー》よう液**はよく使《つか》われるね。酸性は黄色，中性は緑《みどり》色《いろ》，アルカリ性は青色を示すよ。

へぇー，何かきれいだなあ。

水よう液の性質の変化

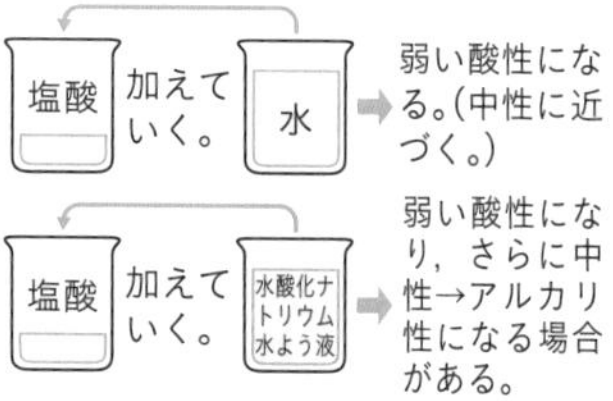
塩酸
加えていく。
水
弱い酸性になる。（中性に近づく。）
塩酸
加えていく。
水酸化ナトリウム水よう液
弱い酸性になり，さらに中性→アルカリ性になる場合がある。

水よう液の性質

	リトマス紙	BTBよう液	例《れい》
酸性	青→赤 赤のまま	黄色	塩酸，炭酸水《たんさんすい》，す，ホウ酸水，レモンのしる，胃液
中性	青のまま 赤のまま	緑色	食塩水《しょくえんすい》，砂糖水《さとうみず》
アルカリ性	青のまま 赤→青	青色	アンモニア水，石灰水《せっかいすい》，水酸化ナトリウム水よう液

　中学では　酸性やアルカリ性の性質を決めているもの（イオン）や中和《ちゅうわ》について学ぶ。

Q.15

難易度 ★

蒸《じょう》発《はつ》皿《ざら》に入れたまま放《ほう》置《ち》しておくと，白くよごれたようなあとが残《のこ》る水《すい》よう液《えき》はどれ？

ヒント

水がなくなったときに，とけていたものが見えるようになるということだね。

ア　石灰水《せっかいすい》

イ　うすい塩酸《えんさん》

ウ　うすいアンモニア水

［蒸発皿が白くよごれる水よう液］

A. ア 石灰水《せっかいすい》

固体《こたい》がとけた水《すい》よう液《えき》では，水を蒸発《じょうはつ》させると，とけていたものがつぶとなって出てくる。石灰水は，消石灰《しょうせっかい》（水酸化《すいさんか》カルシウム）というものがとけているので，水を蒸発させると，消石灰の白いつぶが残《のこ》る。

塩酸《えんさん》とアンモニア水は，気体《きたい》がとけた水よう液で，水を蒸発させると，あとには何も残らない。

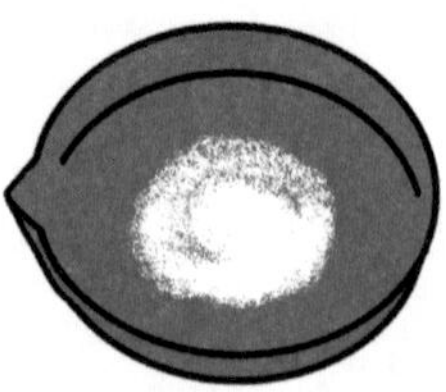

▲ 石灰水を加熱《かねつ》して，水を蒸発させたもの。消石灰のつぶが残る。

・水よう液の水を蒸発させたとき，固体がとけた水よう液では，とけていたものが出てきてあとに残る。

あわせて深ぼり ［気体がとけている水よう液］

塩酸は，「塩」っていう字があるから，固体がとけた水よう液だと思ってた。

やれやれ。塩酸は**塩化水素**《えんかすいそ》という気体がとけているよ。アンモニア水のアンモニアと同様《どうよう》に有毒《ゆうどく》な気体だから，蒸発させるときは換気《かんき》に注意《ちゅうい》！

はーい。ところで，あわが出る炭酸《たんさん》水《すい》は気体の何がとけているの？

炭酸水は二酸化炭素《にさんかたんそ》がとけている。ペットボトルに水と二酸化炭素を入れてよくふると，二酸化炭素が水にとけるためにペットボトルがへこむよ。でも，アンモニアや塩化水素は二酸化炭素に比《くら》べると，もっと水にとける気体なんだ。

とけているものは気体？ 固体？

5種類《しゅるい》の水よう液調《しら》べ

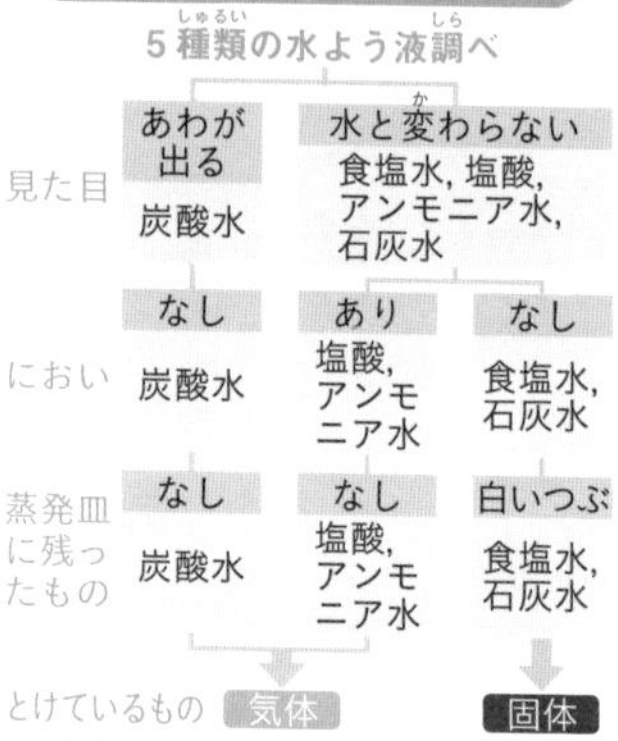
見た目
あわが出る
炭酸水
水と変《か》わらない
食塩水，塩酸，アンモニア水，石灰水
におい
なし
炭酸水
あり
塩酸，アンモニア水
なし
食塩水，石灰水
蒸発皿に残ったもの
なし
炭酸水
なし
塩酸，アンモニア水
白いつぶ
食塩水，石灰水
とけているもの
気体
固体

二酸化炭素を水にとかしてみる

ペットボトル
二酸化炭素
水
よくふる。
へこむ。

くわしく 水よう液を加熱中は，保護《ほご》めがねをかけ，蒸発皿をのぞきこまないこと。

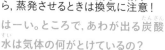

Q.16

難易度 ★

アルミニウムはくを折《お》ってつくった小さなツルを，うすい塩酸《えんさん》にうかべるとどうなる？

ヒント　水にとける紙を水に入れると，ゆっくりとけていくけど，同じようすなのかな？

ア　おだやかにとけて，しずんでいく。

イ　あわを出しながらとけて，しずんでいく。

［アルミニウムを塩酸にうかべたとき］

A. イ　あわを出しながらとけて，しずんでいく。

試験管《しけんかん》に入ったうすい塩酸《えんさん》に，アルミニウムや鉄《てつ》（スチールウール）を入れると，さかんにあわが出てとける。出ているあわは水《すい》素《そ》という気体《きたい》で，試験管は熱《あつ》くなっている。

アルミニウムや鉄がとけた液体《えきたい》を蒸発皿《じょうはつざら》に少量《しょうりょう》とって加熱《かねつ》すると，あとに固体《こたい》が残《のこ》る。この固体は，もとのアルミニウムや鉄とはちがうものである。

◀ 塩酸の中でさかんにあわを出してとけるアルミニウム
液体を少量とって加熱。

アルミニウムとはちがうものが残る。

・塩酸は，アルミニウムや鉄などの金属《きんぞく》をとかす。
・塩酸にとけたアルミニウムは，別《べつ》のものに変化《へんか》している。

あわせて深ぼり ［塩酸にとけたアルミニウムや鉄］

アルミニウムや鉄が塩酸にとけたあとの液を蒸発させて出てきたものは，もとの金属とちがうって本当？

蒸発皿に残ったものをかき集《あつ》めて調《しら》べてみよう。まず，もとが鉄のものに磁石《じしゃく》を近づけてみるよ。

あれっ！　磁石につかないね。

次《つぎ》は，かき集めたそれぞれのものに塩酸を加《くわ》えてみるよ。

おっと！　どちらもあわを出さないでとけたよ。おどろきだね。

さらに，どちらも電流《でんりゅう》が流《なが》れない。種《たね》明《あ》かしをすると，アルミニウムは塩化《えんか》アルミニウムというものに，鉄は塩化鉄というものに変化したんだ。

①蒸発皿に残ったものに磁石を近づける

鉄が塩酸にとけた液を蒸発させて残ったもの→磁石につかない。

※アルミニウムはもともと磁石につかない。

②蒸発皿に残ったものに塩酸を加える

もとがアルミニウム　　もとが鉄

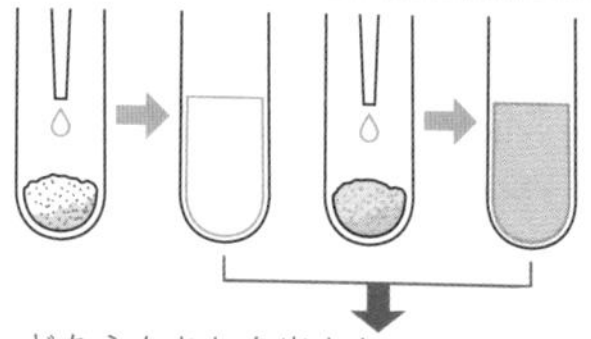

どちらもあわを出さないでとける。

①や②のような結果《けっか》から，金属をとかした塩酸を蒸発させたときに，あとに残ったものは，もとの金属とは別のものである。

くわしく　水酸化《すいさんか》ナトリウム水よう液には，アルミニウムはとけるが，鉄はとけない。

実力《じつりょく》がついたかどうか，試《ため》してみよう。

［物質］ 確認《かくにん》テスト

●100点満点
●答えは165ページ

1 図は，金属《きんぞく》の棒《ぼう》や水を加熱《かねつ》しているようすを表《あらわ》したものです。次《つぎ》の各問《かくと》いに答えなさい。

（5点×5）

ろうをぬった
金属の棒
ア
イ
ウ
熱する
ところ

図 1

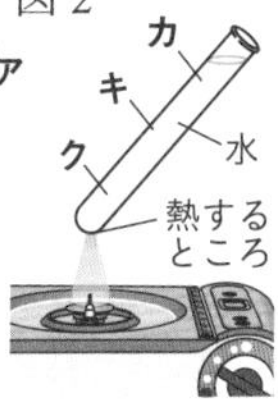

カ
キ
ク
水
熱する
ところ

図 2

(1) 図 1 で，ろうが早くとけるのはどこですか。**ア～ウ**から選《えら》び，記号《きごう》で答えなさい。〔　　　　〕

ミス注意 (2) 図 2 で，水が早くあたたまるのはどこですか。**カ～ク**から選び，記号で答えなさい。〔　　　　〕

(3) 金属と水では，どちらが空気のあたたまり方と似《に》ていますか。〔　　　　〕

(4) 図 2 の水を加熱し続《つづ》けると，ふっとうして水の中からさかんにあわが出てきます。このあわは何ですか。〔　　　　〕

(5) 水がふっとうしている間の水の温度《おんど》の変化《へんか》について，簡単《かんたん》に説明《せつめい》しなさい。〔　　　　〕

2 図は，ものがとける量《りょう》と水の温度の関係《かんけい》を表したものです。次の各問いに答えなさい。

（5点×5）

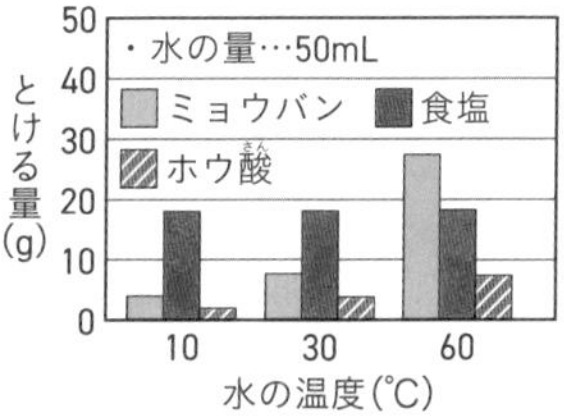

・水の量…50mL
ミョウバン
食塩
ホウ酸《さん》
とける量(g)
50
40
30
20
10
0
10
30
60
水の温度(℃)

(1) 図の 3 種類《しゅるい》で，水の温度が上がると，とける量のふえ方が最《もっと》も大きくなるものはどれですか。〔　　　　〕

ミス注意 (2) 30℃の水100mLにとける食塩《しょくえん》は最大《さいだい》約《やく》何gですか。〔　　　　〕

(3) 重《おも》さが50gのビーカーに60℃の水を50mL入れ，30gのミョウバンを加《くわ》えました。はかりでビーカーごと重さをはかると何gの値《あたい》を示《しめ》しますか。水 1 mLは 1 gとします。〔　　　　〕

ミス注意 (4) ミョウバンと食塩を，それぞれ30℃の水50mLに，とけるだけとかしたとき，水《すい》よう液《えき》のこさ(濃度《のうど》)の値が大きいほうはどちらですか。値が同じ場合は「同じ」と書きなさい。〔　　　　〕

(5) 食塩水から，とけている食塩をできるだけたくさんとり出す方法《ほうほう》を，簡単に書きなさい。〔　　　　〕

3 図はろうそくが燃《も》える前とあとの空気を調《しら》べる実験《じっけん》について表《あらわ》したものです。次《つぎ》の各問《かくと》いに答えなさい。

（5点×5）

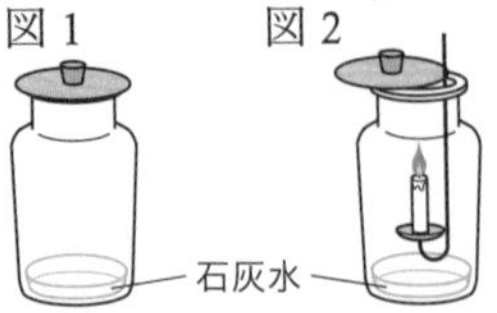

図 1
図 2
石灰水

(1) 図 1 は, 空気が入っている集気《しゅうき》びんです。この集気びんをよくふると, 石灰水《せっかいすい》はどうなりますか。〔　　　　　　　　〕

(2) 図 2 のように, 図 1 の集気びんに火がついたろうそくを入れ, 火が消《き》えてからろうそくをとり出して集気びんをよくふると, 石灰水はどうなりますか。〔　　　　　　　　〕

(3) (1)と(2)から, ろうそくが燃えると何という気体ができることがわかりますか。〔　　　　　　　　〕

ミス注意 (4) 図 1 の集気びんにちっ素《そ》だけを入れ, そこに図 2 のように火がついたろうそくを入れるとどうなりますか。〔　　　　　　　　〕

ミス注意 (5) 図 1 の集気びんに酸素《さんそ》だけを入れ, そこに図 2 のように火がついたろうそくを入れると, ほのおを上げて激《はげ》しく燃えます。火が消えたあと, 集気びんの中の気体《きたい》に酸素はふくまれていますか。〔　　　　　　　　〕

4 図は, 3種類《しゅるい》の水《すい》よう液《えき》について調べる実験を表したものです。次の各問いに答えなさい。

（5点×5）

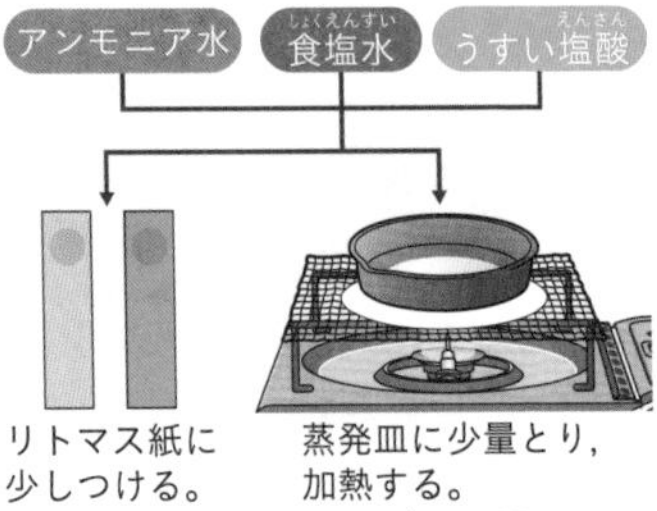

アンモニア水
食塩水《しょくえんすい》
うすい塩酸《えんさん》
リトマス紙に少しつける。
蒸発皿に少量とり, 加熱する。

ミス注意 (1) リトマス紙につけたとき, 赤色→青色に変化《へんか》し, 青色は変化しなかった水よう液はどれですか。〔　　　　　　　　〕

(2) (1)の水よう液の性質《せいしつ》は, 酸性《さんせい》・中《ちゅう》性《せい》・アルカリ性のどれにあてはまりますか。〔　　　　　　　　〕

(3) 蒸発皿《じょうはつざら》に少量《しょうりょう》とって加熱《かねつ》したとき, 水が蒸発したあとに固体《こたい》が残《のこ》った水よう液はどれですか。〔　　　　　　　　〕

(4) 少量のスチールウール(鉄《てつ》)を入れるとあわを出してとけるのは, 3 種類の水よう液のうちのどれですか。〔　　　　　　　　〕

ミス注意 (5) (4)のスチールウールがとけた液を蒸発皿にとって加熱《かねつ》すると, あとに固体が残りました。この固体が, もとのスチールウールとは異《こと》なるものであることがわかる例《れい》を, 1 つ簡単《かんたん》に書きなさい。

〔　　　　　　　　〕

［物質］ もっと わけがわかる5問《もん》

さらに物質をほりさげよう!

がんばる!

Q. 01

空気でふくらませたゴム風船《ふうせん》をつつの中にとじこめて，上からつつの中の空気をおしたとき，風船はどうなる？

空気にはおすとちぢむ性質《せいしつ》があったよね?

Q. 02

5円玉のような穴《あな》の開《あ》いた金属板《きんぞくばん》を加熱《かねつ》すると，穴の大きさはどうなる？

金属の棒《ぼう》におきかえて考えてみよう。

A. 01 風船全体《ふうせんぜんたい》がおしちぢめられたように小さくなる。

解説 つつにとじこめられた空気をおすと，空気はおしちぢめられる。ゴム風船のまくはやわらかいので，風船の中の空気にもおしちぢめる力がはたらく。中の空気がちぢめば，風船自体が小さくなる。ただし，風船は平《ひら》たくなるのではなく，全体がほぼ均一《きんいつ》に小さくなる。

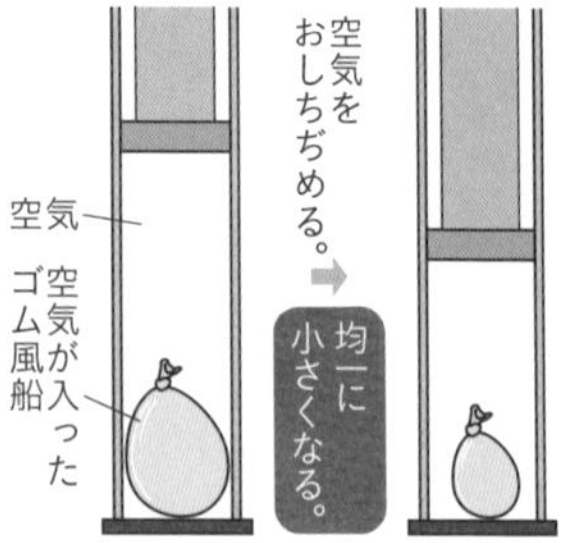
空気
空気が入ったゴム風船
空気をおしちぢめる。
均一に小さくなる。

ゴム風船ではなく，中が空気のかたいプラスチックの球《きゅう》などでは変《へん》化《か》しないんだね。

空気で体積《たいせき》を大きくしている発《はっ》ぽうポリスチレンを用いても，小さくなるのが見られるよ。

A. 02 わずかだが大きくなる。

解説 加熱《かねつ》により，穴《あな》の空間のほうへも金属《きんぞく》の体積《たいせき》がふえる（穴が小さくなる）ように思えるが，細い金属の棒《ぼう》で模式的《もしきてき》に考えてみよう。

　同じ金属の棒を何本か用意《ようい》し，まっすぐ・カーブ・半円などにして加熱する。すると，どの金属の棒ものび，カーブさせた内側《うちがわ》の辺《へん》ものびていることになる。棒を輪《わ》にした場合も，内側の辺（穴の円周《えんしゅう》）がのびている，つまり，直《ちょっ》径《けい》が大きくなっていることになる。

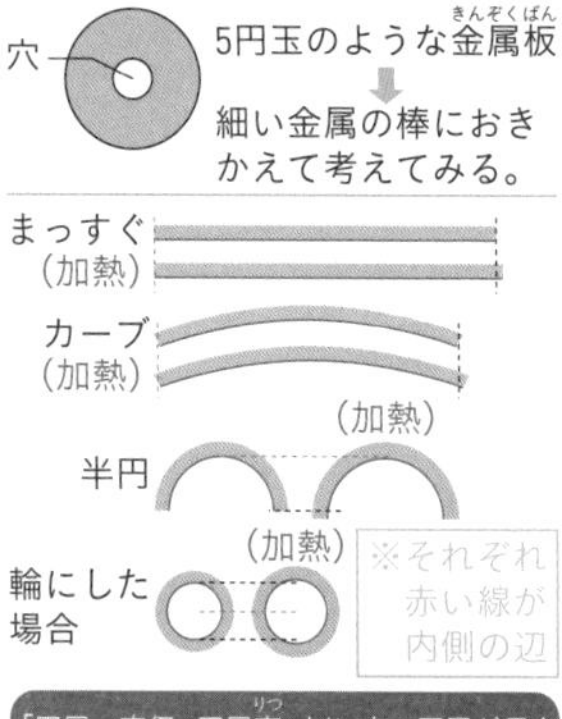
穴
5円玉のような金属板《きんぞくばん》
細い金属の棒におきかえて考えてみる。
まっすぐ
（加熱）
カーブ
（加熱）
（加熱）
半円
（加熱）
輪にした場合
※それぞれ赤い線が内側の辺
「円周＝直径×円周率《りつ》」より，穴の円周が長くなったのは，直径が大きくなったから。

Q. 03

ろうそくの火を消《け》したときの白いけむりに火を近づけると，再《ふたた》び火がつくのはなぜ？

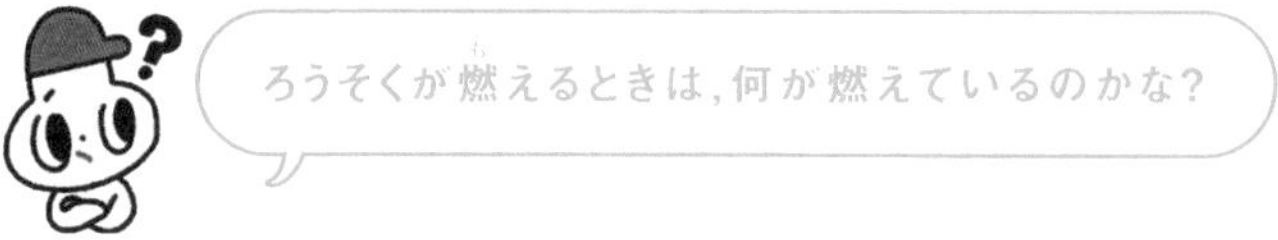
ろうそくが燃《も》えるときは，何が燃えているのかな？

Q. 04

鉄《てつ》のかたまりに火をつけても燃えないのに，スチールウールが燃えるのはなぜ？

鉄が細い糸状になると，表面積はどうなるかな？

Q. 05

宇宙《うちゅう》には空気がないのに，ロケットの燃料《ねんりょう》を燃やすための酸素《さんそ》はどうしている？

ここでの燃料とは液体《えきたい》にした水素のこと。酸素も…。

A. 03 白いけむりに見えるろうが燃《も》えて,ろうそくのしんに火がつくから。

解説

ろうそくが燃えるのは,しんについた火の熱《ねつ》で,ろうが固体《こたい》→液《えき》体《たい》→気体《きたい》と変化《へんか》し,気体になったろうが燃えるから。火を消《け》すと見える白いけむりは気体のろうが冷《ひ》えたもので,それに火を近づけるとまた燃えて,しんに火が移《うつ》る。

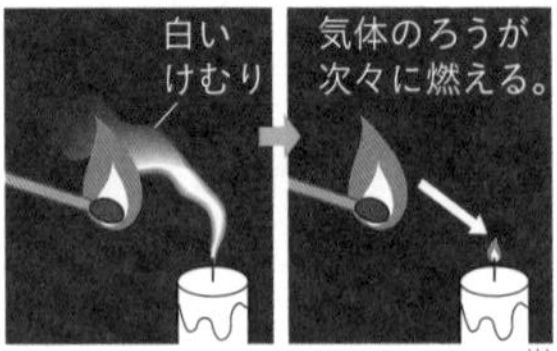
白い
けむり
気体のろうが
次々に燃える。

ろうそくを消したあとの白いけむりに火を近づける。　ろうそくのしんに,再《ふたた》び火がつく。

A. 04 細い糸状《いとじょう》のため,たくさんの空気とふれやすくなるから。

解説

スチールウールの鉄《てつ》は細い糸状なので,空気にふれる面積《めんせき》が大きくなる。つまり,酸素《さんそ》にもふれやすくなるので,空気中でも火がついて燃える。しかし,燃えても二酸化炭素《にさんかたんそ》は発生《はっせい》せず,燃えたあとは**酸化鉄**《さんかてつ》という別《べつ》のものになる。

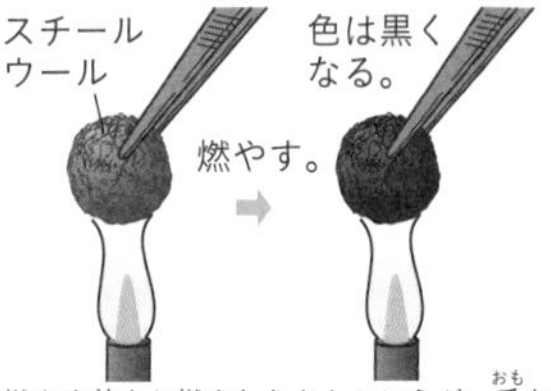
スチール
ウール
燃やす。
色は黒く
なる。

燃やす前より燃やしたあとのほうが,重《おも》さは重くなる。➡ 酸素と結《むす》びついたから。

A. 05 液体にした酸素をロケットに積《つ》んでいる。(液体燃料《ねんりょう》ロケットの場合)

解説

気体は液体にすると体積《たいせき》がとても小さくなる。液体燃料ロケットには,燃料の液体水素《すいそ》が入ったタンクと,燃料を燃やすための液体酸素が入ったタンクが積んである。ただし,液体にするために大変《たいへん》な低温《ていおん》にする必要《ひつよう》がある。

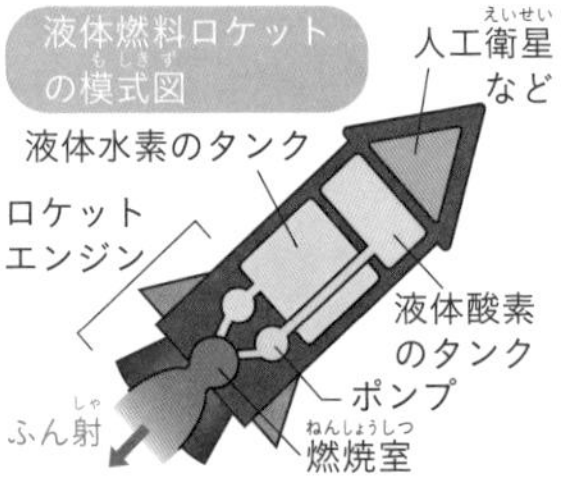
液体燃料ロケット
の模式図《もしきず》
人工衛星《えいせい》
など
液体水素のタンク
ロケット
エンジン
液体酸素
のタンク
ポンプ
ふん射《しゃ》
燃焼室《ねんしょうしつ》

エネルギー

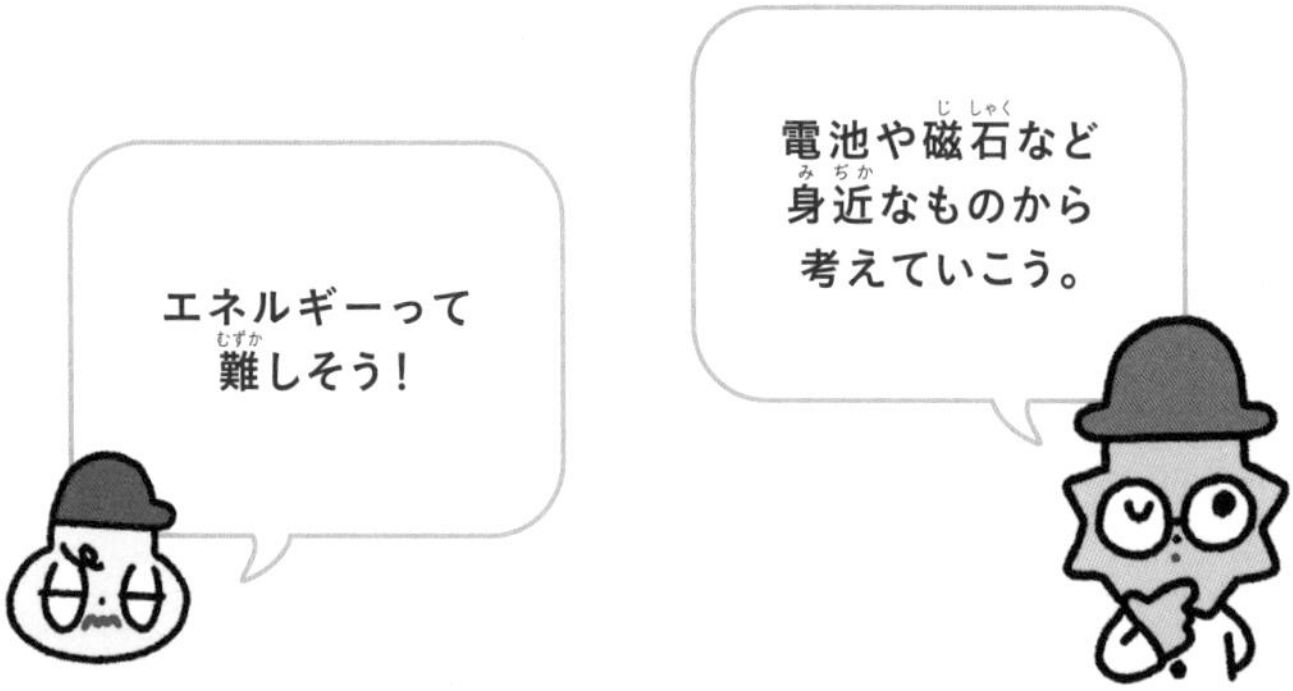
エネルギーって
難《むずか》しそう！
電池や磁石《じしゃく》など
身近《みぢか》なものから
考えていこう。

Q.01

難易度 ★

輪《わ》ゴムをつけた車を引っ張《ぱ》ってはなしたとき，いちばん遠くまで動《うご》くのはどれ？

ヒント
ゴムがのびればのびるほど，ものを動かすはたらきが大きくなるんだったね。

ア

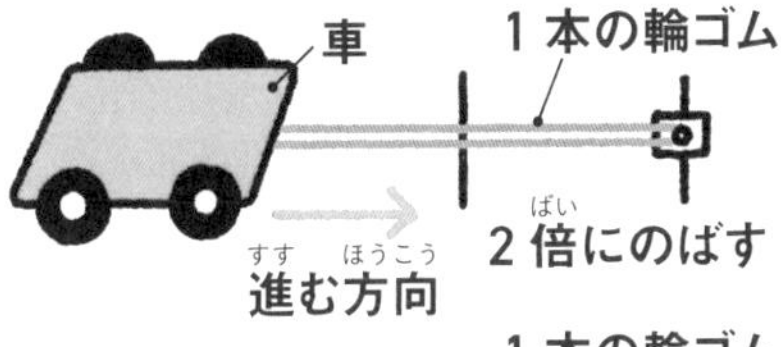
車
1本の輪ゴム
2倍《ばい》にのばす
進《すす》む方向《ほうこう》

イ

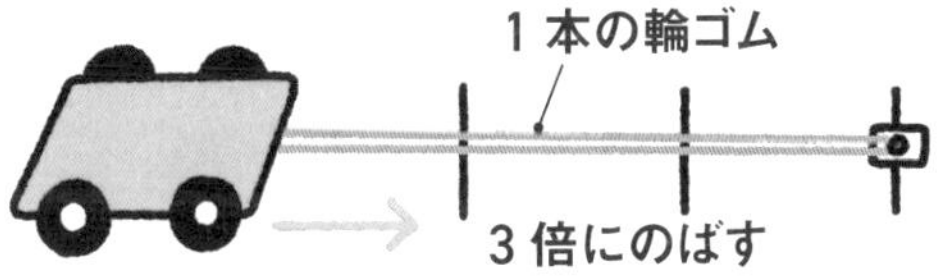
1本の輪ゴム
3倍にのばす

ウ

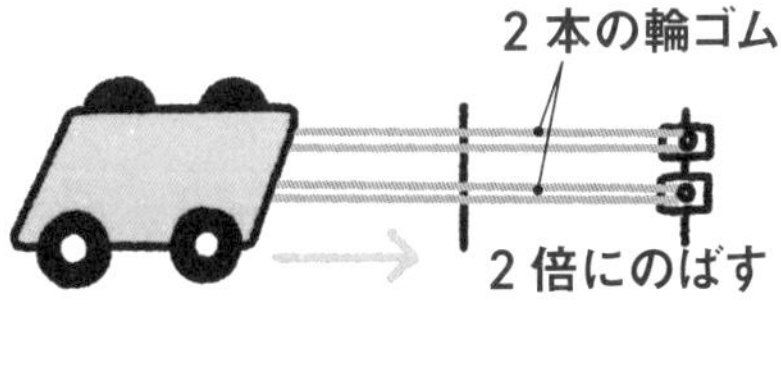
2本の輪ゴム
2倍にのばす

A. ウ

ゴムには，形を変《か》えてももとにもどろうとする性質《せいしつ》がある。車が遠くまで動《うご》くのは，ゴムのもとにもどろうとする力がはたらくからだ。ゴムが長くのびるほど，この力は大きくなる。**ウ**は，2 本の輪《わ》ゴムがそれぞれ 2 倍《ばい》にのびているので，合計 4 倍のびたことになる。

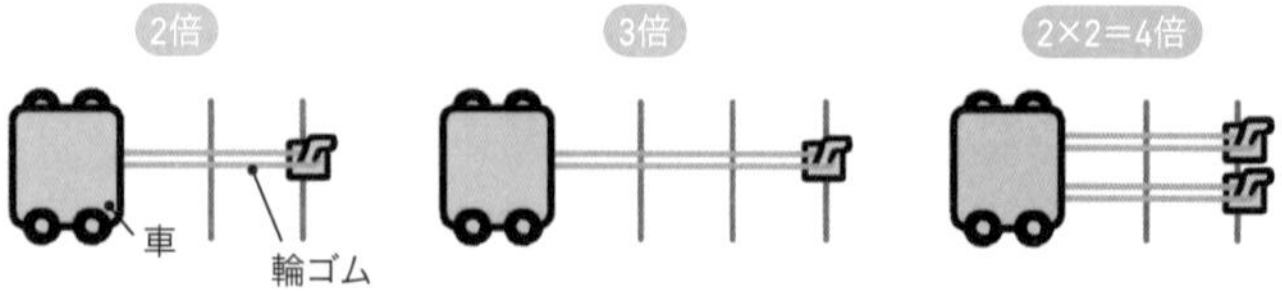

・ゴムには，もとの形にもどろうとする性質がある。
・ゴムを長くのばすほど，もどろうとする力は大きくなる。

あわせて深ぼり [風の力のはたらき]

ほをつけた車をつくれば，風の力だけで走らせることができるよ。

風がほをおして車が前に進むんだね。ヨットみたいだ。

風が強いほうが車は速《はや》く走るよ。

ヨットも同じかな？

そうだね。ヨットはほの向《む》きを変えて，風がうまく当たるようにしているよ。

風がふいてくるほうには進めないの？

ほの向きを何度《なんど》も変えてジグザグに進むと，少しずつ風が来る方向《ほうこう》に進むこともできるそうだよ。

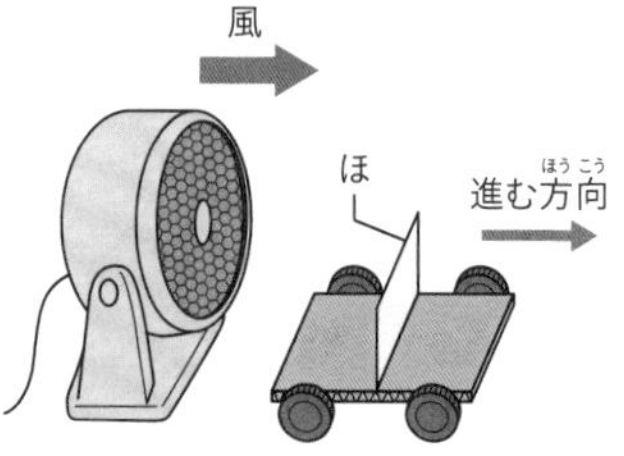

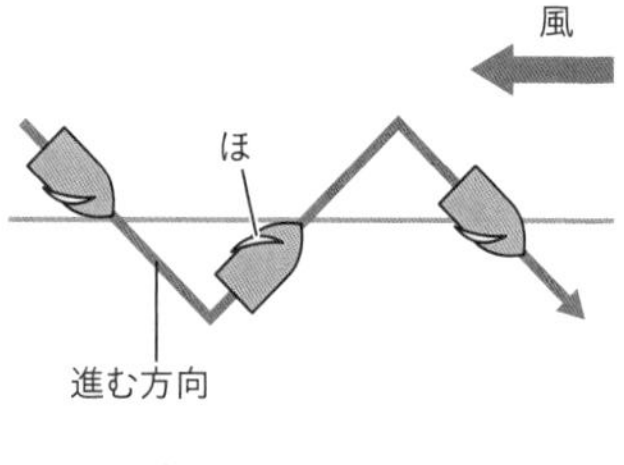

▲ ジグザグに進むヨット

くわしく 力を加えられたときにもとの形にもどろうとする性質を，だん性という。

Q.02

難易度 ★

虫めがねで日光《にっこう》を集《あつ》めたとき，最初《さいしょ》に紙に穴《あな》があくのはどれ？

日光は，たくさん集めるほど熱《あつ》くなるよ。
日光の熱《ねつ》をにがさないのは何色かな。

ア　　イ　　ウ

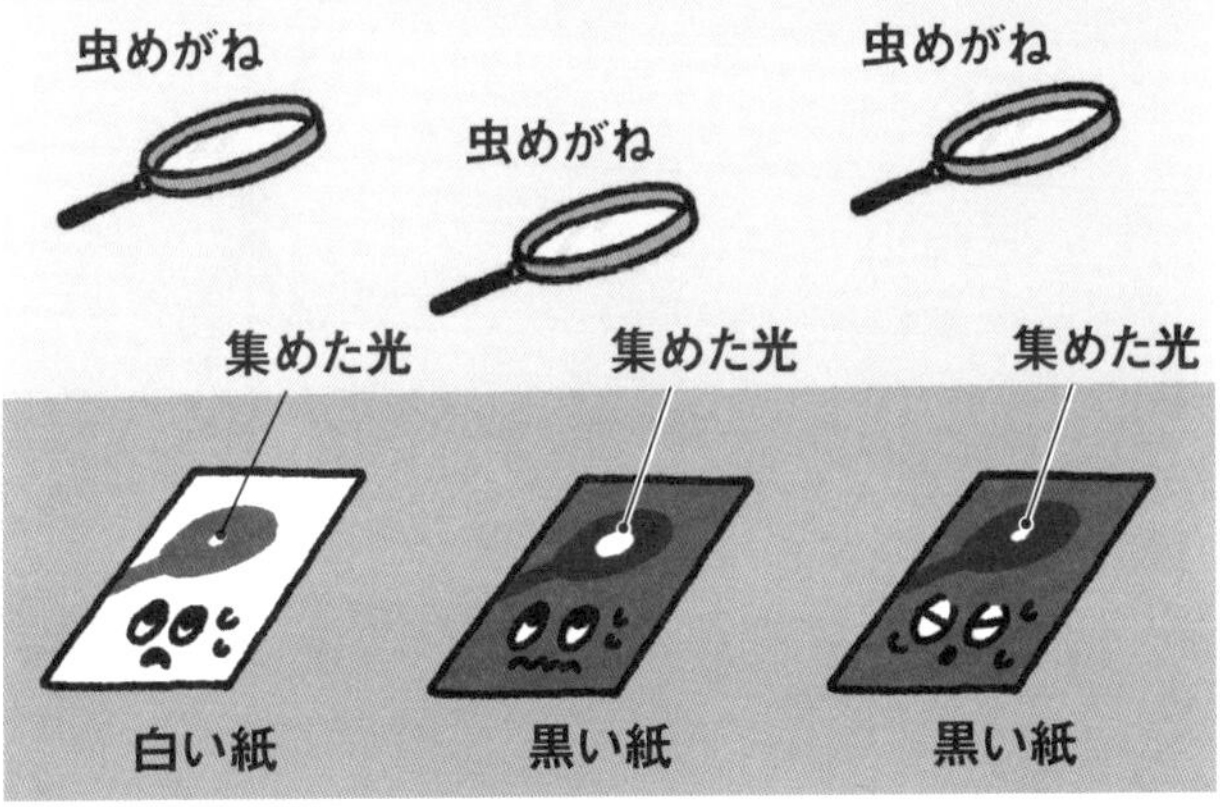

虫めがね
虫めがね
虫めがね
集めた光
集めた光
集めた光
白い紙
黒い紙
黒い紙

A. ウ

虫めがねを通すと日光《にっこう》を小さな部分《ぶぶん》に集《あつ》めることができる。日光は小さな部分に集まるほど，早く熱《あつ》くなってけむりが出る。

また，白い紙よりも黒い紙のほうが日光の熱《ねつ》を吸収《きゅうしゅう》してにがさない。そのため，黒い紙に日光を小さく集めるほうが，紙が早くこげて紙に穴《あな》があく。

・日光が集まるとものがあたたまり，熱くなる。
・黒い色は，日光の熱を吸収する。

あわせて深ぼり [虫めがねのはたらき]

虫めがねで見ると，ものが大きく見えるね。虫めがねのように，真《ま》ん中《なか》がふくらんでいるレンズは，**凸《とつ》レンズ**というんだ。

どうして日光が集まるのかな？

日光はまっすぐに進《すす》むけれど，凸レンズに入るときと出るときにちょっと内《うち》側《がわ》に折《お》れて進むんだ。

真ん中に集まるように進むってこと？

そう。レンズ全体《ぜんたい》に入った日光が，真ん中にぎゅっと集まる。すると，とても熱くなる。黒い紙は熱をよく吸収するから，燃《も》えてしまうこともあるよ。

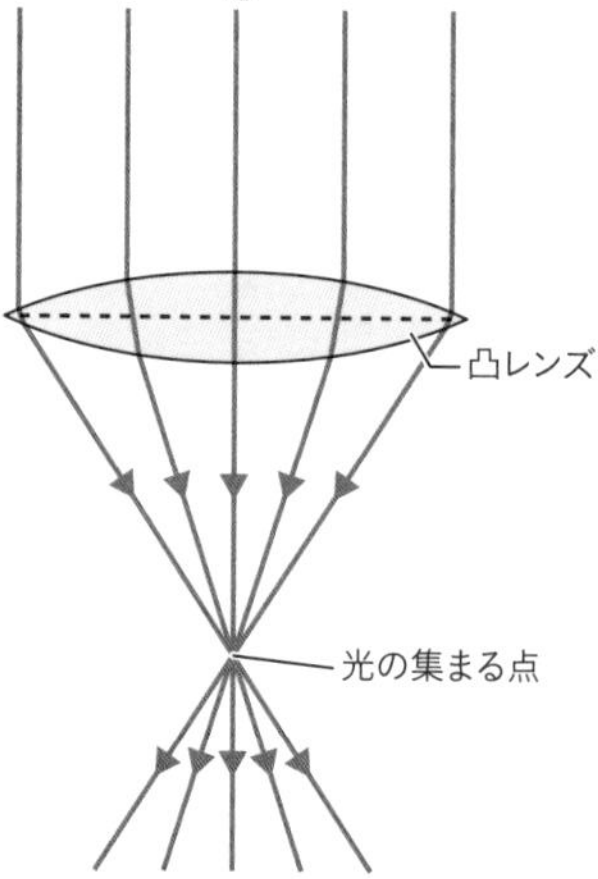

▲ 凸レンズに入った光の進み方

くわしく 真ん中がへこんだレンズは，凹《おう》レンズといい，光が入ると広がって進む。

Q.03

難易度 ★★

糸電話の糸がたるんでいると，声が聞こえにくいのはなぜ？

ヒント

糸をピンと張《は》るとよく聞こえるね。音は耳までどのようにとどくのかな？

A. たるんだ糸では，音を伝《つた》えるふるえが遠くまで伝わらないから。

音が聞こえるのは，もののふるえ（しん動《どう》）が空気などに伝わり，それが耳にとどくから。糸電話では，ピンと張《は》った糸によって音のしん動が相手《あいて》のコップに伝わり，空気をふるわせて声が伝わる。このとき糸がたるんでいると，しん動が伝わりにくいため相手まで声がとどかない。

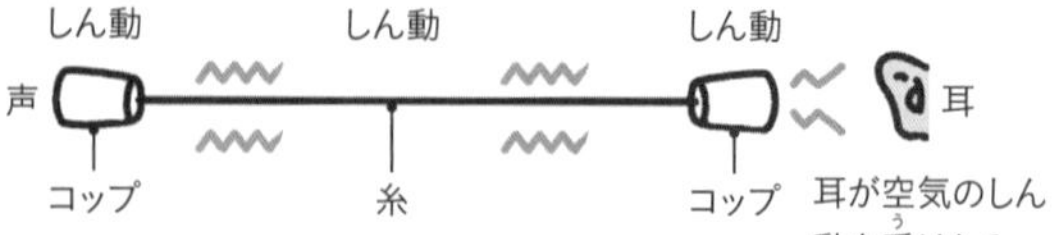
しん動
しん動
しん動
声
コップ
糸
コップ
耳
耳が空気のしん動を受《う》けとる。

指《ゆび》で糸をつまむと，しん動が止まり聞こえない。

・音が伝わるときは，ものがしん動している。
・糸電話では，ピンと張った糸が音のしん動を伝えている。

あわせて深ぼり ［音を伝えるもの］

水の中でも音が聞こえるよ。鉄棒《てつぼう》に耳をつけても音がよくひびくね。

水や鉄も音を伝えるってこと？

そう，空気だけでなく水でも，鉄でも，しん動するものはみんな音を伝える。反対《はんたい》に，しん動するものがないと音は伝わらないんだ。

そうか，空気ならいつもまわりにあるから，どこでも音が伝わるね。

でも，空気のない場所《ばしょ》もある。たとえば，月の表面《ひょうめん》には空気はないよ。

えーじゃあ，月の上では音は聞こえないってこと？

そうだね。月面《げつめん》は音のない世界《せかい》なんだ。

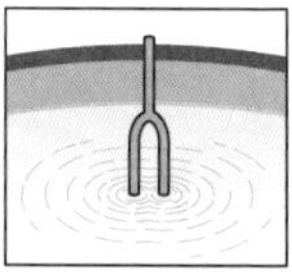
音《おん》さを鳴らして水につけると，水の輪《わ》が広がる。

たたく
音が
伝わる
鉄パイプをたたくと，はなれた場所でも耳をつけると音がよく聞こえる。

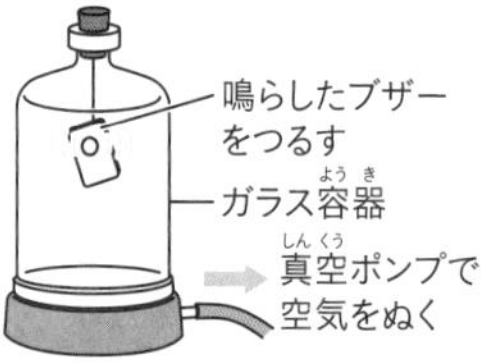
鳴らしたブザーをつるす
ガラス容器《ようき》
真空《しんくう》ポンプで空気をぬく
容器の中の空気をぬいていくと，ブザーの音は聞こえなくなる。

くわしく 高い音は空気のしん動が細かくて速く，低い音はあらくておそい。

Q.04

難易度 ★★★

棒磁石《ぼうじしゃく》には一方にN極《エヌきょく》,もう一方にS《エス》極がある。2つに分けると,極はどうなる？

ヒント
U字形《ユーじがた》磁石,ゴム磁石,方位磁針《ほういじしん》の針《はり》など,どんな磁石にもN極とS極があるね。

ア
N極だけの磁石とS極だけの磁石ができる。

イ
両《りょう》はしにN極とS極のある磁石が2本できる。

ウ
極や磁石の性質《せいしつ》のない2本の棒ができる。

[棒磁石を2つに分けたときの極のでき方]

A. イ 両《りょう》はしにN極《エヌきょく》とS《エス》極のある磁石《じしゃく》が2本できる。

磁石はたくさんの小さな磁石の集《あつ》まりで，それぞれのN極とS極は，みんな同じ向《む》きに向いている。そのため，1つの磁石を2つに分けても小さな磁石の向きはそろったまま変《か》わることはなく，それぞれN極とS極のある2本の磁石ができる。

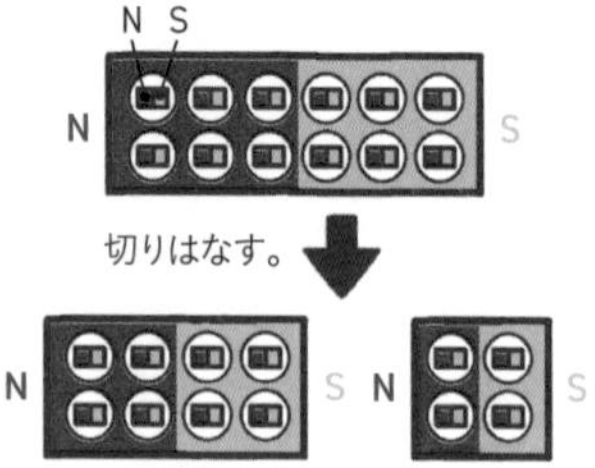
N S
N
S
切りはなす。
N
S
N
S

・磁石には，N極とS極がある。
・棒《ぼう》磁石を2つに分けても，それぞれN極とS極ができる。

あわせて深ぼり [鉄が磁石につく理由]

磁石は鉄《てつ》などからできているよ。じつは，鉄などをつくっているつぶの1つ1つにN極とS極があるんだ。

それなら，なぜ鉄は磁石にならないの？

ふだんは，つぶのN極とS極の方向《ほうこう》がばらばらで，力がまとまらないんだ。

方向がそろうと，磁石になるの？

そう。鉄には，磁石を近づけるとつぶの極の向きがぱっとそろう性質《せいしつ》がある。磁石がはなれると，もとにもどる。

ということは，鉄は磁石にふれているときには，自分も磁石になっているってこと？

そう。だから磁石についた鉄くぎは自分も磁石になって鉄のクリップを引きつける，というわけなんだ。

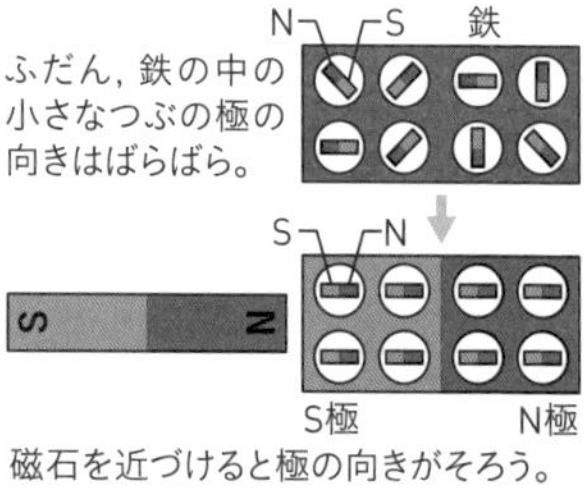
N S 鉄
ふだん，鉄の中の小さなつぶの極の向きはばらばら。
S N
S N
S極 N極
磁石を近づけると極の向きがそろう。

▲ 鉄に磁石を近づける

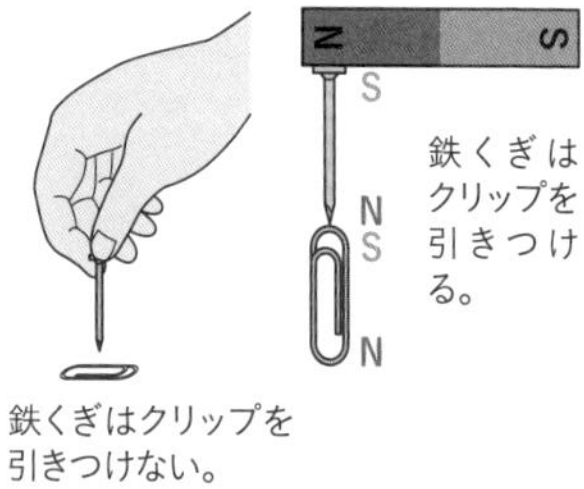
N S
S
N
S
N
鉄くぎはクリップを引きつける。
鉄くぎはクリップを引きつけない。

くわしく 磁石は鉄のほかに，ニッケルやコバルトという金属《きんぞく》も引きつける。

Q.05

難易度 ★★

豆電球《まめでんきゅう》に流《なが》れる電気の正しい通り道は，次《つぎ》のうちどれ？

ヒント
豆電球の入り口から出口まで電気の通り道は1本道。口金《くちがね》は金属《きんぞく》のつつだよ。

ア　イ　ウ

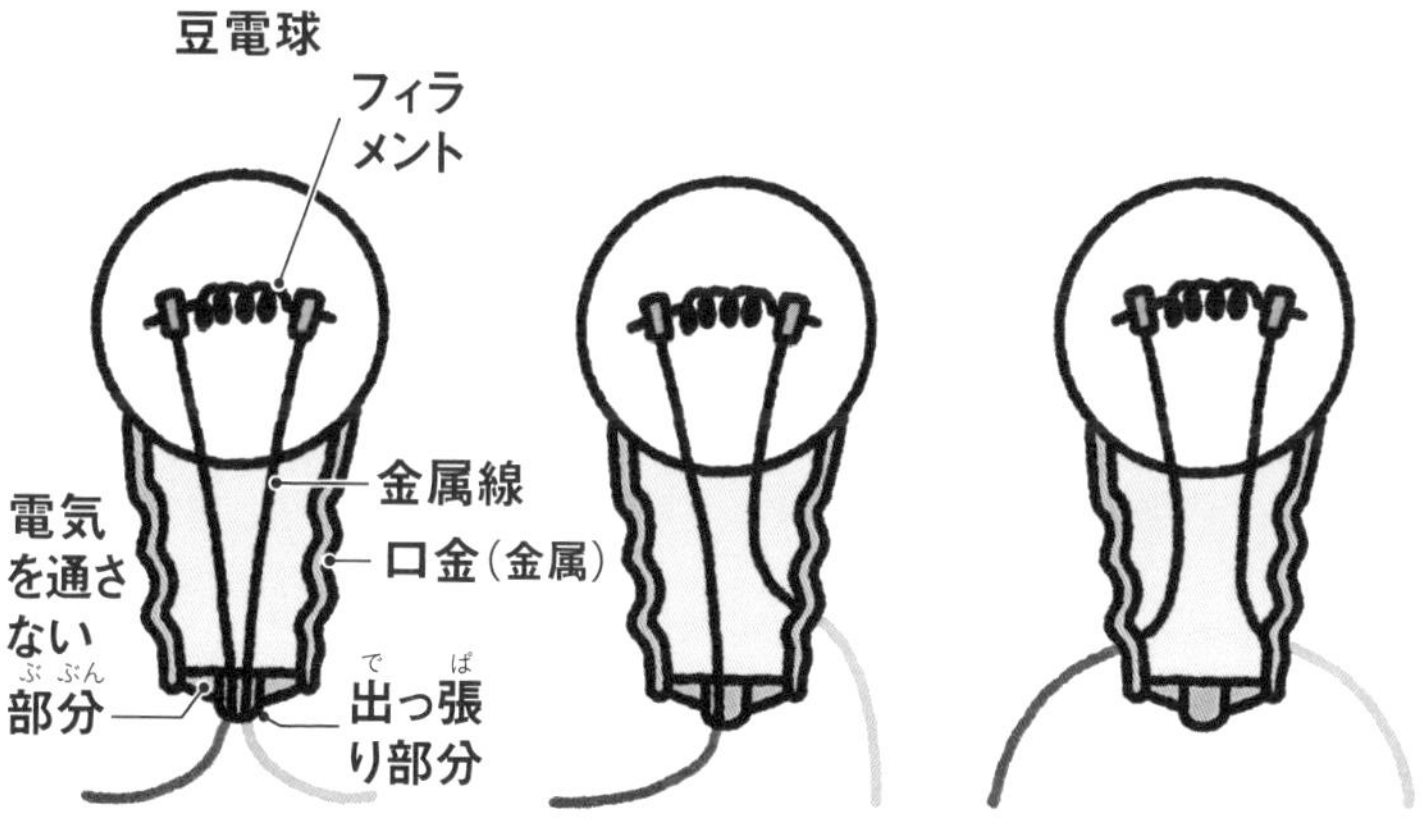

A. イ

電気の通り道は，1 本の輪《わ》になる。かん電池の＋極《プラスきょく》から豆電球《まめでんきゅう》に流《なが》れた電気は，出《で》っ張《ば》り部分《ぶぶん》→フィラメント→口《くち》金《がね》の順《じゅん》に流れて，かん電池の−《マイナス》極にもどる※。出っ張り部分と口金は，電気を通さない部分でさえぎられている。

※かん電池を逆《ぎゃく》につなぐと逆に流れる。

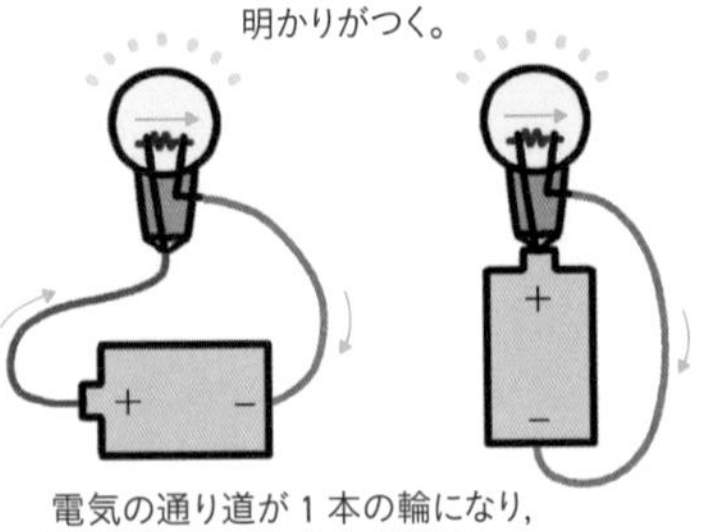
明かりがつく。
+
−
+
−
電気の通り道が 1 本の輪になり，
豆電球のフィラメントを通る。

・電気の通り道は，つながった1本の輪になっている。
・電気がフィラメントを通らないと，明かりはつかない。

あわせて深ぼり [回路と電流]

輪のようになっている電気の通り道を**回路**《かいろ》，回路を流れる電気の流れを**電流**《でんりゅう》というよ。

電流が流れるのはどうして？

水が高いところから低《ひく》いところへ流れるように，電流も高いところから低いところへ流れると思えばいいよ。かん電池は，水を高いところに引き上げるポンプのような役目《やくめ》をしているんだ。

電池の＋極が高いところで，−極が低いところ？

そうだね。水が流れのとちゅうで水車を回すように，電流も流れのとちゅうでフィラメントを光らせたり，モーターを回したりしてもとにもどるんだ。

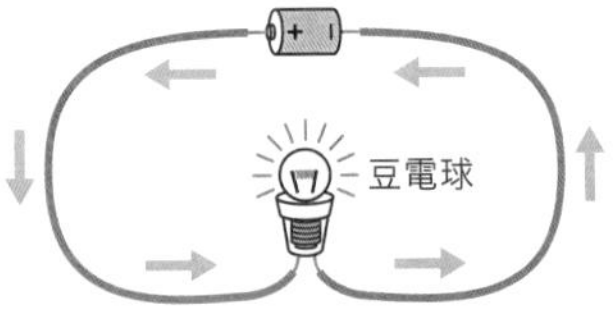
かん電池
+
豆電球
電流は，かん電池の＋極から出て，−極に流れる。

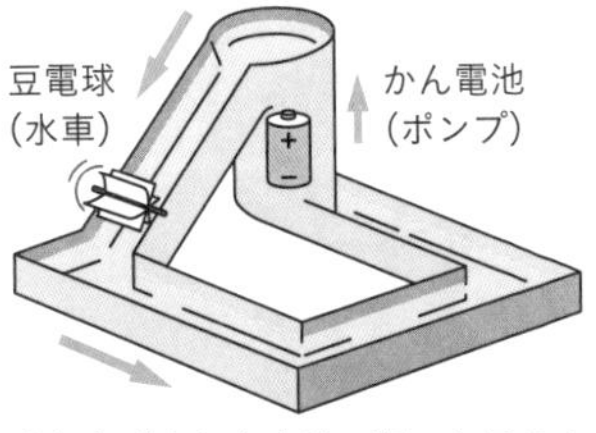
豆電球
(水車)
かん電池
(ポンプ)
+
−
引き上げられた水は，高いところから低いところへ流れる。

▲ 電気の回路と水路《すいろ》のモデル

中学では 電流を流そうとするはたらきを電圧《でんあつ》という。電池は電圧をつくり出す装置《そうち》。

Q.06

難易度 ★★

かん電池2個《こ》でモーターを回すとき，速《はや》く回るのはどちらのつなぎ方？

ヒント

電流《でんりゅう》がたくさん流《なが》れるほうのつなぎ方を考えよう。

ア　直列《ちょくれつ》つなぎ

イ　並列《へいれつ》つなぎ

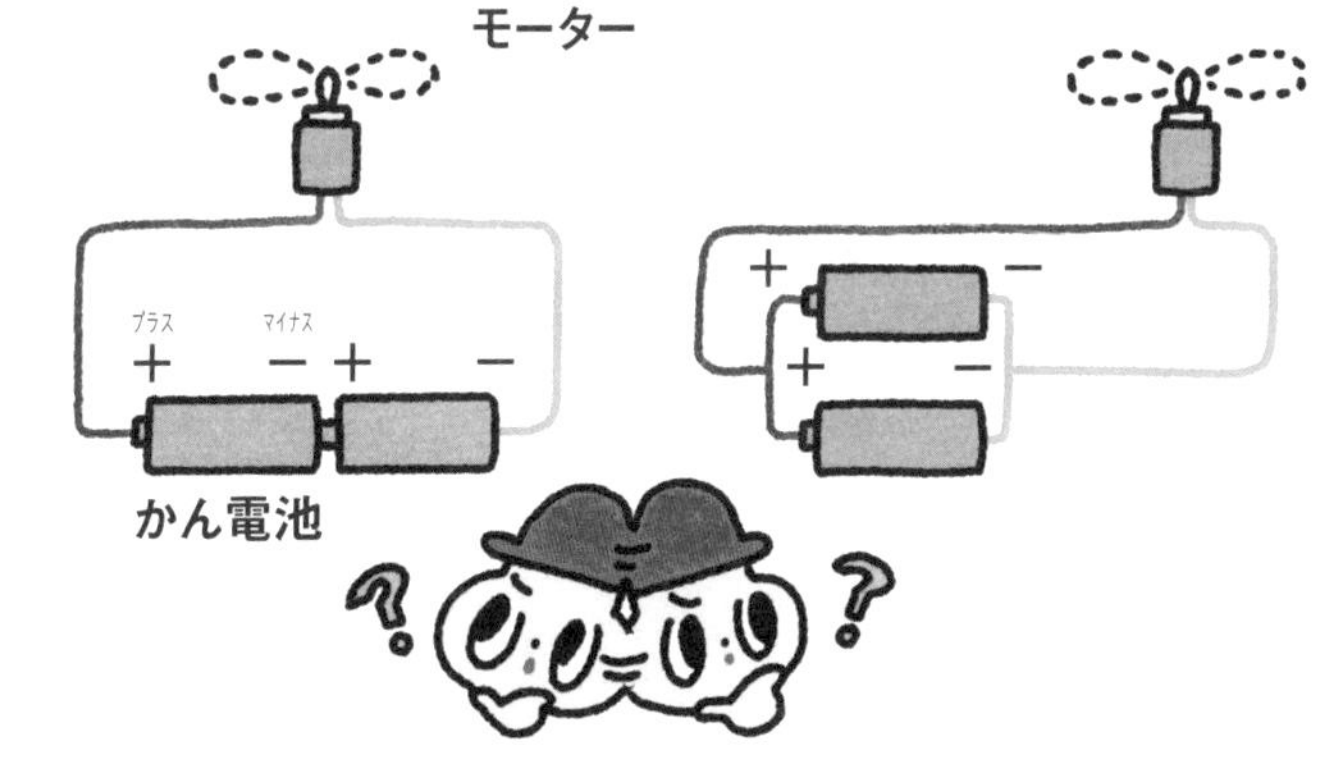

A. ア 直列《ちょくれつ》つなぎ

かん電池を2個《こ》直列につなぐと，かん電池1個のときと比《くら》べ電流《でんりゅう》を流《なが》そうとするはたらき(電圧《でんあつ》)が2倍《ばい》になり，大きな電流が流れて，モーターは速《はや》く回る。豆電球《まめでんきゅう》ならより明るく光る。

かん電池を2個並列《へいれつ》につないでも，電流を流そうとするはたらきは変《か》わらず，モーターの回り方も，豆電球の光り方も，かん電池1個のときとほぼ同じ。

かん電池1個のときより速い。

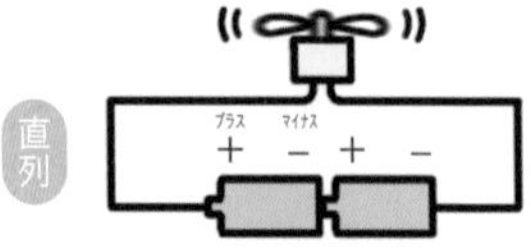

かん電池1個のときと同じ。

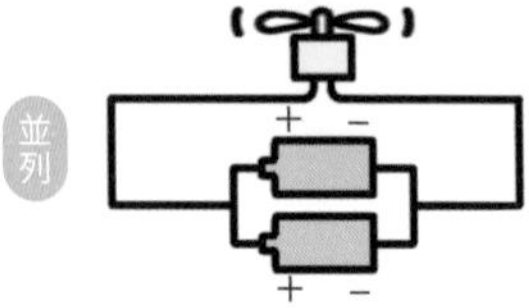

・かん電池を直列につなぐと，モーターは速く回る。
・かん電池を並列につなぐと，モーターの速さは変わらない。

あわせて深ぼり ［かん電池の直列つなぎと並列つなぎのときの電流］

かん電池のつなぎ方には，**直列つなぎ**と**並列つなぎ**の2つがあったね。

問題のアが直列つなぎ，イが並列つなぎだったね。

これを水路《すいろ》に見立てて考えてみよう。直列つなぎはポンプが2階建《かいだ》てになって，高いところまで水を上げている。

勢《いきお》いが大きくなる！　じゃあ，並列は？

並列つなぎは，1階建てのまま2台のポンプで水を上げている。水路を流れる水の勢いは変わらないけれど，ポンプ1台が上げる水の量《りょう》は，半分ですむね。その分電池が長持《ながも》ちするんだよ。

なるほど！

直列つなぎ

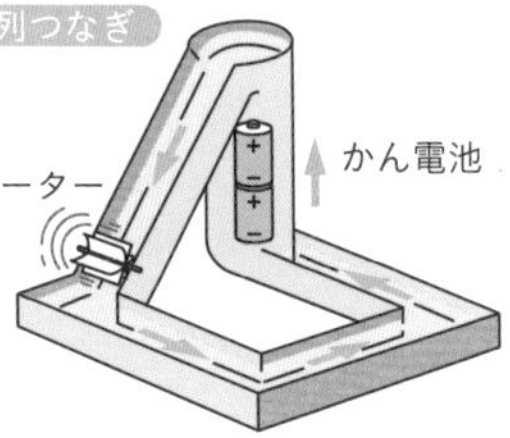

2台のポンプで水を高く上げ，勢いよく落《お》とすイメージ。

並列つなぎ

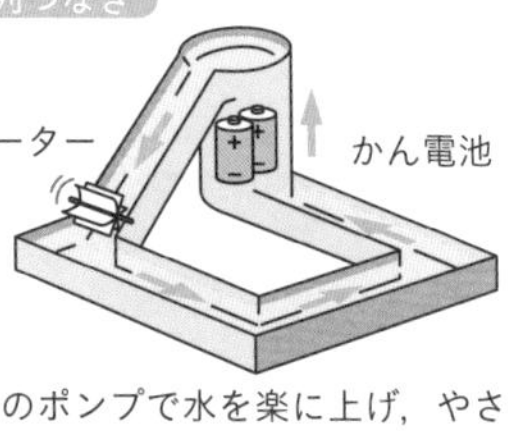

2台のポンプで水を楽に上げ，やさしく落とすイメージ。

くわしく 電池だけでなく，豆電球やモーターなども，直列や並列のつなぎ方ができる。

Q.07

難易度 ★★★

豆電球《まめでんきゅう》2個《こ》をつなぐとき，明るくつくのはどちらのつなぎ方？

ヒント

電流《でんりゅう》がたくさん流《なが》れるほうが，豆電球は明るく光るはずだね。

ア　直列《ちょくれつ》つなぎ

イ　並列《へいれつ》つなぎ

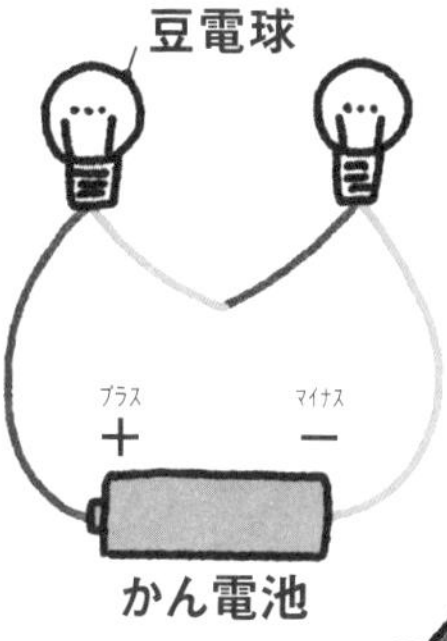

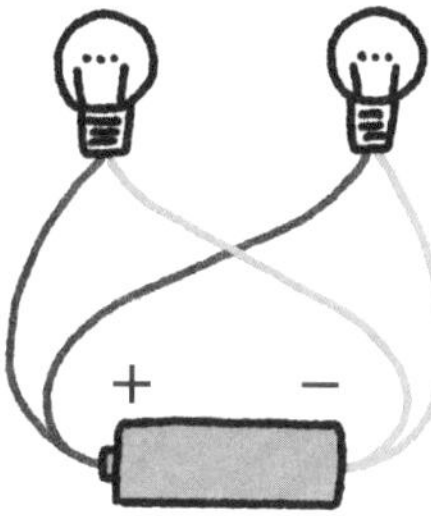

［豆電球2個が明るくつくつなぎ方］

A. イ　並列《へいれつ》つなぎ

豆電球《まめでんきゅう》を2個《こ》直列《ちょくれつ》につなぐと，その分回路《かいろ》の電流《でんりゅう》は流《なが》れにくくなり，豆電球が1個のときより暗《くら》くなる。電流が小さくなった分，かん電池は長持《ながも》ちする。

豆電球を2個並列《へいれつ》につなぐと，回路が2つできて，それぞれに電流が流れる。そのため，豆電球の明るさは1個のときと変《か》わらないが，その分，かん電池は早く弱まる。

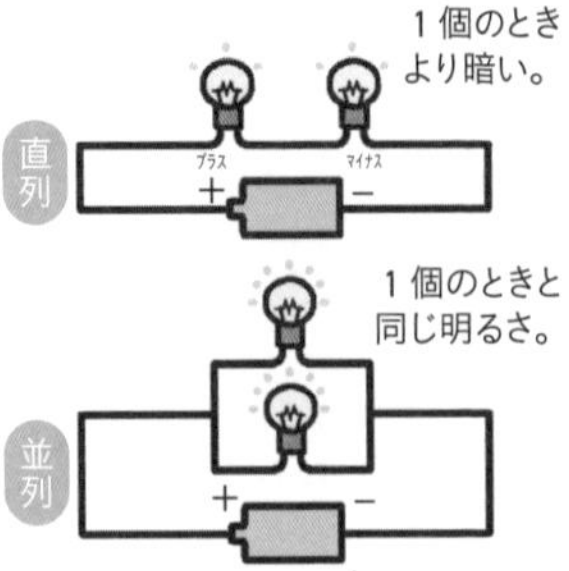

1個のときより暗い。
直列
プラス
マイナス
+
−
1個のときと同じ明るさ。
並列
+
−

・豆電球を直列につなぐと，豆電球は1個のときより暗くなる。並列につなぐと，豆電球の明るさは1個のときと変わらない。

あわせて深ぼり　［豆電球の直列つなぎと並列つなぎのときの電流］

ここでも水路《すいろ》で考えてみよう。くみ上げた水は池にたまると考えるよ。電池はどちらも1つだから，池の高さは同じ。

えーと，豆電球2つの直列つなぎは……？

同じ水路に2つの水車が連《つら》なっている状態《じょうたい》だ。水は水車を回しながら流れるので，2つあるとなかなか進まない。

流れにくいんだね。並列は？

同じ高さの池から2つの水路が出ていて，それぞれで水車を1つ回すんだ。

流れは別《べつ》べつだから，それぞれの水路で1つの水車を回すのと同じ量の水が流れるんだね。

そう。ただしかん電池は早く弱まるというわけだね。

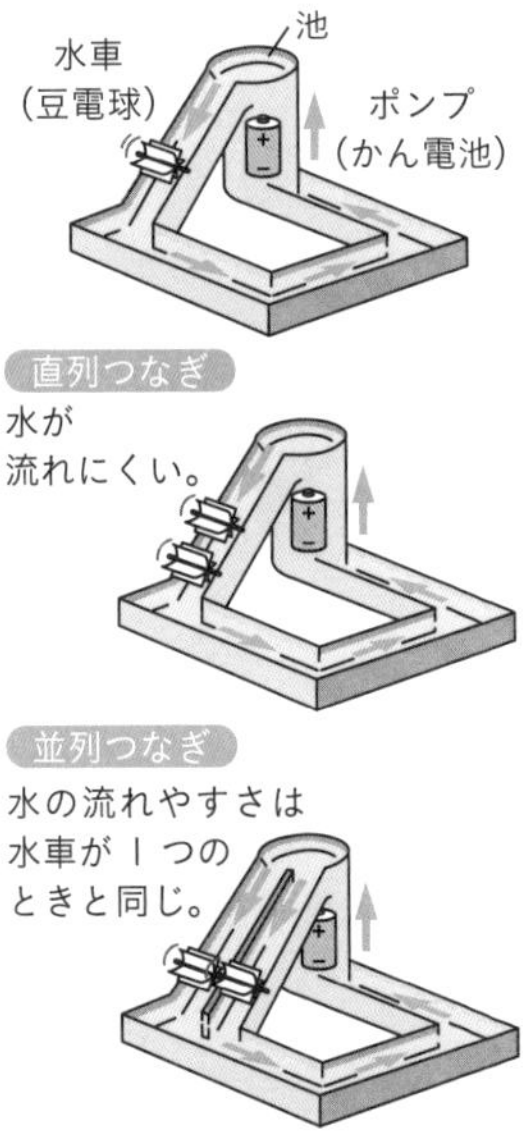

池
水車
（豆電球）
ポンプ
（かん電池）
直列つなぎ
水が
流れにくい。
並列つなぎ
水の流れやすさは
水車が1つの
ときと同じ。

くわしく　電流の流れにくさを「電気ていこう」（または，単《たん》に「ていこう」）という。

Q.08

難易度 ★★

メトロノームのおもりを下にずらすと，テンポは速《はや》くなる？ おそくなる？

ヒント
メトロノームでは，ふりこが逆《さか》さになっていると考えよう。

A. 速《はや》くなる。

ふりこの長さが短《みじか》いほど1往復《おうふく》の時間(周期《しゅうき》)は短くなる。

おもりを下げると，ふれの中心(支点《してん》)とおもりとのきょりが短くなって，短いふりこのようになり，テンポ(周期)は速くなる。反対《はんたい》に，おもりを上げると，長いふりこのようになり，テンポはおそくなる。

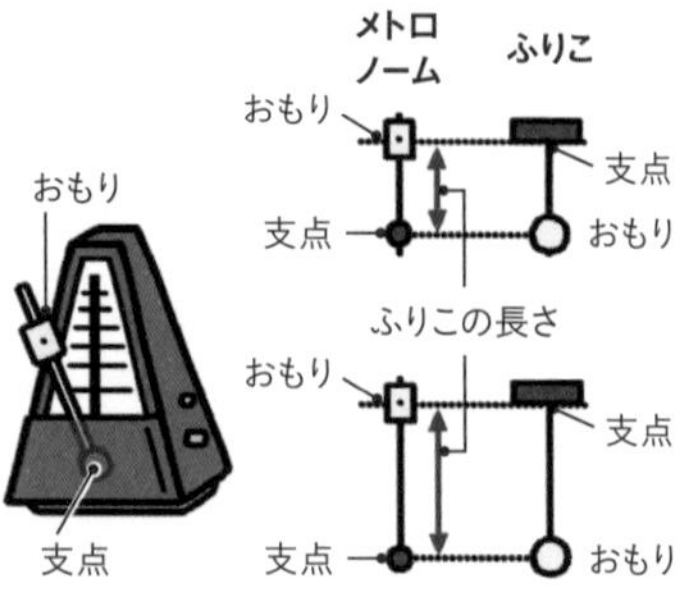

・ふりこの長さが短いほど，1往復する時間は短い。
・ふりこの長さが長いほど，1往復する時間は長い。

あわせて深ぼり [ふりこのふれはば・おもりの重さと1往復する時間]

長いふりこを速く1往復させるには，どうしたらいいと思う？

えーと，できるだけ小さいふれはばでふるのかな？

やってみよう。

あれ？　ふれはばを小さくしても，1往復の時間は同じだ！

じゃあ，おもりを重《おも》くする？

あれれ？　重くしても，1往復の時間は変《か》わらないよ！

そうなんだ。ふりこが1往復する時間は，ふりこの長さだけで決《き》まってしまうんだ。

ふれはばやおもりの重さに関係《かんけい》ないなんて，不思議《ふしぎ》だなあ。

ふりこのふれはばを変える

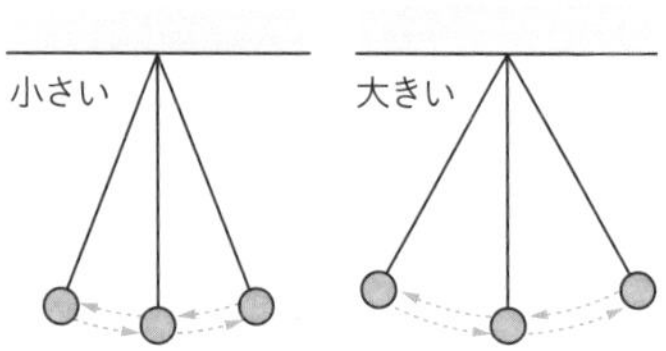

1往復する時間は変わらない。

おもりの重さを変える

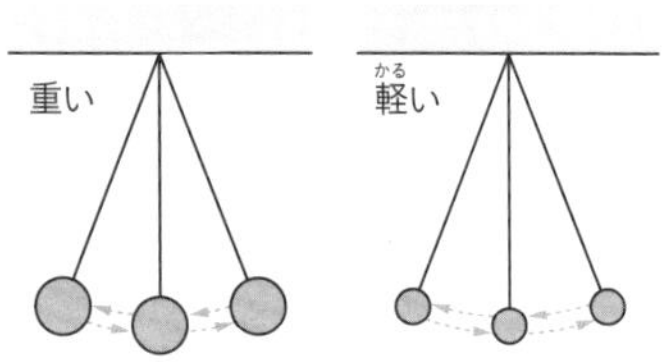

1往復する時間は変わらない。

 くわしく 長さ1mのふりこが1往復するのにかかる時間は，約2秒。

Q.09

難易度 ★★

次《つぎ》の2つのふりこをふったとき,1往復《おうふく》する時間が短《みじか》いのはどっち?

ヒント

ふりこの長さが短いほど,1往復の時間も短くなるんだったね。

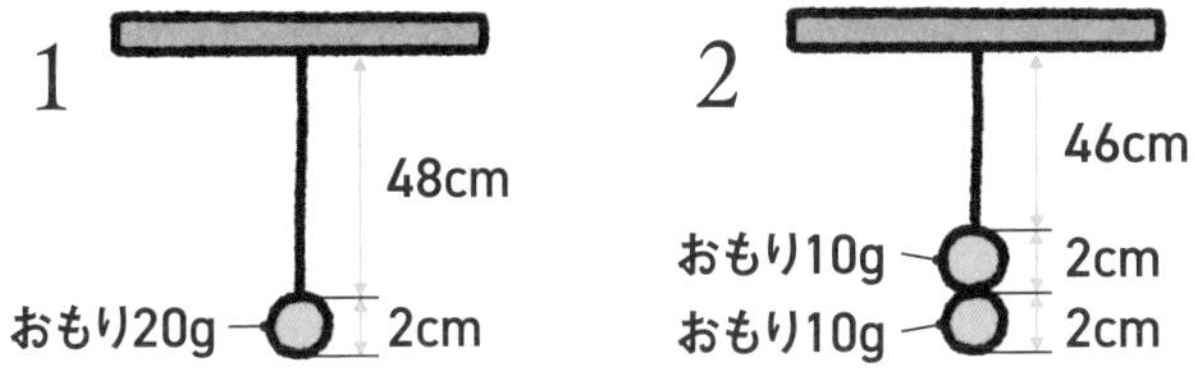

ア　1のふりこ

イ　2のふりこ

ウ　どちらも同じ。

［1往復する時間が短いふりこ］

A. イ

ふりこの長さは，支点《してん》からおもりの重心《じゅうしん》までの長さをはかる。重心とは，ものの重《おも》さの中心のこと。重心までが短《みじか》いほうが1往復《おうふく》の時間（周期《しゅうき》）は短くなる。

1ではA《エー》までがふりこの長さ（49cm），2ではB《ビー》までがふりこの長さ（48cm）になるので，2のほうが短くなり，1往復する時間も短くなる。

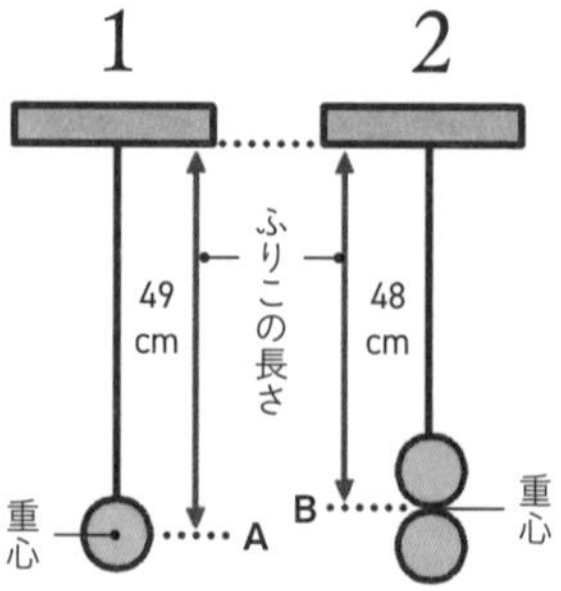

・ふりこの長さが短いほど，1往復する時間は短い。
・おもりの重心までが，ふりこの長さになる。

あわせて深ぼり ［重心とものの つり合い］

ふりこの長さを求《もと》めるには，おもりの重心までをはかればいいよ。

同じおもりが2つのときは，おもりとおもりの間だね。

そう。ものは重心で支《ささ》えるとつり合うんだ。

ものにはみんな重心があるの？　たとえば野球《やきゅう》のバットにも？

バットの両《りょう》わきを指《ゆび》で支え，落《お》ちないように少しずつ指《ゆび》を近づけてごらん。

うわー。難《むずか》しいけど，やっと指がくっついて，1点で支えられたよ。

そう。その1点で支えるとつり合っているね。そこがバットの重心なんだよ。

バットの重心

重心で支えると水平につり合う。

三角形の重心

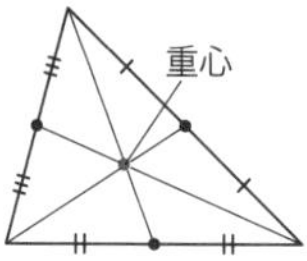

頂点《ちょうてん》と向《む》かい合う辺《へん》の中点を結《むす》んだ線が交わる点。

重心の求め方

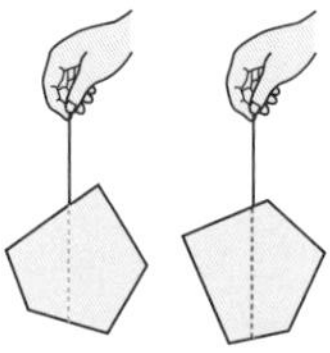

糸でつるし，糸の延長線《えんちょうせん》が交わる点が重心になる。

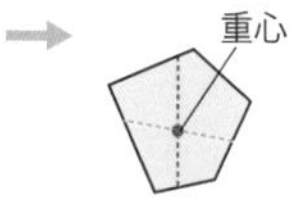

くわしく ふりこの長さが4倍《ばい》，9倍，…となると，周期は2倍，3倍，…となる。

Q.10

難易度 ★★

下のような電磁石《でんじしゃく》で，かん電池を逆《ぎゃく》向《む》きにすると，クリップと方位磁針《ほういじしん》はどうなる？

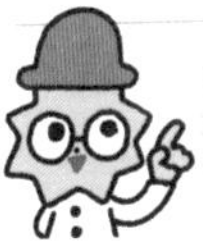

ヒント

棒磁石《ぼうじしゃく》と同じように，電磁石にもN極《エヌきょく》とS《エス》極ができるんだったね。

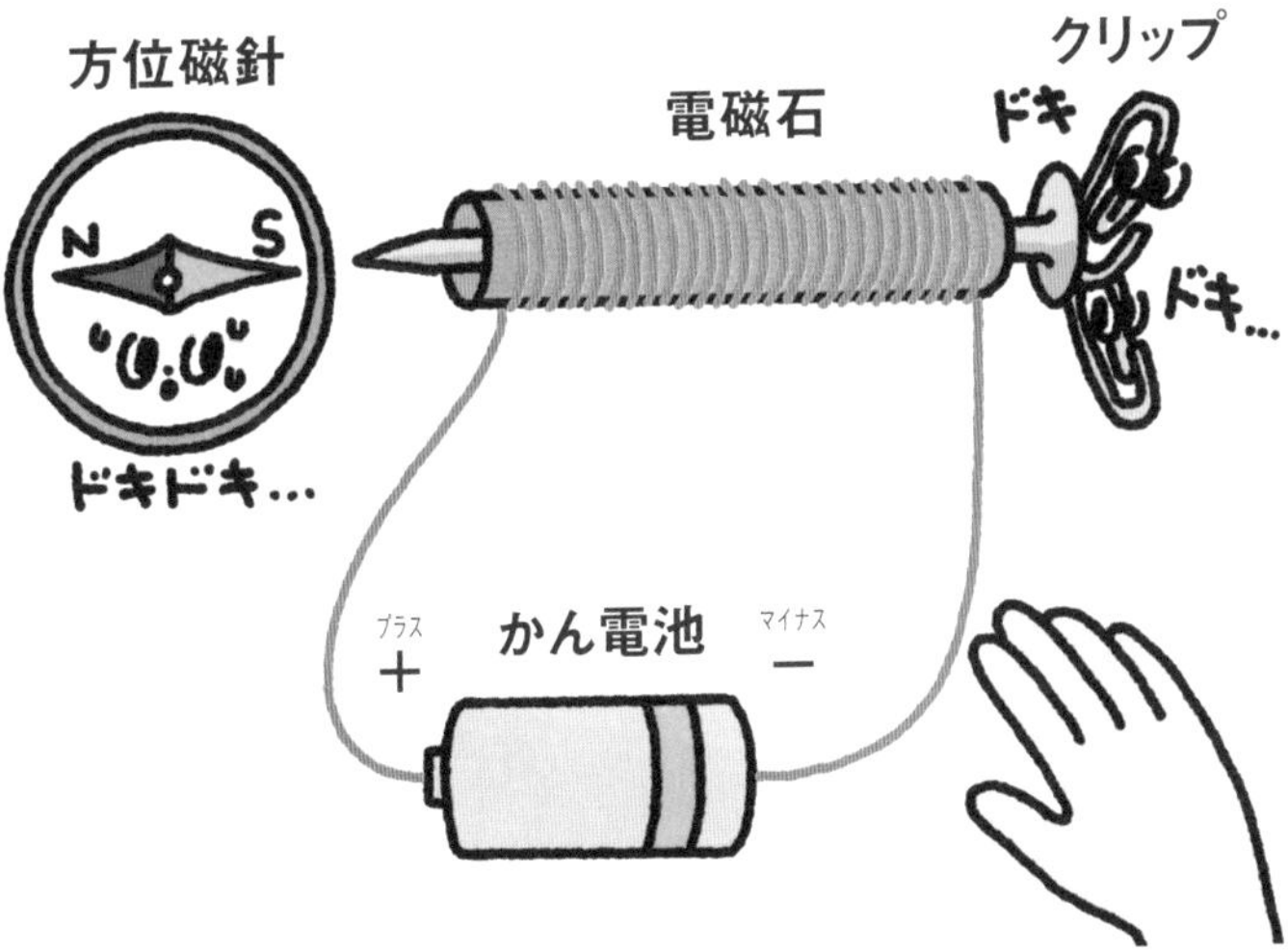
方位磁針
N
S
ドキドキ…
電磁石
クリップ
ドキ
ドキ…
プラス
+
かん電池
マイナス
−

A. クリップはついて，方位磁針《ほういじしん》のN極《エヌきょく》が電《でん》磁石《じしゃく》に引き寄《よ》せられる。

コイルの中に鉄心《てっしん》を入れて電流《でんりゅう》を流《なが》すと，コイルと鉄心は磁石に変《か》わる。これを電《でん》磁石《じしゃく》といい，電流が流れないと磁石の性質《せいしつ》は消《き》える。また，電池の向《む》きを変えて電流を反対向《はんたいむ》きに流すと，電磁石のN極とS《エス》極が入れかわる。

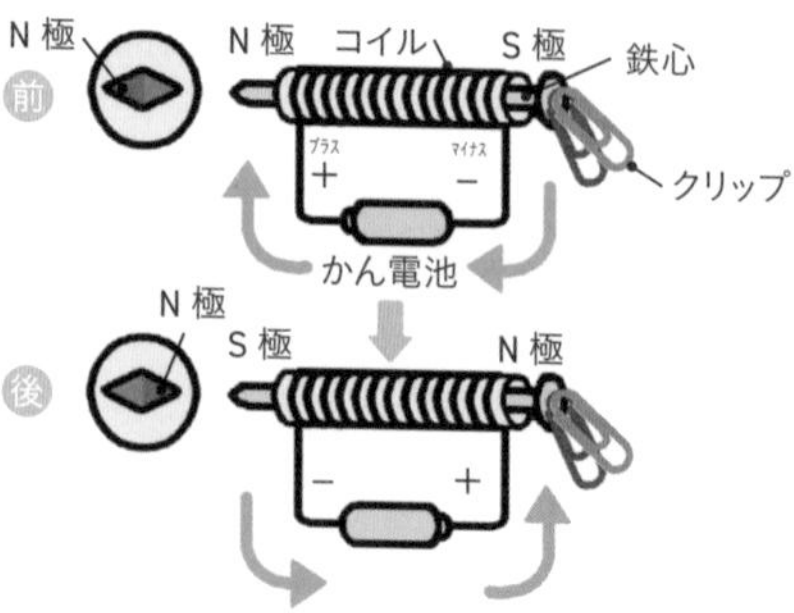
N極
前
N極
コイル
S極
鉄心
プラス
+
マイナス
−
クリップ
かん電池
N極
S極
N極
後
−
+

・鉄心を入れたコイルに電流が流れると，電磁石になる。
・電流の向きを反対にすると，磁石の極は入れかわる。

あわせて深ぼり [電磁石の性質]

もっとたくさんクリップをつけたい！

ふーむ，どうすればいいかな？

磁石の力が強くなればたくさんつくのかな？

そうだね。電磁石の場合《ばあい》は，電流が大きくなれば，磁石の力は強くなるよ。電流を大きくするには？

豆電球《まめでんきゅう》のときは，かん電池2個を直列《れつ》につないだら明るくなったよ。

その通り。直列につないでコイルに流れる電流を大きくすればいいね。じゃあ，電池が1個しかなかったら？

うーむ。コイルをふやす？

いいぞ。それならコイルをたくさん巻《ま》けばいいんだ。やってみよう。

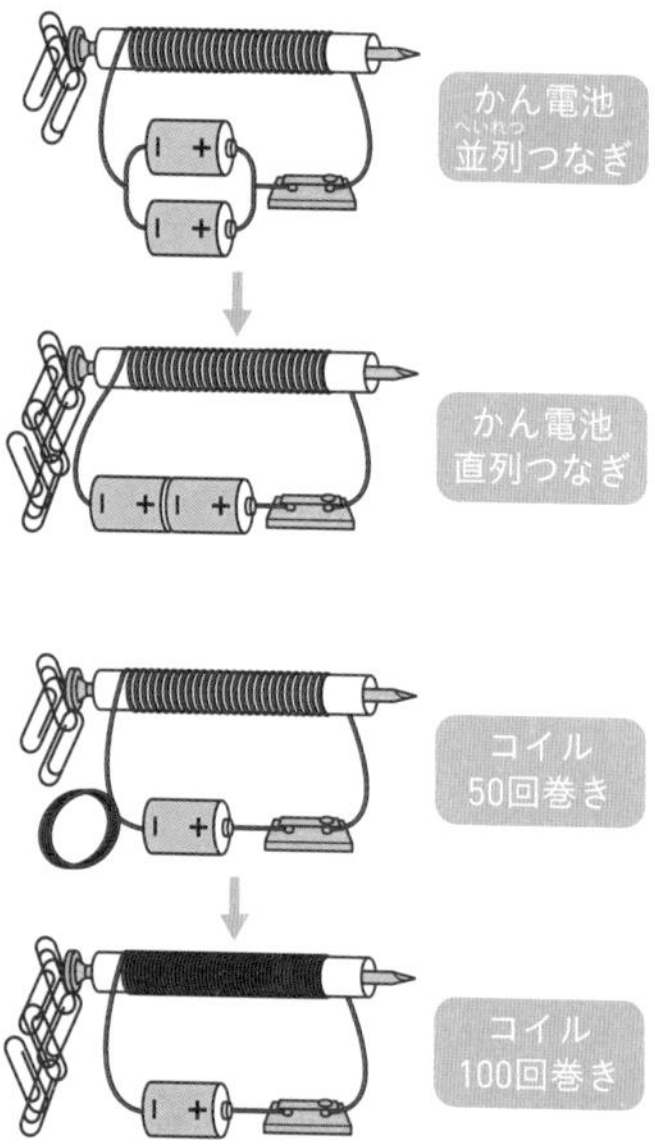
かん電池
並列《へいれつ》つなぎ
かん電池
直列つなぎ
コイル
50回巻き
コイル
100回巻き

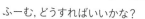

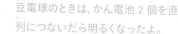

Q.11

難易度 ★★

次《つぎ》の道具《どうぐ》のうち，加《くわ》えた力よりはたらく力が小さくなるものはどれ？

ヒント

てこの規則《きそく》を思い出そう。支点《してん》，力点《りきてん》，作用《さよう》点《てん》と力の関係《かんけい》はどうなるかな？

ア　はさみ

イ　トング

ウ　せんぬき

エ　穴《あな》あけ

A. イ トング

それぞれの支点《してん》, 力点《りきてん》, 作用点《さようてん》は次《つぎ》のようになる。作用点ではたらく力が力点で加《くわ》えた力よりも小さくなるのは, 支点から見て, 作用点が力点よりも遠いとき(あよりいが大きいとき)となる。

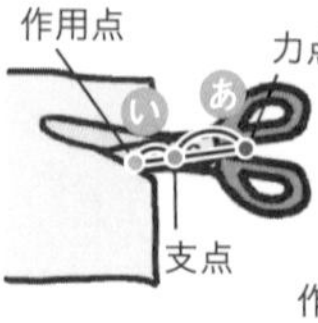

▲ はさみ

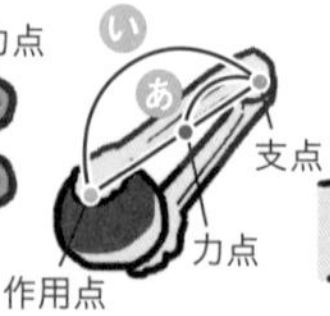

▲ トング

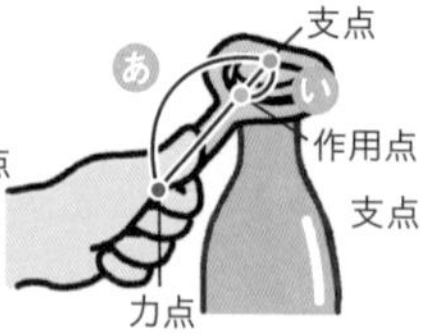

▲ せんぬき

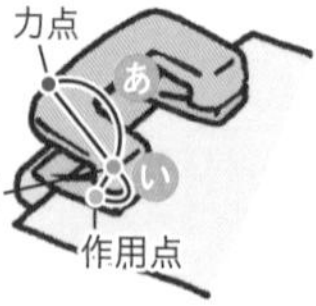

▲ 穴あけ

- 作用点にはたらく力は, 支点に近いほど大きい。
- 作用点が力点より支点から遠いときに, はたらく力は小さくなる。

あわせて深ぼり [てこのつり合い]

てこを考えるとき, 実験用《じっけんよう》のてこを思い出すといいよ。

てんびんのうでにおもりをつけて, つり合わせるやつだね。

つり合うときは, いつもこうなっているよ。
左側《ひだりがわ》の重《おも》さ×支点からのきょり
＝右側の重さ×支点からのきょり

問題《もんだい》にあったはさみやトングではどうなるの?

はさみでは作用点と力点の間に支点があり, トングでははしに支点があるよ。支点からのきょりが大きい作用点のほうが, 小さな力でつり合いがとれるんだ。

そうか, だからトングでは, 作用点にはたらく力が小さいんだね。

はさみの支点・力点・作用点

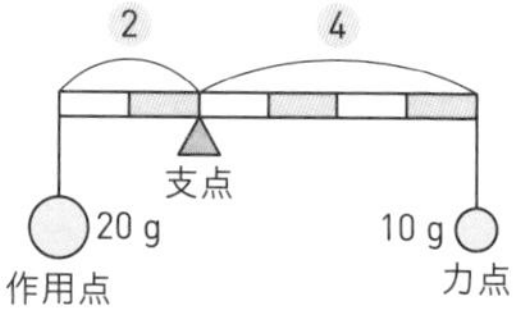

20 g×2＝10 g×4

トングの支点・力点・作用点

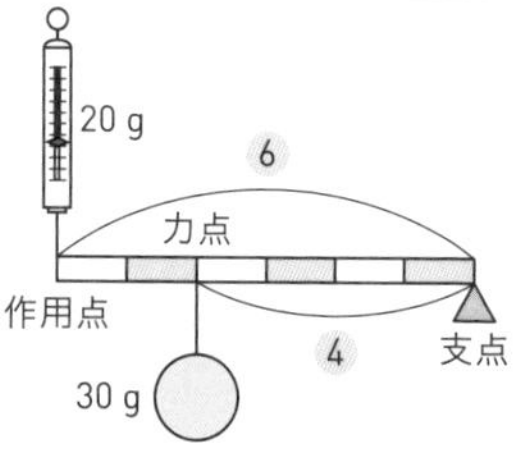

20 g×6＝30 g×4

くわしく てこをかたむけるはたらきの大きさ(重さ×きょり)をモーメントという。

Q.12

難易度 ★★

どちらのドアノブのほうが開《あ》けやすい？それはなぜ？

ヒント　ドアノブは，てこと同じはたらきを利用《りよう》してドアを開けやすくしているよ。

ア　持《も》ち手《て》の長いドアノブ

イ　持ち手の短《みじか》いドアノブ

A. ア 支点《してん》と力点《りきてん》のきょりが長く,力のはたらきが大きくなるから。

ドアノブは,輪《りん》じくというしくみを応用《おうよう》して,ドアを開《あ》ける装置《そうち》。

持《も》ち手《て》に加《くわ》えた力は,連動《れんどう》している中心じくに伝《つた》わり,てこと同じ規則《きそく》ではたらく力の大きさが変《か》わる。力点(持ち手)がじくの中心から遠いほど,作用点《さようてん》(じくのまわり)にはたらく力が大きくなって,ドアを楽に開けることができる。

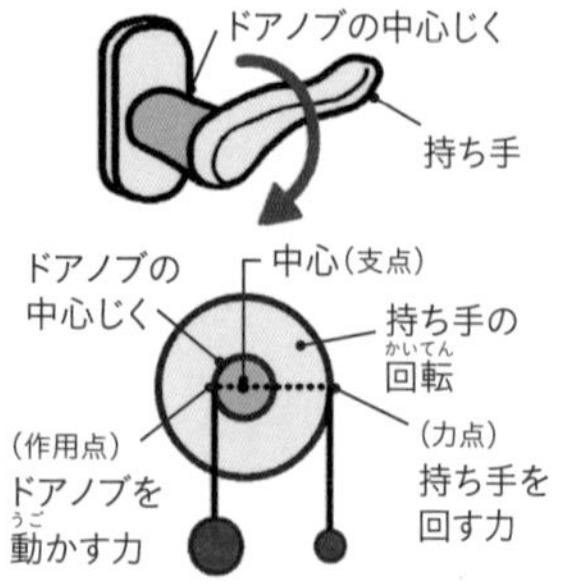
ドアノブの中心じく
持ち手
ドアノブの中心じく
中心(支点)
持ち手の回転《かいてん》
(作用点)
ドアノブを動《うご》かす力
(力点)
持ち手を回す力

- ドアノブは,輪じくを応用してドアを開けやすくする。
- 輪じくは,てこと同じ規則で力の大きさを変えて伝える。

あわせて深ぼり［てこと輪じく］

車の向《む》きを変えるにはハンドル,ねじをしめるにはドライバーを使《つか》うでしょ。どちらも輪じくのしくみを使っているんだ。

えー,そうなの?

車輪やねじを動かすとき,直接《ちょくせつ》細いじくを回すより,力点が中心からはなれている大きな輪《わ》を回したほうが,楽に動かせるんだ。式《しき》でいうとこんな感《かん》じ。

輪にかかる力(おもりの重《おも》さ)×輪の半径《はんけい》＝じくにかかる力(おもりの重さ)×じくの半径

加える力が重さで,半径をきょりと考えると…。あれ,てこの式とそっくりだ。

その通り!

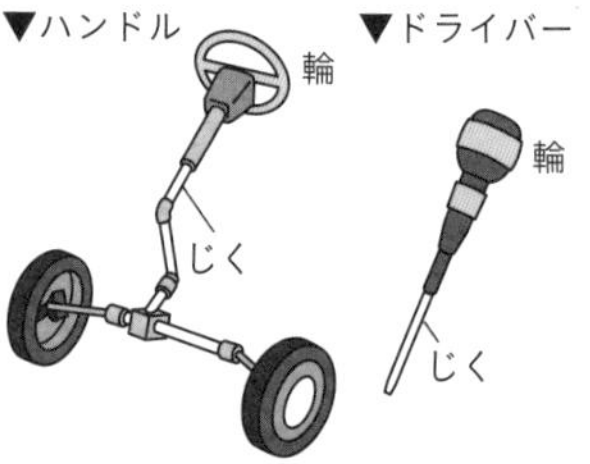
▼ハンドル
輪
じく
▼ドライバー
輪
じく

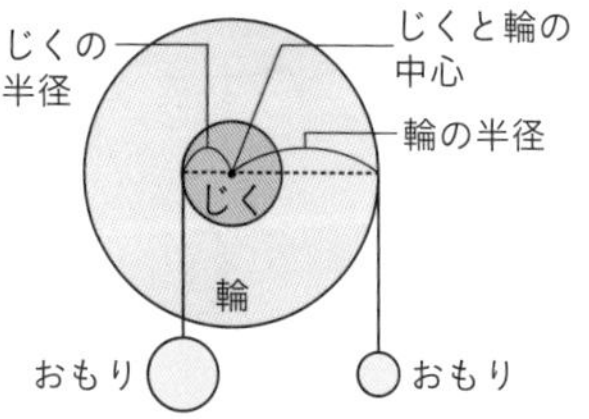
じくの半径
じくと輪の中心
輪の半径
じく
輪
おもり
おもり

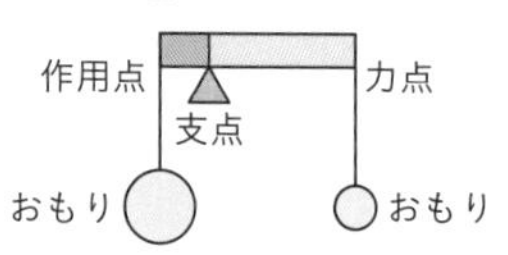
作用点
力点
支点
おもり
おもり

くわしく えん筆《ひつ》けずりやクレーンのかっ車《しゃ》など,輪じくを使った道具《どうぐ》はたくさんある。

Q.13

難易度 ★★

豆電球《まめでんきゅう》と発光《はっこう》ダイオード，光っているときにさわると熱《あつ》いのはどっち？

ヒント

熱いのは電流《でんりゅう》の一部《いちぶ》が熱《ねつ》になっているからだよ。なんだか，省《しょう》エネじゃないね。

A. 豆電球《まめでんきゅう》

豆電球が光るのは，電流《でんりゅう》によってフィラメントという部分の金属《きんぞく》が熱《ねっ》せられて，明るくかがやくから。このとき，光とともに大量《たいりょう》の熱《ねつ》が出ている。

発光《はっこう》ダイオードは，電流が決《き》まった向《む》きに流れると光る部品《ぶひん》で，あまり熱を出さない。また，豆電球よりずっと少ない電流で明るく光るので，省《しょう》エネになる。

豆電球
フィラメント
光と大量の熱が出る。

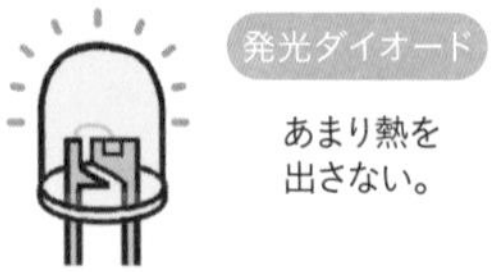
発光ダイオード
あまり熱を出さない。

・豆電球が光るときには，たくさんの熱が発生する。
・発光ダイオードは，あまり熱を出さずに光り，省エネ。

あわせて深ぼり [発光ダイオードのしくみ]

発光ダイオードって，LEDともいうんでしょ。

そうだね。信号機《しんごうき》や電光《でんこう》けい示板《じばん》など，町中の光もほとんどLEDになったね。

省エネだもんね。

それだけじゃない。電球は熱でフィラメントが切れることがあるけれど，LEDはあまり熱を出さないので，こわれにくいんだ。

LEDはどうして光るの？

半導体《はんどうたい》という部品の中で，電気の＋《プラス》と－《マイナス》がぶつかって，打《う》ち消《け》し合うときに光が出るんだよ。

へえ。びっくり。どうして熱くならないの？

熱ではなく光が直接飛《ちょくせつと》び出してくるからなんだよ。

信号機

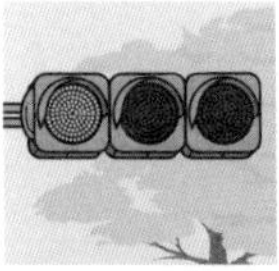

イルミネーション

▲ LEDが使《つか》われているもの

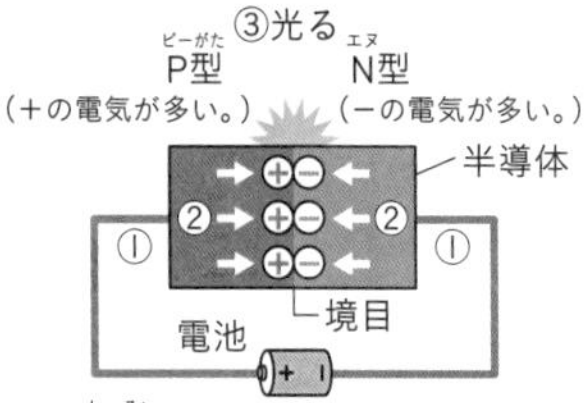
③光る
P型《ピーがた》
(＋の電気が多い。)
N型《エヌ》
(－の電気が多い。)
半導体
②
②
①
①
境目
電池

① 2種類《しゅるい》の半導体が合わさっている。
②電池につなぐと＋と－の電気が境目《さかいめ》へ動《うご》く。
③＋と－の電気が境目でぶつかり，打ち消し合うときに，光を出す。

▲ LEDが光るしくみ

くわしく LEDは，白熱電球《はくねつでんきゅう》の6分の1くらいの電気で，同じ明るさの光を出すことができる。

Q.14

難易度 ★★

次《つぎ》の電気製品《でんきせいひん》は，電気を何に変《か》えている？

ヒント　どんなはたらきをする電気製品なのかを考えてみよう。

ア ＿＿＿　イ ＿＿＿　ウ ＿＿＿　エ ＿＿＿

LED照明《エルイーディーしょうめい》

スピーカー

アイロン

せん風機《ぷうき》

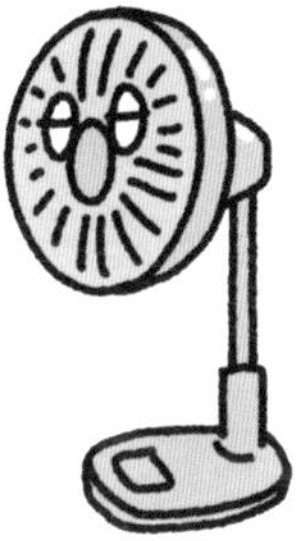

[電気製品が電気を何に変えているか]

A. ア 光 イ 音 ウ 熱《ねつ》 エ 運動《うんどう》

LED照明《エルイーディーしょうめい》

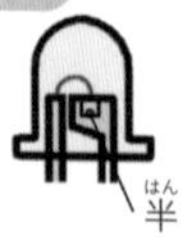
半導体《はんどうたい》

発光《はっこう》ダイオード(LED)に電流《でんりゅう》を流《なが》し，光を出す。

スピーカー

電磁石《でんじしゃく》でしん動《どう》板《ばん》をふるわせ，音を出す。

しん動板（コーン紙がふるえて空気をおす）
コイル
磁石《じしゃく》

アイロン

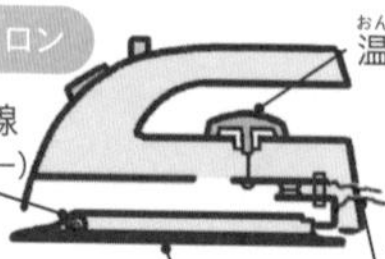
温度調整《おんどちょうせい》つまみ
金属線
(ヒーター)
ベース
電源《でんげん》コード

金属線《きんぞく》に電流を流し，熱に変《か》える。

せん風機《ぷうき》

モーターに電流を流し，運動(回転《かいてん》)に変える。

ファン
ファン回転用モーター
首ふり用モーター

・電気は，いろいろな電気製品《でんきせいひん》を動《うご》かすことができる。
・電気は，光・音・熱・運動などにすがたを変える。

あわせて深ぼり [電気自動車と蓄電池]

最近ふえてきた電気自動車《でんきじどうしゃ》は，電気をモーターの運動に変えて走っているよ。

でも，どうしてふえたの？

電気を大量《たいりょう》にためられる**蓄電池《ちくでんち》**(バッテリー)をつくれるようになったからだよ。

電気をためておくって，すごい！

そう，電気をためる技術《ぎじゅつ》があれば，電気をもっと便利《べんり》に使《つか》えるよ。

でも，蓄電池の電気はなくならないの？

なくなりそうになったら，コンセントから**充電《じゅうでん》**するんだよ。大きな駐車場《ちゅうしゃじょう》など，あちこちに充電スポットができてきたよ。

あちこちで充電……。なんだかスマートフォンみたいだ！

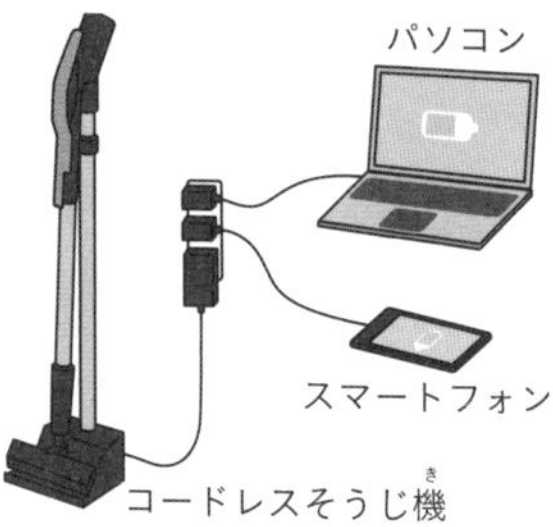
パソコン
スマートフォン
コードレスそうじ機《き》

▲ 充電して使う電気製品

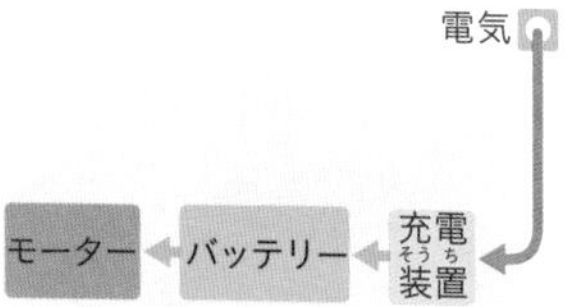
電気
充電装置《そうち》
バッテリー
モーター

▲ 電気自動車のしくみ

くわしく 電気自動車の蓄電池は，災害時《さいがいじ》の非常用電源としても使える。

Q.15

難易度 ★★

こいだときに光る自転車《じてんしゃ》のライトは，何を電気に変《か》えている？

ヒント
ライトは電流《でんりゅう》によって光る。でも，こぐと光るライトには電池《でんち》はついてないよ。

ア　光

イ　音

ウ　運動《うんどう》

A. ウ　運動《うんどう》

自転車《じてんしゃ》のライトは，運動（回転《かいてん》）から電気をつくり，電球《でんきゅう》を光らせている。ライトの中には磁石《じしゃく》とコイルがあり，磁石が回転するとコイルに電流《でんりゅう》を流《なが》そうとするはたらき（電圧《でんあつ》）が生じる。手回し発電機《はつでんき》も同じしくみで電気をつくっている。一方，モーターは磁石《じしゃく》と電流を流《なが》したコイルで，回転運動をつくり出している。

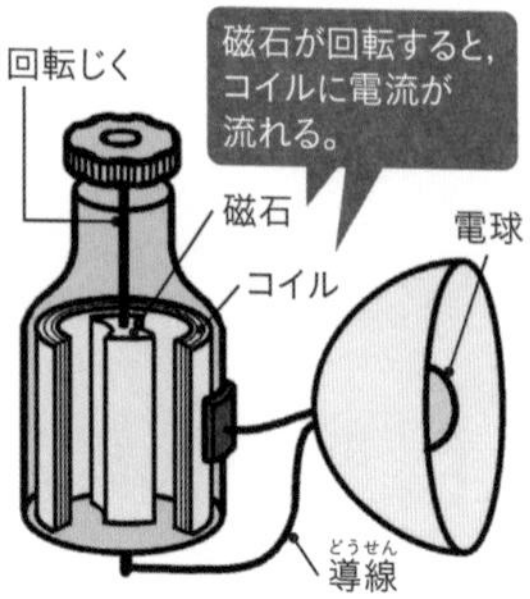

- 運動を利用《りよう》して電気をつくることができる。
- 自転車のライトは，モーターと反対《はんたい》のしくみで光る。

あわせて深ぼり ［発電のしくみ］

電気をつくることを発電《はつでん》というよ。何が思いつくかな？

風力発電《ふうりょくはつでん》！　大きなプロペラが回っているのを見たことがある。

そう，プロペラの回転で発電しているんだね。ほかには？

えーと，ダムの水を使《つか》う水力《すいりょく》発電。

いいぞ，ダムの水を落《お》として，その勢《いきお》いで水車（発電機）を回して電気をつくる。

どちらも回すことで電気をつくるんだね。

そう，磁石を大きなコイルの中で回して電気をつくる。自転車の発電機と同じだね。

磁石と電気の関係《かんけい》って，不思議《ふしぎ》だなあ。

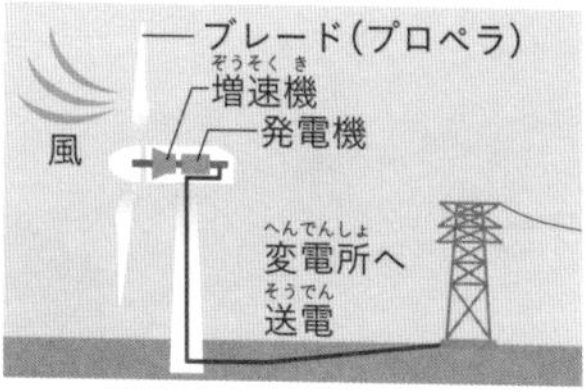

▲ 風力発電のしくみ…風の力でプロペラが回り，発電する。

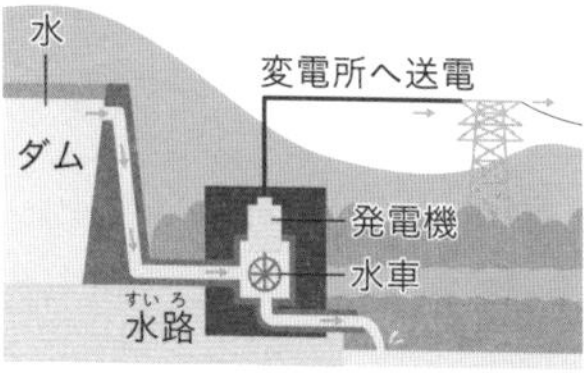

▲ 水力発電のしくみ…高い所《ところ》から低《ひく》い所へ落ちる水の力で水車を回し発電する。

くわしく　火力《かりょく》発電や原子力《げんしりょく》発電でも，蒸気《じょうき》の勢《いきお》いで発電機を回し，発電している。

実力《じつりょく》がついたかどうか，試《ため》してみよう。

[エネルギー] 確認《かくにん》テスト

●100点満点
●答えは166ページ

1 光と音の性質《せいしつ》について，次《つぎ》の各問《かくと》いに答えなさい。

（5点×4）

ミス注意 (1) 日光の進《すす》み方で，正しいものはどれですか。**ア**～**ウ**から選《えら》び，記号《きごう》で答えなさい。〔　　〕

ア　広がって進む　**イ**　平行《へいこう》に進む　**ウ**　集《あつ》まるように進む

(2) 日光を虫めがね（凸《とつ》レンズ）に通すと，光はどう進みますか。**ア**～**ウ**から選び，記号で答えなさい。〔　　〕

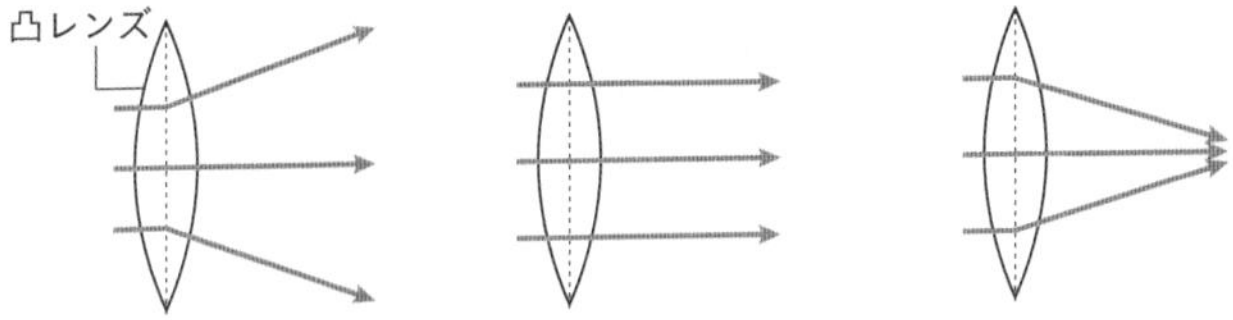

ア　広がって進む　**イ**　平行に進む　**ウ**　集まるように進む

(3) ひもでぶら下げた鉄《てつ》の棒《ぼう》をたたくと，カーンという長い音が出ました。このとき棒を水につけるとどうなりますか。**ア**～**ウ**から選び，記号で答えなさい。〔　　〕

ア　水がうずをまく　**イ**　水面《すいめん》に波《なみ》が立つ　**ウ**　水は変化《へんか》しない

(4) 月面《げつめん》で花火が打《う》ち上《あ》げられるとしたら，音はまわりでどう聞こえますか。理由《りゆう》とあわせて簡単《かんたん》に書きなさい。

〔　　〕

2 磁石《じしゃく》と電磁石《でんじしゃく》について，次の各問いに答えなさい。

（10点×3）

(1) 磁石の極《きょく》を次のように近づけたとき，引き合う組み合わせはどれですか。**ア**～**ウ**から選び，記号で答えなさい。〔　　〕

ア　S《エス》極とS極　**イ**　N《エヌ》極とN極　**ウ**　S極とN極

ミス注意 (2) 電磁石の力を強くする方法《ほうほう》を2つ書きなさい。（完答《かんとう》）

〔　　〕〔　　〕

(3) 電磁石の極を反対《はんたい》にする方法を1つ書きなさい。

〔　　〕

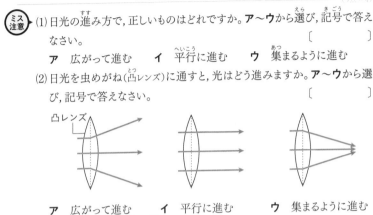

3　てことふりこについて，次《つぎ》の各《かく》問《と》いに答えなさい。

（(1)8点，ほか5点×2）

ミス注意 (1) 図のシーソーで，タカシくん(40kg)とつり合うには，左側《ひだりがわ》の赤い点には何kgの人が座《すわ》ればよいですか。

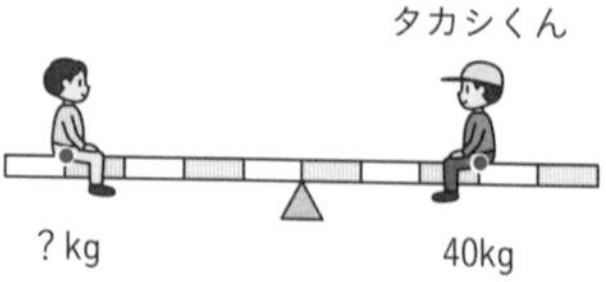

〔　　　　　　〕

ミス注意 (2) 支点《してん》，力点《りきてん》，作用点《さようてん》の位置《いち》の順《じゅん》が，図のせんぬきと同じになっているのは，**ア**～**ウ**のうちどれですか。　〔　　　　　　〕

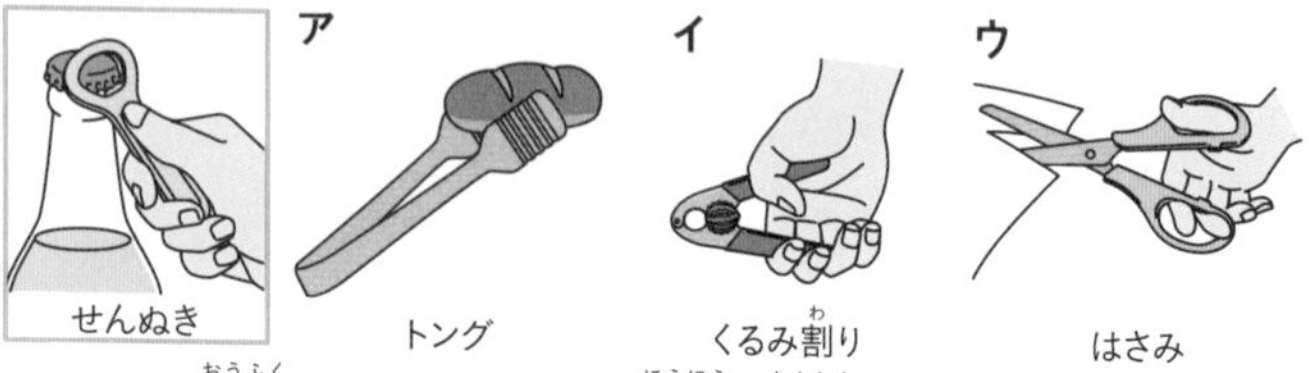

(3) ふりこが1往復《おうふく》する時間を長くする方法《ほうほう》を簡単《かんたん》に書きなさい。

〔　　　　　　　　　　　　　　　　　　　　　　　　　　〕

4　かん電池2個《こ》と豆電球《まめでんきゅう》2個を使《つか》った回路《かいろ》で，電気の性質《せいしつ》について正しいものを○で囲《かこ》みなさい。

（4点×8）

図1

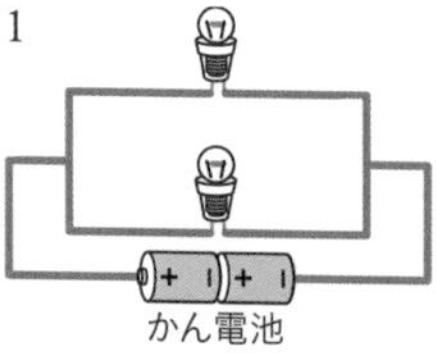

図2

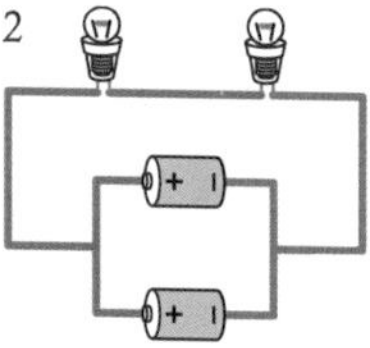

図1の回路では，かん電池は(1)〔 並列《へいれつ》・直列《ちょくれつ》 〕つなぎで，豆電球は(2)〔 並列・直列 〕つなぎです。この回路では，かん電池1個のときに比《くら》べ，(3)〔 大きい・小さい・同じくらいの 〕電流《でんりゅう》が流《なが》れます。また，各豆電球には豆電球1個のときに比べ，(4)〔 大きい・小さい・同じくらいの 〕電流が流れます。

ミス注意 図2の回路では，かん電池1個のときに比べ，(5)〔 大きい・小さい・同じくらいの 〕電流が流れ，それぞれのかん電池は(6)〔早く弱まります・長持《ながも》ちします 〕。また，豆電球1個のときに比べ，各豆電球に流れる電流は(7)〔 大きくなる・小さくなる・変《か》わらない 〕ので，明るさは(8)〔 明るくなります・暗《くら》くなります・変わりません 〕。

［エネルギー］もっと わけがわかる5問《もん》

さらにエネルギーを
ほりさげよう!

がんばる!

Q. 01

超高層《ちょうこうそう》ビルは地震《じしん》のゆれを防《ふせ》ぐために何の上に建《た》てられている？

ぼくらの身近にあるものでゆれを小さくしてるんだ。

Q. 02

録音《ろくおん》した自分の声がふだんとちがって聞こえるのはなぜ？

音は空気などのしん動で聞こえるんだったよね…？

A. 01　ゴムの上に建《た》てられている。

解説　ゼリーの上のさくらんぼは，ゼリーがゆれてもあまり動《うご》かない。ゴムには，力を加《くわ》えてのびちぢみする性質《せいしつ》と，ゼリーのようにもとの形にもどる性質がある。地《じ》面《めん》に置《お》いたゴムの土台の上に建物《たてもの》を建てると，この性質によって地震《じしん》のゆれが吸収《きゅうしゅう》され，建物のゆれが小さくなる。

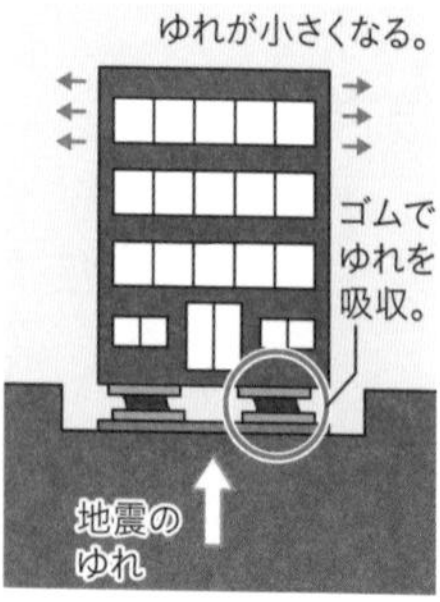

A. 02　録音《ろくおん》した音には，ふだん自分が同時に聞いている，骨《ほね》から直接《ちょくせつ》伝《つた》わる音がふくまれていないから。

解説　音が聞こえるのは，音のしん動《どう》がものを伝わって聞く人の耳にとどくから。ふだん聞く自分の声には，空気を伝わって耳にとどく音と，顔の骨から直接伝わる音が混《ま》じっている。録音された自分の声には，骨からの音がふくまれていないので，ちがう声に聞こえる。

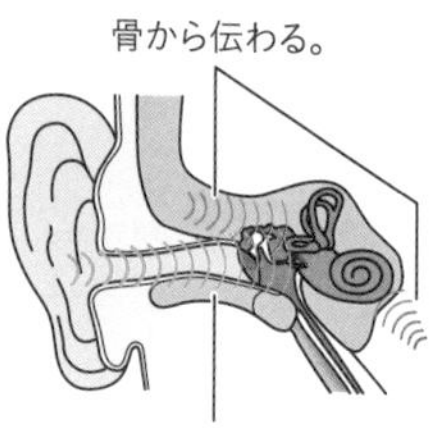

しっかり耳をふさいで，
しゃべってごらん。
骨から伝わる音が聞こえるでしょ？

あ，本当だ！　自分の声が大きくて変《へん》な音に聞こえる！

Q. 03 方位磁針《ほういじしん》がいつも北を指《さ》すのはなぜ？

地球には偉大な力がはたらいているのだよ。

Q. 04 1階《かい》でつけた階段《かいだん》の電気を2階で消《け》せるのはなぜ？

スイッチが2つあって……え，なぜ？　不思議！

Q. 05 国際宇宙《こくさいうちゅう》ステーションは，何から電気を得《え》ている？

地上から408km上空を飛んでいるんだよ。

提供：NASA

A. 03　地球全体《ちきゅうぜんたい》が，北がS極《エスきょく》，南がN《エヌ》極の大きな磁石《じしゃく》になっているから。

解説

地球の中ではどろどろの鉄《てつ》が動《うご》いている。その結果《けっか》地球には，北極《ほっきょく》がS極で南極《なんきょく》がN極となる磁石の性質《せいしつ》が生まれる。その力によって，方位磁針《ほういじしん》のN極は，つねにS極である北極に引き寄《よ》せられて，いつも北を指《さ》す。

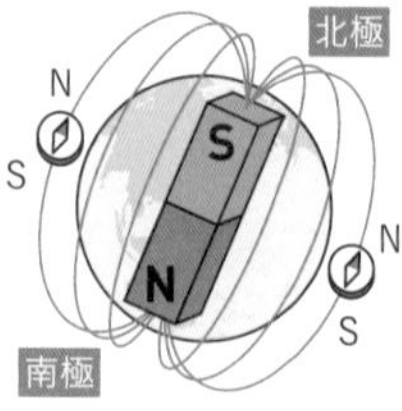

A. 04　2つのスイッチがそろわないとつながらない回路《かいろ》になっているから。

解説

図のような回路を考える。階段《かいだん》をのぼるとき，1階《かい》で(ア)のスイッチを上げると，回路がつながり電流《でんりゅう》が流《なが》れ，電灯《でんとう》の電球《でんきゅう》が光る。2階について(イ)のスイッチを下げると，回路が切れて電流が流れず電球が消《き》える。

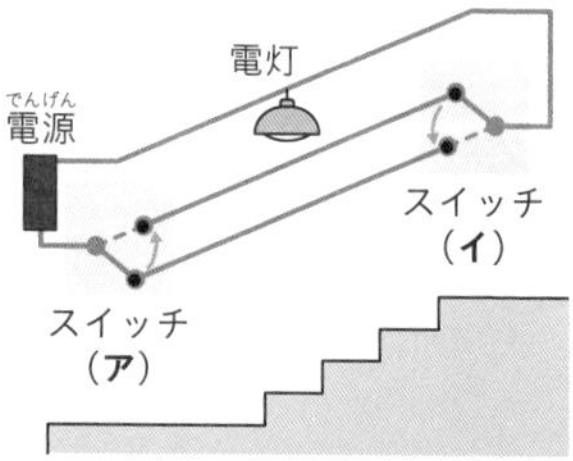

A. 05　太陽《たいよう》の光から電気を得《え》ている。

解説

国際宇宙《こくさいうちゅう》ステーションは光電池《こうでんち》(太陽電池)で発電《はつでん》し，中の施設《しせつ》や蓄《ちく》電池《でんち》に電気を送《おく》っている。全部《ぜんぶ》で32,800枚《まい》の光電池が羽根《はね》のように広がり，つねに太陽に向《む》くように自《じ》動的《どうてき》に回転《かいてん》する。

いつも太陽に向いて，光を受《う》け止めているよ。

地球・宇宙

最後《さいご》は何を
やるのかな？
土地や天気の変化《へんか》，
太陽《たいよう》・月・星の動《うご》き
などを学ぶよ。

Q.01

難易度 ★

朝のイラストは，アとイのどっち？

ヒント
時間とともに変《か》わるものは何か，考えよう。

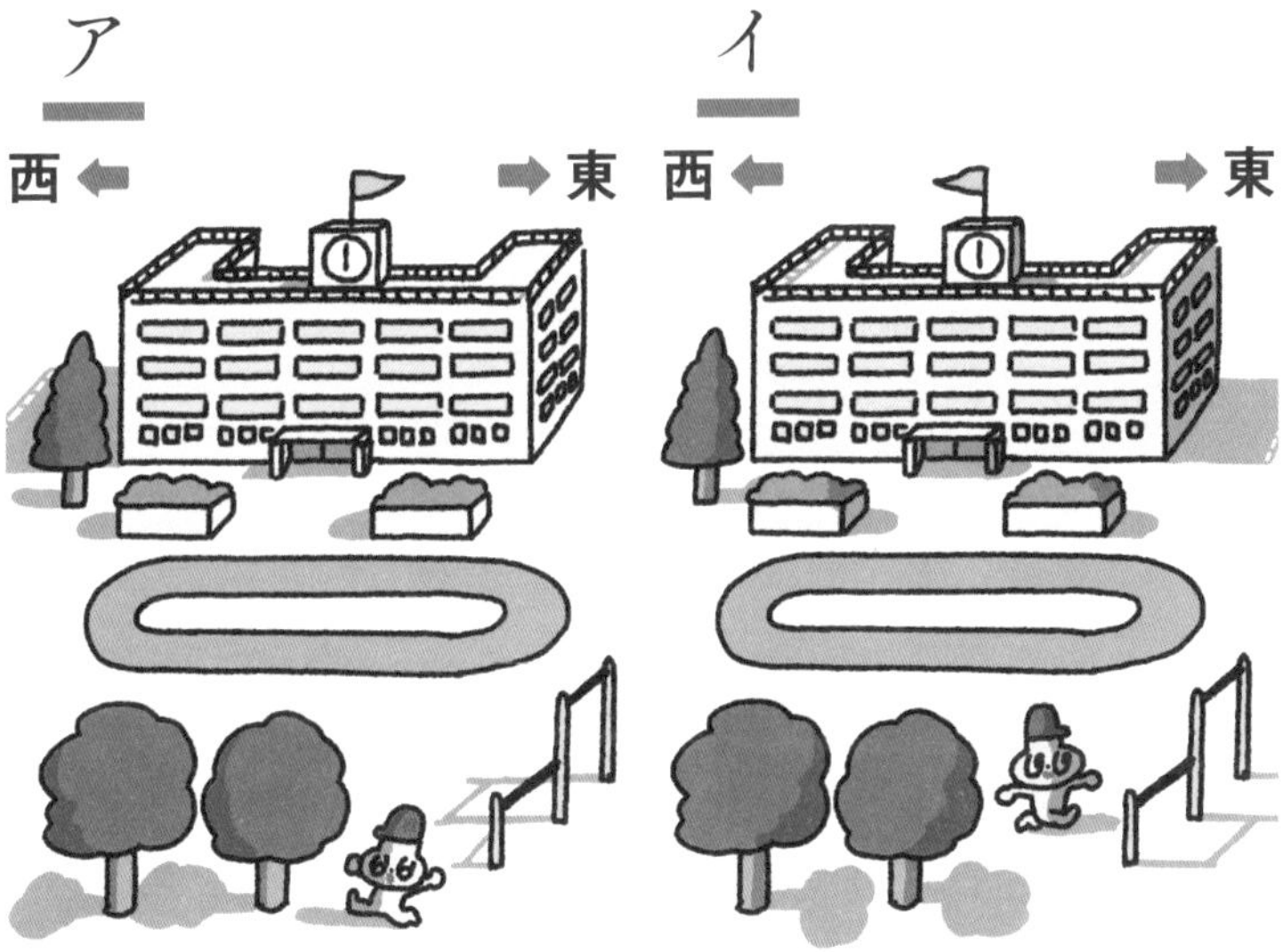

［朝と夕方のちがい］

A. ア

かげは太陽《たいよう》があるほうの反対側《はんたいがわ》にできる。

太陽は朝東からのぼって南の空を通り，夕方西にしずむので，西側に木のかげがのびている**ア**のイラストが朝で，東側に木のかげがのびている**イ**のイラストは夕方。

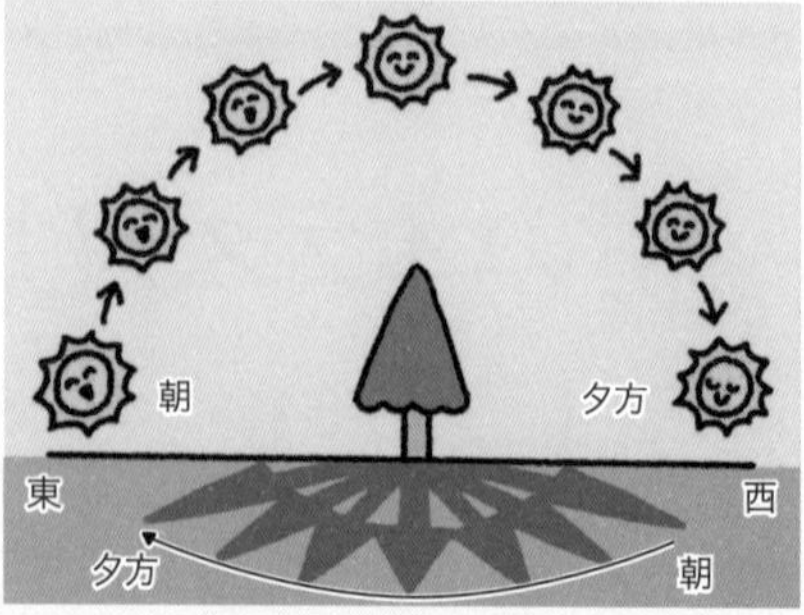

朝
夕方
東
西
夕方
朝

・かげは太陽の反対側にできる。
・太陽は東からのぼって，南を通り，西へと動《うご》く。

あわせて深ぼり ［かげの長さ］

かげって，夕方になると長くのびるよね？

太陽の高さによって，かげの長さは変《か》わるよ。太陽の位置《いち》が高いと，上からてらされるので，かげは短《みじか》くなり，太陽の位置が低《ひく》いと，横《よこ》からてらされるので，かげは長くなるんだ。

じゃ，かげが長いのは太陽が低い位置にある証拠《しょうこ》だね。

朝は太陽がまだ低いのでかげは長く，それからだんだん短くなっていき，正午ごろ太陽が最《もっと》も高くなると，いちばん短くなって，また夕方に向《む》けてだんだん長くなっていくよ。

▼春分《しゅんぶん》・秋分《しゅうぶん》の日のかげの動き

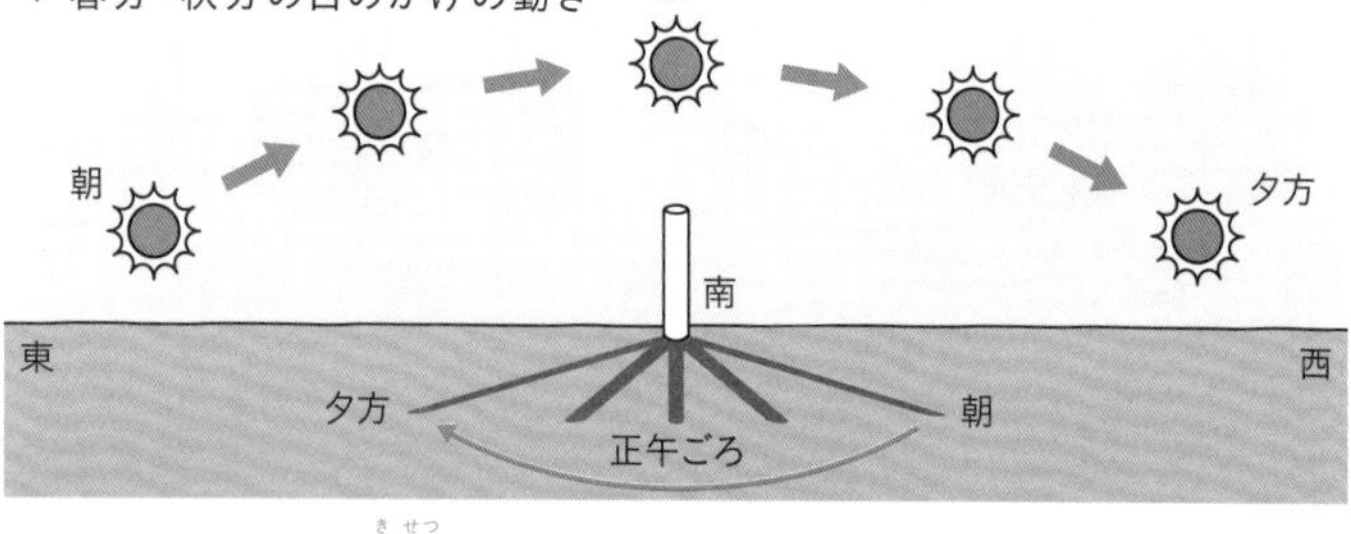

昼
朝
夕方
南
東
西
夕方
朝
正午ごろ

くわしく 太陽の高さは季節《きせつ》によって変わるので，かげの動き方も季節によって変わる。

Q. 02

難易度 ★★

東京《とうきょう》と大阪《おおさか》で，太陽《たいよう》が真《ま》南《みなみ》にきて，最《もっと》も高くなる時刻《じこく》は，どっちがはやい？

ヒント

太陽がどちらの方角からのぼってくるか，考えよう。

A. 東京《とうきょう》

日本では，兵庫県明石市《ひょうごけんあかしし》で，太陽《たいよう》が真《ま》南《みなみ》にきて最《もっと》も高くなるときの時刻《じこく》が，正午（昼の12時）と決《き》められている。

太陽は東からのぼってくるため，明石市より東にあるところでは，明石市よりもはやく太陽が真南にくる。東京《とうきょう》も大阪《おおさか》も明石市より東側《がわ》だが，より東側にある東京がはやく真南にくる。

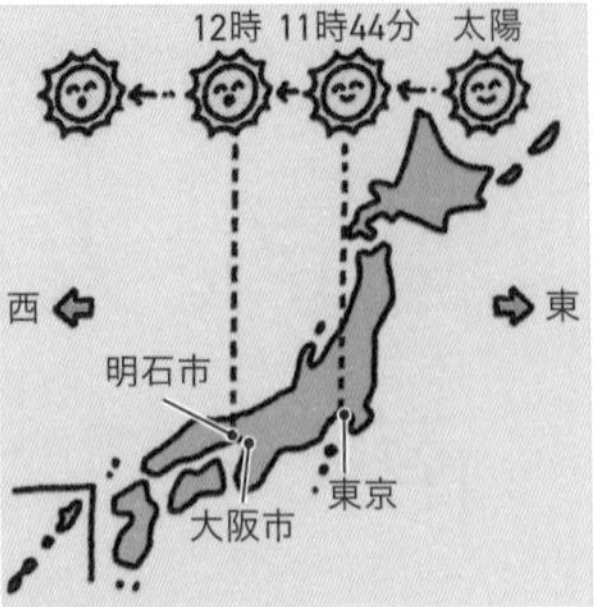
12時
11時44分
太陽
西
東
明石市
東京
大阪市

※太陽が真南にくる時刻は，同じ場所《ばしょ》でも季節《きせつ》によって15分前後ずれる。

- 日本の時刻は兵庫県明石市が基準《きじゅん》。
- 東側ほど太陽が真南にくる時刻がはやく，西側ほどおそい。

あわせて深ぼり ［日の出・日の入り，太陽の高さ］

日の出と日の入りはどうなの？

太陽が真南のときの時刻と同じように，日の出と日の入りの時刻も東側ははやく，西側はおそくなるよ。（南北に大きくはなれていない場合）

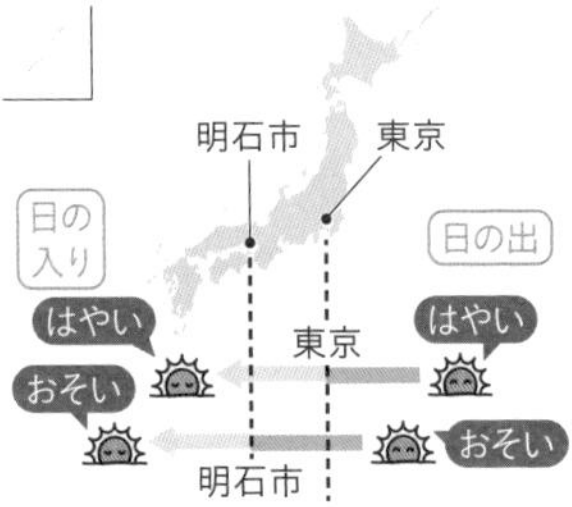
明石市
東京
日の入り
日の出
はやい
東京
はやい
おそい
おそい
明石市

東と西はわかったけど，北と南では何かちがう？

太陽が真南にあるときの，高さがちがうよ。

えっ，どういうこと？？

太陽は南の空で最《もっと》も高くなるよね。だから，日本では沖縄《おきなわ》など南のところほど，太陽が上のほうに見えて，高さが高くなる。北海道《ほっかいどう》など北にいくほど，低《ひく》くなるよ。

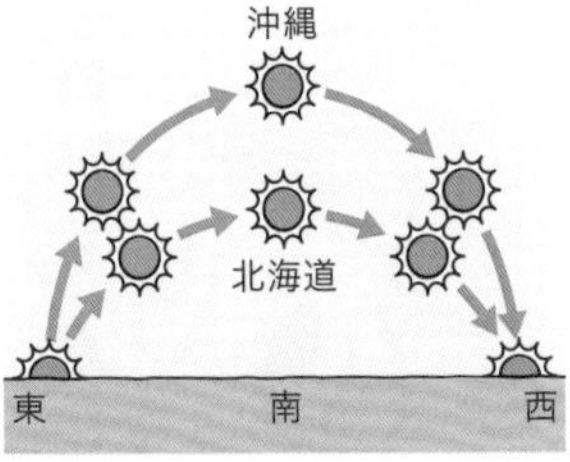
沖縄
北海道
東
南
西

▲ 南にいくほど真南の太陽の高さが高く，北にいくほど低い。

中学では 太陽が真南にくることを南中《なんちゅう》，そのときの高さを南中高度《なんちゅうこうど》という。

Q.03

難易度 ★★★

夏至《げし》の日に，地面《じめん》に立てた棒《ぼう》のかげの先の動《うご》きをなぞった。このときの線はどれ？

ヒント

太陽《たいよう》の高さが高いほど，かげは短《みじか》くなる。ア〜ウは，春分《しゅんぶん》・秋分《しゅうぶん》，夏至，冬至《とうじ》のいずれか。

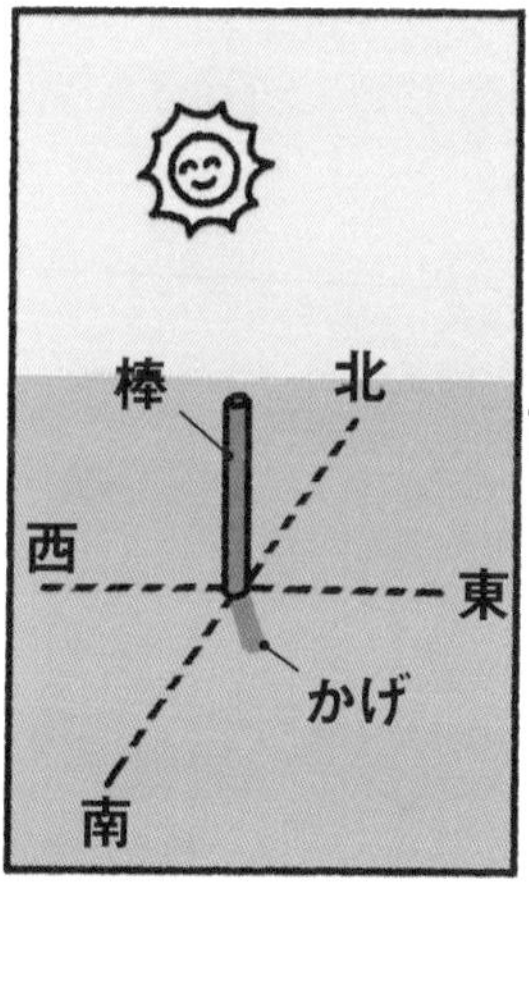

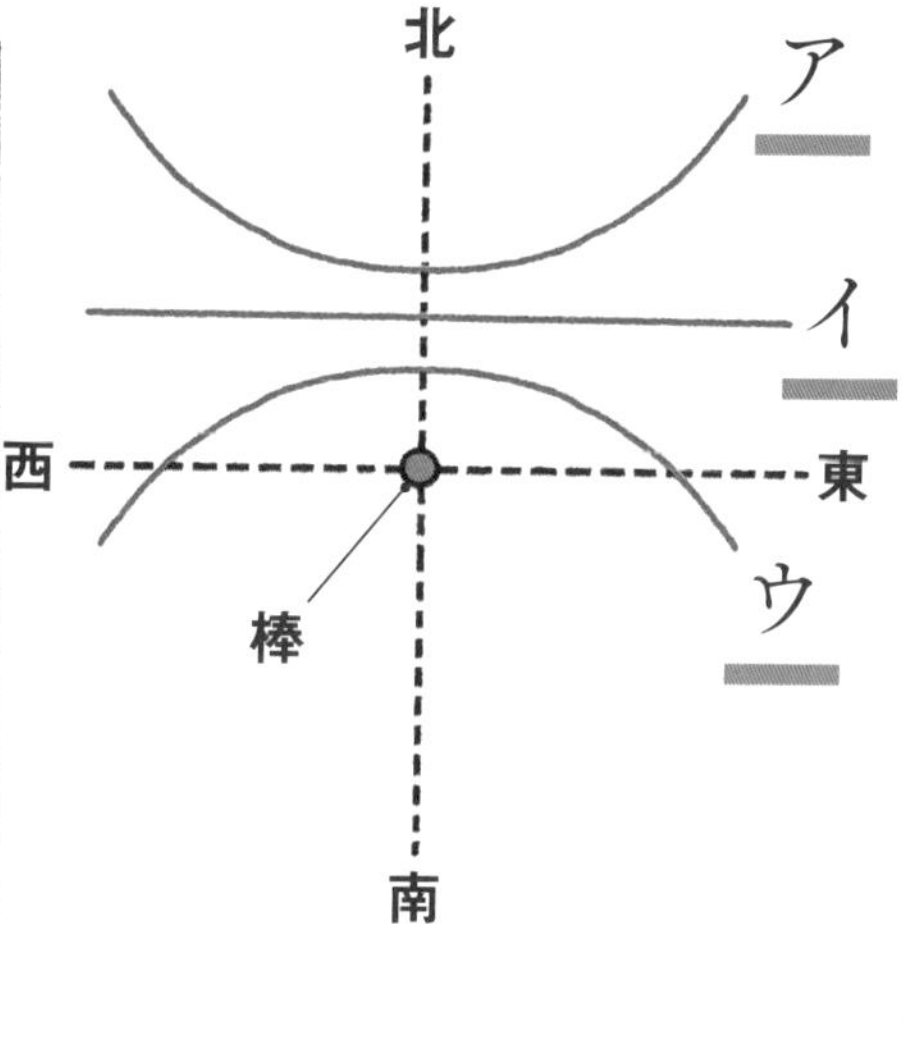

[夏至の日のかげの動き]

A. ウ

北と南を結《むす》んだ線の上にかげができたときが，正午ごろの太陽《たいよう》の高さが最《もっと》も高いとき。このときの太陽の高さは，夏至《げし》→春分《しゅんぶん》・秋分《しゅうぶん》→冬至《とうじ》の順《じゅん》に高いので，かげがいちばん短《みじか》くなっている**ウ**が夏至の日とわかる。

また，夏至の日は，太陽が北よりから出て北よりにしずむので，朝と夕方のかげが南側《みなみがわ》にできるのも特《とく》ちょう。

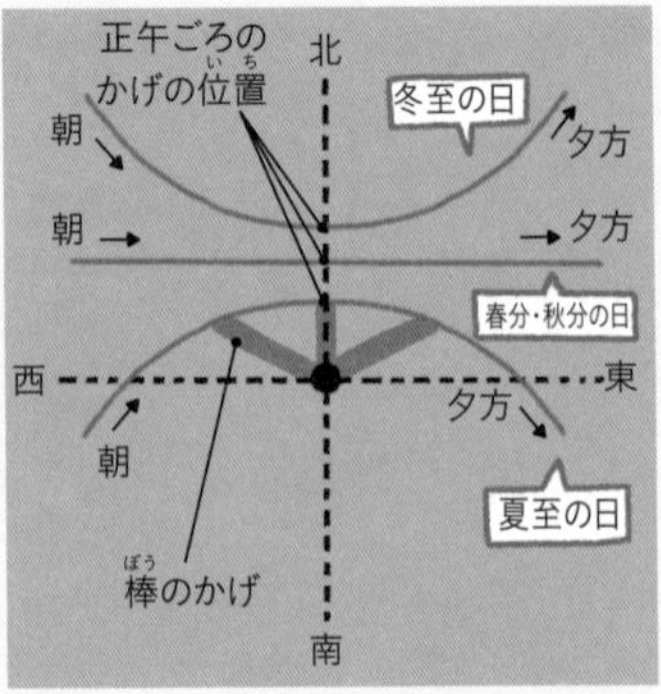

・正午ごろ（太陽が真《ま》南《みなみ》），太陽は最も高くなる。
・正午ごろの太陽の高さは夏至が最も高く，冬至が最も低《ひく》い。

あわせて深ぼり［1年の太陽の通り道］

でも，1日のかげの動《うご》きが季節《きせつ》によって変《か》わるのはなぜ？

季節によって，太陽の通り道が変わるからだよ。

どういうこと？？

下の図を見てごらん。春分と秋分の日の太陽は，真東《まひがし》からのぼって真西《まにし》にしずむけど，夏至の日には北よりからのぼって北よりにしずむ。冬至の日には，これが南よりになるんだ。

へ～。だから，お昼の太陽の高さが変わるんだね。

そのとおり。太陽の高さだけでなく，日の出から日の入りまでの昼間の時間も夏至の日が1年で最も長くなるね。

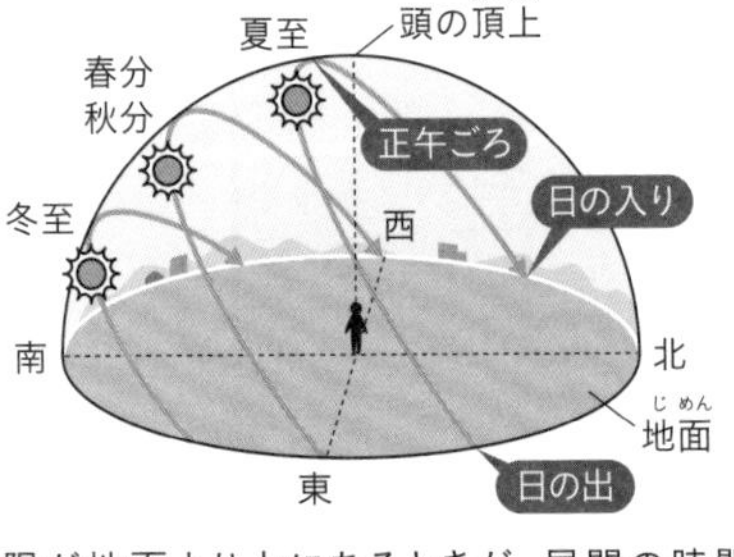

▲ 太陽が地面より上にあるときが，昼間の時間。

中学では 地球《ちきゅう》が太陽のまわりをかたむいて公転《こうてん》しているため，太陽の通り道が季節で変わる。

Q.04

難易度 ★

百葉箱《ひゃくようばこ》のとびらは，東西南北のどこを向《む》いている？

ヒント

とびらをあけたとき，何かが入らないようにするためだよ。

[百葉箱の向き]

A. 北

百葉箱《ひゃくようばこ》は，気温《きおん》を正しくはかるために，いろいろな工夫《くふう》がされてつくられた箱《はこ》。太陽《たいよう》は，東からのぼって南の空を通って西へしずむため，とびらが南向《む》きだと日光が入って正しい気温にならない。そこで，とびらを北向きにつけ，とびらをあけても１日中直射《ちょくしゃ》日光が当たらないようにしている。

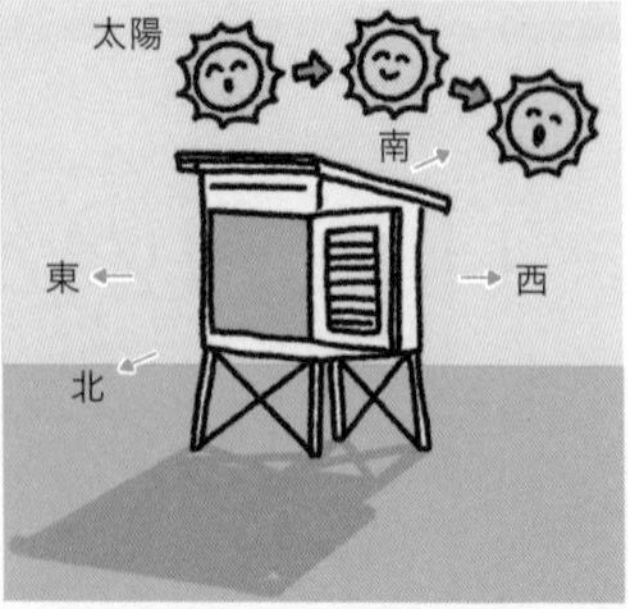
太陽
南
東
西
北

・気温は，直射日光が当たらないようにしてはかる。

あわせて深ぼり [百葉箱のしくみ]

百葉箱って，ほかにどんな工夫があるの？

まず，まわりからのえいきょうをなくすために，何もない開《ひら》けた場所《ばしょ》にたてられている。

ふんふん。

正しい気温がはかれるように，中の温度計《おんどけい》の高さは1.2〜1.5メートルになるようにしてある。ほかにも右のような工夫がいっぱいだよ。

ひぁ〜ホントだ。ところで，中はどうなってるの？

温度計（乾湿計《かんしつけい》）だけでなく，気《き》圧計《あつけい》なども入っているんだよ。

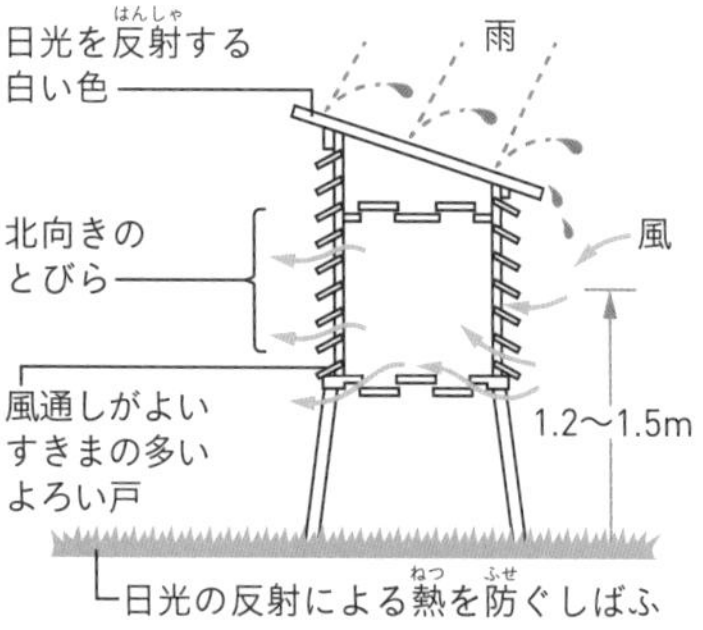
日光を反射《はんしゃ》する
白い色
雨
北向きの
とびら
風
風通しがよい
すきまの多い
よろい戸
1.2〜1.5m
日光の反射による熱《ねつ》を防《ふせ》ぐしばふ

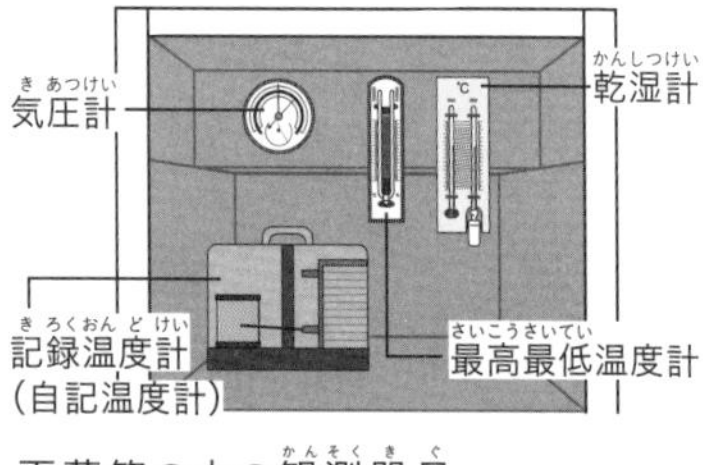
気圧計《きあつけい》
乾湿計《かんしつけい》
℃
記録温度計《きろくおんどけい》
（自記温度計）
最高最低温度計《さいこうさいてい》

▲ 百葉箱の中の観測器具《かんそくきぐ》

中学では 乾湿計の温度から，湿度《しつど》（空気のしめりぐあい）を求《もと》めることができる。

Q.05

難易度 ★★

気温《きおん》がいちばん高いのが，正午ではなく，午後2時ごろなのはなぜ？

ヒント

空気の温度《おんど》が気温。空気のあたたまり方を考えてみよう。

ア　空気より先に地面《じめん》があたたまるから。

イ　午後2時ごろの日光がいちばん強いから。

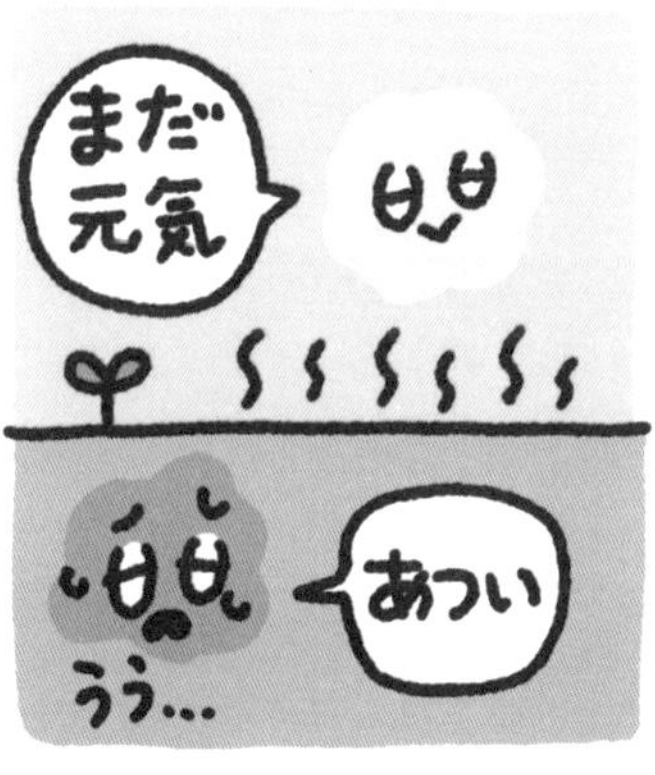

［気温が午後2時ごろに最も高くなる理由］

A. ア　空気より先に地面《じめん》があたたまるから。

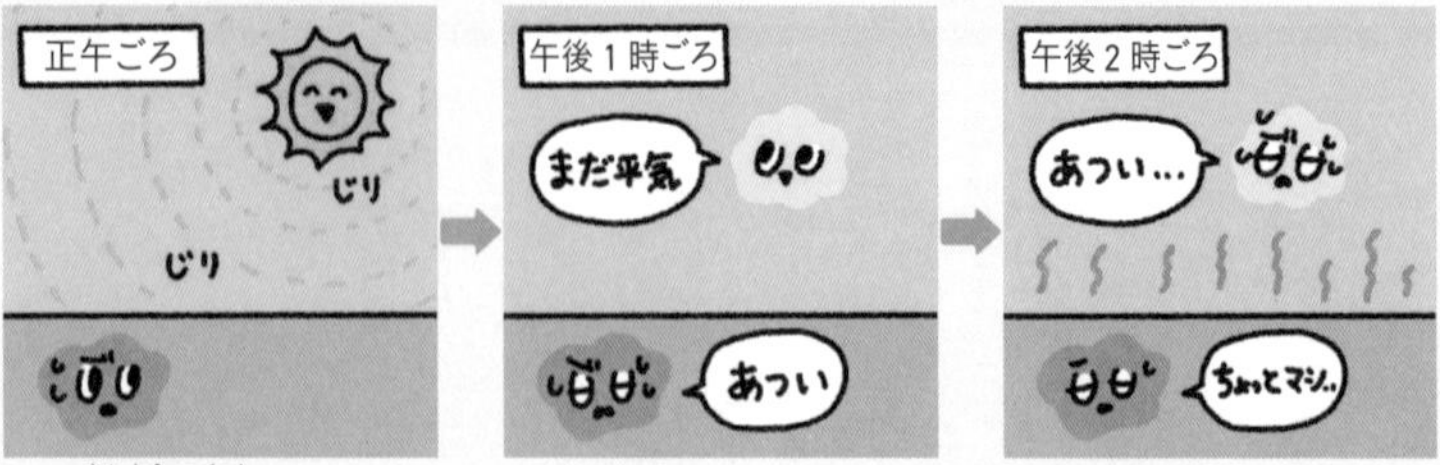

正午ごろ
じり
じり
午後1時ごろ
まだ平気
あつい
午後2時ごろ
あつい…
ちょっとマシ…

1　太陽《たいよう》が最《もっと》も高く，強い光が地面に当たる。

2　地面が最もあたたまる。

3　地面が地面近くの空気をあたためる。

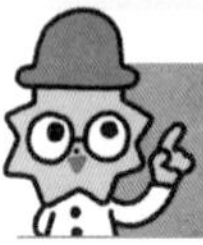

- 晴れの日の気温《きおん》は，午後2時ごろ最高《さいこう》になる。
- 太陽の光が地面をあたため，地面の熱《ねつ》が空気をあたためる。

あわせて深ぼり ［天気と気温の変化］

いつも午後2時ごろの気温が最高になるの？

いや，晴れて天気のいい日だよ。まず太陽の高さが最高になって，地面の温度《おんど》→空気の温度（気温）の順《じゅん》に最高になるね。

じゃ，雨の日は？？

雨やくもりの日は，日光がとどきにくいから気温が上がりにくく，1日中低《ひく》めで，晴れの日のようなハッキリした特《とく》ちょうはないよ。

特ちょうがないのが特ちょうだね！

そう。だから，1日の気温の変化《へんか》のようすを調《しら》べると，その日の天気もだいたいわかるってわけ。

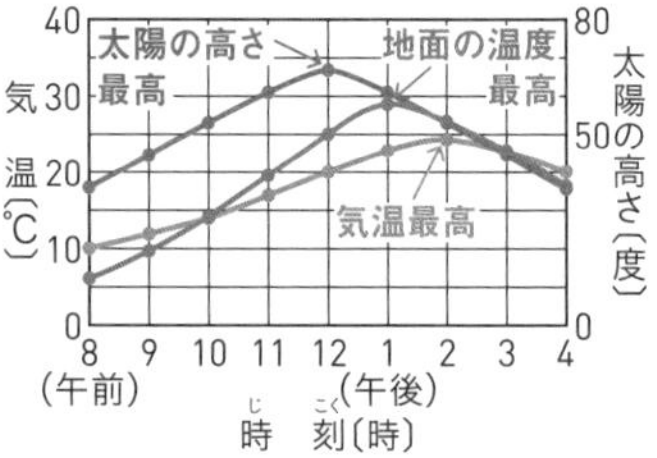

40
30
20
10
0
気温（℃）
80
50
0
太陽の高さ（度）
太陽の高さ最高
地面の温度最高
気温最高
8 9 10 11 12 1 2 3 4
（午前）
（午後）
時《じ》刻《こく》〔時〕

▲ 晴れの日の太陽の高さと地面の温度と気温

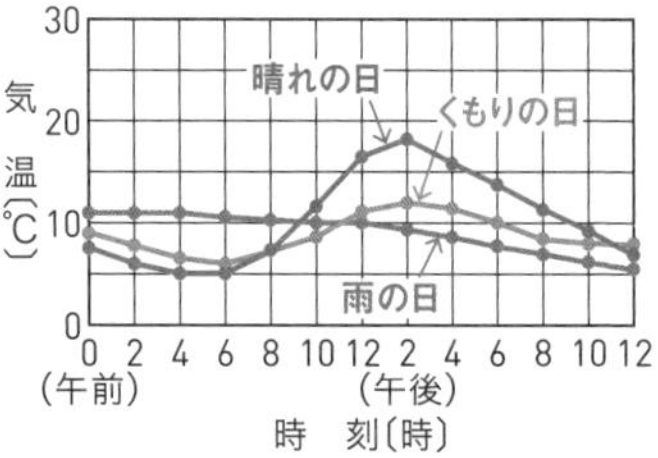

30
20
10
0
気温（℃）
晴れの日
くもりの日
雨の日
0 2 4 6 8 10 12 2 4 6 8 10 12
（午前）
（午後）
時　刻〔時〕

▲ 天気と気温

Q.06

難易度 ★★

冬に，暖房《だんぼう》をつけた車の窓《まど》ガラスがくもるのはなぜ？

ヒント

空気中には，目に見えない水蒸気《すいじょうき》（気体《きたい》の水）がふくまれていることから，考えよう。

ア 窓の外側《そとがわ》の空気が冷《ひ》やされて，水てきがつくから。

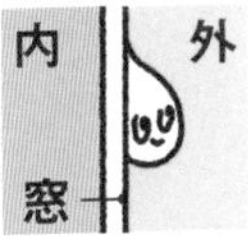

イ 窓の内側の空気があたためられて，水蒸気ができるから。

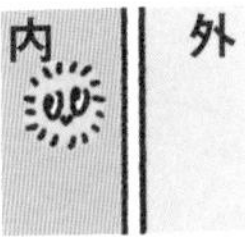

ウ 窓の内側の空気が冷やされて，水てきがつくから。

[冬に窓ガラスがくもる理由]

A. ウ 窓《まど》の内側《うちがわ》の空気が冷《ひ》やされて，水てきがつくから。

空気中には，目に見えない水蒸気《すいじょうき》(気体の水)がふくまれている。水蒸気は冷やされると液体《えきたい》の水(水てき)に変《か》わる。

窓ガラスは外の冷たい空気に冷やされるため，車内にふくまれていた水蒸気の一部《いちぶ》は冷たい窓ガラスに冷やされ，小さな水てきに変わって，窓ガラスの内側にびっしりつく。そのため，内側が白くくもる。

・気体の状態《じょうたい》の水を水蒸気という。水蒸気は目に見えない。
・水蒸気は冷やされると，液体の水(水てき)に変わる。

あわせて深ぼり [水蒸気と水てき]

でも，なぜ空気が冷えると水蒸気が水てきになるの？

空気中にふくむことができる水蒸気の量《りょう》は，気温《きおん》が低《ひく》いと少なくなるからだよ。気温が下がってふくみきれなくなった水蒸気の分が，水てきに変わるってわけさ。

ふむふむ。ところで，くもった窓のくもりを消《け》したいときは？

水てきがつくのは，車内の水蒸気が多くて湿度《しつど》(しめりけ)が高いってこと。だから窓をあけたり，エアコンをかけたりして，車内を乾燥《かんそう》させると，湿度が下がって水てきがまた水蒸気にもどって消《き》えるんだ。

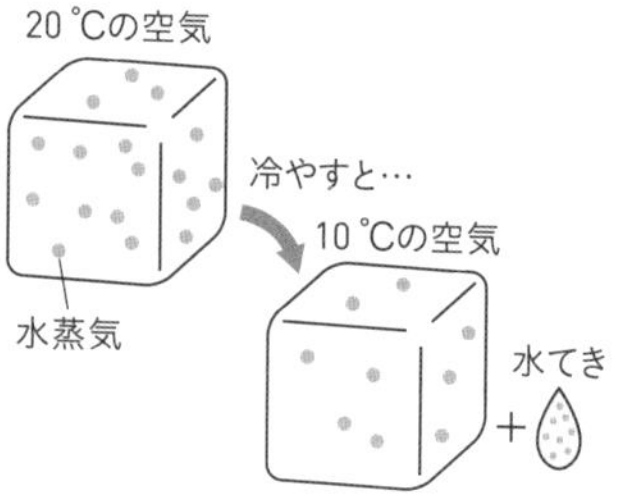

▲ 気温と水蒸気の量

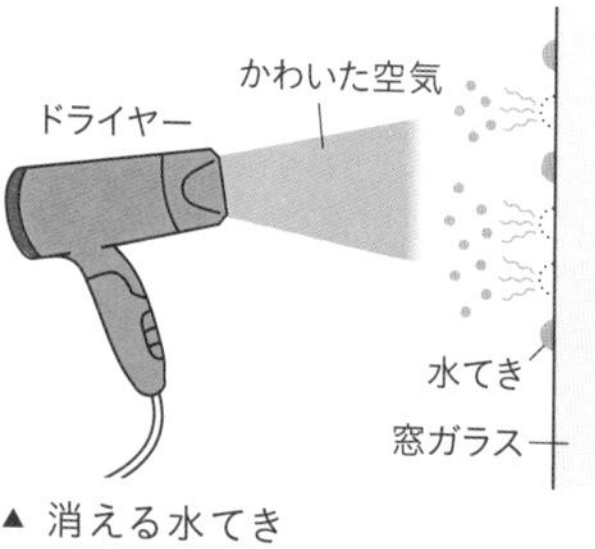

▲ 消える水てき

中学では 1m³の空気にふくむことができる最大《さいだい》の水蒸気の量を飽和水蒸気量《ほうわすいじょうきりょう》という。

Q.07

難易度 ★

雨の日に，校庭《こうてい》に水たまりができても，砂場《すなば》にできないのはなぜ？

ヒント

土でできた校庭と砂場のちがいは何か，考えてみよう。

A. 校庭《こうてい》の土より砂場《すなば》の砂のほうが，水がはやくしみこむから。

校庭の土のつぶは，砂場の砂のつぶより大きさが細かく，ぎっしりつまっている。そのため，水がしみこみにくく，少しへこんだ場所《ばしょ》に水が集《あつ》まって，水たまりができてしまう。

砂場の砂のつぶは大きいため，つぶとつぶの間にはすきまがあって水がしみこみやすく，降《ふ》った雨水はすぐにしみこんでしまう。

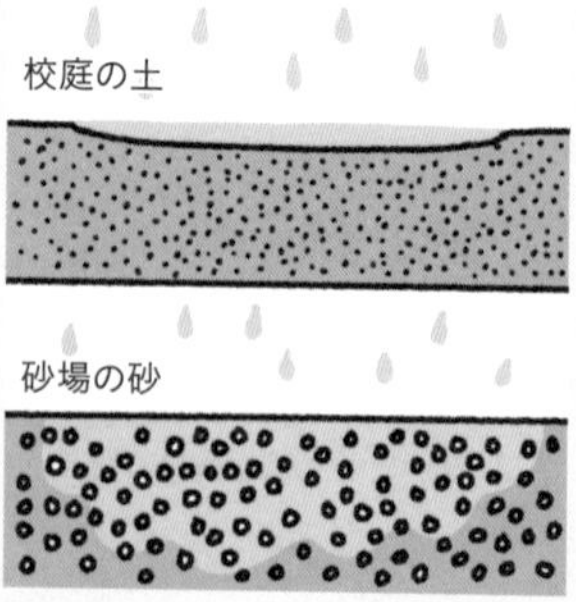
校庭の土
砂場の砂

- 水は高いところから低《ひく》いところに流《なが》れてたまる。
- つぶが大きいほうが，水がはやくしみこむ。

あわせて深ぼり [蒸発と水蒸気]

水たまりはいつのまにかなくなるよ。どこにいったの？

水面《すいめん》から蒸発《じょうはつ》して水蒸気《すいじょうき》（気体の水）になって空気中に出ていくよ。また，土の中にも少しずつしみこんでいくよ。

へぇ～。だからいつのまにか消《き》えていたんだ！　晴れると特《とく》にはやく消えてしまうよね？

晴れた日にせんたく物《もの》を干《ほ》すと，よくかわくでしょ？　それと同じで，くもりや雨の日は蒸発があまり進《すす》まないけど，晴れると蒸発がさかんになって，水がはやく水蒸気に変《か》わるんだ。

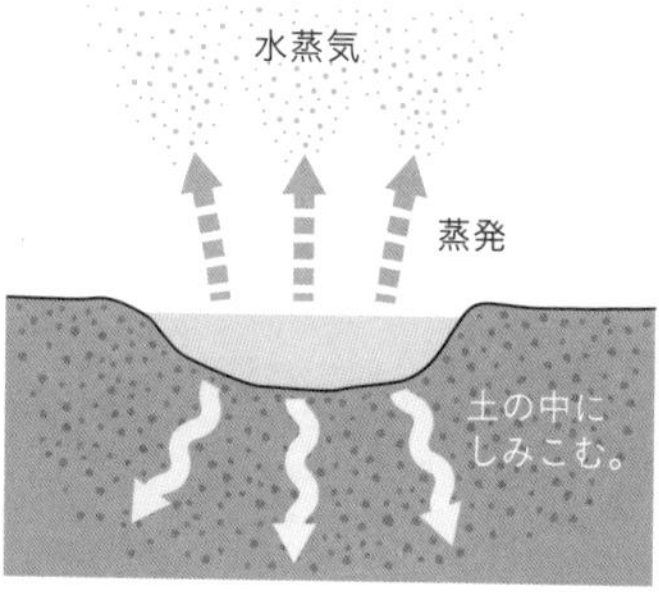
水蒸気
蒸発
土の中にしみこむ。
▲ 水のゆくえ

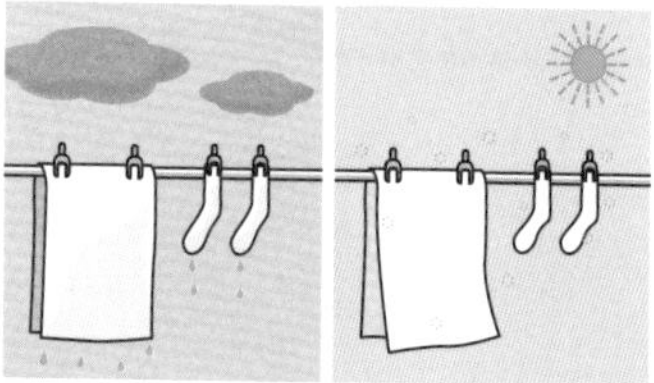
▲ 天気と蒸発

Q.08

難易度 ★★

北の空の星は，北極星《ほっきょくせい》を中心に回っていく。北極星だけが動《うご》かないのはなぜ？

ヒント　時間とともに空を動いていく星ぼしは，実際《じっさい》に動いているわけではない。

ア　北極星が，地《ち》球《きゅう》の北極《ほっきょく》と南《なん》極《きょく》を結《むす》んだ線上にあるから。

イ　北極星のまわりを地球やほかの星が回っているから。

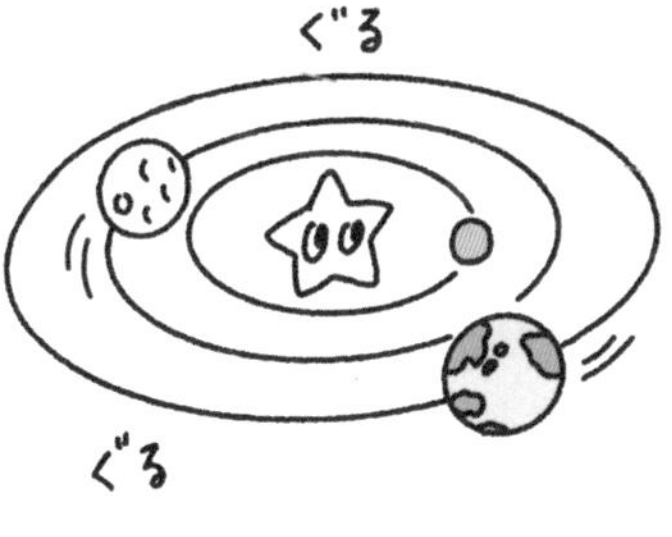

［北極星が動かない理由］

A. ア 北極星《ほっきょくせい》が,地球《ちきゅう》の北極《ほっきょく》と南極《なんきょく》を結《むす》んだ線上にあるから。

地球は北極と南極を結んだ線(じく)を中心に,1日1回,回転《かいてん》している。そのため星や月や太陽《たいよう》は,1日1回,東から西に回転しているように見える。北極星は北極と南極を結んだじくをのばした先にあるので,地球からは,回転しないで止まっているように見える。

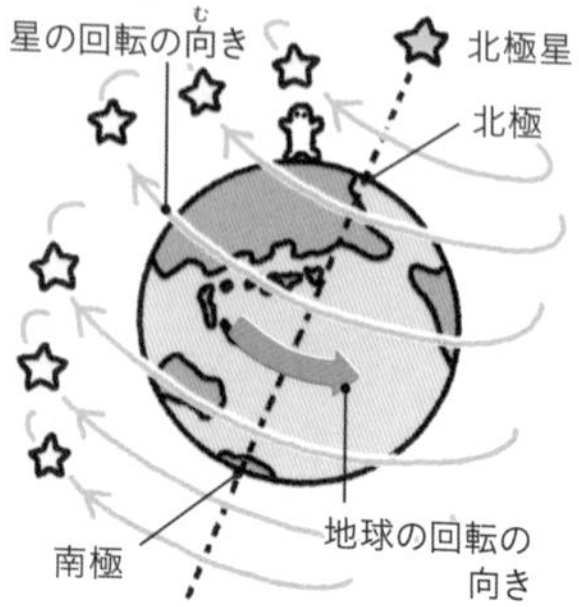

星の回転の向《む》き
北極星
北極
南極
地球の回転の向き

・地球は1日に1回,回転している。
・北極星は北極と南極を結ぶ線(じく)上にある。

あわせて深ぼり ［星の1日の動き］

北極星を見つけるコツはある?

北の空の北斗七星《ほくとしちせい》やカシオペヤ座《ざ》を探《さが》すと,そこから見つけやすいよ。

わかった。さっそくやってみよ!
ところで,北極星以外《いがい》の星は,みんな同じように動《うご》くのかな?

右の図をごらん。東西南北の空でちがうよ。東の地平線《ちへいせん》からななめにのぼって南の空を右に動き,西の地平線にななめにしずんでいく。北の空だけ,北極星を中心に反時《はんと》計回《けいまわ》りに回転して見えるんだ。

でもホントに回ってるのは地球なんだよね!

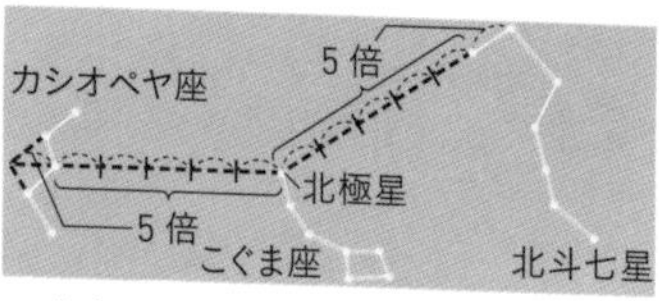

5倍
カシオペヤ座
北極星
5倍
こぐま座
北斗七星

▲ 北極星の見つけ方

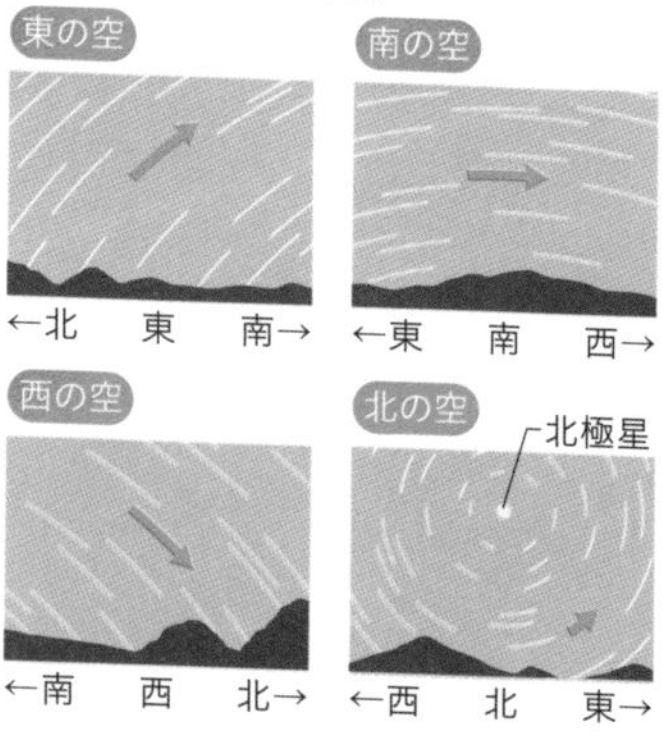

東の空
←北 東 南→
南の空
←東 南 西→
西の空
←南 西 北→
北の空
北極星
←西 北 東→

▲ 星の動き(1時間の動き)

中学では 地球が回転することを自転《じてん》,北極と南極を結ぶじくを地《ち》じくという。

Q.09

難易度 ★★

川の曲《ま》がったところの断面《だんめん》はどうなっている？

ヒント　川が曲がったところには，川原《かわら》やがけがある。左と右のどちら側《がわ》にできるか考えよう。

ア

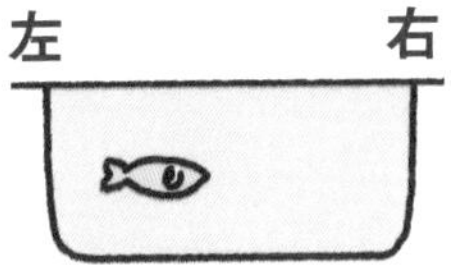

イ

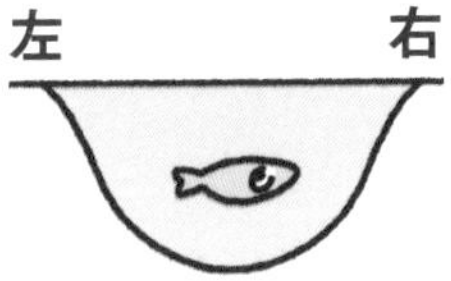

ウ

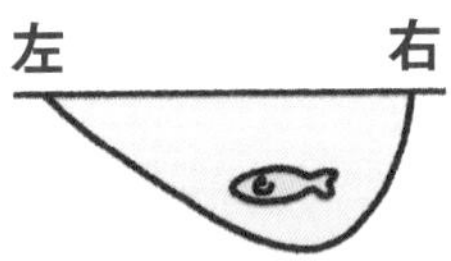

エ

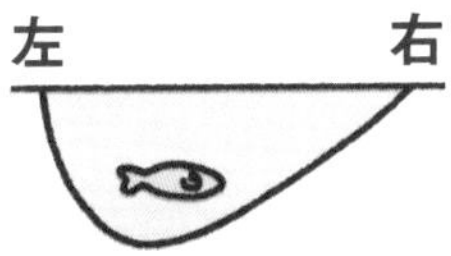

［川の断面のようす］

A. エ

川が曲《ま》がるところの外側《そとがわ》では，流《なが》れてくる水が勢《いきお》いよくぶつかって川岸《かわぎし》や川底《かわぞこ》をけずるので，岸はがけになり，川底は深《ふか》くなっている。反対《はんたい》に内側は浅《あさ》くなり，流れがおそく，砂《すな》や小石が積《つ》もって川原《かわら》になっている。

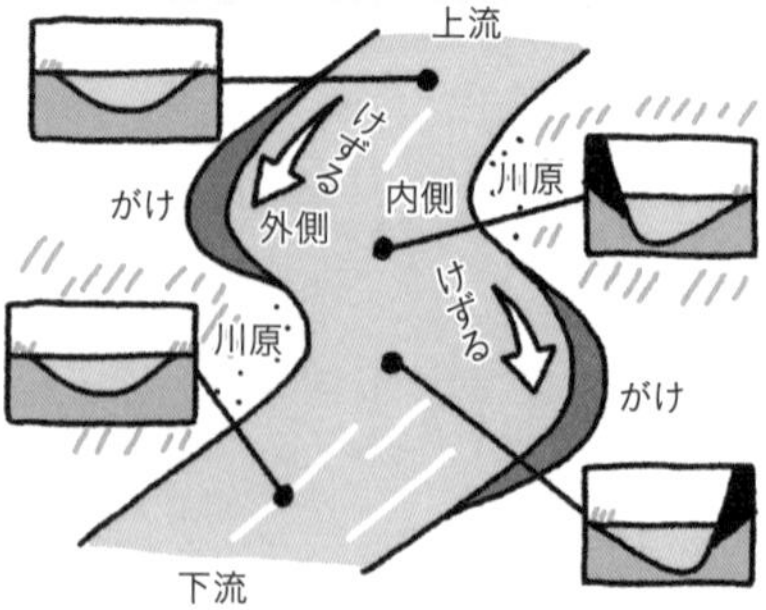
上流
けずる
がけ
外側
内側
川原
けずる
川原
がけ
下流

- 川が曲がるところの外側は，深く，がけになっている。
- 川が曲がるところの内側は，浅く，川原になっている。

あわせて深ぼり ［流れる水の3つのはたらき］

川岸のがけは，水がつくってたんだ！

流れる水が川底や川岸などをけずるはたらきを**しん食《しょく》**というよ。流れが速《はや》い上流《じょうりゅう》では，しん食によって深い谷（V字谷《ブイじこく》）ができているんだ。

けずられた土や石はどうなるの？

土や石も川の水が運《はこ》ぶよ。このはたらきを**運《うん》ぱん**といって，やはり流れが速いほど，水の量《りょう》が多いほど，多くの土や大きい石を遠くまで運ぶ。

どこまで運ぶの？海まで？

流れがおそいところで積もるよ。このはたらきを**たい積《せき》**といい，山から出たところのせん状地《じょうち》や川原や河口《かこう》の三角州《さんかくす》などの地形をつくるよ。

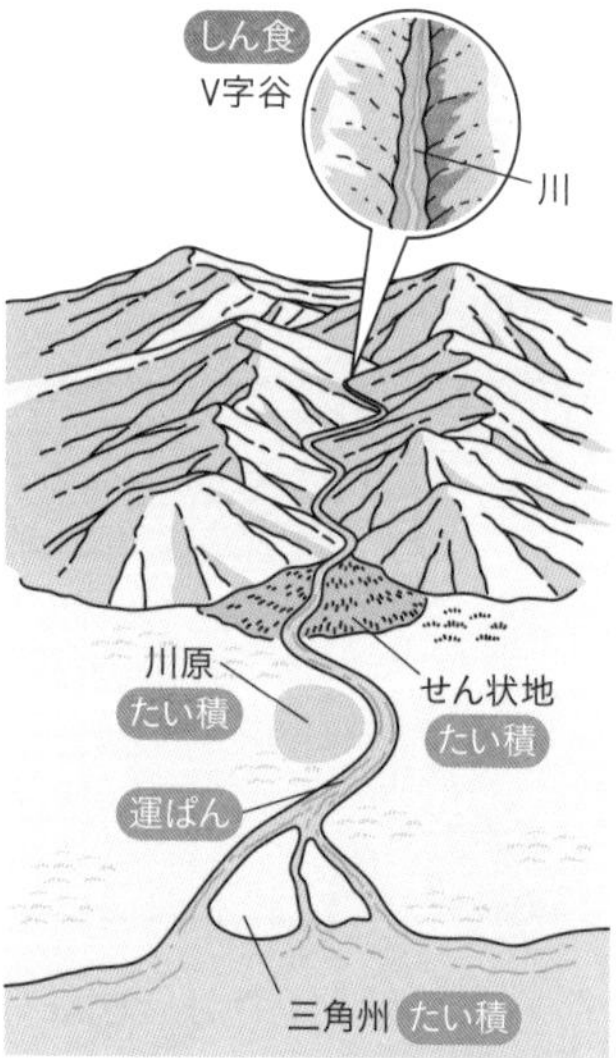
しん食
V字谷
川
川原
たい積
せん状地
たい積
運ぱん
三角州
たい積

▲ 水のはたらきでできた地形

くわしく せん状地は「扇状地《せんじょうち》」と書く。「扇」は扇形《おうぎがた》の意味《いみ》。

Q. 10

難易度 ★★★

晴れる前兆《ぜんちょう》といわれているのは次《つぎ》のうちどれ？

ヒント　前兆とは何かが起《お》こる前に起こるできごとのこと。にじや朝焼《あさや》けが見える方角を考えてみよう。

ア　朝，にじが出る。

イ　夕方，にじが出る。

ウ　きれいな朝焼けになる。

A. イ 夕方，にじが出る。

天気は西から東へと変《か》わる。そのため西に雨雲があると東はやがて雨に，西が晴れていると東はやがて晴れる。にじは空気中の水てきに太陽《たいよう》の光が反射《はんしゃ》して見えるため，太陽と反対《はんたい》側《がわ》に見える。朝のにじが見えるとき，西の空に雨雲があるのでやがて雨になる。夕方のにじが見えるとき，東の空に雨雲があるが，西の空は晴れているのでやがて晴れる。東の空の朝焼《あさや》けは空気中の水蒸気《すいじょうき》が多いときに見られ，東は晴れているが，のちに雨になることがある。

夕方
雨
東
にじが
見える。
西
晴れ

- 天気は西から東へと変わる。
- にじは太陽と反対側に見える。

あわせて深ぼり [天気の移り変わり]

こういうのべんり！　ほかにもある？

「夕焼けは晴れ」が有名《ゆうめい》だね。「ツバメが低《ひく》く飛《と》ぶと雨」「太陽や月のかさは雨」などもあるから調《しら》べてみよう。

でも天気って，どうして西から変わるのかな？

日本の上空には，**偏西風《へんせいふう》**という強《つよ》い風が西から東へ1年中ふいていて，雲を西から東へおし流《なが》していくからだよ。特《とく》に強い偏西風はジェット気流《きりゅう》ともよばれ，新幹線《しんかんせん》なみの速《はや》さがあるんだよ。

ひゃ〜。ジェットに新幹線〜！

西の空が晴れている。

▲ 夕焼けは晴れ

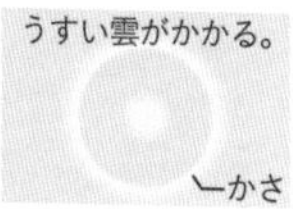
うすい雲がかかる。
かさ

▲ 太陽のかさは雨

◀ 雨が近づき空気中の水蒸気がふえると，エサの虫が地面《じめん》近くを飛ぶため，ツバメも低く飛ぶ。

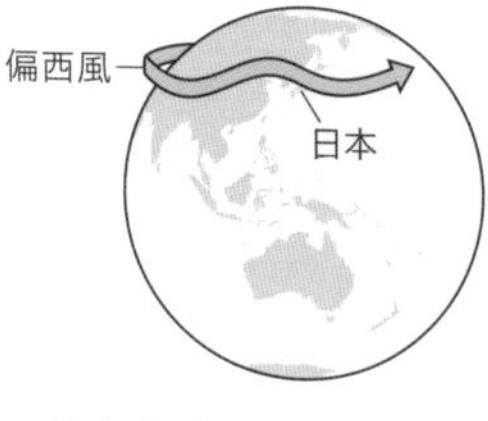
偏西風
日本

▲ 日本上空をふく偏西風

Q.11

難易度 ★★

雲は何から
できている？

ヒント

霧《きり》も雲と同じものでできている。霧の中に入ったときのことを思い出してみよう。

ア　水のつぶ

イ　けむりのつぶ

ウ　水蒸気《すいじょうき》

［雲をつくっているもの］

A. ア　水のつぶ

雲は小さな水のつぶ(水てき)や，それがこおった氷《こおり》のつぶが空気中にうかんだもの。

空気は上昇《じょうしょう》していくと温度《おんど》が下がる。しめった空気には水蒸気《すいじょうき》(気体の水)が多くふくまれていて，上昇して冷《ひ》えると，中の水蒸気は液体《えきたい》の小さな水てきに変《か》わる。水てきがさらに冷えると，氷のつぶになる。

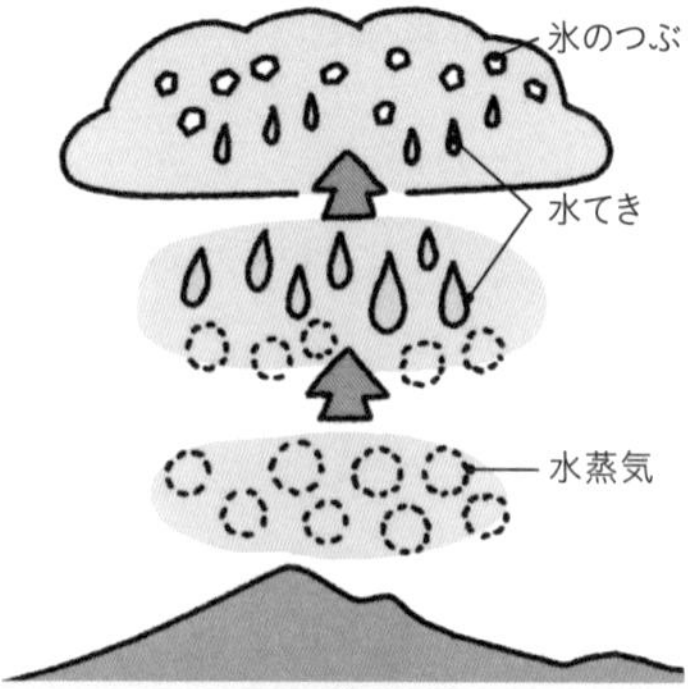

・空気は上昇すると温度が下がる。
・温度が下がると水蒸気は水てきに変わって雲になる。

あわせて深ぼり［雲のでき方］

空気が上昇すると雲ができるんだ！

そのとおり。では，空気が上昇して雲ができるのはどんなときかな？

夏は入道雲《にゅうどうぐも》がモクモクできるよ。

積乱雲《せきらんうん》のことだね。強い日ざしで地面《じめん》が熱《ねっ》せられて空気があたためられ，上昇して雲ができるよ。

ほかにもできる？

山の斜面《しゃめん》に空気がぶつかると上昇して雲ができる。また，あたたかい空気と冷たい空気がぶつかると，あたたかい空気が冷たい空気の上にはい上がって雲をつくるよ。

▲ あたためられた空気の上昇

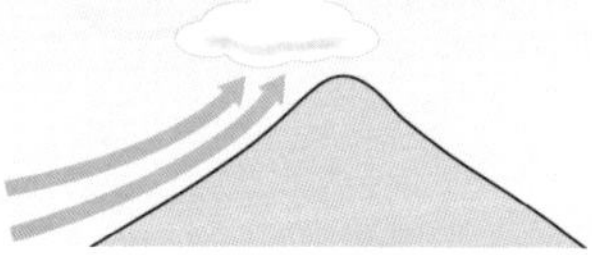

▲ 山にぶつかった空気の上昇

▲ 冷たい空気の上にはい上がる

中学では　水蒸気が水てきに変わるときの温度を露点《ろてん》という。

Q. 12

難易度 ★★

川の水がなくならないのはなぜ？

ヒント　上流《じょうりゅう》にダムや湖《みずうみ》のない川を考えてみよう。

ア　上流の山には毎日雨が降《ふ》っているから。

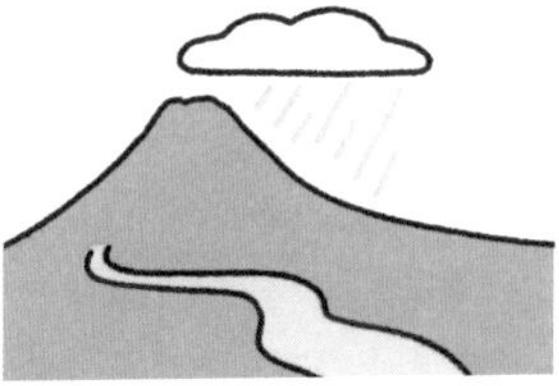

イ　川の地下は海とつながっているから。

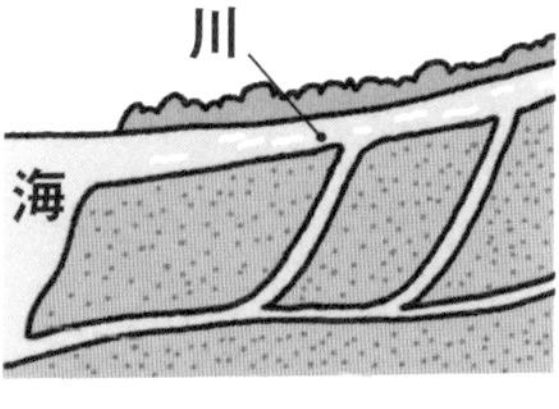

ウ　地中に雨水《あまみず》がしみこんでたまっているから。

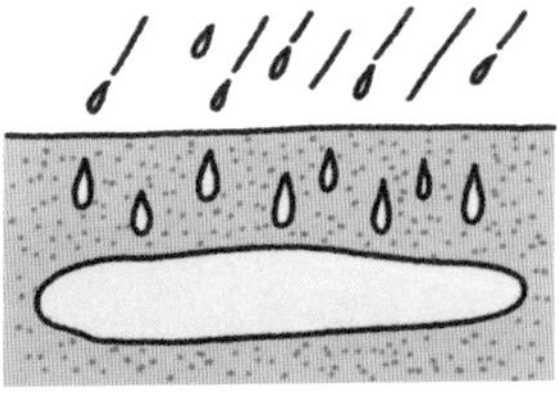

［川の水がなくならない理由］

A. ウ　地中に雨水《あまみず》がしみこんでたまっているから。

山に降《ふ》った雨や雪は土の中にしみこんでたくわえられ，時間をかけてあちこちからわき水となってしみ出し，川が始《はじ》まる。これらの細い川が集《あつ》まり，雨水も加《くわ》わって大きな川になっていく。

山にたくわえられた水が常《つね》にわき出しているため，たとえ雨が降らなくても水がなくならない。

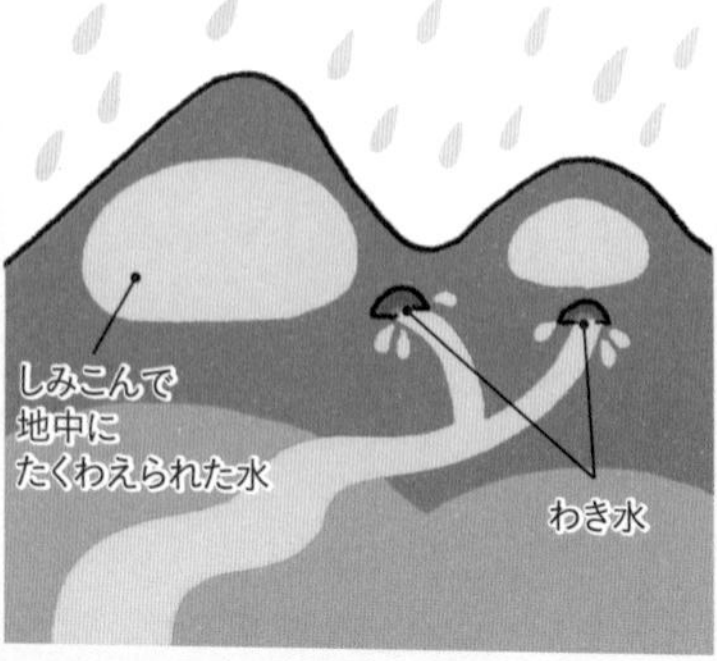

・山に降った雨は地中にしみこんでたくわえられ，わき水となってしみ出す。

あわせて深ぼり ［水のじゅんかん］

川の始まりはわかったけど，雨のもとはどこからくるの？

空気中の水蒸気《すいじょうき》が雲になって雨を降らすんだ。だから雨のもとは，空気中の水蒸気だよ。

その水蒸気のもとは？

陸地《りくち》や海から蒸発《じょうはつ》する水蒸気だよ。

あれ？　ひょっとしてグルグル回ってる？

そうなんだ。降った雨が川になって海に流《なが》れこみ，海の水は蒸発して水蒸気になる。水蒸気は上空で冷《ひ》やされると雲になり，また雨や雪になって地上に降ってくる。水はすがたを変《か》えながらじゅんかんしているよ。

▲ 水のじゅんかん

くわしく 水のじゅんかんは，太陽《たいよう》のエネルギー（熱《ねつ》）によってくり返《かえ》されている。

Q.13

難易度 ★★

恐竜《きょうりゅう》が生きていた時代《じだい》にできた地層《ちそう》は，ア～ウのどれ？

ヒント
大昔《おおむかし》の生《い》き物《もの》の死《し》がいが地層に残《のこ》ったものが化石《かせき》。恐竜と同じ時代の化石を探《さが》そう。

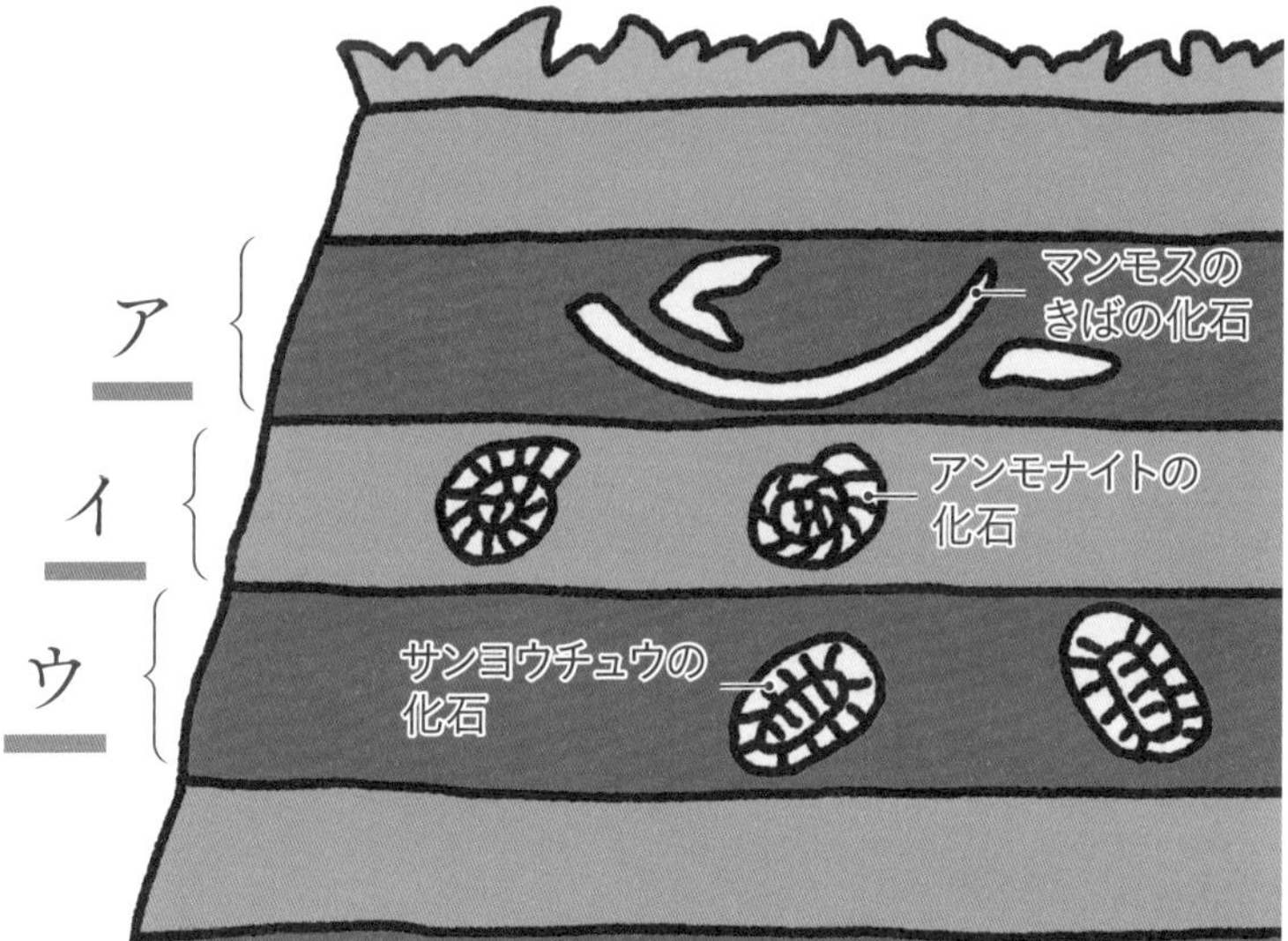
マンモスのきばの化石
アンモナイトの化石
サンヨウチュウの化石
ア
イ
ウ

［恐竜が生きていた時代の化石］

A. イ

　化石《かせき》がふくまれる地層《ちそう》は，その化石の生《い》き物《もの》が生きていた時代《じだい》に土砂《どしゃ》が海底《かいてい》などに積《つ》もってできたもの。海でアンモナイトがさかえていた時代（中生《ちゅうせい》代《だい》という。2億《おく》5000万年前～6600万年前），陸《りく》では恐竜《きょうりゅう》がさかえていた。地層は下から順《じゅん》に積もってできるため，下の地層ほど古く，上の地層ほど新しい。

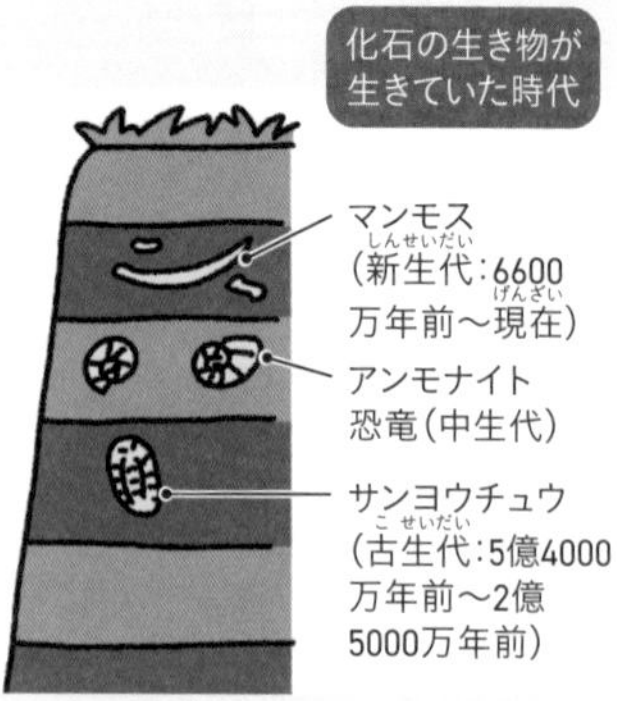
化石の生き物が生きていた時代
マンモス
（新生代《しんせいだい》：6600万年前～現在《げんざい》）
アンモナイト
恐竜（中生代）
サンヨウチュウ
（古生代《こせいだい》：5億4000万年前～2億5000万年前）

・地層にふくまれる化石から，地層が積もった時代がわかる。
・地層は下のほうほど古い。

あわせて深ぼり ［化石や地層からわかること］

ほかにも，サンゴや貝や木の葉《は》の化石から，その地層ができた当時の環《かん》境《きょう》がわかる。こういう化石を**示相化石《しそうかせき》**というよ。アンモナイトのような時代がわかる化石を**示準化石《しじゅんかせき》**というよ。

地層のシマシマは？

川で運《はこ》ばれた土砂が海底に積もるとき，れき・砂《すな》・どろの層に分かれて積もるため，地層はしま模様《もよう》になるんだ。つぶの小さいものほど遠くに運ばれるから，れきの層は海岸《かいがん》近くで，どろの層は深《ふか》い沖《おき》で積もったことがわかる。また火山灰《かざんばい》の層は，火山の噴火《ふんか》があったことの証拠《しょうこ》だ。

そんなことまでわかっちゃうんだね！

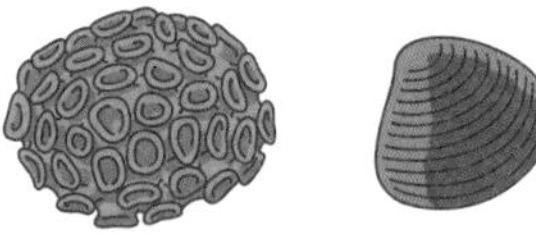

サンゴ
あたたかくて浅《あさ》い海だった。

シジミ
湖《みずうみ》や河口《かこう》だった。

▲ 地層ができた環境がわかる化石

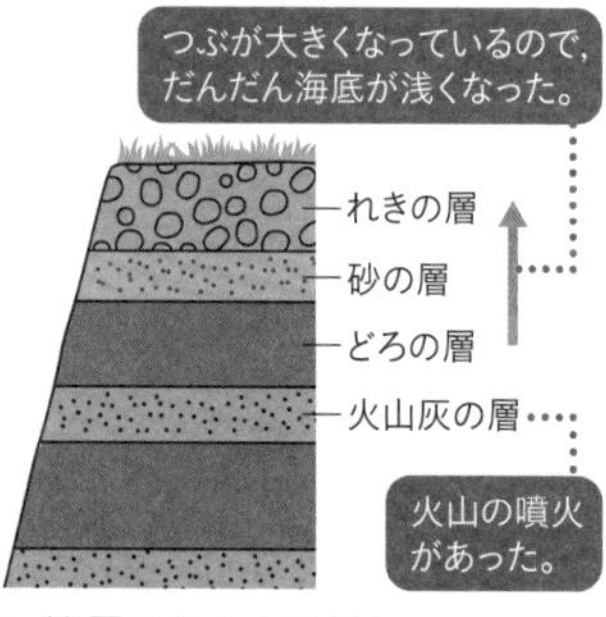
つぶが大きくなっているので，だんだん海底が浅くなった。
れきの層
砂の層
どろの層
火山灰の層
火山の噴火があった。

▲ 地層からわかること

くわしく れきはつぶの直径《ちょっけい》が2mm以上《いじょう》，砂は0.06～2mm，どろは0.06mm以下《いか》。

Q.14

難易度 ★★

次《つぎ》の月の形のうち，夕方見ることができる3つの月はどれ？

ヒント 夕方には，太陽《たいよう》が月のどちら側《かわ》にあるか，考えよう。

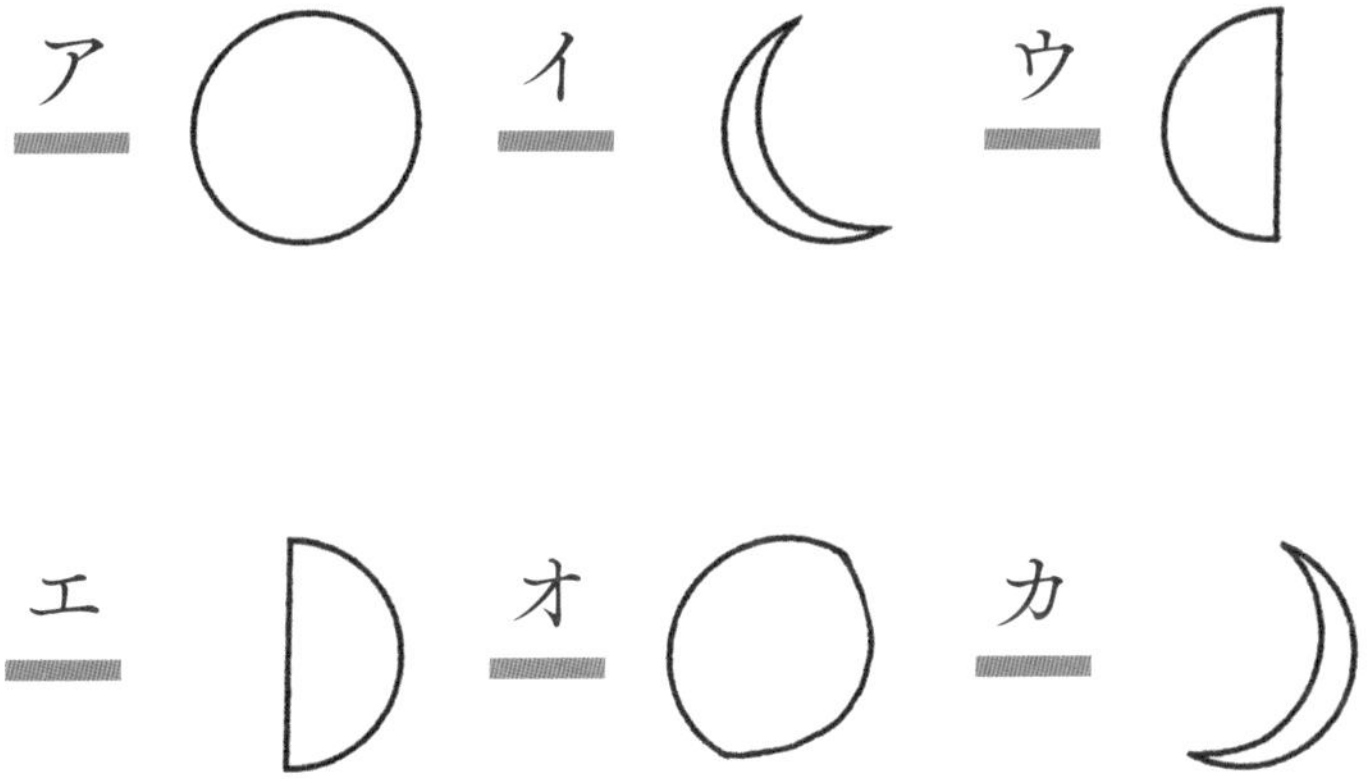

[夕方見える月]

A. ア, エ, カ

月は太陽《たいよう》の光を反射《はんしゃ》して光っている。夕方太陽が西にしずむときに見える月は, 太陽がある方向《ほうこう》(西(右)側《がわ》)が光っている。三日月《みかづき》は太陽に近い西の空に, 右側が光る半月《はんげつ》は南の空に, 満月《まんげつ》は太陽と反対《はんたい》側の東の空に見ることができる。夕方同じ時刻《じこく》に月を観察《かんさつ》すると, 月は西から東へと移動《いどう》していき, 形も満月に近づいていく。

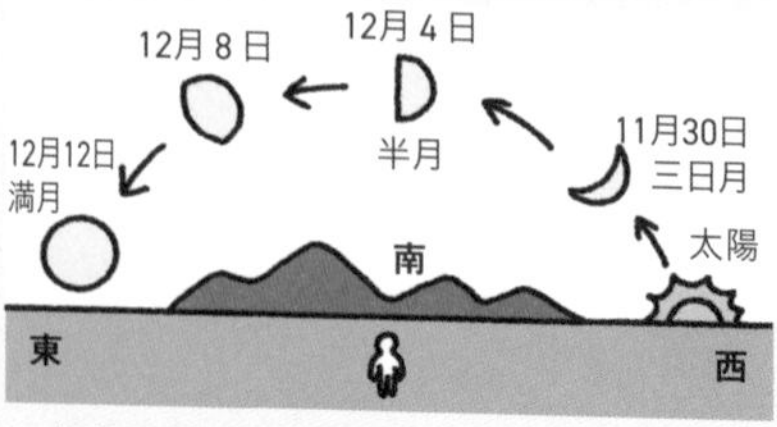

▲ 午後6時に見える月

・月は太陽の光を反射して光っている。
・同じ時刻に見える月は, 西から東へ移動していく。

あわせて深ぼり [月の満ち欠け]

月の形が変《か》わっていくのはなぜ?

月は地球《ちきゅう》のまわりを約《やく》1か月で1回回っている。下の図のように月の位置《いち》が変わると, 太陽との位置関係《かんけい》が変わるため, 光っている部分《ぶぶん》の見え方が変わっていくんだ。月の形が変わることを**満《み》ち欠《か》け**という。新月《しんげつ》から次の新月まで, 満ち欠けに約1か月(29.5日)かかる。

半月が2回あるけど, どう見分けるの?

夕方南の空高くに見える右側が光った半月を上弦《じょうげん》の月といって, これから満月になっていく月だよ。明け方の南の空高くに見える左側が光った半月は下弦《かげん》の月というよ。

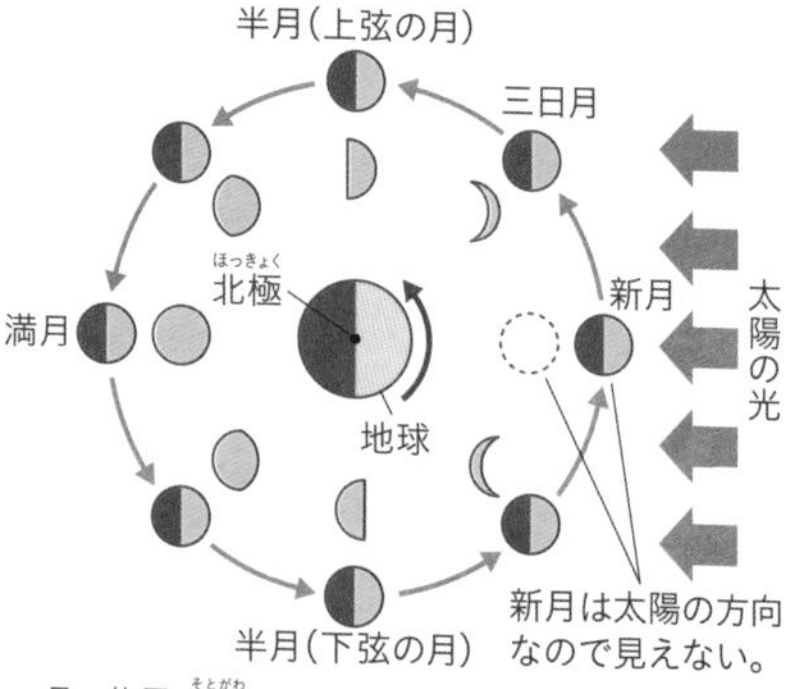

▲ 月の位置(外側《そとがわ》)と地球から真南に見える月の形(内側)

Q. 15

難易度 ★★★

月は地《ち》球《きゅう》のまわりを回っているけど，地球から月の裏《うら》側《がわ》が見えないのはなぜ？

ヒント

月を観察《かんさつ》すると，ウサギの模様《もよう》がいつも見える。同じ面《めん》が地球を向《む》く回り方を考えよう。

［月の裏側が見えない理由］

A. 月が地球《ちきゅう》を1まわりする間に，月自身《じしん》が1回回転《かいてん》しているから。

月は，地球と同じように南北を結《むす》んだ線をじくに，約27.3日で１回回転している(月の自転《じてん》という)。また月は，地球のまわりを約27.3日で１回回っている(月の公転《こうてん》という)。月の自転と公転が同じ日数・同じ向《む》きなので，いつも同じ側《がわ》を地球に向けており，裏側《うらがわ》が地球に向くことはない。

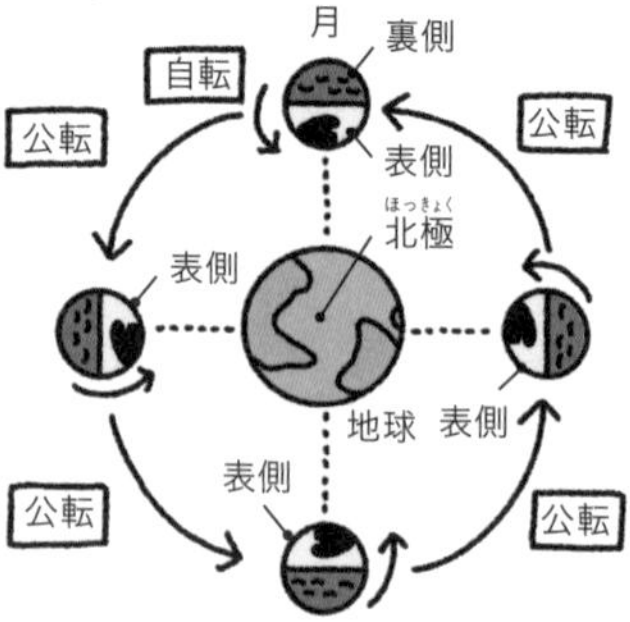

・月は回転(自転)しながら地球のまわりを回っている。
・月はいつも同じ面を地球に向けている。

あわせて深ぼり ［太陽系の惑星］

そっか。月は自転しながら公転してるんだね。あれっ？ もしかしたら地球も自転しながら公転してる？

もちろん地球も１日１回自転しながら，１年で１回太陽《たいよう》のまわりを公転している。ちなみに太陽のまわりを公転している地球のような星を**惑星《わくせい》**というよ。全部《ぜんぶ》で８つある。みんな言えるかな？

えーと。水金《すいきん》地《ち》火《か》木《もく》土《ど》天海《てんかい》だっけ。

そうそう。そして惑星のまわりを公転する月などを**衛星《えいせい》**とよぶよ。太陽のまわりを回る惑星や衛星などをまとめて**太陽系《たいようけい》**というんだ。

▲ 太陽系の惑星

【月と太陽】

Q.16

難易度 ★★★

日食《にっしょく》が起《お》こるときの月の位置《いち》は，ア〜キのどこにある？

ヒント
日食とは太陽《たいよう》がかくされて見えなくなること。何が太陽をかくしたかな？

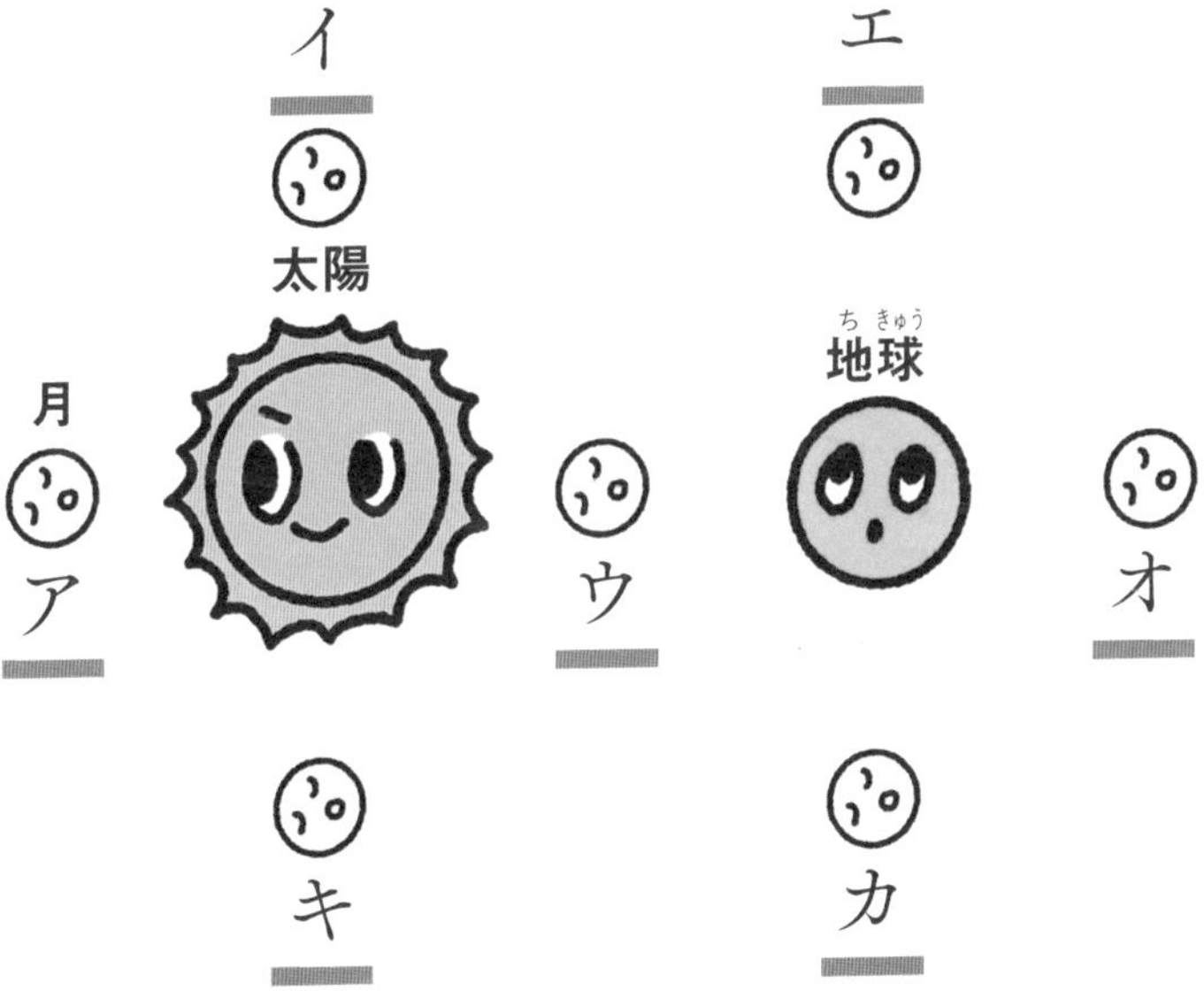

[日食が起こるときの月の位置]

A. ウ

月は地球《ちきゅう》のまわりを回っている。月がちょうど地球と太陽《たいよう》の間に入ったとき，太陽が月にかくされる。このとき，月のかげに入った地球の場所《ばしょ》では，太陽の一《いち》部《ぶ》が欠《か》けたり（部分日食《ぶぶんにっしょく》という），太陽の全部《ぜんぶ》が欠けたり（かいき日食という）して日食が観察《かんさつ》できる。

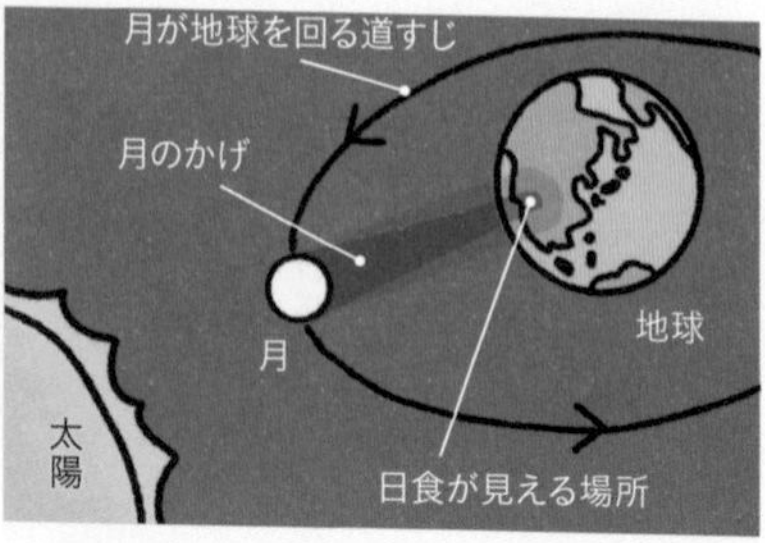

・日食は太陽が月にかくされて起《お》こる。
・日食が起こるときは，太陽ー月ー地球の順《じゅん》に一直線に並《なら》ぶ。

あわせて深ぼり [日食・月食のときの月]

月食《げっしょく》っていうのも起こるよね？

月がかくされることだね。日食とはちがって，月食は月が地球のかげに入って暗《くら》くなる現象《げんしょう》だよ。

じゃ，月の位置《いち》は……？

太陽と逆側《ぎゃくがわ》にくるときだから，太陽ー地球ー月の順に一直線に並んだときだね。

あれ？　このときの月って，ひょっとして満月《まんげつ》のとき？

そのとおり。月の形は位置によって決《き》まっているから，月食のときは満月のとき，日食のときは新月《しんげつ》のときだ。だけど，太陽，月，地球はめったに一直線に並ばないので，日食も月食も必《かなら》ず起こるわけじゃないよ。

▼ 日食・月食と月の位置

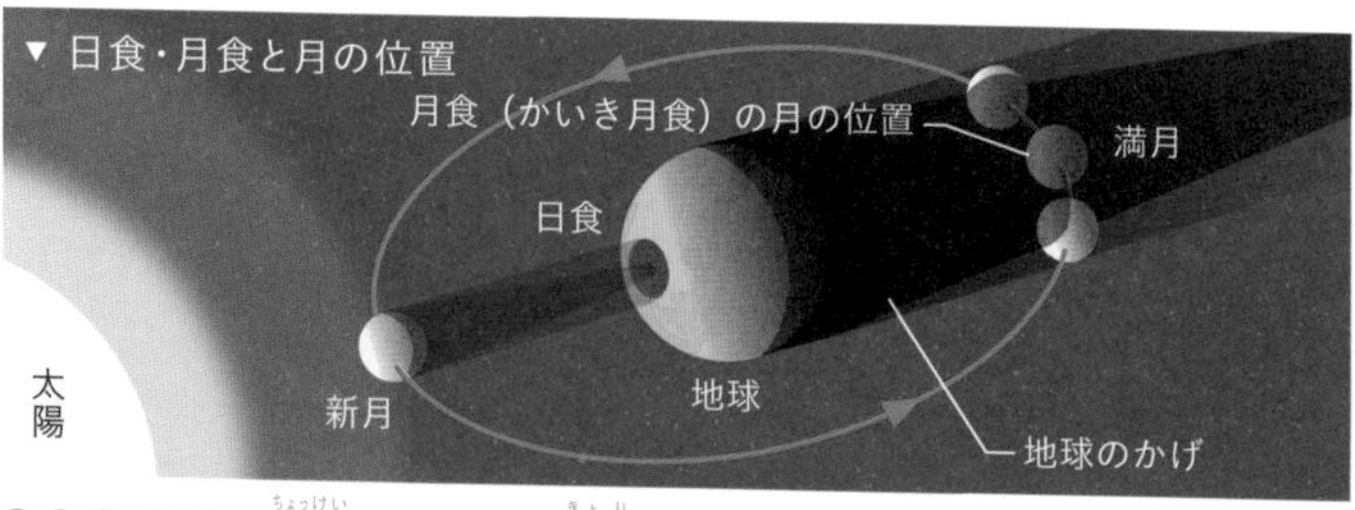

くわしく 太陽は，直径《ちょっけい》も地球からの距離《きょり》も月の400倍なので，月と同じ大きさに見える。

実力《じつりょく》がついたかどうか，試《ため》してみよう。

［地球・宇宙］ 確認《かくにん》テスト

◉100点満点
◉答えは166ページ

1 春分《しゅんぶん》の日，夏至《げし》の日，冬至《とうじ》の日に，図1のように地面《じめん》に垂直《すいちょく》に立てた棒《ぼう》のかげの先端《せんたん》の動《うご》きを真上《まうえ》から観察《かんさつ》しました。図2はその結果《けっか》です。次《つぎ》の各《かく》問《と》いに答えなさい。

（5点×3）

図1

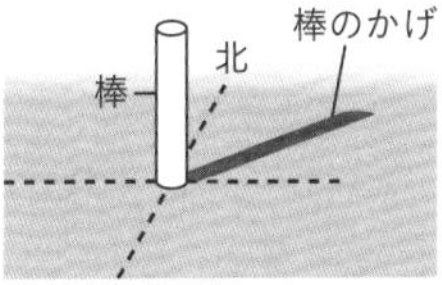

図2

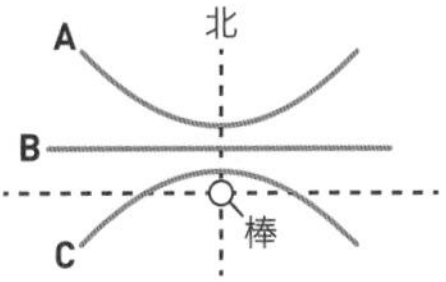

(1) 図1は，朝，正午《しょうご》，夕方のうち，いつ観察したものですか。

〔　　　　〕

(2) 兵庫県明石市《ひょうごけんあかしし》で観察した場合，棒のかげの長さが最《もっと》も短《みじか》くなるのは何時ごろですか。**ア**～**エ**から選《えら》び，記号《きごう》で答えなさい。〔　　　　〕

ア　午前11時　**イ**　午前12時　**ウ**　午後1時　**エ**　午後2時

ミス注意 (3) 図2の**A**～**C**で，冬至の日に観察したものはどれですか。〔　　　　〕

2 図のア～エは，日本のある場所《ばしょ》で，東・西・南・北の空の星の動きを観察したものです。次の各問いに答えなさい。

（(3)10点，ほか5点×4）

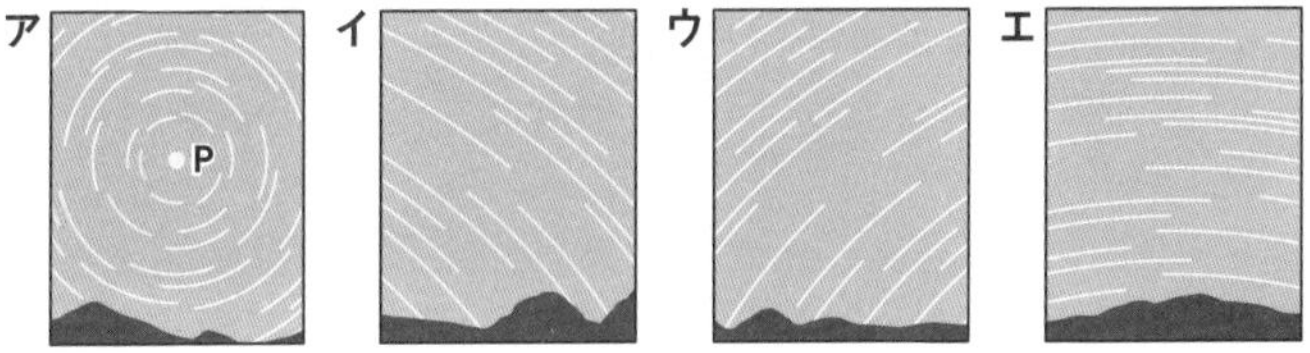

ミス注意 (1) 南と西の空を観察したものは，それぞれ**ア**～**エ**のどれですか。

南〔　　　　〕　西〔　　　　〕

(2) 図の**ア**で，中心にある**P**の星はほとんど動きませんでした。この星は何という星ですか。〔　　　　〕

(3) 図の**ア**の**P**の星がほとんど動かないのはなぜですか。その理由《りゆう》を簡単《かんたん》に書きなさい。

〔　　　　　　　　　　〕

ミス注意 (4) 図の**ア**の**P**のまわりの星は，時間とともに，時計回り，反《はん》時計回りのどちらに動きますか。〔　　　　〕

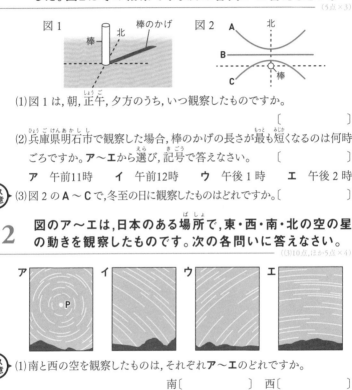

3 図は,ある川の上流《じょうりゅう》から下流までのようすを表《あらわ》しています。次《つぎ》の各問《かくと》いに答えなさい。

((4)10点,ほか5点×3)

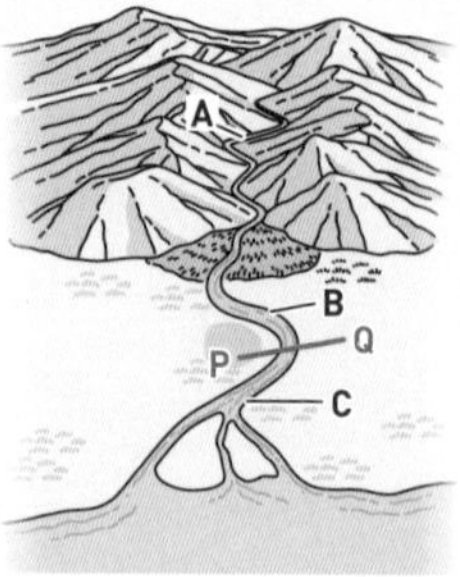

(1) 図の**A**〜**C**で,流《なが》れる水が地面《じめん》をけずるはたらきが最《もっと》も大きいところはどこですか。〔　　　〕

(2) (1)の土地をけずる水のはたらきを何といいますか。〔　　　〕

ミス注意 (3) 図の**P**-**Q**の線で川を切ったときの断面図《だんめんず》として,正しいものはどれですか。**ア**〜**ウ**から選《えら》びなさい。〔　　　〕

ア

イ

ウ

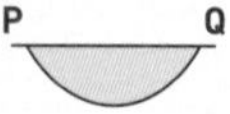

(4) 雨がしばらく降《ふ》らなくても,山から流れ出る川の水がなくなることはありません。それはなぜですか。簡単《かんたん》に書きなさい。

〔　　　　　　　　　　　　　　　　〕

4 図は,太陽《たいよう》,地球《ちきゅう》と,地球のまわりを回る月を表しています。次の各問いに答えなさい。

((5)10点,ほか5点×4)

ミス注意 (1) 月が地球のまわりを回る向《む》きは,図の**A**,**B**のどちらですか。

〔　　　〕

ミス注意 (2) 月食《げっしょく》が起《お》こるときの月の位置《いち》はどこですか。**ア**〜**ク**から選び,記号《きごう》で答えなさい。〔　　　〕

(3) 月食が起こるときの月の形を何といいますか。〔　　　〕

(4) 夕方,南の空に半月(上弦《じょうげん》の月)が見えました。このときの月はどこにありますか。**ア**〜**ク**から選び,記号で答えなさい。〔　　　〕

(5) **ア**〜**ク**の月は,同じ面《めん》を地球に向け,裏側《うらがわ》が見えません。このことから,月が地球を回っていること以外《いがい》にどんなことがわかりますか。

〔　　　　　　　　　　　　　　　　〕

[地球・宇宙] もっと

わけがわかる5問《もん》

さらに地球《ちきゅう》・宇宙《うちゅう》をほりさげよう!

がんばる!

Q. 01

オーストラリアから
オリオン座《ざ》を見ると、
どう見える？

オリオン座の星ぼしの位置《いち》は変《か》わらないよ。

Q. 02

夏が暑《あつ》く、
冬が寒《さむ》いのは
なぜ？

気温《きおん》の変化《へんか》のおおもとは太陽《たいよう》の光だね!

A. 01 日本から見た形と，逆《さか》さまに見える。

解説 地球《ちきゅう》の赤道《せきどう》をはさんで日本と反対《はんたい》側《がわ》にあるオーストラリアでは，人が逆立《さかだ》ちして立っていることになり，同じ星座《せいざ》を見ても上下左右が反《はん》対《たい》に見える。また，北半球《きたはんきゅう》の日本からは南の空に見えるオリオン座《ざ》は，南半球のオーストラリアからは北の空に見える。

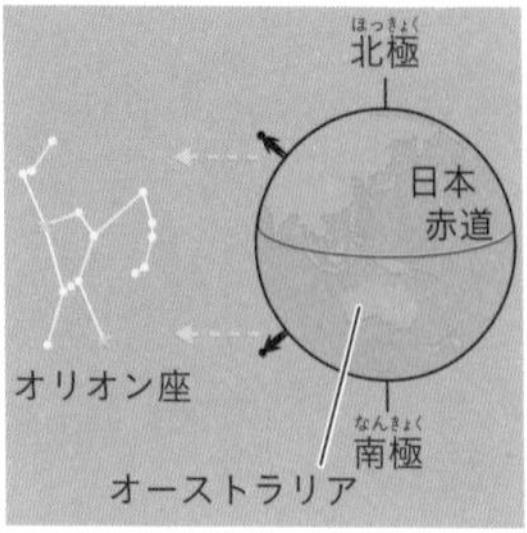

A. 02 夏は太陽《たいよう》の高さが高くて昼間が長く，冬は太陽の高さが低《ひく》くて昼間が短《みじか》いから。

解説 季節《きせつ》によって太陽の高さが大きく変《か》わり，それにともなって，昼の長さも変わる(➡p.132)。太陽が高く昼が長い夏には地面《じめん》にとどく太陽の光の量《りょう》が多く，冬は少なくなる。そのため，夏は気温《きおん》が高く，冬は気温が低くなる。

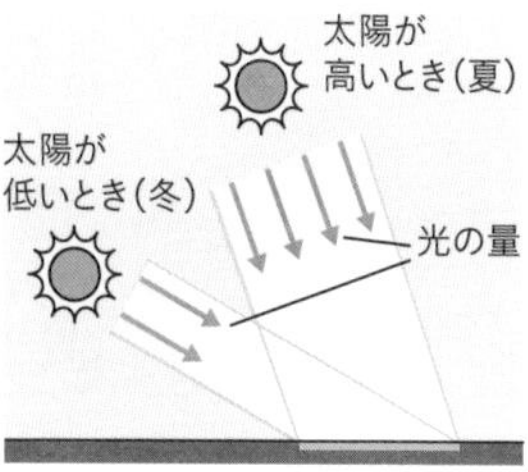

太陽の高さや昼の長さが，季節《きせつ》によって変わるのはなぜ？

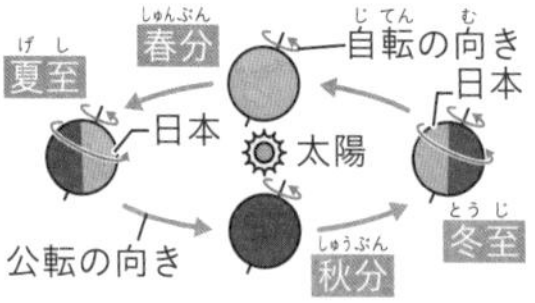

地球が太陽のまわりを1年かけて回るとき(公《こう》転《てん》という)，夏には日本のある北半球(地球の北半分)を太陽のほうにかたむけ，冬は反対側《はんたいがわ》にかたむけているからだよ。

Q. 03　月は約《やく》27日で地球《ちきゅう》を1周《しゅう》するのに，満月《まんげつ》から次《つぎ》の満月まで約30日かかるのはなぜ？

月は地球を回っているけど，地球も太陽《たいよう》を回っている…。

Q. 04　うるう年《どし》って，なんであるの？

うるう年って，4年に一度《いちど》2月29日がある年だよね…。

Q. 05　流《なが》れ星《ぼし》は，なぜキラリと光るの？

すーっと流れて消《き》える流れ星と星座《せいざ》の星はちがうよ。

A. 03 月が地球《ちきゅう》を1周《しゅう》する間に,地球が公《こう》転《てん》して動《うご》くため,次《つぎ》の満月《まんげつ》の位置《いち》までよぶんな時間がかかるから。

解説　月は地球のまわりを27.3日で1周(公転)している。月が公転する間に地球も公転するため,月が1周した位置では満月の位置(太陽《たいよう》の反対《はんたい》側《がわ》)にならず,次の満月の位置までには,あと2.2日かかる。

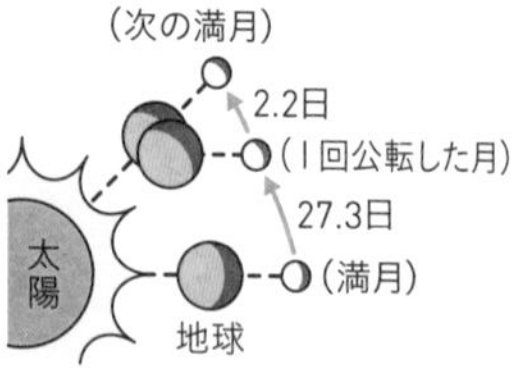

(次の満月)
2.2日
(1回公転した月)
27.3日
(満月)
太陽
地球

A. 04 地球が太陽のまわりを1周する時間が,正確《せいかく》には365日ではないので,そのずれをなくすため。

解説　1年は,地球が太陽のまわりを1周(公転)する日数で,正確には365.2422日かかる。1年を365日とした暦《こよみ》で切《き》り捨《す》てられた0.2422日の分を,4年ごとに1日ふやすことで,ずれを正している。

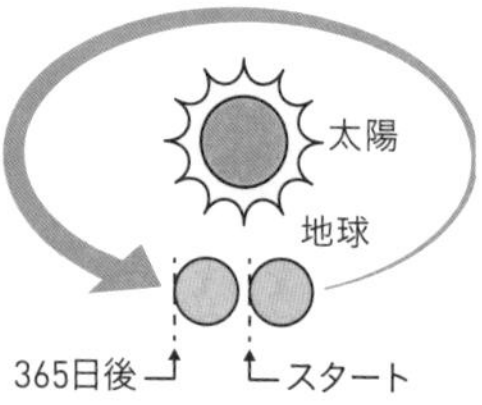

太陽
地球
365日後
スタート

A. 05 宇宙《うちゅう》にうかぶ小さなちりなどが,地球の大気《たいき》中に飛《と》びこみ,大気との摩擦《まさつ》によって発光《はっこう》するため。

解説　宇宙にただようごく小さい岩などのかけらや,太陽を公転するすい星《せい》から放出《ほうしゅつ》された岩石のつぶ(ちり)が地球の大気中に飛びこむと,摩擦で熱《あつ》くなり,一瞬《いっしゅん》かがやいて流《なが》れ星《ぼし》(流星《りゅうせい》)になる。

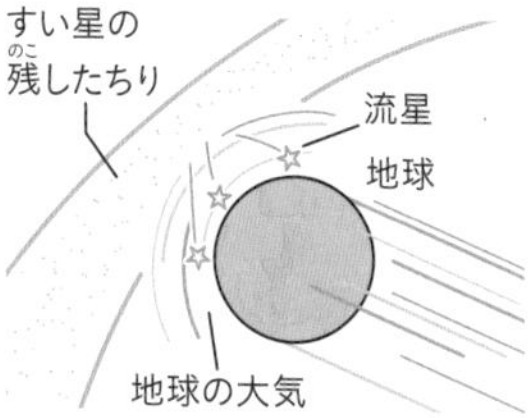

すい星の
残《のこ》したちり
流星
地球
地球の大気

確認《かくにん》テストの解答《かいとう》と解説《かいせつ》

生命 p.041-042

1 (1)胸《むね》　(2)**ア**, **オ**

(3)小さな花

(4)(例《れい》)種子《しゅし》が風で運《はこ》ばれやすくなる点。

2 (1)筋肉《きんにく》　(2)だ液《えき》

(3)ろっ骨《こつ》

(4)記号《きごう》: **F**　名前:小腸《しょうちょう》

(5)記号: **H**　名前:じん臓《ぞう》

3 (1)(例)ほかの花の花粉《かふん》がめしべにつかないようにするため。

(2)**ア**　(3)こん虫《ちゅう》

(4)精子《せいし》　(5)**イ**

4 (1)気体《きたい》**A**:二酸化炭素《にさんかたんそ》

気体**B**:酸素《さんそ》

(2)根《ね》　(3)蒸散《じょうさん》

(4)(例)(水にとけやすいものに変《か》わり)からだの各部分《かくぶぶん》に運ばれたから。

解説

1 (2) カブトムシやハチは,完全変態《かんぜんへんたい》をするこん虫で,トンボ・セミ・カマキリは,さなぎの時期《じき》がない不完全《ふかんぜん》変態《へんたい》をするこん虫である。

2 (5) からだに生じるにょう素《そ》という不要《ふよう》物《ぶつ》は,じん臓で血液《けつえき》中からこし出され,にょうとなってぼうこうにためられたあと,体外に出される。

3 (3) ハチなどのこん虫が花粉《かふん》を運《はこ》ぶ。

(5) メダカはふ化《か》するまで,たまごのまくの中で,たまごの中の養分《ようぶん》を使《つか》って成長《せいちょう》する。

4 (1) 植物《しょくぶつ》は,二酸化炭素と水を原料《げんりょう》にして,日光を受《う》けてでんぷんなどの養分と酸素をつくり出す。

物質 p.081-082

1 (1)**ウ**　(2)**カ**　(3)水

(4)水蒸気《すいじょうき》

(5)(例《れい》)温度《おんど》は一定《いってい》で変化《へんか》しない。

2 (1)ミョウバン　(2)約《やく》36g

(3)130g　(4)食塩《しょくえん》

(5)(例)水を蒸発《じょうはつ》させる。

3 (1)(例)変化《へんか》しない。

(2)(例)白くにごる。

(3)二酸化炭素《にさんかたんそ》

(4)(例)すぐに火は消《き》える。

(5)ふくまれている。

4 (1)アンモニア水

(2)アルカリ性《せい》

(3)食塩水　(4)うすい塩酸《えんさん》

(5)(例)・磁石《じしゃく》につかない。

・電気を通さない。　など

解説

1 (2)(3) 空気や水のようなあたたまり方を,熱《ねつ》の対流《たいりゅう》という。

2 (2) グラフより,食塩は30℃の水50mLに約18gとけるので,100mLにはその2倍《ばい》とける。

(4) 「(とかしたものの重《おも》さ)÷(水《すい》よう液《えき》の重さ)×100」で求《もと》められるこさの値《あたい》を比《くら》べる。

3 (5) 集気《しゅうき》びんの中の気体の,酸素の割合《わりあい》がある値より小さくなると,火は燃《も》え続《つづ》けられずに消える。

4 (5) うすい塩酸に加《くわ》えると,あわを出さないでとける性質《せいしつ》もある。

エネルギー　p.119-120

1　(1)**イ**　(2)**ウ**　(3)**イ**

(4)(例《れい》)音を伝《つた》えるものがないため，音は聞こえない。

2　(1)**ウ**

(2)・電流《でんりゅう》を大きくする。

・コイルの巻《ま》き数《すう》をふやす。

(3)(例)電流の向《む》きを反対《はんたい》にする。

3　(1)30kg　(2)**イ**

(3)(例)ふりこの長さを長くする。

4　(1)直列《ちょくれつ》　(2)並列《へいれつ》　(3)大きい

(4)同じくらいの

(5)同じくらいの

(6)長持《ながも》ちします

(7)小さくなる　(8)暗《くら》くなります

解説

1　(1)太陽《たいよう》はとても遠くにあるので，日光は地球《ちきゅう》にはまっすぐ平行《へいこう》な光としてとどく。

2　(3)電磁石《でんじしゃく》の極《きょく》は電流の向きによって決《き》まる。電流を反対向きに流《なが》せば極も反対になる。

3　(1)左右をつり合わせるには，それぞれの重《おも》さと支点《してん》からのきょりの積《せき》を同じにすればよい。

（左側）　□kg×4

（右側）　40kg×3

より，□kg×4=120となればよい。

□は120÷4=30と求《もと》められる。

(2)せんぬきとくるみ割《わ》りは，左から支点→作用点《さようてん》→力点《りきてん》の順《じゅん》。

4　かん電池を2個《こ》直列につなぐと，電流を流そうとするはたらきが2倍《ばい》になり，回路《かいろ》には2倍の電流が流れる。かん電池を2個並列につないでも，回路に流れる電流は1個のときと変《か》わらない。

豆電球《まめでんきゅう》を2個直列につなぐと，電流の流れにくさが大きくなり，回路に流れる電流は1個のときより小さくなる。豆電球を2個並列につないでも，各豆電球に流れる電流は1個のときと変わらない。

地球・宇宙　p.159-160

1　(1)夕方　(2)**イ**　(3)**A**

2　(1)南…**エ**　西…**イ**

(2)北極星《ほっきょくせい》

(3)(例《れい》)(北極星が)北極《ほっきょく》と南極《なんきょく》を結《むす》んだ線(じく，地《ち》じく)上にあるから。

(4)反《はん》時計回り

3　(1)**A**　(2)しん食《しょく》　(3)**ア**

(4)(例)山に降《ふ》った雨が土の中にたくわえられてからしみ出しているから。

4　(1)**A**　(2)**キ**　(3)満月《まんげつ》

(4)**オ**

(5)(例)月自身《じしん》が回転《かいてん》(自転《じてん》)していること。

解説

1　(1)棒《ぼう》の上が北を指《さ》しているので，かげは東向《む》きにできている。太陽《たいよう》はかげと反対側《はんたいがわ》の西のほうにあるので，夕方とわかる。

(2)太陽が高いほど，かげは短《みじか》い。

(3)冬至《とうじ》の日は太陽が南よりを通る**A**。**C**は太陽が高く，北よりを通る夏至《げし》の日，**B**はかげが東西に平行に動《うご》く春分《しゅんぶん》の日。

2 (1) **ア**は北, **イ**は西, **ウ**は東, **エ**は南の空のようす。

(4) 北の空の星は, 北極星を中心に 1 時間に15°ずつ反時計回りに動いていく。

3 (1)(2) 流《なが》れが急《きゅう》で速《はや》いほど, しん食や運《うん》ぱんのはたらきが大きい。

(3) 外側《そとがわ》の川岸《かわぎし》ほど深《ふか》くけずられる。

4 (1) 地球《ちきゅう》を北極側から見たとき, 地球は反時計回りに自転《じてん》し, 月も反時計回りに公転《こうてん》している。

(2)(3) 月食《げっしょく》は太陽 − 地球《ちきゅう》 − 月の順《じゅん》に一直線に並《なら》ぶときに起《お》こるので, このときの月は満月である。

(4) 地球から見たとき, 太陽に照《て》らされた部分《ぶぶん》だけが光って見える。夕方, 南の空に見える半月は, 月の右半分だけが光って見える半月で**オ**の位置《いち》にある月。左半分が光る半月(下弦《かげん》の月)は**ア**の位置の月。また, **エ**の位置の月は三日月《みかづき》という。**ウ**の位置の月は新月《しんげつ》といい, 地球からは光る部分が見えない。

(5) 月が地球のまわりを 1 回回る間に, 月自身が同じ向《む》きに 1 回回転するので, いつも同じ面《めん》が地球に向く。

執筆（Q＋解説）　小野淳（生命，物質），（有）きんずオフィス（エネルギー），益永高之（地球・宇宙）

キャラクターイラスト　徳永明子
本文イラスト　徳永明子，山本州（raregraph）

ブックデザイン　小口翔平＋後藤司（tobufune）

図版　（株）アート工房
写真提供　写真そばに記載。記載のないものは編集部。
DTP　（株）明昌堂

データ管理コード：22-2031-2446（2020／2021）

読者アンケートのお願い
本書に関するアンケートにご協力ください。
右のコードか下のURLからアクセスし，以下のアンケート番号を入力してご回答ください。当事業部に届いたものの中から抽選で年間200名様に，「図書カードネットギフト」500円分をプレゼントいたします。
アンケート番号：**305465**
https://ieben.gakken.jp/qr/sho_wakewaka/

わけがわかる 小学理科

③